任何地图上都没有记载，真实的地方从来都是如此。

It is not down in any map; true places never are.

白鲸

[美] 赫尔曼·麦尔维尔 著
马永波 译

中信出版集团 | 北京

目 录

MOBY DICK

词源

（以下材料由一位患有肺病的初中助理教员提供。）

这位面色苍白的助理教员——外套、心脏、身体和大脑都已破烂不堪；他此刻浮现在我眼前。他总是在用一块手帕给他的旧词典和语法书掸灰，手帕上嘲讽地点缀着世界上所有知名国家的花花绿绿的旗帜。他喜欢给他的旧语法书掸灰，它不知怎么总会温柔地让他想起自己是个必死的凡人。

当你着手去教育别人，教给他们在我们的语言中如何称呼一头鲸鱼时，出于无知，你忽略了字母H，而单单是这个字母才使得那个词富有意义，你的确把它教错了。（哈克鲁特）

鲸　瑞典和丹麦文作Hval。这种动物的命名源自它全身滚圆或是打滚；因为在丹麦文中Hvalt就是弓形或拱状之意。（韦伯斯特词典）

鲸　更直接的词源来自荷兰文和德文的 Wallen；例如 Walw-ian，意为滚动、打滚。（理查森词典）

חו, 希伯来文

κητος, 希腊文

CETUS, 拉丁文

HWÆL, 古英文

HVAL, 丹麦文

WAL, 德文

HWAL, 瑞典文

HVALUR, 冰岛文

WHALE, 英文

BALEINE, 法文

BALLENA, 西班牙文

PEKEE-NUEE-NUEE, 斐济文

PEHEE-NUEE-NUEE, 埃罗芒戈文

摘录

（由一个等而下之的图书馆员提供。）

你将会看到，这个等而下之、煞费苦心、寻章摘句的剽窃者，这个可怜又淘气的区区书虫，似乎已经走遍了世界上长长的图书馆和路边书摊，无论是什么书，神圣的书也好，低俗的书也罢，但凡发现有偶尔提及鲸鱼的地方，他都摘录下来。所以，在任何情况下，无论这些片段有多么真实，你都不必把这些乱七八糟的关于鲸鱼的说法，当作是名副其实的鲸类学著作。

事实远非如此。就像那些通常令人感动的古代作家和此处将要出现的诗人的作品一样，这些片段唯一有所价值或是令人愉悦的地方，仅仅在于它们可以让你借此对包括我们在内的许多国家和一代代人，有关这海中巨怪的乱纷纷的所说、所想、所虚构和所歌唱的一切，做一次短暂的鸟瞰。

因此，祝你好运吧，你这等而下之的淘气的可怜虫，我就是你的评论人。你属于毫无希望、脸色蜡黄的那伙子人，这个世界上的酒永远不会让你们温暖；甚至那淡而无力的雪莉酒也会烈得让你们红头涨脸；但是有时候人们喜欢和你们坐上一会儿，也让自己感觉可怜兮兮，并且一掬清泪让自己高兴起来，然后睁圆了眼睛，把酒杯一倾而尽，以略带愉快的悲哀，直率地对你说——放弃吧，你这等而下之的家伙！无论你怎样费尽心思，想让世界满意，你也永远是吃力不讨好！如果那样，我就能把汉普顿宫和杜伊勒里宫腾出来给你了！

还是咽下你的眼泪，赶紧一心一意爬到顶桅上去；因为领先于你的那些朋友们，为了你的到来，正在清理七重天，把长期被纵容的天使长迦百列、米迦勒和拉斐尔变成难民。在这里，你只能捶打破碎的心——在那里，你就能捶打打不碎的玻璃杯了！

上帝便造出大鲸。（《创世记》）

大海兽使它所行的路发光，令人以为深渊有了白发。（《约伯记》）

耶和华已安排了一条大鱼来吞约拿。（《约拿书》）

那里有船走；有你所造的大鲸在那里嬉戏。（《诗篇》）

到那日，耶和华必以他刚硬有力的大刀刑罚大海兽，就是那快行的；

刑罚大海兽，就是那曲行的蛇，并杀海中的龙。（《以赛亚书》）

此外，凡是落入这怪物一片混沌的嘴里，无论是兽、是船，还是石头，都会被它无节制的污秽的大嘴一口吞下，毁灭在它那大肚子的无底深渊之中。（霍兰德所译普鲁塔克《伦理学》）

印度洋哺育了世上最多最大的大鱼，其中称作Balæne的鲸鱼和漩涡，有四英亩大。（霍兰德所译《普林尼》）

我们出海刚刚两天，大概在日出时分，一大群鲸鱼和其他海兽就出现了。鲸鱼中有一头大得极其怪异……它朝我们迎面而来，张开大嘴，在四面八方卷起波浪，把它前面的海水击打出一片泡沫。（图克所译琉善《真实的历史》）

他来到这个国家另有目的，就是要捕捉海象，海象的牙骨有非常大的价值，他曾经带了一些献给国王。……在他本国捕到的海象才是最好的，有的长达四十八码，有的五十码。他说他们六个人两天杀了六十头。（他人或奥瑟口述，由国王阿尔弗雷德笔录于公元八九〇年）

然而，所有其他的东西，无论是兽还是船，只要进入这怪物（鲸鱼）可怕的深渊般的嘴，都会立即被吞掉，消失无踪，作为诱饵的白杨鱼进了它的嘴里就极其安全了，可以在那里睡觉了。（蒙田《为雷蒙·塞朋德辩护》）

我们逃吧，我们逃吧！如果这不是高贵的先知摩西在善于忍耐的约伯记中描绘的大海兽，那就让魔鬼把我抓走吧。（拉伯雷）

这头鲸鱼的肝可装两大车。（斯托《年鉴》）

大海兽使得海洋像烧开的锅一样翻腾。（培根爵士所译《诗篇》）

触摸那头鲸鱼的庞大身躯，我们还是难以确定。它们格外肥硕，就此而言，一头鲸可以提取的油多得令人难以置信。（培根爵士《生与死的历史》）

鲸脑是医治内伤的特效秘方。（《亨利四世》）

颇似一头鲸。（《哈姆雷特》）

如何才能无忧，没有任何医术
对他有效，他只能再回去寻找
让他受伤的人，他以卑劣的标枪
刺入了他的胸膛，给他带来无尽的痛苦，
于是他像受伤的鲸鱼穿过大洋飞回岸边。（《仙后》）

它们鲸鱼一般巨大，身子一动就能平静地把海洋搅得沸腾起来。（威廉·戴夫南特爵士《龚迪伯特》序）

鲸脑为何物，人们尽可怀疑，既然博学的霍斯曼在他用三十年写成的著作里说得明白，不知何物。（T. 布朗爵士《关于鲸脑和抹香鲸》）

就像斯宾塞笔下的塔卢斯用他现代的连枷，
鲸鱼用它沉重的尾巴带来毁灭的威胁。

他的身侧插着刺中的标枪，
他的背上露出一片鱼枪。（沃勒《夏岛之战》）

那个用巧技创造出来的利维坦，被称作联邦或国家——（拉丁文为Civitas），其实只是一个人造人。（霍布斯《利维坦》开篇）

愚蠢的曼苏尔嚼都不嚼就吞了下去，好像那是鲸鱼嘴里的一条小鲱鱼。（《天路历程》）

那海兽
利维坦，上帝的造物中
游在大洋激流中的最大者。（《失乐园》）

——那利维坦，
生灵中的最大者，伸展在深渊中
沉睡时犹如一座海岬，游动时则如同
一片移动的陆地；它把一座大海
从腮中吸进来，吐气时又喷出去。（《失乐园》）

强大的鲸鱼们游在水的海洋中，它们里面则是一片油的海洋。（富勒《渎神与神圣之国》）

大鲸们紧靠在海岬后面，
专心等待它们的猎物上门，
它们毫不容情，一口吞掉，
误入它们张开的大嘴的小鱼。（德莱顿《奇迹之年》）

他们砍掉了漂浮在船尾的鲸鱼脑袋，用小艇拖着头尽可能靠近岸边，但是到了十二三尺深的地方它就会搁浅。（《记托马斯·埃奇的十次斯匹茨卑尔根之航》载《珀切斯游记》）

他们在路上看见了很多鲸鱼在大洋中嬉戏，用大自然安置在它们肩膀上的管子和通风孔尽情地喷溅出水来。（《T. 赫伯特爵士的亚非航行记》载哈里斯·科尔所编）

他们在这里看见这么一大群鲸鱼，他们不得不万分小心地行进，唯恐自己的船会撞上它们。（斯考顿《第六次环球航行记》）

我们从易北河启航，风向东北，船名为“约拿在鲸腹号”。……有人说鲸鱼张不开嘴，可那是无稽之谈……他们经常爬上桅杆，看是否能看见一头鲸鱼，因为最早发现鲸鱼的人会得到一块金币作为酬劳……我听说在设得兰附近打到一头鲸鱼，肚子里有一桶还多的鲱鱼……我们的一个标枪手告诉我，他曾经在斯匹茨卑尔根逮到过一

头全身皆白的鲸鱼。(《公元一六七一年格陵兰航行记》载哈里斯·科尔所编)

公元一六五二年，一些鲸鱼来到了这片海岸（法夫），其中一头的鲸骨长达八十英尺，（据我所得到的消息称）除了大量鲸油，光是鲸须就有五百磅重。它的大嘴相当于匹弗伦公园的一扇门。（赛布尔德《法夫和金罗斯》）

我自己同意一试，看是否能征服和杀死这头抹香鲸，它是如此凶猛和敏捷，我从未听说有人杀死过这种鲸鱼。（理查德·斯塔福德《百慕大来信》，载《哲学汇刊》，1668）

海中的鲸鱼
听上帝的话。（《新英格兰初级读本》）

我们还看见了数量相当巨大的大鲸鱼，南方海洋中大鲸鱼更多，我敢说，有我们北方海洋的一百倍。（考利船长《环球航行记》，1792）

……鲸鱼呼吸时常常伴随有一股难以忍受的气味，会让人头昏脑涨。（乌略亚《南美洲》）

衬裙事关重大，我们把这个责任，
交托给五十名特选出来的窈窕仕女。

我们深知七重的篱笆也不管用，
哪怕武装上鲸鱼的肋骨，把裙箍撑起来。（《夺发记》）

如果就大小而论，我们把陆地动物和那些居住在深海中的动物相比，就会发现，它们相形之下微不足道。鲸鱼无疑是所有受造物中最大的动物。（哥尔德斯密斯《博物志》）

如果你想为小鱼写一篇寓言，你就要让它们像大鲸鱼那样说话。（哥尔德斯密斯致约翰逊书）

下午我们看见了一个东西，起初以为是块礁石，却发现原来是一头死鲸，一些亚洲人把它杀死之后正在拖上岸来。他们似乎极力要把自己藏在鲸鱼后面，不让我们发现。（库克《航行记》）

他们很少冒险去攻击个头较大的鲸鱼。其中一些鲸鱼让他们极其害怕，以致到了海上他们都不敢提到它们的名字，他们在小艇里携带了粪便、石灰石、松木，以及其他同类性质的东西，为了把大鲸吓走，防止它们靠得太近。（乌诺·冯·特罗依有关一七七二年班克与索兰德的冰岛航行的信）

楠塔基特人所发现的抹香鲸，是一种活跃凶猛的动物，捕鲸者需要具备高超的技巧和无畏的勇气。（托马斯·杰斐逊一七七八年致法国外交部部长的鲸鱼备忘录）

那么请问，先生，世上有什么能和它相提并论的呢？（埃德蒙·伯克在议会上提到楠塔基特捕鲸业时说的话）

西班牙——搁浅在欧洲海岸边的一头巨鲸。（埃德蒙·伯克，出处不详）

国王普通税收的第十项，据说其根据是他保卫了海洋不受海盗和劫匪的侵扰，作为报答，鲸鱼和鲟鱼的所有权归皇家所有，无论是被冲上岸来的，还是在岸边捕获的，它们都是国王的财产。（布莱克斯通）

水手们迅速恢复了死亡的游戏：
罗德蒙德举着有倒钩的铁矛，
每一回合都准确地刺中它的脑袋。（福克纳《船难》）

照亮了屋宇、圆顶和尖塔，
火箭自行升空，
把它们短暂的焰火
悬挂在天穹之下。

大海涌起高高的浪头，
要让水与火比个高低，
一头鲸鱼喷出水柱，
表达它笨拙的欢喜。（库柏《女王访问伦敦记》）

一刀下去，心脏就猛地蹿出十到十五加仑的血来。（约翰·亨特记叙肢解一头小鲸的过程）

鲸鱼主动脉的内径比伦敦桥上的自来水管还粗，水在水管里哗哗流淌的冲力和速度，都比不过鲸鱼心脏中涌出的血。（佩利《神学》）

鲸鱼是一种没有后脚跟的哺乳动物。（居维叶男爵）

在南纬四十度，我们看见了抹香鲸，但一头都没有捕杀，直到五月一日，那时，海面就被鲸鱼覆盖了。（科尔内特为拓展捕抹香鲸业所做的航行报告）

在我下面那自由的元素中，
游着各种颜色、形状和种类的鱼，
翻腾，潜泳，嬉戏，追逐，打斗；
语言简直无法描绘，水手们
也从未见过；从可怕的鲸鱼
到每个浪头都含有千百万的虫豸般的小鱼：
聚集成巨大的一群群，像浮岛，
在神秘本能的引导下穿过
荒凉而无路可循的水域，四面八方
都有贪婪的敌人向它们攻击，
鲸鲨和怪物，都在脑袋前面或是嘴上，
武装着刀、锯、螺旋形的角或是勾牙。（蒙哥马利《大洪水前的世界》）

啊，赞美吧！啊，歌唱吧！
这有鳍的鱼族之王。

在浩瀚的大西洋，
没有任何鲸鱼比它强大；
也没有鱼儿比它更肥壮，
在极地海洋中到处扑腾。（查尔斯·兰姆《大鲸的胜利》）

一六九〇年，一些人在一座高高的小山上观察鲸鱼们喷水和彼此嬉戏，一个人指着大海说道："那儿，一片绿色的牧场，我们儿女的孙辈们将在那里谋生。"（奥贝德·梅西《楠塔基特史》）

我给苏珊和我自己造了一座茅屋，把一头鲸鱼的腭骨竖起来，做成一道哥特式的拱门。（霍桑《故事新编》）

她来为她初恋的情人预约修建一座纪念碑，四十多年前他在太平洋上为一头鲸鱼所害。（霍桑《故事新编》）

"不，先生，那是头露脊鲸，"汤姆回答道，"我看见它喷水了，它喷出一对彩虹，和基督徒想看到的彩虹一样美。它是个真正的大油桶，那家伙！"（库柏《舵手》）

报纸拿了进来，我们看见《柏林公报》上说，鲸鱼被搬上了那里的舞台。（艾克曼《歌德谈话录》）

"我的上帝！蔡斯先生，怎么回事啊？"我回答，"我们的船被一头鲸鱼撞破了。"（楠塔基特捕鲸船埃塞克斯号遇难记，该船在太平洋遭到一头大抹香鲸攻击，最终被毁。该船大副，楠塔基特人欧文·蔡斯，一八二一年发表于纽约。）

一个水手夜里坐在侧支索里，风自由自在地吹着；
苍白的月光时明时暗，鲸鱼在海洋中游过；
浪迹里磷光闪闪。（伊丽莎白·奥克斯·史密斯）

为捕获这头鲸鱼，所有小艇上放出去的拖曳索长度总计为一万零四百四十码，近六英里长……
有时候鲸鱼在空中摆动起巨大的尾巴，鞭子一样噼啪作响，声音传出去三四英里远。（斯科斯比）

新近的攻击让它痛苦得发狂，这被激怒的抹香鲸不停地翻滚；它竖起巨大的头部，张开大嘴向周围的一切乱咬；它用脑袋向小艇撞去，小艇被撞得在它前面飞速滑开，有时被彻底摧毁……非常让人吃惊的事情在于，这么一种有趣的、在商业角度来看又极其重要的动物（例如抹香鲸），其习性会被彻底忽略，竟然很少引起为数众多的人的好奇之心，他们中很多是有能力的观察家，近年以来，他们一定有大量极为便利的机会亲眼见识到鲸鱼的种种习性。（托马斯·比尔《抹香鲸史》，1839）

抹香鲸头尾两端都拥有强大的武器，它不仅装备上强过格陵兰鲸或露脊鲸，而且也更多地显示出使用这些武器进行攻击的脾性，在攻击方式上也极具技巧、胆量和恶意，以至于被认为是已知鲸类中攻击起来最危险的一种。（弗里德里克·德贝尔·贝内特《环球捕鲸记》，1840）

十月十三日。
“它在那儿喷水了。”桅顶上有人大声叫道。
“在哪儿？”船长追问道。
“船首下风处三点方位，先生。”
“舵轮转上来，稳住！”
“稳住，先生。”
“桅顶上的，喂！你现在还能看见那头鲸吗？”
“是，是，先生！一大群抹香鲸！在那儿喷水！在那儿跃出水面了！”
“大声通报！每一次都要大声通报！”
“是，是，先生！在那儿喷水！那儿——那儿——在那儿喷水——喷水——喷——水！”
“距离多远？”
“两英里半。”
“天打雷劈的！这么近！召集所有人手。”（J. 罗斯·布朗《一次捕鲸巡航版画集》，1846）

“环球号”捕鲸船属于楠塔基特岛，我们将要叙述的可怕交易就发生在这艘船上。（幸存者雷和赫塞所述《“环球号”哗变记》公元一八二八年）

一头被他打伤的鲸鱼追击上来，他用鱼枪抵挡了一阵子，可这暴怒

的怪兽终于撞上了小艇，他和自己的同伴们看到事所难免，便跳下海中，保全了性命。（传教士泰尔曼和本内特的日记）

“楠塔基特本身，”韦伯斯特先生说，“是国家利益的一个非常显著和独特的部分。有八九千人在海中的岛上生活，他们所从事的行业需要无比的勇气和不屈不挠的精神，他们每年为国家增添了大量财富。”（丹尼尔·韦伯斯特一八二八年在美国参议院为申请在楠塔基特修建防波堤一事所做的讲话）

鲸鱼直接落在了他的身上，可能一下子就要了他的命。（亨利 .T. 契弗神父《鲸鱼和它的猎手，或捕鲸者的冒险与鲸鱼的档案，由普雷布尔船长在回航途中搜集》）

“如果你弄出该死的一丁点动静，”塞缪尔回答道，“我就送你下地狱。”（《（哗变者）塞缪尔·康斯托克的生活》其弟威廉·康斯托克作。这是“环球号”事件的又一版本）

荷兰人和英国人向北方海洋航行，是想看看能否发现由此通往印度的航路，尽管他们的主要目标没有实现，但却意外地发现了鲸鱼时常出没的地方。（麦卡洛克《商业词典》）

这些事物是互相作用的；球弹回来只是为了再次弹出去；如今既已发现鲸鱼出没之地，捕鲸者们似乎就间接发现了那同样神秘的西北航道的新线索。（选自未发表的某一手稿）

在大洋之上遇见一条捕鲸船，你不可能不为它们近似的外观所打动。船帆收得很低，每根桅顶上都有瞭望者，急切地扫视着周围辽阔的海面，气氛完全不同于那些从事常规航行的船只。（《洋流与捕鲸》载《美国考察船队远征记》）

伦敦附近及其他地方的行人可能还会记得，他们曾见过竖立在地面上的弯曲的大骨头，或是作为门道上的拱门，或是作为通往凹室的入口，他们也许听说过那些都是鲸鱼的肋骨。(《北冰洋捕鲸航行记》)

追猎这些鲸鱼的小艇返回之后，白人们才发现，他们的船已经落入了水手中招募来的蛮子的血腥之手。（关于霍博马克号捕鲸船被占领后又重新夺回的新闻报道）

人们通常知道，（美国）捕鲸船上的水手很少有乘出发时的同一条船返回的。（《乘捕鲸小艇巡航记》）

突然，一个庞然大物从水中出现，垂直地射向空中。那就是鲸鱼。(《米里亚姆·考芬或捕鲸者》)

鲸鱼确实被标枪击中了，可你想一想，凭区区一条系在马尾巴根上的绳子，你怎么能控制住一头强壮有力、野性未驯的小马驹呢。(《在船的肋骨和桅冠中发现的关于捕鲸的一章》)

有一回我看见这些怪物（鲸鱼）中的两头，也许是一雄一雌，缓慢

地泅游着，一先一后，距离海岸（火地岛）不到一石之遥，岸上有山毛榉伸展着枝丫。（达尔文《一个博物学家的航行志》）

“全速向后！”大副惊叫道，他刚转过头，就看见一头大抹香鲸张大了嘴靠近艇首，小艇马上就要面临毁灭的危险——“全速向后，保命要紧！”（《屠鲸者沃顿》）

振奋起来，我的伙伴们，永远不要心灰意懒，勇敢的标枪手正在打击着鲸鱼！（楠塔基特歌谣）

啊，这罕见的老鲸，置身于狂风暴雨，
它的家就是大海汪洋，
那里强权就是公理，这强权的巨人，
就是无边无际的瀚海之王。（鲸歌）

第一章　蜃景隐现

叫我以实玛利吧。

很多年以前——别在意到底有多久——我囊中羞涩，甚或分文不名，陆地上已经没有什么特别的东西能够吸引我了，我想我应该出去航海，看一看作为这个世界一部分的那些水域。我总是以这种方式消愁解闷，调节血液循环。每当我发现自己的嘴角变得冷酷；每当我的灵魂里又是潮湿、毛毛雨下个不停的十一月；每当我发现自己不由自主地在棺材铺前驻足，遇见任何一场葬礼都尾随其后；尤其是每当我的疑病又将我支配，需要强大的道德律令才能阻止我故意走到街上，有条不紊地敲掉人们的帽子——那时，我就知道又到尽快出海的最佳时间了。

这是我用以代替手枪和子弹来了此一生的东西。加图带着一种哲学的炫耀饮剑自尽；我则悄悄地上船，一走了之。这绝非惊人之举。如果他们知道，几乎所有的男人，或多或少，在某个时刻，都和我一样对海洋怀有一种非常相似的感情。

这就是曼哈托岛城，腰带般环绕着一座座码头，就像那些西印度小岛为珊瑚礁所环绕——商业的浪潮已将其包围。左右两边的街道都将你带向水边。城的最南部是炮台，气势非凡的防波堤被海浪冲刷着，微风将它吹凉，几个小时之前从陆地还看不见它。瞧瞧那一群群看海景的人。

一个梦幻般的安息日下午，在城中巡行。从克里亚斯角到柯蒂斯岬，从那里经过白厅往北。你看见了什么？——环绕全城，到处都站满了成千上万必死的凡人，像沉默的哨兵一样，沉浸在对海洋的幻想之中。有的斜倚着木桩；有的坐在码头边上；有的俯视着来自中国的船只的舷墙；有的高悬在索具上，好像是要尽力取得一个更好的望海位置。可这些都是陆地人；工作日里都被关在板条灰泥的房子里——或拴在柜台上，或钉在板凳上，或困在书案旁。怎么是这样？绿色的原野都消失无踪了吗？他们在这里干什么？

可是看哪！这里又来了一群群的人，径直走向水边，似乎要去跳水。奇怪！除了陆地的尽头，已经没有什么能满足他们了；在远处阴凉背风的仓库那边闲荡还嫌不够。不，他们非得尽可能靠近水边，只要别掉进水里。他们站在那里——有几里长，甚至十几里长。全都是内陆人，来自小巷、胡同、大街和林荫道——来自东南西北。然而，在这里他们都混在一起了。告诉我，是那些船上罗盘针的磁力把他们吸引来的吗？

还有，假设你住在乡村，在布满湖泊的高地。随便你择路而行，十有八九它会把你引向一座山谷，让你在溪流的池塘边停下脚步。那里有一种魔力。即便是最为心不在焉的人，沉浸在他最为深沉的梦想之中，只要他站起身来，迈开脚步，只要那块地方有水，他都会万无一失地把你领到水边。如果你的商队碰巧配备了一位玄学教授，如果你在美国大沙漠中焦渴难耐，不妨尝试一下这个方法。是啊，尽人皆知，沉思和水始终是紧密相关的。

但是这里有一位艺术家。他要把萨科河谷所有充满梦幻、浓荫密布、幽静至极、无比迷人的浪漫美景统统描绘给你，他会使用什么样的元素呢？他的树就挺立在那里，每一棵的树干都是空心的，仿佛有一位隐士和一个十字架藏在里面；这边是他沉睡的草地，那边是他沉睡的牛羊；远处的茅屋那边，升起一缕睡意沉沉的炊烟；遥远的林地之中，蜿蜒着迷宫般的小径，延伸向群山重叠的岗峦，沐浴在山坡的蓝色之中。

可尽管这画面让人恍惚出神，尽管这松树在摇落它的叹息，像树叶落在牧人的头上，一切依然是徒劳的，除非那牧人的眼睛一直盯在面前的神奇溪流上。六月里去游览一下大草原，那时，你要在上百里没膝深的卷丹草丛中跋涉——那里缺少的是什么魅力呢？——是水——那里没有一滴水！

如果尼亚加拉仅仅是一道沙瀑，你还会旅行几千里去一睹究竟吗？为什么田纳西的那位穷诗人，突然得到了两把银币之后，会纠结到底是给自己买一件急需的外套，还是用这笔钱徒步去罗卡韦海滩旅行一番？为什么几乎每一个身心同样健全的小伙子，总有一段时间会发疯般想要出海航行？为什么你初次作为旅客出海航行，第一次有人告诉你，你和你的船现在已经望不见陆地了，那时，你的心头会感受到一种神秘的震颤？为什么古波斯人视海为神圣？为什么希腊人单独设立一位海神，作为宙斯的兄弟？

这一切的确不是毫无意义的。那喀索斯的故事涵义就更深了，那位少年因为抓不到映在泉水中的那折磨人的、雅致的形象，便投身水中，溺水而亡。但是我们自己，在所有河流与海洋中，都看见了那同样的形象。那是把握不住的生命的幻影；这就是一切的关键所在。

如今，每当我的眼睛开始变得朦胧，开始对我的肺部过分敏感的时候，我就习惯到海上去，我这么说并非是想让人以为我是作为旅客而出海的。因为作为旅客你一定得需要一个钱包，而这钱包仅仅是块破布，除非你在里面装上点什么。此外，旅客会晕船——变得爱争吵——晚上睡不着觉——一般来说，日子并不太享受；不，我从来也不以旅客的身份出海；尽管我算得上是个水手，我却从来没有做过舰队长，也没有做过船长或是厨师。我放弃了这些职位的荣耀和显赫，把它们让给喜欢的人。就我而言，我厌恶所有各种各样高贵的、受人尊敬的劳作、考验和磨难。能够照顾好自己，就已经是相当不错了，哪里顾得上什么大船、三桅帆船、双桅横帆船、双桅纵帆船以及诸如此类。

至于作为厨师出海，尽管我承认那工作相当体面，厨师在船上也属于长官之列，可我从未想过烤鸡鸭这类事情；尽管鸡

鸭一旦烤熟，明智而审慎地涂上黄油，恰到好处地撒上盐和胡椒，没有一个人比我对之还要称赞有加，即便谈不上肃然起敬。正是由于古埃及人对烧朱鹭烤河马的那种偶像崇拜一般的偏爱，你才能在他们金字塔的那些巨大烤房里看到这些动物的木乃伊。

不，我出海，总是以普通水手的身份，就站在船桅正前方，直下到船头水手舱，或是高高爬到主桅的顶端。的确，他们当然会吩咐我干这干那，让我从一根圆木跳向另一根圆木，像一只五月草地上的蚂蚱。起初，这种事情实在让人不快。它触及一个人的荣誉感，尤其是如果你来自陆地的一个古老世家，范·伦塞勒家族，伦道夫家族，或哈迪卡纽特家族。而且，更有甚者的是，就在你将手放进柏油桶之前，你还是一名威严的乡村小学校长，最高大的男生在你面前也要心怀敬畏。我可以向你保证，从小学校长到水手的转变是一种切肤之痛，需要一剂塞内加和斯多葛派的猛药，才能让你面带微笑地忍受它。不过，甚至这种精神也会随着时间逐渐磨灭。

如果一个性情乖僻的老船长命令我拿起扫帚去清扫甲板，那又有什么呢？我指的是，要是把这种侮辱放到《新约》的天平上称一称，又会有多大分量呢？你以为在那个特殊场合我马上恭敬地服从了老船长的命令，天使长迦百列就会小看我吗？谁又不是奴隶呢？告诉我。那么，无论老船长们怎样把我呼来喝去，无论他们怎样把我敲到东敲到西，我都会感到满足，知道一切都事属平常；别人不也是差不多同样在充当奴隶嘛——

也就是说，从形而下或形而上观点上看，都是如此。所以，普遍存在的敲敲打打一轮轮传递下去，所有人都用手摸摸彼此的肩胛骨，心安理得才是。

还有，我总是以水手身份出海，是因为他们一定会为我的劳动付费，我从未听说他们会付给旅客一分钱的报酬。相反，旅客必须自己掏钱。在这个世界上，掏钱和挣钱有着天壤之别。掏钱这件事也许是那两个果园里的小偷遗传给我们的最不爽的惩罚了。但是挣钱，有什么能和它相比的呢？人们接受金钱时的那种温文尔雅的举动真是不可思议，考虑到我们如此诚挚地相信,金钱是世上的万恶之源,有钱人绝对没有理由进天堂。啊，我们多么快乐地把自己委身给了地狱！

最后，我总是作为水手出海，还在于前舱甲板上有益身心的运动和纯净的空气。在这个世界上，顶风的时候远远要多过顺风的时候（换言之，你永远不要违背毕达哥拉斯的准则），在大多数情况下，后甲板上的船长所呼吸的空气是前甲板上水手呼吸过的二手货。他以为自己先呼吸到了空气，可事实并非如此。在许多别的事情上，平民百姓也大致同样引导着他们的领袖，与此同时，领袖们对此却甚少怀疑。可是为什么，在我作为商船水手一再呼吸过大海的气息之后，我现在居然产生了要开启一次捕鲸之旅的念头；命运那无形的警察持续不断地监视我，秘密地跟踪我，以某种莫名其妙的方式左右我——他的回答是再好不过的了。而且，确凿无疑，我即将开启的这次捕鲸之旅，构成了上帝在很久以前就已筹划好的伟大计划的一部分。它是范围更为宏大的演出之间的某种短暂插曲和独奏。我认为在海报上这个部分一定是这样写的：

美国总统大选。

一个叫以实玛利的人出海捕鲸。

阿富汗爆发大血战。

尽管我无法说清，为什么是那些作为舞台监督的命运诸神，迫使我扮演这出海捕鲸的卑贱角色，而其他人则扮演崇高悲剧的高贵角色，文雅喜剧里的轻松角色，以及闹剧中的欢快角色——尽管我无法说清其中的确切原因；不过，如今我把所有的情况都回忆了一番，我自认为略微窥见了一点源头和动机，它们狡猾地以各种伪装出现在我面前，引诱我开始扮演我的角色，还哄骗我，让我误以为完全是我那不偏不倚的自由意志和明辨是非的判断做出了这个选择。

首要动机就是那头大鲸本身引起的压倒一切的想法。这般凶猛异常又神秘莫测的怪物勾起了我全部的好奇心。其次，是那狂野而遥远的大海，而那怪物就在那里翻滚着它岛屿般的身躯，还有那巨鲸带来的不可言喻、无以名状的危险；这些，连同相伴随的千百种巴塔哥尼亚式的异声奇景，都有助于让我产生出海的愿望。也许，对其他人来说，这样的事情不足以成为诱惑；但是在我而言，遥远的事物一直在持续不断地折磨着我。我热爱禁海上的远航，热爱停靠在荒蛮的海岸。

我不会对善的事物视而不见，也会迅速感知到恐怖之事，并且能与人交往，只要对方允许；因为与你要栖留之地的居民友好相处总是件好事。

由于这些原因，这一次的出海捕鲸便是件赏心乐事；奇迹世界的闸门已轰然打开，在促使我做此决定的狂想之中，那无尽的鲸鱼队列，便成双成对地游进了我的灵魂深处，在它们当中，有一个头戴兜帽的壮丽幻影，像一座雪山耸立在空中。

第二章　旅行包

我往自己的旧毯制提包里塞了一两件衬衫，夹在腋下，出发前往合恩角和太平洋。出了美丽的老曼哈托城，一路沉闷地抵达了新贝德福德。这是十二月一个星期六的晚上。我十分失望地获悉，去往楠塔基特的小班轮已经开走了，在下星期一之前别无他法。

大部分年轻新手准备去经受捕鲸的痛苦与惩罚时，都得先在这新贝德福德停留，从此登船启航，这里有必要交代一下，我可没有这样的打算。我主意已定，只乘楠塔基特的船出发，舍此无他，因为与那座闻名遐迩的老岛有关的一切都是如此美好而热烈，这让我惊讶而愉快。

此外，尽管新贝德福德近期已经逐渐垄断了捕鲸业，尽管在这方面，可怜的老楠塔基特如今已望尘莫及，可它曾是新贝德福德的伟大源头——相当于提尔与迦太基的关系——第一头美国鲸鱼就搁浅并死在那里。不正是从楠塔基特，那些土著捕鲸者，那些红种人，最初驾驶着独木舟出发去追逐海中巨怪的吗？同样，不正是从楠塔基特，第一只勇于冒险的小单桅帆船破水启航，装着不少的进口鹅卵石（故事就是这么说的），去向鲸鱼投掷，看看什么时候才能够得着，可以冒险从船首斜桅上投出标枪了？

眼下，在新贝德福德，我还要度过一个晚上、一个白天，以及另一个晚上，才能启程前往我命定的港口，于是，在哪里吃饭睡觉成了一件让人忧虑的事。这是个非常暧昧，不，是一个非常黑暗沮丧的夜晚，寒冷刺骨，阴郁惨淡。我在此地没有熟人。我焦虑的手指像锚一样掏摸了一遍口袋，只发现了几枚银币——于是，扛着旅行包站在街头，比较着北边的阴郁和南边的黑暗，我自言自语道，以实玛利，究竟你要去哪儿呢——凭你的智慧决定去哪里过夜吧，我亲爱的以实玛利，一定记得要询价，切勿太过挑剔。

我脚步蹒跚地走在街道上，从“交叉标枪”的招牌下经过，可它显得太贵也太舒适了。我继续前行，从“剑鱼客店”明亮的红色窗户中发出如此炽热的灯光，似乎要将房前的积雪和坚冰融化掉了，因为除此以外，任何地方的冰雪都有十英寸厚，冻成一条坚硬的柏油路——对于我来说，这样的路让人相当疲倦，当我的脚踩到路面燧石般凸出的部分时，我的靴子经过艰苦无情的跋涉，底儿已经被磨得极其悲惨。

太贵也太舒适了，我再次这样想，我停了片刻，看了看映到街道上的宽阔明亮的灯光，听见从屋里传来叮当的碰杯声。继续走吧，以实玛利，我最后对自己说；难道你没有听见吗？从门前离开吧；你打了补丁的靴子会挡了人家的道。于是我继续前行。现在凭本能我沿着街道而行，它把我带向水边，因为那里，无疑有最便宜的客栈，即便不是最舒适的。

如此沉闷的街道！两边漆黑一团，那些块垒哪里是房屋啊，不时地有一根蜡烛燃亮，像是在坟墓周围移动的幽光。在夜晚的这个时辰，在一周的最后一天，城市的这个地区一片凄凉，寂无行人。但是此刻，我来到了一盏冒烟的灯下，它后面是一座低矮而宽敞的建筑，大门引人心动地敞开着。它的外观显得很随便，仿佛是一座公共建筑；于是，我走了进去，首先的遭遇是被走廊里的一个垃圾箱绊了一跤。哈哈！飞扬的尘埃几乎让我窒息，我想，这些灰烬是从那座被毁灭的罪恶之城蛾摩拉来的吗？不过，前边不是有“交叉标枪”和“剑鱼客店”的招牌吗？——这一家，一定应该挂一块“陷阱”的招牌。我爬了起来，听见里面传出响亮的说话声，便继续向前，打开了第二道内门。

里面像是个伟大的“黑人议会”在陀斐特开会。足有一百张黑色面孔从一排排座位上转过来盯视我；那一边，一个命运的黑天使正在讲坛上敲打一本书。这是座黑人教堂；布道者讲的经文正是有关墨黑的幽暗，以及那里的人如何悲泣切齿的惨状。哈，以实玛利，我嘟囔着，退了出来，“陷阱”的招牌果真是个卑鄙的消遣。

继续前行，我随后来到离码头不远的一盏暗淡的灯下，听到空气中有荒凉的吱嘎声，抬头看去，只见一个招牌在门上摇晃着，上面用白漆模糊地画着一根又高又直的雾蒙蒙的水沫柱子，下面写着：喷水鲸客栈——彼得·考芬[1]。

棺材？——喷水鲸？——那特殊字音上产生的联想可是相当不吉利，我不由想到。但是，据说在楠塔基特这是个常见的姓，我推测这位彼得准是从那边过来的移民。因为光线十分暗淡，这地方当时又显得足够安静，那残破的小木头房子本身仿佛是从火灾废墟中运到这里的，而招牌摇晃的吱嘎声似乎在诉说着贫穷，我想这准是个便宜地方，适合我入住，而且一定有最好的土咖啡。

这个地方有点古怪——一座有山形墙的老房子，一面墙好像得了瘫痪一般，悲惨地歪斜着。它立在一个荒凉的尖角里，狂暴的友拉革罗暴风不停地怒号着，比当年将可怜的使徒保罗的船刮坏时还要猛烈。然而，对于身处室内、将脚放在壁炉架上安静地烤火准备就寝的人来说，友拉革罗只是令人愉快的和风而已。

"在评价狂暴的友拉革罗方面，"一位老作家说道——他的著作我恰好拥有一册现存的孤本——"有两种大相径庭的方式，那要取决于你是透过玻璃窗向外看，冰雪全都在外面，还是你透过没有窗框的窗户向外看，窗里窗外都是冰雪，而死神是唯一的玻璃装配工。"

的确够真切的，当这段话涌入我的脑海，我不禁想到——

1 考芬是"棺材"一词的音译。

老倒霉蛋，你很有道理啊。是的，这些眼睛就是窗户，我的这个身体就是房屋。天可怜见！他们没有把缝隙和窟窿堵上，这里那里塞上点棉绒。现在要做出改进已经太晚了。宇宙已经完成；房顶石已经上好，木屑碎片一百万年前就用车拉走了。可怜的拉撒路，用路边石当枕头，牙齿格格打战，浑身发抖，要把他那身破衣服都抖掉了，他尽可以用碎布把两只耳朵堵上，嘴里衔一根玉米芯子，可那也挡不住狂暴的友拉革罗。老财主穿着大红丝绸的晨衣（他以后还有一件颜色更深的袍子穿），他说，友拉革罗！呸，呸！一个多么美好的严寒之夜，猎户座闪闪发光，北极光多棒啊！让人家谈论他们永恒温室一般的东方之夏的气候吧；我只想拥有一种特权，用自己的煤炭制造自己的夏天。

可是拉撒路会怎么想？他能将冻得发青的双手举向壮丽的北极光来取暖吗？难道拉撒路不是宁可待在苏门答腊也不愿意待在这儿吗？难道他不更愿意四仰八叉躺在赤道上吗？是的，诸位神明！为了抵御这严寒，哪怕下到地狱灼热的深坑都行啊。

现在，那拉撒路竟然躺在财主门前的路边石上，这可比一座冰山靠上摩鹿加群岛的一个岛还要奇妙。至于财主本人，他自己也像个沙皇一样，住在用冰冻的叹息造成的冰宫里，而且，作为戒酒协会的会长，他也只能啜饮孤儿们微温的眼泪。

不过，还是不要再这样哭哭闹闹地诉苦了，我们就要去捕鲸了，这种事情还多着呢。让我们刮掉冻在靴子上的冰，看一看这“喷水鲸客店”究竟是个什么所在。

第三章　喷水鲸客店

进入那家有山形墙的喷水鲸客店，你发现自己置身于一条又宽又矮、弯弯曲曲的过道，带有老式的护墙板，让你想起某条该死的旧船的舷墙。过道一侧悬挂着一幅很大的油画，烟熏火燎，已经彻底损坏了，你借着不对称的交叉光线端详着它，只有凭借费尽心力的研究，反复周密的考察，再仔细咨询邻居们，你才能多少理解它的含意。如此不可理解的大大小小的阴影，起初让你几乎以为是某个野心勃勃的年轻艺术家，在新英格兰女巫猖獗的时代，致力于描绘巫术造成的混乱景象。但是经过一番认真端详和反复思索，尤其又将过道后面的小窗户猛地打开，你终于得出了结论，这种描绘混乱的想法，无论多么疯狂，却并非全然没有根据。

可是最让你迷惑不解的是，画面中央有一长溜柔软而不祥的黑东西，盘旋在三条暗蓝色的垂直线条之上，这些垂线又漂浮在一片莫名其妙的泡沫之中。真是一幅沼泽般潮湿而沉闷的画面，足以让一个神经衰弱的人为之心烦意乱。不过，有一种无限的、不可企及的、难以想象的崇高气息弥漫其中，刚好让你为之留步，身不由己要发誓找出这神奇画面的含意。可是啊，不时地有一个聪明但具有欺骗性的想法将你贯穿。——那是午夜大风中的黑海。——那是四大元素的反常争斗。——那是一从枯萎的石楠。——那是一幅北方乐土的冬景。——那是冰封的时间之流的迸发涌流。但是到了最后，这一切幻想都让位给了画面中间那团不祥之物。一旦弄明白这个东西，其他一切就一清二楚了。可是且慢，那东西难道不是和一条大鱼有所相似，甚至就是那大海兽本身吗？

事实上，艺术家的意图似乎是这样的：我就此画与许多上了年纪的老人交谈过，我的结论多少是以他们的综合意见为基础的。这幅画表现的是猛烈飓风中的合恩角；半搁浅的船在风中起伏，只能看见三根已经失去船帆的桅杆；一头愤怒的鲸鱼正企图从船上跃过，这个凶猛的动作只怕会把它自己钉在三根桅杆上。

过道对面的墙上挂满了一排排野蛮怪异的棍棒和鱼枪。有的周身钉满了类似锯齿的闪光尖齿；有的装饰着人类毛发编织的穗子；有一根是镰刀形的，带有一个横过来的巨大的把手，就像长臂割草机在新割过的草地上留下的痕迹。你一边凝视着，一边耸耸肩膀，奇怪是什么怪异的食人者和野蛮生番才能用这样一把可怕的镰刀去收割死亡。混杂在这些东西中间的还有一些古老生锈的捕鲸枪和标枪，全都折断变形了。有的还是传说中赫赫有名的武器。五十年前，南森·斯万就是用这把捕鲸枪，从日出到日落一天之间就杀死了十五头鲸鱼，现在它已经弯曲得和人的肘部一样了。而那把鱼枪——现在已经像把螺丝锥了——曾经被投进了爪哇海，被一头鲸鱼带走，数年后，这头鲸才在布兰科角被杀死。起初鱼枪刺中的是鲸尾附近，它像一根不肯安分的针，留在鲸鱼体内，移动了足足四十英尺，最后发现它嵌在鲸鱼的背峰里。

穿过昏暗的过道，继续经过一条低矮的拱道——一定是从过去通向各处火炉的巨大的总烟囱管中开辟出来的——你便进入了客店的堂屋。这是个更为昏暗的地方，上方是低矮笨重的房梁，下方是陈旧起皱的地板，你恍惚间几乎以为自己踏上了一艘老船的舵手座，尤其是在这么一个狂风呼啸的夜晚，这艘困在角落里的古老方舟还在剧烈地颠簸摇晃。堂屋另一侧立着一个又长又矮的搁架模样的桌子，上面摆满了破裂的玻璃瓶，装着从这个广阔世界的天涯海角收集来的灰扑扑的稀罕物品。房间对面的角落里突显出一个黑洞洞的窝巢——酒吧间——粗略设计成一头露脊鲸脑袋的形状。不管怎么样，那儿立着一块巨大的拱形的鲸鱼下颚，宽得很，几乎都可以从下面通过一辆马车。酒吧间里面是一些破旧的搁架，陈设着旧的细颈圆瓶、狭颈小口瓶、长颈瓶；在这足以迅速导致毁灭的鲸颚里，一个瘦小枯干的老头正在忙碌，就像另一个受诅咒的约拿（他们也真的叫他约拿），为了水手们的钱，而向他们高价兜售谵妄和死亡。

令人作呕的是他倾注毒药的玻璃杯。尽管外表是真实的圆筒——而内里，这些混账的绿杯子呈骗人的锥形，越往下收缩得越小，一直到杯子底部。这些好似拦路强盗的酒杯外壁，粗糙地刻着一圈圈平行的刻度线。酒斟到这个线上，你就得支付一便士，再斟到那个线上，就再付一便士，如此这般，直到把杯子斟满——这种合恩角的度量方式，你能一口喝掉一个先令。

一进到这个地方，我就发现有一大帮年轻海员，正聚拢在桌旁，在暗淡的灯光下仔细察看着各式各样水手自制的工艺品。我找到老板，告诉他我要一个房间，回答是房间全都满了——一张空床都没有。"且慢，"他拍打着自己的前额，又补充道，"你不反对和一个标枪手盖一条毯子吧？我猜你是来捕鲸的，所以你最好习惯习惯这种事。"

我告诉他我从来都不喜欢两个人睡一张床；如果非得这样，那也得看那标枪手是个什么样的人，如果他（店老板）真的没有别的地方给我住，而那标枪手又确实不讨厌的话，在这么凄苦的夜晚，与其在一座陌生城市里继续游荡，我宁可和一个正派人分享一条毯子。

"我也是这样想的。好了，坐吧。晚餐呢？——你需要晚餐吗？晚餐马上就好。"

我在一张陈旧的木制高背长靠椅上坐下，椅子上到处是刻痕，和炮台公园里的椅子一样。这长靠椅的另一端，一个心事重重的水手在用他的大折刀给它添加装饰，他弯腰弓背，孜孜不倦地在两腿之间的空档里忙活着。他是想试试手艺，刻一艘

扯了满帆的船，但是看来进展不大。

最后，我们四五个人被叫到隔壁房间吃饭。房间里冷得像冰岛一样——根本没有生火——老板说他生不起火。只有两根凄凉的牛油蜡烛，结着蜿蜒的烛泪。我们不得不将紧身短上衣的扣子扣紧，用半冻僵的手将滚烫的热茶杯凑近自己的嘴唇。不过食物倒是实惠极了——不但有肉和土豆，还有汤团；老天爷！晚餐有汤团！一个穿绿色披肩外套的小伙子，正以极其可怕的吃相来解决这些汤团。

“小伙子，”老板说，“你今晚肯定要做噩梦的。”

“老板，”我低声说，“他不会就是那个标枪手吧？”

“哦，不是，”他说，表情显出一种恼人的狡黠，“那个标枪手是个黑皮肤的家伙。他从来不吃汤团，他不吃——他除了牛排什么都不吃，而且他喜欢半生不熟的。”

“让他见鬼去吧，”我说，“那个标枪手在哪儿？在这儿吗？”

“他很快就会来了。”老板回答说。

我忍不住开始怀疑起这个“黑皮肤”的标枪手来了。无论如何，我打定主意，如果到最后我们真要睡在一起，他必须先脱衣上床。

吃过晚餐，大家又回到酒吧间去了，我不知道接下来要做什么，就决定做个旁观者，消磨掉傍晚剩余的时光。

这时，外面传来一阵喧闹声。老板跳了起来，叫道：“那是‘逆戟鲸号’上的水手。我今天早晨看见它在附近海面上发信号了；出海三年，满载而归。太好了，小伙子们，我们现在马上就能听到斐济岛最近的消息了。”

一阵水手靴子的踩踏声在过道里响起；门轰然而开，大摇大摆地进来一群野性十足的海员。他们裹着粗糙蓬松的水手大衣，头上蒙着羊毛围巾，全都缝缝补补，破烂不堪，僵硬的胡须上结着冰碴，活像一群从拉布拉多跑出来的北极熊。他们刚刚从船上来到陆地，这是他们进入的第一座建筑。毋庸惊奇，他们随后便直奔鲸嘴，也就是酒吧间而去，那个干瘪的小老头约拿正在那里行使职务，很快就给他们每个人都倒了满满一杯。一个水手抱怨自己得了重感冒，头很痛，约拿便用杜松子酒和蜜糖为他调了一杯沥青一般的饮料，发誓说那绝对是包治所有感冒伤风的灵丹妙药，绝不用担心病症拖了多久，是在拉布拉多沿岸得的，还是在一座冰岛的顶风面得的，都会药到病除。

很快，酒劲就上头了，通常都是这样，哪怕是新近上岸的十足的酒徒。于是，他们开始喧闹无比地欢呼雀跃起来。

不过，就我的观察来看，他们中有一个人一直保持着某种冷漠的态度，尽管他显然不想用他那副冷静的面孔来败坏同伴们的欢闹，但是从整体上来看，他有所节制，没有像其他人那样弄出那么大的噪音。这个人马上引起了我的兴趣；既然海神已经预定了他不久就会成为我的同船伙伴（尽管就这个故事而言，他不过是一个同床而眠的宿伴），我这里愿意稍微冒点风险，把他描绘一番。他站起身时足足有六英尺高，肩宽背厚，胸脯就像一道围堰。我很少在一个男人身上看见这样发达的肌肉。他面呈深棕色，满是风吹日晒的痕迹，这种对比使得他洁白的牙齿炫目耀眼；同时，在他双眼深深的暗影中，浮动着似乎并没有给他带来多少快乐的回忆。他的口音一听就是南方人，从他漂亮的身材上看，我认为他一定是那些高大的山民的一员，来自弗吉尼亚州的阿利根尼山脉。

当他同伴的狂欢达至高潮时，这个男人悄悄地溜走了，在他成为我的航海同伴之前，我就再也没有看见过他。然而，几分钟之后，他的同伴们就想起他来了，而且，他们似乎非常喜欢和他在一起，他们发出叫喊：“布尔金顿！布尔金顿！布尔金顿在哪儿？”并且冲出屋子，追随他而去。

此时已时近九点，在这些纵情狂欢之后，房间里显得反常的安静，有些瘆人，我开始为自己庆幸，就在那些水手进来之前，我已经想到了一个小小的计划。

没有人喜欢与人共睡一床。事实上，你很可能连和你自己兄弟同睡都不乐意。我不知道这是怎么回事，但是在睡觉的时候，人们喜欢独自一人，无人打扰。至于和一个素昧平生的陌生人睡在一起，在一间陌生的客栈，一个陌生的城市，而那陌生人还是个标枪手，那么你的反感便会无限加重，不知道要加重多少倍。作为水手，为什么我就要和人同睡一床，而不能和其他人一样，这里边没有什么实在的理由；因为水手在海上也不是两人同睡一床的，岸上的单身国王也都是一个人睡的。当然，水手们全都睡在一个舱里，但是每人会有自己的吊铺，盖自己的毯子，还可以赤身裸体地睡。

对这个标枪手我越是琢磨，越是憎恶要和他同睡，一想到就心烦。很明显，我相信，作为一个标枪手，他的亚麻布或羊毛衬衫，正如通常的情况那样，一定不会太干净，当然也不会是最柔软的。我开始为这一切感到痉挛般的难受。此外，天色已经很晚了，我那正派得体的标枪手也该回屋就寝了。假设他深更半夜跌跌撞撞地摸进我的被窝——谁又能说清他是从什么肮脏的鬼洞里出来的呢？

“老板！我改主意了，那个标枪手——我不和他一起睡了。我就在这里的凳子上凑合一下吧。”

“随你的便；很抱歉我无法腾给你一张桌布当床垫了，这凳子板又粗糙得要命。”老板抚摸着凳子上的结子和凹痕，“可是且慢，猎鲸者，我这酒吧间里刚好有木匠的刨子——等等，我说，我会让你睡得足够舒适的。”他一边这样说着，一边取来了刨子，先是用他的旧绸手绢掸了掸凳子上的灰，然后使劲地在我要用作床铺的凳子上刨开了，一边还像头猿猴一般龇着牙笑。刨花向两边飞散，直到刨子刃碰上了一个刨不动的结子。老板几乎扭伤了手腕，看在老天爷的份上，我要他别干了——床已经够软，够我睡的了，况且，随你怎么刨，我都不知道一块松木板子怎么能变成鸭绒垫子。于是，他又是龇牙一笑，收拾起刨花木屑，抛进房间中央的大炉子里，便继续忙他的事情去了，留下我一个人独自出神。

现在我开始打量起这条凳子来，发现它短了一英尺；不过，可以用一把椅子来弥补。但它还是窄了一英尺，而房间里其他的凳子大约都比刨过的这条高出四英寸左右——都没有适合搭配的。于是，我沿着唯一空着的墙壁将那第一条凳子安置好，在凳子和墙壁之间留了一点点空隙，以便我的背部可以安顿在里边。可是很快我就发现，一股冷空气从窗台下方涌了进来，吹在我身上，这个计划根本不管用，尤其还有另一股气流，来自摇晃的大门，与窗户吹进来的气流相遇，共同形成了一系列小小的旋风，直接吹在我打算过夜的这块地方。

我心想，让魔鬼抓走那个标枪手吧，可是等等，难道我不能抢在他前头吗——从里边把门闩上，跳上他的床，随他把门擂得多响，都绝不醒过来？这主意似乎不赖，可是转念一想，我又打消了这个念头。谁能知道第二天早上会怎么样呢，说不准我从房间一露头，那个标枪手就已经站在过道里，早就等着要把我打翻在地呢！

我又四下打量了一番，明白不可能有什么机会凑合一晚了，除非我与另一个人同床而眠，我开始想到，也许我对这个素昧平生的标枪手怀有的偏见，到头来是毫无根据的。我盘算着，我要等上一会儿，他很快就会闯进来。我得好好看看他，也许我们最后会成为一对快乐的床伴呢——这谁能说得准啊。

可是，尽管其他的住客陆陆续续或单独或三两成双地进来，上床睡觉了，我那位标枪手却依然不见踪影。

“老板！”我说，“他是个什么样的家伙啊——他总是这么晚回来吗？”此刻已经接近午夜十二点了。

店主人又轻声地咯咯干笑起来，似乎被我无法领会的什么东西逗乐了，显得十分开心。“不，”他回答道，“通常他是个早鸟——早睡早起——对啦，就是那种早起的鸟儿有虫吃的主儿。可你知道，今天晚上他出去贩私去了，我不知道什么事情拖住了他，这么晚还没回来，除非是他卖不掉自己的脑袋了。”

“卖不掉自己的脑袋？——你和我说的是什么骗人的鬼话？”我大发雷霆起来。“老板，你真的是说，这个标枪手果真在这个上帝保佑的星期六晚上，或者不如说是星期天早上，在全城四下兜售他的脑袋吗？”

“的确是这样，”店主人说道，“我告诉过他，在这里他别想卖出去，市场饱和了。”

“卖什么啊？”我叫道。

“当然是脑袋了；世上的脑袋难道还不够多吗？”

“我告诉你是怎么回事吧，老板，”我相当平静地说，“你最好别再和我胡扯——我可不是雏儿。”

“也许吧，”他拿出一根火柴棍，削成牙签，“不过我倒以为，如果那个标枪手一听到你在诽谤他的脑袋，你可就有好瞧的了。”

“我会替他打破他的脑袋，”我说，店主的这些莫名其妙、乱七八糟的胡话让我火冒三丈了。

“他的脑袋已经破了。”他说。

“破了，”我说，“破了，是真的吗？”

“当然了，我猜那正是他的脑袋卖不出去的原因。”

“老板，”我走到他跟前，冷静得就像暴风雪中的赫克拉山，“老板，别削了。你和我一定要彼此了解了解，片刻都不要耽搁。我来到你的店里，我需要一张床位，你告诉我只能给我半张床；另一半属于一个什么标枪手。而关于这个标枪手，我还没有见到过，你一直在对我说些阴阳怪气令人气恼的鬼话，让我对你安排和我同睡一床的人起了一种很不舒服的感觉——老板，同睡一床是一种关系，是一种最高程度的亲密和信任的关系。我现在要求你说清楚，告诉我这个标枪手是谁，是什么样的人，我和他过夜是否绝对安全。首先你最好收回那个关于他出售自己脑袋的鬼话，如果事情是真的，这便再好不过地证明这个标枪手是个十足的疯子，我不想和一个疯子睡在一起；而你，先生，我指的是你，老板，你，先生，你故意哄骗我和他睡在一起，你这样做，就有资格面临刑事指控了。”

“好啊，”店主人深深地吸了口长气，“对于一个时不时发点小脾气的人来说，这真是个漫长美妙的布道啊。不过放松些，放松，我和你说的这位标枪手刚好来自南海一带，他在那里买了很多涂了香油的新西兰人头（你知道，那可是了不起的古董），他全都卖了，只剩下一个，他打算今晚把它卖掉，因为明天是星期天，人们都会去教堂做礼拜，那时候满街叫卖人头是不合体统的。上个星期天他就想卖，他刚要出门时我把他拦住了，他用绳子串着四颗人头，那样子就像提着一串洋葱头。”

这个解释澄清了整件事那莫名其妙的神秘色彩，表明店主人毕竟没有愚弄我的意思——但是与此同时，在星期六晚上夜不归宿，兜售偶像崇拜者的死人头，还要把这种凶残的买卖一直干到神圣的安息日，对于这样的标枪手，我能做何感想呢？

“就凭这一点，老板，那个标枪手就是个危险人物。”

“他按时付账的，”店主人回答说，“好啦，天色不早了，你最好还是钻被窝去吧——那是张不错的床；萨尔和我结婚时睡的就是那张床。床上的地方够大的，两个人足可以踢蹬腿的了；那是张非常大的大床。嘿，我们在放弃它之前，萨尔习惯把萨姆和小强尼放在我们的脚下。可是有一天我做梦时乱折腾，结果把萨姆蹬到了地上，差点摔断了胳膊。从那以后，萨尔就说床不管用了。这边来吧，我给你点个亮。”这样说着，他点燃了一根蜡烛，向前举着，要给我带路。我犹豫不决地站在那里；这时，他望望墙角里的钟，叫了起来：“我敢发誓，这已经是星期天了——今晚你不会看见那个标枪手了；他肯定在什么地方抛锚了——那就来吧，快点，你到底来不来？”

我思忖了片刻，然后我们来到楼上，我被领进一个很小的房间里，冷得像蛤蜊，果真有一张惊人的大床，大得几乎足够并排睡下四名标枪手的。

“就在那儿，”店主人说，一边把蜡烛放在一个古怪的旧水手柜上面，那柜子有双重用途，既当洗脸架又在屋中间当桌子用，“就那儿，把自己弄舒服吧，晚安。”我收回打量床铺的目光，转回身，他已经消失了。

我把床罩叠起来，弯身把床打量了一番。尽管根本谈不上雅致，它依然经得起端详，差强人意。然后我巡视了一下房间；除了床架和屋中间的桌子，再也看不到其他属于此地的家具了，只有一个粗糙的架子，四堵墙壁，一张纸糊的壁炉遮板，画着一个男人在击打一头鲸鱼。还有些东西完全不属于这个房间，一张捆扎起来的吊铺，丢在一个角落的地板上；一个大水手包，装着标枪手的行头，无疑在陆上权充旅行箱了。此外，还有一捆异国风情的鱼骨架吊在火炉上方的架子上，床头处立着一支长长的标枪。

可这柜子上是什么东西？我把它拿起来，凑近烛光，摸了摸，又闻了闻，尝试了每一种可能的方法，想得出与之有关的满意结论。我无法拿它和任何东西做比，它就像是一张门垫，边缘装饰着丁零响的小穗子，有点类似于印第安人鹿皮鞋上染了色的豪猪刺。这个门垫中央有个洞或是裂缝，和你在南美洲看见的毯状斗篷一个样。但是哪个冷静的标枪手会穿上这样一块门垫子，以这种装扮，在基督徒的城市里到处游逛呢？我把它穿起来，试了试，沉重得就像一件必要而又碍事的船具，又粗又厚，异乎寻常，我觉得还有点潮湿，仿佛这个神秘的标枪手在雨中穿了一整天。我穿着它走近粘在墙壁上的一块小镜子，那情景，我一生中还从未见过。我赶紧把它扯了下来，慌忙中居然扭了脖子。

我在床边坐下，开始琢磨起这个兜售人头的标枪手和他的门垫子来。在床边想了一会儿之后，我起身脱掉了紧身短上衣，站在屋中央继续思考。接着，我又脱掉了上衣，穿着衬衫想了一小会儿。我几乎脱光了半身，开始感觉冷得厉害，于是想起店主人曾经说过，标枪手晚上根本就不会回来的，夜已经很深了，我不再自找麻烦，甩掉裤子和靴子，吹灭蜡烛，滚上床，把自己托庇给了上帝。

床垫子里塞的是玉米芯，还是碎陶器，没有人能说得清，总之我翻来覆去地折腾，很长时间无法入睡。最后终于有点瞌睡了，正准备进入黑甜之乡的当口，却听到走廊里响起了沉重的脚步声，一束微光从门缝下面照进了房间。

上帝保佑我吧，我心想，肯定是那个标枪手，那个可恶的人头贩子。我一动不动地躺着，决定一句话都不说，除非他先跟我说话。这时，那陌生人一手举着蜡烛，另一只手拎着那独一无二的新西兰人头，进了房间，他一眼都没有向床上望，就把他的蜡烛好心地放在离我很远的一个角落的地板上，开始忙着解开我以前说过的那个大袋子上的绳结。我急于看清他的脸，但是有一阵子他一直背着我，专心地解着口袋嘴。然而，等这件事办完，他转过头来——老天爷！怎样一副德行啊！怎样的一张脸啊！黑里透紫，还带点黄，到处粘着发黑的大方块。是的，就像我想的那样，这是个可怕的床伴；他一定是和谁打仗了，受伤不轻，这是刚从外科医生那里回来。可就在这时，他偶然将脸转向火烛，我清楚地看见，他两颊上的那些黑方块根本不可能是贴的膏药，它们是某种污迹。起初我不知道这是怎么回事，可是不久，一个模糊的真相开始浮上心头。

我记起一个白人的故事——也是一个捕鲸者——他落入了食人生番手中，被强行文了身。我推断这个标枪手，在他遥远的航行中，一定遇见过类似的风险。我又想，这毕竟也算不了什么！这仅仅是他的外表；一个诚实的好人无论是什么肤色，都还是诚实的好人。可是，他怪异的肤色又是怎么回事呢，我指的是那些文过的小方块周围、与其毫无关系的那部分皮肤。确定无疑，那可能只是热带太阳晒出来的，可我从未听说过烈日能将一个白人晒成黄中带紫。不过，我从未到过南部海洋；也许那里的太阳的确能在人的皮肤上造成这样非凡的效果。

现在，所有这些念头都像闪电一样穿过我的脑海，而这个标枪手却根本没有注意到我。在费了很大劲才终于打开袋子之后，他开始在里面笨拙地摸索，掏出一把短柄斧头，和一个带毛的海豹皮皮夹。他把这些东西放在屋中央的旧水手柜上，然后拿起那个新西兰人头——一个很是瘆人的东西——把它塞进袋子。他摘掉帽子——一顶崭新的海狸帽——我吃惊得几乎叫了出来。他的头上根本没有头发——至少是没有称得上头发的东西——只有一小绺头髻，蜷在前额上。他的光头发紫，活像个发了霉的骷髅。如果这陌生人不是站在我和门之间，我就会蹿出门去，比我奔向晚餐还要迅速。

即便如此，我也还在想着怎么从窗户溜出去，可房间在二楼后面。我不是懦夫，但是这个兜售人头的紫色魔鬼是个什么东西，实在是超出了我的理解能力。无知是恐惧之父，我完全被这个陌生人弄得困窘不安，糊里糊涂，我承认自己非常害怕，就如同魔鬼本人在深更半夜闯进了我的房间。事实上，我吓得连向他打招呼的勇气都没有了，更何谈要求他就他这些莫名其妙的事情给我一个满意的解释呢。

与此同时，他继续脱衣服，最后露出了胸膛和胳膊。的的确确，这些平时遮住的地方也和他的脸上一样布满了黑方块；

他的后背也全都是同样的黑方块；他就像是参加了三十年战争，刚刚浑身贴满膏药逃了出来。更有甚者，他的两腿上也都是印记，仿佛一群暗绿色的青蛙爬上了小棕榈树的树干。现在，事情十分清楚了，他一定是个可憎的蛮子，不知怎么在南部海洋上了一艘捕鲸船，就这样在这个信奉基督教的国家上了岸。一想到这个我不由得发起抖来。一个人头贩子——那些有可能就是他亲兄弟们的脑袋。他也许还会觊觎我的脑袋呢——老天爷！看看他那把短柄斧吧！

可是已经没有时间发抖了，此刻这野蛮人的行为完全吸引了我的注意力，让我确信他的确就是个异教徒。他走向他沉重的粗布大外衣，或者说是裹头斗篷，或者是厚呢子大衣之类的东西，他先前把它挂在了一把椅子上，他在大衣口袋里摸索了一番，最后掏出一个怪异畸形的驼背小人像，和出生三天的刚果婴儿一个颜色。我想起那个涂了香油的人头，起初几乎以为这个黑侏儒就是个真正的婴儿，用类似的方法腌制保存下来的。但是我发现它一点都不柔软，而且像磨光的黑檀木一样闪耀着光泽，便推断它一定是一个木头偶像，结果证明的确如此。现在这蛮子来到空空的火炉边，把纸糊的壁炉遮板挪开，把这个驼背的小木偶像十柱戏的一根柱子一样，立在搁柴的炉箅子之间。壁炉烟囱的侧墙和内里所有的砖头都蒙满了煤灰，于是我想，这个火炉正适合做个小小的神龛或礼拜堂，来供奉他那个刚果偶像。

现在我眯起眼睛，尽力盯着那半隐半现的人像，同时又感

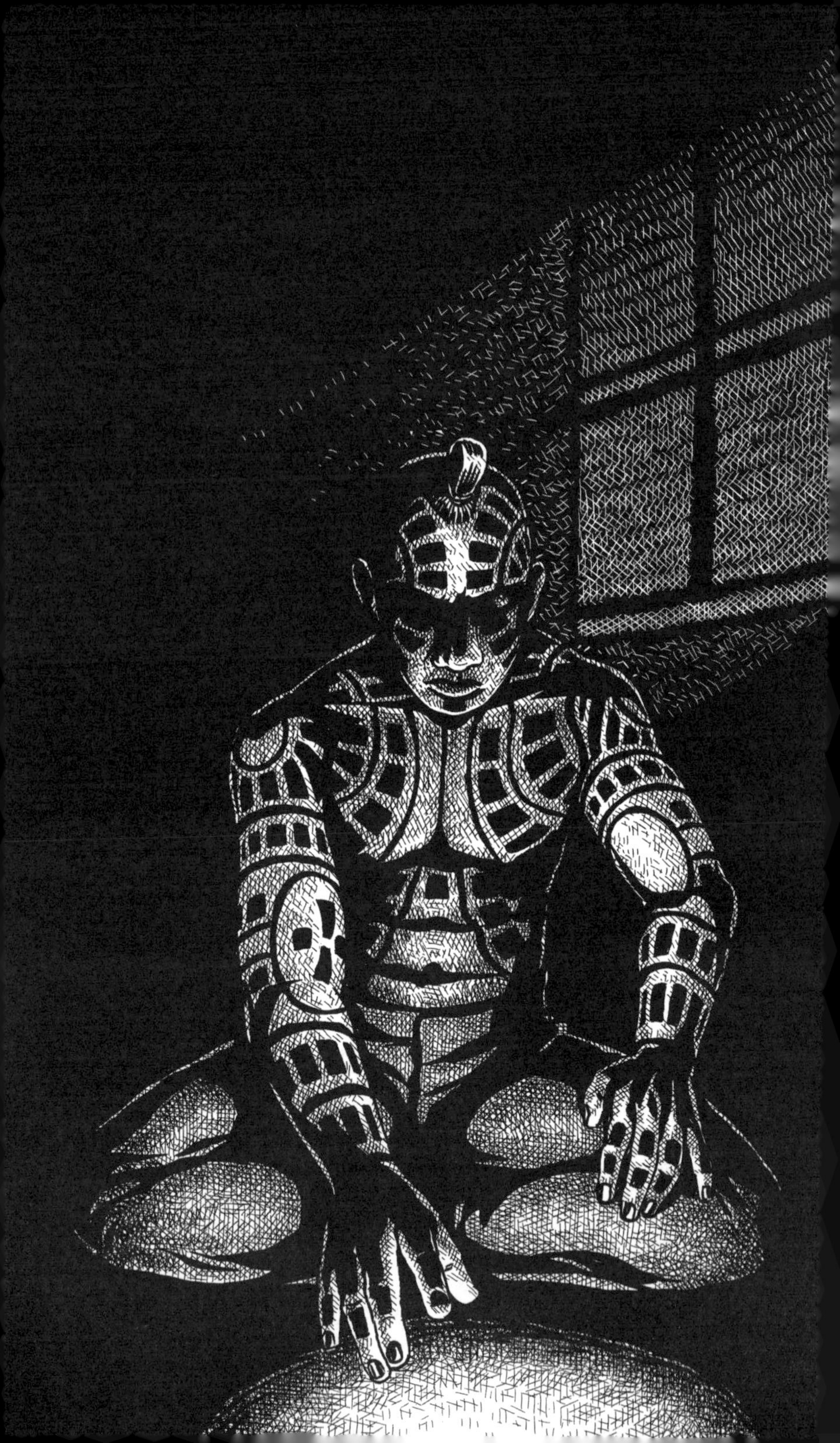

觉焦虑不安——要看看他接下来有何作为。他先是从那件粗布大外套的口袋里取出两捧刨花，小心地放在偶像前面；然后在刨花上放了一小块船上用的饼干，借蜡烛的火苗将刨花点燃，烧成一堆祭火。片刻之后，他快速地伸手到火里去抓饼干，又更快地缩回来，反复多次之后（他的手指似乎烫得很痛），他终于取出了饼干，随后吹了吹上面的少许灰烬，凉一凉，便恭敬地供给那个小黑鬼。但是那小鬼似乎对这干巴巴的食物毫无兴趣，连嘴唇都没有动一下。伴随着这些奇怪而滑稽的动作，这个信徒喉咙里发出更为奇怪的声音，似乎在用一种歌唱的方式来祈祷，或是在唱一首异教徒的圣歌，诸如此类，在此过程中，他的脸一直在极其不自然地抽搐着。最后他熄灭了火焰，毫不客气地拿起偶像，又塞回他粗布外衣的口袋里，仿佛一个猎手对待一只死山鹬一样漫不经心。

这一大套古怪的程序加剧了我的反感，看到他有即将结束这例行公事的明显征兆，就要跳上床和我睡在一起了，我想这正是空前绝后的良机，在蜡烛熄灭之前，把困了我这么久的魔咒打破。

我正在盘算要说什么的这段时间，真是成了性命攸关的时刻。他从桌子上抓起短柄斧，检查了一下斧头，然后把它伸向烛火，用嘴含住斧柄，喷出一大股烟雾来。紧接着烛光熄灭了，这野蛮的食人生番，牙齿间咬着短柄斧，腾地跳上了床，和我躺在一起。我忍不住叫了出来，发出一阵吃惊的咕哝声，他开始摸索着找我。

我结结巴巴不知说了些什么，从他手底下滚过去，靠墙躺着，一边恳求他，不管他是什么人，是干什么的，都得安静下来，让我起来把蜡烛重新点上。可是他咕哝的回应马上让我明白了，他根本没有领会我的意思。

“该死的，你是谁？”他终于说话了，“你不说话，该死的，我就杀了你。”这样说着，那燃着的短柄斧烟斗就在黑暗中开始向我挥舞起来。

“老板，看在上帝分上，彼得·考芬！”我叫喊道，“老板！值班的！考芬！天使们啊！救救我吧！”

“说话！告诉我你是谁，该死的，不然我杀了你！”这食人生番再次咆哮道，并且可怕地挥舞着他的短柄斧烟斗，把灼热的烟灰撒在我身上，我甚至以为我的亚麻衬衫都要着火了。谢天谢地，这时店主人拿着蜡烛进来了，我从床上一跃而下，向他奔了过去。

“现在别怕了，”他说，又龇牙笑起来，“奎奎格不会动你一根头发的。”

“别再龇牙笑了，”我嚷道，“为什么你不告诉我这个可恶的标枪手是个食人生番？”

“我以为你知道呢；——难道我没有告诉你，他是在城里兜售人头的主儿吗？——好了，还是进被窝睡觉吧。奎奎格，你看着——你明白我，我也明白你——这个人和你一起睡——你的明白？”

“我大大的明白。”奎奎格咕哝着回答，坐在床上，噗噗吹他的烟斗。

“你上床来！”他补充道，用他的短柄斧向我示意，把他的衣服抛到一边。他这么做不仅很有礼貌，而且的确和善可亲。我站在地上，看了他一会儿。尽管满身刺青，大体上他还是个整洁标致的食人生番。我大惊小怪折腾了一大阵子，这算什么呢，我暗自思忖——这个人和我一样是个人：他有同样的理由害怕我，就像我害怕他一样。和一个头脑清醒的食人生番睡，总好过和一个醉醺醺的基督徒睡吧。

“老板，”我说，“告诉他，把他的短柄斧，或者是烟斗，或者是随便你叫它什么东西，给我先放起来，别再抽了，总之，我会和他一起睡的。但是我不喜欢有人在床上抽烟，这很危险。再说，我也没有买保险。”

这番话被转述给了奎奎格，他马上照办了，并且再一次礼貌地向我示意，让我上床——他自己尽量让到另一边去，仿佛在说：“我连你的腿都不会碰到的。”

“晚安，老板，”我说，“你可以走了。”

我上了床，有生以来还从没有睡得这么香甜过。

第四章　被子

第二天早上醒来已是天光放亮，我发现奎奎格的一只胳膊搭在我身上，满是柔情爱意。你几乎会以为我是他老婆。被子是东拼西凑而成，满是零零散散色彩纷乱的小方块和小三角；他刺满文身的这只胳膊上满是克里特迷宫一般漫无止境的图案，没有任何两处完全相同的色调——我推测这是因为，他出海时把胳膊一会儿暴露在阳光中，一会儿又藏在阴影里，他的衬衫袖子在不同时候挽的高低位置也毫无规律可言——我要说，他的这只胳膊，看起来就和那条百纳被子一模一样。的确，我刚醒时，那只胳膊的一部分压在被子上，我几乎分辨不出来，它们的色调混在一起，难解难分；凭我感觉到的重量和压力，我才能断定是奎奎格在搂着我。

我的感觉很奇怪。我尝试着来解释解释。我还是个孩子时，我十分清楚地记得一种发生在我身上的类似情况；它到底是真事还是做梦，我始终无法完全确定。情况是这样的。我正在砍一枝马槟榔之类的东西，我觉得它想爬到烟囱上面去，就像几天前一个小个子扫烟囱的人那样；而我的继母，不知为了什么，一直在用鞭子抽打我，不让我吃晚饭就上床睡觉——她抓住我的两腿把我从烟囱里拖出来，打发我上床，尽管才下午两点，那是六月二十一日，在我们的半球那是一年中白昼最长的一天。我感到糟透了。可我束手无策，只好上楼，回到我三楼的小房间，尽可能慢地脱衣服，磨磨蹭蹭消磨时间，最后痛苦地叹息一声，钻到被窝里。

我躺在床上沮丧地计算着时间，还有整整十六个小时，我才能起来。要在床上躺十六个小时！一想到这里我的背就隐隐作痛。而且天光是如此明亮；太阳透过窗户照进来，街道上充满了四轮大马车嘎吱嘎吱的声音，房子周围回荡着人们快乐的喧嚷声。我的心情越来越糟糕——最后我从床上起来，穿好衣服，脚上只穿了袜子，轻轻地下楼来，找到我的继母，猛地扑倒在她脚边，恳求她用拖鞋好好拍我一顿，作为对我不轨行为的一个特别恩惠；怎么样都行，只要别罚我难熬地在床上躺这么长时间。但是，她是那种最好最尽责的继母，我只得又回到自己的房间。

有几个小时我十分清醒地躺在那里，心情比以往任何时候还要糟糕，甚至在我后来遭遇到的最大的不幸当中，我也没有这么难受过。最后我一定是打了个盹，坠入了一个不安的梦魇之中；随后我慢慢苏醒过来——半睡半醒的——我睁开眼睛，先前阳光明媚的房间现在完全陷入了黑暗。突然，我浑身一震，什么都看不见，什么都听不见，只感觉一只神秘的手就放在我的手上。我的胳膊垂在被子上，而那无以名状、难以想象、沉默不语的人或幽灵，那只手的主人，似乎就紧靠着坐在我的床边。仿佛过了一个又一个世纪，我躺在那里，强烈的恐惧让我动弹不得，仿佛冻僵了一般，我不敢抽回手；我也曾想过，但凡我可以稍微动一下我的手指，这可怕的魔咒就会烟消云散。我不知道这种感觉最终是怎样悄悄消失的；但是早上醒来，想起这些我依然战栗不已，后来，多少天，多少个星期，多少个月,我一直迷失在困惑之中,试图弄清楚这件神秘莫测之事。不，直到此时此刻，我还经常为之冥思苦想。

现在，抛开强烈的恐惧不说，感觉到有一只神秘的手放在我手上，和我现在醒来发现，奎奎格这个异教徒的手臂搂着我，其怪异的感觉非常类似。但是，过去一夜发生的事情终于一件一件清醒地回忆起来，确凿无疑，实实在在，于是我才意识到自己陷入了多么滑稽的困境。我想把他的胳膊挪开——挣脱他新郎式的拥抱——然而，尽管他还在沉沉大睡，却依然把我搂得死死的，仿佛只有死亡才能将我们这一对儿分开。我尽力想把他唤醒——“奎奎格！”——可他的回应只是一声咕哝。

随后我翻过身去，我的脖子感觉就像是套上了马轭，突然又感觉到有点轻微的擦伤。我把被子掀到一边，被子下面放着那把短柄斧，就在这蛮子的身边，像一个生了斧子脸的婴儿。这可真是滑稽啊，我心想；在一个陌生的屋子里，在光天化日之下，跟一个食人生番和一把战斧共处一床！“奎奎格！看在上帝分上，奎奎格，醒醒！”我猛力扭动，不断地大声告诫他，用那种结婚式的风格搂着一个同性是非常不得体的，最后我终于使他发出了一阵咕哝声；现在，他收回胳膊，像一条刚从水里上岸的纽芬兰狗似的抖动着全身，在床上坐起来，僵硬笔直，像一杆鱼枪，注视着我，擦着他的眼睛，仿佛完全不记得我是怎么到了床上的。

不过他似乎慢慢明白过来了，模模糊糊地知道与我似曾相识。与此同时，我安静地躺着，看着他，心中已经没有任何严重的疑虑了，而是专心致志地打量起这个奇怪的生灵来。终于，他的大脑似乎确认了他的这个床伴的品格，似乎接受了这个事实;他从床上跳到地板上，比比画画，咿咿呀呀，试图让我明白，如果我高兴，他愿意先穿衣服，然后把整个房间让给我一个人来起床穿衣。

我想，在这种情况下，奎奎格啊，这真是个非常文明的提议；不过，事实上，这些野蛮人天生有一种内在的敏感，随你怎么说，他们在本质上就优雅有礼，真是不可思议。这个奎奎格尤其令我称道，因为他待我非常礼貌，殷勤周到，而我则对自己的粗鲁深感内疚；我在床上盯着他，自始至终观察他每一个盥洗打扮的动作，这时我的好奇心远远战胜了我的教养。不过，像奎奎格这样的人，你不是每天都能见到的，他和他的一举一动都值得大加关注。

他从脑袋开始装扮，先是戴上那顶海狸皮帽子，顺便交代一句，那帽子相当之高，然后——裤子还没有穿上——他就找到了他的靴子。老天爷在上，他都干了些什么，我真是没法说了，他的下一个动作就是手里拿着靴子、头上戴着帽子，挤到了床底下；从各种各样猛烈的喘息和挣扎来判断，他是在大费周章地给自己穿靴子；尽管我没有听说有任何成文的礼法，要求一个男人在穿靴子的时候要保持隐私。可是，你看见没有，奎奎格还是一个过渡阶段的生灵——既不是毛毛虫，也不是蝴蝶。他的文明程度刚好可以让他以最为奇怪的方式表现他的异国风情。他的教育还没有完成。他还是个肄业生。如果他不是稍微有一点教化，他也许就无须为了靴子费这么大的麻烦了；不过，如果他只是个野蛮人，他就永远连做梦都想不到要钻到床底下去穿靴子了。最后，他顶着凹瘪得十分厉害、一直压到眼睛上的帽子出现了，开始嘎吱嘎吱瘸着脚在屋地里乱走，仿佛还不太习惯他这双潮乎乎皱巴巴的牛皮靴子——也许根本就不是定制的——在严寒刺骨的早晨，这靴子刚一穿上就把脚夹得生疼，让他倍感苦恼。

你知道，窗户上没有窗帘，街道非常狭窄，从对面的房子可以一清二楚地看见这房间里的情况，观察到奎奎格制造的这个越来越不得体的场面，他除了帽子和靴子，几乎一丝不挂地在屋地当中嗖嗖转悠；我极力恳求他加快盥洗的进程，尤其是尽快穿上裤子。他顺从地照办了，然后继续梳洗打扮。

早晨的那个时刻，任何基督徒都已经洗完了脸；可是奎奎格让我大为吃惊，他满足于将自己的洗礼局限在胸部、胳膊和两手。紧接着他套上了马甲，拿起脸盆架台面上的一块硬肥皂，蘸了点水，开始往脸上涂肥皂沫了。我正在观察他把刮胡刀放在哪儿了，便瞧见他从床角里抄起标枪，卸掉木头长杆，从鞘中拔出枪头，在自己的靴子上磨了磨，大步跨到墙上的那面小镜子跟前，起劲地刮起脸来，或者毋宁说是在用标枪狠锉自己的两颊。我想,奎奎格啊,这是在用罗杰斯最好的刀具来复仇啊。后来我对这种操作便没有那么惊奇了，我逐渐了解到，他那标枪头系精钢打造，又长又直的刃口两边始终磨得无比飞快。

他的盥洗程序不久即告完成，他骄傲地步出房间，裹着他那了不起的领航员大外套，像一个元帅耍弄着指挥棒一样操起标枪。

第五章　早餐

我迅速跟着穿好了衣服，下楼来到酒吧间，非常愉快地和龇牙微笑的店老板搭讪。我对他并没有心存恶意，尽管他在我的床伴这件事上和我开了个不小的玩笑。

不管怎样，开怀大笑总是件大好事，可惜，这样的大好事也太难得了。所以啊，如果有什么人，以他自己特有的容貌，为所有人提供了笑料，他大可不必退缩，尽可以愉快地让别人拿自己当消遣。而且，既然那人身上有可以引人发笑的地方，在他身上肯定就还会有更多这样的品质，超乎你的想象。

酒吧间里现在挤满了住客，昨天晚上他们不断地闯进来，我还没有来得及好好打量打量他们。他们几乎全是捕鲸者；大副，二副，三副，木匠，箍桶匠，铁匠，标枪手，还有船老板；一帮肤色棕黄肌肉强壮的家伙，留着丛林般的胡须，毛发蓬乱，未经修剪，全都穿着紧身短上衣，而不是穿着晨袍。

你可以很清楚地分辨出每一个人已经上岸待了多久。这个年轻小伙子健康的面颊就像太阳晒过的梨子，似乎还散发出麝香味，他肯定从印度洋返航登陆还不到三天。他旁边那个，看起来肤色淡了一些，可以说有点儿椴木的色调。第三个人的肤色还留有一抹热带的淡黄褐色，但已经稍稍有点漂白了，他无疑在岸上已经逗留几周了。可是谁能说得准奎奎格那样的脸颊呢？它色彩斑驳，如同安第斯山脉西边的斜坡，布满一排排反差鲜明的气候带，一条跟着一条。

“开饭了，嚯！”店主人叫道，砰地推开一道门，让我们进去吃早饭。

据说，见过世面的人，风度举止会变得十分安逸从容，在同伴当中会显得沉着镇静。其实也不尽然，伟大的新英格兰旅行家莱迪亚德，和伟大的苏格兰旅行家蒙戈·帕克，这两位到了上流社会的会客厅就会极其局促不安。但是，单是像莱迪亚德那样乘坐狗拉雪橇穿越过西伯利亚，或是像可怜的蒙戈，全部壮举只是饿着肚子在黑非洲的腹地独自长途跋涉了一番——这种旅行，我认为，未必就是获得高雅的社交风度的最佳方式。而且，在极大程度上，这种事情到处都可以见到。

这些沉思完全是由这里的具体环境引起的，大家在桌边落座之后，我正准备倾听一些动人的捕鲸故事，可让我吃惊不小的是，几乎每一个人都保持着意味深长的沉默。不仅如此，他们还显得有些尴尬。是的，这里坐着的是一群老水手，其中有很多人，在怒海中会毫不畏怯地登到巨鲸的背上——那可是他们一无所知的东西啊——眼都不眨地把鲸鱼斗死；然而，这时他们一起坐在公共的早餐桌上——同样的职业，同样的癖好——他们却互相羞怯地打量着对方，仿佛是绿山[1]从未出过羊圈的绵羊。真是个奇怪的场面，这些羞怯的熊瞎子，这些温顺的猎鲸勇士！

至于奎奎格——哎呀，奎奎格也坐在他们中间——刚巧坐在桌子的一头，整个冷静得像一根冰柱。的确，我不能过多涉及他的教养问题。连他最狂热的崇拜者也无法真诚地为他辩解，为什么他吃早餐也要随身带着自己的标枪，并且在桌子上毫无礼貌地随意施用，将标枪伸过整个桌子，几乎刺到了许多人的脑袋，去把牛排勾到自己这边来。但是，他这么做时的确异常冷静，而每个人都知道，在大多数人心中，无论你做什么事，冷静就是文雅。

我们这里不再谈论奎奎格所有的怪癖了；比如他怎样不动咖啡和热面包卷，全神贯注地对付半生不熟的牛排。够了，早餐结束，他就像其他人一样撤到大堂里，点燃了他的战斧烟斗，安静地坐着，消化食物，喷云吐雾，戴着他那片刻不离的帽子，而我则出门去街上游逛了一圈。

1 位于美国佛蒙特州，属阿巴拉契山脉。

第六章　街道

如果在一个文明城市文雅有礼的社交圈里，我第一眼瞥见一个像奎奎格这般稀奇古怪的人物在往来应酬，我会感到震惊，可是，在我第一次在日光之下，穿过新贝德福德的街道漫步时，这种震惊很快就烟消云散了。

任何有一定规模的港口城市，在邻近码头的街道上，经常都能看见来自异域他乡的怪模怪样难以形容的人物。甚至在百老汇和栗子街的大街小巷，地中海水手有时也会推搡着受惊吓的女士。摄政大街对东印度水手和马来人也并不陌生；而在孟买的阿波罗公园，精力充沛的美国佬经常会吓到当地土著。但是，新贝德福德彻底击败了水街和伦敦的沃平。在上面提到的这些地方，你只能看见水手；但是在新贝德福德，活生生的食人生番就站在街角闲聊；彻头彻尾的蛮子，有很多还赤身露体，大不合时宜。这会让陌生人目瞪口呆。

但是，除了斐济人、汤加托布尔人、埃罗曼戈亚人、潘南及亚人和布利及亚人，除了那些在街道上跌跌撞撞无人在意的捕鲸野人之外，你还会看见其他更为奇异、当然也更为滑稽的景象。每周都有几十个佛蒙特和新罕布什尔的新手来到这座城市，全都巴望着在捕鲸业中有所收获，争得荣誉。他们大部分非常年轻，体格强壮；这些小伙子们曾经砍伐过森林，现在却要丢下斧子，抓起捕鲸的长枪。许多人嫩得就和他们家乡的绿山一样。在某些事情上你会认为，他们不过是出生几个小时的婴儿。看那里！那个昂首阔步走过拐角的家伙。他戴着海狸皮帽子，穿着燕尾服，扎着水手腰带，佩着带鞘的刀子。这边又来了一个头戴防雨帽，身披斜纹布斗篷的家伙。

没有任何城市长大的花花公子能和乡村长大的花花公子相比——我指的是不折不扣的土包子花花公子——在三伏天，他会戴着鹿皮手套割他那两亩地里的杂草，怕自己的手晒黑。当一个这样的乡村花花公子脑袋一热，想要赢得令人尊敬的荣誉，于是乎加入了伟大的捕鲸业，你就能看见他刚刚抵达港口城市便会闹出的笑话。为了显示他的出海装备，他给自己的马甲定制了钟形纽扣；为他的帆布裤子定制了吊裤带。啊，可怜的乡巴佬！当你的吊裤带、你的纽扣及其他一切，都落入了暴风雨的咽喉，在第一阵呼啸的大风中，那些吊裤带就会悲惨地断裂。

可是，不要以为这座名城能够展示给访客的只有标枪手、食人生番和乡巴佬。根本不是这样。不过，新贝德福德终归是个古怪的地方。如果没有我们这些捕鲸者，这片土地今天也许依然像拉布拉多海岸一样满目荒凉。的确，它的某些偏僻乡村果真是够吓人的，它们显得如此贫瘠，瘦骨棱棱。城市本身也许是新英格兰最宜居的地方了。它富得流油，真真确确，但与迦南不同；春季时节也没有人用新鲜鸡蛋铺设路面。但是，尽管如此，在整个美国你也找不到比新贝德福德这里更有贵族气派的房子了，公园和私人花园也更为富丽堂皇。它们从何而来？它们是如何扎根在这片曾经凸凹不平满是火山渣的地方的呢？

去看看那边那座高耸的大厦周围典型的标枪栅栏吧，你的疑惑就会豁然开朗。是的，这些华丽的房子和鲜花盛开的花园都来自大西洋、太平洋和印度洋。它们全都是从海底被叉上来，拖到这里来的。魔术大师亚历山大先生能变出这样的戏法来吗？

在新贝德福德，据说父亲们给女儿的嫁妆是鲸鱼，给侄女的贺礼是海豚。你一定要去新贝德福德看看什么叫盛大的婚礼；因为据说，那里的每户人家都有成池成池的鲸油，每个晚上都毫不在乎地彻夜点着鲸脂蜡烛。

夏天，城市亲切怡人；城中到处都是美丽的枫树——绿色和金色的漫长的林荫道。而到了八月，在高高的空中，美丽而慷慨的七叶树，宛如枝形烛台，向过路人展示着它们圆锥形的群花。艺术真是无所不能，在新贝德福德的很多街区，在上帝创世的最后一天被抛弃的贫瘠不毛的岩石上，都添置了鲜艳的梯田状的花坛。

而新贝德福德的女人，像她们自己培育的红玫瑰一般鲜艳怒放。玫瑰仅仅在夏天才开放；而她们双颊上健康的肤色则四季常新，就像九天上的阳光。除了这里，哪里会有能和她们媲美的鲜花，你找不到，除了在塞勒姆，她们告诉我，那里的年轻姑娘呼吸中有麝香味，她们的水手情人离岸数里就能闻到她们的气息，仿佛他们即将登陆的是芳香的摩鹿加群岛，而不是清教徒的沙滩。

第七章　礼拜堂

就在这同一个新贝德福德，矗立着一座捕鲸者的小礼拜堂，来做礼拜的喜怒无常的渔民们寥寥无几，他们不久就要启航前往印度洋或太平洋，星期天来不及到这里来了。我当然不会不来的。

早晨初次散步回来之后，我再次动身，来完成这个特殊的使命。天色从晴寒明媚，一变而下起了猛烈的雨夹雪，雾气腾腾。

我裹着我那件粗糙的熊皮夹克，顶着强劲的风暴艰难前行。进了礼拜堂，我发现只有零零散散不多的水手、水手的妻子和寡妇们来做礼拜。一片沉寂，气氛压抑，只偶尔能听见风暴迸发出的尖声呼啸。

每一个沉默的信众都似乎有意地和别人分开坐着，仿佛每一份无声的悲哀都是与世隔绝和无法交流的。神父还没有到；这些男人和女人像沉默的孤岛岿然而坐，眼睛望着布道坛两侧墙上镶嵌着的带黑边的几块大理石碑牌。其中三块刻有下面的字句，但是我不敢装作引用得丝毫不差：

神圣悼念

约翰·塔尔伯特

一八三六年十一月一日，
于巴塔哥尼亚海面的荒岛附近，
坠船失踪，时年十八岁。

其姊特立此牌，以志纪念

神圣悼念

罗伯特·朗
威利斯·埃勒瑞
南森·科尔曼
瓦尔特·坎尼
赛斯·梅西和塞缪尔·格莱格

均为“伊莱扎号”的水手，于
一八三九年十二月三十一日，在太
平洋近岸渔场被一鲸鱼拖走失踪。

其幸存船友谨立

神圣悼念

已故船长
伊齐基尔·哈迪

一八三三年八月三日，于日本
海沿岸在其船首为一抹香鲸所害。

其未亡人特立此牌，以志纪念

抖掉结了明亮冰碴的帽子和夹克上的雨雪，我在门旁落座，转头向旁边一瞧，吃惊地看见奎奎格就在我的身旁。被现场的情景所感染，他的表情里带着一种难以置信的好奇，疑惑地注视着周围。这个蛮子似乎是唯一注意到我进来的人；因为他是唯一一个不识字的人，因而也就没有费心去读墙壁上那些寒冷的铭文。来做礼拜的人当中，是否有那些名字刻在碑牌上的水手的亲属，我不得而知；不过，在捕鲸这个行业，有众多事故未能记录下来，在场几名妇女的表情，即便没有明显的未曾止息的悲伤，我敢断定，一看到那些凄凉的碑牌，她们尚未愈合的心还会因怜悯而旧伤复发，重新流血。

啊！你们这些有亲人长眠在茵茵绿草下的人，你们可以站在花丛中说——这里，就在这里，躺着我的亲人；你们哪里知道这些妇人心中凄凉的况味。那些黑边大理石下面，连骨灰都没有，那是何等的空空如也！那些不可改变的碑文中有着怎样的绝望！那些字句里有着怎样致命的虚无和自觉自愿的背信弃义，它们似乎在侵蚀着整个的信仰，拒绝让那些死无葬身之地的人再次复活。象岛石窟里竖立的石碑也许和这里的毫无二致。

在哪种人口普查中，死者才会被包括在内；为什么一句普遍流行的谚语说到死者时称，他们不讲故事，尽管他们知道的秘密要多过古德温沙滩上的沙子；昨天启程去往另一个世界的人，为什么要给他的名字加上意味深长而又背信弃义的“已故”一词，而如果他是动身去了活人居住的最为遥远的西印度群岛，我们就不会这样称呼他；为什么人寿保险公司要为不朽之人支付死亡赔偿金；六千年前就已死去的古人亚当，还在怎样永恒而安宁的麻痹中，在致命而无望的恍惚中沉睡不醒；既然那些与我们密切相关的人安息于难以言传的极乐之中，我们为什么依然拒绝以此为安慰；为什么所有活着的人都力求让死者静默不言，而一座坟墓里有敲击声的传闻却会让全城为之惊恐。所有这些都不是没有含义的。

可是信念，如同一只豺狼，在墓地里觅食，甚至从这些死亡的疑问中，收集起它性命攸关的希望。

几乎无须再说，带着怎样的心情，在出发去楠塔基特的前夜，我注视着那些大理石碑牌，就着那暗淡阴沉的天光，阅读着在我之前死去的捕鲸者的命运。是的，以实玛利，你可能也会遭遇同样的命运。但是不知怎么，我又高兴起来。启航的愉快诱惑，升迁的大好时机，似乎一条破烂的小船就能使我获得不朽的荣誉。是的，捕鲸这个行业里，死人是司空见惯的事——一句话不说，把人胡乱一裹，就发送进永恒。

可那又如何？我认为在生死这件事上我们大错特错了。我认为在世上他们称为我的影子的才是我真正的本质。我认为在看待种种精神事物上面，我们太像是牡蛎透过水面观察太阳，以为那厚厚的水不过是最为稀薄的空气。我认为我的身体不过是我更高存在的残渣。事实上，谁愿意拿走我的身体，我说，那就请吧，它不是我。所以，为楠塔基特干杯，欢呼三声吧；要来就来吧，破烂的小船也好，破烂的身体也好，要压垮我的灵魂，就连朱庇特也无能为力。

第八章　讲道坛

我坐下还没有多久，就进来一个气度尊贵、体格健壮的男人；他刚刚进来，暴风雨拍打的门扇便一下子弹了回去，所有来做礼拜的人都充满敬意地快速看了他一眼，这足以证明该老者就是本堂神父。

是的，他就是闻名遐迩的梅布尔神父，捕鲸者们都这样称呼他，在人们中间他极受欢迎。他年轻时曾是一名水手和标枪手，过去多年他献身于神职。此书写到这里的时候，梅布尔神父已进入老年的严冬季节，但身体健康，这样的老年似乎能够花开二度，因为在他的重重皱纹中闪耀出那种新花初绽的柔光——春天的嫩绿即便在二月料峭的冰雪中也在悄悄探出头来。以前听过他的经历的人，第一次看见梅布尔神父，都会不由自主地对他产生极大的兴趣，因为他所具有的某些神职人员的特性，与他曾有过的充满冒险的海上生活具有千丝万缕的联系。

他进来时，我观察到他没有带雨伞，肯定也不是乘车来的，因为他的防水帽还在流淌着融雪，他的蓝色粗呢夹克也吸饱了水，沉甸甸的，几乎要把他拖倒在地。然而，他把帽子、上衣、套鞋一一脱下，挂在邻近的一个小角落里，换上一身得体的套装，安静地走向讲道坛。

像大多数老式讲道坛一样，这个讲坛很高，对于这样的高度，如果使用常规的梯子，阶梯与地面会形成很长的坡度，从而严重压缩礼拜堂本就不够宽敞的空间，建筑师似乎根据梅布尔神父的提示，建造了一座没有梯子的讲道坛，作为替代的是一架垂直的边梯，就像海上用来从小艇爬上大船的那种。一个捕鲸船长的妻子捐献给礼拜堂一对漂亮的红色精纺的舷梯扶索，作为边梯扶手，边梯本身有个非常好看的顶头，染成桃花芯木的颜色，整个设计考虑到了礼拜堂的风格，品味堪称不俗。梅布尔神父在边梯脚边停顿了片刻，用双手抓住扶索装饰性的绳结，向上望了一眼，然后以真正水手般敏捷又体面的动作，双手交替，一级一级缘梯而上，就像登上他自己船只的主桅楼。

边梯的垂直部分像通常的情况那样，两边是摇摆活动的用布包着的绳子，只有横档是木头的，因而每一级都有个接结。我第一眼看到讲道坛，它就没有逃脱我的法眼，无论对于船来讲有多么方便，这些接结在目前的情况下却是毫无必要。因为我没有料到，梅布尔神父登上台后，慢慢转过身，又俯身谨慎地把梯子一级一级拖了上来，整个放进讲道坛里，把自己留在他坚不可摧的小魁北克中。

我思考了一段时间，还是没有充分领会其中的原因。梅布尔神父因其诚挚和圣洁而享有如此广泛的声誉，我不能怀疑他纯粹是用舞台把戏来沽名钓誉。不，我思忖道，这件事中一定存在着某种严肃的原因；而且，它一定象征了某种无形的东西。那么，凭借肉体上的隔绝之举，他可能是在暗示自己此时精神上的退隐，摆脱了整个外在世界的束缚和关联？是的，在精神上做好了充分准备，对于上帝的虔诚信徒而言，这座讲道坛，在我看来，就是一座自足的堡垒——一个高高耸立的艾伦布雷斯坦要塞，围墙里面就有四季不断的水井。

可边梯并不是这个地方唯一从神父以前的航海生涯中借来的奇怪特色。在讲道坛两侧的大理石纪念碑牌之间，构成背景的那面墙上装饰着一幅大画，描绘的是一条勇敢的小船，在一处黑岩雪浪的背风的岸边，正在与可怕的风暴搏斗。但是，在飞沫和翻滚的黑云上方，高高地浮动着一片小岛状的阳光，从中闪现出一张天使的面容；这明亮的面容将一种独特的辉光撒在小船颠簸的甲板上，类似于嵌在“胜利号”舷板上、纪念纳尔逊牺牲的银盘子。“啊，高贵的船，”那位天使似乎在说，“战斗吧，战斗吧，你这高贵的小船，把舵掌牢；看哪！太阳正在突破云层，乌云正在消散——晴朗的碧空即将出现。”

除了软梯和那幅画所营造的海洋风情，讲道坛本身也并非没有同样的痕迹。它嵌有饰板的前端就类似于一艘船陡峭的船首，那个搁《圣经》的突出的卷形托板，也是依照船只小提琴状的尖端做成的。

还有什么能比这更有意义呢？——讲道坛永远是这个世界的最前端；所有其他一切都尾随其后；讲道坛引领世界。在那里，可以首先发现上帝突如其来的盛怒风暴，承受最初冲击的必定是船首。在那里，上帝的风，无论是和风还是恶风，都首先被祈求转为有利航行的顺风。是的，世界就是一艘出航的大船，航行尚未完成，讲道坛就是它的船头。

第九章　布道

梅布尔神父站起身子，以一种毫不装腔作势又具有权威性的温和的声音，吩咐零零散散的信众集中一下。“右舷过道的向左舷靠——左舷过道的向右舷靠！向中间靠！向中间靠！”

从凳子中间响起一阵沉重的水手靴低沉的隆隆声，夹杂着更轻些的女人脚步的拖曳声，一切又重新恢复了寂静，每双眼睛都注视着布道者。

他停顿了一下，然后跪在讲道坛的前端，棕褐色的大手交叉握在胸前，垂下眼睑，闭上双眼，发出一阵虔诚深沉的祈祷，仿佛他是跪在海底祷告。

这个环节结束，他就拖着庄严的声调，如同雾海上一艘正在沉没的船发出持续不断的钟鸣——他便以这样的声调开始朗读随后的赞美诗；但在诗歌接近结尾的部分他改变了风格，迸发出响亮的狂喜和欢乐——

鲸鱼的肋骨和种种恐怖，
把我笼罩在阴沉的昏暗之中，
上帝之光照亮的波浪滚滚而来，
把我举起，抛进厄运的深处。

我看见地狱张开了喉咙，
那里是无尽的苦痛与悲哀；
只有亲身感受过的人才能道明——
啊，我被抛进了绝望的深渊。

在凄惨的困境中，我呼唤上帝，
我几乎不相信他是我的救星，
他俯身垂听我的怨诉——
鲸鱼就不再把我幽禁。

他飞速赶来将我释放，
仿佛乘着一只灿烂的海豚；
庄严而明亮，当闪电照亮
我的救主，上帝的圣容。

我的歌曲将永远记载
那可怕又欢乐的时光；
荣耀全部归给我的上帝，
归之于他的恩慈和力量。

几乎所有人都加入了合唱，群情激昂，盖过了暴风雨的嚎叫。接着是片刻短暂的停顿；布道者缓慢地翻动《圣经》，最后，把他握着的手放在要找的书页上，说：

“亲爱的船友们，牢记《约拿书》第一章的最后一句——‘耶和华安排一条大鱼吞了约拿。’

“船友们，这卷书只有四章——四股纱线——是《圣经》这根粗缆中最细的一股。然而约拿垂到深海里的纱线探测出了怎样的灵魂的深渊啊！这个先知的遭遇对于我们是多么重要的一课啊！在大鱼肚子里唱出的那首赞美诗又是何等高尚！何其巨浪般喧腾而宏伟！我们感觉到海潮汹涌地漫过我们；我们和他一起探测水底；我们周围都是水草和海底的烂泥！

“但是《约拿书》到底告诫了我们些什么？船友们，这告诫是双重的；这教训面向我们全体罪人，也面向上帝属下的我这样的领航员。作为罪人，这教训面向我们所有人，因为它是一个有关罪的故事，坚硬的心，突然醒悟到的恐惧，即刻到来的惩罚，懊悔，祈祷，最后是约拿的获救与欢欣。和众生中所有的罪人一样，亚米太这个儿子的罪在于他故意违背上帝的指令——现如今不要在意那指令本身是什么，或者它是如何传达的——我们发现这是一条艰难的指令。但是上帝要我们去做的所有事情，对于我们都是艰难的——记住这一点——因此，他经常命令我们，甚于尽力说服我们去做。如果我们顺从上帝，我们就必须违背自己；在这种对我们自己的违背中，顺服上帝之难就在于此。

“因为身上带有这种不顺服的罪，约拿还进一步地嘲笑了

上帝，试图从上帝那里逃离。他以为一艘人造的船能够把他载到上帝无法支配的国家，那里只有这尘世的船长们实施统治。他偷偷摸摸地在约帕的码头上出没，找到了一条开往他施的船。这里也许存在着一个迄今未受人注意的涵义。据说，他施可能不是别的城市，就是现代的加的斯。学识渊博的人们都这么认为。加的斯在哪里，船友们？加的斯在西班牙；从约帕走水路去那里，可能是古代的约拿能够航行的最远的路了，那时大西洋还几乎是一片不为人知的水域。因为约帕就是现代的雅法，船友们，它位于地中海最东岸，在叙利亚；而他施或加的斯，是在西边两千多英里的地方，就在直布罗陀海峡的外面。

"你们看见没有，船友们，约拿是想逃到世界另一端去避开上帝。可怜的人！啊！多么让人蔑视，真是可鄙；他用帽子遮面，眼中满是罪疚，要避开他的上帝；他在船坞上潜行，像一个卑鄙的窃贼，急于漂洋过海。他的表情中充满了慌乱和自我谴责，那时候如果有警察，只要怀疑有什么事情不对头，他就会在上船之前遭到逮捕。他显然就是个逃亡者！没有行李，没有衣帽箱，没有旅行袋，甚至没有毯制的旅行袋——没有朋友陪伴他到码头，为他送行。

"最后，经过一番躲躲闪闪的搜寻之后，他终于找到了开往他施的船，还能接收最后一宗货物；当他踏上甲板，去见舱中的船长，正在吊装货物的所有水手都一下子停下了手，都注意到了这个陌生人罪恶的眼睛。约拿看到了这些；他徒劳地试图显得从容和自信；他徒劳地试图露出可怜的微笑。人类的强烈直觉让水手们确信他不可能是无辜之人。以戏弄而又严肃的方式，他们彼此低声说了起来——‘杰克，他抢劫了一个寡妇。’‘乔，你注意到他没有，他准是个重婚犯。’‘小伙子哈里，我猜他是从那古老的蛾摩拉越狱的强奸犯，或许是索多玛漏掉的杀人犯。’另一个人跑到船只停靠的码头上，去看木桩上贴着的布告，上面悬赏五百金币，逮捕一名杀父弑母的罪犯，布告里还有一张罪犯的画像。他看一眼布告，又看了看约拿，又去看布告；与此同时，他那些满怀同情的船友们围绕在约拿周围，准备抓住他。吓坏了的约拿浑身颤抖，鼓起所有的勇气，可是做出的表情还是像个懦夫。他装作自己没有受到怀疑，而那本身就是一个极大的疑问。于是他尽力利用这一点，当水手们发现他不是布告里悬赏捉拿的人，就放过了他，让他下到船舱里。

“‘谁在那儿？’，正在桌前忙碌的船长叫道，他正在忙着为海关整理文件——‘谁在那儿？’哦！那无害的问话几乎将约拿撕裂！片刻间他几乎转身再次逃走。但是他恢复了镇静。‘我想乘这艘船去他施；你们多久才能启航，先生？’迄今为止，忙碌的船长还没有抬头看过约拿，尽管他的人就站在他面前；可是一听到约拿那空洞的声音，他就投过来审视的目光。‘我们下一次涨潮时启航。’最后他慢条斯理地回答说，一边还在专心地注视着约拿。‘不能尽快吗，先生？’——‘对于任何正儿八经的旅客这都已经够快的了。’哈！约拿，那是又一下刺痛，但是他迅速转移了船长的注意力。‘我要乘您的船旅行，’他说，‘旅费是多少？——我现在就付。’船友们,《圣经》上对此有过特殊交代，在这段历史上这是件不可忽视的事情,在开船前‘他就给了船价’。结合上下文来看，这里边是意味深长的。

“现在，船友们，这位船长已经凭自己敏锐的眼光识破了约拿身上有罪，但是对钱财的贪婪蒙蔽了他的良知。在这个世界上，船友们，付得起费用的恶人可以畅通无阻，不需要护照；而正直的人，如果一文不名，也要到处受挫。于是，在对约拿做出判断之前，船长准备先探一探他钱包的底儿。他的要价是正常的三倍；约拿也接受了。这时船长就知道约拿是个逃犯了；但是与此同时他也决定帮助约拿逃跑，因为有金子开路。当约拿当众拿出他的钱袋，谨慎的船长依然满怀疑虑。他把每块硬币都吹吹弹弹，看是不是伪币。他嘟囔道，的确不是个造假币的；于是约拿的旅程便被安排妥当。‘我的特等舱怎么走，先生，’约拿这时说，‘我旅途劳顿，需要休息了。’‘你看起来的确需要睡觉了，’船长说，‘你的房间就在那边。’约拿进到舱中，想把门锁上，可锁孔里没有钥匙。听到他笨手笨脚地在那里摸索，船长不禁暗自好笑，嘟囔说牢房门从来不许从里面上锁的。穿着衣服，满身尘土，约拿一头倒在铺位上，发现这小头等舱的棚顶几乎就压在他的前额上。空气稀薄，约拿喘息起来。随后，在这个沉在船的吃水线以下的逼仄的洞穴里，约拿强烈预感到了那个窒息的时刻，也就是鲸鱼把他幽禁在鱼腹最为狭窄处的时候。

“一盏吊灯用螺丝固定在舱壁的一根轴上，在约拿的房间里轻轻摇摆；船体由于最后几捆货物的重量而向码头一侧倾斜，那盏灯还在燃着，在轻微地摆动，仍与房间保持着一个相应不变的倾斜度，尽管事实上，它本身绝对是垂直的，可明显有什么地方不对头，使得周围倾斜得更厉害了。这灯让约拿惶恐不已；他躺在床上，饱受折磨的眼珠滴溜溜乱转，打量着周围，这个迄今为止胜算在握的逃亡者发现，他不得安宁的目光找不到避难所。那盏灯的矛盾之处越来越让他恐惧。地板，天花板，侧壁，全都是歪斜的。‘啊！我的良知也这样悬着呢！’他呻吟着说，‘让它笔直朝上吧，让它燃烧吧，我灵魂的舱室已歪斜不堪！’

“像一个人在彻夜的纵酒狂欢之后赶快上床，仍然头脑晕沉，可是良知还在刺痛着他，如同罗马人的赛马一样，跑得越快，骑手的钢马刺就刺得越深；他置身于那种悲惨的处境，在眩晕的痛苦中辗转反侧，祈祷上帝让他死掉，直到那阵痉挛过去；终于，在悲哀的昏乱中他感觉到一阵深沉的睡意悄然而来，就像一个流血至死的人，因为良知就是伤口，没有任何东西能够止血；就这样，约拿在床上经过剧烈的挣扎，他那古怪沉重的悲哀将他拖进了睡眠深处。

“这时，海水已经涨潮，船已经解缆，这艘闷闷不乐的船离开了荒凉的码头，倾斜着滑向大海，驶往他施。那艘船，我的朋友们，是有史以来第一艘走私船！走私货就是约拿。但是大海在反抗；它不愿意承受这邪恶的负担。一阵可怕的风暴吹起，船就像要被粉碎了一般。水手长赶紧命令所有人员行动起来，减轻船的负重；箱子、毛包、瓶瓶罐罐，都哗啦啦被抛下甲板；风在尖叫，人在呼喊，约拿头上的每一块船板都被踩得咚咚直响；在这狂乱的骚动中，约拿还在可恶地睡大觉。他看不见黑色的天空和汹涌的海洋，感觉不到桅杆的颤抖，他听不见也注意不到远处奔来的巨鲸，已经张开了大嘴，正从他的后面劈波斩浪而来。是的，船友们，约拿被安置在底舱里——在我上面说过的船舱的床铺上，正在酣睡。

“惊恐万分的船长来到他身边，在他麻木的耳边尖叫，“你可真是可鄙，喂，别睡了，快起来！”被这可怕的叫声从昏睡中惊醒，约拿摇摇晃晃地站起来，跌跌撞撞来到甲板上，抓住一条桅索，向海上张望。就在这一瞬间，一个巨浪豹子一般跃过船舷扑在他的背上。波浪一个接一个跃进船中，一时寻不到快速的出口，便在船上怒吼着滚来滚去，直到水手们几乎被淹死，漂在水里。惨白的月亮从头上陡峭黑暗的山壑中露出惊恐的脸，吓呆了的约拿看见船首斜桅高高地指向天空，可不久又被浪头打下去，指向痛苦的深渊。

“恐惧接着恐惧，呐喊着贯穿他的灵魂。从他谄媚的态度里，人们再清楚不过了，他是个背离上帝的逃亡者。水手们都注意着他，对他的怀疑越来越大，最后，完全是为了验证事实，他们把整个事情交托给了上苍，他们着手抽签，要看看是谁招致了这场猛烈的风暴。约拿抽到了签，真相大白，水手们愤怒地用一连串的问题围攻他。‘你的职业是什么？你从哪里来的？你是哪国人？你什么民族？’可是，我的船友们，现在注意一下这可怜的约拿的行为。急切的水手们只是问他是什么人，从哪里来；他们的这些问题不但得到了回答，而且另一个他们没有问的问题也得到了回答，这不打自招的回答是上帝严厉的手迫使约拿做出的。

"'我是希伯来人，'他哭着说，然后又说，'我敬畏创造了海洋和陆地的耶和华上帝！'啊约拿，你敬畏上帝吗？是的，你那时的确害怕上帝的威力！于是，他直截了当地和盘托出；水手们越来越感到惊骇，但依然保持着怜悯之心。因为那时，约拿还没有恳求上帝的怜悯，他深知自己的逃跑行为有多么罪恶深重——这不幸的约拿向水手们哭叫着，让他们把他抛进海里，他知道正是因为他的缘故，这场巨大的风暴才降临到他们头上；水手们心中不忍，都转身离开了他，想用别的办法拯救自己的船。但一切都是徒劳；愤怒的大风嚎叫得更响了；于是，他们只得举起一只手向上帝呼求，另一只手不无勉强地抓住了约拿。

"他们把约拿举起来，像铁锚一样丢进了海里；马上，东方便浮现出一抹油一样的宁静，大海平息了，约拿将大风带走了，留下了平静的水面。他径直落入了难以掌控的骚乱的漩涡中心，以致几乎没有注意到他掉进的是一个大张着等着他的血盆巨口；鲸鱼合上它象牙般的巨齿，像众多的白色锚钉，将他幽禁在腹中。约拿在鱼腹中向耶和华祷告。仔细观察一下他的祷告，我们能吸取重要的教训。尽管他罪孽深重，约拿没有哭泣和悲号着祈求直接获得拯救。他觉得他所受的可怕惩罚是公正的。他将所有获救的希望交托给上帝，安心于此，尽管遭受着巨大的痛苦与折磨，他依然仰望着圣殿。这里，船友们，这是真正深怀信心的忏悔；不是吵闹着恳求宽恕，而是充满感激地接受惩罚。约拿的这个行为是多么受到上帝的悦纳啊，这一点体现在上帝最终将约拿从大海与鲸鱼那里拯救了出来。船友们，我把约拿放在你们面前，不是要你们效法他犯罪，而是把他作为一个忏悔的典型。不要犯罪，但如果犯了罪，请注意，一定要像约拿那样忏悔。”

他说这些话的时候，外面疾风劲雨的尖声呼啸似乎为这个布道者加增了新的力量，在描述约拿遭遇的海上风暴的时候，他似乎自己也被风暴抛来掷去。他的胸膛似乎随着巨浪而深沉地起伏着，他挥舞的双臂似乎受制于交战的自然元素；雷霆从他黝黑的眉梢滚过，闪电跃出他的眼睛，使得所有心地单纯的听众无不怀着一种迅猛而陌生的恐惧仰望着他。

这时，他的表情暂时平静下来，他默默地再次翻动《圣经》的书页；最后，一动不动地站在那里，合上双眼，有好一阵子，像是在与上帝和自己无声地交流。

但是，他再次向信众俯下身，慢慢地弯腰鞠躬，以一种极其深沉而具男子气概的谦卑，他说出了下面这些话：

“船友们，上帝只把一只手放在你们身上；却把他的双手都压在我身上。我已经凭借我自己肤浅的理解，为你们宣讲了约拿带给所有罪人的教训；所以这教训适合于你们，也更适合于我自己，因为我是比你们更大的罪人。现在，我多么愿意从这个桅顶上下来，坐到你们所坐的舱口，像你们一样倾听，作为永生上帝属下的一名领航员，由你们中的某人向我宣讲约拿教给我的其他更为可怕的教训。作为一个受过恩膏的领航员和先知，或者是真理的传布者，上帝吩咐约拿去罪恶的尼尼微，向那些堕落的耳朵大声传达不受欢迎的真理，约拿被他可能引起的敌意吓坏了，他背叛了自己的使命，试图从约帕乘船逃开自己的责任和他的上帝。但是上帝无处不在；他永远抵达不了他施。

“正如我们所见，上帝借大鲸来赶上他，把他吞下了厄运的活地狱，用一阵阵斜风把他拖进‘海中央’，在那里，深渊的潮汐把他吸到了十万寻深处，‘水草缠绕他的头’，灾祸的海水在他头上旋转。然而，甚至当巨鲸躺在海底的时候，在那铅锤都无法触及的深渊——‘地狱的肚腹’——甚至在那时，上帝也听见了这位忏悔的先知在鱼腹里的叫喊。随后上帝便吩咐鲸鱼，从冷得让人发抖、漆黑一团的海底，曳尾而起，游向温暖怡人的太阳，游向充满欢乐的空气和大地，‘把约拿吐在旱地上’；那时，耶和华的话语第二次降临到约拿，尽管他遍体鳞伤，精疲力竭，他的耳朵却像两只海贝，仍在回响着大海各式各样的低语——约拿执行了全能上帝的命令。船友们,那是什么呢？那就是当着谬误的面传播真理！就是这个！

“船友们，这就是那另一个教训；作为永生上帝属下的领航员，轻忽这个教训的人有难了！受到这个尘世的诱惑而远离了福音的本分的人有难了！在上帝已经把他们送进大风的时候，还想着往水上倒油的人有难了！寻求取悦于人而不是让人惊骇的人有难了！把名声看得比德行更重的人有难了！在这世间一味追求体面的人有难了！不存真心，甚至假惺惺救人的人有难了！是的，就像伟大的领航员保罗所说的，向别人传道而自己反遭弃绝的人有难了！”

他低下了头，神思恍惚地出了会儿神，然后又抬起头面对信众，眼中流露出一种深沉的欢乐神情，虔诚激昂地大声说：“可是啊，船友们！每一个灾祸的背后都有一种可靠的幸福；那幸福的峰顶之高要超过灾祸的幽谷之深。船的主桅冠不是要高过内龙骨之深吗？谁能反抗这个世界骄傲的众神和船长，又能挺身而出，永远保持他不屈不挠的本性，这样的人就有福了——一种远远超乎其上又发乎内心的幸福。当这个卑鄙狡诈的世界之船在他脚底下沉没，还能凭借自己有力的双臂支撑自己，这样的人有福了。谁在真理之中毫不宽容，杀光、烧光、毁光所有的罪，即便这些罪孽是他从议员和法官的袍子底下揪出来的，这样的人有福了。谁不承认任何法律或主人，只承认上帝，只忠实于天堂，这样的人有福了——至高无上的幸福。在所有乌合之众喧闹的巨浪冲击下永不动摇，立定在这牢固的经年龙骨上的人有福了。那弥留之际能够以最后一口气说出——我的父啊——我认识您主要是凭借您惩戒的杖——终有一死，还是永生不灭，现在我要死了，这样的人就会有永恒的幸福和美满。我曾努力要归属于您，胜过了要属于这个世界，或者属于我自己。不过这一切都是虚无：我把永恒交托给您；因为人算什么，岂可比他的上帝还要活得长久呢？”

他没有再说一句话，而是缓缓地挥手祝福，用双手蒙住自己的脸，就那样一直跪着，直到所有的人都已离开，把他孤零零地留在原地。

第十章　知己良朋

从礼拜堂回到喷水鲸客店，我发现奎奎格十分孤独地待在那里；他在神父的祝福之前就离开礼拜堂有段时间了。他坐在一条凳子上，向着火炉，把脚放在炉箅子上，一只手紧握着那个小黑鬼人偶，凑近脸颊，紧盯着人偶的脸，用一把水手刀轻轻削着它的鼻子，同时还一边用他异教徒的方式哼着歌。

但是，现在一被我打断，他便收起木偶，迅速来到桌边，拿起桌上的一本大书，放在他的大腿上开始数起书的页数来，数得谨慎而正规；每数到五十页——我就是这么以为的——就停上片刻，茫然地环顾一下周围，发出一声震惊的拖着长声的咯咯的口哨。然后他会再次开始数接下来的五十页；每次似乎都是从一开始，好像他不会数五十以上的数字，仅仅因为统共数出了这么多个五十，就激起了他对这本书页数之多的震惊之感。

我饶有兴致地坐下来观察他。尽管身为蛮夷，脸上满是荒谬可笑的条纹——至少对我的趣味而言是如此——他的面容中有些什么东西却一点都不可憎。人的灵魂是无法隐藏的。穿过他所有怪异的文身，我想我看见的是一颗简单而诚实的心；而他又大又深沉的双眼中，那炽热的黑色和勇毅，似乎象征着一种敢于面对一千个恶魔的精神。除了这些，在这个异教徒身上还存在着某种高尚的印记，甚至他的缺乏教养也不能完全将其扭曲。他看起来很像一个从来不会畏缩，从来不曾举债的人。而且，他的脑袋是否是因为剃了光头，前额形如自由而明亮的浮雕，显得比不剃光头要更为豪迈，这一点我不想冒险做出定论；但可以肯定，他脑袋的骨相是相当出色的。这可能显得有些荒谬，它让我想起了华盛顿将军的脑袋，就像流行的半身像所表现的那样。从眉毛上方开始，它有着同样长而匀称的逐渐后倾的斜坡，同样也非常突出，像两个长长的林木茂密的海角。奎奎格就是个食人生番长成的乔治·华盛顿。

我便这样就近打量着他，同时装作是在望着窗外的风暴，他始终没有注意到我的存在，甚至没有费心地向我瞥上一眼；而是全神贯注地数着这本奇书的页数。考虑到昨晚我们曾亲密地睡在一起，尤其是考虑到早晨醒来时发现的那充满友爱地搂着我的胳膊，我认为这种冷漠在他是非常奇怪的。

但是野蛮人就是奇怪的生灵；有时你真不知道该怎样对待他们。起初他们显得过于阴冷；他们单纯的冷静镇定似乎是一种苏格拉底式的智慧。我也注意到奎奎格从不与客店里的其他海员为伴，或者是很少与之为伍。他没有任何友好的表示；显然是不想扩大他的熟人圈子。这一切异常强烈地打动了我；而且，你再仔细想一想，就会发现这里有着某种几乎称得上崇高庄严的东西。这么一个人，离家两万英里，取道合恩角而来——那是他能走的唯一一条路线——被抛入对他来说同样陌生的人群当中，仿佛他来到的是木星；不过他显得舒适自如，保持着最大程度的宁静，满足于独自一人，总是不失身份。这一点当然有种美妙的哲学意味；尽管他无疑从未听说过哲学这样的东西。但是，要成为真正的哲学家，我们这些凡人也许不该意识到自己在这般生活，这般奋斗。我一听到某某人在致力于成为哲学家，我便断定，像消化不良的老太婆一样，他必定要“损坏他的消化器官”。

我坐在那里，房间里冷冷清清；炉火低低地燃着，在它最初的炽热温暖了空气之后，它也已进入温火阶段，成了只能看得见的闪耀光亮了。傍晚的阴影和幽灵聚集在窗边，窥视着我们这沉默、孤独的一对儿。

风暴在外面轰鸣，一阵紧似一阵；我开始起了一些奇怪的感觉。我感觉到我的内心在融化。我碎裂的心和疯狂的手不再与这残忍的世界作对。这让人安慰的蛮子已经替世界做出了补偿。他坐在那里，他的冷漠恰恰体现出一种本质，其中没有潜藏任何有教养的虚伪和乏味的欺骗。他是野蛮人，是奇观中的奇观；我开始感觉自己神秘地为他所吸引。大多数人厌恶的事情恰恰成了吸引我的磁铁。我要尝试结交一个异教徒朋友，我想，既然基督徒的友善最后证明不过是空洞的客套。

我把凳子挪近他身边，发出了一些友好的信号和提示，同时尽力和他说话。起初他几乎没有注意到这些友好的表示；但是现在，在我提及他昨晚的殷勤友善之后，他便打手势问我，是否我们要继续睡一床。我告诉他是这样，我顿时感到，他显得很是开心，也许还有一点得意。

然后我们一起翻书，我竭力向他解释印刷书的目的，以及里边几张图的意思。我很快引发了他的兴趣，于是，我们叽叽喳喳尽其所能地谈论起这座名城里各种各样可以观赏的景致来。紧接着我就提议我们一起抽两口，他掏出烟草袋和短柄斧，默默地递给我吸上一口。然后我们坐在那里，开始用他那野蛮烟斗轮换着喷云吐雾，把烟斗在两人之间有规律地传来递去。

如果在这异教徒的心中还潜藏着对我的冷漠之冰，这一番愉快友好的喷云吐雾很快就将其融化殆尽了，只留下一对密友。他似乎很自然很情愿地就接受了我，我对他也是如此；当我们抽完了烟，他把前额抵在我的前额上，拦腰抱住我说，我们从此就成亲了；按照他家乡的习语，意为我们是知心朋友了；如果需要的话，他愿意为我去死。对于本国人来说，这种突然迸发的友谊火焰似乎有点太早，是一件不大值得相信的事，但是对于这个单纯的蛮子而言，那些陈规旧习就不再适用了。

晚饭之后，我们又友好地闲聊了一阵，抽了一阵子烟，便一起进屋了。他把他那个涂了油的死人头送给我做礼物；取出他硕大的烟袋，在烟草下面摸索了一阵，掏出大约三十块银币摊开在桌上，机械地把银币分成同样的两份，把其中一份推到我面前，说是我的了。我正要表示异议，他便把银币全都倒进了我的裤子口袋，让我作声不得。我只好让它们留在那里。然后他开始做晚祷，取出他的偶像，挪开纸包的壁炉遮板。凭借某些手势和迹象看，我认为他是急于想让我加入；但我很清楚接下来会发生什么，我颇费踌躇，如果他邀请我，我是应该答应还是不答应呢。

我是个虔诚的基督徒；出生和成长于绝对可靠的长老会的关怀下。我怎么能和这个野蛮的偶像崇拜者一起崇拜他那一块木头呢？但是何为崇拜？我不由得想道。

你现在假设一下，以实玛利，那宽宏大度的上帝执掌天地，也包括异教徒及其他一切，他有可能嫉妒一块微不足道的乌黑的木头吗？绝不可能！但是何为崇拜？——依照上帝的意志行事——那就是崇拜。而何为上帝的意志？——我愿意让我的同伴怎么对我，我就怎么对我的同伴——那就是上帝的意志。现在，奎奎格是我的同伴了。我希望这个奎奎格怎么待我呢？哎呀，要他与我一起按照我独特的长老会方式做崇拜仪式吧。这样一来，我就必须和他一起做他的那种仪式，因此，我就得成为一个拜偶像的。

于是我点燃了刨花，帮助他把那个无辜的小偶像竖起来，和奎奎格一起用烧过的饼干给它上供，在它面前膜拜了两三次，亲吻它的鼻子，做完了这些，我们脱衣上床，自觉良心无忧，也对得起世界了。不过，我们不再闲聊上一会儿是不能入睡的。

我不知道这到底是怎么回事，但是，没有任何地方像床一样适合朋友之间信任的交流了。据说，夫妻就是在床上向彼此敞开心扉的；有些老年伴侣经常躺在一起聊天，回忆过去的时光，直到黎明。于是，我和奎奎格——惬意友爱的一对儿，就那样躺着，度着我们的心灵蜜月。

第十一章　睡衣

我们就那样躺在床上，聊一小会儿，再打一小会儿盹，奎奎格不时友爱地把他有文身的棕色大腿搁在我的腿上，然后再收回去；我们亲亲热热、无拘无束、舒适惬意；结果，闲谈使得那点残留的睡意完全消散了，我们又都想起床了，尽管离天亮尚早。

是的，我们变得非常清醒；所以躺着的姿势开始变得让人厌倦，一点一点我们发现自己坐了起来；衣服裹在身上，斜倚着床头板，四只膝盖靠在一起，两只鼻子埋在膝盖上面，好像我们的膝盖骨就是暖炉。我们感觉非常美好和舒适，门外是如此寒冷，这种美好的感觉就更加强烈了；的确，我们没有盖被，房间里也没有生火。我认为，要真正享受身体上的温暖，你身上有些部分必须要受点冻，因为在这个世界上，没有比较就看不出事物品质的高低。没有什么事物仅凭自身存在。如果你自夸你完全是舒适的，这种舒适已经持续了很长时间，那么你就不可能再说自己是舒适的了。可是，如果你像奎奎格与我那样待在床上，鼻尖或是脑瓜顶稍微有点冷，那时，从一般意义上讲，你才能真真确确感觉到最大的愉快和明白无误的温暖。为此原因，卧室永远不应该配备火炉，那是富人奢侈又不舒服的玩意儿。为了达到这种美满的最高境界，什么都不需要，只要一张毯子把你和你的那份舒适与户外的冷空气隔开就够了。那时候你躺在那里，就像北极水晶核心里一朵温暖的火花。

我们就这样蹲坐了一段时间，我突然想到，我应该睁开眼睛；因为每当我躺在被褥之间的时候，无论白天还是晚上，无论睡着还是醒着，我都习惯于闭着眼睛。因为没有人能真确地感受到他自己的特性，除非他的眼睛是闭着的；仿佛黑暗真的是最适合我们本性的元素，尽管光明更加合宜于我们的躯壳。那时候我睁开眼睛，脱出我自己创造的愉快的黑暗，进入午夜十二点那没有照明的强加给我的粗糙的外部黑暗，我产生了一种不快的反感。既然我们都已经如此清醒了，我也一点都不反对奎奎格的示意，他认为也许最好是把火点着；此外，他还感觉到一股强烈的欲望，想用他的战斧烟斗悄悄吸上几口。

我以前说过，尽管上个晚上我还非常厌恶他在床上抽烟，但是你看，当爱逐渐让我们屈服，我们那些僵硬的偏见会变得何其有弹性啊。现在我最喜欢的就是奎奎格在我旁边抽烟，即便在床上，因为在这样的时刻，他似乎浑身都充满了居家的安详和快乐。我不再那么在乎店老板的保险政策了。我只为这充满信任的舒适而活着，与一个真朋友分享一只烟斗和一条毯子。

我们把粗糙蓬松的短上衣围在肩膀上，彼此传递着那把短柄斧，直到烟雾在我们头顶慢慢形成一个悬垂的蓝色华盖，被新燃起的灯焰所照亮。

是不是因为这个波动起伏的华盖将这蛮子卷向了遥远的风景，我不知道，但是他现在主动说起了他故乡的岛屿；我也急于了解他的经历，渴求他继续说下去。他开心地答应了。尽管那个时候，他的话我还只能听懂很少的一部分，但当我逐渐熟悉他断断续续的语言之后，我便可以从随后的交谈中理出整个故事的线索，尽管这可能只是个大概。

第十二章　身世

奎奎格是罗克沃克的土著，那是个远在西南方的岛屿。任何地图上都没有记载，真实的地方从来都是如此。

当一个新孵化的鸡雏样的小蛮子在他家乡的林地里到处疯跑，穿着草编的衣服，身后跟随着一群见什么啃什么的羊，他就像一棵绿色的小树苗；甚至那时，在奎奎格野心勃勃的灵魂中，就潜伏着一股强烈的欲望，想要看看基督教世界，而不是局限在一两艘传统的捕鲸船上。他的父亲是一位高级首领，一个王爷；他的叔叔是一名高级祭司；而他的母系那一方，他自吹他的姨妈们都嫁给了不可征服的勇士。在他的血管里流着卓越之血——具有王室血统；尽管，因为他未受教化的青年时代养成了吃人的癖好，这血统恐怕已经遭到了严重的污染。

萨格港的一艘船来到他父亲的海湾，奎奎格想要搭乘它去基督教的文明世界。但是船上人手已经满员，他的恳求被拒绝了，他的国王父亲的影响也无济于事。奎奎格发了个誓。他独自划着独木舟来到远处的一个海峡，他知道船在离岛之后一定会经过那里。海峡一面是珊瑚礁，另一面是一块长条形的低洼地，覆盖着茂密的红树林，一直蔓延到了水里。他藏起独木舟，让它仍然漂浮在红树林里，船首向着大海的方向，他坐在船尾，把桨低低地拿在手里。当那艘船滑过的时候，他便像闪电一般射了出去，到了船身侧面，用一只脚向后猛蹬，把他的独木舟蹬翻，沉入水中，借此攀上锁链，四仰八叉地把自己抛到甲板上，紧抓住一个带环螺栓，死也不松手，哪怕被砍成碎块。

无奈之中，船长威胁要把他抛下船去；他见奎奎格赤裸的手腕上悬挂着一把弯刀，知道他定是一个国王的儿子，而奎奎格也毫不让步。这种不顾一切的大无畏精神，以及他要访问基督教文明世界的强烈愿望打动了船长，船长终于发了慈悲，说他可以把这里当作自己的家了。但是这个漂亮年轻的野蛮人——这个海上的威尔士王子，从来没有见过船长的舱室。他们把他安置在水手之中，让他做了一个捕鲸手。

不过，像沙皇彼得满足于在异国的船场里做苦工一样，奎奎格并不蔑视这种看似不体面的活计，只要他能有幸获得力量，去启蒙那些未受教化的同胞，那就再好不过了。因为从深心里——他是这么告诉我的——一种强烈的愿望驱使他去向基督徒学习，以获得技艺来让他的人民过上更为幸福的生活；不仅如此，还要比以往更优秀。但是，天啊！捕鲸的实践不久就让他确信，甚至基督徒也有可能是卑鄙邪恶的；而且程度要远远超过他父亲所有的异教徒。

他们最终抵达了老萨格港，目睹了水手们在那里的所作所为；然后继续前往楠塔基特，看到他们如何在那个地方挥金如土，可怜的奎奎格失望地断了念头。他想，这是一个到处充满邪恶的世界，我还是到死都做个异教徒吧。

就这样，一个心中依然崇拜偶像的人，生活在基督徒中间，穿他们的衣服，努力说着他们莫名其妙的语言。因此，虽然他离家已经有一些时日，他的行为举止依然十分古怪。

我暗示地问他，是否他有过回家的打算，接受加冕，据他说他最后离家的时候，他的父亲已经非常老迈衰弱，现在很可能已经不在人世了。他回答说不，还没有这个打算；又补充说，他很害怕基督教，或者毋宁说是基督徒，已经使他没有资格在三十位异教国王面前登上那纯洁无染的宝座。但是他马上又说，他会回去的——一旦他感觉自己重新受了洗礼就回去。然而，就目前来说，他计划到处航行一番，去四大洋疯上一阵子。他们已经把他造就成了一个标枪手，那带倒钩的铁家伙现在已经替代了权杖。

关于他未来的动向，我问他眼下打算做什么。他回答，再次出海，做他的老本行。关于这点，我告诉他捕鲸是我自己的选择，我计划乘船去楠塔基特，那是一个想冒险的捕鲸手出发启程最有希望的港口。他马上决定陪我去那座岛，乘同一艘船，值同一个班，下同一条小艇，吃同样的伙食，总之是要和我同命运共患难了；我们携手并肩，勇敢地去尝尝生死两界的家常便饭。我对这一切欣然赞成；因为我现在不但很喜欢奎奎格，他也是个经验丰富的标枪手，对于我这样对捕鲸的奥秘一无所知的人，他可是大有用处，尽管我曾经做过商船的水手，对大海相当熟悉。

他的烟斗喷出最后一口稀薄的烟，他的故事也随之结束了。奎奎格拥抱了我，把前额抵着我的前额，然后吹熄蜡烛，我们各自翻过身，背对着背，很快就坠入了梦乡。

第十三章　手推车

第二天早晨，星期一，我把涂了油的人头处理给了一个理发师做模特，便付清了我和我同伴的账单，不过，用的是我同伴的钱。咧嘴笑的店老板，还有房客们，对于我和奎奎格之间突然迸发的友谊似乎感到又吃惊又高兴——尤其是彼得·考芬，他向我讲过有关奎奎格的无稽之谈，当时曾吓得我够呛，而这个人居然成了我现在的同伴。

我们借了一辆手推车，装上我们的东西，包括我自己那寒碜的毯制提包，还有奎奎格的帆布口袋和吊铺，就离开了客店，朝停在码头上定期开往楠塔基特的小班轮“莫斯号”走去。我们一路引起了人们的注意；他们并不怎么看奎奎格——他们在街上已经见惯了这样的蛮子——而是看见他和我如此亲密地走在一起，感到惊奇。但是，我们不理睬他们的目光，继续轮流推着小车，奎奎格不时地停下来，整理一下标枪倒钩的鞘子。我问他为什么要不嫌麻烦把标枪带到岸上，是不是所有捕鲸船上都不置备自己的标枪。对于这一点，他回答的大意是，尽管我说得很在理，但是他对自己的标枪情有独钟，因为它的材料很可靠，经受过很多生死搏斗的考验，与大鲸的心脏有着不解之缘。简而言之，像许多内陆的收割者和除草人一样，他们喜欢随身带着自己的镰刀去农场主的草坪干活——虽然自备工具并非明智之举——正是如此，奎奎格出于个人原因，宁可用自己的标枪。

手推车从我手里交到他手里之后，他向我讲了一个自己第一次看见手推车的滑稽故事。那是在萨格港。好像是他的船东借给他一辆手推车，让他把自己沉重的箱子运到下榻之处。奎奎格装作对这个东西并非一无所知——实际上，他完全不知道该怎么用——他把自己的箱子放在车上，用绳捆紧，然后把车子扛在肩上，大摇大摆走上了码头。“哎呀，”我说，“奎奎格，你应该懂得更多点才是。大家不笑话你吗？”

说到这个，他又给我讲了一个故事。事情好像是，他老家罗克沃克岛上的居民，在婚礼宴席上，总是把嫩椰子芳香的汁水挤到一只类似潘趣酒碗的染了色的大葫芦里，而这种潘趣酒碗又总放在一块摆酒席的带流苏的垫子中央，作为最主要的装饰物。一次，一艘大商船刚好在罗克沃克靠岸，船长——根据所有的迹象判断，是一个非常拘泥于繁文缛节的绅士，至少对于一位船长来说是如此——应邀出席奎奎格的妹妹，刚满十周岁的漂亮小公主的婚宴。当时，所有来宾都聚集在新娘的竹屋里，这位船长大摇大摆地走进来，被引到尊贵的首席就座，两旁是大祭司和奎奎格的父亲国王陛下，正面对着那只潘趣酒碗。做过了餐前感恩祷告——那些人和我们一样也有餐前祷告——不过，奎奎格告诉我，与我们的做法不同，我们这时要低头看着自己的盘子，而他们则相反，模仿鸭子的模样，向上仰望赐予美食的伟大的神——且说感恩祷告之后，大祭司便以岛上最古老仪式宣布开宴，那就是，在轮流饮用赐福的椰汁之前，先把他神圣的正在做着圣事的手指在那潘趣酒碗里浸了浸。船长考虑到自己就坐在大祭司旁边，也注意到了那个仪式，心想作为一船之长，自己显然要比区区一个岛国之王尊贵，尤其这又是在国王自己家里——于是，这位船长沉着地在潘趣酒碗里洗了洗手,我想他准是把大酒碗当成洗指碗了。“现在,”奎奎格说，“你现在怎么想呢？——我们的人不会笑话他吗？”

最后，付了船费，存好行李，我们站在了班轮的甲板上。升起船帆，班轮顺艾卡什奈河而下。河的一侧是新贝德福德的梯形街道，结冰的树木在清澈寒冷的空气中闪闪发光。码头上的木头堆积成大大小小的山头，满世界漫游的捕鲸船终于安全地停泊在河边，肩并肩沉默地躺在那里；其他船上则传来木匠和箍桶匠的喧闹声，掺杂着用来融化沥青的火焰和熔炉的声音，一切都预示着新的航行即将开始；一次极其危险和漫长的旅程刚刚结束，第二次便紧接着开始；第二次结束，第三次又马上开始，如此这般，循环往复，无始无终。是的，人世间一切努力的不可忍受之处就在于这样的没有止境。

船行至更为开阔的水域，凉爽的微风变得清新起来；小小的“莫斯号”船首飞溅着轻快的泡沫，像一匹小马驹喷着鼻息。我是怎样贪婪地嗅着那鞑靼的空气啊！——我是怎样蔑视那到处收取通行费的大地！——所有的公路都布满了奴隶的脚踵和蹄子压出的凹痕；这一切促使我赞美海洋的宽宏大量，它不允许任何的痕迹留下。

对于这浪沫的喷泉，奎奎格似乎和我一样陶醉和欢欣。他大张开黑洞洞的鼻孔，露出自己整齐而尖利的牙齿。我们飞翔，飞翔；我们驶到从岸上视野可及的海面，“莫斯号”开始向疾风鞠躬致敬了，船头一起一伏，如同一个奴隶站在苏丹面前。船向哪一侧倾斜，我们就向哪一侧冲去；每根绳索都像金属丝一样鸣响；两根高高的桅杆像印第安藤条在陆地的旋风中一样弯曲着。

这情景让我们头晕目眩，我们站在摇摇摆摆的船首斜桅旁边，有段时间并未注意到船上乘客投来的嘲笑的目光，他们笨拙地聚集在一起，惊奇于这两个家伙怎么能如此友爱；好像一个白人无论怎样都要比一个洗白的黑人要尊贵似的。但是，那里有一些傻瓜和土包子，从他们紧张得发绿的脸色来看，一定是来自荒僻的绿野仙乡。一个小愣头青在奎奎格身后嘲弄地模仿他，被奎奎格发现了。我心想，这个土包子要倒霉了。丢下标枪，这个强壮的蛮夷抓住他的双臂，以一种近乎神奇的敏捷和力量，将他整个高高地抛入空中，然后趁他翻筋斗的时候，在他臀部轻轻一拍，这个愣头青就双脚着地了，肺子都要炸了，而奎奎格则转身把背冲着他，点燃了他的战斧烟斗，递给我，让我抽一口。

“船脏(长)！船脏！”这土包子叫嚷着,奔到船长面前,“船脏，船脏，这里有个魔头。”

“嗨呀，您哪，先生,”船长，一个瘦如肋骨的海上行家，大步走到奎奎格面前，大声喊道，“你这么吓唬他是什么意思？你不知道你会要了那小子的命吗？”

“他在说什么？”奎奎格一边说，一边温和地转向我。

“他说,”我回答道，“你差点要了那小子的命。”我指着那个还在发抖的愣头青。

“要命,”奎奎格大声说道，他满是刺青的脸扭曲着，做出一副怪异蔑视的表情，“哈！他是条小鱼，奎奎格不要这么点小鱼的命，奎奎格要大鲸鱼的命！”

“看看你,”船长吼道，“我要杀了你，你个食人生番，如果你再敢在船上耍把戏，你可要留点神。”

可这时，却是船长自己要好好留神的时候了。主帆因承受异常的压力脱离了横桅索，巨大的张帆杆从船的一侧飞向另一侧，从整个后甲板横扫过去。那个被奎奎格粗暴耍弄过的小伙子被扫下了甲板；所有人都慌作一团；谁要想抓住张帆杆，把它停住，这纯粹是发疯。它从右侧飞到左侧，又飞回来，时钟几乎只是滴答了一声，而且它随时都好像都要崩断碎裂。大家什么都没有做，似乎也做不了什么。甲板上的人冲向船头，站在那里盯着张帆杆，仿佛那是一头发怒鲸鱼的下颚。

就在这惊慌失措之中，奎奎格熟练地双膝跪下，从横扫的张帆杆下面爬了过去，猛地抓住一根绳索，把一头系在舷墙上，另一头像套索一样抛起来，在张帆杆从他的头顶扫过的当口将其套住，接着猛地一拉，那圆杆就被牢牢拴住了，于是一切都安全了。班轮乘风前进，当船上的人忙着放下船尾的小艇去救人时，奎奎格脱光了上身，从船边拖着长长的生动的弧线跃入水中。有三四分钟时间，他像狗一样游动着，长长的手臂抛向前面，交替着从冰冷的水沫中露出强壮的双肩。我注视着这个高贵而光荣的伙伴，但是没有看到有人被救起来。那个愣头青已经沉了下去。

这时，奎奎格从水中笔直地射出来，向周围迅速地扫了一眼，似乎是要看看周围的情况，然后又潜下水去，消失不见了。几分钟之后，他再次浮出水面，一只胳膊仍在击水，另一只拖着一个了无生气的人形。小艇马上把他们拉了上来。可怜的土包子苏醒过来。所有人都交口称赞奎奎格是个高尚的大英雄；船长也恳求他的谅解。从那一刻起，我就像一只藤壶紧紧粘着奎奎格；是的，直到可怜的奎奎格最后一次拖着长长的弧线纵身跃入大海。

何曾有过这样无知无觉的人呢？他似乎未曾想过，溺水者救济会完全应该奖给他一枚勋章。他只要了点水——淡水——把身上的盐渍擦洗掉；然后穿上干衣服，点燃烟斗，斜倚在舷墙上，温和地看着周围的人，似乎在对自己说——“这是个相互依存、合伙经营的世界，到处都是如此。我们食人生番必须帮助这些基督徒。”

第十四章　楠塔基特

旅途上一路无事，不值一提；就这样，经过一次美好的航行，我们安全地到达了楠塔基特。

楠塔基特！拿出你的地图看看。看看它在世界上占据了怎样真实的一个角落，它屹立在那里，远离海岸，比爱德斯通灯塔还要孤独。看看它——仅仅是一个小山丘，一片胳膊肘一样的沙滩，一览无余，光秃秃的。那里的沙子如果用来替代吸水纸的话，你二十年也用不完。有些爱开玩笑的人会告诉你，他们不得不在那里种草，那里没有天生的杂草；他们从加拿大进口蓟；他们得派人远渡重洋，去找一块木栓堵住油桶的漏洞；你在楠塔基特携带几块木头就相当于在罗马扛着真正的十字架；那里的人在屋前种植毒菌，就是为了夏天钻到下面乘乘凉；一片草叶就能成为一片绿洲，走上一天遇到三片草叶就是一片大草原了；他们穿流沙鞋，类似于拉普兰的雪地鞋；他们如此封闭，海洋将他们束缚，从四面团团包围，使得这座岛屿完全成了孤岛，有时你甚至会发现有小蛤蚌附着在他们的桌椅上，就像附在海龟背上一样。但是，这些夸张的传说仅仅表明楠塔基特不是伊利诺伊州。

现在我们来看看红种人如何在这个岛上定居的奇妙的传说吧。故事是这样的。在古时候，一只鹰从天而降，俯冲到新英格兰海岸，攫走了一个印第安婴儿。看着自己的孩子被带走，越过了宽阔的海面，婴儿的父母悲号不已。他们决定向同样的方向追踪。他们乘坐独木舟出发了，经过一段危险的旅行，发现了这座岛屿，在岛上找到了一只空空的牙骨棺材——盛着那可怜的印第安婴儿的骸骨。

那么，这些生长在海滩上的楠塔基特人，以大海为生，又有什么奇怪的呢！他们最初在沙子里捕捉螃蟹和帘蛤；胆子慢慢大了，就涉水用网捕捉鲭鱼；经验积累多了，他们就推船下水，去捕捉鳕鱼了；最后，他们将大队的大船开到海上，探索这个海洋世界；不断地周游世界；窥视白令海峡；不分季节地在海洋中与大洪水时代幸存下来的最强大的活物宣战，战争一直在持续不断；那是最为怪异的山一般的怪物啊，那是喜马拉雅，是咸海中的乳齿象，秉有如此不祥的潜在威力，它引起的恐慌比它最凶恶无畏的攻击还要危险。

于是，这些赤身裸体的楠塔基特人，这些海洋的隐士，从他们海中的蚁丘中冒出来，四处蔓延，像无数个亚历山大大帝一样征服了水上世界；他们瓜分了大西洋、太平洋、印度洋，就像那三个海盗国家瓜分了波兰一样。让美国把墨西哥归给德克萨斯，把古巴退给加拿大，让英国人一窝蜂地占领整个印度，把他们燃烧的旗帜在太阳下面挂出来；这个由水陆组成的地球有三分之二属于楠塔基特人。因为海洋是他们的，他们拥有海洋，就像皇帝们拥有帝国；其他的海员只有从中经过的权利。商船不过是延伸的桥梁；兵舰不过是漂浮的堡垒；甚至海盗船和私掠船，虽然行于海上就像剪径强盗行于大道通衢，他们却只是抢劫别人的船，那只是和他们自己一样的小片小片的陆地，未曾想过向深不见底的海洋本身去讨生活。

楠塔基特人，只有楠塔基特人居住在海上，在海上横行无忌；用《圣经》的话说，他是独自坐船下海的，他反复耕耘大海，仿佛那是属于他独有的种植园。那里就是他的家；那里有他的生意，诺亚的洪水也不能把它打断，尽管大水在中国淹没了数以百万计的人口。他生活在海上，就像草原鸡生活在草原上；他隐身于波浪之中，他攀上波峰，一如追猎羚羊的猎手攀登阿尔卑斯山。很多年来，他不知有陆地的存在；以至于一旦抵达陆地，陆地的气息就像是另一个世界，比地球人对月亮还要陌生。身无寸土的海鸥，日落时分就收拢翅膀，在海浪的摇晃下入睡；夜幕降临，不见陆地的楠塔基特人也是如此，他们卷起船帆，躺下来休息，就在他们的枕头下面，成群的海象和鲸鱼川流不息。

第十五章　杂烩浓汤

当小小的“莫斯号”舒适地停靠下来，夜色已经很深了，奎奎格和我才上得岸来；所以我们当天已经做不了什么事了，只能吃晚饭，上床睡觉。喷水鲸客店的老板向我们推荐过他的表弟何西亚·赫西的尝锅客店，他断言那是整个楠塔基特经营最好的客店，他还向我们保证，他表弟何西亚，他就是这么称呼的，以其杂烩浓汤闻名遐迩。简而言之，他很清楚地暗示我们去尝锅尝尝鲜、试试运气，那是再好不过了。

但是，他指给我们的方向却相当复杂，我们要沿着道路右侧的一所黄色仓库，一直走到一座白色教堂，向左拐，继续沿着路的左侧走，直走到一个街角，在那里按三点方向右拐，然后再向我们遇见的第一个人打听那客店的所在。他这种曲折的走法起初让我们相当困惑，尤其是出发的时候，奎奎格坚持认为那所黄色仓库——我们出发的原点——一定是在路的左侧，而我则认为彼得·考芬说的是右侧。然而，经过在黑暗中深一脚浅一脚的跋涉，时不时地敲开门向温和的居民问路，我们最终到了一个好像没错的地方。

一座旧房子门前，立着一根旧中桅，桅顶横杆的两端，各挂着一口拴住锅耳、漆成黑色的大木锅，来回摆动着。横杆背面两端的尖角都锯掉了，因此这根旧中桅看起来有点像绞刑架。也许我当时对这样的印象过于敏感，但是，我忍不住带着一种模糊的疑虑凝视着这个绞刑架。当我抬头打量剩下来的两个尖角时，我的脖颈起了一阵痉挛；是的，有两个尖角，一个是奎奎格的，一个是我的。我心想，这真是不祥的预兆。我第一次登陆捕鲸港，住的客店的老板就姓棺材；去了捕鲸者的礼拜堂，那里的墓碑又直瞪着我；而这里又是一个绞刑架！还有一对大得惊人的黑锅！这两口锅难道是在向我拐弯抹角地暗示那哀痛的地狱吗？

这时，客店门廊上站出来一个女人，脸上有雀斑、满头黄发、穿一件黄袍子，看见了她，我从这些沉思中清醒过来。她站在一盏摇晃的灯下，灯是暗红色的，很像一只受伤的眼睛，她还在继续尖声责骂一个穿紫色毛衬衫的男人。

"去你的吧，"她对那男人说，"不然我就给你松松筋骨！"

"来吧，奎奎格，"我说，"没错，那准是赫西夫人。"

果真是她。何西亚·赫西先生没在家，赫西夫人全权打理他的生意，她完全有能力胜任。弄明白我们想要在这里膳宿，赫西夫人就把责骂的茬儿暂时搁下，把我们引进一个小房间，让我们在一张桌子旁坐下，桌上还摆着残羹冷炙，刚才肯定有人在此就餐，她转过身问我们："蛤蜊还是鳕鱼？"

"鳕鱼怎么样，太太？"我十分礼貌地说。

"蛤蜊还是鳕鱼？"她又问了一遍。

"蛤蜊做晚餐？一只冰冷的蛤蜊；你说的是这个意思吗，赫西夫人？"我说，"大冬天的，这招待可是冷冰冰黏糊糊的啊，不是吗，赫西夫人？"

但是赫西夫人正急着要继续责骂那个穿紫衬衫的男人，后者正在门口等着，因而她似乎什么也没听见，只听见了"蛤蜊"这个词，就匆忙走向一扇通往厨房的敞开的门，大叫了一声"两人一个蛤蜊"，便消失不见了。

"奎奎格，"我说，"你认为我们两个能用一只蛤蜊对付一顿晚餐吗？"

然而，厨房里飘出的温暖喷香的蒸汽，足以证明我们以为前景不妙的想法是错误的。而当那热气腾腾的杂烩送进来，疑团就轻松愉快地解开了。啊，亲爱的朋友们！请听我说。它是用鲜嫩多汁的小蛤蜊做的，几乎只比榛子大上一点点，掺了捣碎的硬饼干，切成小片的腌肉，还加了不少黄油，撒了胡椒和盐。严寒的旅行让我们胃口大开，尤其是奎奎格，看见他喜欢的海鲜摆在面前，而这杂烩又烹制得美味无比，我们便一阵狼吞虎咽，把它打发了。我往后靠着坐了一会儿，想起点餐时赫西太太关于"蛤蜊还是鳕鱼"的问法，我想不妨做个小小的实验。于是，我起身来到厨房门口，用强调的口气大声说了一句"鳕鱼"，说完又回到我的座位。没过几分钟，那喷香诱人的蒸汽就又冒了出来，但是味道有所不同了，随即，一盘鲜美的鳕鱼杂烩浓汤就摆在了我们面前。

我们又开始忙活起来。我们的勺子在碗里捞来捞去的时候，我暗自寻思着，这东西会不会对脑子有什么影响？那句把人叫作杂烩汤脑袋的傻话是怎么回事来着？“看哪，奎奎格，你碗里那不是条活鳗鱼吗？你的标枪呢？”

天下鱼味最浓的地方莫过于尝锅客店了，它的确名副其实；因为那儿的锅里一直煮着杂烩汤。早饭杂烩，中饭杂烩，晚饭还是杂烩，直吃到你生怕衣服里扎出来鱼骨头。屋前的地方是用蛤蜊壳铺的。赫西太太戴的是鳕鱼椎骨磨光的项链；而何西亚·赫西的账本是用上好的旧鲨鱼皮装订的。牛奶里也有鱼腥味，我一点都不明白这是怎么回事，直到一天早上我偶然沿着海滩散步，在渔民的船中间，看见何西亚的斑纹奶牛在吃鱼杂碎，它沿着沙滩走，每一只脚上都套着一个被砍下来的鳕鱼头，我向你保证，那看起来很像是穿了防滑鞋。

用过晚饭，我们接过一盏灯，在赫西太太的指引下，沿最近的路线去客房；可是，在奎奎格要在我前面上楼梯时，赫西太太伸出胳膊，让他把标枪交出来；她客店的所有房间都不准带标枪进去。“为什么不让？”我问道，“每个真正的捕鲸手都是带着自己标枪睡觉的——为什么不让？”“因为那样很危险，”她说，“自打斯蒂格那小伙子出海倒了霉，回到这里——他去了四年半，只带回来三桶鱼肚肠——他就死在我一楼的后间，腰里插着自己的标枪，从那时起，我就不准任何住客晚上带着这么危险的武器进房间了。所以，奎奎格先生（她已经知道了他的名字），我一定要把这个铁家伙拿走，替你保管到明天早晨。还有那杂烩汤，明天早餐是要蛤蜊还是鳕鱼，伙计们？”

“两样都要，”我说，“再来两份熏鲱鱼，换换口味。”

第十六章　船

在床上我们合计了一下明天的计划。可让我感到意外且甚为担忧的是，奎奎格现在想让我明白，他一直在勤恳地向悠悠请教——悠悠就是他那个黑色的小神——而悠悠已经给过他两三次指令了，并且强烈坚持，我们千万不要一起到港口的捕鲸船队中去，也不要一起选择我们要上的船；与此相反，悠悠恳切地吩咐说，我应该一个人去选船，因为这是悠悠对我们的一片好意；为了帮助我们，它已经看中了一条船，如果这事完全由我来办，我，以实玛利，也肯定会发现，这条船完全像是偶然出现的；而且，我必须立刻上这条船做水手，暂时不去管奎奎格。

有件事我忘记提了，在很多事情上，奎奎格都对这个悠悠的判断以及惊人的预言能力深怀信心；他对悠悠的珍视带有相当大的尊敬成分，把它奉为善良的好神，整体上讲，悠悠的用心也许足够良苦，但是它友善的计划并非总是能够成功。

现在，奎奎格，或者毋宁说悠悠的计划，涉及我们如何选择要上的船，这个计划我一点都不喜欢。我根本不相信奎奎格的头脑能够指出哪艘捕鲸船最适合我们，最能保证我们的幸运。但是，我所有的抗议对奎奎格都毫无作用，我不得不默认了；并相应地准备着手处理这件事，我决心全力以赴速战速决，迅速解决这件微不足道的小事。

第二天一大早，我把奎奎格留在小房间，和悠悠关在一起——因为这一天似乎是奎奎格和悠悠的某种大斋节或是斋月，或是禁食、蒙羞和祷告的日子。这到底是怎么回事，我始终没有弄明白，虽然我实践了好几回，但始终掌握不了他那套仪式和三十九条教规——于是，我留下奎奎格，让他咬着他的斧头烟斗，让悠悠用它刨花燃起的祭火暖暖身子，我则动身前往码头。我闲逛了很长时间，随便询问了一些人，获悉有三艘船要进行为期三年的航行——“魔母号”“珍宝号”和“裴阔德号”。“魔母号”的得名不得而知；“珍宝号”平淡无奇；“裴阔德号”，你无疑还会记得，那是马萨诸塞州印第安人一个有名的部落，现在已像古代米堤亚人一样灭绝了。我仔细窥探了一阵子“魔母号”，又从它跳上了“珍宝号”，最后上了“裴阔德号”的甲板，到处看了好半天，断定这就是我们要找的船。

在你们那个年代，你们可能见过许多稀奇古怪的船，这尚未可知——方头斜桁四角帆船；山一样的日本帆船；黄油箱似的小型两排桨帆船，以及诸如此类；但是拿我的话说，你从未见过“裴阔德号”这样罕见的老船。

它是一艘老式船，如果要说的话，它的规模相当之小；样子老派而稳重。常年经受四大洋的狂风恶浪，也有过风平浪静的时日，它的老旧船体黑得就像在埃及和西伯利亚战斗过的法国掷弹兵。它庄严的船首看起来像是生了胡子。它的桅杆，是从日本某处海岸砍来的，原来的桅杆在那里被大风吹下了海——这些桅杆僵硬地立着，就像科隆的那三个老王的脊椎。它古老的甲板已经磨损，起了皱纹，像贝克特喋血而亡的坎特伯雷大教堂里朝圣者顶礼膜拜的铺路石板。

除了这些陈旧的古物之外，它还增添了一些神奇的新花样，均与它半个多世纪所从事的疯狂事业有关。老船长法勒，曾在这艘船上做了多年的大副，后来又去指挥他的另一艘船，作为退休海员，他现在是“裴阔德号”的主要股东之一——这个老“裴阔德号”，在他任大副期间，就已经在它原初的古古怪怪之上，又到处建造和镶嵌了各种从材料到设计都相当奇怪的东西，除了托基尔·哈克那雕刻的盾牌或床架，没有什么可以与之媲美的。它的装束就像野蛮的埃塞俄比亚皇帝，脖子上挂着沉重光润的象牙挂链。它是件战利品，是船中的食人生番，装扮着它猎获的敌人的骨头。它没有嵌板、敞开的舷墙装饰得如同一个长长的下颚，插着做钉子用的抹香鲸锋利的长牙，用来固定那些旧麻绳和筋带。那些麻绳不是从陆地出产的低劣的木板中穿过，而是巧妙地盘在一根根海产的象牙上。它不屑于在受人尊敬的船舵上安装十字转轮，而是开玩笑似的装了一个舵柄，那舵柄好生奇怪，是一整块的，用它世代相传的宿敌又长又窄的

PEQUOD

下腭骨雕成。舵手在暴风雨中用它掌舵的时候，感觉自己就像是个鞑靼人，紧勒着马嚼子，来让暴怒的骏马止住脚步。它是艘高贵的船，也是无比忧郁的船！所有高贵的事物都有点忧郁色彩。

此刻我环顾着后甲板，想寻找一个掌权的人，自荐做水手，参加这次航行。起初我什么人都没有看见，但是我不由自主地注意到一顶奇怪的帐篷，或者更准确地讲，是一顶小棚子，立在主桅后面一点的地方。它似乎是临时搭建的，只在出港前暂时用一下。它呈圆锥形，大约有十英尺高，是用露脊鲸上下颚中部和最高部分取出的又长又大的黑色软骨搭起来的。软骨宽的一头立在甲板上，这些骨头绑成一圈，互相倾斜着支在一起，顶端处收束成尖簇状，绒毛般蓬松的纤维前后摇摆，如同波托沃塔米老酋长头上的顶髻。一个三角形开口朝向船首，这样，里边的人对前面的情况可以一目了然。

我终于发现了一个人，他半隐半现地藏在这古怪的帐篷里，模样好像是掌权的；时至中午，船上的工作停顿下来，他正在享受暂时的休息，抛开了发号施令的负担。他坐在一把老式橡木椅里，椅子上到处刻着蜿蜒奇怪的图案，结实的椅子座也是用搭建棚屋的同一种富有弹性的材料编织而成。

我所见到的这位老者，外貌也许并没有那么特别；褐色的皮肤，体格强壮，和大多数老水手一样，沉闷地裹着一件领航员穿的蓝外套，按照教友会的式样剪裁；只是他的双眼周围交织着极其微细、几乎用显微镜才能看清的皱纹，那一定是常年在猛烈的大风中航行，经常顶风瞭望才形成的——因为这样会导致眼睛周围的肌肉紧缩在一起。这样的眼角皱纹在皱眉发怒时会起到非常好的效果。

“这位是‘裴阔德号’的船长吗？”我说，一边向帐篷门口走过去。

“姑且算是吧，你找他干什么？”他问道。

“我想上船做水手。”

“你想，是你吗？我看你不是楠塔基特人——上过炉子船（汽船）吗？”

“没有，先生，我没上过。”

“你对捕鲸一无所知，我敢这么说——对吗？”

“的确一无所知，先生；但是我肯定很快就能学会的。我在商船上干过，航行过几次，我想——”

“干过商船顶个屁用。别和我说那些废话。你没看见那条腿吗？——你如果再和我说商船，我就让你那条腿和屁股分家。商船，真是的！我猜你现在感到相当了不起吧，就为了你在那些破商船上干过。不过，算你侥幸！喂，是什么让你想要去捕鲸呢，嗯？——这看起来有点让人怀疑啊，不是吗，嗯？——你没有做过海盗吗，没有吗？——你没有抢劫过你上一任的船长吧，没有吗？——等到了海上，你不会想要谋杀船上的长官吧？”

我为自己的清白辩护，声称从未干过这样的事情。看得出，在这些半开玩笑含沙射影的话后面，这个老水手，这个与世隔绝的教友会的楠塔基特人，心中满是岛民的偏见，对所有外地人都相当不信任，除非他们出生于科德角或是马撒葡萄园岛。

“可是你怎么想到要去捕鲸呢？在我考虑让你上船干活之前，我想知道。”

“好的，先生，我想去看看捕鲸是怎么回事。我想看看世界。”

“想看看捕鲸是怎么回事，嗯？你可曾见到过亚哈船长？”

“谁是亚哈船长，先生？”

“好啊，好啊，我就知道是这样。亚哈船长是这艘船的船长。”

“那么是我搞错了。我以为我正在和船长本人说话呢。”

“你是在和法勒船长说话——你正在与他说话，年轻人。我和比勒达船长负责检查‘裴廓德号’是否适合出海航行，为它配备所需的一切，包括全体水手。我们都是股东，也是经纪人。不过，我要说的是，如果确实如你所说，你想知道捕鲸是怎么回事，在你打定主意、断了后路之前，我有办法让你弄明白。好好看看亚哈船长吧，小伙子，你会发现他只剩下了一条腿。”

“你是什么意思，先生？另一条腿是被鲸鱼咬掉的？”

“被鲸鱼咬掉的！年轻人，靠过来一点：它是被曾经咬碎过小艇的最最凶猛的一头抹香鲸咬掉的，被它一口咬住，嘎吱嘎吱一嚼，就给吞下去了！啊，啊！”

他说话的劲头让我有点吃惊，也许，他最后那番话里由衷的悲哀也让我有所感动，但是，我尽量镇静地说道：“你说的肯定是真的，先生；可我怎么能知道那头特殊的鲸鱼有多凶猛呢，尽管我的确能从这个简单的事件中大概推测出来。”

“现在看看你吧，年轻人，你的肺子还是软的，你明白吗；你没有说一句假话。的确，你以前出过海，这是真的吧？”

“先生，”我说，“我想我告诉过你，我在商船上出过四次海——”

“别提那个！注意我说过关于商船的话——不要惹恼我——我不要听。不过，让我们彼此了解了解。我已经向你暗示了捕鲸是怎么回事，你还想干这行吗？”

“是的，先生。”

“很好。现在，你有胆量把标枪投进一头活鲸鱼的喉咙，然后猛追过去吗？回答我，快点！”

“我敢，先生，如果这么做是势在必行的话；也就是说，在不可避免的情况下；我认为这种情况不会发生。”

“还不错。那么，你不仅想要去捕鲸，亲身体验一下捕鲸是怎么回事，你还想去见见世面？你说的不就是这个吗？我想是的。好吧，往前走，去船头的上风舷看看，然后回到我这儿来，告诉我你都看见了什么。”

这个奇怪的要求让我有点困惑，我在那里站了片刻，不知道该怎么办，是把它当作玩笑，还是要认真对待。但是，法勒船长把他的鱼尾纹扭成了一副怒容，吓得我赶紧照办。

我向前走去，从船首的上风舷望去，察觉到船体在潮水牵引下向下锚的一侧摇晃，这时正斜对着开阔的海面。海面一望无际，极其单调，令人生畏，哪怕最轻微的变化也看不到。

“好吧，你有什么可报告的？”我一回来，法勒就说，“你看见了什么？”

“没什么，”我回答，“什么都没有，只有海水；不过，水平线很清晰，我想，就要起大风了。”

“嗯，那么你还想去见见世面吗？你希望绕过合恩角去看看更多的地方吗，嗯？从你站的地方难道就不能见识世界了吗？”

我有点动摇，但是我必须去捕鲸，这是我的心愿；“裴阔德号”和别的船一样是艘好船——我想它是最好的——我把这些话向法勒重复了一遍。看到我如此坚决，他表示愿意让我上船。

“你最好是马上就签字，”他补充说，“随我来吧。”这样说着，他领我下了甲板，进了船舱。

坐在船尾肋板上的是一个在我看来极其非凡和让人吃惊的人物。结果证明这就是比勒达船长，他和法勒船长都是这条船的大股东；在这些港口，其他股东有时是一些拿退休金的老人、寡妇、没爹的孩子和大法官监护的未成年人；每个人拥有的股份价值仅仅相当于船上的一块木头、一尺木板或是一两根钉子。楠塔基特人将自己的钱投资在捕鲸船上，就如同你购买国家批准的回报丰厚的股票一样。

比勒达和法勒，还有许多其他楠塔基特人，都是贵格会信徒，这个岛屿起初的定居者就属于该教派；迄今为止，岛上居民总体上还保持着罕见的贵格会特性，只不过由于外来的异质事物而具有了各种变化，多少变得有点反常罢了。同样是贵格会信徒，其中有些人却是所有水手和捕鲸者当中最嗜血残暴的人。他们是好战的贵格会，也是喜欢复仇的贵格会。

因此，他们当中就有这样的惯例，以《圣经》人物为名——这是岛上唯一普遍流行的风尚——从小就自然而然地吸取了贵格会的习语，庄重而戏剧化地把“你”称作“汝”。尽管如此，这些经久不衰的特性，和他们后来在鲁莽勇敢、无拘无束的冒险中形成的千百种彪悍的性格，奇怪地混合在一起，与北欧海上之王，或是具有诗意气质的罗马异教徒相比也毫不逊色。

当这些东西结合在一个人身上，他便具有了超凡的力量，闻名世界的大脑和沉重的心，同时还具有在最遥远的海域，在北方从未见过的星空下面，在许多漫长夜晚守望的那种沉静和孤绝，如果这些能引导他进行无视传统的独立思考，从大自然那纯洁无染、自觉自愿和满怀信任的心胸，接受所有或甜蜜或野蛮的新鲜印象，从而主要地凭借这些，也凭借某些偶然优势的帮助，去学习一种勇敢无畏的高尚的语言——这个人就会成为整个国家中独一无二的人——一个为崇高悲剧而生的强大的历史性人物。如果从戏剧化的角度来看，无论是出身或是环境，都丝毫无损于他本性深处的那种近乎任性专横的病态意志。因为所有悲剧人物的伟大都是由某种病态造就的。相信这一点吧，野心勃勃的年轻人，所有凡人的伟大都不过是病态。

但是，我们还用不着与这样的人打交道，我们要打交道的是十分不同的另一种人，这种人如果确实与众不同，那也只是从贵格会信徒性格的另一面生发出来的，且由于个体环境的差异而有所不同罢了。

和法勒船长一样，比勒达船长也是个富裕的退休的捕鲸手。不同的是，法勒船长对于所谓重大事情毫不在乎，而且实际上把这些彼此雷同的大事当成了微不足道的琐事——而比勒达船长不仅原先就受过楠塔基特贵格会最严格的教育，而且他随后的航海生涯，他环绕合恩角航行所见到的那些赤裸可爱的岛民——都丝毫没有改变这位土生土长的贵格会信徒，甚至连他背心上的一个角都还是老样子。不过，尽管一成不变，比勒达船长却缺乏可敬的法勒船长身上那种大家都有的一致性。虽然，由于良心上的不安，他拒绝拿起武器对抗大陆来的入侵者，可他自己却毫无限度地入侵了大西洋和太平洋；他虽然誓死反对人类的流血斗争，自己却身穿紧身上衣，一次又一次地让鲸鱼流血。在他耽于沉思的晚年，这位虔诚的比勒达如何与回忆中的这些事情和解，我还不得而知。

不过，他似乎也不太在意，很有可能早已得出了下面这个明智的结论，一个人的宗教是一回事，这个现实的世界又是另一回事。这是个大家可以分得红利的世界。从穿着最最土气的浅褐色短衫的小船童，做到穿鲱鱼肚色的宽背心的标枪手，再成为小艇领班、大副、船长，最后成为船东；比勒达，像我前面说的那样，已经结束了他的冒险生涯，彻底退休，远离了动荡的生活，在受人尊敬的六十岁的年龄上，安度晚年，静静享用他丰厚的收入。

不过，我要遗憾地说，比勒达却有着一个不可救药的老守财奴的名声，在他出海航行的那些年头，他更是一个苛刻严厉的工头。在楠塔基特，人们给我讲了一个故事，尽管这故事显得有点奇怪，说的是他驾驶那艘老“卡特古特号”捕鲸船的时候，他的水手们返航回家，一个个全都筋疲力尽，狼狈不堪，大部分都是从岸上直接抬进了医院。对于一个虔诚敬神的人，尤其是一个贵格会信徒，至少可以说，他的心肠实在狠了点。不过，人们说，他从不责骂手下的人；可不知怎么，他总能迫使他们没完没了地为他卖苦力。在比勒达还是大副的时候，只要他土黄色的眼睛专心地看着你，就会让你忐忑不安，你只能抓起什么东西——锤子也好，穿索针也好，去发疯般地干活，不是干这个，就是干那个，总之不管是干什么。偷懒耍滑、游手好闲，在他面前荡然无存。他本人就是功利主义性格的完美化身。他身材修长枯瘦，没有任何赘肉，也没有奢侈的胡子，下巴上只有一缕柔软而经济的细毛，就像他宽边帽上磨损的绒毛一样。

这就是我随法勒船长下到船舱时所看到的坐在船尾横木上的那个人。船舱的空间很小，就在那里，笔直地坐着这位比勒达老头，他总是这样坐着，从来也不向后靠，省得磨坏上衣的后摆。他的宽边帽放在旁边，两腿僵硬地交叉着，土黄色上衣一直扣到下巴，鼻子上架着眼镜，似乎正在专心致志地读一本大厚书。

“比勒达，”法勒船长叫道，“又在看书了，比勒达，嗯？

据我所知，这三十年你一直在研究那些经文。你研究到哪儿了，比勒达？”

仿佛早就习惯了老船友这种亵渎神圣的言谈，比勒达并没有注意他此刻的不敬态度，他安静地抬起头，看着我，又向法勒询问地看去。

“他说他想加入我们，比勒达，”法勒说，“他想上船干活。”

“你想吗？”比勒达用空洞的声调说道，对我转过身来。

“想。”我不知不觉地说，他是个非常认真的贵格会信徒。

“你认为他怎么样，比勒达？”法勒说。

“他能行。”比勒达说，眼睛看看我，然后又继续清晰可闻地喃喃读起书来。

我想他是我见过的最古怪的老教徒了，尤其相比之下，他的朋友和老船友法勒又是这样一个爱吵吵嚷嚷的人。但是，我什么都没有说，只是警觉地环顾了一下四周。法勒打开一个箱子，取出船上的契约，把笔和墨水放在面前，自己坐在一张小桌子旁边。我开始心想，这是最恰当的时机，我要自己想好，出海航行我愿意遵守哪些条款。我已经意识到，在捕鲸业，是没有薪水可拿的；但是，所有的人手，包括船长，都会收取利润的某些份额，他们叫作“捕获物分红”，这些分红根据船上人员各自职务的重要性来做相应的分配。我也知道，作为捕鲸新手，我自己的分红不会很大；但是考虑到我过去出过海，能够掌舵，接绳子，等等，我毫不怀疑，从我所听到的一切判断，我应该得到至少二百七十五分之一的红利——亦即，不管这次航海最后净得多少利润，我都占其中的二百七十五分之一。尽管这二百七十五分之一的红利被他们称为长红，那也总胜过一无所有；而且，如果出海碰上好运气，很可能就抵得上我穿破的衣服了，更不用说还能在船上白吃三年牛肉，白住三年，这些都不用花一分钱。

可能有人认为，要积累起巨万财富，这实在是个可怜的法子——的确如此，这确实是个非常可怜的法子。但是，我是那种从不想发大财的人，在我要去挂着阴森的“雷云”招牌的客店投宿时，如果这个世界能给我住给我吃，我就非常满足了。大体上看，我认为二百七十五分之一的红利应该是相当公平的，可如果给我二百分之一，考虑到我是个肩宽体壮的汉子，我也不会感到惊讶。

然而，有一件事却让我有点怀疑，我能否拿到丰厚的红利：还在岸上，我就听说了有关法勒船长和他那位难以理解的老友比勒达两人的一些事；他们都是“裴阔德号”的主要业主，因而其他股东和更加微不足道的零散股东，几乎把船的业务全部交给他们两人打理。我不知道那个吝啬的老比勒达在雇用船上人手这事上也有相当大的权威，尤其是我现在发现他就在“裴阔德号”上，十分舒适地待在船舱里，仿佛在自己家壁炉旁那样读着他的《圣经》。而此刻法勒正在徒劳地想用水手刀修理一支钢笔，一想到老比勒达在这些程序上举足轻重，这可让我吃惊不小。比勒达始终不搭理我们，只是继续喃喃地念书，“不要为自己积攒财宝在地上，地上有虫子——”

“好了，比勒达船长，”法勒打断他说，“你说，我们要给这个年轻人多少红利？”

“你最清楚不过了，”他阴森森地回答，“七百七十七分之一不算太多吧，是不是？——地上有虫子咬，能锈坏，但是积攒在——”

好一个“积攒”，我心想，还是份这样的红利！七百七十七分之一！好吧，老比勒达，你铁了心认定我不该在地上积攒很多红利，因为地上有虫子咬，能锈坏。那的确是份少得出奇的红利；尽管那个巨大的数字，一开始能骗过一个在陆地生活的人，可你稍微思考一下就会发现，虽然七百七十七是一个相当大的数字，但是，如果你用它来做除法，你就会明白，七百七十七分之一红利和七百七十七块金币相差太多；我当时就是这么想的。

“哎呀，该死，比勒达，”法勒叫嚷道，“你不是想骗这个年轻人吧！他得多拿一点儿。”

“七百七十七分之一。”比勒达再次说道，连眼皮都没有抬一下，说完继续喃喃地念书，“因为你的财宝在哪里，你的心也在那里。”

“我要给他登记三百分之一，”法勒说，“你听到没有，比勒达！三百分之一的红利，我说。”

比勒达放下手中的书，转过头严肃地对他说：“法勒船长，你有一颗慷慨大度的心；但是你必须要考虑到，你对这艘船的其他股东负有责任——他们很多人都是寡妇和孤儿——如果我

们给这个年轻人的劳动报酬过于丰厚，我们可能就是在从那些寡妇和孤儿嘴里抢面包。七百七十七分之一，法勒船长。”

“好你个比勒达！”法勒咆哮道，他腾地站起来，在船舱里吭哧吭哧走来走去，“该死，比勒达船长，如果我过去在这些事情上听从你的建议，我早就要拖着一颗沉甸甸的良心了，重得足以将绕合恩角航行的最大的船压沉的。”

“法勒船长，”比勒达沉稳地说，“你的良心吃水十英寸还是十英寻，我可说不出来；可既然你还是个不知悔改的人，法勒船长，我非常担心，你的良心恐怕已经漏水了；到最后会让你沉底的，一直沉到地狱的火坑里，法勒船长。”

“地狱的火坑！地狱的火坑！你竟敢侮辱我，好啊；是可忍孰不可忍，你竟敢侮辱我。对人说他一定会下地狱，这是最大的冒犯。又是锚爪，又是火焰的！比勒达，你再对我说一遍，惹起我的肝火来，我会，我会，是的，我会活吞掉一头山羊，连毛带角。到舱外去，你这满口黑话、假模假样的土包子——你马上给我滚出来！”

他咆哮着向比勒达冲过来，但是比勒达以神奇的速度，身子向旁边一滑，及时躲过了他。

负责这艘船的两个大股东之间爆发的可怕争吵让我警觉起来，我有点不太想乘这么一艘问题重重、管理草率的船出海了，我从门边向一旁挪了几步，给比勒达让开路，我认为他肯定会急着从怒火勃发的法勒面前消失。可让我震惊的是，他又在船尾横木上安静地坐下来，似乎没有一点要撤退的迹象。他似乎已经非常习惯顽固不化的法勒和他的行为方式了。至于法勒，发泄完怒气之后，似乎就泄了气，他也坐了下来，像一头羊羔，尽管还有点抽搐,有点激动。“唷！”他最后吹了声口哨,“我想，暴风已经转到了下风头。比勒达，你过去擅长削鱼枪，帮我修修钢笔吧,好吗。我的折刀得磨磨了。给你,谢谢你,比勒达。哎，我的小伙子,你是叫以实玛利吧,是吗？好吧,给你写在这儿啦，以实玛利，三百分之一的红利。”

“法勒船长，”我说，“我有个朋友和我在一起，他也想上船——我明天能带他来吗？”

“当然可以，”法勒说，“接他过来吧，我们要看看他。”

“他需要拿什么样的红利？”比勒达嘟囔着，从他再次忙着阅读的书上抬头扫了一眼。

“啊！别操心那个了，比勒达，”法勒说，然后转向我问道，“他以前捕过鲸吗？”

“他杀过的鲸鱼我数都数不清，法勒船长。”

“好的，那就带他来吧。”

在文件上签完字，我就离开了船。毫无疑问，这一早晨的工作我已经出色地完成了，“裴阔德号”正是悠悠选定的船，它将载着奎奎格和我绕过海角。

但是，我还没有走远，就想起那位我要随同航行的船长还没有见到；尽管，在很多情况下，在捕鲸船完全准备停当，所有水手已经到岗之后，船长才会出现，挂帅指挥。因为有些时候这些航行会为期很长，而在岸上家中盘桓的时间又是格外的短暂，如果船长有家，或是有极其牵挂的事情，他就不会过分操心港口中的船，而是把它交给船东，直到一切出海的准备工作已经就绪。然而，在你无可挽回地把自己交托到他的手里之前，去看看他总归没有坏处。于是，我转过身来和法勒船长搭讪，问他在哪里能找到亚哈船长。

“你找亚哈船长干什么？这里的事情都办妥了，你已经是水手了。”

“是的，但是我应该去见见他吧。”

“恐怕你现在见不到他。我真的不知道他是怎么回事；他整天把自己关在屋里；说是生病吧，可又不像。事实上，他没有病；可是，不，他也不健康。无论如何，年轻人，他跟我也不常见面，所以，恐怕他也不会见你。他是个怪人，这位亚哈船长——有些人会这么想——但他也是个好人。啊，你会非常喜欢他的；不要怕，不要怕。他是个了不起的、不是神又像神的人，亚哈船长；他说话不多，可一旦开口，你就要好好听着。记住了，我这是预先提醒你；亚哈超乎常人；亚哈上过大学，也到过许多食人生番的地界；他见过比海还深的奇迹；他暴怒的标枪刺中过比鲸鱼还要强大、还要奇怪的仇敌。他的标枪！嘿，是我们岛上最快最准的！啊！他不是比勒达船长，不，他也不是法勒船长，他是亚哈，小子。古时候的亚哈，你知道，那是个戴王冠的王！”

“而且是个非常邪恶的王。那个邪恶的王被杀的时候，那些狗，不是都来舔他的血吗？”

“到我这儿来——这边，这边，”法勒说，他眼中意味深长的神情几乎让我吓了一跳，“你听着，小伙子，永远不要在‘裴阔德号’上说这些。在任何地方都不要说。亚哈船长从来不提自己的名字。那名字是他守寡的疯妈一时兴起的愚蠢无知的怪念头，他只有十二个月大时她就死了。可是该黑德的那个老婆子提斯提格说，那个名字将会证明是个预言。而且，其他和她一样的傻瓜也许会告诉你同样的事情。我希望提醒你一下。这是个谎言。我非常熟悉亚哈船长。很多年前我做大副时就和他一起航海了。我知道他怎么回事——一个好人——不是那种敬神的好人，像比勒达那样，但却是个喜欢咒骂的好人——有点像我——只不过他要比我好得多。哎呀，哎呀，我知道他从来都不怎么开心，我还知道在返航途中，他因为一个诅咒而有点失去了理智；可那是因为他流血的残肢痛得钻心，任何人都能明白的。我也知道，自从他上一次出海因为那头该死的鲸鱼失去了一条腿，他就变得喜怒无常了——令人绝望的喜怒无常，有时很是粗鲁。但那些都会过去的。

“还有，年轻人，我要一次和你说个明白，我向你保证，和一个喜怒无常的好船长出海，总胜过和一个嘻嘻哈哈的坏船长出海。那么再见吧——不要误解亚哈船长，他只是碰巧有个邪恶的名字。此外，我的孩子，他有妻子——结婚还不到三个航程——一个可爱顺从的姑娘。想想吧，幸亏那个可爱的女孩，这老头才有了个孩子。既然如此，你还会认为亚哈是个彻头彻尾、不可救药的祸害吗？不，不，我的小伙子；尽管倒了大霉，受了伤残，亚哈还是很有人性的！”

我转身走开，一路上思绪万千。偶然得知的有关亚哈船长的事，让我心中充满了模糊而强烈的痛楚，并且不知怎么，当时我对他产生了一种同情，为他感到悲哀，我不知道为什么会这样，除非是因为他悲惨地失去了一条腿。我还对他有一种奇怪的敬畏之感，那种敬畏，我根本无法描绘，它不完全是敬畏，我也不知道它到底是什么。但是我感觉到它，它没有让我对他生出不愿与之为伍的讨厌之情，尽管我对他身上的神秘色彩有些不耐烦，毕竟那时我对他的了解还不够彻底。然而，我的思绪终于转向了别的方面，于是，模糊难测的亚哈就暂时在我脑海中悄悄消失了。

第十七章　斋戒

因为奎奎格的斋戒，或者是禁食和蒙羞，要持续一整天，所以在夜幕降临之前，我并不想去打扰他；因为我对任何人的宗教义务都怀着最大的敬意，从不介意它有多么滑稽，我心里没有丝毫轻蔑的意思，即便是一群蚂蚁聚在一起崇拜一棵毒菌；或者我们地球的某些部分，其他一些生灵以一种别的星球所没有的奴颜婢膝，在一个死掉地主的尸骸前鞠躬致敬，只为了死者名下还拥有大量出租的产业。

我要说，我们善良的长老会基督徒应该对这类事情怀有仁慈之心，不要幻想着我们自己大大优越于其他生灵、异教徒以及其他等等，只因为他们在这些问题上怀有半疯半傻的谵妄和幻想。现在就有个奎奎格，肯定对悠悠和斋戒持有荒谬至极的观念；——那又怎么样呢？奎奎格自以为知道他在做什么，我推测，他似乎心满意足，那就让他安心于此吧。我们与他争论是毫无意义的；随他去吧，我说，上帝会怜悯我们大家的——

长老会信徒也好，异教徒也好——因为我们的头不知怎么全都裂开了大口子，急待修理一番。

时近傍晚，我确信他所有的表演和仪式都已经结束了，我向他的房间走去，敲了敲门；没有回应。我想把门打开，可它又从里面锁死了。“奎奎格，”我轻声对着锁孔说道——一片寂静。“喂，奎奎格！为什么你不说话？是我——以实玛利。”一切依然鸦雀无声。我开始警觉起来。我让他独处了这么长时间，我想他可能是中风了。我从锁孔往里看，偏偏门又朝向房间的一个僻角，从锁孔里只能看见偏左的一个拐角。除了床铺踏脚板的一部分和一段墙壁，再看不到别的了。我吃惊地发现，墙上斜倚着奎奎格标枪的木头枪杆，昨天晚上，老板娘在我们上楼去房间之前，就已经把标枪收走了。我心想，真是奇怪；但无论如何，既然标枪立在那边，他又很少或根本不会不带标枪出门，那他一定在里边，这不可能有错。

“奎奎格！奎奎格！”毫无动静。一定出了什么事。中风！我想把门撞开，但是它牢牢地锁住了。我奔下楼梯，急忙把我的怀疑说给了我遇见的头一个人——女仆。“呀！呀！”她叫道，“我就觉得一定有什么事。我早饭后去收拾床铺时，门就锁着；连只老鼠都听不到；从那以后就一直这么静悄悄的。我还以为你们两个一起出去了，为了安全，就把行李锁在屋里了。呀！呀！太太！——夫人！出人命了！赫西太太！中风！”她一边叫喊着，一边奔向厨房，我跟在后面。

赫西太太很快出现了，一只手拿着芥末罐，另一只手拿着醋瓶子，她刚刚还在忙着整理调料瓶，嘴里责骂着手下那个小黑孩。

“柴房！”我叫道，“哪条路能去柴房？看在上帝分上，快跑，去取个东西来把门撬开——斧子！——斧子！他中风了，肯定是这样！”这么说着，我手足无措地又空着手冲上了楼，这时，赫西太太把我拦住，手里还拿着芥末罐和醋瓶子，整个表情可谓五味杂陈。

“你怎么回事，小伙子？”

“取斧子来！看在上帝分上，快跑着去找医生，随便什么人去，我这边把门撬开！”

“听我说，”老板娘说，迅速放下了醋瓶子，好空出一只手来，“听我说，你是说要撬开我家的房门吗？”她一把抓住我的胳膊，“你怎么回事？你怎么回事，船伙计？”

我保持住镇静，想尽快让她明白整个情况。她下意识地用芥末罐拍着鼻翼一边，寻思了片刻，然后惊呼起来：“不好！我把它放在那儿以后就再也没去看过。”她奔向楼梯下面的一个小橱，向里面扫了一眼，又返身回来，告诉我奎奎格的标枪不见了。“他自杀了，”她叫喊道，“这可是不幸的斯迪格斯的悲剧重演了——又有一张床单糟蹋了——上帝怜悯他可怜的母亲吧！——这会把我的房子给毁了的。这可怜的小伙子有姐妹吗？那姑娘在哪儿？——喂，贝蒂，去找油漆工斯诺尔斯，告诉他来给我漆一个告示牌，写上——‘此地不许自杀，大堂禁止吸烟’——干脆把两件事一起解决掉。解决？上帝怜悯他的鬼魂吧！那是什么声音？你，小伙子，住手！”

她从我身后追过来，在我再次准备用力撞门时，拦住了我。

“我不准你这样,我可不愿意把自己的房子毁掉。去找锁匠，离这里大约一里地就有一个。住手！”她把一只手伸到身侧的口袋里，“这把钥匙应该能打开门，我们来试试。”说着，她就把钥匙插进了锁孔，可是老天！奎奎格在里面把附加的门闩也插上了。

“得把它撞开了。”我说，然后在过道里退远了一点，准备冲刺。这时，老板娘又抓住我，再一次发誓，我不该毁了她的房子，可是我挣开她的手，用尽力气猛地向目标冲去。

一声巨响，门被撞开了，门把手砰地弹在墙上，将石膏灰溅上了天花板。天哪，奎奎格坐在那里，一派从容，镇静自若，他蹲坐在屋中央，用手扶着把悠悠顶在头上。他目无旁顾，只是那么雕像般地坐着，几乎没有一丝活跃的生命迹象。

“奎奎格，”我说，向他靠拢过去，“奎奎格，你出了什么事？”

“他不会这样坐了一整天吧？”老板娘说。

可是无论我们怎么说，没有一句话能让他动上分毫；我差点想把他推倒在地，让他换换姿势，因为那姿势几乎让人无法忍受，显得十分痛苦和不自然，十分勉强；尤其是，很有可能他已经这样直挺挺地坐了八个或十个小时，连他有规律的一日三餐都免了。

“赫西太太，”我说，“他总算还活着；所以你请便吧，我会自己料理这件怪事的。”

当着老板娘的面，我合上了房门，竭力想把奎奎格弄到椅子上去，可是徒劳。他坐在那里，他能做的就是坐在那里——我使尽了浑身解数，说尽了花言巧语——他却纹丝不动，一句话也不说，也不看我，甚至对我的存在根本就不在意。

我很奇怪，心想，这有可能就是他的斋戒的一部分；在他老家的岛屿上，他们就是这样蹲坐着斋戒的。一定是这样；是的，这是他的教条的一部分，我想，那么好吧，随他去；他早晚会起来的，这毫无疑问。他不可能一直这个样子，感谢上帝，好在他的斋戒一年才一次，当时我还不相信它会那么准时。

我下楼去吃晚饭。我坐了很长时间，听一些水手滔滔不绝地讲述见闻，他们刚刚从他们所谓的“李子布丁”航行归来（就是那种乘纵帆船或是横帆船的短途捕鲸航行，只限于赤道以北的大西洋）；听完后已接近夜里十一点，我上楼睡觉，很有把握奎奎格一定做完了斋戒。可是不然，他还坐在同一个地方，连一寸都没挪动。我开始有些恼火起来，一整个白天和大半个晚上，就这样坐在冰冷的房间里，头上顶着块木头，这简直就是愚蠢和发疯。

“看在老天的份上，奎奎格，起来吧，动一动；起来，吃点东西。你会饿死的；你会要了自己的命的，奎奎格。”可是他一声不吭。

我真是对他绝望了，便决定上床睡觉；无疑，要不了多大会儿，他就会跟着我上床来的。不过，在上床之前，我脱下我那件沉重的熊皮外套，披在他身上，这是一个非常寒冷的夜晚；而他又什么都没有穿，只穿了件普通的圆夹克。好一阵子，我辗转反侧，一点睡意都没有。我吹熄了蜡烛，可是一想到奎奎格——距离我不到四尺远——正用那难受的僵硬姿势，独自坐在寒冷和黑暗中，就让我觉得难过。想想看，整夜和一个醒着的异教徒共处一室，而他又蹲坐着，在做他那沉闷无聊莫名其妙的斋戒！

但不知怎的我终于睡着了，什么都不知道了，直到天光破晓，我向床边一看，奎奎格还蹲坐在那里，仿佛被螺丝拧在了地板上。不过，当第一缕晨光照进窗扉，他就站起身来，关节僵硬，咯咯作响，但却带着一种欢快的表情，他跛着脚走到我躺卧之处，再次把他的额头抵在我的额头上，说他的斋戒结束了。

我在前面提到，我不反对任何人的宗教，他爱怎样就怎样，只要他不会因为别人不信他所信的宗教便实施杀害或是凌辱。但是，当一个人的宗教信仰变得过于狂热，对他成了一种纯粹的折磨，而且，到头来，弄得我们这个地球成了一个住起来很不舒服的客栈，我认为那时，就该把那个人拉到一边，好好和他理论一番了。

我现在就是这样对付奎奎格的。“奎奎格，”我说，“现在上床来，躺下听我说。”然后我就继续开说，从原始宗教的兴起和进展，一直讲到现时代的各种宗教，费尽心力地想向奎奎格说明，所有这些四旬斋、斋月和在寒冷沉闷的房间里长时间蹲坐的行为，都纯属扯淡，既不利于健康，也对灵魂一无用处；简而言之，这样做明显违背了卫生规律和常识。我还告诉他，作为一个在其他事情上极其理智和聪慧的蛮子，看到他在这种荒谬斋戒上表现出的可悲的愚蠢，我感到痛心，非常非常痛心。此外，我还争辩道，禁食会让身体垮掉，精神因此也会垮掉。从禁食中诞生的思想无一例外都是饿得半死不活的。这就是为什么大多数消化不良的宗教家会对他们的来生怀有如此忧郁的看法。奎奎格，我再说一句题外话，地狱的观念最初源自一个没有消化的苹果馅包子，从那时起，它通过斋戒培育出来的消化不良世代相传，直到如今。

然后我问奎奎格，是否他自己曾受过消化不良的困扰；我把这个意思表达得非常清晰，以便他能够理解。他说没有，唯一的一次是在一个纪念仪式上。那是在他父王举办的一次盛宴之后，为庆祝一场大获全胜的战斗，下午两点左右杀了五十名敌人，当天晚上，就全都煮来吃掉了。

“别再说了，奎奎格，”我不由得颤抖起来，“够了够了。”因为无须他进一步的提示，我就知道会是什么情况。我曾经见过一个水手，他到过那座岛，他告诉我那是岛上的风俗，每当一场大战获胜，胜利者就会在院子或花园里，把所有杀死的敌人拿来做烧烤；一个一个放在巨大的木头盘子里，像肉饭一样，周围加上配菜，有面包果和可可豆，有的还在嘴里塞上欧芹，连同胜利者的问候一起，送给所有的亲朋好友，仿佛这些礼物是圣诞火鸡一般。

究其实，我不认为我对宗教的看法给奎奎格留下了多少深刻的印象。因为，首先，他似乎很厌倦听到这个重要话题，除非我说的合乎他自己的观点；其次，尽管我把自己的思想尽可能表达得简单明了，他听懂的依然不到三分之一；最后，他无疑认为，他对真正的宗教懂的比我多得多。他用一种居高临下的忧虑和同情的目光看着我，仿佛他觉得，这么明智的年轻人竟然无可救药地错失了虔诚的异教徒的福音，实在可惜。

最后，我们终于起床，穿戴起来。奎奎格酣畅淋漓，大快朵颐，吃了各种杂烩，因为他的斋戒，老板娘竟然没有挣到多少钱。之后，我们出门到“裴阔德号”上去，一路闲逛，用大比目鱼的骨头剔着牙齿。

第十八章　签字画押

我们来到码头尽头，朝船走去时，奎奎格扛着他的标枪，法勒船长用粗哑的嗓音从他的棚屋里大声招呼我们，说他没有想到我的朋友是个食人生番，还宣称不许食人生番上他的船，除非他们事先出示证件。

“你那是什么意思，法勒船长？”我说，跳过了舷墙，把我的同伴留在码头上。

“我的意思嘛，”他回答，“他必须出示他的证件。”

“是的，”比勒达船长用他空洞的声音说，把他的脑袋从法勒的脑袋后面探出棚屋，“他必须说明他已经改宗了。小魔王，”他又转头向着奎奎格说，“你现在和基督教堂有联系吗？”

“为什么，”我说，“他是第一公理会的教友。”这里应该说一下，很多在楠塔基特船上干活的有文身的蛮子最后都被变成了基督教徒。

“第一公理会，”比勒达叫道，“什么！就是在丢特罗诺米·科尔曼执事的教堂做礼拜的？”他一边这样说着，一边取出眼镜，用黄色的印花大手帕擦擦镜片，小心翼翼地戴上，从棚屋里钻出来，僵硬地斜靠在舷墙上，对着奎奎格仔细地打量了很长时间。

“他信教有多长时间了？”他随后转向我说道，“不会很长，我相当有把握，年轻人。”

“不，”法勒说，“他要么就是干脆没有受洗，要么就是从他脸上洗掉了一点那种魔鬼的蓝色。”

“说实话吧，马上，”比勒达叫道，“这个非利士人定期去丢特罗诺米执事的教堂做礼拜吗？每个主日我都在那里，可从未看见他去过。”

“我对丢特罗诺米执事或是他的教堂一无所知，”我说，“我只知道，这个奎奎格天生就是第一公理会的教友。他自己就是执事，奎奎格就是执事。”

“年轻人，”比勒达严厉地说，“你在和我开玩笑吗——你自己解释一下，你这个年轻的赫梯人。你指的是什么教会？回答我。”

发现自己遭到了强烈逼迫，我回答道：“我指的是，先生，那同一个古老的天主教会，它属于你和我，也属于法勒船长和奎奎格，以及我们所有人，属于每一个母亲的儿子和我们的灵魂。这全世界崇拜的伟大而永恒的第一公理会，我们全都属于它。只有某些怀有奇思怪想的人才与这个伟大信仰毫不相干，在这个信仰中我们大家都是手挽着手的。”

“捻接，你指的是手捻接着手吧，”法勒叫嚷道，向我靠近过来，“年轻人，你最好是登记去做传教士，而不是做一名前桅的水手；我从未听过比你讲得更好的布道了。丢特罗诺米执事——不，就连梅布尔神父本人也赶不上你，他还是个有点本事的人呢。上船来吧，上船来；不要在乎什么证件了。我说，告诉夸霍格——你叫他什么来着？告诉夸霍格过来吧。就凭这大铁锚作证，我敢打赌他手里那标枪可非同小可！看起来像是好料做的，而且他使得也不赖。我说，夸霍格，随你叫什么名字吧，你在捕鲸小艇头上站过吗？你刺到过大鲸吗？”

一言不发，奎奎格野气十足地纵身跳上了舷墙，又从那里跳上了悬挂在船旁的一艘捕鲸艇的艇首；然后撑住左膝，稳稳地端住标枪，如此这般地叫道：

“船长，你看见水面上那滴柏油没有？看见了吗？好，假设它是一只鲸鱼眼好啦，呔！”他瞄了瞄准头，闪电般地一掷，标枪正好越过比勒达的宽边帽，越过船甲板，将那滴闪耀的柏油击得无影无踪。

“瞧，”奎奎格平静地收起标枪索，“如果那是鲸鱼眼，哼，那就是头死鲸了。”

“快点，比勒达，”法勒对他的伙伴说，后者被近在咫尺飞过去的标枪吓得退到了船舱入口，“快点，我说，你这比勒达，把船上的文件拿来。我们必须把赫奇霍格留下，我指的是夸霍格，把他安排在我们的一艘小艇上。你听着，夸霍格，我们会分给你九十分之一的红利，楠塔基特的标枪手中还没人拿到过这么多的红利呢。”

于是我们下到船舱，让我十分开心的是，奎奎格马上就被录用了，和我一样成了这艘船上的人。

当预备工作准备停当，法勒备好了用于签字画押的一切，他转身对我说：“我想，夸霍格不会写字，是吗？我说，夸霍格，你这可怜的东西！你是签名还是画押？”

可是在这个问题上，奎奎格以前办过两三次类似的手续，丝毫没有为难的意思，他接过钢笔，在纸上合适的位置，仿照自己胳膊上的文身，画了一个一模一样奇怪的圆形图案；由于法勒船长硬是一再要叫错他的名字，结果奎奎格的画押就成了这个样子：

夸霍格

他的 X 画押

与此同时，比勒达船长坐在那里，诚挚而坚定地紧紧盯着奎奎格，最后站起身来，严肃而笨拙地在他镶着宽边的土黄色上衣的大口袋里摸索了一阵，取出来一捆小册子，选出一本题为《末日将临，切莫迁延》的，放在奎奎格的两手中，然后连同书一起紧抓住奎奎格的双手，诚挚地注视着他的眼睛，说：“小魔王，我必须履行对你的责任；我是这艘船的合伙股东，我关心它所有水手的灵魂；如果你还抓住你那异教徒的一套不放，对此我甚为担忧，我恳求你，不要再做魔鬼的奴隶了。抛弃那个魔鬼的偶像，还有那邪恶的毒龙；趁着上帝的暴怒尚未降临，回头吧，当心吧，我说，啊！慈悲的上帝！避开那地狱的火坑吧！”

比勒达老头的语言里还徘徊着咸涩海洋的气息，混杂着来自《圣经》的短语和家乡的土话。

“打住，打住，比勒达，现在给我打住，别糟蹋了我们的标枪手，”法勒叫道，“虔诚的标枪手永远成不了好水手——虔诚会夺去他们身上的鲨鱼性子，没有点鲨鱼性子的标枪手一根稻草都不值。那个小伙子纳特·斯万尼，曾是楠塔基特和马撒葡萄园岛最勇敢的小艇领班；他加入教会之后就一蹶不振了。他为自己讨厌的灵魂而惶惶不可终日，从此见了鲸鱼就退缩，就躲避，害怕出意外，万一沉了船，就得去见海阎王。”

“法勒！法勒！”比勒达说，抬起眼睛，举起双手，“你，你自己，和我一样，见识过多少危难时刻啊；你知道，法勒，什么是对死亡的恐惧；那么，你怎么能装出这种不敬神的样子胡说八道呢。你心口不一，法勒。告诉我，‘裴阔德号’在日本被台风卷走三根桅杆的时候，就是你和亚哈船长搭档，做大副的那次航行，那时候难道你没有想到过死亡和末日审判吗？”

“听听他，听听他说的，”法勒叫嚷道，大步穿过船舱，双手深深地插到衣袋里，“听听他说的，你们几个。想想吧！我们以为船随时就要沉了！死亡和末日审判？什么啊？有那三根桅杆在不停地雷鸣般撞击着船身，前前后后都有浪头向我们头上压来，那个时候会想到死亡和末日审判吗？不！没时间想什么死亡。亚哈船长和我想的只是活命，是如何救出船上的所有人，如何装上应急桅杆，如何驶入最近的港口。那就是我当时想的。”

比勒达没有再说什么，只是扣好了上衣，高视阔步地走上甲板，我们跟在他后面。他站在那里，安静地俯视着船腰修补中桅帆的几个帆工。他时不时地弯身捡起一块补丁，一段涂了柏油的麻绳，不然，这些东西也许就会给浪费了。

第十九章　预言家

“船友们，你们在那艘船上登记了？”

奎奎格和我刚刚离开“裴阔德号”，正优哉游哉地从水边闲逛着往回走，各自想着心事，这时，一个陌生人在我们前边停住，用他粗大的食指平指着“裴阔德号”，向我们问了上面那个问题。他穿得破破烂烂的，一件褪色的夹克，一条打了补丁的裤子，脖子上裹着一条黑围巾。天花的疤痕从四面八方汇集到他的脸上，使得他的脸就像是一个激流干涸后的河床，布满了复杂的棱纹。

“你们在那艘船上登记了？”他重复问道。

“我猜，你指的是‘裴阔德号’吧。”我说，试图多争取一点时间，好好观察一下他。

“是的，‘裴阔德号’——船就在那边。”他说，收回整条手臂，又迅速地笔直向外伸出，食指像刺刀尖一样朝着目标戳去。

“是的，”我说，“我们刚刚签了约。”

“里边提到你们的灵魂吗？”

“提到什么？”

“啊，也许你们没有灵魂，”他急促地说，“可是没关系，我认识很多没有灵魂的小伙子——祝他们好运；他们没有灵魂更好。灵魂就像是大车的第五个轮子。”

“你叽叽喳喳地在说什么啊，伙计？”我说。

“不过，他已经有足够的灵魂了，足以弥补其他人在这方面的不足。”这陌生人唐突地说，在“他”字上神经兮兮地加重了一下语气。

“奎奎格，”我说，“我们走吧。这家伙一定是从哪儿逃出来的；他说的事和人我们都不明白。”

“停一下！”陌生人叫道，“你们说真话——你们还没有见过老雷公，是吧？”

“谁是老雷公？”我说，再次注意到他态度里那种疯狂的认真劲儿。

“亚哈船长。”

“什么！我们船的船长，‘裴阔德号’的？”

“是的，在我们的一些老水手当中，他享有那个名号。你还没有见到过他，对吧？”

“没有，我们还没有。他们说他病了，但是正在好转，很快就会彻底没事了。”

“很快就会彻底没事了！”陌生人笑道，笑容中带有一种严肃的嘲弄意味，“你看着吧，要是亚哈船长彻底没事了，我的这只左臂也很快会彻底没事的。”

“你知道他的事吗？”

“他们都告诉了你哪些事？说说看！”

“他们没有说太多关于他的事；我只听说他是个优秀的猎鲸者，对待水手也是个好船长。”

“那是真的，那是真的——是的，这两点千真万确。但是，他一旦下令，你就必须跳起来。走过来，吼一声，吼一声就走——人们就是这么说亚哈船长的。但是，很久以前，在合恩角发生在他身上的事就没人说了，当时他像个死人似的躺了三天三夜；在圣塔的祭坛前和西班牙人的那场殊死搏斗，也没人说什么了吧？——这些事情都没听说过吧，嗯？没听说过他往银葫芦里吐唾沫吧？没听说过他上一次航行失去了一条腿吧，和预言中的一模一样。这些还有更多的事，你们只言片语都没有听到过，嗯？不，我想你们是不会听到的。你们怎么能听得到呢？这些事有谁知道呢？我想，并不是所有楠塔基特人都知道。不过，无论如何，你们也许听人说起过腿的事，他是怎样失去它的；是的，我敢说，你们听说过。啊是的，几乎每个人都知道——我指的是他们知道他只有一条腿，另一条被一头抹香鲸给弄掉了。”

“我的朋友，”我说，“你这一派胡言乱语说的都是什么啊，我不知道，我也不在乎；我看你一定是脑子有点坏了。可如果你说的是亚哈船长，那边那艘船，‘裴阔德号’的船长，那么让我来告诉你，他的腿是怎么丢的，我全都清楚。”

“全都清楚，嗯——你敢保证——全都清楚？”

“确凿无疑。”

这乞丐样子的陌生人用手指着“裴阔德号”，用眼睛瞄着，站了片刻，仿佛陷入了不安的沉思，然后微微有点吃惊地转过头说道:“你们上船了，是不是？在文件上签字了？好吧，好吧，签就签了，该来的总会来，再说，也许最后不会那样。无论如何，一切都定了，早就安排好的。我想，总会有水手和他一起去的，是这些人去，还是其他人去，都是一样，上帝怜悯他们！早上好，船友们，早上好；妙不可言的老天爷祝福你们；很抱歉，我耽误你们了。”

“瞧着，朋友，”我说，“如果你有要紧事和我们说，你就说吧，可如果你只是想哄骗我们，你是找错了对象；我要说的就是这些。”

“说得不错，我也喜欢听人这样说话。你正是为他准备的人——你们这样的人。早上好，船友们，早上好！啊！你到了那里的时候，告诉他们，我决定不加入他们了。”

“啊，亲爱的伙计，你那样是要弄不了我们的——你要弄不了我们。世上最容易的事莫过于一个人装得好像有什么了不起的秘密。”

“早上好，船友们，早上好。”

“这就是早上，”我说，“走吧，奎奎格，我们离开这个疯子吧。不过且慢，告诉我你的名字，行吗？”

“以利亚。”

以利亚！我想了一下，我们便走开了，依据各自的习惯，

我们对这个衣衫褴褛的老水手议论了一番，得出一致的意见，他不过是个想吓唬人的骗子。

但是，我们还没有走出一百码远，偶然拐过一个街角，我往身后看了一眼，发现以利亚在跟着我们，尽管保持着一段距离。不知怎么，看见他让我心中一震，我没有告诉奎奎格他跟在我们后面，而是和我的同伴继续向前走，急于想看看这陌生人是否会跟着我们拐弯。

果不其然，他似乎真的在跟踪我们，意图何在，我却怎么也想不出来。这种环境，加上他模棱两可、半明半暗、半遮半掩的话，让我心中不由得生出了各种模糊的疑问和忧虑，而这一切都与"裴阔德号"有关，都汇集在亚哈船长身上，他失去的那条腿，合恩角的发作，银葫芦，昨天我离开船时法勒船长说的关于他的事，老太婆提斯蒂格的预言，我们必须履约的出海航行，还有许许多多其他影影绰绰的事情。

我决定要弄清楚这个衣衫褴褛的以利亚到底是不是在跟踪我们，带着这种目的，我和奎奎格穿过街道，从另一侧往回走。但是，以利亚继续前行，似乎并没有注意到我们。这让我感到释然了，同时再一次，似乎对我也是最后一次，我在自己心里认定了他就是个骗子。

第二十章　全体动员

又过了一两天，“裴阔德号”上显出一派繁忙景象。不仅旧帆补了起来，新帆也运上了甲板，成捆的帆布，成卷的绳索，简而言之，一切都表明船的准备工作已在繁忙中接近尾声。

船长法勒很少或根本不到岸上去，而是坐在他的棚屋里，严厉地盯着水手们干活，比勒达则负责采购及备用品的供应。负责船舱和索具的人员整天都在忙碌，天黑之后还要工作很久。

奎奎格在文件上画押的第二天，船上人员下榻的所有客店都接到了指令，让他们必须在入夜之前将行李运上船，因为没人知道船什么时候启航。

于是，奎奎格和我把随身行李送上了船，但是我们决定在岸上睡到最后一刻。不过，他们似乎总是提前很长时间下通知，结果船要过好几天才能开。这不足为奇，在“裴阔德号”装备停当之前，还有大量的工作要做，谁也说不清有多少事情要考虑到。

谁都知道，东西有好大一堆——床铺、炖锅、刀叉、铲子、火钳、餐巾、坚果夹，以及其他物品，全都是居家必备。捕鲸也是如此，需要在辽阔的海洋上生活三年，远离杂货商、小贩子、医生、面包店和钱庄。

尽管商船也要面临这种情况，但绝对不会达到捕鲸船的这个程度。因为，除了捕鲸航行的旅程非常漫长，所需特殊物品数量巨大，而且还无法从通常停靠的遥远港口获得补充，必须记住，在所有的船只中，捕鲸船遭遇各种意外的风险最大，尤其是对于航行成功最为关键的那些东西，最容易遭受破坏和损失。因此，备用的小艇、圆材、绳子和标枪，还有种种备用的东西，几乎都要准备，除了备用的船长和备用的捕鲸船。

我们来到岛上的这段时间，“裴阔德号”所需要的最重要的储备几乎已经齐全，包括牛肉、面包、淡水、燃料、铁环和棍棒。但是，如前所述，还需要一段时间，陆陆续续地将各式各样零零碎碎、大大小小的用品或取或送地运到船上。

负责这些取取送送的是比勒达船长的妹妹，一个瘦削的老妇人，具有坚韧不拔、不屈不挠的精神，同时也有颗非常善良的心，她似乎打定了主意，只要她能帮得上忙的，一定保证“裴阔德号”顺利下海，应有尽有，概不缺乏。她一会儿带一罐子咸菜，送到膳务员的配餐室；一会儿拿一捆鹅毛笔，放在大副记航海日志的桌子上；再一会儿又带一小卷法兰绒，给一个有风湿病的人护背。

没有任何女人比她更配得上“慈善”这个名字了——“慈

善姑妈”，每个人都这么叫她。就像一个慈善团体的修女一样，这个好心的慈善姑妈到处忙个不停，随时准备用她全部身心面对一切，给和他至爱的哥哥比勒达密切相关的这艘船上的所有人带来安全、舒适和慰藉，而且，在这艘船上，她自己也投资有几十块辛苦积攒的银元呢。

可是，到了开船前的最后一天，大家吃惊地看见，这个心肠极好的贵格会女教徒上得船来，一只手拿着一只长柄油勺，另一只手拿着一把更长的捕鲸枪。

比勒达自己和法勒船长也没有落后。就说比勒达吧，他随身携带着一张长长的所需物品清单，每当有新物品送到，他就在清单上相应的地方做个记号。而法勒则每隔一段时间，就从他那鲸鱼骨棚屋里一瘸一拐地出来，向舱口下面的人吼上一阵，向桅杆顶上的索具工吼上一阵，然后再吼着回棚屋去。

在准备出航的这些日子，奎奎格和我经常要去船上看看，我也经常向人打听亚哈船长，他情况怎么样了，他什么时候能登船。对于这些问题，人们总是回答，他会越来越好的，随时都有望登船；与此同时，两位船长，也就是法勒和比勒达，也能照顾好一切事宜，保证顺利出航。

如果我对自己足够诚实的话，我心里应该很清楚，一旦到了开阔的海上，这个人就会成为船上说一不二的独裁者，而在此之前我还一次都没见过他，就把自己托付给如此漫长的一次航行，这真的有点昏了头。但是，当一个人已经陷身其中，即便他怀疑哪里不对头，有时他也会不由自主地设法向自己隐瞒起这种疑虑。我现在就是这个样子。我什么都不说，也力图什么都不想。

终于传出消息，明日某时，船肯定会出航。于是，第二天早上，奎奎格和我早早就起身了。

第二十一章　上船

我们走近码头的时候，已将近六点，但天色还是灰蒙蒙雾腾腾的。

“有几个水手跑在我们前面，如果我没看错的话，”我对奎奎格说，“那不可能是影子；我想，一出太阳就要开船，快走！”

“等等！”有一个声音叫道，喊话的人同时从后面靠过来，两只手分别放在我们两人的肩头，挤到我们中间，稍微向前俯着身，在模糊的晨光中，奇怪地盯着我们看，先看看奎奎格，又看看我。原来是以利亚。

“上船去？”

“把手拿开，可以吗？”我说。

“听我说，”奎奎格说，摇动着肩膀，“走开！”

“那你们不上船了吗？”

“不，要上的，”我说，“可那和你有什么关系？你知不知道，以利亚先生，我觉得你有点无礼了。”

“不，不，不；我一点都不觉得。”以利亚说，缓慢而惊奇地看看我，又看看奎奎格，带着难以形容的表情。

“以利亚，”我说，“帮帮忙吧，离开我和我的朋友。我们要去印度洋和太平洋，我们不想耽搁。”

“你们是这样吗，你们早饭前就回来吗？”

“他疯了，奎奎格，”我说，“快走。”

“啊哈！”以利亚站着不动，向刚走出几步的我们叫了一声。

“别管他，”我说，“奎奎格，我们走。”

但是他又悄悄跟了上来，突然用手拍拍我的肩膀，说，“刚才你看见什么像人一样的东西向船那边去了吗？”

这个清清楚楚、直截了当的问题让我心里一动，我回答说，“是的，我想我确实看见了四五个人，可是太模糊了，我说不准。”

“很模糊，很模糊，”以利亚说，“早上好。”

我们再次摆脱了他，但是他又悄悄跟了上来，又碰碰我的肩膀说：“看看你现在还能发现他们不，好吗？”

“发现谁？”

“早上好！早上好！”他回答道，又走开了。“啊！我还要提醒你们一下——但是不要介意，不要介意——万物归一，我们都是一家人；——今天早上霜很重，不是吗？再见。我们不会很快就再见的，我想，除非在大陪审团面前。”说完这些疯话，他终于离开了，把我们留在那里，有一阵子，他这种疯狂的冒失无礼让我们甚感惊异。

最后，我们登上了“裴阔德号”的甲板，发现到处都静悄悄的，没有一个活动的人影。船舱入口从里面锁住了。舱口盖都关着，上面堆着成捆的绳子。我们走向船头楼，发现小舱口的滑盖开着。透出来一线灯光，我们走下去，只发现了一个老索具工，裹着破烂的厚呢上装，直挺挺地扑在两口箱子上，脸朝下，埋在交叠的两臂之中，睡得正酣。

“我们看见的那些水手，奎奎格，他们能去哪儿呢？”我说，怀疑地看着睡觉的索具工。可在码头上的时候，奎奎格似乎根本就没有注意到我现在提到的水手的事；如果不是以利亚那个莫名其妙的问题，我还真的以为是我自己看花了眼。不过，我把这件事放下了，再次打量起睡觉的人来，打趣地示意奎奎格，我们不妨守着这具尸体，坐一会儿，并要他照办。他把一只手放在那个睡着了的人的屁股上，仿佛是要摸摸是否够软，然后，二话不说，悄悄地就坐在上面了。

“天哪，奎奎格，别坐在那儿啊。”我说。

“啊！非常不错的座位，”奎奎格说，“这是我家乡的习惯，不会伤到他的脸的。”

“脸！”我说，“你管那个叫脸？那倒是一张很亲切的脸，可他呼吸得好费劲，他在拱了，下来，奎奎格，你太沉了，会把这可怜虫的脸压扁的。下来，奎奎格！瞧，他就要把你颠下来了。好奇怪，他居然没醒。”

奎奎格挪动身子，坐到那人脑袋旁边，点燃了他的战斧烟斗。我坐在那人脚边。我们就那样在那睡着的人身上把烟斗传来传去。与此同时，在我的询问下，奎奎格用他那支离破碎的语言，让我明白了在他的家乡，由于缺少各种长短沙发，国王、酋长和通常的大人物们，习惯将一些下等人养胖，做垫脚软凳之用。而要把一间屋子布置得舒舒服服，只需买上十个八个懒汉，放在窗边和壁角就可以了。此外，这样对短途旅行也很方便，要远远好过那些可以折叠成手杖的花园椅，有需要的时候，酋长就会召来他的随从，要他在一棵浓荫笼盖的树下充当一张长沙发，也有可能是在一块潮湿的沼泽地上。

在讲这些的时候，奎奎格每次从我手里接过斧头烟斗时，总会用斧子那一面在睡着的人头上挥舞两下。

“你那是干什么，奎奎格？”

“灰（非）常容易，杀了他，啊，灰常容易！”

看来，他正沉浸在有关战斧烟斗的疯狂回忆中，似乎它有两种用途，既可用来砍下敌人的头，也能给他的灵魂带来慰藉。就在这时，那个沉睡的索具工引起了我们的注意。此刻，狭小的空间已经充满了浓烈的烟雾，这开始对他起了作用。他的呼吸开始变得沉闷，然后鼻子也似乎有了麻烦，他翻了一两次身，终于坐了起来，揉着眼睛。

“喂！”他终于喘了口气，说道，“你们这俩抽烟的是什么人？”

“船上的人，”我说，“什么时候开船？”

“哦，哦，你们要坐这艘船，是吗？今天开船。船长昨晚上船了。”

“什么船长？——亚哈？”

“除了他还有谁？”

我正要继续问问他亚哈的情况，甲板上突然传来一阵喧闹声。

“喂！斯塔巴克起来了，”索具工说，“他是个精力充沛的大副，一个好人，也是虔诚的人，大家都起来了，我也得去干活了。”这样说着，他爬上甲板，我们在后面跟着。

这时，太阳已经升起。水手们很快就三三两两来到甲板上。索具工们忙碌起来。船长的几位副手也在专心致志地工作。岸上还有几个人在忙着把最后一批各种物品送上船。这期间，亚哈船长依然不见踪影，深藏在他的船长室里。

第二十二章　圣诞快乐

最后，接近中午的时候，最后一批索具工才下船，“裴阔德号”起锚离开了码头，细心的慈善姑妈送来了她最后的礼物——一顶睡帽给她的妹夫二副斯塔布，一本备用《圣经》给膳食长——之后乘坐捕鲸小艇离开了。这之后，两位船长，法勒和比勒达，从船舱里出来，法勒转身冲着大副说：

“好，斯塔巴克先生，你确定一切无误了吗？亚哈船长已经准备就绪——刚和他说过话——不需要从岸上再运什么东西了吧，嗯？那好，召集所有人手。把他们叫到船尾这里来——该死的东西！”

“再急也没必要说粗话，法勒，”比勒达说，“你去吧，斯塔巴克老兄，按我们的吩咐做。”

怎么回事！就在马上启程的这个当口，法勒船长和比勒达船长却要在后甲板上发号施令，仿佛他们两个要做海上的联合司令，就跟船停在港口时一样。而且，说到亚哈船长，还没有看见他的一丝踪影;只听人说他在船舱里。但在当时，大家以为，要让船起锚，顺利驶到海上，完全没有必要非得他在场。的确，这种事根本不是他的本行，而是领水员的事；而且他还没有完全康复过来——他们是这样说的——因而，亚哈船长待在下面。这一切都显得足够自然，尤其在商船上，不少船长起锚后很长时候都不到甲板上去，而是留在船舱的桌边，和岸上的亲朋作乐辞别，直到他们和领水员一起下船回去。

可是，已经没有太多机会来考虑这种事情了，因为法勒船长正在生龙活虎地忙活着。说话和发令最多的似乎是他，而不是比勒达。

“都到船尾来，你们这些私生子，”他叫嚷道，水手们还逗留在主桅那里，“斯塔巴克先生，把他们赶到船尾来。”

“把那边的帐篷拆掉！”——这是第二道指令。如前所述，这个鲸骨棚屋出了港口就得拆掉了；在“裴阔德号”上，三十年来，大家很清楚，起锚之后的事便是拆棚子了。

“开动绞盘机！雷厉风行！——跳！”——这是下一道指令，水手们应声跳跃着扑向手杆。

通常起锚的时候，领水员的岗位总是在船首前部。而在此地，众所周知，比勒达除了他其他头衔之外，也是楠塔基特港领有执照的领水员，法勒也是如此——人们怀疑他做领水员是为了给他有股份的船节省一笔引水费，因为他从不为别的船引水——比勒达，我敢说，他可能正全神贯注地从船首俯视着正在靠近的锚，间或拖着长调唱出几句凄凉的赞美诗，来给绞盘旁边的水手们鼓鼓劲，那些水手则精神饱满、真心实意地吼着关于布尔巷姑娘们的歌。然而，两三天之前，比勒达还告诉过他们，“裴阔德号”上不许唱淫词浪曲，尤其是在起锚的时候。而他的妹妹慈善姑妈，已经在每个水手的铺位上放了一本瓦茨的赞美诗小册子。

与此同时，正在船尾照料的法勒船长，则是破口大骂，样子可怕极了。我几乎以为，锚还没有升起来他就会把船弄沉。我不情愿地把手停在手杆上，告诉奎奎格照我的样子做，想到我们俩将要冒怎样的风险，一启航就遇上这么个魔鬼领水员。不过，想到虔诚的比勒达，我稍感安慰，也许在他那里能够得到解救，尽管他给我的是七百七十七分之一的红利。就在这时，我突然感觉屁股上被狠狠戳了一下，转过身，惊骇地看见幽灵一般的法勒船长，正在从我身边收回他的一条腿。那是我挨的第一脚。

“他们在商船上也那样起锚吗？”他吼叫道，“绞起来，你们这些羊脑袋；绞啊，折断你们的脊梁骨！为什么你们不绞，嘿，你们所有的人——绞啊！夸霍格！绞啊，红胡子的小伙子；绞啊，戴苏格兰帽子的；绞啊，穿绿裤子的。绞啊，嘿，所有的人，把你们的眼珠子都绞出来！”这样一边说着，一边沿着绞盘走动，随心所欲地到处施展他的脚法，而比勒达则泰然自若地继续领着大家唱赞美诗。我不由得心想，法勒船长今天一定是喝了什么东西。

锚终于绞了上来，船帆也张开了，我们滑离了岸边。这是个短暂而寒冷的圣诞节，当北方短促的白昼融入黑夜，我们几乎已经进入了辽阔而寒冷的大洋，冰冻的浪花把我们裹在冰里，就像穿上了闪亮的盔甲。舷墙上一长排一长排的冰溜子在月光中闪闪发亮。弯曲的巨大冰锥，如同巨象乳白色的獠牙，从船头上垂下来。

身材瘦削的比勒达，作为领水员，带头值第一班岗，当这艘老船深深地扎进绿色的海水，全身笼罩在颤抖的寒气之中，狂风怒号，索具咯咯作响，不时地能听到他沉稳的歌声——

良田在洪水汹涌的彼岸，
满身装扮着鲜活的绿色。
恰似犹太人眼中的古迦南，
约旦河在中间滚滚流过。

那些美妙的词句从来没有像当时那样甜美动听。它们充满了希望和果实累累的喜悦。尽管这是喧闹的大西洋上寒冷的冬夜，尽管我的双脚潮湿，上衣湿得更厉害，可是当时对我来说，似乎依然存在着可以预期的欢乐的港口，草地和林间空地永远和煦如春，春天发芽的青草，未经践踏，未曾枯萎，直至仲夏。

我们终于驶出了好远，这两位领水员就不再需要了。一直陪伴我们的那艘结实的帆船开始慢慢靠过来。

在这个节骨眼上，看到法勒和比勒达如何大动感情，尤其是比勒达船长，这让人十分好奇，但也没有引起不快的感觉。

他们还不愿意离开，非常不愿意就此离开这艘航程漫长而凶险的船——它要越过两个风暴肆虐的海角，这艘他投资了几千块辛苦赚来的银元的船，这艘由一个老伙计担任船长的船，这个和他一样老迈的人，要再次面对恐怖无情的鲸口。他不情愿跟这么一件在每个方面都令他兴趣盎然的东西道别——可怜的比勒达老头长久地徘徊着，在甲板上焦虑地迈着大步，一会儿奔下船舱，和那里的人道别，一会儿又登上甲板，向上风头张望，望望那以远方看不见的东方大陆为界的宽广无尽的海洋。他向陆地望望，向天空望望，向左右望望，他到处都看看，以致不知道该看哪里了。最后，他机械地将一根绳子绕在销子上，痉挛地紧抓住法勒的一只手，举起一盏提灯，有一阵子就站在那里，充满英雄气概地凝视着法勒的眼睛，仿佛要说："不过，老伙计法勒，我能忍得住，是的，我能承受。"

至于法勒本人，他对待这事的态度更像个哲学家，可尽管有他的哲学，当提灯照到近前的时候，还是能看见他眼中闪耀着一滴泪花。而他也是同样没少来回奔跑，从船舱到甲板，不时地和下面的人说上一句，又不时地和大副斯塔巴克说上一句。

但是，最后，他转身对着自己的同伴，以最后告别的表情注视着他："比勒达船长——来吧，老伙计，我们得走了。放下主帆桁！喂，小艇！准备靠拢！当心，当心！——来吧，比勒达，小伙子——说再见吧。祝你好运，斯塔巴克——祝你好运，斯塔布先生——祝你好运，弗拉斯克先生——再见，祝你们好运——三年后的今天我会在老楠塔基特为你们准备一顿热气腾腾的晚餐。好哇，走吧！”

“上帝祝福你们，他的圣恩会保守你们，伙计们。”比勒达老头几乎语无伦次地喃喃说道，“我希望你们都赶上好天气，这样亚哈船长很快就能在你们中间走动了——他需要的就是怡人的阳光，你们的航行会经过热带，阳光充足。猎鲸时要当心，你们这些当官的。别让小艇没必要地瞎闯，你们这些标枪手们，上等白杉木板今年已涨了足足百分之三。不要忘记祷告。斯塔巴克先生，当心别让箍桶匠浪费备用的板条。啊！缝帆针都在那个绿色的箱子里！主日的时候捕鲸不要捕得太狠，伙计们。不过也别错过良机，拒绝了老天爷的好礼物。照看一下那只糖浆桶，斯塔布先生，我觉得它有点漏了。如果你们在海岛停靠，弗拉斯克先生，小心别和那里的女人厮混。再见了，再见！不要让奶酪在舱底下放得太久，斯塔巴克先生，会坏的。黄油要仔细点吃——那可是两毛钱一磅呢，你要当心，要是——”

“走吧，走吧，比勒达船长，别再唠叨了——走吧！”法勒这样说着，催促他越过船沿，两个人都下到了小艇上。

大船和小艇分开了，寒冷潮湿的夜风从它们中间吹过。一只尖叫的海鸥在头上盘旋。两艘船都剧烈摇晃。我们发出三声心情沉重的高呼，仿佛听天由命一般盲目地投进了孤寂的大西洋。

第二十三章　背风岸

几章之前，曾谈到过一个叫布尔金顿的人，一个新上岸的高个子水手，是我们在新贝德福德的一家客栈里碰到的。

在那个冷得让人发抖的冬夜，当斗志昂扬的“裴阔德号”一头扎入冰冷凶险的波浪时，我看见屹立着掌舵的竟然就是布尔金顿！我带着同情的敬畏和恐惧注视着他，他冬天刚刚从四年的危险航行中上岸，又如此不辞辛劳，登上又一次充满狂风暴雨的旅程。陆地似乎会烫伤他的脚。最奇妙的事物永远是无法言传的，最深沉的记忆不需要墓碑，这短短的一章就是布尔金顿没有墓碑的坟墓。我只能说，他的命运就像这艘风暴拨弄的船，悲惨地沿着背风岸行驶。港口愿意救援，港口是仁慈的，港口意味着安全、舒适、壁炉、晚餐、温暖的毯子和朋友，对我们必死的凡人充满温馨的种种美好。但是，在大风中，港口和陆地，就成了船只最为可怕的威胁。船必须逃离一切的殷勤好客，只要碰一下陆地，哪怕是轻轻擦到龙骨，也会让它战栗不已。它要用尽全力，鼓起所有风帆，离开海岸，与此同时，还要对抗那会将它吹回老家的风，它要再次寻找没有陆地的波涛汹涌的海洋。为了寻找避难所，它才不顾一切地冲进危险之中。它唯一的朋友反倒是它最强大的仇敌！

你现在知道了吗，布尔金顿？只要瞥上几眼，你就能发现那凡人不可忍受的真理，所有深刻而诚挚的思考不过是灵魂大无畏的努力，以保持它海阔天空的独立性，天地间最猛烈的风暴不是在合谋将它抛上阴险而奴性十足的海岸吗？

然而，正是在浩无际涯的汪洋中才存在最高的真理，它像上帝一样无边无岸，无穷无尽——在那咆哮的无限之中毁灭，也好过被可耻地冲到下风，哪怕在那里可以得平安！因为只有蠕虫一样的东西，啊，才会怯懦地爬向陆地！可怕至极的恐惧！所有这一切的苦痛折磨都是徒劳无益的吗？振作起来，振作起来，啊，布尔金顿！坚强地挺住吧，你这半人半神的英雄！从你葬身海洋的浪花里，将会笔直地升起一个神化的形象！

第二十四章　辩护者

因为奎奎格和我现在已经投身于捕鲸这个行业，而在陆地人看来，捕鲸是一种相当缺乏诗意和不名誉的职业，因此，我急于想让你们陆地人相信，这样对待我们捕鲸者是不公道的。

首先，澄清这个事实几乎会被认为纯属多余，因为在大多数人眼中，捕鲸这个职业和所谓自由职业并不能相提并论。如果一个陌生人被引进任何一个五花八门的都市社交圈，向大家介绍他是个标枪手，那只会让人对他的功过略微议论一番；而如果要他效仿海军军官，在名片上附上他职业的简称字母S.W.F.（抹香鲸猎捕业），这道程序一定会被看成是过于装腔作势和极其荒唐可笑的。

无疑，世人拒绝称誉我们捕鲸者的一个首要原因在于：他们认为，我们的职业顶多就和屠宰业一样，当你积极地投身其中，就会沾染上各种各样的污秽。我们是屠夫，这是事实。但是，同样也是屠夫，而且是最为血腥的屠夫，别人却成了军事指挥官，世界会一如既往地欣然为之赋予荣誉。而至于我们行业所谓不洁这件事，你很快就会了解到一些迄今尚未广为人知的事实，从整体上，这些事实将成功地使猎捕抹香鲸跻身于这个洁净地球的最为洁净的行业之列。但是，即便承认那些指责是对的，捕鲸船混乱溜滑的甲板又怎么比得上尸横遍野、恶臭熏天的战场呢，而正是从这样的战场归来的众多战士，为什么却可以在全体女士的喝彩声中开怀畅饮呢？如果一想到要冒生命危险，就大大强化了从军者普遍的自负，那么我可以保证，一看到抹香鲸那巨大的尾巴幽灵般出现，把它头上的空气扇成一个个旋涡，很多轻松自在地大步走向炮台的老兵，会马上吓得缩头缩脑。因为，人所能理解的恐怖与上帝将恐怖和奇观合而为一相比又算得了什么！

不过，尽管世界轻蔑我们捕鲸者，它却在不经意间给予了我们最深切的敬意，是的，而且是无限的崇拜！因为几乎全世界大大小小的蜡烛和灯盏，都像众多神殿前的灯烛一样，是为我们的荣耀而燃的！

我们再从另外的角度来看看这件事，在各种天平上称量一番，看看我们捕鲸者过去和现在都是何等人。

为什么德·维特时代的荷兰会有将军在捕鲸船队中任指挥官？为什么法国的路易十六会自掏腰包，在敦刻尔克装备捕鲸船，还客气地从我们楠塔基特岛邀请几十户人家去那里定居？为什么英国在一七五〇到一七八八年之间为捕鲸者支付的奖金高达一百万英镑？最后一点，我们美国捕鲸者的数目怎么会超过世界上其他地方所有捕鲸者的总和？我们的捕鲸船队有七百多艘船，人员有一万八千之众，每年耗资四百万元，投入航行的船只价值二千万元，每年运回我们港口的丰厚收获总值七百万元。如果捕鲸业没有强大的吸引力，这一切又该作何解释？

但是，这还不到一半呢，请再往下看。

我敢坦率地断定，心怀四海的哲学家终其一生也无法指出一种和平的力量，在最近六十年中，对于整个世界的潜在作用，总体而言，能够超出崇高强盛的捕鲸业。总归在某一方面，捕鲸业引发了本身就令人瞩目的事件，它们随后引发的问题又具有如此持久的重要性，因此，可以将捕鲸业视为那位埃及母亲，她的后代都是她自体生殖而来。要列举这些事情，那会是一件令人绝望、无穷无尽的工作。我们罗列几桩也就够了。过去多年间，捕鲸船都是探索世界上最为遥远和鲜为人知的部分的先驱。它探索了海洋和尚未画入地图的群岛，连库克和温哥华都未曾到过那里。如果美国和欧洲的兵舰现在可以平安地驶进曾经荒蛮的港口，就让它们为了捕鲸船的荣耀鸣炮致敬，是它们开辟了最初的道路，也是最早充当了与野蛮人沟通的渠道。他们尽可以随心所欲地赞美他们那些探险远征的英雄，你们那些个库克，你们那些个克鲁森施滕，但是我要说，那几十个从楠塔基特出航的不为人知的船长，他们同样伟大，甚至比你们的库克和克鲁森施滕还要伟大。因为他们是毫无救援、赤手空拳，在属于异教徒的、鲨鱼出没的水域，在没有任何记录的海滩，标枪林立的岛屿，与没人碰过的原始奇迹和恐怖搏斗过，那是库克和他配备火枪的海军陆战队所不敢面对的。所有在以往的南海航行中被大肆炫耀的东西，只不过是我们英勇的楠塔基特人一生之中的老生常谈。往往是这样，温哥华用三章讲述的冒险，这些人却认为不值一提，甚至在普通的航海日志中都不予记载。啊，世道！啊，世道！

在捕鲸船绕过合恩角之前，在欧洲和太平洋沿岸一长串富饶的西班牙属地之间，没有商业往来，只有殖民，除了殖民，几乎没有任何的交流。是捕鲸者首先打破了西班牙王朝的戒备政策，接触到那些殖民地。如果篇幅允许，我本可以一一交代清楚，那些捕鲸者如何最终促成了秘鲁、智利和玻利维亚从古老的西班牙统治下解放出来，并在这些地方确立了永久的民主制度。

澳大利亚，相当于地球另一端的伟大的美洲，就是由捕鲸船带进文明世界的。一个荷兰人最初偶然发现它之后，长期以来，除了捕鲸船在那里停靠，其他船只都把它看作瘟疫横行的荒蛮之地，避之唯恐不及。捕鲸船是那个现在十分强大的殖民地的母亲。更有甚者，在澳大利亚殖民地建成初期，那些外来移民多次有幸获得在那一带水域停泊的捕鲸船的救助，凭借船上施舍的饼干才免于饿死。波利尼西亚无数的小岛都承认同样的事实，并对捕鲸船致以商业上的敬意，是它们为传教士和商人打开了通路，在很多情况下将早期传教士带到他们最初的目的地。如果日本那个闭关锁国的岛国最终也变得好客起来，那也只能归功于捕鲸船，因为它已经驶到了日本的大门口。

但是，如果面对这一切，你依然宣称，捕鲸从审美方面毫无高贵之处，那我就准备用鱼枪和你大战五十回合，每一次都能把你挑于马下，丢盔弃甲。

你会说，写鲸鱼的没有出过名作家，记述捕鲸的也没有出过著名的史家。

没有著名的作家写过鲸鱼，也没有著名的史家记述过捕鲸？那又是谁最早记录了我们的大海兽呢？还不是伟大的约伯！是谁写作了关于捕鲸航行最初的故事呢？是谁，不就是阿尔弗雷德大帝吗，他用御笔记录了当时挪威猎鲸者的口述！又是谁在议会上对我们发表了热情洋溢的赞词？还不是埃德蒙·伯克！

这一点也不假，可是捕鲸者自己都是些穷鬼，他们可没有什么高贵的血统。

他们没有什么高贵的血统？他们拥有比皇家血统更高贵的东西。本杰明·富兰克林的祖母是玛丽·莫雷尔，婚后叫作玛丽·福尔杰，夫家是楠塔基特早期的移民世家，她是一长串福尔杰家族和标枪手们的女祖宗——这些标枪手都是高贵的本杰明的亲戚——直到今天他们还在从世界这头到世界那头投掷装有倒钩的标枪。

这也不错，不过，所有人都承认捕鲸总有些不体面。

捕鲸总有些不体面？捕鲸是皇家职业！凭借古老的英国法

律，鲸鱼被称为“皇家之鱼”。

哦，那只是名义上的说法而已！鲸鱼本身从来没有出过什么大的风头。

鲸鱼从来没有出过什么大的风头？罗马将军每次凯旋，在进入这世界之都的时候，都有一头鲸鱼的骨头一路从叙利亚海岸运来，那是铙钹齐鸣的队列中最惹人注目的东西了。

既然你这么说了，姑且如此吧，但是，随便你怎么说，捕鲸行业里不存在真正的尊严。

捕鲸行业里不存在尊严？我们这行的尊严老天爷恰恰可以作证。鲸鱼座就是南方的一个星座！无须多言！在沙皇面前你要压低帽子，在奎奎格面前就要脱帽了！无须多言！我认识一个人，在他的有生之年，捕杀了三百五十头鲸。我认为这个人比古代那个自夸攻下过同样多城池的大首领还要值得尊敬。

至于我自己，万一在我身上存在着尚未发现的精华品质，万一我在那个渺小而静默的世界中，尚能得到我可以合理追求的真正的名声，万一将来我还能做一些总体上做比不做强的事情，万一在我死后，我的遗嘱执行人，或者确切地说，我的债权人，在我的桌子抽屉里发现了珍贵的手稿，那么，我在这里预先将所有的光荣和成就都归于捕鲸，因为捕鲸船就是我的耶鲁大学和我的哈佛大学。

第二十五章　附言

为了维护捕鲸业的尊严，我愿意提出一些再具体不过的事实。但是在列举了自己的事实之后，一个辩护者却完全压下了一个并非不合情理的推测，这推测又能雄辩地说明他的理由——这样的辩护者，并不是无可指责的吧？

众所周知，国王和王后加冕的时候，甚至现代的国王和王后们也是如此，为了他们日后行使职能之便，他们要经过一道甚为奇特的加调味品的仪式。既然有所谓的皇家盐窖，那么也会有盐瓶了。他们究竟如何使用盐——谁知道呢？然而，我可以肯定，加冕时国王的脑袋要郑重其事地涂上油，甚至涂成一盆色拉。难道他们给脑袋涂油是想让里面的脑子更好使吗，就像给机器涂油一样？此处大为值得反思，它牵涉到这种皇家仪式的尊严问题，因为在日常生活中，一个小伙子要是给自己头发涂油，而且油香四溢，我们是不大能看得起他的。事实上，一个使用头油的成熟男人，除非是治疗的需要，很可能是头上什么地方长了疮。作为一个通例，他的身价也不会太高。

然而，这里唯一需要考虑的是——加冕时用的是哪种油？当然不会是橄榄油，也不会是植物性发油和蓖麻油，也不会是熊油，普通鲸油，或是鳕鱼肝油。那么，除了未经加工、没有污染、所有油中最为甜美的抹香鲸油，它又能是什么呢？

想一想吧，你们这些忠实的不列颠人！是我们捕鲸者为你们的国王和王后们供应加冕用的油啊！

第二十六章　骑士与侍从（上）

"裴阔德号"的大副是斯塔巴克，一个地道的楠塔基特人，祖辈就是教友会信徒。他身材瘦长，态度诚挚，尽管出生在寒冷的海岸地区，却很能适应高纬度的炎热，他的身体坚硬得像回炉的面包。即便到了东印度群岛，他的热血也不会像瓶装麦芽酒一样坏掉。他一定是在干旱和饥馑的年代出生的，或是在他那个州闻名的斋戒禁食日出生的。仅仅三十来个干旱不毛的夏天就榨干了他身体上多余的东西。但是，这个人的瘦削，这么说吧，既不是折磨人的焦虑忧烦的表现，也不是任何身体疾病的证据，它仅仅是男人身上的凝缩现象。他绝非满脸病容，而是恰恰相反。他纯净紧绷的皮肤极其合身，紧裹在里面的是防腐的内在健康和力量，就像一个复活的埃及人，这个斯塔巴克似乎有所准备，要忍受未来的漫长岁月，一直忍受下去，就和现在一样。因为无论是冰雪严寒的极地，还是酷热毒辣的太阳，他内在的活力在各种气候条件下都能应付自如，就像一个有专利的天文钟一样。看着他的眼睛，你似乎就能看见那里依然徘徊着他一生中千百次冷静面对的危难影像。这是一个沉着坚定的人，他生活的绝大部分是一出生动的哑剧，而不是充满喧嚣却又平淡无奇的章节。

不过，尽管他具有不折不扣的节制与刚毅的品质，他身上的某些特点却时时会影响到，甚至在某些情况下会压倒其他的品质。作为一个非同一般、恪尽职守的海员，他天生就有一种令人敬畏的尊严感，荒蛮孤寂的水上生涯强烈地使他倾向于迷信，不过，这种迷信的某些组织结构似乎发端于智慧，而不是无知。外部征兆和内心预感都为他所用。如果说，这些东西不时地让他焊铁般的灵魂屈服，那么，他对遥远家乡的记忆，对年轻妻子和孩子的思念之情，则更容易使他粗犷的本性有所改变，让他更深地向潜在的影响打开心胸，这些影响在某些心地诚实的人那里，会约束住敢于面对魔鬼的勇敢冲动，这些冲动往往是在极其凶险的捕鲸风波中由别人激发出来的。

斯塔巴克曾说："我的船上不要不怕鲸鱼的人。"这句话的意思似乎是说，不仅最可信赖和最有效的勇气源自对危险的正确估计，而且作为同伴，一个全然无所畏惧的人，要远比一个懦夫危险得多。

"是啊，是啊，"二副斯塔布说，"斯塔巴克，在捕鲸这个行业，你哪儿也找不到像他那样仔细的人。"但是我们不久就会看见，当斯塔布这样的人，或是几乎任何其他猎鲸者使用"仔细"这个词时，它到底意味着什么。

斯塔巴克不是冒险的十字军战士，在他而言，勇敢不是一种感情，而纯粹是一件对他有用的东西，并且在所有严重的场合都是拿来便用的。此外，他认为，捕鲸这个行当，勇敢也许是捕鲸船东要的装备之一，就如同船上的牛肉和面包，不应该愚蠢地浪费掉。因此，日落以后他就没有兴致放下小艇去捕鲸了，他也不愿意和过于顽强的鲸鱼再继续战斗了。斯塔巴克想，我在这危险的海洋上捕鲸是为了谋生，不是为了让鲸鱼谋生而被它们吞掉，斯塔巴克很清楚，成百上千的人就这样死于鲸鱼之嘴。他的亲生父亲是怎样的命运呢？在深不见底的汪洋中，他去哪儿能找到他兄弟那被撕碎的肢体？

带着这样的记忆，而且由于某种前面提到过的迷信，这位斯塔巴克的勇气依然旺盛，却实在是到了极限。但是，像他这样做事有条理的人，又有着如此可怕的经历和记忆，要是说这些事情没有在他心里形成某种潜在的要素，那是不合情理的，而这种要素一旦环境适合，就会突破封锁，将他全部的勇气烧个精光。就算他很勇敢，那勇敢也主要是表现在某些无所畏惧的人身上，在与海洋、狂风、鲸鱼，或是世界上通常的不合理的恐怖的搏斗中，他们一般能够保持坚韧不拔，但却无法对抗那些因为更具有精神性从而更为强烈的恐怖，这种恐怖有时能通过一个强者紧皱的眉头来让你畏葸不前。

然而，未来的叙述果真有什么地方彻底有损于可怜的斯塔巴克的勇毅精神，那应该只是我的无心之失；因为去揭示灵魂中勇气的沦丧，绝对是件悲哀且令人震撼的事情。人类可能会像联合股份公司和国家一样令人厌憎，可能会有流氓、傻瓜和谋杀犯，可能会有卑鄙和枯槁的面孔，但是，人类，理想中的人类，是如此高贵和光辉四射，这样伟大光荣的生灵，一旦有了可耻的污点，他所有的同伴都会竞相抛掉自己最为昂贵的袍子，与他撇清关系。

我们从内心深处感受到的完美无瑕的男子气概，迄今依然深藏在我们心中，依然完整无缺，尽管所有外在的特征似乎都已经消散，一旦看到一个丧失勇气的人那毫无遮掩的模样就会痛苦得椎心泣血。虔诚之神本身，面对这般耻辱的景象，也无法完全压下对许可这种现象的星宿的责难。但是，我所探讨的这种令人敬畏的尊严，不是帝王将相的尊严，而是没有封官授爵的普通大众的尊严。你将会看到它在挥镐打桩的手臂上熠熠生辉，这民众的尊严从上帝那里向四面八方无尽地放射开来，从上帝本身！伟大的至高无上的上帝！一切民主的圆心和圆周！他无所不在，赐给我们神圣的平等！

那么，对于最为卑鄙的海员、变节者和被抛弃的人，从此以后，我把高尚的品质归之于他们，尽管并不明显，在他们周围编织悲剧的魅力；如果连他们中间那最为悲惨，或许最为堕落的人，也时时能擢升到崇高的峰顶；如果我能够为工作者的手臂染上一点灵光；如果我能在他那灾难性的落日之上展开一道彩虹；那么，在所有凡人的指责面前为我作证吧，你这平等的公正之神，既然你已经展开高贵的人性的斗篷，将我所有的同类全部覆盖！

为我作证吧，你这伟大的民主之神！

你不曾拒绝班扬这个恶囚，这苍白的诗的珍珠；

你曾给老迈穷困的塞万提斯的残臂

披上锻打两遍的纯金叶子；

你曾把安德鲁·杰克逊从卵石堆里提起来，抛上战马，

使他扶摇直上，位尊九五！

你，以你所有的权能，巡行四极，

从高贵的平民中选拔出最优秀的战士；

为我作证吧，啊，上帝！

第二十七章　骑士与侍从（下）

斯塔布是二副。他是土生土长的科德角人，因此，根据当地习惯，他被称为科德角佬。他是个随遇而安的人，既不怯懦，也不勇敢，以一种无动于衷的态度对待风险，而在追捕鲸鱼的危急关头，他能够全力以赴，不辞辛劳，沉着镇静，就像雇来干上一年活的娴熟木匠。他脾气随和，容易相处，无忧无虑，指挥起捕鲸小艇来，仿佛最为致命的遭遇也不过是家常便饭，他的水手就是应邀而来的客人。他把自己小艇上的座位布置得舒适有加，这方面他颇为讲究，就像一名驿车老车夫一样在乎自己座位是否舒适。靠近鲸鱼战斗时，在千钧一发的时刻，他使用起他那毫不留情的标枪，可是冷静而又随便，就如同吹着口哨的补锅匠抡锤子一样。当小艇与暴怒至极的怪物侧翼相对，他还会哼着他那过时的老调。

对于斯塔布来说，长期的经验已经把死亡的巨颚变成了安乐椅。他怎么思考死亡本身，这不得而知。他是否思考过死亡，这可能都是个问题，但是，如果他偶然在一顿舒适的晚餐后有过那样的一闪念，无疑，就像一个好水手那样，他把它当作值班员的一声呼唤，让他赶紧爬上桅顶，去干点什么，至于到底要干什么，那得等到他服从了命令之后，才会弄明白，而不是在命令之前。

在一个充满墓地掮客，所有人都被自己的包袱压得躬身在地的世界，斯塔布怎么成了这样一个逍遥自在、无所畏惧的人，背负生活的重担而快乐地跋涉不停？是什么帮助他养成了那几乎不够虔敬的好脾气，那一定是他的烟斗，也许还有其他东西。因为，像他的鼻子一样，他那短短的黑色小烟斗是他面部的常规特征之一。你几乎看不到他起床时只有鼻子而没有烟斗。他准备了一整排装好的烟斗，插在一个架子上，伸手就能够到，每当上床的时候，他都会一根接一根把它们抽完，抽完一根就用余火点燃另一根，直到最后一根，然后再把它们都装上烟，以备重新使用。因为，斯塔布起床时，不是先穿上裤子，而是先叼上烟斗。

我认为这样连续不断抽烟至少是形成他独特性情的原因之一，因为尽人皆知，这个尘世的空气，无论岸上的还是在海上的，都可怕地感染上了无以计数的死人呼出的无名疾病；在霍乱发作的时候，有些人行走时嘴上捂着含樟脑的手帕；同样，为了对抗凡人的痛苦，斯塔布呼出的烟气可能起到了一种消毒剂的作用。

三副是弗拉斯克，马撒葡萄园岛上蒂斯伯里的土著。一个身材短小，粗壮结实，面色红润的小伙子，非常喜欢和鲸鱼搏斗，不知怎么，他似乎认为那大海兽冒犯过他个人，与他是世仇；因而，一旦遇见就要将之毁灭，这对他是一个至关重要的荣誉。于是，对于鲸鱼的宏伟身躯和神秘行为所造成的众多奇迹，他已完全丧失了敬意；遭遇鲸鱼时可能面临的危险，他也同样麻木不仁；以他肤浅的观点看来，奇妙的鲸鱼不过是一种放大了的老鼠，或是水耗子而已，只要一点小小的计谋，花费少许时间和力气，就能把它们宰了烹了。他的这种愚昧无知、毫不自觉的无畏精神，使得他对待捕鲸有点像是开玩笑；他追击大鲸是为了取乐，绕合恩角为期三年的航行只是一个持续三年之久的愉快玩笑。正如木匠用的钉子有锻制钉和切制钉，人也可以类似地划分。小弗拉斯克就是锻制的那类，生来就是要钉得牢牢的，历久弥坚。人们称他为“裴阔德号”上的中柱，因为，从形体上看，他与北极圈捕鲸船上有中柱之名的那种短而方的木柱非常相像，借助许多成辐射状嵌在上面的侧檩条，就可以用来撑牢船身，抵御汹涌大海上冰块的撞击。

这三位长官——斯塔巴克、斯塔布和弗拉斯克，都是举足轻重的人物。一般就是由他们作为领班来发令，指挥“裴阔德号”的三艘捕鲸艇。在宏伟的大战中，亚哈船长会动用他的全部军力攻击鲸鱼，这三个领班就是每个小队的首领。或者，装备上锋利的捕鲸枪，他们便成了三个精选的枪手，甚至作为标枪手来投掷标枪。

因为在这闻名遐迩的捕鲸业中，每一个大副或领班，都像

一个古时候的蛮王，总是有舵手或标枪手作为随从，在某些紧要关头，当鱼枪严重扭曲时给他递上新的鱼枪，或者在攻击中助他一臂之力。因而，这两人之间通常会有一种十分紧密的关系和友谊，所以，在这里我们来交代一下，“裴阔德号”上的标枪手都是哪些人，他们分属于哪个领班。

首当其冲的是奎奎格，大副斯塔巴克选了他作为自己的侍从。奎奎格我们已经很熟悉了。

其次是塔什特戈，来自该黑德的一个纯种印第安人，此地位于马撒葡萄园岛西端的海角，那里还残存着最后一个红人村庄，长期以来一直为楠塔基特周边岛屿提供众多最为勇敢的标枪手。在捕鲸业中，他们通常被称作该黑德人。塔什特戈生着又长又细的黑发，高高的颧骨，又黑又圆的眼睛——尽管对于一个印第安人来说，这双眼睛大得有点像东方人，而眼睛中亮闪闪的表情又像是南极人——这一切都足以表明，他是那些骄傲的武士猎人血统纯正的后裔，这些武士猎人为了猎捕新英格兰的大驼鹿，手持弓箭，搜遍了大陆上所有的原始森林。但是，塔什特戈不再嗅闻林地里野兽的足迹了，他现在沿着巨鲸的尾波狩猎，父辈例不虚发的弓箭已被这个子辈向无偏差的标枪取代了。看看他蛇一样柔软的棕褐色四肢，你几乎就会相信某些早期清教徒的迷信，并有一半相信这个印第安蛮子是“空中力量王子”的儿子。塔什特戈是二副斯塔布的随从。

标枪手中位列第三的是达戈，一个巨人，黑如煤炭的蛮子，走路有如雄狮——看起来就像波斯王亚哈随鲁。耳朵上悬垂着两只硕大的金环，水手们都称之为环螺栓，议论着怎么用来固定顶帆的升降索。年轻的时候，达戈志愿在他家乡一个偏僻海湾的捕鲸船上做水手。除了非洲、楠塔基特和捕鲸者最常造访的异教徒港口，他从来没有去过世界上任何别的地方。在船东特别在乎所雇水手的个人习惯的捕鲸船上，他已经度过了很多年英勇无畏的捕鲸生涯。达戈保留了所有野蛮人的品德，像个长颈鹿，傲人的笔直身材，只穿袜子也有六英尺高，在甲板上高视阔步。仰望着他时，你会产生一种身体上的自卑感，一个白人站在他面前，就像堡垒上一杆乞求休战的小白旗。

说来奇怪，这个帝王般威严的黑人，亚哈随鲁达戈，居然成了小个子弗拉斯克的随从，那人站在他旁边简直就像国际象棋的一个棋子。至于“裴阔德号”上的其他水手，据说，目前在美国捕鲸业中雇用的大量水手中，美国出生的至多只占二分之一，不过，所有的头目几乎都是美国人。在这方面，美国捕鲸业的情况和美国海军、陆军和商用船队的情况一样，用来建造美国运河与铁路的工程队伍也是如此。我之所以说一样，是因为在所有这些情况中，土生土长的美国人大方地供应脑力，世界其他地方的人则慷慨地供应体力。这些捕鲸者中，有不少人属于亚速尔群岛，从楠塔基特出发的捕鲸船经常在那里停泊，从岩石密布的海岸上招募吃苦耐劳的农民来做水手。情况类似，从赫尔或伦敦启航的格陵兰捕鲸船会在设得兰群岛停靠，在那里补足船上所需要的人手。在归途中，他们再把这些人送回原地。岛民似乎都是最优秀的捕鲸者，到底原因何在，我说不清楚。“裴阔德号”上的水手几乎都是岛民，也是与世隔绝的人，我这样称呼，就是不承认人类生活在同一片大陆上，而是每个与世隔绝的人都生活在他自己的一方天地中。

不过，现在大家同舟共济了，那是怎样一群与世隔绝的人啊！来自各个小岛和地球四面八方的人组成了一个阿纳卡西斯·科鲁兹[1]代表团，在“裴阔德号”上陪着亚哈老头，要在很多人一去不返的法庭上鸣这世界的不平。黑小子皮普——他就没有回来——啊，不！他以前是去过的。这可怜的亚拉巴马男孩！在“裴阔德号”无情的船头楼上，你马上就会看见他，敲打着他的小手鼓。当大限将临之前，他被叫到高高的后甲板去，遵命与天使一起合奏，他兴高采烈地敲打着手鼓，时而为懦夫鼓劲，时而为勇士欢呼！

---

1 阿纳卡西斯·科鲁兹(1755–1794)，普鲁士贵族，法国革命家，自称为“人类的演说家”，1792年改籍法国。1789年法国大革命爆发时来到巴黎，加入雅各宾派俱乐部。1790年在国民议会上宣称，他和他领导的由外国人组成的“人类大使”代表团是《人权宣言》的拥护者，是下层人民的代表。后来触怒了罗伯斯庇尔，于1794年被送上断头台。

第二十八章　亚哈

离开楠塔基特好几天了，始终还没有看见亚哈船长从舱中出来。三个副手定时轮流值班，看不到任何反常的事情，他们似乎就是船上仅有的指挥官了，只是他们有时从船舱中出来，带来突然而专横的指令，这才知道他们只是代人指挥而已。是的，他们的最高主子和独裁者就在那里，尽管迄今为止，没有获准进入那个神圣隐秘的船舱的人，还没有机会看到他。

每一次我在下面值完班，上到甲板上，我都马上看一看船尾，看是否有陌生面孔出现，因为最初与这位尚未谋面的船长有关的模模糊糊的不安，在与世隔绝的海上，现在已经几乎变成了一种烦恼。衣衫褴褛的以利亚断断续续的恶毒话语，时时不请自来，在我心中重现，以预想不到的微妙力量，奇怪地加重了这种不安的感觉。我几乎已经承受不住了，要是换了别样的情绪状态，对于码头上那位古怪先知严肃而荒诞的言行，我便会一笑了之。可无论我感觉到的是恐惧还是不安——姑且这么说吧——每当我在船上环顾四周，便似乎觉得这样的感觉没有任何道理。尽管标枪手们和那一大群水手，与我以前熟悉的温顺的商船水手相比，要野蛮得多，行事更有异教徒风格，而且五色杂陈，我仍然要把这种忧虑的感觉归结为——也是正确地归结为——我不顾一切投身其中的疯狂十足的斯堪的纳维亚人的职业，是它强烈而独一无二的本质使然。但是，船上三位主要长官的表现，也就是大副、二副、三副，尤其有力地缓解了这些让人无精打采的疑虑，让人对航行的各个方面都产生了信心和欢快之情。想找三个更好、更合适、每人自有一套的长官，恐怕并不容易，而且他们每一个都是美国人；一个楠塔基特人，一个马撒葡萄园岛人，一个科德角人。

船从港口启航时正是圣诞节期间，有一段航程我们遇到的是寒冷刺骨的北极天气，尽管我们始终是在离开这种气候，向南行驶；我们每航行过纬度的一度一分，就逐渐离那无情的冬天又远了一度一分，将它无法忍受的天气留在身后。一天早晨，天色并不阴暗，但还是灰蒙蒙的，正在明暗交替之际，伴随着一阵顺风，船破浪而行，报复般地一蹦一跳，速度快得叫人忧虑。我登上甲板去值午前班，我抬起眼睛向船尾栏杆一瞄，一阵预兆般的寒战便袭遍了我的全身。现实超过了恐惧，亚哈船长赫然就站在后甲板上。

他似乎没有任何普通的病象，也没有任何康复的迹象。他看起来就像一个从火刑柱上剥下来的人，烈火燃遍了四肢，四肢却没有烧毁，也丝毫无损于它们久经风霜的结实健壮。他的身形高大，好似用坚固的青铜制成，而且是在一个不可改变的模子里塑造成型的，像意大利雕塑家切利尼浇铸的珀耳修斯像。一道略显苍白的纤细的杆状疤痕，从他的灰发间蜿蜒而出，从晒成黄褐色的面颊一侧径直而下，经过脖颈，隐没在他的衣服里面。它类似于凌空而下的闪电，在一棵高耸的大树上劈出的一条垂直裂缝，有时闪电一根嫩枝都没有损坏，只是从树顶到树根剥去了一道树皮，留下一条凹槽，然后消失在泥土之中，留下大树依然青葱鲜活，只是打上了烙印。

那道疤痕是生来就有的，还是重大创伤留下的，没有人能确定。凭借某种心照不宣，人们在整个航行中很少或根本不提这件事，尤其是几位长官。不过，塔什特戈的长辈，该黑德的一个老印第安人，迷信地断言，亚哈身上出现那道烙印的时候还不到四十岁，那道疤痕不是和任何凡人打架留下的，而是在海上与暴风雨搏斗造成的。但是，这个胡乱的猜想被一个马恩岛老头用拐弯抹角的推理给否定了，这老头阴森森的，以前从来没有离开过楠塔基特岛，也从来没有见过疯狂的亚哈。然而，古老的海上传说，无法追忆的古老迷信，轻易赋予了这个老头以超自然的洞察力。所以，当他说如果亚哈船长哪天寿终正寝——这样的事几乎不太可能，他又嘟囔了一句——那时，为死者做终敷礼的人将会发现，他从头到脚有一道胎记，对他这番话，没有哪个白人水手予以认真的反驳。

亚哈整个给人的冷酷印象和那道青灰色的疤痕，给我的影响如此强烈，以致最初片刻我几乎没有注意到，这种霸道冷酷

的感觉在很大程度上来自那条支撑他半个身子的粗蛮的白腿。以前我听人说过，这条象牙色的假腿是在海上用抹香鲸腭骨打磨成的。“是啊，他的腿是在日本海上断的，”该黑德的那个老印第安人说，“可是和他船上折断的桅杆一样，他不用回家取就安上了另一个根桅杆。他有相当多的桅杆。”

他奇特的姿势让我大吃一惊。在“裴阔德号”后甲板的每一侧，紧靠后桅侧支索的地方，船板上各有一个钻出的洞，大概半英寸深。他的假腿就插在那个洞里固定着，他一只胳膊抬起，抓住一根侧支索，笔直地站在那里，径直越过不停俯仰的船头向远方望着。他的那种一动不动、无所畏惧、笔直向前的凝望中，有着无比坚定的勇气和绝不会屈服的倔强意志。他一句话都不说，他属下的头目们也和他什么都不说，但是，他们细微的姿态和表情，都清楚地表明，置身于这个满怀烦恼的主子的眼皮子底下，他们即便不觉得痛苦，也会有不安的感觉。而且，不仅如此，喜怒无常、饱受摧残的亚哈站在他们面前时，脸上带着一种基督受难的表情，某种巨大痛苦带来的无可名状、压倒一切的君王般的威严。

这第一次的公开视察很快就结束了，他退回自己的舱中。但是，那天早晨以后，水手们每天都可以看见他，或是站在他的钻孔里，或是坐在他那只牙骨凳子上，或是脚步沉重地在甲板上走动。随着天空变得不那么阴沉了，甚至开始变得有点亲切怡人，他独处的时间也越来越少，仿佛当船离开家乡之后，让他如此孤绝的就只有冬天海上的死寂荒凉了。而且，不久以后，他就几乎不间断地待在外面了。尽管他开口说话了，或者是大家觉得他说话了，在终于变得阳光明媚的甲板上，他依然像是多出来的桅杆一样显得无用。但是，“裴阔德号”目前只是在赶路，不是正规巡航，几乎所有需要监督的捕鲸前的准备工作，三位副手完全可以胜任，这样一来，很少甚或没有任何事情能惊动亚哈，或是需要他亲力亲为；因而，他眉头上笼罩的云层暂时消散了，云总是喜欢堆积在最高的山峰上。

不久，我们就碰上了假日般怡人的天气，如温暖的鸟鸣一般诱人，逐渐使他陶醉，摆脱了阴郁的情绪。因为当四月和五月这两个面颊绯红、蹦蹦跳跳的少女，回到愤世嫉俗的寒冷的树林，甚至光秃、粗糙、惨遭雷击的老橡树，也至少会放出一些绿色的叶芽，来欢迎这两位满心欢喜的访客。就这样，亚哈最后也对这少女般顽皮诱人的气氛有了一点儿反应，他的脸上不止一次露出一丝花蕾般模糊的快意，换了别人，很快就会绽放，成为粲然一笑了。

第二十九章　亚哈登场，斯塔布随上

过了一些天，冰和冰山就都甩在船后面了，“裴阔德号”正穿过基多明亮的春天。在海上，春天几乎永远驻足于热带八月的门槛。凉爽中带有暖意，清澈干脆，芬芳满溢的丰足的日子，像盛着冰冻果子露的波斯水晶杯一样，堆积着——一片片薄薄的玫瑰香水凝成的雪。繁星满天、庄严宏伟的夜晚，仿佛傲慢的贵妇身着镶嵌宝石的天鹅绒，骄傲地独守家中，回忆着她们外出征战的爵爷，那头戴金盔的太阳！想要睡觉的人，在可爱的白昼和迷人的夜晚之间是很难进行选择的。但是，那不曾减弱的天气的魔力不仅向外部世界释放出魔咒和力量，也作用于人的灵魂，尤其在黄昏降临的寂静柔美的时辰，那时，记忆水晶那冰一般清澈的形体向着无声的薄暮闪射。所有这些微妙的影响，都越来越深地锻造着亚哈的身心。

老年人总是很警醒，仿佛活得越久，就越不想与类似死亡的东西打交道。在海上的船长们中间，胡须斑白的老人往往会离开自己的床铺，去探访夜色笼罩的甲板。亚哈便是如此，只有在这时，在最近这些日子，他似乎才更多地生活在户外，说实话，他更多的是从甲板回到船舱，而不是从船舱上到甲板。“要我这样的一个老船长走下狭窄的舱口，”他会自言自语地嘟囔，“到墓穴般的床铺上去，那感觉就像是回到一个人的坟墓。”

于是，几乎每二十四小时，当夜班轮值开始，甲板上的人就为甲板下面睡觉的人放哨；如果要把一根绳子拽到船头楼上，水手们不是像白天那样粗暴地一抛，而是小心地放到指定位置，唯恐惊扰了他们沉睡的船友。当这种不变的寂静开始弥漫，沉默的舵手便会习惯性地观察舱门，没过多久，那位老人就会冒出来，紧抓着铁栏杆，一瘸一拐地爬上来。有人认为他身上还有点人情味，因为每逢这样的时刻，他通常不会在后甲板巡视，因为对于他疲惫不堪的副手们来说，要是在他的牙骨脚跟六英寸范围内睡觉，耳边就会回荡着叮当作响的脚步声，他们的梦中就会满是鲨鱼嘎吱嘎吱咬牙的声音了。但是有一次，他的心情过于沉重，忘记像平时那样照顾大家了，他迈着沉重的、伐木般的脚步，将船从船尾量到主桅。这时，古怪的二副斯塔布，从舱里上来，用一种不太自信的、自嘲式的幽默，提醒说，如果亚哈船长喜欢在船上走走，没人能说个“不”字，不过，总有某种消音的法子。接着，他又含含糊糊、犹犹豫豫地说，可以弄一团亚麻什么的，把牙骨脚跟包在里面。啊！斯塔布，那时你还不了解亚哈。

“我是炮弹吗，斯塔布，”亚哈说，“你愿意把我那样包起来吗？不过，走你的路吧，我已经忘了。下你的夜间坟墓里去，你这样的人就得睡在裹尸布里，最后把你自己做填料。——下去吧，狗东西，回你的狗窝去！”

这始料未及、突如其来的斥责让斯塔布大吃一惊，有好一阵子说不出话来，随后他激动地说：“我不习惯有人这样和我说话，先生，我很不喜欢这样，先生。”

“闭嘴！”亚哈从牙缝间挤出这样一句，猛地转身要走，好像是要避免冲动的诱惑。

“不，先生，我还闭不了嘴，”斯塔布鼓足勇气说，“我不会乖乖被人叫成狗的，先生。”

“那就叫你十声驴子、骡子、蠢驴，滚吧，否则我就把你从世界上清理出去！”

这样说着，亚哈逼到他跟前，模样可怕极了，斯塔布不由得向后退去。

“以前我从没受过这样的对待而不狠狠回击的。”斯塔布发现自己正在走下舱口，不禁嘟囔起来，“真是怪了。等等，斯塔布；真是莫名其妙，我现在真是弄不清楚，要不要回去揍他，还是——还是什么？——跪在这里为他祈祷吗？是的，我当时冒出来的就是这么个念头；可那会是我有生以来第一次做祈祷。真怪，非常怪，他也很古怪；是啊，无论怎么看待他，他大概都是和斯塔布一起出海的最古怪的老头。他对我有多么耀武扬威啊！——那眼睛就像火药池！他疯了吗？他脑子里肯定有什么事，就像是甲板一响准是上面有什么事。如今一天二十四小时，他在床上的时间还不到三小时，就是在床上他也不睡。那个汤团小子，那个管伙食的小厮，有天早上不是告诉我，他经常发现老头子吊铺上的被褥总是皱成一团，床单堆在床脚，被单几乎打了结，枕头热得可怕，好像上面放过一块滚烫的砖头！一个滚烫的老头！我看他准是有了岸上人所谓的心病，据说这是一种三叉神经痛——比牙痛还糟糕。好吧，好吧，我不知道那是什么，但是老天爷没让我得上这种病。他浑身都是谜团，我奇怪他到后舱去干什么，汤团小子告诉我，他怀疑这老头子每晚都到后舱去。他去那里干什么，我很想弄个究竟，谁和他在后舱约会？那不是很古怪吗，嗯？不过，这也很难说，那是老把戏了——还是打个盹吧。该死的，一个人哪怕只是为了倒头就睡，也值得来世上走一遭了。我既然想到了这个，婴儿出生后的头一件事就是睡觉，这也是一件古怪的事。该死的，不过，只要你想上一想，万事都是古怪的。可是，那不符合我的规则。什么都不想，是我的第十一诫；而能睡便睡，则是第十二诫——这不又来了嘛。可那又是怎么回事？他不是管我叫狗吗？下地狱吧！他叫了我十声驴，还有一大串公驴蠢驴！他还不如踢我几脚了事。也许他真的踢了我，我没有留意，不知怎么，我当时被他的模样吓住了。就像是有根白骨一晃。活见鬼，我究竟怎么回事？我的腿都站不直了。顶撞那个老头真让我魂不守舍。老天爷，我一定是在做梦——怎么回事？怎么回事？怎么回事？——不过，唯一的办法是把这事放下，再回到吊铺上去，到了早上，再看看我白天对这套讨厌的把戏又有什么想法。”

第三十章　烟斗

斯塔布走了以后，亚哈斜倚着舷墙站了一会，然后，就和他近来习惯的那样，唤来一个值班的水手，打发他到舱下取他的牙骨凳子来，还有他的烟斗。就着罗盘箱上的灯点燃烟斗，把凳子安置在甲板迎风的一侧，他坐下来开始抽烟。

在古老的斯堪的纳维亚时代，据传说，那些爱海的丹麦国王们的宝座是用独角鲸的牙齿做的。看着亚哈坐在那张三脚骨凳上，你怎么能不把它看作是王位的象征呢？因为亚哈就是船上的可汗，海上的君王，和大海兽的伟大主宰。

就这样过了一会儿，浓烟从他的嘴中快速不断地喷出，又扑回到他的脸上。“怎么回事，”他终于从嘴里抽出烟斗，自言自语地说道，“抽烟也不再能给我安慰了。啊，我的烟斗！如果你也丧失了魅力，我就要受苦了！我在这里不知不觉地受着折磨，而不是享受——是啊，我一直愚蠢地迎着风抽，迎着风，还一口接一口地猛喷，活像垂死的鲸鱼，我最后喷出的都是最猛烈、最要命的苦恼。我还要跟这支烟斗打什么交道？这玩意儿是为了让人平静的，让柔和的白烟熏透柔和的白发，而不是我这样蓬乱的铁灰色的发绺。我再也不抽了——”

他把还燃着的烟斗抛到海里。火在波浪中嘶嘶作响，在同一个瞬间，大船从沉没的烟斗溅起的水泡旁急速驶过。亚哈拉低帽子，蹒跚地在甲板上走来走去。

第三十一章　麦布女王[1]

第二天早上，斯塔布和弗拉斯克搭话。

“真是个怪梦，中柱，我可从来没有做过。你知道那老头子的牙骨假腿，我梦到他用那假腿踢我；我想踢回去，我这么一想，我的小兄弟，我的腿就踢了出去！随后，一转眼，亚哈就成了一座金字塔，我像个发疯的傻瓜，一直不停地踢它。可是更奇怪的是，弗拉斯克，你知道所有的梦都有多么奇怪——就在我大发雷霆的时候，不知怎么，我寻思起来，说到底，让亚哈踢我，也不是什么太大的侮辱。‘为什么，’我寻思着，‘吵个什么劲啊？又不是一条真腿，只是条假腿。’一个活东西踢你一脚和一个死东西踢你一脚，这里边的区别可就大了。弗拉斯克，那就是为什么给人用手打一下，要比挨人家一手杖，要难受五十倍的原因。活人才能造成活的侮辱，

1 麦布女王，英国民间传说中司掌人类梦境的仙女。

我的小兄弟。听着，我在暗自琢磨，我一个劲地用我的蠢脚趾头踢那见鬼的金字塔，这真是天大的矛盾啊，我一直对自己说：‘他那是什么腿，不过是根手杖而已。一根鲸骨手杖。没错，’我心想，‘那一脚不过是闹着玩，实际上，他只是给了我一鲸骨棒——而不是卑鄙地踢了我一脚。还有，’我心里想，‘你再看看，踢到我身上的部分——那假腿的尖——那才有多大一点啊；反之，如果一个大脚农夫踢了我，那才是大大的侮辱呢。可这一回的侮辱只是假腿尖那么一点儿。’

“可是这时，梦里出现了一个天大的笑话。弗拉斯克，就在我猛踢金字塔的当口，来了一个长着獾毛的雄性老人鱼，背上有个驼峰，抓住我的肩膀，把我滴溜溜扯着转了一圈。‘你在干什么？’他说。妈的！老兄，其实我吓坏了。这么一副尊容！可不知怎么，我马上克服了恐惧。‘我在干什么？’我终于开口说道，‘这和你有什么关系，我倒想知道，驼背先生？你想挨踢吗？’老天爷作证，弗拉斯克，我的话刚说完，他就把屁股转向了我，弯下腰，掀起他用来做遮羞布的一大片海藻——你想我看见了什么？——我的天，老兄，他屁股上插满了穿索针，针尖朝外。我再一想，就说：‘我想我还是不踢你了，老伙计。’‘聪明的斯塔布，’他说，‘聪明的斯塔布。’

“他就那么嘟囔个没完，就像一个钻烟囱的巫婆咬自己牙龈一样。看到他没有打算停下来，还一直在说‘聪明的斯塔布，聪明的斯塔布’，我心想，还是继续踢那金字塔吧。可是我刚抬起脚，他就大叫起来：‘不要踢！’‘喂，又怎么了，老伙计？’

我说。‘你听着，’他说，‘我们来讨论下什么叫作侮辱。亚哈船长踢了你，对不对？’‘是的，他踢了，’我说，‘就踢在这里。’‘很好，’他说，‘他用的是他的鲸骨腿，对不对？’‘是的，是鲸骨腿。’我说。”

“‘那么好，’他说，‘聪明的斯塔布，你还要抱怨什么呢？难道他踢你不是出于好心吗？他踢你用的不是普通的松木腿，对吧？不，踢你的是一个伟大的人物，而且用的是一条美丽的鲸骨腿，斯塔布。这是一种荣誉；我认为是一种荣誉。听着，聪明的斯塔布。在古时候的英格兰，那些最显赫的贵族都认为，被王后掴上一耳光，并因此成为嘉德骑士，那是了不得的光荣；而你斯塔布，你尽可以夸耀一番，你是被老亚哈踢的，并因此成了一个聪明人。记住我说的话；让他踢，把他踢你看作光荣，不要想着还脚，因为那无济于事，聪明的斯塔布。你没有看见那座金字塔吗？’正说着，也不知怎么搞的，他突然以一种奇怪的姿势游上天空去了。我打起了呼噜，翻了个身，原来是睡在我的吊铺上！好了，对这个梦你怎么想，弗拉斯克？”

“我不知道，不过，我觉得这梦有点儿愚蠢。”

“也许吧，也许。但是它让我成了一个聪明人，弗拉斯克。你可看见亚哈站在那儿，正侧眼俯视着船尾？好了，弗拉斯克，你最好是让那老头自己待着，不要和他说话，无论他说什么。喂！他在嚷嚷什么？听！”

“桅顶上的人！都给我眼睛放亮点！附近有鲸鱼！如果看见一头白色的，就拼命喊，把你们的肺子喊炸了！”

“你现在怎么想，弗拉斯克？是不是有点古怪啊，嗯？一头白色的鲸鱼——你注意到没有，伙计？你瞧——要出什么特殊的事了。做好准备吧，弗拉斯克。亚哈心里藏着什么特殊的事情。不过，别出声，他朝这边来了。”

第三十二章　鲸类学

我们已经勇敢地驶进了深海，但很快就会迷失在不见边岸，也没有港口的汪洋之中。在此之前，在“裴阔德号”海草丛生的船身与大海兽那结满藤壶的身躯并排而行之前，首先有必要料理好一件几乎不可或缺的事情，透彻理解和领会下述有关大海兽的各种比较特殊的真相和典故。

我现在愿意呈给诸位的，是按照大类，对鲸鱼进行系统化的展示。不过，这绝非易与之事。这里的尝试无异于将一堆混乱不堪的材料加以分门别类地梳理。且听近代最优秀的权威人士的说法吧。

公元一八二〇年，斯科斯比船长说：“动物学的任何分支都不像鲸类学那样纷繁复杂。”

公元一八三九年，外科医生比尔说：“即使我有能力，我也不想深入探究将鲸类分成群和族的正确方法……在研究这种动物（抹香鲸）的史学家中，存在着极端混乱的状况。”

“在深不可测的汪洋中不适合从事我们的研究。”“我们的鲸类学知识被无法穿透的面纱覆盖着。”“一个荆棘丛生的领域。”“所有这些不完备的说明只能让我们的博物学家备受折磨。”

伟大的居维叶、约翰·亨特和莱松，这些动物学和解剖学的指路明灯，就是这样说到鲸鱼的。然而，虽则真正的知识不多，相关的书却不少；鲸类学或者是关于鲸鱼的科学，多少也是如此。有很多人或多或少写到过鲸鱼，有小人物，也有大人物；有老人，也有新人；有陆地人，也有水手。不妨先简单提及若干：《圣经》的作者们，亚里士多德，普林尼，阿尔德罗万迪，托马斯·布朗爵士，格斯纳，雷，林奈，朗德列修斯，威洛比，格林，阿蒂迪，席博德，布里松，马滕，拉塞佩德，博内特尔，居维叶男爵，弗列德利克·居维叶，约翰·亨特，欧文，斯科斯比，比尔，本内特，J. 罗斯·布朗，《米里亚姆·考芬》的作者，奥姆斯特德和 T. 契弗神父。但是，这些人的著作最终有什么概括性的意义，上面援引的片段可见一斑。

上述写过鲸鱼的作者名单中，只有那些名列欧文之后的人才见过活鲸，而他们中间只有一个是真正的职业标枪手和捕鲸者。我指的是斯科斯比船长。在格陵兰鲸或露脊鲸这个单独的科目上，他是目前最优秀的权威。但是斯科斯比对于大抹香鲸却一无所知，也什么都没有说过，和抹香鲸比起来，格陵兰鲸几乎不值一提。

这里应该说一下，格陵兰鲸篡夺了海上的王位，其实它根本不是个头最大的鲸。不过，由于它的王位具有长期的优先权，加上大约七十年以前，人们对抹香鲸还极其无知，使之染上了传说般的或是极其陌生的色彩，时至今日，除了为数极少的一些科学研究机构和捕鲸港，这种无知依然支配着一切，因此，这篡得的王位便一直保持至今，未受触动。

查考一下过去的伟大诗人，他们几乎全都用过这大海兽的典故，就足以说明，格陵兰鲸无可匹敌，在他们心目中就是海中的君王。但是，做出新的宣告的时候终于到了。这就是查令十字架[1]；你们听着，普天之下的良民，格陵兰鲸已被废黜，伟大的抹香鲸已登基！

现存的只有两本书，佯称要把活生生的抹香鲸呈现在你面前，但其实仅仅是一种尝试，离成功何止天壤之别。这两本书就是比尔和本内特的著作；两位作者当时都是英国南海捕鲸船上的外科医生，也都是严谨可信之人。他们书中涉及抹香鲸的原始材料必定很少；但是迄今为止，它们是质量很高的材料，尽管大多局限于科学性的描述。

然而，到目前为止，在任何文献中，无论是科学性的还是诗意化的，抹香鲸的生活都没有得到完整的描述。和所有其他被猎捕的鲸鱼大大不同，它的生活尚未见诸笔端。

现在需要对各种鲸鱼进行全面而通俗的分类，即便只是暂

1 查令十字是位于伦敦西敏市的一个交汇路口，是伦敦的传统中心点。得名于十三世纪末英王爱德华一世为纪念死去的埃莉诺王后所建的十二座顶端为十字架的纪念碑。

时给出一个简单的轮廓，以后自会有人在各个门类中加以不断地补充。既然没有更合适的人出来担当此任，我就不揣谫陋，姑且尝试一番。我不许诺会完美无缺，因为任何人间之事要想完美，那准会因为同样的原因而失败无遗。我不会装作对各种鲸鱼做出详尽的解剖式的描述，或者至少在这一章中，做出太多的描述。我此处的目的仅仅是勾勒出一幅鲸类学的系统化草图。我是建筑师，不是建筑工人。

可这是一项沉重的任务；普通的邮局信件分拣员是绝难胜任的。随着那些鲸鱼摸索到海底，用自己的双手去探索这个世界那难以言说的基础、肋骨和骨盆，这是件可怕的事情。我是什么人，居然想要勾住这大海兽的鼻子！约伯所受的可怕嘲弄会把我吓坏的。“它（大海兽）岂肯与你立约？……人指望捉拿它是徒然的！”但是我已经游遍了世上的图书馆，也航遍了世上的海洋；我曾用我现在这双手对付过鲸鱼；我是认真的，我要试它一试。有些预备性的工作需要事先解决。

首先，鲸类学这门科学尚处于未定未决的状态，这是一开始就为事实所证明了的，在某些方面，还存在着一个悬而未决的关键，亦即鲸鱼是不是鱼的问题。在一七七六年的《自然的体系》一书中，林奈宣称，“我在此将鲸鱼和鱼类区分开来。”但就我自己的知识看来，我知道迟至一八五〇年，鲨鱼和美洲西鲱、灰西鲱和其他鲱类鱼种，与林奈明确的宣告相反，依然在与大海兽分享着同样的海域。

林奈要将鲸鱼从大海放逐，其根据如下：“由于它们拥有温暖的二心室的心脏，有肺，有可以移动的眼睑，有凹空的耳朵，阴茎进入雌性生殖器交配，并以乳房哺乳，”最后，“按照自然法则，当有别于其他鱼类。”我把这些给我的朋友西蒙·梅西和查理·考芬看，他们是楠塔基特人，是在一次航行中与我同桌进餐的伙伴，他们一致认为，这些理由一点都不充分。查理还颇为不敬地暗示说那是一派胡言。

其实，放弃所有的争论，我采取的是一个老派立场，鲸鱼是一种鱼，并且请神圣的约拿来支持我。解决了这个本质问题，下一步便是，在什么内在特征上，鲸鱼有别于其他鱼类。上文中林奈已经给出了那些条目。不过，它们可以简化于此：肺和暖血；反之，所有其他鱼类都没有肺，而且是冷血的。

其次，我们怎样凭借鲸鱼明显的外观来定义它，永远为它赋予一个明确的标志呢？简而言之，鲸鱼是一种喷水的鱼，带有水平的尾巴。这样就明白了。无论多么浓缩简短，这个定义却是广泛思考的结果。海象也像鲸鱼一样很会喷水，但是海象不是鱼，因为它是两栖类动物。不过，这个定义的后一半与前一半配合起来，就更使人信服了。几乎任何人都会注意到，陆地人所熟悉的鱼都没有平直的尾巴，而是垂直的，或者说是直上直下的。反之，会喷水的鱼，尾巴形状虽然可能与其他鱼相似，但却固定不变地采取平放的姿势。

根据上述有关鲸鱼的定义，我绝没有将见多识广的楠塔基特人迄今视为鲸鱼同类的任何海洋生物排除在大海兽的亲族之外；另一方面，也绝没有在将鲸鱼和任何迄今被权威人士认为

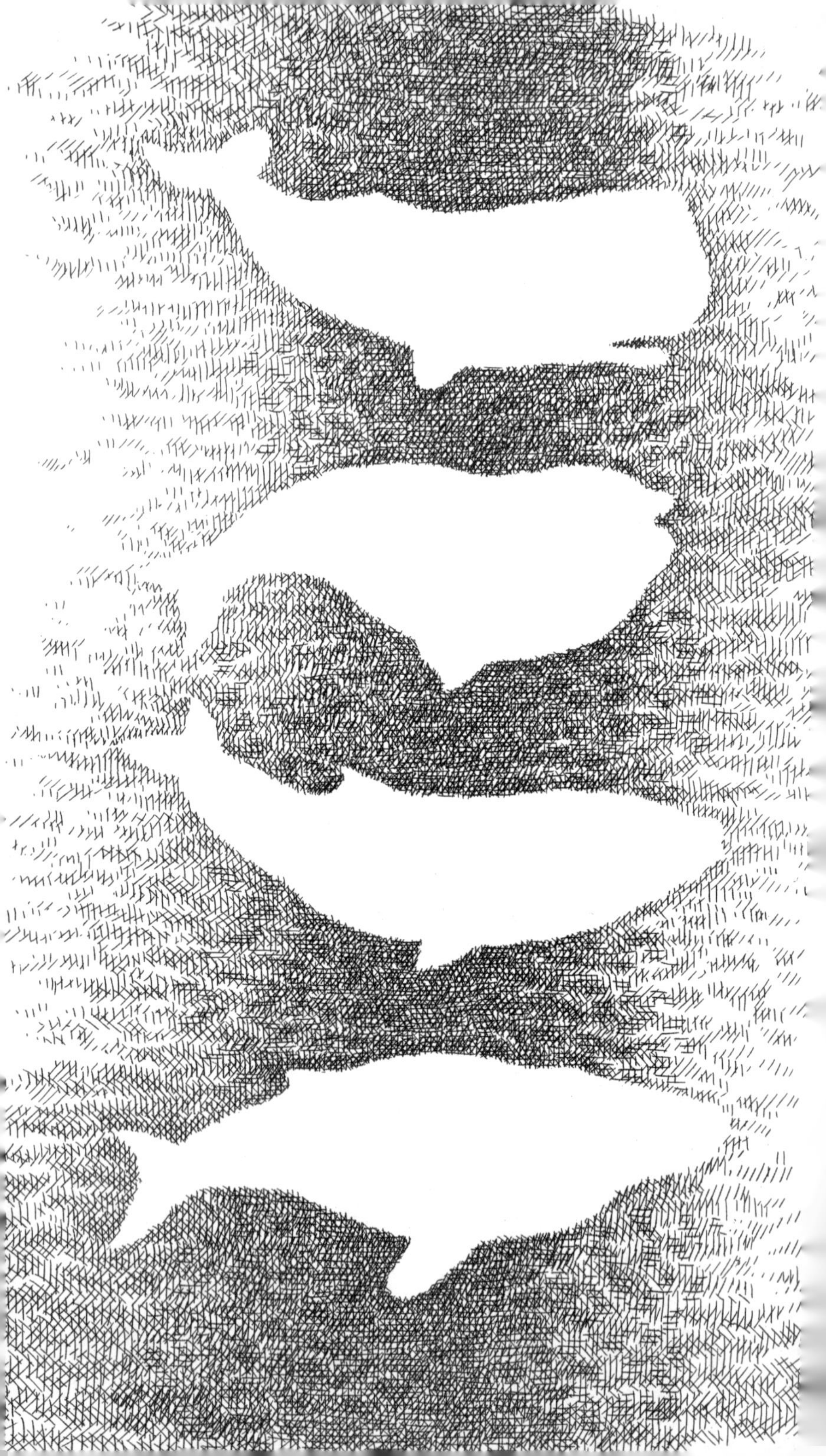

异类的鱼类联系在一起[1]。因此，所有体型较小、会喷水的、有水平尾巴的鱼，都应囊括在这个鲸类学的平面图之中。然后，再对整个鲸鱼族群做出大的划分。

首先，根据体量大小，我把鲸鱼分成三卷（下分为章），这样就囊括了所有的鲸鱼，不分大小。

（一）对开型鲸；（二）八开型鲸；（三）十二开型鲸。

我以抹香鲸代表对开型，逆戟鲸代表八开型，海豚代表十二开型。

对开型。包括下列各章：1. 抹香鲸；2. 露脊鲸；3. 脊鳍鲸；4. 座头鲸；5. 剃刀鲸；6. 黄腹鲸。

第一卷（对开型）第一章（抹香鲸）。这种鲸鱼，古代英格兰人略有所知，称之为喇叭鲸、抹香鲸属鲸和砧头鲸，现代法国人称之为“卡夏洛”，德国人称之为“波茨鱼”，还有一个词形很长的学名“巨头鲸”。毫无疑问，它是地球居民中体格最大的，所有鲸鱼中数它最难对付，也是外观最为威严的，最后一点，它也是最具商业价值的鲸鱼。它是唯一可以从其取得鲸脑这一贵重物质的生物。它的一切特质我会在其他场合加以详细的描绘，现在我主要谈谈它的名字。

---

1 我意识到至今为止，许多博物学家将被称为拉马丁鱼和儒艮（楠塔基特的考芬一家把它叫作公猪鱼和母猪鱼）的鱼都纳入鲸鱼这个类别之中。但是因为这些公猪鱼喜欢喧闹，令人可鄙，它们大多数潜伏在河口，以水草为生，尤其是不会喷水，所以我否定了它们作鲸鱼的资格，并给它们发放了护照，让它们退出鲸类学的王国。

从语言学上考虑，这是荒谬的。几个世纪之前，抹香鲸的固有个性几乎完全不为人知，而它的鲸油只是偶尔能从搁浅的鲸鱼身上获取，那时，人们普遍以为，鲸脑是从与英国人称作格陵兰鲸或露脊鲸的生物身上提取的。

当时还有一种想法，认为这种格陵兰鲸的鲸脑能够促使人的心情愉快，这一点从这个单词（spermaceti）的第一个音节上就已经体现出来了。在那个时候，鲸脑也是极其稀缺之物，不是用来点灯，只是用作软膏和药剂。只能从药剂师那里才能得到，就像你今天买一盎司大黄那样。正如我设想的那样，随着时间的推移，鲸脑的真正性质逐渐为人所知，商人们却仍然沿用着它原始的名字；这个名字奇特地凸显出它的稀缺，因而无疑会提高它的身价。于是，这个称呼最终应授予真正提供了鲸脑的那种鲸。

第一卷（对开型）第二章（露脊鲸）。在某一个方面讲，这是大海兽中最德高望重的，因为它是最早被人类经常猎取的鲸鱼。它出产的东西就是众所周知的鲸须；它的油被专门称为“鲸油”，是一种低档商品。在渔民中间，它被不分青红皂白地冠以如下名称：鲸、格陵兰鲸、黑鲸、大鲸、真鲸、露脊鲸。这个名字众多的鲸族，身份却晦暗不明。

那么，我列入对开型的第二类鲸到底是些什么样的鲸呢？它是英国博物学家所称的北极露脊鲸，英国捕鲸者所称的格陵兰鲸，法国捕鲸者所称的普通的长须鲸，瑞典人所称的格陵兰鲸。它是过去两个多世纪以来荷兰与英国人在北极海上所猎捕的那种鲸，也是美国渔民在印度洋、巴西沿海、西北沿海，以及他们称作“露脊鲸巡游场”的世界其他各处长期追猎的那种鲸。

有人假称发现了英国人所说的格陵兰鲸和美国人所说的露脊鲸之间的区别。但是，在两者的所有重要特征上，他们的意见恰恰完全一致，尚未提出一个独一无二的决定性的事实，以此作为两者具有根本区别的基础。正是根据最无定论的区别所做的无止境的划分，才把博物学史的某些部分弄得如此复杂，让人生厌。以后在阐述抹香鲸时，我们再以一定的篇幅来讨论露脊鲸。

第一卷（对开型）第三章（脊鳍鲸）。我料想，归于这一名目之下的怪兽有脊鳍鲸、高喷鲸和长约翰鲸等不同名称，在各个大洋都可见到，旅客们乘坐纽约邮船穿越大西洋时，经常很远就能看见喷水的鲸鱼，通常就是这一种。

脊鳍鲸成年时的身长和鲸须类似于露脊鲸，但是腰围没有那么粗壮，颜色也更浅些，接近于橄榄色。它巨大的嘴唇上有一道道互相绞扭的、歪斜的皱纹，模样就和锚链一般。它最为明显的特征是极为显眼的鳍，并由此得名。这鳍大约有三四英尺长，垂直生长在脊背靠后的部分，形如角状，顶端非常尖锐。即便这个生灵的其他部分根本看不见，单单是这个鳍，有时就能清楚地看见突出在水面之上。当海面相对平静，只略微点缀着环状涟漪，这晷针般的鳍矗立着，在微波荡漾的海面投下阴影，它周围的大圆圈便非常像晷盘，有指针，有刻在水上的时刻线。在那个亚哈斯[1]的日晷上，阴影经常往后退。

脊鳍鲸不喜群居。它似乎仇恨同类，正如有些人不喜欢人类一样。它非常害羞，总是孤身独处，出人意外地在最遥远、最阴沉的海域浮出水面。它喷出的水柱又高又直，像是插在荒原上的一根愤世嫉俗的鱼枪。它天生具有惊人的力量和速度，足以藐视所有人类的追逐。这大海兽似乎是鲸族中遭到放逐的不可征服的该隐，它背上的那根指针就是标记。因为嘴上带有长须，脊鳍鲸有时和露脊鲸一道，理论上被归为所谓须鲸类，即有须的鲸类。这些所谓的须鲸，看来有好几个品种，但大多鲜为人知。阔鼻鲸、钩鼻鲸、矛头鲸、肿头鲸、低颚鲸和突嘴鲸，是捕鲸者对其中少数几种的称呼。

有关“须鲸”这一通称，极有必要提醒一下，无论这一名称如何便于指称某几种鲸鱼，但要根据鲸须、鲸峰、鲸鳍和鲸牙来进行清晰的分类，依然还是徒劳；虽然这些明显的部位或是特征，与它同类其他单独的体貌特征相比，似乎更适合于作为正规鲸类学体系的基础。怎么会这样？鲸须、鲸峰、鲸鳍和牙齿，这些东西所代表的特征无差别地散见于所有鲸种，在其他更为本质的结构特征中起不到决定性的作用。因而，抹香鲸和座头鲸都各有一座背峰，然而其相似之处仅此而已。同样，座头鲸和格陵兰鲸都有鲸须，其相似之处也同样仅此而已。上

1 希西家遘疾，为增加其寿命，耶和华就使亚哈斯的日晷向前进的日影，往后退了十度。见《列王纪下》20:9–11。

述其他部位的情况也是这样。在各种鲸类中，它们形成不规则的组合；或者，把其中一种单列出来，其独立存在也毫无规律可言；在这种基础上绝对无法形成一般的系统化分类。在这块礁石上，每个鲸类学者都会船毁舟沉。

但是，也许可以设想一下，在鲸鱼的内部器官上，在它的解剖学特征上，至少我们能够实现正确的分类。不能，例如，你能从格陵兰鲸身上解剖出什么东西，比它的鲸须更引人注目呢？我们已经见到，凭借鲸须是无法对格陵兰鲸进行正确分类的。如果你深入各种大海兽的内部，你就会发现，可供系统化学者所用的特征，恐怕还不及已列举的外部特征的五十分之一。那么，还剩下什么呢？除了把鲸鱼整个庞大的身体作为考量，予以大胆的分类，别无他途。这里采用的就是这种目录学体系的方法，它是唯一可望成功的方法，因为只有它是切实可行的。且继续说吧。

第一卷（对开型）第四章（座头鲸）。这种鲸鱼常见于北美沿海。它经常在那一带被捕获，拖进港口。它像小贩一样背着个大包袱，或者你也可以称之为象鲸和城堡鲸。无论如何，它通常的名称不足以充分体现出它的特征，因为抹香鲸也有背峰，尽管小了一点。它的油不太值钱。它有鲸须。它是所有鲸鱼中最爱嬉闹、最快活的鲸，它弄出的欢乐的泡沫和白水，通常比其他鲸鱼要多。

第一卷（对开型）第五章（剃刀鲸）。这种鲸鱼鲜为人知，只闻其名。我曾经在合恩角外不远处看见过它。遁世隐居的天性使它回避捕鲸者和哲学家。尽管不是胆小鬼，可除了脊背，它也从不显露身体的任何部分，它的脊背升起时又长又锋利，有如山脊。随它去吧。我对它所知甚少，别人也不会知道得更多。

第一卷（对开型）第六章（黄腹鲸）。另一位避世隐居的绅士，硫黄色的肚腹，无疑是它在深潜时擦到地狱的屋瓦时染上的。它难得一见，除了在偏僻的南方海洋上，至少我从未见到过它，而且还总是隔着很远的距离，难以端详它的尊容。从来没有人追击它，它会带走整个制索厂的捕鲸索。关于它流传着一些惊人的奇闻。再见了，黄腹鲸！关于你的真相，我再也说不出什么了，即使年纪最大的楠塔基特人也是无话可说。

第一卷（对开型）至此结束，现在开始第二卷（八开型）。

八开型[1]包括所有中等大小的鲸鱼，目前可以开列的有：1. 逆戟鲸；2. 黑鲸；3. 独角鲸；4. 杀手鲸；5. 长尾鲸。

第二卷（八开型），第一章（逆戟鲸）。尽管这种鲸那喧闹响亮的呼吸声，或者毋宁说是吹气声，给陆地人提供了一条谚语，因而成了众所周知的深海居民，却通常不被列入鲸鱼之属。但由于它拥有大海兽的所有独特特征，因而大多数博物学家还是承认它是鲸。它是中等大小的八开型鲸鱼，长度从十五到二十五英尺不等，腰围尺寸也相应有所变化。它游泳时成群结

1 为什么这一卷鲸不称作四开型的原因是很明显的。因为，这一类鲸鱼尽管体型比对开型的要小，但在形状比例上是一致的，而书籍装订人手中的四开本却并没有保持对开本的形状，而八开本则与对开本形状相同。

队；尽管身上的油数量可观，而且很适合点灯，却不被当成正规的猎捕对象。有些捕鲸者认为，逆戟鲸的出现是大抹香鲸随后来临的先兆。

第二卷（八开型）第二章（黑鲸）。对所有鲸鱼我都采用捕鲸者对它们的俗称，因为通常来说，这样的名称都是最好的。如果有的名称碰巧显得含混或是没有表现力，我就会指出来，并建议用另外的名字。现在对于黑鲸我就这么处理，因为几乎所有鲸鱼通常都是黑色的。所以，如果你愿意，可以称之为鬣狗鲸。它的贪食是众所周知的，因为它的嘴唇内角向上弯，于是，它的脸上就永远挂着靡菲斯特式的笑容。这种鲸平均身长在十六到十八英尺。几乎所有纬度都能发现它的身影。它在游动时总是很特别地露出自己背部的钩状鳍，看起来就像一个罗马人的弯钩鼻子。在缺乏更为有利可图的营生时，抹香鲸猎人有时也会捕杀鬣狗鲸，以便持续供给便宜的鲸油，以备家用——就像某些节俭的家庭主妇，在独自一人的时候，会燃用难闻的牛油蜡烛，而不用有香味的蜡烛。这种鲸的脂肪虽然很薄，但有些也能提炼出三十多加仑的鲸油。

第二卷（八开型）第三章（独角鲸）。也就是尖鼻鲸。又一种名字古怪的鲸，我推测此名是源于它那起初被误以为是尖鼻子的独特的角。

这种鲸大约有十六英尺长，角的平均长度为五英尺，尽管有的超过了十英尺，甚至达到了十五英尺。严格地讲，这个角不过是一根延长了的牙，从它嘴里水平长出来，稍微向下。但是它只长在左边，就有了一种不良影响，使它的模样像一个笨拙的左撇子。这个乳白色的角或是鱼枪到底派何用场，还很难说。它似乎没有剑鱼和长嘴鱼的那种用途；尽管有些水手告诉我，独角鲸用它当耙子，在海床上耙寻食物。查理·考芬说，它是用来凿冰窟窿的，因为独角鲸在向极地海洋的水面上浮时，发现海面上覆盖着冰层，便用它的角往上顶，破冰而出。但是这些推测你一样都无法证实。我自己的观点是，无论独角鲸到底用它这个生在一侧的角做什么——无论是什么——它在读宣传小册子时用它来做裁纸刀肯定很方便。

我曾经听说，独角鲸被称作长牙鲸、角鲸和一角鲸。在生物界的几乎每个领域，它肯定都是独角现象的一个奇特的例子。我从某些隐居的老作家那里获悉，这种海上独角兽的角在古代被当作上等的解毒剂，因此，它的制剂价格昂贵。它也被蒸馏成一种挥发盐，供晕过去的女士们做嗅盐用，就像雄鹿的角被做成鹿角精一样。它原本就被视作一种贵重的珍品。我从《黑字》上得知，马丁·弗罗比舍爵士航行归来，当他那艘不畏艰险的船沿泰晤士河顺流直下时，贝丝女王确曾在格林尼治宫的窗口向他殷勤挥舞过自己珠光宝气的手。《黑字》上说，“马丁爵士那次航行归来，曾屈膝向女王呈上一支独角鲸的巨大长角，此后很长时间一直挂在温莎城堡。”一位爱尔兰作家断言，莱斯特伯爵也同样屈膝敬献给女王一只角，不过，那是取自陆地上的一只独角兽。

独角鲸的外表非常美丽生动，通体乳白色，点缀着圆形和椭圆形的黑色斑点，如同豹子一般。它的油质量上乘，清澈纯净，但是量不多，而且很难捕到。它多半出没于极地附近的海洋中。

第二卷（八开型）第四章（杀手鲸）。对于这种鲸，楠塔基特人真正的了解很少，专业的博物学家更是一无所知。就我曾经在远处看到的情况而言，我得说它大概和逆戟鲸差不多大小。它非常凶残——是一种斐济鱼。它有时咬住对开型大鲸的嘴唇不放，像水蛭一样吊在那里，直弄得那大海兽急得要死。杀手鲸从来没人捕到过。也从未听说它有什么油。由于它来路不明，对于此鲸的命名可以存疑。因为我们都是杀手，陆上的也好，海上的也好；波拿巴家族和鲨鱼也包括在内。

第二卷（八开型）第五章（长尾鲸）。这位绅士因其尾巴而闻名于世，它用它来鞭打自己的敌人。它爬到对开型鲸鱼的背上，在它泅游时，鞭打着它前进；就像某些校长用类似的手段在世界上乘风破浪一样。我们对长尾鲸的了解比杀手鲸还少。两者都是歹徒，即便在无法可依的海洋世界。

第二卷（八开型）于此结束，现在开始第三卷（十二开型）。

十二开型中包括一些较小的鲸鱼。1. 乌拉海豚；2. 阿尔及利亚海豚；3. 粉嘴海豚。

对于那些没有机会专门研究这个题目的人来说，它也许显得有些奇怪，居然把通常不超过四五英尺长的鱼也算作鲸；鲸这个词在通常意义上，总是给人以某种巨大的感觉。但是，上面列入十二开型鲸鱼的几种生物，根据我对鲸鱼的定义，亦即会喷水、有水平尾巴的鱼，它们都是鲸鱼，绝对万无一失。

第三卷（十二开型）第一章（乌拉海豚）。这是整个地球到处都有的普通海豚。名字是我取的，因为海豚不止有一种，必须设法加以区别。我这样命名的原因在于，它们总是欢闹着成群结队地出游，在广阔的海面上不断地向天空跃起，就像七月四日独立日的欢庆人群中抛起的帽子。它们的出现总会引起水手们的欢呼。它们喜气洋洋，总是随着轻快的浪头迎风而去。它们是喜欢乘风破浪的小伙子。人们把它们视为幸运的吉兆。如果你看见这些活泼的鱼而不连声欢呼，那就请老天爷帮帮你吧，你身上缺乏那种善意戏谑的精神。一头饱食终日、肥肥胖胖的乌拉海豚可以给你足足一加仑的好油。而从它嘴巴上提炼出的精美细腻的液体更是尤其名贵，是珠宝商和钟表匠竭力搜求的东西。水手们把它滴在细磨刀石上。你知道，海豚的肉很好吃。你可能从来想不到海豚会喷水。确实，它喷出的水柱很小，很难觉察。但是，下次有机会的时候，就好好看看吧，你那时看到的将是具体而微的大抹香鲸。

第三卷（十二开型）第二章（阿尔及利亚海豚）。这是个海盗。非常凶残。我认为，只有在太平洋中才能见到它。它比乌拉海豚要大上一些，但总体构造大致相同。它发起怒来，会让鲨鱼望而却步。我曾经多次放艇去追，但从来没有看见它被逮到过。

第三卷（十二开型）第三章（粉嘴海豚）。个头最大的海豚品种，迄今为止，只知道在太平洋中才能见到。它沿用至今的只有一个英文名字——露脊小鲸，是渔民给它取的，因为它主要出没于那种对开型大鲸附近。在形状上，它稍微有别于乌拉海豚，没有那么圆胖，腰围也没有那么粗。实际上，它的体形十分匀称，颇具绅士风度。它背上无鳍（大多数其他海豚都有鳍），有一条可爱的尾巴，一双淡褐色多愁善感的印第安人的眼睛。但是它的粉嘴败坏了一切。它整个从背部到两侧的鳍都是深黑色，但是有一条边界线，就像船身上的吃水线一样分明，从头到尾贯穿全身，将它全身截然分为两色，上黑下白。白色部分包括头的一部分和整个嘴巴，看上去就像是过了偷嘴的瘾刚从面粉袋里逃出来一样。一副满嘴面粉可恶至极的模样！它的油和普通海豚大致相同。

这个体系到十二开型为止，因为海豚已是鲸类中最小的了。上面介绍了所有闻名的大海兽。但还有一些不能确定、难以捉摸、半属传闻的鲸鱼，作为一名美国捕鲸者，我也只是耳闻，未曾目睹。我准备按照船头楼上水手们的称呼开列如下，也许这样的清单对于未来的研究者是很有价值的，他们可以完善我在这里开始的工作。如果下列鲸鱼此后有一天能被捕到并予以记录，那就可以根据其体型是对开、八开还是十二开型，随时并入这个体系：酒糟鼻鲸、舢板鲸、蠢头鲸、南非鲸、领头鲸、炮筒鲸、排骨鲸、铜皮鲸、象鲸、冰山鲸、阔格鲸、蓝鲸等等。从冰岛、荷兰和古代英国的权威人士那里，还可以引用其他尚未确定的鲸鱼的名单，它们被冠以各种稀奇古怪的名字。但是那些名称已经过时，故而略过，而且它们不免让人怀疑，只是为大海兽虚张声势，实际上空洞无物。

最后一点，从一开始我就已经声明，这个体系不会一下子就完美无缺。你们必定已经清楚，我已信守诺言。但是，姑且把我未完成的鲸类学体系留在这里，就像尚未竣工的科隆大教堂一样，起重机还架在未完工的塔顶上。因为初创的小工程或可由最初的建筑师完成，但是宏大的、真正的建筑，总要留待后人去最后承担。上帝让我一事无成。这整本书不过是个草稿——不，只是草稿的草稿。啊，时间，精力，金钱和耐心！

第三十三章　斯贝克辛德

涉及捕鲸船上的长官们，在这里记录一点船上的内部情况倒是相当合适的，这种情况源于长官中存在着标枪手阶层，这一阶层除了捕鲸船队，当然是不为其他船队所知的。

标枪手职业的巨大重要性有事实为证，起初，在两个多世纪以前，在古荷兰的捕鲸业中，捕鲸船上的指挥权并不完全属于现在被称作船长的人，而是和一个叫作斯贝克辛德的长官共同执掌。这个词语的字面意思是“切鲸脂的人”,随着时间推移，它慢慢等同于首席标枪手了。

那些年代中，船长的权威局限于航行和船上的一般管理，而斯贝克辛德或曰首席标枪手则在捕鲸及其相关方面拥有最高权威。在英国格陵兰捕鲸业中，在叫偏了的斯贝克西奥尼这个头衔下，依然保存着这个古老的荷兰官位，只是它以前的尊贵已经严重削减。目前他只相当于高级标枪手，就其本身而言，只不过是船长的一个低而又低的下属。然而，捕鲸航行的成功要极大依赖于标枪手的良好表现，因而，在美国捕鲸业中，他不仅是船上的一个重要长官，而且在某些情况下（在捕鲸场上值夜），船甲板上的指挥权也归属于他；所以，海上生活的崇高的政治准则规定，他名义上应该与桅前干活的普通水手分开住，在专业技能上也要有某种过人之处；尽管通常情况下，水手们会熟不拘礼地把他当作和自己地位平等的人。

在海上，长官与水手的最大区别在于，前者住在船后边，后者住在船的前部。因此，捕鲸船和商船类似，大副、二副、三副有自己的住处，和船长的在一起；同样，在大多数美国捕鲸船上，标枪手都住在船的后部。也就是说，他们在船长室中用餐，睡在船长室隔壁的地方。

南方的捕鲸航行历时漫长（迄今为止是人类有过的最长的航行），它特定的风险，整个团队受共同利益的支配，所有的人，无论岗位高低，收益靠的不是固定工资，而是共同的运气，加上共同的警觉、无畏和努力的工作。尽管这些事情在某些情况下会导致船上的纪律没有一般商船那么严格；但是，不管这些捕鲸者多么像一个古老的美索布达米亚家族，在某些原始条件下，住在一起，至少后甲板上那种一丝不苟的形式，实质上很少松懈，在任何情况下更不会被放弃。的确，在很多楠塔基特船上，你都会看见船长在后甲板上昂首阔步，得意扬扬的威风劲儿绝不亚于任何海军舰长；不止如此，那副神气几乎使你肃然起敬，仿佛他穿的是皇帝的紫袍，而不是破烂不堪的领水员服装。

在“裴阔德号”上，尽管所有人当中，喜怒无常的船长最不愿意摆出那种浅薄至极的做派；尽管他索求的唯一敬意就是绝对的、毫不犹豫的服从；尽管他不要求任何人在走上后甲板之前脱掉鞋子；尽管有些时候，由于和将要详述的事件有关的特殊情况，他以异乎寻常的语言向众人讲话，或者是纡尊降贵，或者是语含警告，或者是其他什么原因；但即便是亚哈船长也绝对不会违背海上生活的那些至高无上的形式和习惯。

也许，人们最终难免会觉察到，他有时会把自己隐藏在那些形式和习惯后面，偶尔把它们用于其他更为个人化的目的，而不是原来打算的正当目的。他头脑中的那些帝王思想通过这些形式体现为一种无法抗拒的独裁，否则，同样的帝王思想很大程度上是不会显露出来的。无论一个人的智慧如何超凡脱俗，永远不能保证他对他人拥有实际可行的无上权威，总需要借助于某种外在技巧和防卫手段，而这些技巧和防卫手段本身，又或多或少总是含有卑鄙渺小的成分。就因为如此，帝国中上帝真正的优秀子民永远与这个世界的选举程序无缘，从而将这种风气所带来的最高荣誉留给了另一些人，那些人之所以成名，与其说是因为他们本身的确比庸常的大众优秀，不如说是因为他们比那无能的神所创造的极少数隐姓埋名的选民差得太远。一旦受到极端的政治迷信的侵染，这些卑鄙的东西就会发挥极大的效力，在某些王室的事务中甚至导致权力落入白痴的低能儿之手。但是，就像沙皇尼古拉那样，当地理学意义上的帝国王冠箍住一颗威严的脑袋，平民百姓就只能卑躬屈膝，臣服于那巨大的中央集权了。悲剧作家要把凡人的不屈不挠描写得淋漓尽致，高潮迭起，始终不要忘记这里所提及的暗示，这在他的艺术中具有意想不到的重要作用。

不过，我的船长亚哈，仍在我面前走来走去，带着彻头彻尾楠塔基特式的冷酷阴森，须发蓬乱，在这个涉及帝王的插曲中，我不必隐瞒，我只是在和像他这样可怜的老捕鲸者打交道，因而，我舍弃了任何外表堂皇的服饰与遮盖。啊，亚哈！你的内心该有多么宏伟，它一定是采自于苍天，求之于深海，体现于缥缈的长天！

第三十四章　船长室的餐桌

中午，那个绰号汤团小子的小厮，把他灰白的面包脸伸出舱口，通知他的主子老爷开饭了。后者正坐在船尾背风处的小艇里观测太阳，假腿上搁着日常使用的光滑的勋章形平板，一声不响地在上面计算纬度。从他对这声招呼的无动于衷来看，你会以为这喜怒无常的亚哈没有听到仆人的话。可是，他却随即抓住后桅的侧支索，一下子荡上了甲板，以一种平淡的、毫无热情的声音说："开饭了，斯塔巴克先生。"随后就消失在船舱中。

当这位苏丹的脚步声终于消失，第一宰相斯塔巴克，有充足理由推断他已经就座，这才猛地跳了起来，在甲板上走了几圈，严肃地瞄了一眼罗盘，略带快意地说道："开饭了，斯塔布先生。"然后走下舱门。第二宰相在索具周围闲荡了一会儿，然后轻轻摇了摇主转帆索，看看这根至为关键的绳子是否拴得牢靠，接着也重复了一下那句老调，迅速地说了声"开饭了，弗拉斯克先生”，跟着前面的两位下了船舱。

可是这位第三宰相，这时看到后甲板上就只有他一个人了，似乎摆脱了某种奇怪的约束，他向四面八方心照不宣地眨着斜眼，踢掉了鞋子，就在那大苏丹的头顶上跳起了一阵急促而无声的水手舞。然后，他把后桅桅顶当作帽架，手法灵巧地把帽子抛了上去，一路嬉戏不停地向舱门走去。至少直到甲板上看不见他为止，与所有其他游行的顺序正好相反，他最后是以音乐来压阵。但是在走下舱门之前，他停下了脚步，换上一副全新的面孔，随后，这无拘无束、欢天喜地的小个子弗拉斯克就到了亚哈王的面前，成了一个贱民或是奴仆。

在非常做作的海上习俗所催化出来的诸多怪事当中，有些长官一旦被激怒，在露天甲板上也会足够冒失地对抗他们的船长，这种情况并非绝无仅有；但是，如果他们马上要到船长舱去按照惯例吃晚餐，面对坐在桌子上首的船长，十有八九他们立即就会变得毫无恶意，一副谦恭姿态，更别说什么反抗了；这真是不可思议,有时也极其滑稽。为什么会有这么大的反差？有什么问题吗？也许不是。既然做了巴比伦王伯撒沙，而且要亲切有礼，而不是盛气凌人，其中当然要有稍许俗世间的庄严。但是，谁要是在自己的餐桌上以恰当的庄严和智慧招呼受邀的客人，他当时肯定会有无法挑战的权力和威望，他的王者气派也会超过伯撒沙，因为伯撒沙也不是最伟大的。谁曾经宴请过自己的朋友，谁就尝到了做恺撒大帝的滋味。社交上的独裁是一种无可抗拒的魔力。现在，如果能这样去考虑，再加上一船之主法定的无上权威，那么，根据推论，你就能得出刚刚提到的海上生活特殊性的缘由了。

在镶嵌牙骨的桌边，亚哈像一个沉默无声、鬃毛蓬乱的海狮支配着白色的珊瑚海滩，周围环绕着他好战但仍然恭敬顺从的小海狮。每个头目都等着亚哈按照恰当的次序给自己分菜。他们在亚哈面前就像小孩子，而亚哈本人则似乎没有丝毫社交上的傲慢。当他切分面前的主菜时，他们都一心一意地盯着这老人的餐刀。我想他们生怕亵渎那个时刻，故而一声不吭，哪怕是天气这样无关紧要的话题。不！当亚哈伸出他的刀叉，中间夹着一片牛肉，示意斯塔巴克把盘子挪过来，大副接受他的食物就仿佛接受施舍一样，他轻轻地切着，如果偶然刀子刮到了盘子，他就会微微吃惊，他一声不响地咀嚼，再小心翼翼地咽下去。因为，就跟德皇在法兰克福的加冕宴会上宴请那七位选帝侯一样，这些舱中就餐也同样郑重其事，大家吃得鸦雀无声；不过，老亚哈并没有禁止大家在餐桌上说话，只是他自己默不作声。

当一只老鼠突然在底舱中制造出一阵喧闹，这对噎住了的斯塔布是怎样的解脱啊。至于可怜的小弗拉斯克，他是最小的儿子，是这场令人疲惫的家庭聚餐上的小家伙，他分到的食物是盐水牛肉的胫骨，而他想要的一直是鸡爪子。假定要弗拉斯克自己去随意挑菜，这对于他来说，必定等于是犯了一等盗窃罪。如果他在桌上随意挑了菜，那么，确凿无疑，他在这个诚实至极的世界里就再也抬不起头来了。然而，说来奇怪，亚哈从来也没有禁止他这样做。而且，如果弗拉斯克真要自己挑菜，那也得趁着亚哈根本注意不到的时候。弗拉斯克尤其不敢自己取黄油。究竟是他认为船东不让他动黄油，因为那会使他光灿灿干净的皮肤生出疙瘩，还是他认为在没有市场的海上航行这么久，黄油质优价高，因而不是为他这样一个下手准备的，唉，无论哪种情况，弗拉斯克总归是吃不上黄油！

还有一件事。弗拉斯克是最后一个下来用餐的人，却是头一个离开餐桌的。想想吧！这样一来，弗拉斯克的就餐时间便卡得相当紧张了。斯塔巴克和斯塔布都比他先吃，他们又都有懒洋洋落在他后面离开餐桌的特权。斯塔布虽然只比弗拉斯克高一级，如果他碰巧没有什么胃口，很快就显示出要结束用餐的迹象，那么弗拉斯克就必须起身离开，他那天就会吃不上三口饭；因为要是斯塔布先于弗拉斯克回到甲板，那可是触犯了神圣的天条。

因此，弗拉斯克曾经私下里承认，从他跻身高贵的长官之列的那一刻起，他或多或少就不知道不挨饿是什么滋味了。因为他吃的东西不太能解饿，反而让他永远有一种饥饿之感。弗拉斯克想，和平和满足已经永远与自己的胃无缘了。我是个长官，但是，我是多么希望能和过去当水手时那样，在前船楼里攥着块老牛肉。眼前就是升官的结果；就是荣誉的虚妄；就是生活的疯狂！此外，如果“裴阔德号”上的普通水手对弗拉斯克的长官地位心怀嫉妒，他只需要在就餐时间去到船尾，在船长舱的天窗上偷偷看上一眼弗拉斯克，看看他怎样呆若木鸡地傻坐在可怕的亚哈面前，就能获得足够大的复仇的快感了。

现在，亚哈和他的三个副手组成了“裴阔德号”船长室的首桌。他们离开时的顺序与进来时正好相反，这之后，无精打采的小厮将帆布桌布清理干净，或者毋宁说是匆匆恢复原状。然后，三个标枪手便被叫来用餐，他们是这残羹剩菜的承袭人。他们将高贵显赫的船长室变成了仆人的临时食堂。

船长在座时那种难以忍受的拘束和无以名状的无形的盛气凌人，与这些下等人标枪手就餐时全然的无忧无虑、安逸自在、几乎是狂乱的民主气氛，构成了奇异的对比。

他们的上司，船长的那三位副手，似乎很害怕自己上下颚的张合会发出动静，而这些标枪手们咀嚼起食物来，却是津津有味，甚至吧唧吧唧作响。他们吃起饭来像贵族老爷；他们填满自己的肚子就像整天装香料的印度船。奎奎格和塔什特戈的胃口都大得惊人，残羹冷炙根本填不满他们的肚皮，脸色灰白的汤团小子往往要送上一大坨又硬又咸的腌牛肉，就像是从结实的公牛身上直接挖下来的。

汤团要是不太积极，没有敏捷地又蹦又跳地去张罗，塔什特戈就会以一种不够绅士的方式，用叉子掷他的后背，就和用标枪一样，催他快去。有一次，达戈突发奇想，一把抓住这汤团小子，要让他长点记性，把他头朝下塞进一个大空盆里，塔什特戈则拿着餐刀，绕着他的脑袋画圈，做出准备剥皮的样子。这个面包脸的小厮，破产面包师和医院护士的后代，是个天生胆小怕事、浑身哆嗦的小家伙。每天要面对亚哈那阴沉可怕的嘴脸，还要定时伺候这三个闹腾的野人，他全部的生活就是整天胆战心惊地打哆嗦。通常情况下，在给标枪手们端上所有需要的东西之后，他就赶紧回到隔壁的小食品贮藏室去，逃脱他们的魔爪，恐惧地透过门缝窥视他们，直到一切结束。

看着奎奎格坐在塔什特戈对面，将他锉刀似的牙齿对着那印第安人的牙齿，可谓一个景观了；达戈打横坐在地板上，因为他要是坐在凳子上，他那插着灵车羽毛的脑袋就会顶到低矮的舱梁；他那庞大的四肢一动，那低矮的舱身便会震动，如同船上装运了一头非洲大象。但是，尽管如此，这个魁伟的黑人饮食极其节制，更不用说挑食了。这么少的几口食物就能让他宽厚、雄伟、超凡的身躯充满活力，这似乎是不太可能的事。不过，毫无疑问，这个高贵的蛮子饱餐畅饮了大气中丰富的养料，通过翕张的鼻孔吸收了宇宙间的生命精华。巨人不是用牛肉、面包造就和滋养的。

但是，奎奎格吃东西时有着一个凡人的粗野，嘴巴吧嗒吧嗒直响——真是令人厌恶——声音之大，使得抖个不停的汤团小子几乎要查看下自己，看看他那细胳膊上有没有留下齿痕。而每当塔什特戈高声叫他出来，要剔他的骨头，这个头脑简单的小厮就会立马陷入瘫痪状态，将食品室里悬挂在他周围的器皿全都碰碎。这些标枪手随身在口袋里揣着磨石，用来磨标枪和其他武器，晚餐时他们会炫耀地拿出来磨餐刀，那呲呲的磨刀声更是让可怜的汤团不得安宁。他怎能忘记，在岛上的时候，奎奎格肯定在纵情欢宴的时候不小心杀过人。天哪！汤团！一个白人侍者要去伺候食人生番，可真是难为啊。他胳膊上挽的不应该是餐巾，而应该是盾牌。不过，这三个海上勇士会按时起身离开，这让他大为开心；在他轻信的、满是幻觉的耳朵听来，他们每走一步，所有好斗的骨头都会在身体里叮当作响，像摩尔人鞘里的弯刀。

但是，尽管这些野蛮人在船长室里用餐，名义上也住在那里，可他们不习惯久坐不动，除了吃饭时间，他们很少待在舱里，再就是睡觉之前，他们才会经过那里，去各自的住处。

在这件事上，亚哈似乎也不例外，他和大多数美国捕鲸船船长一样，作为一个阶层，他认为船长室按理属于他们这样的人；任何时候，如果允许其他人待在船长室，那纯粹是出于客气。所以，事实上，“裴阔德号”上的三位副手和标枪手们，更为恰当地说，他们是住在船长室外面的，而不是里面。因为每次他们进去的时候，那船舱都有点像是房屋临街的门，向里推开一会儿，之后又会弹回来；而且，作为一件永久之物，它始终是属于户外的。不过，他们也没有因此有多大损失，船长舱里没有伙伴之情；在社交方面，亚哈是难以接近的人。他在名义上是个基督徒，却仍是个局外人。他生活在世上，就像最后一只灰熊寄居在密苏里州。当春天和夏天过去，这丛林中的野人洛根就把自己埋在树洞里，舔着自己的爪子度过冬天；亚哈也是这样，在严酷的老年，把灵魂关在身体的洞穴里，用阴郁愠怒的爪子喂养着自己！

第三十五章　桅顶瞭望

我和其他水手轮流去桅顶瞭望，我第一次当班的时候，天气越发怡人。

在大部分美国捕鲸船上，船一离开港口就同时配备好桅顶瞭望的人员；哪怕在抵达合适的巡游渔场之前，还要航行一万五千英里以上。而且，即便经过了三年、四年，乃至五年的航行之后，捕鲸船已经返航，靠近家乡，只要船上还有什么容器空着——比方说，还有一个空瓶子——那么，桅顶上就会一直有人瞭望，直到最后！在船的天帆桅顶驶进桅杆林立的港口之前，便绝不放弃再捕获一头鲸鱼的希望。

既然站在桅顶上瞭望，无论在岸上还是水上，都是件非常古老而有趣的事情，那就让我们在这里花些篇幅来细述一番。我猜想，最早站在桅顶瞭望的人是古代埃及人；因为，在我所有的研究之中，我发现没有人领先于他们。尽管他们的祖先，巴别塔的建造者们，无疑想要凭借高塔在整个亚洲竖起最高的桅顶，或者在非洲也是如此；不过（在最后的桅冠装上之前），他们那巨大的石头桅杆可以说被上帝暴怒的飓风刮到了船外，消失无踪了；因而，我们不能赋予这些巴别塔建造者以领先于埃及人的地位。而且，说埃及人是一个桅顶瞭望者的民族，这个断言是基于考古学家普遍认可的一个信念，亦即最初的金字塔是为了天文学目的而建造的：这个理论的独特依据在于，那些大厦的四周都有独特的梯形结构；借此，经过一段异常漫长又令人振奋的过程，那些古代天文学家徒步登上塔顶，大声报告新星辰的发现，甚至就像在一艘现代船舶的瞭望台上，大声报告视野中出现了一面船帆或一头鲸鱼那样。

在苦修者之中，古时候有位著名的基督教隐修士，他在荒漠中为自己建造了一个高耸的石柱，整个后半生都在石柱顶上度过，食物要用滑车从地面吊上去；在他身上，我们看见了一个勇敢非凡的桅顶瞭望者的楷模；浓雾、寒霜、雨水、冰雹或雨夹雪都不能将他赶走，他无畏地面对一切，直到最后，直到他真的死在了自己的岗位上。

我们现代的桅顶瞭望者不过是了无生气的一伙人，纯粹是石人、铁人、铜人；尽管他们足以面对严厉的狂风，但依然完全不能胜任大声报告发现奇怪现象的任务。这里边就有拿破仑，他站在耸入空中一百五十英尺的旺多姆圆柱上，交叉着双臂，至于现在是谁统治着下面的甲板，是路易·菲利普、路易·勃朗还是路易·魔鬼，他都漠不关心。伟大的华盛顿，也高高伫立在他巴尔的摩高耸的主桅之上，就像赫拉克勒斯之柱一样，标志着凡人难以超越的丰功伟绩。海军上将纳尔逊也是安置在钢炮绞盘上，立于特拉法加广场的桅顶；甚至在被伦敦的烟雾弄得一片模糊之时，它仍不失为一个象征，指示着那边藏有一位英雄人物，因为有烟必有火。但是，伟大的华盛顿也好，拿破仑也好，甚或纳尔逊也好，他们都无法回应下面的呼求，无论他们所俯视的甲板上意乱情迷的众生多么迫切地想得到他们的忠告；无论人们怎么揣测，他们的精神可以穿透未来的阴霾，发现必须及时避开的浅滩和礁石。

也许在任何方面，都没有理由将陆地上的桅顶瞭望者与海上的桅顶瞭望者相提并论；然而事实并非如此，楠塔基特唯一一位历史学家，俄备得·梅西，他所做的解释清楚证明了这一点。可敬的梅西告诉我们，在捕鲸业初期，船只例行启航追寻猎物之前，岛上的人会沿着海岸将桅杆高高竖起，瞭望者凭借钉牢的楔子爬上顶端，就像鸡上鸡埘一般。几年前，新西兰的海湾捕鲸者采纳了同样的计划，每当发现猎物时，就给海滩附近准备就绪的船上发信号。

但是这个习惯现在已经过时了；我们还是来看看海上捕鲸船那真正的桅顶吧。从日出到日落，三个桅顶上都配备有人手；水手们定时轮班（就像舵手一样），每两小时轮换一次。在热带海洋，每逢天气晴朗，桅顶上的工作是格外令人愉快的：不，对于一个耽于梦幻和沉思的人来说，它才是愉快的。

你站在那里，在寂静的甲板上空一百英尺的高处，大步行走于深渊之上，仿佛桅杆就是巨大的高跷，在你下面，在你的

两腿之间，游动着海洋中最为庞大的怪物，甚至就像船只从古罗兹岛港口那著名的大铜像的双腿之间驶过。你站在那里，迷失在海洋的浩无际涯之中，除了波浪，没有一丝生气。恍恍惚惚的船只懒洋洋地行驶着；睡意沉沉的信风吹拂着；一切都让你融入倦怠之中。

在这种热带捕鲸生活中，大部分时间都消磨在庄严至极的太平无事之中，你听不到新闻，读不到报刊；号外上渲染得大惊小怪的平常琐事，也绝不会让你没来由地兴奋；你听不到任何国内的冲突；保险公司破产；股票下跌；你也从不会为下一顿吃什么而烦心——因为你三年多的食物都整洁干净地存放在大桶里，你的菜单也是千篇一律。

一艘南下的捕鲸船，在长达三四年的航行中，你在桅顶值班的时间，加起来往往会长达整整数月。而且，让人甚为遗憾的是，你贡献了自己可观的一段生命的处所，却如此悲惨地没有任何与家园类似的地方，也不适合培养舒适的归属之感，没有任何诸如床铺、吊铺、灵车、岗亭、讲道坛、马车，或任何其他让人舒适的小发明，可以供人暂时独处。

你最平常的栖身处是在上桅顶，你站在叫作桅顶横木的两根平行的细木杆上(几乎是捕鲸船所特有的)。在大海的颠簸下，新手就跟站在公牛角上一样舒服。当然，天气寒冷时，你可以带着你的房子爬到高处，那就是你的值班大衣；不过，确切地说，再厚的值班大衣也起不到房子的作用，依然和赤身裸体一个样；正如灵魂附着在它肉身的临时房屋之内，无法在里边自由行动，如果想要出来，就免不了要遭受毁灭的巨大风险（就像一个无知的朝圣者冬天翻越白雪皑皑的阿尔卑斯山一样）；所以说，一件值班大衣与其说是房子，不如说是个封套，或是包裹你的另一层皮肤。你不能在自己身体里摆上一个架子或柜橱，你也不能把你的值班大衣变成方便的小房子。

就这一切而言，甚为遗憾的是，南方捕鲸船不像格陵兰捕鲸船，桅顶上配备有让人羡慕的叫作乌鸦巢的小帐篷或是小讲坛，瞭望者可以借此抵御严寒海洋上的险恶天气。

斯利特船长写了一本火畔故事题为《冰山中间的一次航行，追猎格陵兰鲸，无意间重现发现古格陵兰失踪的冰岛殖民地》，在这本值得赞赏的书中，斯利特船长就他那艘名为“冰川号”的好船，为所有桅顶瞭望者配备了新发明的乌鸦巢，作了一番引人入胜的详尽描述。为了纪念自己的发明，他称之为“斯利特的乌鸦巢”；作为原始发明者和专利权所有人，他摆脱了荒谬虚伪的世故，认为既然我们可以用自己的名字来为我们的孩子命名（我们做父亲的便是自己孩子的原始发明者和专利权所有人），我们就同样可以用自己的名字命名任何其他我们创造的东西。

在形状上看，斯利特的乌鸦巢就像一个大水桶或是大管子；上面敞开，安了一个活动的侧面挡板，在强风中用来给你的头部遮风。这乌鸦巢固定在桅杆最高处，你能从底部的一道小活门上去。它的后面，也就是靠船尾的那面，有一个舒适的座位，下面是小柜，可以存放雨伞、被子和外套。座位前面是一皮架，可以放喊话用的喇叭、烟斗、望远镜和其他海上用的便利物品。

斯利特船长亲自登上桅顶，站在他这个乌鸦巢中的时候，他告诉我们说，他总是随身带着一支来复枪（也固定在皮架子上），还有火药筒和弹丸，用来射杀那片海域中大批出没的迷路的独角鲸，或是到处游荡的海中独角兽；由于水的阻力，你从甲板上很难射中它们，而从上往下射就大为不同了。显然，让斯利特船长详尽介绍一番他那乌鸦巢的细微方便之处，实在是他心甘情愿的事。他把很多地方都说得非常详细，还就他在这个乌鸦巢所做的实验，让我们享受了一次非常科学化的描述。他配备了一个小罗盘，以抵消所谓“局部引力”导致的所有罗盘箱磁铁的误差，这个误差是由于船板上有铁物，与罗盘处于近乎同一水平面，而就“冰川号”的情况而言，也许是因为水手中有太多累坏了的铁匠。

但我认为，尽管这位船长此处的陈述非常谨慎，也富有科学性，尽管他对那些“罗盘箱误差”“罗盘方位角测定”和“近似误差”都很有研究，可其实他自己知道得很清楚，他并没有怎么沉浸在那些深奥的有关磁力的沉思之中，他偶尔会被那灌得满满的小套瓶的吸引，它就仔细藏在乌鸦巢一侧伸手可及的地方。虽然，总体上看，我极其赞赏，甚至爱慕这个勇敢、诚实、知识渊博的船长，但是一想到他戴着露指手套和风帽，在桅顶二十来码的高处研究数学，一想到在这个时候，那小套瓶该是怎样忠诚的朋友和安慰者，而他居然将它完全略而不提，我就对他颇为反感。

不过，即使我们南方捕鲸者无法像斯利特船长和格陵兰捕鲸者那样舒服地栖息在高处，但是我们大部分时间都漂浮在魅力十足的海域，其反差极大的宁静晴朗大大抵消了这种劣势。举例来说，我习惯闲逛一般悠闲地攀登索具，在顶上歇一歇，和奎奎格或是随便哪个下班的人聊上一会儿，然后继续上去一点，把一条腿懒洋洋地搭在中桅帆桁上，先观赏一番水上牧场的风景，这才登上我最后的目的地。

在这里让我敞开心胸，坦白地承认，我对自己的守望工作实在有点不满。整个大千世界的问题在我心中翻涌，叫我怎能——孤身独处于一个如此让人思绪联翩的高度——轻松地坚守职责，遵守所有捕鲸船长期不变的命令，“密切注意，随时呼叫。”

我在这里要恳切地提醒你们，楠塔基特的船东们！在你们这个需要警觉性的捕鲸行当，千万当心，不要招收那些细眉凹眼的小伙子，他们喜欢不合时宜的胡思乱想，他们上船时脑子里装的是哲学家裴多，而不是数学家鲍迪奇。我说，要当心所有这样的人。要猎到鲸鱼，你得先发现它们；而这眼窝凹陷的小柏拉图会拖着你绕地球转上十圈，也不会让你的鲸油多上一品脱。这些忠告绝非毫无用处。因为现今的捕鲸业成了许多浪漫、忧郁、心不在焉的年轻人的避难所，他们厌倦了尘世间的愁苦劳烦，一心想在焦油和鲸脂中寻找乐趣。恰尔德·哈罗德自己就经常栖身在某艘倒霉失望的捕鲸船的桅顶，用郁郁寡欢的腔调凄声叫喊：

滚滚向前，你这深沉的暗蓝色的海洋，向前！
有万条捕鲸船横扫你的全境，却徒劳无功。

录用这些心不在焉的年轻哲学家上船工作的船长们，往往会责备他们对航行的“兴趣”不够浓厚，半明半暗地提醒他们，他们已然无可救药，雄心尽失，在他们隐秘的灵魂深处，他们宁可看不到大鲸才好。可一切都是徒劳。那些年轻的柏拉图主义者总是认为他们的视觉有缺陷，他们是近视眼，那么，滥用视觉神经又有何用呢？他们把自己的观剧镜留在家里了。

“嘿，你这个猴子，”一名标枪手对这样一个小伙子说，“我们巡航都快三年了，可你还没有发现过一头鲸鱼。只要你在桅顶上，鲸鱼就和鸡的牙齿一样稀罕。”也许的确很稀罕，也许在遥远的天边多得成群。但是，这种鸦片般让人倦怠茫然的不自觉的幻想，随着思想与海浪的节奏逐渐融合，终于将这心不在焉的年轻人催眠了，失去了本性，把脚下神秘的海洋当成了弥漫在人性与自然中的那蔚蓝无底的灵魂的可见形象；而每一个规避着他的半隐半现、一掠而过的美丽奇异的东西；每一个难以识别的形体那逐渐升起、朦胧可辨的鳍，在他看来，都是在人类灵魂中不断闪现、难以捉摸的那些思想的化身。就在这种着了魔的心境中，你的精神逐渐落潮，回到它的来处，在时空中弥散开去，就像泛神论者克雷默抛撒的骨灰，最后成了环绕地球的每一处海岸的一部分。

现在，除了一艘轻轻摇晃的船赋予你的摇晃不定的生命，你没有生命；船的生命借自于大海；大海的生命借自于上帝神秘难测的潮汐。可是，当这睡眠，这幻梦将你笼罩，你的手或脚要是稍微挪动一下，你的双手彻底松开，你就会在惊恐中恢复自己的本性。你就盘旋在笛卡尔的涡流之上了。而也许，恰当正午，又是响晴的天气，你便随着一声半带窒息的尖叫，穿过透明的空气，坠入夏天的海洋，再也没有浮上来。好好留神吧，你们这些泛神论者！

第三十六章　后甲板

（亚哈进场，随后众人上。）

烟斗事件过后没多久，一天早上刚吃过早饭，亚哈就像习惯的那样，从船舱舷梯来到甲板上。大部分船长通常都会在这个时辰到甲板上散散步，就和乡绅一样，用完早餐，在花园里转上几圈。

很快，人们就听到了他那鲸骨腿沉着的脚步声，他前前后后地来回兜圈，甲板是多么熟悉他的脚步啊，船板全都凹陷了，像地质学上的岩石断层，留下了他行走的独特印迹。如果你仔细端详他那皱纹凹陷的前额，你同样会看见更为奇怪的脚印——他那不眠不休、总在踱步的思想的脚印。

但就我们目前所及的情况，他额上的那些凹沟显得更深了，甚至就像这天早上他神经质的脚步留下了更深的印记一般。满怀心事的亚哈，一成不变地在主桅和罗盘箱之间踱来踱去，你几乎能看见，他转弯，他的思想也转弯，他踱步，他的思想也踱步；他任由这心事的支配，以致他每一个外在行为都成了这内在模型的翻版。

“你注意到了吗，弗拉斯克？”斯塔布低声说，“他心里的鸡雏在啄蛋壳了，很快就会破壳而出了。”

时间逐渐地过去。亚哈把自己关在船长室里，可不久又走上甲板，脸上还带着同样强烈的固执神色。

白昼行将结束。突然，他在舷墙边停了下来，把自己的鲸骨腿插进旋孔，一只手抓住横桅索，命令斯塔巴克把所有人召集到船尾来。

“先生！”大副吃惊地说道，除非特殊情况，船上很少或从不会下达这样的命令。

“把所有人召集到船尾来，”亚哈又重复了一遍，“桅顶上的人，你们也下来！”

全体人员集合完毕，脸上都带着奇怪又并非全然不解的神色注视着他，因为他看起来就像是风暴将降临时地平线上的天色。亚哈先是迅速扫了一眼舷墙，然后把目光投向水手们，从他站立之处开始，旁若无人一般又在甲板上沉重地兜起圈来。他垂着头，半耷拉着帽子，继续走来走去，毫不在意水手们奇怪不解的低声议论。斯塔布小心翼翼地对弗拉斯克耳语说，亚哈一定是把他们召来见证他这番走路的壮举的。可是，这种情况没有持续多久。亚哈猛地停住，叫道：

“你们看见一头鲸鱼的时候，该怎么做，伙计们？”

“大声呼叫！”二十几个乱哄哄的声音冲动地回答。

“好！”亚哈喊道，语调里流露出热烈的赞许。他看到自己突如其来的问题居然如此具有吸引力，引发了众人发自内心的激动。

“接下来怎么做，伙计们？”

“放下小艇追呀！”

“你们该抱着什么样的心情呢，伙计们？”

“不是鲸死，就是艇沉！”

随着每一声呼喊，这老人的表情中便越来越多地显示出奇怪而强烈的欢乐与赞许之情；水手们开始奇怪地互相看着，仿佛在觉得诧异，这么漫无目的的问题怎么会让自己如此激动。

但是，当亚哈向他们说出下面这番话时，他们的心情又变得急切起来。亚哈的假腿还插在旋孔里，转了半圈，一只手向上伸去，紧紧地，几乎痉挛一般抓住一条横桅索：

“你们桅顶上的人以前都听到过我有关一头白鲸的命令。你们听着！你们看见这枚西班牙金币了吧？”他对着太阳举起一枚亮闪闪的大金币，“这一枚就值十六块钱，伙计们。你们看见了吗？斯塔巴克先生，把那边的大锤子递给我。”

大副去取锤子的时候，亚哈没有讲话，而是缓慢地在他夹克的衬里上擦着那枚金币，好像要让它更有光泽，同时低声哼唱着一首无词的小调，那声音如此奇怪，沉闷而模糊，似乎是他身体里的活力之轮在发出机械的嗡鸣。

从斯塔巴克手里接过锤子，他走到主桅之前，一只手举起锤子，另一只手展示着金币，提高了声音嚷道：“你们中间，无论是谁，给我发现一头皱额头歪下巴的白脑袋鲸鱼；你们中间，无论是谁，给我发现一头右边尾叶上有三个刺孔的白脑袋鲸鱼——你们听着，你们中间，无论是谁，给我发现了那头白鲸，谁就能拥有这块金币，我的小伙子们！”

“好啊！好啊！”看到金币被钉到桅杆上，水手们便挥舞起防水帽，大声欢呼起来。

“它是头白鲸，我说，”亚哈继续说道，把锤子往地上一扔，“一头白鲸。睁大你们的眼睛，盯紧它，伙计们；密切注意有没有白水；只要看见一个水泡，就大声叫喊。”

整个这段时间，塔什特戈、达戈和奎奎格一直带着比别人更强烈的兴趣和惊讶从旁注视着，当亚哈提到皱额头和歪下巴时，他们吃了一惊，仿佛每个人都各自触动了一个回忆。

“亚哈船长，”塔什特戈说，“那头白鲸一定是有人唤作莫比·迪克的那头。”

“莫比·迪克？”亚哈叫道，“那么你知道这头白鲸喽，塔什？”

“在它下潜之前，它尾巴扇得有点怪，先生？”这该黑德人深思熟虑地说道。

“它喷水也有点怪，”达戈说，“水柱很粗，哪怕对于抹香鲸来讲，而且也很急，亚哈船长？”

“它还有一、二、三——啊！它身上还有好多支标枪，船长，”奎奎格断断续续地叫道，“全都扭——曲——扭，像他——他——”他支支吾吾一时找不到词，便用手拧啊拧地比画，像是在起瓶塞，“像他——他——”

“螺丝锥！”亚哈叫道，“是的，奎奎格，它身上的标枪全都扭曲得不成样子了；是的，达戈，它喷出的水柱很粗，像一大捆麦子，白得就像我们楠塔基特每年剪下的一大堆羊毛；是的，塔什特戈，它尾巴扇起来就像暴风撕裂的三角帆。它就是死神和魔鬼！伙计们，你们见到的正是——莫比·迪克——莫比·迪克！”

“亚哈船长，”斯塔巴克说，他和斯塔布与弗拉斯克一样，越来越惊讶地注视着自己的上司，不过，似乎终于想起了点什么，多少可以解释整个谜团。“亚哈船长，我听说过莫比·迪克——但是弄掉了你的腿的该不是莫比·迪克吧？”

“谁和你说的？”亚哈叫道，然后停顿了一下，“是的，斯塔巴克，是的，我的朋友们；正是莫比·迪克弄断了我的这个桅杆；是莫比·迪克让我现在要靠这个断茬站着。是的，是的，”他叫喊道，声音中带有一种可怕而响亮的动物般的呜咽，就像一头被射中心脏的驼鹿，“是的，是的！正是那头该死的白鲸把我弄残了；让我永远成了一个可怜的装假腿的笨水手！”随后他甩着双臂，无比怨毒地赌咒发誓起来：“是的，是的！我要追它绕遍好望角，绕遍合恩角，绕遍挪威大漩涡，绕遍地狱的火海，不逮到它我绝不罢休。你们被招募上船就是为了这个，伙计们！去追那头白鲸，追到大地的两端，追到地球的四极，直到它喷出黑血，鱼鳍放平。怎么样，伙计们，你们会联手对付它吗，嗯？我以为你们看着都很勇敢。”

“是的，是的！”标枪手和水手们叫道，向这激动的老人涌过来，“擦亮眼睛对准白鲸，擦亮标枪对准莫比·迪克！”

“上帝祝福你们，”他似乎已经半是呜咽半是叫喊了，“上帝祝福你们，伙计们。小厮！去多拿些酒来。可这副长脸是怎么回事，斯塔巴克先生；你不想追击白鲸吗，你不敢对付莫比·迪克吗？”

“我敢对付它那歪下巴，也敢对付它那死亡的巨口，亚哈船长，只要它不妨碍我们干正事；但是我到这里来是捕鲸的，不是为我的指挥官报仇的。你的复仇能给你带来多少桶油啊，哪怕你成功了，亚哈船长？在咱们楠塔基特市场它给你赚不了多少。”

“楠塔基特市场！嘘！靠近点，斯塔巴克，你要的红利有点低了吧。如果用钱来衡量的话，伙计，就让会计师们计算一下，地球这个大账房，用英国金几尼来把它绕上一周，每个几尼四分之三英寸，需要多少几尼；那么，让我来告诉你，我的复仇的价值要比这个还要大得多！”

“他在捶自己的胸呢，”斯塔布低声说道，“那是为了什么？我认为那听起来很响，实际上很空。”

“向一个哑巴畜生复仇！”斯塔巴克叫道，“它纯粹是因为最盲目的本能才伤了你！简直是疯狂！被一个哑巴畜生弄得大发雷霆，亚哈船长，这恐怕是亵渎神明。”

“你再给我听着——你的红利有点低了。一切有形之物，伙计，都不过是纸板糊的面具。但是，在每件事之中——活生生的行动中，无可置疑的功绩中——都有某种未知但依然合乎情理的东西，从不合情理的面具后面显出它的本来面目。只要人类能够戳穿，戳穿那面具！除了冲出围墙，囚犯怎么能脱身而出？在我看来，白鲸就是那围墙，堵在我跟前。有时我以为外面什么都没有。可这就够了。它给了我一件苦差事，它压在我身上；我在它身上看见了凶残的力量，一种不可理解的恶意使它更加强大。我恨的主要是那不可理解的东西；白鲸是从犯也好，是主犯也罢，我都要把仇恨发泄在它身上。不要和我说什么亵渎神明，伙计；如果太阳侮辱了我，我也会戳穿它。太阳可以那样干，我就可以这样干；自从世上有了公平竞争，嫉妒就支配了所有的造物。可是伙计，甚至那公平竞争也做不了我的主。谁能主宰我？真理没有界限。

“把你的眼睛挪开！比魔鬼瞪着我更不可忍受的就是白痴的眼睛！怎么，怎么，你的脸红一阵白一阵的，我的热力已经燃起了你的怒火。可是你听着，斯塔巴克，气头上说的话，等于没说。有些人激烈的话语构不成多少侮辱。我不想惹你发火。算了吧。看！看那边那些土耳其人脸上的褐斑——那是太阳画出的栩栩如生的图画。那些异教徒豹子——那些毫无顾忌、不信神的东西，他们活着，追求着，对他们所感受到的炽热生活却说不出什么道理！全体水手，伙计，全体水手！在捕鲸这件事上，他们不是都和亚哈站在一起的吗？看看斯塔布！他在笑！再看看那个智利人！一想到这个他就哼鼻子。要在大风暴中挺立住，斯塔巴克，你这摇摇摆摆的小树苗可不行！

“而那又算个什么事？想想吧。那不过是帮忙打一条鱼鳍；对于斯塔巴克根本算不了什么。还有什么？在这次可怜的狩猎中，当全体水手都在手里抓着磨刀石，楠塔基特最好的标枪手，就绝对不会犹豫不前吧？啊！你局促不安了，我看见了！巨浪在给你鼓劲！说话，你倒是说话呀！——对啊，对啊！那么，你的沉默就是回答了。（旁白）从我大张的鼻孔里喷出去的什么东西，又给他吸进了肺子。斯塔巴克现在是我的人了；除了背叛，他就没法反对我了。”

“上帝保佑我！——保佑我们大家！”斯塔巴克喃喃地说。

但是，亚哈看到大副受了蛊惑，默从了自己，心中十分高兴，没有听见他那预兆不祥的祈祷，也没有听到底舱传来的低低的笑声，还有索具在风中预示一般的震动，以及船帆空洞的拍打桅杆声，仿佛心瞬间沉了下去。斯塔巴克低垂的眼睛重又燃起了生命的执着，舱下面的笑声消失了，风继续吹着，船帆鼓了起来，船起伏颠簸着前进，一如从前。啊，你们那些忠告和警告！为什么来了又去，不做停留？但与其说你们是警告，不如说是预言，你们这些阴影！与其说是来自外部的预言，不如说是对内部那些先前发生的事情的证实。因为即使没有什么外界的力量强迫我们，我们存在的最深刻的需要，依然在驱使我们前进。

“拿杯子来！拿杯子来！”亚哈叫道。

他接过满溢的酒杯，转身面对着标枪手们，命令他们亮出武器。让他们靠近绞盘在他面前列队，手里握着标枪，他的三个副手则手持鱼枪站在他身边，其他水手围着他们站成一圈。他伫立了片刻，探询地看了每个人一眼。但是那些水手狂热的眼睛迎着他，就像草原狼充血的眼睛迎着自己头狼的目光，随后便在它率领下向野牛猛追一样；可是，天哪！它们恰恰掉进了印第安人隐蔽的陷阱。

“喝呀，往下传！”他叫道，把装得沉甸甸的酒壶递给离他最近的水手，“现在只让水手们喝。依次传下去，传下去！小口抿——慢慢咽，伙计们；这酒可热得像撒旦的蹄子。就这样，就这样；大家都轮到了。它会让你晕头转向，眼睛闪出蛇眼的光芒。好极了。几乎喝光了。那边来，这边走。把它递给我——空了！伙计们，你们好像是催人的岁月，如此满溢的生命就这样被一口喝光，一滴不剩。小厮，再满上！

“现在注意了，我的勇士们。我把你们召集到绞盘跟前；还有你们几位副手，拿着鱼枪站在我旁边；你们几位标枪手则拿着你们的铁家伙站在那里；还有你们，勇敢的水手们，把我围在中间，这样，我就多少可以复兴我的渔民祖辈的一个崇高习俗了。啊，伙计们，你们会看到的——哈！小子，这就回来了？迟迟不来的就不是好样的。给我吧。嗨，这酒壶现在又斟得满满的了，你不会是圣维杜的小鬼吧——走开，你在打摆子！

“上前来，副手们！把你们的鱼枪在我面前交叉举起来。做得好！让我来摸一下叉轴。”这么说着，亚哈伸出手臂，抓住那三支一边齐的、闪闪发光的鱼枪的交叉点，这么一抓的同

时，他还猛地一拉，一边用专注的眼神从斯塔巴克扫到斯塔布，又从斯塔布扫到弗拉斯克。仿佛想要凭借某种无名的内在意志，把他莱顿瓶一般充满磁力的生命中积聚的激情传输给他们。三个副手面对他这副强大、持久、神秘莫测的模样，不禁畏缩起来。斯塔布和弗拉斯克把目光转向一边，斯塔巴克则垂下他那诚实的眼睛。

"那没用！"亚哈叫道，"不过，也许这就不错了。因为你们三个一旦接受了全负荷的电击，我自己身上的电力，可能就会泄光，也有可能会把你们当场电死。或许你们并不需要这样。放下鱼枪！现在，你们三位副手，我任命你们三个为酒政，给我的那三个异教徒亲戚斟酒——那边那三位最尊贵的绅士和贵族，我英勇的标枪手。瞧不起这差事？什么，伟大的罗马教皇为叫花子洗脚，不就是把他的三重冕当水壶用的吗？啊，我亲爱的大主教们！你们会屈尊做这件事的。我不命令你们；你们会自愿去做。割断绑绳，抽出枪杆，你们这几个标枪手！"

三个标枪手默默地服从了命令，拿着卸下来的约有三尺长的标枪头，倒钩朝上，站在他面前。

"别用那锋利的钢尖戳着我！斜着拿，斜过来！不知道那是酒杯的脚吗？把插口向上！就这样，就这样，现在，你们几个酒政，近前来。那些标枪头！拿过来，我倒酒的时候要拿稳！"随即，他就慢慢地从一个副手到另一个副手，用酒壶给三支标枪头的插口都斟满了烈酒。

"现在，三对三，你们站好了。赞美这杀气腾腾的圣餐杯！

享用吧，你们现在已经加入了这个永远不散的同盟。哈！斯塔巴克！大功告成！远处的太阳已经表示认可，正等着作证呢。喝吧，你们这些标枪手们！喝吧，发誓吧，你们这些站在致命的捕鲸艇头的人——死亡属于莫比·迪克！如果我们不猎到莫比·迪克，置它于死地，上帝就会猎捕我们的！”装着倒钩的高高的铁杯举了起来；随着叫喊和对白鲸的诅咒，杯中的烈酒也嘶的一声一饮而尽。斯塔巴克脸色苍白，转过身去，打着哆嗦。再一次，也是最后一次，重新斟满的酒壶在狂热的水手们中间依次传递下去；亚哈用他那只空着的手朝他们一挥，大家就都散了，他也隐退到自己的舱中。

第三十七章　日落

（船长室。船尾窗边，亚哈独自坐着，凝视窗外。）

我留下了一道浑浊的白色浪迹；无论我行驶到哪里，都是苍白的水面，更加苍白的脸颊。满怀嫉妒的巨浪斜着涌过来，把我的航迹淹没；随它们去吧；我可要先过去。

远处，在永远满溢的酒杯边缘，暖浪红得像葡萄酒。金色的夕阳正垂向蓝色的大海。那潜鸟一般的太阳——从中午开始就在缓慢下潜——继续沉落；我的灵魂却在上升！它厌倦了无休无止的山峦。那么，是我所戴的冠冕太重了吗？这个伦巴第的铁制皇冠。不过，它缀满了宝石，熠熠生辉；我戴着它，看不见它投向远处的闪光；而是隐隐约约地觉得我戴着的这个东西，令人眼花缭乱，困惑不堪。它是铁的——我知道——不是金的。它还裂开了——我感觉得到；那参差不齐的裂口擦得我好痛，我的脑袋仿佛在撞击这坚硬的金属；是的，我有一副钢脑壳，就是在最伤脑袋的恶斗中也不需要头盔！

我的额头燥热？啊！曾几何时，日出会鞭策我向上，日落会给我安慰。如今再也不会了。这可爱的光，它不再照亮我；所有可爱的事物都使我痛苦，既然我再也不能享受它们。天生具有高级的洞察力，我却缺乏低级的享受能力；我遭了诅咒，微妙至极也恶毒至极！在乐园中遭到诅咒！晚安——晚安！

（**他挥挥手，离开了窗户。**）

这个任务并不太难。我想至少要找到一个顽固的人；但是我这个独齿轮一装进他们各式各样的轮子，他们就会转了。或者，如果你愿意，他们就像许多蚁丘般的火药堆，全都立在我面前，而我就是他们的火柴。啊，好难！要去点燃别人，火柴自己就得牺牲！我敢做的，我就愿意做；我愿意做的，我就会做！他们以为我疯了——斯塔巴克就是；可我是着了魔，我是疯上加疯！只有彻底疯了的人才能心平气和地理解自己的疯狂！

预言说我的手足会落下残疾；的确如此！我失去了这条腿。现在我预言，弄残我的家伙，我也会让它缺胳膊少腿。那么，就让预言者成为实现预言的人吧。这是你们诸神未曾做到的。我向你们报以嘲笑，嘘，你们这些玩板球的，打拳击的，你们这些聋子伯克和瞎子本迪戈之类的东西！我不会像学童一样对恃强凌弱的地痞们说——去找个和你们块头相当的，别来揍我！不，你把我打倒在地，可我又站了起来；而你却溜了，躲了起来。从你那棉花包包后面出来吧！我没有射程可以够到你的枪。

来吧，亚哈向你致意；来看看是否你能逃开我。逃开我？你逃不开我的，除非你自己溜之大吉！人家已经吃定你了。想逃开我？通向我既定目标的路径已经铺设了铁轨，我的灵魂就要嵌在上面的槽槽里飞奔。越过未经探测的峡谷，穿过沟壑纵横的群山，钻过激流险滩，我准确无误地前进！这条铁路畅通无阻，没有一个拐角！

第三十八章　薄暮

（斯塔巴克斜靠在主桅上。）

我的灵魂无可匹敌，可它却被人控制了，被一个疯子！难以忍受的剧痛，明智的人竟会在这样的战场上放下武器！但是他钻得很深，将我的理智从内部全部摧毁了！我以为我看清了他亵渎神明的目的，可我又觉得我必须帮助他达成这个目的。我愿意也好，我拒绝也好，这不可言喻的东西已经把我和他拴在一起；用一根缆绳拖着我，我又没有刀子来切断它。可怕的老人！谁控制了他，他叫喊；是的，对于所有上面的人，他就是个民主派;瞧，对于下面的人，他是如何一副老爷做派！啊！我把我悲惨的差事看了个清清楚楚——在反抗中服从；更为糟糕的是，要心怀怜悯地去恨！因为在他的眼中我看到血红的灾难，如果换了是我，我会枯萎毁灭。不过还有希望。时间和潮汐漫无际涯。可憎的鲸鱼有环绕全球的海洋可以畅游，就像那小金鱼有它自己的玻璃鱼缸。他触怒天条的目标，上帝会把它推到一边。我会振奋起我的心，如果它不是铅块一般沉重。我整个的钟已经停摆，我的心就是支配一切的钟锤，我没有钥匙把它再次启动。

（从船头传来一阵喧闹。）

啊，上帝！和这么一群野蛮的水手航行，他们身上绝少娘生娘养的痕迹！这鲨鱼出没的海洋生在什么地方的崽子。白鲸就是他们的魔王。听！地狱的纵欲狂欢！船头在喧闹！更显得船尾一片静悄悄！我想这正是生活的写照。劈波斩浪的是那快活十足、斗志昂扬、跃跃欲试的船头，却仅仅是为了拖着后面那位阴沉的亚哈，他在船尾的船长室里沉思，船舱下面就是尾波的死水，再远点，就是那狼嚎般汩汩的水声穷追不舍。拖着长声的嚎叫让我毛骨悚然！静一静！你们这些纵酒狂欢的家伙，要保持警惕啊！啊，生活！在这样的时刻，灵魂沮丧，还要保持理智——就像强迫野性未驯的东西进食一样——啊，生活！现在我真确感受到你那潜藏的恐怖！但怕的不是我！那恐怖已经被我驱除，我的心里只有人类的柔情，我还会尝试和你战斗，你这冷酷的鬼影幢幢的未来！站在我旁边，支持我，约束我，啊，你这神圣的力量！

第三十九章　初夜班

前桅楼（斯塔布一个人在缝补操帆索。）

哈！哈！哈！哈！咳！清清我的嗓子！——从那时起我一直想个不停，而这一声哈，就是最后的结果。为什么这样？因为笑一下是对所有古怪之事最聪明、最简单的回答；无论将来会发生什么，一种安慰始终存在——那不会落空的安慰便是，一切都是命中注定。我没有听全他和斯塔巴克的谈话；但在我可怜的眼神看来，斯塔巴克当时的样子就和我有天傍晚差不多。那个老莫卧儿肯定把他收拾了。我明白，我知道；如果有点天赋，很容易就预言出来——因为我瞭一眼他的脑壳，我就明白了。好吧，斯塔布，聪明的斯塔布——那是我的头衔——好吧，斯塔布，那又有什么，斯塔布？就这么个臭皮囊。我不知道将来会怎么样，但随它怎么样，我都会笑着面对。在你全部的恐怖中竟潜藏着这么一种滑稽的媚眼！我觉着挺滑稽。法拉，希拉，索希拉！此刻我那水灵灵的小鸭梨在家里干什么？眼睛都哭冒出来了吧？——我敢说，她正在给最近回港的标枪手们办晚会，快活得像快艇上的三角旗，我也是这样——法拉，希拉，索希拉！啊——

为了爱情，我们今晚要开怀畅饮，
为了那快乐而转瞬即逝的爱情
如同酒杯边泛出的泡沫，
嘴唇一碰就旋即破灭。

一首华丽的诗——谁在唤我？斯塔巴克先生吗？是的，是的，先生——（旁白）他是我的上司，如果我没有搞错，他也有自己的上司。——是的，是的，先生，把这活干完就来。

第四十章　午夜，船头楼

标枪手和水手们

（前帆升起，值班的人站着、逛着、倚着、躺着，姿态各异，大家齐声合唱。）

再见了，永别了，西班牙女士们！

再见了，永别了，西班牙女士们！

我们的船长已经下了令。——

楠塔基特水手甲

啊，小伙子们，不要多愁善感了。这对消化不好！振作起来，随我来！

（唱了起来，众人随唱。）

我们的船长站在甲板，

手中拿着个望远镜，

观察那些宏伟的鲸鱼

在每一处海滨喷水。

啊，桶在你们的艇里，我的伙计们，

站到你们的转帆索边，

我们要捕到一头漂亮的鲸鱼，

伙计们，两手交替着拉吧！

高兴起来，伙伴们，愿你们的心永远不气馁！

勇敢的标枪手正在打击着鲸鱼！

大副的声音从后甲板传来

打八下钟，前边的！

楠塔基特水手乙

停停，别唱了！打八下钟！你听见没有，敲钟的？打钟八下，你，皮普，你这黑小子！让我来喊值班的。我有张适合喊人的嘴——一张大桶般的嘴。好，好，（把头插进小舱口）右舷——值——班——的，啊，咳！下边的打八下钟！快滚上来！

荷兰水手

今晚睡得真酣，哥们儿，美美睡了一晚上。这得记在我们老莫卧儿的酒上，有的人烂醉，有的人兴奋。我们唱歌，他们睡觉——是的，躺在那儿，像是底舱的大酒桶。把他们再叫起来！那边那个，拿着这个铜唧筒，用它来叫他们起来。告诉他们别再做梦想姑娘了。告诉他们复活的时候到了，他们吻姑娘们最后一下，就得接受末日审判。就是这么个理——就是这样。吃阿姆斯特丹的黄油不会弄坏你们嗓子的。

法国水手

嘘，伙计们！在去布兰凯特湾停靠以前，我们来跳它一两支舞吧。你们说怎么样？接班的来了。腿都准备好！皮普！小皮普！敲起你的手鼓来！

皮普

（闷闷不乐，昏昏欲睡。）

不知道放哪儿了。

法国水手

那你就敲肚皮，摇耳朵。跳吧，伙计们，我说。快乐就是命令，乌拉！真该死，你不想跳吗？列队，现在排成单行，马上就跳双曳步舞？放开跳吧！腿呀！腿呀！

冰岛水手

我不喜欢你们的舞池，哥们儿。弹性太大了，不合我的口味。我习惯了冰舞池。很抱歉，我给这事泼了冷水，请原谅。

马耳他水手

我也是这样。你们的姑娘在哪儿？除了白痴，谁会用右手握着自己的左手，再对自己说，你好？舞伴！我得有舞伴！

西西里水手

对，得有姑娘和草坪！——那我才跟你们跳，是的，跳成蚂蚱！

长岛水手

好了，好了，你们这些闷闷不乐的家伙，我们的人还多得是。我说呀，收玉米得及时，大家都快去收割吧。啊！音乐响了，现在就去吧！

亚速尔水手

（走上舷梯，把小手鼓抛上舱口。）

给你吧，皮普，还有个绞盘柱，你登上去！喂，伙计们！（半数的人随着手鼓跳起舞来，有些人下到舱里，还有些人在成捆的索具中间或睡或躺。许多人在骂骂咧咧。）

亚速尔水手

（跳着舞。）

拼命敲吧，皮普！使劲敲吧，敲钟的！敲吧，打吧，击吧，撞吧，敲钟的！敲出火星来，把铃铛都敲碎！

皮普

你是说小铃铛？——又没了一个，掉了，我就这样乱敲。

中国水手

那就咔嗒咔嗒叩你的牙吧，不停地叩下去，把你自己当成个宝塔。

法国水手

狂——欢吧！举起你的大铁环，皮普，让我从中间跳过去！三角帆撕破了！你们快跑吧！

塔什特戈

（静静地抽烟。）

那是个白人，他管那叫乐子：哼，我还是少出点汗吧。

马恩岛老水手

我好奇那些快活的小伙子们可曾想过，自己是在什么上面跳舞。我会在你们的坟墓上面跳舞的，我会的——那是对你们情妇最严重的威胁，那是拐角的顶头风。基督啊！想想那些没有经验的愣头青水手！好吧，好吧，像你们学究说的，整个世界或许就是个球，把它变成个舞厅也理所应当。继续跳吧，小伙子们，你们年轻，我也曾年轻过。

楠塔基特水手丙

轮换一下吧！——唷！这比风平浪静时划着小艇追大鲸还要糟糕——给我抽一口，塔什。

（他们停下不跳了，一群群聚在一起。这时天色暗了下来——起风了。）

印度水手

梵天在上！伙计们，很快就要收帆了。来自天上的满潮的恒河起风了！你板起你的黑脸了，湿婆大神！

马耳他水手

（斜倚着，挥着帽子。）

是海浪——现在轮到雪帽浪来跳舞了。它们很快就要抖动流苏了。但愿所有的海浪都是女人，那我宁可淹死，也要永远和她们跳滑步！大地上哪有这么美妙的东西——天堂也没法比！——她们温暖狂放的胸脯，跳舞时飞快地一闪一闪，还有那交叉的双臂下藏着熟得快要迸开的葡萄。

西西里水手

（斜倚着。）

别和我说那个！你听着，小伙子——四肢飞速交错——腰肢轻盈地摇摆——扭捏作态——慌慌张张！嘴唇！胸脯！屁股！全都在挨挨擦擦：不停地接触又分开！别想着要去尝一尝，你要当心，会撑坏肚皮。唉，异教徒？（用肘轻轻地推着。）

塔西提水手

（斜倚在席子上。）

致敬，我们那些舞女神圣的裸体！——是希瓦——希瓦舞！帐篷低低、棕榈高高的塔希提！我如今仍在你的席子上歇息，只是那柔软的泥土已经没有了！我看见有人在树林里把你编织，我的席子！头一天我把你从林子里拿出来时，你还是绿油油的，如今已经磨损枯黄了。我啊！——你和我都承受不起这样的变化！如果就这样移植到天上，又会如何？我听到的是来自皮罗希提峰顶的咆哮的激流吗，它跃下峭壁，淹没了村庄？——该死，该死！起来，挺起脊梁，去迎接它！（跃起身来。）

葡萄牙水手

滚滚海浪多么凶猛地冲击着船边！准备收帆，伙计们！乱风阵阵就像刀剑交错，它们马上就要乱刺起来了。

丹麦水手

噼啪，噼啪，你这老船！只要你还在噼啪作响，你就能坚持住！干得好！那边的大副抓得你太紧了。他不再害怕了，和卡特加特岛要塞一样，它就是要用风暴抽打的大炮和波罗的海对着干，海盐在大炮上都结成了硬块！

楠塔基特水手丁

他已经接到了命令，你要留意。我听到老亚哈对他说，他必须始终顶住大风，这有点像是用手枪打爆排水口——把船直射进去！

英国水手

该死！可那老头真是个了不起的老家伙！我们这些小伙子就是要帮他逮住那头大鲸！

全体

是啊，是啊！

马恩岛老水手

那三根松木桅摇晃得多厉害！松树是最坚韧的树，随便移植到哪种土壤上都能活，可这里什么都没有，只有水手们该死的泥土。稳住，掌舵的，稳住。这种天气，勇敢的心在岸上也会崩溃，装有龙骨的船身也会在海上碎裂。我们的船长有个天生的胎记，看那边，小伙子们，天上有另一个瘆人的胎记——你们看，别的地方都漆黑一团。

达戈

那又怎么样？谁怕黑就是怕我！我就是从黑里边挖出来的！

西班牙水手

（旁白）他想吓唬人，哼！——旧恨让我容易发火。（走上前来）喂，标枪手，你的种族就是人类无可否认的黑暗面——魔鬼一般得黑。这不是冒犯。

达戈

（阴森地。）

一点都不对。

圣雅哥的水手

那个西班牙佬是疯了，还是喝醉了。不过，不可能疯啊，除非是这种情况，我们老莫卧儿的烈酒后劲太长了。

楠塔基特水手戊

我看见了什么——闪电？是的。

西班牙水手

不对，那是达戈龇了龇牙。

达戈

（跳起来。）

你给我咽回去，侏儒！白皮仔，胆小鬼！

西班牙水手

（迎上去。）

一刀捅了你！个子大，胆子小！

全体

吵架喽！吵架喽！吵架喽！

塔什特戈

（喷了口烟。）

下面吵架，天上也吵架——神和人——都爱吵架！哼！

贝尔法斯特水手

吵架啦！哎呀吵架啦！圣母保佑，吵架啦！你们干吧！

英国水手

公平竞赛！把西班牙佬的刀子夺下来！比拳，比拳！

马恩岛的老水手

场子是现成的。瞧，宽敞无比。就在那拳击场里，该隐打死了亚伯。干得妙，干得对！不对吗？那么，上帝，你为什么要摆场子呢？

从后甲板传来大副的声音

升降索旁的人！升起上桅帆！准备收缩中桅帆！

全体

风暴！风暴！快点，我的乐天派们！

（他们都散了。）

皮普

（缩在绞车下面。）

乐天派？让上帝帮助这些乐天派吧！嘁哩，喀喳！三角帆支柱倒了！乒乒乓乓！上帝！再钻低点，皮普，顶桅帆桁过来了！这比待在刮旋风的树林里还要糟糕，末日到了！现在谁还会爬树摘栗子啊？可是，他们去那边了，全都骂骂咧咧，我在这里不去。愿他们前途光明，他们走在去天堂的路上了。抓紧！天啊，好大的风啊！但是，那边那些家伙比风还坏——他们就是你的白旋风，他们。白旋风？是白鲸，嘘，嘘！他们刚才聊天时我全听到了，还有那白鲸——嘘，嘘！——可只说了一次！而且只在今天傍晚——它叫我浑身叮当乱响，活像我的小手鼓——那老头像条大蟒蛇，让他们发誓去猎它！啊！你这伟大的白人上帝，在上面什么地方的黑暗里，可怜可怜底下这个小黑孩吧，保佑他躲开所有那些没心没肺、胆大包天的人吧！

第四十一章　莫比·迪克

我，以实玛利，就是那伙水手中的一员，我随着他们呼喊，我的誓言和他们的誓言融在一起，我越是喊得响亮，越是将我的誓言钉得死死的，钉得牢牢的，因为我的灵魂中感到恐惧。我心中起了一种狂野、神秘而悲悯的感情，亚哈那无法熄灭的仇恨似乎也成了我的仇恨。我用贪婪的耳朵获悉了那凶残成性的怪物的来历，我和所有人一道发誓要以牙还牙，报仇雪恨。

过去一段时间，尽管只是隔三岔五地，那离群索居的白鲸不时地出没在抹香鲸猎人最常去的那些荒蛮海域。但是，他们并非都知道它的存在，相对而言，只有少数人才有意识地看见过它；迄今为止，实际上特意与它战斗过的人还微乎其微。由于巡航的捕鲸船为数众多；它们在各个大洋的四面八方播撒下混乱的航线，有很多冒险地沿着单一纬度推进，以至于在一个航线上行驶了整整一年之久，也很少或根本遇不见一艘可以互通消息的随便什么船；每艘船各自航行，航程长得没有节制；

从家乡启航的时间也没有一定之规；所有这些，连同其他直接和间接的原因，长期阻碍了有关莫比·迪克的特殊信息在全世界捕鲸船中的扩散传播。有些说法几乎是难以置疑的，说是有若干艘船只在某时某地，曾经遭遇过一头巨大非凡、极其恶毒的抹香鲸，这头鲸在给攻击者造成巨大伤害之后，完整无损地逃之夭夭。我要说，在有些人心目中，这里提到的鲸必定就是莫比·迪克，这也不是什么不公平的推测。不过，近期以来，猎捕抹香鲸的船只引人注目地遭到这头巨兽凶残、狡猾和怀有预谋的反击，这样的情况时有发生；因而，那些偶然无知地与莫比·迪克开战的捕鲸者，也许大部分都宁愿将自己招致的罕见恐怖，像过去一样，更多地归之于抹香鲸业普遍存在的风险，而不是某种个别的原因。迄今为止，亚哈与这头鲸鱼之间灾难性的遭遇仍被看作实属平常。

至于以前听说过白鲸的人，偶然捕捉到它的踪影，他们每个人所做的第一件事，几乎都是毫无畏惧地放下小艇去追，就像对付任何其他同类鲸鱼那样。可是到最后，这些攻击行为导致的灾难——绝不仅限于扭了手腕脚踝，折胳膊断腿，或是肢体被一口吞掉——而是严重到招致杀身之祸。这些灾难性的反击不断重复，便日复一日地将它们造成的恐惧堆积到莫比·迪克身上。就这样，很多勇敢的捕鲸者终于得知白鲸的故事，因而大大动摇了意志。

各种荒诞离奇的谣传免不了言过其实，就把这些致命遭遇的真相给渲染得更加恐怖。因为所有令人吃惊的恐怖事件自然会生出难以置信的谣言——就像朽树会生出真菌一样，不仅如此，在海上生活中，远远超过陆地，只要有适当的事实依据，荒诞不经的谣言便会繁茂滋生。由于在这一点上，海洋超过了陆地，所以，捕鲸业中时有流传的谣言，就其新奇和恐怖程度而言，也超过了任何其他海上行业。因为捕鲸者作为一个群体不仅未能免除所有海员历代相传的无知和迷信，而且在所有海员之中，他们无疑要最为直接地接触到海上骇人听闻的一切；他们不仅目睹海洋中最伟大的奇观，还面对鲸鱼的血盆巨口，亲手与之搏斗。更何况，在如此遥远的海域，哪怕你航行一千里，经过一千座海岸，你也碰不到一户人家，受不到任何款待。在这样的经纬度，从事这样一种营生，捕鲸者陷身于各种各样的影响，全都会促使他们的想象力孕育出众多骇人听闻的故事。

怪不得有关白鲸的夸大其词的谣言，在辽阔的海洋上一旦传播开来，便会与日俱增，到最后竟然吸收了各种可怕的暗示和略具雏形的有关超自然力量的联想，终于使莫比·迪克染上了与任何肉眼可见的事实无关的新的恐怖色彩。以致在很多情况下，它最终竟引发了如此这般的恐慌，使得至少听说过相关谣言的捕鲸者中，极少有人甘愿冒险面对它的血盆大口。

但是，还有其他更为要紧的现实因素在起作用。时至今日，抹香鲸有别于所有其他种类的海中巨兽，从整体而言，它原有的恐怖声威依然没有从捕鲸者的心目中泯灭。今天，他们中还有这样的人，虽然有足够的机智勇敢去与格陵兰鲸或露脊鲸战斗，却由于缺乏职业经验，或是能力不足，或是胆怯畏缩，而拒绝与抹香鲸较量。无论如何，还有很多的捕鲸者，尤其是不挂美国旗的其他各国的捕鲸者，就从未与抹香鲸交过手，他们对于这种大海兽的知识仅限于早期在北方海洋追击过的劣等鲸鱼。这些人坐在舱口，带着儿童对火畔故事的兴趣和敬畏之心，倾听在南方海洋捕鲸的荒诞不经的奇闻。要真切领会大抹香鲸那压倒一切的可怕气势，最好的方式莫过于站在艇首迎头而上。

而且，抹香鲸业已得到证实的巨大威力，似乎早在从前的传说时代就已有迹可循了。我们发现某些著书立说的博物学家——奥拉森和波维尔逊——都声称，抹香鲸不但是海中任何其他生物都唯恐避之不及的危害，而且它的凶残还令人难以置信，总是渴望喝人血。甚至迟至居维叶的时代，这些印象依然没有消除，或是变化不大。在他的《自然史》中，这位男爵本人坚称，一看到抹香鲸，所有鱼类（包括鲨鱼）都“吓得晕头转向”，而且“在慌忙逃窜之际，往往会直接撞上岩石，用力过猛，甚至当场殒命”。而且，无论捕鲸业的一般经验能对此类报告做出怎样的修正，由于它们十足的恐怖，乃至波维尔逊的渴血之说，在这个行业的沧桑变迁中，其中的迷信因素便又会在捕鲸者的心中复活。

因此，有不少捕鲸者被有关抹香鲸的谣言和预兆吓坏了，一提到莫比·迪克，就会想起抹香鲸业的早期时代，这时，往往就很难劝使常年捕惯了露脊鲸的人投入这项新兴的冒险了。这些人坚决表示，尽可以满怀希望地追猎其他的大海兽，但要追逐抹香鲸这样的幽灵，拿鱼枪瞄准它，却绝非凡人所能。凡是想一试究竟的人，准会被撕个粉碎，早早归天。在这方面，有一些值得注意的文献可供参考。

然而，还是会有人，即便面对这些事实，也随时准备去追猎莫比·迪克；还有为数更多的人，只是遥远而模糊地偶然听到它的传闻，既没有获悉任何一场灾难的特定细节，也没有得闻与之伴随的迷信传说，便有了足够的勇气与之战斗，碰上了便不会临阵脱逃。

结果，在那些有迷信倾向的头脑中，一个荒谬的联想终于逐渐和白鲸挂上了钩，那就是不切实际地把莫比·迪克幻想成无所不在的东西，认为人们确实在地球相反的纬度上同时遇到过它。

既然这些人的头脑如此轻信，这种幻想也就并非没有一点迷信的可能性。正如海中洋流的秘密始终没有揭开，甚至最有学识的专家也无能为力，那么，抹香鲸藏身水下的各种方式，在很大程度上，追猎它的捕鲸者也还是莫名其妙。而且，他们还不时地产生一些极为奇怪和矛盾的推测，尤其是弄不懂它凭借怎样的神秘方法，在潜下深海之后，竟能以如此迅捷的速度转移到相距甚远的地方。

在美、英捕鲸船上广为人知，且为斯克斯比多年前做过权威性记录的一件事，就是在遥远的太平洋北部捕获的一些鲸鱼身上，发现了在格陵兰海域投出的标枪倒钩。在这种情况下，有人宣称两次攻击的时间间隔不可能相差太久，这种说法也没有遭到否定。从此推断，有些捕鲸者相信，对于人类来说长期以来就是难题的西北航道，对于大鲸却从来不成问题。于是，在当代人真实生动的经验中，自古流传的有关葡萄牙内陆特雷略山的奇迹（据说山顶附近有一个湖，遇难船只的残骸从那里浮出水面），以及锡拉库扎附近阿瑞图萨喷泉[1]那更为神奇的故事（人们相信泉水通过地下通道来自圣地），这些难以置信的故事与捕鲸者的真实经历几乎完全可以相提并论。

于是，这样的奇迹就变得耳熟能详了，人们还知道，在遭受反复的猛烈攻击之后，白鲸依然能逃脱性命；用不着大惊小怪，有些捕鲸者的迷信便会更进一步了，他们宣称莫比·迪克不仅无处不在，而且永生不死（因为永生不过是在时间中的无处不在）；因此，尽管身体两侧还插着林立的鱼枪，它依然会毫无伤损地游走；如果它真的能被刺得浓血直喷，这般景象也不过是可怕的骗局，因为在数百里外毫无血迹的巨浪中，它那洁白无染的喷水又会再次出现。

但是，即便撇开这些超自然的推测，这个怪物的身体构造和无可置疑的特征，也足以用非同寻常的力量打动人们的想象力。因为，使它大大有别于其他抹香鲸的，倒不是它那罕有的巨大身躯，而是我在别处提到过的——它有一个很特别的有皱褶的白脑门，和一个高耸如金字塔的白色背峰。这些是它的显

1 阿瑞图萨是希腊神话中的山林仙女，月神阿耳忒弥斯为使其逃脱河神阿尔甫斯的追逐，将她化为泉水。锡拉库扎是西西里东南部的一个港口城市，与希腊的阿卡狄亚相距甚远。

著特征，凭借这些标志，即便在无边无际、地图上没有标明的海域，隔着很远的距离，那些熟悉它的人也会辨认出它来。

它身体的其他部分布满了条纹斑点和同样颜色的大理石花纹，因而终至于获得了白鲸这个独特称号。如果在中午时分，看到它滑过深蓝色的海水，留下一道满是奶油般泡沫的乳白色尾波，闪耀着点点金色的光芒，这生动的外观便佐证了这个称号的确名副其实。

很大程度上，赋予这头鲸鱼以天生的恐怖色彩的，并不是它非比寻常的庞大身躯，也不是它引人注目的颜色，更不是它变形的歪下巴，而是那种无可比拟、智计百出的恶毒，根据某些具体的报道，它在进攻中一再体现出这种恶意。除了这些以外，它每每都能狡猾地撤退，这一点也许最令人丧胆。因为，在从那些狂喜的追猎者前面游过时，它会露出明显惊慌的迹象，可是有好几次它又突然转回身，向追猎者猛扑，不是把他们的小艇弄得粉碎，就是把他们吓得惊慌失措，逃回大船。

为了追击它，已有数人丧生，但是类似的不幸，在岸上却很少有消息传开，在捕鲸业也绝非什么不寻常的事。而且，大家认为，在大多数情况下，这似乎正是白鲸用心险恶的预谋，每一个因为它而肢体伤残或是失去性命的人，都并不完全是被一种无智能的力量所伤。

那么想一想吧，当这些不顾一切的猎鲸者，从被嚼得粉碎的小艇残片中，从被撕碎的伙伴们正在下沉的肢体中，泅出那巨鲸在可怕的愤怒中喷射出来的白色凝乳，来到那仿佛迎着新生儿或新娘微笑的、宁静得令人气恼的阳光之下，他们心中该激起怎样令人神智混乱的熊熊怒火。

船长周围的三艘小艇全部碎裂，桨和人都在海流中旋转，只有他这个船长从破烂的小艇头抓起一把刀子，冲向鲸鱼，就像一个阿肯色州人在决斗中扑向敌人一样，盲目地想要用六寸长的刀刃，去结果鲸鱼深不可测的性命。那个船长就是亚哈。这时，莫比·迪克镰刀状的下巴从他底下突然横扫过来，割断了亚哈的一条腿，就像收割机割断了田野中的一根草叶。就是裹头巾的土耳其人、雇来的威尼斯人或马来人，也不会以更为明显的恶意来袭击他。那么，几乎没有什么理由怀疑，自打那次几乎使他丧命的遭遇以后，亚哈就对这头鲸鱼怀上了疯狂的复仇之心，他在自己狂乱的病态心理中越陷越深，终于使他不但将自己全部身体上的痛苦，而且还有他全部心智和精神上的愤怒，都算在了白鲸头上。游在他前面的白鲸成了所有恶毒力量的偏执狂的化身，一些思想深沉的人会感觉它一直在侵蚀自己的内部，直到自己只剩下半颗心半拉肺苟延残喘。那不可捉摸的恶意从一开始就存在，甚至现代的基督徒也将世界的一半归于它的统治。古代东方的拜蛇教敬奉魔鬼的雕像——亚哈可不像他们那样屈膝膜拜，而是将这一观念精神错乱地转化成了可怕的白鲸，尽管身有残疾，他依然要与之对峙。

所有最极端的疯狂与折磨，所有能搅起事物残渣的东西，所有含有恶意的真实，所有让人绞尽脑汁身心疲惫的东西，所有生命和思想中微妙的魔鬼崇拜，所有邪恶，对于疯狂的亚哈来说，都明显体现在莫比·迪克身上，对它的攻击也就势在必行了。他把整个人类自亚当以来的全部愤怒和仇恨都堆积在那头鲸鱼的白色背峰上，而他的胸膛就仿佛成了一门迫击炮，他用自己灼热的心做炮弹向它轰击。

这种偏执狂也许不是在他肢体伤残的当时就马上产生的。在他手里拿着刀子，向怪物冲去的时候，他只是为了发泄一下突如其来的狂热仇恨，当他遭受失去一条腿的打击时，他也许感到的只是身体被撕裂的剧痛，仅此而已。但是，当这次冲突迫使他返航回家，在长达数月的时间里，一天又一天，一周又一周，亚哈和痛苦一起直挺挺躺在一张吊铺上，在仲冬天气中绕过那沉闷的寒风呼啸的巴塔哥尼亚角；在那时，他撕裂的身体和被深深砍伤的灵魂，这两者的痛苦才彼此渗透，融合在一起，从而使他发疯了。

只是从那时起，在返航途中，在那次遭遇之后，最终的偏执狂才攫住了他。从一件事实就可以肯定这一点，一路上他会不时地胡言乱语，尽管失去了一条腿，可在他那埃及人一般的胸膛里，依然潜藏着如此大的活力，而且这活力因他的精神错乱而越发增强了，以至于在航行时，在他躺在吊铺里说胡话时，他的副手们被迫要把他紧紧地捆起来。他穿着疯子穿的拘束衣，随着大风引起的剧烈震动而滚来滚去。当船驶入好受些的纬度，随着和风展开翼帆，飘过平静的热带海面，从各种迹象看来，这老人的精神错乱似乎都随着合恩角的巨浪留在了后面，他从黑暗的小窝里出来了，来到幸福的阳光和空气里。甚至在那时，他就恢复了坚定冷静的神态，尽管脸色苍白，他重新冷静地下达命令，他的副手们全都感谢上帝，这场可怕的疯狂终于过去了；甚至在那时，亚哈那隐藏起来的自我依然在胡言乱语。

人类的疯狂往往是一种极其狡猾奸诈的东西。当你以为它溜走了，实际上它可能只是换成了一种更为微妙的形式。亚哈十足的精神失常没有消退，而是越来越深地收缩起来；就像高贵的北方巨人哈得逊河，流过狭窄但深不可测的高原峡谷时，水势也从不会衰退。正如他的偏执狂进入收敛状态时，他那显而易见的疯狂一点也没有消退一样，在他那显而易见的疯狂中，他那了不起的天生的智力也一点没有减弱。

以前那活生生的力量，现在变成了活生生的工具。如果这个狂乱的比喻能够成立的话，那就是他的健全理智遭到了这种特定的精神错乱的猛攻，并被席卷而去，从而将它所有的大炮都对准了使其疯狂的目标。

于是，亚哈远不是失去了他的力量，而是现在拥有了一千倍的力量，来对付他神志清醒时设法达成的任何合理的目标。

说得够多了的。然而亚哈那更大、更阴暗、更深的部分还没有提到。不过，要想将深奥的东西变得通俗化是徒劳的，而且所有的真理都是深奥的。从我们所占据的这个有尖顶的克吕尼宫的中心盘旋而下吧——无论它有多么壮丽奇妙，现在都离开它吧——走你们的路吧，你们这些高贵得多也悲哀得多的灵魂，向罗马人的巨大浴场走去吧；在人类奇异高塔下的地底深处，是人类宏伟壮丽的根，人类全部令人敬畏的本质，盘根错节，端坐在那里；一件埋葬在古代遗址下面的古董，安置在残破的躯干之上！就这样，众神便拿一个残破的宝座嘲笑那被俘为囚的君王；就这样，他像一根女像柱一样，耐心地坐着，在僵硬的额头上支撑着年代久远的柱上楣构。盘旋而下吧，你们这些高贵得多也悲哀得多的灵魂！去问一问那位高傲而悲哀的君王！何其相似的家族！是的，是他生养了你们，你们这些流亡的年轻贵胄；从你们严厉的祖先，才能获取那古老的王室机密。

如今，亚哈心里也已经瞥见了这一点，那就是：我所有的手段都是出于理智，我的动机和目标才是出于疯狂。但是，没有力量消灭、改变或是避开这一事实，他也同样知道他的确向别人长期隐瞒了这个事实，在某种程度上，至今依然如此。不过，这种隐瞒仅受制于他的认知能力，和他的意志无关。然而，他隐瞒得如此巧妙，以至于当他最终用假腿走上岸的时候，所有楠塔基特人都不会多想，只会自然地为他感到悲哀，他虽然伤及了要害，也不过是赶上了一场可怕的意外。

他在海上无可否认的精神错乱的消息，也被普遍归结为类似的原因。至于事后他与日俱增的喜怒无常，一直到“裴阔德号”启程开始这次航行的那一天，还始终笼罩在他的眉头上，对此，人们的看法也是一样。这座凡事谨慎的岛上工于心计的人，极不可能因为这些阴暗的症状而不再信任他出海捕鲸，相反，他们怀有一种自负的妄想，认为正是出于同样的原因，他更有资格、更急于投入捕鲸这个充满暴怒与狂野的事业。

如果能找到这样的一个人，某种无可救药的思想用无情的尖牙啃噬着他的心灵，摧残着他的身体，他将是向凶猛至极的大海兽投出标枪、举起鱼枪的最佳人选。或者，即便这个人由于某种原因被认为在身体方面已经不能胜任，他仍然是激励和吆喝他的下属发动攻击的最佳人选。

尽管如此，可以肯定的是，胸中燃烧着无法止熄的怒火，把疯狂的秘密锁在心里，亚哈此次出航只有一个蓄谋已久、不遗余力的目标，那就是猎捕那头白鲸。如果他岸上那些老相识稍微想到他心里藏着什么念头，他们惊骇而正直的心灵就会马上设法让这艘船逃出这个恶魔的手掌！他们一心想着巡航有利可图，利润丰厚得会数尽造币厂的金币，而他则专心致志地要实施鲁莽无情、不可思议的复仇。

那么，就是这个头发花白、不敬神明的老人，一路诅咒着满世界追逐一头约伯的鲸鱼，他所率领的一群水手，也主要是由混血的叛教者、无家可归的流浪汉和食人生番组成——这些道德薄弱的人，再加上一个心灵正直却有德无能、力不胜任的斯塔巴克，一个嬉皮笑脸、无动于衷、鲁莽轻率的斯塔布，和一个彻头彻尾庸庸碌碌的弗拉斯克。这样一伙水手，配上几个这样的头目，似乎就是某种在劫难逃的宿命特意挑选和组织起来的，帮助他实现他那偏执狂般的复仇。他们怎么会如此一呼百应地响应这个老人的愤怒呢——他们的灵魂到底中了什么邪，竟至于他的仇恨有时几乎就是他们的仇恨，他的宿敌白鲸也成了他们不共戴天的敌人。这一切是怎么发生的呢——对于他们来说，白鲸究竟是什么，或者说，在他们的潜意识里，他们怎样模模糊糊不知不觉地把白鲸当成了海洋世界中滑行的大恶魔——要解释这一切，就要潜得更深，那是以实玛利力所不及的。

在我们心中工作着的那个地下矿工，谁能从他那模糊低沉、始终变换的挖掘声中，判断出他的坑道通向哪里呢？谁又感觉不到一只不可抗拒的手臂在牵引？什么样的小艇连七十四门大炮的军舰都拖不动呢？就我来说，我已经自暴自弃，完全听任时间和空间的摆布；不过，当所有人都一窝蜂地赶去和大鲸搏斗，我在那畜生身上看见的只是最为致命的不幸，绝无其他。

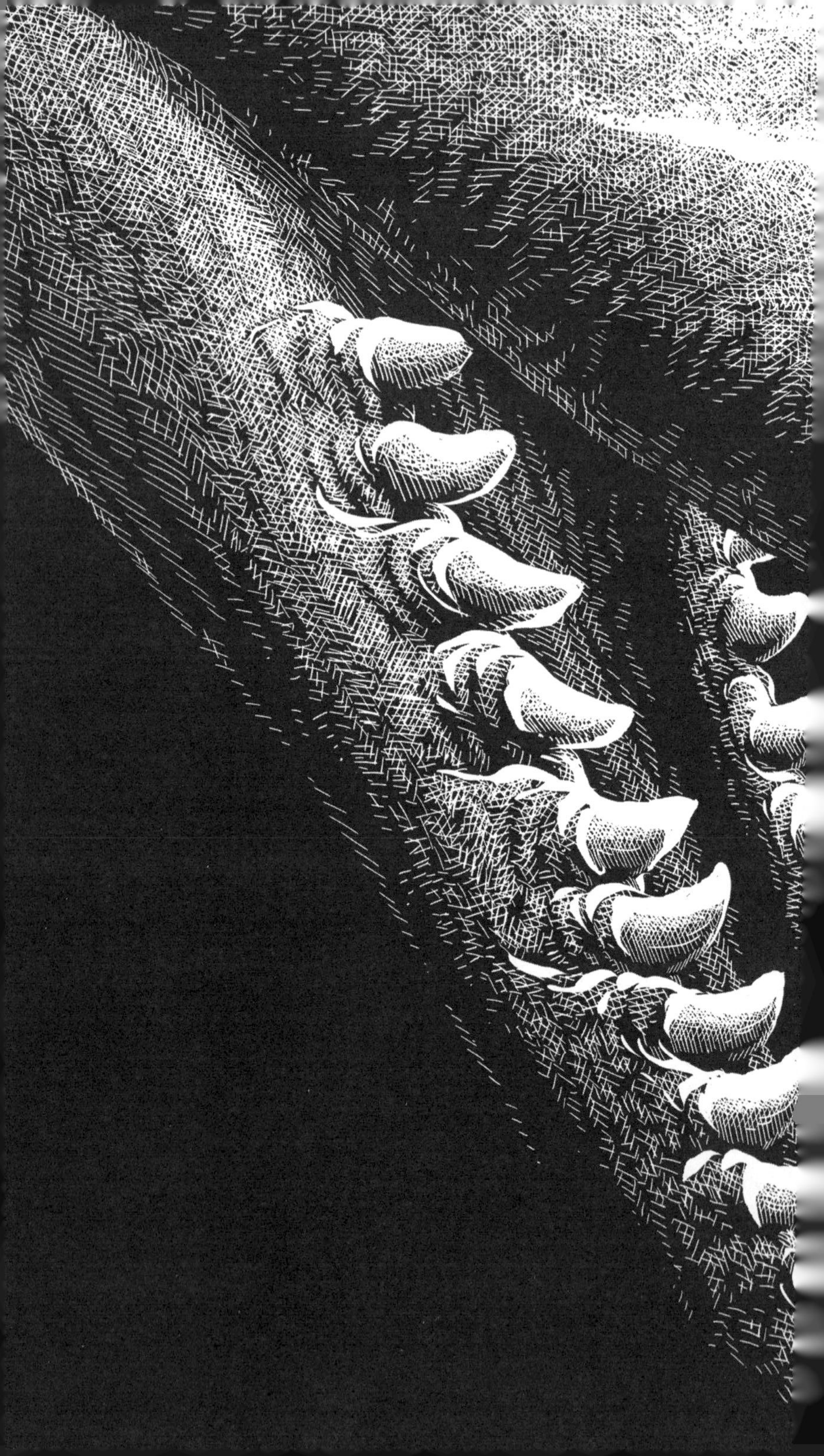

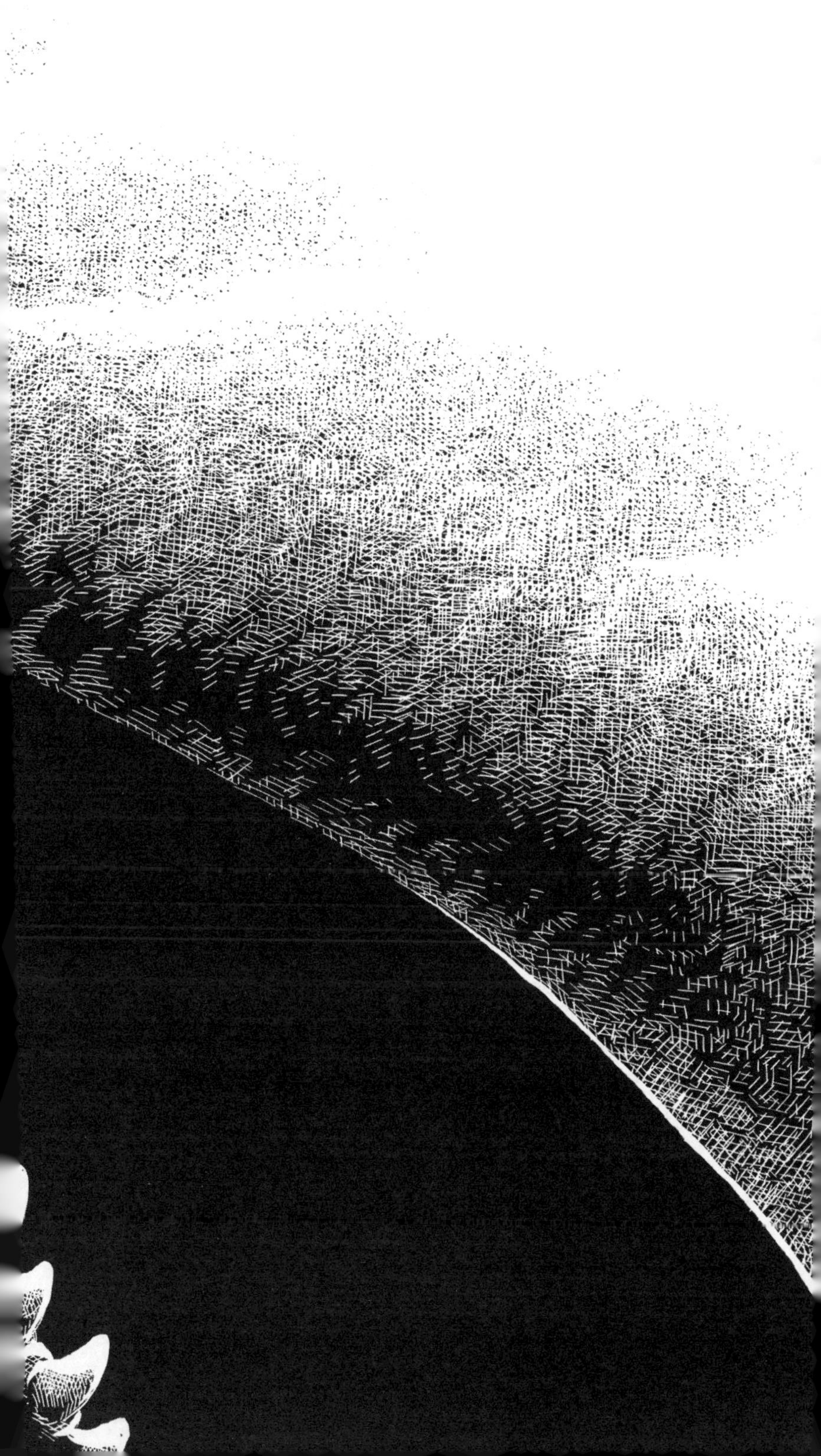

第四十二章　大鲸之白

亚哈对白鲸的看法，前文已经提及；我又是怎样看它，则还没有说到。

关于莫比·迪克，除了那些难免偶尔在人的灵魂中唤起惊恐之感的较为明显的因素，还有另一种想法，或者说一种相当模糊而无名的恐惧，不时地以其强度而彻底压倒其他的一切。它是如此神秘，几乎难以言喻，要把它用可以理解的形式表达出来，这几乎是令我绝望的。白鲸之白比任何东西都让我惊骇。我如何能指望在这里把我的意思说个明白呢，不过，以某种模糊而随意的方式，我必须为自己做一番解释，否则前面的所有章节可能就会毫无价值了。

尽管在很多自然物中，白色能够使之优雅，增强它们的美感，仿佛使它本身增加了某种特殊价值，就像大理石、日本山茶花和梨子一样；尽管各个国家在某个方面上都承认白色有一种高贵杰出的性质；甚至古代勃固的伟大蛮王们也把“白象之王”这个称号置于所有其他显示统治权的夸张称号之上；现代的暹罗国王则把同样雪白的四足兽展示在王旗上；汉诺威公国的国旗上绣着一匹雪白的战马；那继承了恺撒而称霸罗马的奥地利帝国，也把同样威严的色彩当作王室的色彩；这种尊贵的色彩也适用于人类，赋予白人以统治一切有色人种的理想的主人身份。

除此以外，白色甚至被用来象征快乐，在罗马人中，一块白色的石头代表着一个快乐的日子；在人类的其他感情和象征之中，这种颜色被用来象征很多感人的高贵事物——新娘的纯洁无染，老人的宽厚慈祥；在美洲的红人当中，赠送贝壳串珠做的白腰带是荣誉的最高承诺；在很多地方，法官貂皮袍上的白色代表着正义的威严，奶白色的骏马为国王和王后的御乘增添了气派。

在最为令人敬畏、最神秘的宗教中，白色甚至成了神圣无瑕和力量的象征；波斯拜火教徒把白色分叉的火焰当成祭坛上的至圣之物；在希腊神话中，雪白的公牛被认为是主神朱庇特的化身；高贵的易洛魁人，在仲冬时节祭献神圣白狗是他们神学中最为神圣的庆典，那忠诚无瑕的生灵被当作最纯洁的使者，可以把他们忠诚的信息一年一度带给他们的大神；尽管白色这个词直接来自拉丁语，所有基督教教士都把他们穿在法衣里面的圣衣的一部分称作白麻布圣职衣或是白麻布短祭袍；罗马天主教的豪华圣礼上，专门用白色来纪念我主基督受难日；在圣约翰的《启示录》里，白袍是给被救赎者穿的，还有二十四位长老身穿白衣立在那白色的大宝座前，宝座上坐着基督，白如羊毛。

然而，尽管有这些累积起来的甜美、荣耀和崇高的联想，可在这白色最内在的意义中，依然潜藏着一种难以捉摸的东西，它给灵魂带来的恐慌要超过鲜血的猩红。

正是这种难以捉摸的性质，导致有关白色的联想一旦脱离了比较亲切的关联物，与本身便很可怕的东西结合起来，就会将恐怖提高到极限。看一看那南北极的白熊和热带的白鲨，除了它们光滑的一片一片的白色，还有什么使得它们显出超乎寻常的恐怖呢？正是那幽灵般的白色赋予它们无声无息而洋洋自得的外貌以如此可恶的温和假象，它们不但让人恐惧，甚至还令人恶心。所以，一身纹章、满口利齿的老虎，也远不如浑身雪白的熊或鲨鱼更让人胆寒。[1]

---

1 涉及极地熊，愿意就此事深入钻研的人士可能会极力辩驳，单独而论，使那畜生难以忍受的可怕大大提高的并不是它的白色；因为，经过分析，那被大大提高的可怕，可以这样说吧，仅仅是环境引起的，这种生灵的不负责任的凶残正是来源于它那神仙般纯洁可爱的绒毛；因此，这两种相反的感情在我们心中汇合在一起，极地熊就以如此极不自然的反差让我们惊骇不已。但是即便承认这一切都是真实的，如果不是因为那种白色，你恐怕不会有那么强烈的恐惧感。

至于白鲨，如果你是在它情绪正常时看见它，这生灵滑行时幽灵般的白色竟然有着某种悠闲之意，与那极地四足兽秉有同样奇怪的品质。这一特性最为生动地体现在法国人对鲨鱼的称呼上面。罗马天主教为死者做的弥撒以“永恒的安息”开始，因此“安息（Requiem）”指的就是弥撒本身，以及其他的哀乐。现在，法国人以白色来隐喻这种鲨鱼死一般的沉静及其温和而致命的习惯，称之为Requin。

请你想一想信天翁，当那白色幽灵飞翔于所有想象中，围绕着它的那些精灵般神奇的云彩和苍白的恐惧从何而来？首先施展魔法的并不是柯勒律治，而是大自然，上帝这个伟大而耿直的桂冠诗人。[1]

---

1 我记得我第一次看见信天翁的情景。那是在大风刮个不停，接近南极的海面上。我从下面的午前值班岗位上，来到云雾笼罩的甲板；在那里，我看见一只浑身洁白无瑕，有着罗马人庄严弯钩鼻一样的喙，具有帝王气度的鸟，撞到了主舱口盖上。时不时地，它向前拱起大天使的巨翅，好似要拥抱一只神圣的约柜般。它令人惊奇地拍打翅膀，浑身震动。尽管身体没有受伤，它却像一个帝王的阴魂在超自然的灾难中发出叫喊。透过它难以描述的奇异眼睛，我觉得自己窥见了上帝掌握的秘密。就像亚伯拉罕面对天使一样，我躬下身去；这白鸟如此洁白，翅膀如此宽大，在那些永远流亡的水域，它让我忘记了对于传统和城市的悲惨而扭曲的记忆。我久久地凝视着那带翅膀的奇迹。我无法说清，只能提示当时贯穿我的念头。不过，我最后还是苏醒过来，转身问一个水手，这是什么鸟。他回答说，Goney。Goney！以前从未听说过这个名字，可以想见，这种辉煌的生灵对于岸上的人是极其陌生的！他们从来都不知道！但是过了一段时间，我了解到Goney是水手们对信天翁的称呼。因而，当我在甲板上看见那只鸟时，它给我的神秘印象，与柯勒律治狂放的诗歌绝不可能有任何关联。因为那时我既没有读过那首诗，也不知道这种鸟就是信天翁。而且，我这样说，也只不过间接地为那首诗和诗人的高贵价值增添了些许光彩。

因此我断言，那魔力的秘密主要就藏在这鸟浑身神奇的白色之中；下面的事实更加证明了这个真理，由于误用了术语，有些鸟被称作灰信天翁，我经常能看见这样的鸟，但从来没有在我身上激起我看见那只南极信天翁时的那种感情。

但是这神奇之物是怎么被捉到的呢？你不必窃窃私语，我会告诉你的；当这飞禽漂浮在海上时，它被人用狡诈的弯钩和线钓了上来。最后船长用它做了邮差，在它的脖子上系了一块皮革标签，上面写了船所在的时间和地点，然后把它放走了。但是我毫不怀疑，那给人看的皮革标签结果却被带到了天堂，这洁白的飞禽飞进了小天使的行列，和它们一起折叠起翅膀，发出祈祷和赞美！

在我们西方编年史和印第安传说中，最著名的莫过于大草原的白驹了；那是一匹雄赳赳的乳白色战马，大眼睛，小脑袋，陡峭的胸脯，它那睥睨一切的高傲举止中有着一千位君王的威严。它是大群野马拥戴的薛西斯王，当年它们的牧场仅是以洛基山脉和阿里根尼山脉为界，它像火焰一般率领它们向西奔驰，就像上帝选定的星星每晚引领众星归位。它的鬃毛如闪光的瀑布，它的尾巴如弯曲的彗星，为它赋予了金匠银匠都不能提供的更为辉煌的装饰。它那尚未堕落的西方世界最为庄严的天使般的形象，在古代猎手们眼中，复活了远古时代的光荣，那时，亚当像神一样庄严地行走，像这良驹一样眉头舒展，无所畏惧。无论是在它的副官和将帅们的簇拥下，率领着无数军团川流不息地行进在俄亥俄一样大的平原之上；还是置身于漫山遍野啃食青草的臣民当中，这白驹总是奔驰着检阅它们，温暖的鼻孔在冷冷的乳白色衬托下越发显得发红；不管从哪个方位看去，对于最勇敢的印第安人来说，它始终是令人颤抖和敬畏的尊崇对象。无可置疑，根据这匹高贵白马的传奇记载，主要是它那精灵般的白色给它披上了神圣的外衣，这种神圣虽则令人崇拜，同时也强化了某种无名的恐惧。

但是，也存在着其他的情况，这种白色虽能赋予白驹和信天翁以额外的奇异的荣耀，但有时也会失效。

白化病人为什么特别让人厌恶，往往令人震惊，有时连他的亲友都会嫌恶！那就是他身上的白色在作祟，白化病这个名字就是从它而来。白化病人的身体和别人一样健康——

没有任何实质性的畸形——但是仅仅全身皆白的外貌就让他成了比最丑陋的流产胎儿还要奇怪可怕的东西。为什么会这样？

在很多其他方面，大自然在它最难察觉但同样恶毒的作用中，并没有忘记把这统御一切的可怕属性列为它的力量之一。南海上那戴着铁手套的鬼怪，因其雪白的模样而被称作白旋风。在某些历史事件中，人类作恶的手段也没有忽略如此有效的一种辅助。当年孤注一掷的根特白帽党人，就是在他们团体雪白标志的掩盖下，在市场上刺杀了地方长官，这给傅华萨[1]文章增添了怎样生动的效果啊！

在某些事情上，全人类共有的世代相传的经验也为这种颜色的超自然性质提供了见证。无可置疑，死者面貌中最让人害怕的一个明显特征，就是那徘徊不去的大理石般的苍白；仿佛那苍白真的就是人在阴间惊愕失色的标记，同样也是阳间凡人惊恐战栗的象征。从死者苍白的脸色，我们借来了裹尸布富有表现力的色彩。甚至在迷信中，我们也没有忘记给鬼魂蒙上同样雪白的斗篷；所有鬼魂都是在乳白色的迷雾中升起的——而且，还要补充一点，当这些恐惧攫住我们，甚至那恐怖之王，也被福音书作者拟人化了，骑的也是白色的坐骑。

因而，无论人类在其他情绪下，用白色象征多么庄严仁慈

1 傅华萨（1337—1410？），法国宫廷史官和诗人。著有《闻见录》，记述百年战争的“业绩和武功”及欧洲大事；诗作有《含情脉脉的钟》及谣曲等。

的东西，没有人能否认，在白色最为深奥的理想化的含义中，它向人的灵魂唤起的是一个异乎寻常的幽灵。

但是，即便毫无异议地将这一点确定下来，凡人又对此作何解释呢？要去分析一下，似乎又不可能。那么，我们能否引述一些例子——暂时完全或大部分剥离有意使白色带上恐怖色彩的直接联想——却终究发现，无论做出怎样的改变，它向我们施展的都是同样的魔术，我们能否由此期望发现某个偶然的线索，引导我们找到隐藏不露的原因？

我们不妨来试一试。但是在这样的事情上，微妙之事得诉诸微妙之道，没有想象力，谁也不能跟随另一个人登堂入室。虽然，毫无疑问，下面要提出的想象性的意念，至少有一部分是大多数人都曾有过的，但很少有人当时就完全意识到它们，因而现在可能也想不起来了。

为什么对于当今奇人奇事只有偶然和粗浅认识、具有无师自通的想象力的人，只要提到圣灵降临周，在他的想象中就会出现漫长、沉闷、不言不语的朝圣者队列，他们步履缓慢，沮丧消沉，浑身落满了新雪？或者，对于美国中部各州那些目不识丁、不懂世故的新教徒来说，为什么略微提及白衣修士或白衣修女，就会在他们灵魂中出现一个没有眼睛的雕像呢？

还有，除了在地牢里囚禁武士和国王的传说（这并不能解释一切），是什么东西促使一个甚少出门的美国人对伦敦的白塔产生如此强烈的想象，大大超过了附近其他历史建筑——拜沃德塔，甚至血塔？而那些更巍峨的塔，如新罕布什尔州的白山山脉，在特定情绪下，只要一提到它的名字，就会让灵魂罩上庞大的魅影，而一想到弗吉尼亚州的蓝岭山脉，就会满心充溢着一种遥远的柔和如露的梦幻之感？或者，为什么，无论在什么经度和纬度上，白海的名字都会给人的想象力施加鬼魅般的压力，而黄海的名字却能让我们安静下来，回想起波光摇曳中那些柔和如漆的漫长下午，以及随之而来的绚丽至极但也让人昏昏欲睡的落日？或者，选择一个完全没有事实根据的例子，纯粹是面向耽于幻想的人说的，为什么，在读中欧的那些古老童话时，哈茨森林的那个“脸色苍白的高个子男人”，他那一成不变的苍白身影无声无息地飘荡在绿树丛中——为什么这个幻影要比布洛克斯堡所有吵闹不休的小鬼都更可怕呢？

完全不是使大教堂倾颓崩塌的大地震的记忆，不是海浪对它的疯狂的冲击，不是从不下雨的干旱无泪的天空，不是大片大片倾斜的尖顶，扭曲的墙帽和弯曲的十字架（就像泊满船只而倾侧的船坞），以及郊区大道边散乱纸牌一样互相倚靠的屋墙——不仅仅是这些东西使得欲哭无泪的利马成为你能见到的最奇怪最悲惨的城市。而是因为利马披上了白色的面纱，这片悲悼的白色中有着更强烈的恐惧。这片白色像皮萨罗一样古老，让它的废墟历久弥新，不允许一片腐朽中生出悦人的绿色，蔓延在它残破壁垒之上的是害中风病般的那种扭曲僵硬的苍白色。

我知道，人们一般会认为，这种白色现象并不是使本就可怕的事物更加恐怖的首要因素。对于缺乏想象力的人来说，那样的外观并没有什么可怕，而在另一个人看来，其可怕仅仅是源于这种白色现象，尤其是当它以近乎无声无息或无所不在的形式出现的时候。这两种说法的含义也许可以由下面的例子分别加以说明。

第一，船在靠近异乡的海岸时，如果一个水手在夜里听到巨浪的呼啸，他会开始警觉起来，他感觉到的惊恐恰好让他的机能活跃起来；但是在完全类似的环境下，半夜把他从吊铺上唤醒，让他看看船正行驶在乳白色的海洋上——仿佛从周围的海岬冲过来一群群白熊，围着他打转，那时他就会感觉到一种悄然无声、充满迷信的恐惧了。发白的海面，这裹了尸布的幽灵，在他看来就和真正的鬼魂一样可怕。铅锤不能使他安心，大海依然深不可测；他的心和舵柄一起转向了下风头；直到脚下再次出现湛蓝的水面，他才会安下心来。可是有哪个水手能够告诉你说："先生，撞上暗礁的恐惧也不及这可憎的白色让我胆战心惊！"

第二，对于秘鲁的土著印第安人来说，连续不断地看见顶着雪轿的安第斯山脉并不能带来恐惧之感，除了他或许对那终年积雪的荒凉高处产生奇想，并很自然地设想到，要是有人孤身一人迷失在如此荒无人烟的地方，那该有多可怕。这一点，对于那些西部边远地区的人也大致如此，他们会用相对无动于衷的心情面对无边无际、白雪覆盖的大草原，没有一棵树、一根树枝的影子来打破那一成不变的恍惚的白色。水手的情况则不同，他满眼都是南极海的景色，在那里，有时风雪交加，要起可憎的把戏，让他不由得发抖，好像就要船毁人亡一般，没有彩虹来唤起希望，安慰他悲惨的处境，眼前出现的恍然是一片无尽的教堂墓地，只有结了冰的倾斜的纪念碑和破碎的十字架，在一起向他狞笑。

但是听着，我认为你写的关于白色的这苍白沉重的一章，不过是一个胆小鬼挂出的一面白旗；你，以实玛利，你向疑神疑鬼的妄想症屈服了。

告诉我，这头强壮的小马驹，生在佛蒙特某处和平的山谷，远离所有捕食的野兽——为什么在阳光明媚的日子，你只是在它身后抖动一块生野牛皮，它什么都没有看见，只是闻到了那动物的麝香味，就会惊跳起来，喷着鼻息，睁大了眼睛，惊恐万状地用蹄子刨着地面？在它的记忆中，在它北方绿色的家园，没有任何野生动物用角把它刺伤，所以，它闻到的陌生麝香味不可能让它想起与以前的危险经历相关的东西；因此，关于遥远的俄勒冈州的黑野牛，这匹新英格兰小马驹，又能知道些什么呢？

不，由此你可以观察到，即便在一头哑巴畜生身上，也存在了解世上妖魔的本能。尽管离俄勒冈州有数千里之遥，可当它一闻到那野兽的气味，那头角峥嵘嘶叫着的野牛群就如在眼前，这大草原上被遗弃的野马驹，似乎就要被它们践踏成泥了。

那么，乳白色大海沉闷的波涛声，高山上霜花凄凉的瑟瑟声，草原上干草堆般的积雪那荒凉的移动声，所有这些，对于以实玛利来说，都如同抖动的野牛皮之于惊骇的马驹！

尽管不知道由那神秘信号所指示的无名之物在什么地方，但是对于我，对于小马驹，都是一样，那些事物一定在某处存在着。尽管在很多方面，这个有形世界似乎是由爱组成的，那些无形的领域却是由恐惧组成的。

但是，这个白色魔咒的问题我们还没有解决，还没有洞悉为什么它对灵魂具有如此强大的吸引力，而且，更为怪异不祥的是——就像我们已经看到的，它是精神事物最富有意义的象征，不，它简直就是基督徒神祇的面纱；正因为如此，它同时也是在人类最为恐惧的事物中得到强化的力量。

当我们仰望银河的白色深渊，它那不确定性掩盖着宇宙无情的空虚和广阔无垠，由此从背后捅我们一刀，让我们想到灭绝？或者说，从本质上讲，与其说白色是一种颜色，不如说是显而易见的无色，同时又是所有颜色的混合体；是不是由于这些原因，在一片白雪茫茫的广袤风景中，才有着这样一种沉默而充满意义的空白——一种无色而又全色的无神论，让我们为之退缩？

而当我们考虑到另一种自然哲学家的理论时，所有世间其他的色彩——各种或庄严或可爱的装饰——夕照天空和树林的美妙色彩，啊，还有金丝绒般的蝴蝶，以及年轻姑娘蝴蝶般的脸颊，这一切都只是巧妙的骗局，并不是事物内在的本质，只是从外部堆砌上去的；因此，整个神化的大自然绝对是个涂脂抹粉的娼妓，其诱人的魅力下面什么都没有，掩盖的不过是停尸房；我们更进一步，想一想那调出各种色调的神秘化妆术，即光的伟大法则，它自身永远是白色或无色的，一旦不经任何媒介而作用于物质，就会将它所接触到的所有对象，哪怕是郁金香和玫瑰，都染上它自己的空无一色——每每想到这里，那瘫痪的宇宙就像一个麻风病患者躺在我们面前；而且也像拉普兰任性的旅行者一样，他们不肯戴上有色或变色眼镜，于是这些悲惨的不信神的家伙，整天凝视着周围被白色裹尸布覆盖的一望无际的风景，从而弄瞎了自己的眼睛。

那头患了白化病的鲸鱼就是所有这些事物的象征。那么，你对怒火熊熊地追击它还会感到奇怪吗？

第四十三章　听！

“嘘！你听到那声音没有，卡巴科？”

这是中班值班时间，月色晴朗，海员们站成一线，从船身中部的淡水桶一直排到接近船尾栏杆的饮水桶处。他们以这种方式把小水桶逐个传递下去，将饮水桶充满。他们大多数人一站在后甲板那块圣地上，便都小心翼翼地不说话了，脚下也不发出沙沙的声响。从一只手到另一只手，小水桶悄无声息地传递着，偶尔只有船帆的拍打声，以及不断前进的船骨发出的一成不变的嗡嗡声，打破了沉寂。

就在这一派安宁之中，队列中的一人，位置靠近后舱口的阿契，低声对旁边的一个西班牙与印第安混血儿说了上面的话。

“嘘！你听到那声音没有，卡巴科？”

“接住桶好吗，阿契？你指的是什么声音？”

“又响了——在舱口下面——难道你没听见——一声咳嗽——听起来就像是一声咳嗽。”

“去你的咳嗽！把那只空桶传回来。”

“又响了——就在那里！——听起来像是两三个人在睡觉翻身，听！”

“哎呀！得了吧，伙计，行不行？是你晚餐吃的三块湿面饼正在你肚子里翻身呢——不是别的。留神那桶！”

“随便你怎么说吧，伙计，我耳朵尖着呢。”

“是啊，你这家伙，你在离楠塔基特还有五十里的海上就能听到贵格会老太婆的织衣针了，是不是，你就是那样的家伙。”

“咧嘴笑去吧，结果如何，我们等着瞧。你听着，卡巴科，后舱下面一定有什么人，我们还没有在甲板上见过的人。我猜这件事我们的老头子也多少知道一点。有天早上值班，我听到斯塔布告诉弗拉斯克说，好像有这种事的苗头。”

“嘘！桶来了！”

第四十四章　航海图

那天晚上，亚哈船长成功说服了他的水手们发狂地赞同他的目标，当晚起了大风，风停之后，如果你跟随亚哈走下他的房舱，你会看见他来到船尾横木上的一个柜子前，从中取出一大卷皱褶发黄的海图来，把它们展开在他面前用螺丝固定在地板上的桌子上，然后对着海图坐下，专注地研究映入眼帘的各种航线和颜色浓淡不同的一块块海域；用铅笔缓慢而稳妥地在以前是空白的地方画出额外的航线。每隔一段时间，他就会查考身边成堆的旧航海日志，那里记载着各种不同船只在以前的各次航行中，发现或是捕获抹香鲸的季节和地点。

在他工作的当口，用链子悬挂在他头上的沉重的锡灯，随着船的晃动而不停地摇摆，将移动的光线和一道道阴影投射在他皱褶的前额上，当他在发皱的海图上标出线条和航道时，似乎有一支看不见的铅笔，也在他前额那布满深刻印痕的海图上画下线条和航道。

但是，绝不是这个晚上有什么特殊，亚哈才独自待在舱中，俯身在他的海图上沉思。几乎每天晚上这些海图都会被拿出来，几乎每个晚上都有铅笔印被擦去，添上其他的铅笔印。凭借面前四大洋的全部海图，亚哈要在潮水和涡流的迷宫中走出一条路来，希望能更有把握地完成他灵魂深处的那个偏执的计划。

对于任何不太了解这种大海兽的行为方式的人来说，想在这个星球无边无际的大洋中找出一个孤零零的生物，这几乎是一项荒唐无望的任务。但是亚哈却不这么看，他知道所有潮汐和洋流的规律，并据此计算出抹香鲸食物的动向；也能确切回想起追猎它的正常季节和特定的纬度，能够做出几乎确定的合理推测，以便及时到达某个捕鲸场去搜寻他的猎物。

的确有这样的事，很多捕鲸者认为，抹香鲸会周期性地回到某些固定的海域，如果能在全世界范围对其进行仔细观察和研究，对整个捕鲸船队每一次航行的航海日志进行细致的整理核对，那么就会发现，抹香鲸的洄游路线就和成群鲱鱼或燕子的迁移一样固定不变。根据这个线索，有人一直在尝试要编制出详尽的抹香鲸洄游图来[1]。

此外，当抹香鲸从一个捕食场前往另一个捕食场，凭借某

---

1 以上所述有幸得到一八五一年四月十六日华盛顿国家气象台莫里中尉所发布的一份官方通告的证实。依据该通告，的确有这样一张海图似乎正在完善之中；而且有些部分已经在通告上发表。“该海图把大洋分成经纬度各五度的若干区域；每区垂直分成十二栏，代表十二个月份，又有三条水平线划分成三小区；一个小区标明各区在本月逗留的天数，另两个小区标明看到抹香鲸或露脊鲸出水的天数。”

种绝无差错的本能的指引——更确切地说，是凭借来自上帝的秘密情报——它们大多数会沿人们所说的“洋脉”游动；它们的路线始终沿着一条既定路线，不偏不倚，极其精准，无论借助什么样的海图，任何船只在航行时的精确度，也不及这神奇鲸鱼的十分之一。尽管，在这些情况下，任何一头鲸鱼所取的方向都笔直得像测量员的平行线，尽管前进的路线严格局限于它自己无可回避的笔直轨迹，然而，据说在这些时候，它所洄游的反复无常的洋脉通常会有几英里宽（或多或少是这样，因为据推测，洋脉时有膨胀和收缩）；但是当它沿着这条神奇水域慎重地滑行时，它从不会超出捕鲸船桅顶瞭望者的视野范围。总之，在特定季节，沿着那条洋脉，在那么宽的范围，很有把握能找到迁移的鲸鱼。

于是，不仅在确实的具体时间，在众所周知的各自独立的捕食场，亚哈有望与他的猎物遭遇；而且在穿过那些捕食场之间极其辽阔的海域时，也可以凭借他的技巧，一路上安排好地点和时间，因为即便在这种时候，也不是完全没有相遇的可能。

有一种情况，初看上去，似乎会扰乱他疯狂而有条不紊的计划。然而，也许事实并非如此。尽管群居的抹香鲸在正常季节会去特定的捕食场，但是你通常无法断定今年在某某经度或某某纬度捕食的鲸鱼，必定就是上一年这个季节在那里发现的同一群鲸鱼。尽管有奇怪而无可置疑的例子，正好证明了相反的情况。总体上说，同样的说法，仅仅在一个很小的范围内，适用于那些成熟的老年鲸鱼中的独居者和隐士。所以，举例来说，即便前一年在印度洋中所谓的塞舌尔群岛捕食场，或是日本海的火山湾发现过莫比·迪克，也不能就此得出结论说，只要“裴阔德号”下一年在相应季节造访这两处地点之一，就准能万无一失地在那里遇见它。对于它时有出现的别的捕食场来说也是如此。这么说来，这些似乎都只是他的偶尔停留之处和海洋客店，不是他长期居留之所。

目前，我们已经谈论到了亚哈实现其目标的机会何在，但是仅仅触及，在他到达一个特定时间或地点之前，他是否会有中途预先遭遇的前景，既然所有可能性都会变成或然性，亚哈天真地以为，每一种或然性接下来就是必然性了。

那个特定的时间和地点是和一个术语——“赤道季节”连在一起的。因为在那个季节，连续几年都发现莫比·迪克要在那些水域盘桓上一段日子，就像太阳在每年的运转中，要在黄道十二宫的每一宫逗留一段可以预测的时间。那里也是大部分与白鲸的致命遭遇发生的地方；那里的波浪记录着它的所作所为；也就是在那个悲惨的地点，这偏执狂的老人为他的复仇找到了可怕的动机。

但是，亚哈阴森的灵魂已投入这场专心致志的狩猎之中，他那谨慎的万虑周详和毫不松懈的警觉性，不允许他将全部希望寄托在一个压倒一切的事实之上，无论对于那些希望而言，这事实有多么诱人；在为自己的誓言不眠不休之时，他也无法让焦躁的心安静下来，以至于耽误一切中间阶段的搜寻。

现在，“裴阔德号”从楠塔基特启航时正是赤道季节的开始。

船长再怎么努力也不能完成那么遥远的航行，向南绕过合恩角，再向南行驶六十度纬度，及时抵达赤道太平洋，展开巡航。所以，他必须等待下一个赤道季节。而“裴阔德号”提前出航，也许是亚哈的正确选择，是出于对这种局面的远见。因为，这样一来，在他前面就有了三百六十五个日夜的空档，这段时间便不至于在岸上急不可耐地煎熬，他可以进行天南海北的猎捕；万一白鲸偶然在远离它定期捕食场之外的海域度假，它那有皱褶的前额就有可能出现在波斯湾、孟加拉湾、中国海或是它的同类经常出没的其他海域。所以，季节风、潘帕斯草原风、西北风、非洲干燥的热风、信风，总之随便什么风，除了地中海西部的东风、阿拉伯和北非沙漠地带令人窒息的沙尘强风，都有可能把莫比·迪克吹进“裴阔德号”迂回曲折的环球航行所形成的遍及全世界的航迹之中。

即便承认这一切，然而谨慎和冷静地考虑，这个主意似乎也不过是疯狂而已。在广阔无垠的大洋之中，一头孤零零的鲸鱼，即便遇见了，你以为就能把它单独认出来吗，那不就像是在君士坦丁堡熙熙攘攘的大街上认出一个白胡子回教教规权威一样吗？是的，莫比·迪克独特的雪白前额和雪白的背峰，是绝不会搞错的。而且，难道我没有给这头鲸打上标记吗，亚哈会这样自言自语地说，在钻研他的海图直到半夜以后，他会陷入沉思——打上了标记，它还逃得了吗？它那阔鳍已经穿了洞，成了一把扇子，就像一只迷途羔羊的耳朵！就这样，他那疯狂的思想气喘吁吁地跑个不停，直到疲倦和虚弱将他淹没，他便会去甲板上，试图在户外恢复精力。啊，上帝！这个恍惚出神的人在忍受着怎样的折磨，一种尚未实现的复仇的欲望在怎样消耗着他。他睡觉时也会紧握双手，醒来时血淋淋的指甲陷在掌心的肉中。

夜晚的梦境生动得难以忍受，往往让他筋疲力尽，迫使他爬下吊铺，到了白天，紧张的思想又整天折磨着他，在疯狂的冲突中，它们一刻不停地在他燃烧的大脑中转来转去，甚至他心脏的跳动也成了难以忍受的痛苦。那时，就像过去时有发生的那样，这些精神上的煎熬将他的生命连根拔起，抛向空中，他的体内似乎张开了一道裂谷，从中射出分叉的火焰和闪电，该死的群魔引诱他跳下去，加入它们的行列；每当他内部的这座地狱在他脚下张开大嘴，整个船上就会听到一声狂叫，亚哈就会眼睛冒火，从船长室里冲出来，仿佛从着火的床上逃离一般。

不过，这些也许并不表明他内心怀着难以抑制的软弱，也不是被他自己的决心吓坏了，而只是最为清楚地表明了这种决心的强度。因为，在这样的时刻，疯狂的亚哈，这有条不紊、决不妥协、坚定不移的白鲸猎人，让这个亚哈回到他的吊铺上去的，并不是把他吓得跳下吊铺的那种力量。后者是永恒的、活生生的本性，或者是他的灵魂。在入睡的时候，灵魂暂时与具体体现它的大脑分离，而在其他时候，大脑把灵魂当作外部工具或媒介，灵魂自然会试图摆脱与它粘在一起的炽热的疯狂，此时此刻它们已经不再是一体的了。但是，因为大脑不与灵魂结盟便不会存在，所以就亚哈的情况而言，大脑所有的念头和幻想都必须服从于一个至高无上的目的；那个目的以其根深蒂固的意志，迫使自己对抗众神和魔鬼，成为一种自称自许、独立不羁的存在。

不，当与之相连的通常的活力免于受到无缘由的不请自来的惊吓，这个目的就会顽强地生长和燃烧。因而，当那个看似亚哈的人冲出他的舱房，从肉眼中射出饱受折磨的神色，此时却只是一具空壳，一个没有形体的梦游人，一道活跃的光线，诚然如此，但是没有可以着色的对象，它自身只能是一片空白。上帝保佑你，老人家，你的思想在你内部造就了一个生物。强烈的愿望使这个老人成了普罗米修斯，一只兀鹰永远在啄食他的心脏，那兀鹰正是他自己创造的那个生物。

第四十五章　宣誓书

就本书中可以称作叙述的章节而言，甚至就间接提到抹香鲸的一两个非常有趣和奇怪的习性而言，上一章的开头部分的确是这本书的重要章节之一；但是其中的主要问题需要进一步加以更通俗化的阐述，以便得到恰当的理解，并进而消除由于对整个题材的极端无知而在某些人头脑中引起的对此事要点的天然真实性的任何怀疑。

我不想把我的这一部分工作做得有条不紊，只求能凭借引证我这个捕鲸者亲身了解或确实可信的事例，得出我想要的印象，我便心满意足了；我认为，从这些引证中，自然能得出众望所归的结论。

首先，就我亲身所知，有过三个这样的事例。一头鲸鱼在中了一标枪之后，彻底地逃之夭夭了；而在一段时间之后（其中一次是经过了三年），再次被同一只手刺中，终致殒命，从鲸鱼身上取下的两支标枪都有同样的个人记号。在这个事例中，两支标枪的投掷时间相隔了三年。我认为事情还要复杂一些。在此期间，投标枪的人碰巧乘一艘商船旅行去了非洲，上岸加入了一个探险队，深入内陆，在那里旅行了近两年，时常遭遇到毒蛇、野蛮人、老虎、毒瘴气，以及所有在陌生地区的腹地漫游通常会遭遇的其他危险。与此同时，他刺中的那头鲸鱼也一定在继续它自己的旅行，无疑，它环游了三次地球，它身体的侧面擦遍了所有非洲的海岸，只是并无目的。这个人和这头鲸鱼再次相遇，一方毁灭了另一方。我要说明一点，我自己知道三个与此类似的例子，有两次我亲眼看见鲸鱼被刺中；而且在第二次攻击时，我看见后来从死鲸身上取出来的两支标枪上分别刻有记号。在时隔三年的那个事例中，我碰巧先后两次都在那条小艇上，最后一次我清楚地认出三年前我就注意到的鲸眼下面一个很特别的大痣。我说三年，其实肯定不止。这三个事例是我亲身所知，确有其事，我还从别人那里听说过很多其他事例，这些人的诚信是无可挑剔的。

其次，还有几个值得纪念的历史性事件，尽管岸上的世界可能一无所知，在捕抹香鲸业却是尽人皆知，那就是，一头特别的鲸鱼在大洋中相隔遥远的时间和地点，还能被大家认出来。这头鲸鱼如此受到关注的缘由，起初并非完全因为它的体貌特征有别于其他鲸鱼，因为任何鲸鱼在这方面不管有多么特殊，人们都会把它宰了，熬成特别珍贵的鲸油，它那特殊之处也就荡然无存了。不，原因是这样的，根据捕鲸者出生入死的经历，这样一头鲸鱼就像利纳尔多·利纳尔第尼一样，自有一种凶险可怕的威名，大多数捕鲸者发现它在附近海上游荡时，都仅仅满足于碰碰自己的防水帽，而不是与之发生更亲密的接触。就像岸上的一些穷鬼，碰巧认识了一个脾气暴躁的大人物，他们在街上会远远地向他谦卑地致敬，唯恐因为放肆的套近乎，而挨上一顿狠揍。

这些著名的大鲸不但个个享有很高的个人声誉——你简直可以称之为名扬四海，不仅活着时声名赫赫，死后也在船头楼流传的故事中永垂不朽，而且它还享有名望所能带来的全部权利、特权和荣誉，其名望甚至和冈比西斯或恺撒大帝一样显赫。难道不是这样吗，啊，帝汶岛的大鲸汤姆！你这声名卓著的大海兽，如同一座冰山伤痕累累，是谁长期潜伏在同样以帝汶命名的东方海峡中，是谁喷出的水柱从奥姆贝的棕榈海滩就能看得见呢？难道不是这样吗，啊，新西兰的巨鲸杰克！你不就是在那文身之国附近行驶的所有船只都要面对的恐怖吗？难道不是这样吗，啊，莫权！你这日本天皇，人家不是说有时你那高高的水柱在蓝天之上就像一个雪白的十字架吗？难道不是这样吗，啊，唐·米格尔，你这智利的巨鲸，你的背上像老龟似的刻着神秘的象形文字！简单说来，这四头巨鲸的名声，对于研究鲸类历史的学者，就像马略和苏拉之于古典学者一样。

可这还不是全部。汤姆和唐·米格尔，在给各种捕鲸船的小艇带来多次大祸之后，终于有一些勇敢的捕鲸船长，对它们展开了追捕，经过有系统的寻猎和追击，最后将它们杀死。这些船长当初起锚出航时，心中已经有了明确的目标，就和巴特勒上尉率兵穿过纳拉干西特丛林一样，早就决心抓住印第安首领菲利普手下的头号武士，那臭名昭著杀人无算的蛮子阿纳旺。

我不知道哪里还能找到比这儿更合适的地方，来提一提其他一两件在我看来很重要的事情，以书面形式在各个方面来证实整个白鲸故事的合理性，尤其是它所造成的灾难。因为这是令人沮丧的事件之一，其中真理也和谬误一样，需要尽可能充分的依据。对于海上世界有些最平常、也最易察觉的奇迹，陆地上的人大多数是一无所知的，对于捕鲸业上这些清晰的事实，如果不从历史和其他方面予以指点，人们就会嘲笑莫比·迪克纯属无稽之谈，甚或更糟也更可恨地，认为它是个可憎的不可忍受的寓言。

首先，多数人虽然对宏伟的捕鲸业的一般风险具有一闪即逝的模糊认识，但对于这些风险及其反复发生的频繁程度，却根本没有一个确实而鲜明的概念。一个原因可能在于，捕鲸业中实际发生的灾难和人员死亡事件，在国内有公开记录的还不足五十分之一，哪怕这些记录有多么短暂，瞬息即被遗忘。就在此刻，一个可怜的家伙也许正在新几内亚沿海被捕鲸索缠住，被下潜的大海兽拖到了海底——你以为这个可怜人的名字会出现在报纸的讣告栏里，第二天早餐时就会读到？不会的，因为这里与新几内亚的邮递很不正规。事实上，你何曾听说过从新几内亚或直接或间接而来的可以称之为正规的新闻呢？不过我告诉你，我在去太平洋的一次航行中，我们和三十艘不同的船只交谈过，每艘船上都有一个人死在鲸鱼手里，有些船还不止一个，有三艘船各失去了一个小艇的全部水手。看在上帝的分上，还是节省点你们的灯和蜡烛吧！你点的每一加仑鲸油，至少都有人为之洒了一滴血。

其次，岸上的人对大鲸的确怀有某种不确定的概念，认为它是威力巨大的庞然大物；但是我发现，每当你向他们举一个有关这种双重巨大的具体例子，他们就会意味深长地夸赞我真会开玩笑；这时我就得竭诚以告，我和写埃及瘟疫史时的摩西一样，绝没有开玩笑的意思。

不过，幸运的是，我在这里探索的特点可以由完全与我无关的证据予以确证。这一点就是：抹香鲸在某些情况下有足够的威力和见识，明智而恶毒，好像事先就有预谋一般，如何撞击一艘大船，将之彻底摧毁，使之沉没；更有甚者，抹香鲸已经这么干了。

第一次是在一八二零年，楠塔基特的“埃塞克斯号”，船长波拉德正率船在太平洋巡航。有一天，船上的人发现了鲸鱼的喷水，便放下小艇，去追猎一群抹香鲸。很快，就有几头鲸受了伤；就在这时，突然有一头很大的鲸鱼摆脱了小艇的围攻，离开鲸群，直接冲向了大船。它用前额猛撞船身，将船撞破，还不到“十分钟”时间，船就翻了，沉下了海。从此连一块幸存的船板都没有见到。部分水手乘坐小艇，经过风吹浪打的严酷考验，回到了陆地。最后，波拉德船长也回到了家，不久便指挥另一艘船再次驶向太平洋，但是众神又让他遇上了陌生的礁石和大浪，船只再次遇难，彻底沉没，他从此发誓放弃海上生涯，再没有尝试过。波拉德船长现在是楠塔基特居民中的一员。我曾见过欧文·蔡斯，悲剧发生的时候他是“埃塞克斯号”上的大副，我读过他明晰如实的故事，还和他的儿子交谈过。这一切都发生在灾难现场几英里的范围内[1]。

第二次是在一八〇七年，同样属于楠塔基特的“联合号”，在亚速尔群岛附近遭到类似攻击而全船尽毁，但是这次灾难的真实细节我从来没有机会接触到，只是不时地有捕鲸者偶尔提及。

第三次，大约十八年或二十年前，指挥一艘美国一级单桅纵帆战船的海军准将，有天碰巧和一伙捕鲸船长一起，在桑威奇群岛欧胡港的一艘楠塔基特船上进餐。谈话转到了鲸鱼身上，

---

1 下面是蔡斯原作的片段：“每一个事实似乎都允许我得出这样的结论，它的行动绝非偶然；他向船发动了两次攻击，每次都有好几下，两次攻击的时间间隔很短，根据方向判断，它是精心算计要给我们以最大的伤害，它迎头而来，这样两物相撞的速度就叠加起来，为了达到这个效果，它刚好需要这样的策略。它的样子极其可怕，充满憎恨和愤怒。它直接离开我们先前冲进去的鱼群，它的三个伙伴已经被我们击伤，好似要为它们的痛苦前来复仇一般。”他又写道，“无论如何，整件事情合起来看，每一个环节都是在我眼前发生的，当时就在我脑中产生了鲸鱼是决心伤人的印象（很多这样的印象我现在回忆不起来了），我的意见是对的，这使得我感到满足。”

以下是放弃大船之后，在一个漆黑的夜里，在一条无遮无拦的小艇上的反思，当时几乎已没有任何希望抵达热情好客的海岸，“漆黑的大洋和汹涌的波浪都无关紧要，害怕被恐怖的风暴吞没，害怕撞上隐藏的礁石，以及其他所有在心慌意乱中通常会想到的东西，似乎都不值一想了；占据我整个思想的是船凄惨的残骸，鲸鱼骇人的模样和复仇，直到白昼再次出现。”

还有一处，他谈到“那动物神秘而致命的攻击”。

准将对在座的几位专业人士将鲸鱼说得力大惊人颇为怀疑。例如，他断然否定任何鲸鱼能把他坚固的战船击伤，让它渗漏出一星半点的水来。好极了，可好事还在后头。几个星期之后，准将指挥他那艘坚不可摧的战船出发前往瓦尔帕莱索。但是中途被一头大腹便便的抹香鲸拦住了，请求和他商谈一下机密要事。结果这件要事就是给了准将的战船以狠狠一击，使得他只好把所有的水泵都拿来排水，一面径直驶向最近的港口，把船倾斜过来，加以整修。我不是一个迷信之人，但是我认为准将与那头鲸的会面是出自天意。塔苏斯的扫罗不就是受到类似的惊吓，才从不信上帝转而成为信徒的吗？我告诉你，抹香鲸才不会忍受任何的胡言乱语呢。

现在我要向你提一提《朗斯多夫的航海记》，以说明一件小事的原委，这位作者对这个事实特别感兴趣。顺便提一句，你一定知道，朗斯多夫是本世纪初俄国海军上将克鲁森施滕所领导的著名探险队的一员。朗斯多夫船长在第十七章的开头这样写道：

“到了五月十三号那天，我们的船准备启航，第二天我们就驶入了开阔的海域，前往鄂霍茨克。天气十分晴朗，但是冷得难以忍受，我们不得不穿上了皮衣。有些日子，风一直很小，直到十九号，才从西北方向刮来一阵凛冽的大风。一头巨大非凡的鲸鱼，身体比我们的船还要大，几乎就躺在水面上，但是船上没有一个人察觉到，直到满帆行驶的船眼看就要撞上它的瞬间，而这时已经无法避免与之相撞了。我们于是陷入了千钧一发的危险之中，这时，这个巨大的生物，弓起脊背，把船顶出水面至少有三英尺。桅杆摇摇晃晃，船帆全都落了下来，我们这些在底舱的人全都马上窜到了甲板上，以为船肯定是撞上了礁石；与此相反，我们看见的是那怪物正在游开，姿态极其庄严肃穆。德沃尔夫船长马上开动水泵，检查是否船身在这次震动中遭到损坏，非常幸运，我们发现它竟完好无损。”

此处提到的指挥这艘船的德沃尔夫船长是新英格兰人，作为一个船长，在经过充满非凡冒险的漫长生涯之后，现定居在波士顿附近的多切斯特村。我有幸是他的外甥。我特意向他问起朗斯多夫所写的这一段。他证实了每一个字。不过，这艘船绝不是什么大船，它是在西伯利亚沿海建造的俄国船，是我舅舅把他从家乡开出去的那艘船卖掉后买来的。

在莱昂内尔・韦弗（他当年是丹皮尔的一个老友）那本跌宕起伏、充满男子气概的《航行记》中，记述了老式的冒险，同时也充满了实实在在的奇迹。我在里面发现了一件小事，和我们刚刚引用的朗斯多夫的记载颇为相似，我忍不住插在这里作为增补例证，万一有此需要的话。

当时，莱昂内尔似乎正在去往约翰・费迪南多的途中，也就是现在的胡安・费尔南德斯群岛。“在驶往那里的途中，”他写道，“大约早上四点，我们离开美国本土一百五十里格的时候，船身感觉到一阵可怕的震动，船上的人惊慌失措，几乎不知自己置身何处，或是发生了什么；反正每个人都在等死。的确，震动如此突然和猛烈，我们都以为是触礁了；但是惊魂甫定之后，我们抛下铅锤，探测水深，但没有探到海底……突然的震动让大炮跃出了炮架，有几个人被震得滚下了吊铺。头枕枪筒躺着的戴维斯船长，从他的房舱里被抛了出来！”莱昂内尔随后将震动归之于一次地震，为了证实他的这个判断，他声称当时在某处确实发生了一场大地震，给西班牙沿岸造成了巨大破坏。但是我却不甚怀疑，在黎明的黑暗中，震动的原因是一头看不见的鲸鱼从下面垂直撞击了船体。

我愿意继续用几个我从多种渠道得知的例子，来证明抹香鲸时时表现出的巨大力量和恶意。

在不止一个事例中，人们得知，它不仅将攻击小艇逐回大船，还追击大船本身，能长时间经受住从甲板上向它投掷的鱼枪的攻击。英国的“浦西·豪尔号”就有一个那样的故事好讲；至于它的力量，让我说，有一些这样的例子，在风平浪静的天气里，将绳索一端缚住一头游动的鲸鱼，另一端在大船上拴牢，鲸鱼就会拖着巨大的船体破浪而行，就像一匹马拉着马车前进一样。

还有，经常有人观察到，被击中的抹香鲸一旦有时间恢复元气，就会行动起来，而且常常不是盲目地发怒，而是从容谨慎、深思熟虑地设法摧毁追击它的人；它也总会意味深长地表现出它的性格，在遭到攻击时，它经常会张开大嘴，那种可怕的样子会一直持续好几分钟。

不过，我再举最后一个例子作为结论性的说明，就心满意足了；这个例子值得注意，而且意义非凡，从中你会看到，本书中最为神奇的事件不仅已经由当今一些清清楚楚的事实所证实，而且这些奇迹（和所有奇迹一样）也不过是一代代的重复而已；所以，我们才第一百万次地随着所罗门说“阿门”——确实，日光之下，并无新事。

生活在公元六世纪的普罗科匹厄斯，是君士坦丁堡的一位信基督教的执政官，当时的皇帝是查士丁尼，将军是贝利萨留。许多人都知道，普罗科匹厄斯撰写了他那个时代的历史，这是一件在各个方面都有非凡价值的作品。最具权威的人士始终认为，他是最值得信任且绝不会夸大的史学家，除了一两个细节以外，而这一两处对现在要提及的事情毫无影响。

在他的史书中，普罗科匹厄斯提到，他在君士坦丁堡任职期间，曾在邻近的普罗庞提斯或者是马尔马拉海中捕获到一头大海兽，五十多年来，它在那些水域中屡屡损毁船只。这种记载在确凿历史中的事实是不能轻易否定的，也没有任何理由加以否定。这海兽究竟是何种类，书中没有提到。

不过，从它摧毁船只及其他一些原因看，肯定是头大鲸；我强烈倾向于认为它是一头抹香鲸。我会告诉你为什么。很长时间以来，我一直以为，在地中海及其相连的深水中，始终是没有抹香鲸出没的。甚至现在我也敢肯定，根据实际情况来看，那些海域不是，也许永远也不会是惯于群居的抹香鲸的栖息之所。但是近来进一步的考察向我证明，在现代，已经发现有抹香鲸在地中海出现的个别例子。有人告诉我，有确实可靠的根据，在巴巴里沿岸，一位叫戴维斯的英国海军舰长发现了一头抹香鲸的骨架。既然一艘战舰可以轻易地通过达达尼尔海峡，那么一头抹香鲸想必也能经由同样的通道，穿过地中海进入普罗庞提斯。

就我所知，在普罗庞提斯，没有发现露脊鲸的食料，那种叫作小鲱鱼的特殊物质。但是我完全有理由相信，抹香鲸的食物——鱿鱼或乌贼鱼——就潜藏在那片海底，因为在那里的海面上发现过一些大生物，虽则绝不是这种生物中最大的。那么，如果你把这些说法适当地综合在一起，再稍加推究，根据人类通常的推理能力，便会清楚地察觉，普罗科匹厄斯所说的半个世纪里撞碎了不少罗马皇帝船只的大海兽，完全有可能是一头抹香鲸。

第四十六章　揣度

尽管他的目标像烈火一样消耗着他，亚哈的全部思想和行动都始终专注在最终捕获莫比·迪克上面；他似乎准备为了这种激情牺牲所有重大的利益；然而，由于天性和长期的积习，他已经与暴躁的捕鲸者的生活方式有了不解之缘，让他无法完全放弃这次航行的附带任务。即使情况不是这样，至少也不乏其他对他影响更大的动机。即便考虑到他的偏执狂，以为他对白鲸的仇恨会在某种程度上扩大到所有抹香鲸身上，以为他杀的怪物越多，下次遭遇到他所憎恨的那一头的机会就越大，这样的揣度可能也有点太细了。但是，如果这种假设果真可以排除，也还会有其他一些原因，虽与他那支配一切的狂热并不怎么一致，但也绝非不能使他动摇。

为实现目标，亚哈必须使用工具；而所有在月亮的阴影里使用的工具之中，人是最容易脱离秩序的。例如，他知道，无论在某些方面他对斯塔巴克占有怎样的优势，这种优势的魅力并不足以控制人的整个精神，正如单纯体力上的优势并不意味着在智力上就高人一等；因为对于纯粹的精神而言，智力不过是与肉体有附带关系的东西。只要亚哈继续保持对斯塔巴克大脑的吸引力，斯塔巴克的肉体和受到胁迫的意志都将属于亚哈。不过，他知道，这位大副心底里对他这位船长的追求是怀有恨意的，只要力所能及，他就会乐于与之脱离干系，甚至挫败它。

可能还要很长一段时间才能发现白鲸。在这段漫长的时间中，斯塔巴克随时可能故态复萌，公然反抗船长的领导，除非随机应变，在一些寻常事务上，对他慎重地施加某些影响。不仅如此，亚哈对于莫比·迪克所怀有的微妙的疯狂之心，也最为意味深长地体现在他过人的机敏之中，他精明地预见到，就目前这次追猎来说，应该设法剥离掉奇思怪想自然而然赋予给它的那种不敬神的色彩，必须把这次航行恐怖至极的目的掩盖起来（因为人的勇气很少能经受得住悬念的长久考验而不用行动释放出来）。当他的三位副手和水手们在漫漫长夜值班守望的时候，必须有一些更为切近的事情来占据他们的头脑，而不是总想着莫比·迪克。

不管那些凶蛮的水手在他宣布追猎行动时如何急切而冲动地欢呼，这些性格各异的水手多少都有些反复无常，难以信赖——他们生活在复杂多变的户外天气中，也就吸取了它变化无常的性质——既然雇他们来追求一种遥远而模糊的目标，无论最后的生活和激情多么充满希望，当务之急是让他们有暂时的兴趣和活计穿插其间，养精蓄锐，以待最后的冲刺。

亚哈也没有忽略另一件事。在情绪激动的时候，人类会蔑视所有卑劣自私的念头；但是这种时刻转瞬即逝。亚哈心想，作为受造物的人类，其固有品质始终是卑鄙的。即便那白鲸能够充分煽动我这些野蛮水手的心意，撩拨他们的野性，甚至激发出慷慨豪侠的骑士精神，然而，在他们心甘情愿追击莫比·迪克时，也必须满足他们日常的普通欲望。甚至古代那些斗志高昂、有武士气概的十字军战士，也不会满足于横跨两千里的大陆，为他们的圣墓而战，而不干出些掳掠、盗窃的事，再顺便捞取一些其他以上帝为名的好处。如果让他们恪守一个富有浪漫色彩的最终目标，只怕有太多太多的人会在厌倦中弃之而去。亚哈心想，我不能剥夺掉这些人对于金钱——是的，对于金钱的念想。他们眼下会对金钱嗤之以鼻，可过上几个月，等他们看不到许诺的远景，那时候，这沉寂无声的金钱马上就会鼓动他们造反，这金钱很快就会取代亚哈的地位。

与亚哈更为切身相关的，还有另外一个预防性的动机。亚哈可能是一时冲动，未免过早地透露了“裴阔德号”此行首要却又纯属私人的目的，现在他已经完全意识到了这点，这样一来，就等于间接地把自己暴露了，要随时面对一个无言可对的指责：假公济私。他的水手因此可以拒绝继续服从他的命令，甚至会强行夺取他的指挥权，如果他们有意为之，就完全能够做到，而且从道义上和法律上，都完全可以不受惩罚。哪怕只是暗示出这种假公济私的责难，这种受到压制的影响的可能后果也会逐渐发展，如此一来，亚哈当然要万分焦急地寻求保护自己。这种保护只能凭借他自己占有优势的大脑，自己的心和手，再加上对他的水手可能受到的一切细微影响，小心提防，密切关注，精心揣测。

出于所有这些原因，以及其他可能需要加以分析、在这里无法用语言充分表述的原因，亚哈很清楚地看到，他必须在很大程度上要继续忠于“裴阔德号”此行自然而然的名义上的目的，遵守所有通常的惯例，不仅如此，还要尽量表现出对这一行业的一般追求怀有众所周知的强烈兴趣。

尽管如此，现在还是经常听见他向三支桅顶上值班的人喊话，督促他们要密切注意瞭望，甚至一只海豚也不要忘了报告。这种警觉性不久就有了回报。

第四十七章　编垫者

这是个闷热多云的下午，水手们在甲板上懒散地闲逛，或是茫然地凝视着铅灰色的海面。奎奎格和我没精打采地编织一条叫作防磨绳垫的东西，为了给我们的小艇添一条绑索。整个景象如此平静压抑，又似乎预兆着什么，空气中潜藏着一种幻想的魔力，每一个沉默的水手都似乎都融入了他自己无形的自我。

在忙着编垫子的时候，我是奎奎格的随从或是仆人。我用自己的手做梭子，在一长排经线之间，不断地来回穿织填料或是双股细绳做的纬线，而奎奎格则站在侧面，不时地把他那沉重的橡木剑在经线间滑动，懒洋洋地望着海面，漫不经心、不假思索地把每一股线都送到位。此时，有一种奇怪的梦幻气氛笼罩了全船和整个海面，只有木剑断续而沉闷的声音打破了沉寂，仿佛这就是时间的织机，我自己就是个梭子，在命运之神的安排下不停机械地织呀织。眼前就是一条条固定的经线，只能单调不变地来回振动，这种振动只是让另一些线横着穿进来，和自己编织在一起。这些经线似乎就是必然性；我心想，我就在这里，用自己的手投我自己的梭，把我自己的命运编织成这些不可改变的线绳。与此同时，奎奎格冲动而冷漠的剑，不时倾斜着敲打着纬线，或倾斜，或强劲，或无力，随情况而定。这些差别在决定性的一击中使得成型织物的最终效果产生了相应的不同。这个蛮子的剑，我想，就这样最后决定了经线和纬线的形状和式样。这毫不费力漫不经心的剑一定就是偶然性——对，偶然性，自由意志和必然性——它们绝不是不相容的——它们彼此交织在一起。必然性的笔直经线，不会偏离它终极的进程——它每一次交替的震动，实际上只是为了回到这个进程；自由意志仍然可以将它的梭子自由地投向给定的线纱之间，而偶然性，尽管它的游戏局限在必然性的直线之内，横向运动却受到自由意志的指引，偶然性尽管受制于两者，又反过来制约着两者，最终事情如何，还由它一击而定。

就这样，我们不停地织啊织，突然，一个拖着长腔的怪声让我吃了一惊，这声音富于音乐性，狂野而神秘，于是，那自由意志的线团从我手中掉落在地上，我抬头望向云层，那声音像一只翅膀从天而降。高踞于桅顶横木上的是那疯狂的该黑德人塔什特戈。他的身子急切地向前探出，伸着魔杖一般的手，间隔着短促的停顿，叫喊起来。可以肯定，在那一瞬间，整个海洋上都听得见这声音，它们来自成百个登得同样高的瞭望者，但是，这种古老的惯常的呼喊，很少有人能像这印第安人塔什特戈那样叫得富有神奇的节奏。

当他高悬在半空，盘旋一般停在你的头顶，狂热而急切地凝视着天际，你真会以为他就是先知或预言家，看见了命运之神的阴影，正用这些发狂的叫喊宣布它的到来。

“它在那儿喷水了！瞧！瞧！瞧！它在喷水！它在喷水！”

“哪个方位？”

“下风方向，大约两里开外！一大群！”

大家立时忙作一团。

抹香鲸喷水就像时钟滴答一样，始终如一，准确均匀。凭这一点，捕鲸者就能将它和其他鲸类区分开来。

“甩尾巴了！”塔什特戈叫道，随后鲸群全都消失了。

“快，小斯！”亚哈叫道，“看时间！时间！”

汤团小子急忙下去，看了一眼表，然后向亚哈报告了精确的时间。

现在，船避开了风，乘风缓缓向前起伏行驶。塔什特戈又报告说，鲸鱼已经朝下风头游去了，我们还是满怀信心地望着，指望能在我们船头正前方再次看见它们。因为抹香鲸有时会显示出一种非凡的技巧，它的头朝着一个方向潜下去，然后却藏在水面之下，掉转身，沿相反方向迅速游走——它的这套骗术现在不灵了，因为没有理由相信塔什特戈看见的鲸鱼受到了任何惊吓，或是真的知道我们就在附近。留守大船的人——就是没有被派到小艇上的人员，这时选了一个，接替了主桅顶上的印第安人。前桅和后桅上的水手都下来了；索桶已经固定在各自的位置；吊车悬臂已经伸展开来；主帆桁已经收拢，三艘小艇在海面上空摇摆，像三只草篮子悬挂在高崖上。舷墙外面那些急切的水手，一只手抓住栏杆，一只脚踏在船舷上，跃跃欲试，就像战舰上的一长列水兵正准备跳上敌船的甲板。

但是，就在这个关键时刻，突然一声叫喊，将大家的视线从鲸鱼那里引了回来。人人都吃了一惊，瞪着脸色阴沉的亚哈，只见他身边围绕着五个朦胧的幽灵，似乎刚刚在空气中现身出来。

第四十八章　初次放艇

那些幽灵，这么说是因为当时看起来确实像幽灵，正在甲板的另一边来来去去，无声地迅速解开吊在那里的小艇的索具和绑绳。这艘小艇一直被视为备用艇之一，因为它吊在右舷后部，便被专门称作船长用艇。现在站在艇首的人影高大黝黑，一只白森森的牙齿邪恶地从钢铁般的嘴唇里突出来。他穿着一件皱巴巴丧服似的中式黑棉布上衣，下身是同样颜色的宽松长裤。可是在这一片漆黑之上，却是一块白得发亮的打褶的头巾，这大活人的头发就编成辫子，一圈圈盘在头上。这人的几个伙伴，脸没有他黑，是马尼拉原住民所独有的生动的虎黄色——这一族人因为狡诈的恶行而声名狼藉，有些诚实的白人水手认为他们的主子是水上的恶魔，他们受雇充当间谍和秘密特务，而这个恶魔的账房据说设在别处。

水手们正在惊奇万分地盯着这些陌生人看的时候，亚哈对那戴白头巾的头领叫道："一切就绪了吗，费达拉？"

"准备好了。"回答中带着一点嘶嘶的声音。

"那就放艇吧，听见了吗？"亚哈朝甲板那边喊，"我说，那就放艇吧。"

他的声音有如雷鸣，水手们顾不得惊愕，纷纷跃过栏杆；滑轮在滑车里转动；随着一阵颠簸，三艘小艇都落到了水里；水手们以其他行业中所没有的敏捷和临事时的骁勇，山羊一般，从起伏的大船边跃入下面颠簸的小艇。

他们刚刚划出大船的背风面，第四艘小艇就从上风头绕过船尾而来，有五个陌生人在为亚哈划桨，亚哈自己则笔直地站在艇尾，大声吆喝着命令斯塔巴克、斯塔布和弗拉斯克远远地散开，以便围住一大片海面。但是，大伙的眼睛再次盯在了那黝黑的费达拉和他的水手身上，这三艘小艇都没有听从命令。

"亚哈船长？——"斯塔巴克说。

"你们散开，"亚哈叫道，"使劲划，你们四艘小艇。你，弗拉斯克，你再向背风面去一点！"

"是，是，先生，"这个小中柱高兴地嚷道，将他掌舵的大桨扳了一圈。"后仰划！"他对水手们说，"嘿！——嘿！——又来了！它就在正前方喷水，伙伴们！——后仰划！"

"别理那边那些黄小子，阿契。"

"啊，我才不在乎他们呢，先生，"阿契说，"我早就全知道了。我不是在后舱听见过他们的动静吗？我不是告诉过卡巴科吗？你怎么说，卡巴科？他们是偷渡者，弗拉斯克先生。"

"划啊，划啊，我的心肝宝贝；划啊，我的孩子们；划啊，

我的小家伙们。”斯塔布用抚慰的口气拖着长声向他的水手们叹道，他们有些人还露着不安的神色。

“你们为什么不使劲划呢，我的小伙子们？你们在盯着看什么？那边艇上的那些家伙吗？嘿！他们不过是额外的五个帮手，来帮我们的——别在乎他们从哪儿来的了——人越多越热闹。划啊，那就使劲划吧；别在乎那些恶鬼——魔鬼也是挺好的伙伴呢。就这样，就这样，你这就对了；那一桨值一千英镑；那一桨可通吃！为这一金杯的鲸油欢呼吧，我的英雄们！三呼万岁吧，伙计们——大家都振作起来！慢点，慢点，别急——别急。为什么你们不把桨干脆弄断，你们这些无赖？咬吧，你们这几条狗！好，好，好，轻点，轻点！对了——对了！每一下入水要长，要用力。使劲划吧，使劲划吧！魔鬼把你抓了去，你们这些叫花子流氓；你们全都睡着了。别再打呼噜了，你们这些睡不死的家伙，划啊。划啊，行不行？划啊，好不好？划啊，愿不愿意？看在白杨鱼和姜饼的份上也不行？——划吧，猛劲划！划，把眼珠子都划出来！瞧瞧这个！”他从腰带上随手抽出一把尖刀，“是娘养的就把刀子亮出来，咬着刀刃划。就那样——就那样。现在干吧；这才像回事，我的钢钻头。把它惊起来——把它惊起来，我的银勺子！把它惊起来，我的解索针！”

斯塔布对他水手的这番开场白，已详尽记录于此，因为他对他们讲话时，一般用一种相当特别的方式，尤其是在反复灌输划船经的时候。但是，你不要从他这个布道的样本就去推测，他会和他的信众一起马上变得激情满怀。根本不是这样；这就是他的主要特色。

他会对自己的水手说出最凶狠的话来，语调中奇怪地混合着玩笑和愤怒，而其中的愤怒似乎经过精心的算计，恰到好处地给玩笑添加情趣，因此，没有哪个桨手听了这番古怪的咒语，而不拼了命去划桨的，并且又只是为了这种笑料才划桨的。此外，他自始至终都显得轻松自在，懒洋洋，漫不经心地掌着手里的舵桨，大打呵欠——有时嘴张得大大的——因而，只是看到这么个呵欠连天的指挥官，纯粹是出于对比的力量，就会让水手们着了魔一般。而且，斯塔布是那种罕见的幽默家，他的轻松欢快有时甚为奇怪，显得模棱两可，这样一来，他的所有手下都要小心提防，对他的命令丝毫不敢懈怠。

这时，斯塔巴克听从了亚哈的示意，将小艇从斯塔布的船头斜插过去；借着两艇彼此靠近的那一两分钟时机，斯塔布向大副打招呼。

“斯塔巴克先生！喂，左舷的小艇！和你说句话行不行，先生！”

“说吧！”斯塔巴克回答道，身子连转都没有转，一边还在低声督促他的水手，他的脸色坚如火石，和斯塔布完全不同。

“你对那些黄小子是怎么看的，先生！”

“是开船之前不知怎么偷偷上的船。（用力，用力，伙计们！）”他低声对自己的水手说，然后又大声说，“一桩糟糕的买卖，斯塔布先生！（冲啊，冲啊，我的小伙子们！）可是别介意，斯塔布先生，一切都会好的。让你的水手们使劲划吧，不管会发生什么。（拼命划，兄弟们，拼命划！）前面有大桶大桶的鲸油，斯塔布先生，你们来不就是为了这个嘛。（划吧，我的小伙子们！）鲸油，为的就是鲸油！这起码也是责任哪，责任和利益是分不开的。”

“是，是，我也这么想，”两艇分开时，斯塔布自言自语道，“我一看到他们，心里就这么想了。是的，就是为了这个，他才经常往后舱跑的，汤团小子早就怀疑了。他们被藏在那下面。白鲸才是根本。好了，好了，顺其自然吧！无济于事了！没关系！使劲划吧，兄弟们！今天不是白鲸！使劲划！”

就在从甲板往下放艇的关键时刻，这些古怪陌生人的出现在一部分水手中引起了一种迷信般的震惊，这也并非不合情理；不过，阿契臆想中的发现，早在一段时间以前就在他们中间传开了，尽管当时没有人信以为真，但毕竟让他们对这件事有了点心理准备。

这样就避免了让他们的惊诧走向极端；于是，有了这一切，再加上斯塔布令人信服地说明了他们出现的原因，他们便暂时摆脱了种种迷信的猜想；虽然在这件事上，从一开始，阴沉的亚哈到底起了什么作用，仍有很大的余地让人们做出各种各样胡乱的推测。至于我，我一声不响地回忆起楠塔基特那个暗淡的黎明，我曾看见过的偷偷爬上“裴阔德号”的那些神秘人影，还有莫名其妙的以利亚的那番谜一般的暗示。

此时，亚哈已经处于听不见几个头目说话的地方，向上风头一边驶得很远，但依然领先于其他小艇；这种情况说明，给他划桨的水手力气有多大。那些虎黄色的人似乎都是钢筋铁骨，像五把杵锤一起一落，整齐有力地划动着船桨，一阵一阵驱使着小艇滑过水面，就像一只平式锅炉从密西西比河上的一艘汽轮上冲出来。

至于那个费达拉，能看见他操的是标枪手的桨，他已经甩掉了黑上衣，露出赤裸的胸膛，上半身完全露在船舷上面，在波涛起伏的海面的映衬下，显得轮廓分明。亚哈则在小艇的另一端，一只胳膊像击剑者一样，向后斜指着天空，仿佛要平衡前冲的势头。他沉稳地把住他的舵桨，就像被白鲸弄残之前曾经千百次放下小艇一样。突然，他那伸出的手臂做出了一个特别的动作，然后又静止在那里，小艇上的五支船桨同时竖了起来。

小艇和水手都一动不动地静止在海上。后面散开的三艘小艇也马上中途停了下来。那群鲸鱼纷纷下潜，无法从远处分辨出它们运动的迹象，只有亚哈靠得比较近，才观察到了这一点。

“各人注意自己的桨！”斯塔巴克叫道，“你，奎奎格，站起来！”

这个蛮子敏捷地跳了起来，纵身跃上艇首凸起的那个三角形平台，笔直地站在上面，急切而紧张地凝望着最后发现鲸鱼的地方。船艄同样也有一个与船舷齐平的三角形平台，只见斯塔巴克自己站在上面，冷静而熟练地保持着平衡，任凭他那一叶小舟怎样颠簸摇晃，沉默地注视着大海那一片蓝色的汪洋。

不远处，弗拉斯克的小艇也悄无声息地停在那里，它的指挥官毫无顾忌地站在索柱上面，那是一根嵌在龙骨上的矮桩，大约高出船尾平台两英尺左右，是用来卷捕鲸索的。索柱顶端的地方不过手掌大小，弗拉斯克就站在这样的柱顶上，如同栖身在一艘只剩下桅冠的沉船的桅顶上。可是这个小中柱虽然又小又矮，却充满了雄心壮志，索柱这样的立足之地是绝对满足不了他的。

“我什么都看不见，给我竖起一把桨来，我站那上面看看。”

听到这话，达戈两手各扶住一侧的船舷，稳住身子，快速到了艇艄，然后笔直地站起来，自愿将他那高高的肩膀作为支柱。

“好得和桅顶一样，先生，你上去吗？”

“我上去，非常感谢，我的好伙计；我只希望你能再高五十英尺，就好了。”

于是，双脚牢牢抵住两边的船板，这个黑巨人微微弯下身，一只手掌平托住弗拉斯克的脚，又把弗拉斯克的手放在自己插了灵车羽毛的脑袋上，要他在自己往上一抛的时候就势起跳，就这样灵巧地把那个小矮子稳稳当当送上了自己肩头。现在弗拉斯克就站在那儿，达戈则抬起一条胳膊，让他有个依托，自己也借此保持平稳。

即便海上风浪险恶，横冲直撞，把小艇颠簸抛掷的时候，捕鲸者仍能笔直地站立在艇上，这种已成为无意识技巧的神奇习惯，每每看在新手的眼里都是一番奇景。在这样的情况下，令人头晕目眩地栖身在索柱上头，就更加令人惊奇了。

但是，小弗拉斯克登在巨人般的达戈肩上，这场面就可谓奇怪至极了，因为这个高贵的黑人冷静从容，满不在乎，带着意想不到的野性的威严，雄壮的身躯随着脚下海浪的起伏而和谐地起伏着。在他宽阔的肩膀上，亚麻色头发的弗拉斯克就像是一片雪花。驮人的比被驮的还要显得高贵。尽管活泼爱闹、喜欢卖弄的小弗拉斯克会不时地急得跺脚，却都无法让这黑人伟岸的胸膛多起伏上一次。我就这样看见，“激情”和“虚荣”在践踏气量宽宏的大地，而大地并没有因此改变它潮汐的方向和四季的轮回。

与此同时，三副斯塔布并没有流露观察远景的热心。鲸群的这次下潜也许只是惯例，不是由于受惊才临时下潜的。如果情况的确如此，斯塔布就像以往习惯的那样，决定用他的烟斗来消磨这段焦急等待的时间。

他从帽带上抽下烟斗，他总是把它像羽毛一样插在那里。他装上烟丝，用大拇指尖压实，可是他刚把火柴在自己砂纸般粗糙的手掌上擦着，就看见他的标枪手塔什特戈，本来眼睛一直像两颗凝定不变的星星盯着上风头，现在却突然从直立姿势跌坐回自己的座位，发疯般地急叫道：“坐下来，全都坐下来，使劲划啊！——它们就在那边！”

对于一个陆地上的人来说，这时不要说鲸鱼，就连鲱鱼的影子都看不见，只有一片动荡的青白色的水面，上面点缀着稀疏的气泡，正向下风头吹散开去，就像白色巨浪溅出的乱纷纷的飞沫。空气突然震动沸腾起来，就像烧得通红的铁板上面的空气一样。就在这起伏翻滚的大气之下，鲸群藏在薄薄的一块水面之下，正在泅游。它们喷出的水泡总是人最先看到的迹象，就像是走在前面的信使和派出的先锋飞骑。

现在，四艘小艇都随着那片动荡的水面和空气紧追不舍。可要想赶上，谈何容易，它不断地向前飞奔，像一堆浑浊的水泡被激流裹挟着从山上一泻而下。

“划啊，划，我的好小伙子们，”斯塔巴克用尽可能压低但又极其专注的声音对他的水手们说，同时又将两道锐利凝定的目光，笔直投向艇首前方，简直就像从不出错的两只罗盘上的两根看得见的指针。他没有对手下的水手们多说什么，水手们则一声不吭。只是每隔一段时间，艇上的沉寂才被他独特的低语突然打破，有时是严厉的命令，有时是柔和的恳求。

声音洪亮的小中柱弗拉斯克却是大为不同。“大声叫吧，说点什么，我的心肝宝贝。吼吧，划吧，我的晴天霹雳！把我送上去，把我送到它们的黑背上去，哥们；只要给我做到这个，我保证会把我马撒葡萄园岛上的种植园送给你们，哥们；还有我的老婆和孩子们，哥们。把我送上去——送上去！啊，老天，老天！我就要彻底疯了，完全疯了！看那片白水！”他一边这样嚷着，一边把帽子从头上抓下来，丢在地上用脚踩，又捡起来，往海面远远一抛，最后竟然在艇尾上蹿下跳起来，如同来自大草原的一匹发疯的马驹。

“看那家伙，”斯塔布像个哲学家一样慢吞吞地说，他嘴里机械地衔着没有点燃的短烟斗，隔了一阵子，又接着说道，“他发作了，那个弗拉斯克。发作？是的，让他发作好了——就这个词——就是要让他们发作起来。开心，开心，振奋起来。晚饭要吃布丁，知道吗；——就是要开心。划吧，宝贝们——划吧，奶娃子们——全都划吧。可是你们匆匆忙忙为了什么鬼东西啊？轻点，轻点，稳住，我的伙计们。只管划，一直划，没别的。扭断你们的脊梁骨，把嘴里的刀子咬成两截——就是这样。轻松一点——为什么不轻松一点，我说，你们的肝肺都要炸了！”

但是，那神秘莫测的亚哈对他那些虎黄色的水手说了些什么——在此还是省略为好；因为你们毕竟生活在这个圣光普照的福音国度。只有海中那些鲁莽而不信神的鲨鱼才愿意听见那些话，而眉毛如龙卷风，血红的眼睛杀气腾腾，嘴上满是泡沫的亚哈，这时正在他的猎物后面穷追不舍。

与此同时，所有小艇都在向前疾驰。弗拉斯克特意反复提到“那头鲸鱼”，他声称那头虚构的怪物一直在用尾巴撩拨他的船头——他的这些话有时生动逼真，活灵活现，会让他的一两个水手心生恐惧，回头望上一望。可这是违反规则的，因为桨手必须闭上眼睛，脖子像是穿了烤肉扦子，一动不动；在这些关键时刻，历来要求，五官之中只许留下耳朵，四肢之中只许动用手臂。

这真是一副瞬息万变、惊心动魄的景象！无所不能的大海广阔无垠，波涛汹涌，发出澎湃而空洞的嚎叫，沿着四艘小艇的八面舷墙滚过，就像在一望无际的绿色球场上滚过的巨大木球；小艇落在刀锋般的浪尖上，那短暂悬置的煎熬简直要把它撕成两半；然后又猛地扎入深深的浪谷和凹地；接着又驱又赶地把船送上对面的山巅；再像雪橇一样从另一侧山坡滑下；——所有这一切，伴随着头领们和标枪手们的叫声，桨手颤抖的喘息声，还有堪称奇观的象牙色的“裴阔德号”张满船帆，向四艘小艇压过来，就像一只发疯的母鸡追赶着它尖叫的鸡雏——这一切真是激动人心。一个新兵离开妻子的怀抱，第一次奔进如火如荼的战场；一个新死之人的鬼魂在阴曹地府第一次遇见陌生的幽灵——这两者所感受的情感，都远不及第一次卷进猎捕抹香鲸这翻天覆地的迷人阵势更为奇异和强烈。

现在，追逐中激起的翻腾的白水，由于投射在海面上的阴沉云影减趋黑暗，而变得越来越清晰可见了。鲸鱼喷出的水雾已不再混在一起，而是在左右两边到处倾斜着飞起；鲸群也似乎在分散游开。四艘小艇互相离得更远了。斯塔巴克追赶着三头鲸鱼向下风头死命奔去。我们的小艇此刻扯起了帆，随着还在增强的风势向前急冲；小艇疯狂地滑过水面，下风的桨手只能使足了力气快扳，才不至于让桨从桨架上脱落下来。

很快，我们就驶进了一大片弥漫的雾纱之中，大船和小艇都看不见了。

“使劲划吧，伙计们，”斯塔巴克低声说道，一边把船帆又向后扯了扯，“暴风到来之前还来得及打到一头鲸。又有白水出现了！——靠近去！冲啊！”

不久之后，两声短促连续的叫声从我们两侧响起，表明其他小艇已在加速了，可是刚一听到叫声，斯塔巴克就闪电般急促地低声说：“站起来！”奎奎格手握标枪，应声跳了起来。

尽管没有一个桨手认为自己已面临生死关头，但是，看到艇尾大副的满脸紧张神色，他们知道已经到了紧要时刻；他们也听到一阵巨大的翻滚声，仿佛有五十头大象在褥草中翻腾一般。与此同时，小艇仍在雾气中轰隆前进，波浪在我们周围翻卷嘶叫，就像被激怒的蛇群直竖起头来。

“那是它的背峰。嘿，嘿，给它一下子！”斯塔巴克低声说。

只听小艇上发出短促的“嗖”的一声，那是奎奎格投出的标枪。随后，一切都乱成了一团，艇尾被什么看不见的东西猛地一推，艇首仿佛撞上了前面的暗礁；船帆破了，崩落下来；附近喷出一股滚烫的蒸汽；我们脚下有什么东西地震一般摇撼翻滚。所有水手都被狼狈地抛进了大风吹起的白色凝乳之中，几乎喘不上气来。大风、鲸鱼、标枪都混杂在一起，而那头鲸鱼，仅仅受了点擦伤，已逃之夭夭。

小艇彻底被水淹没了，不过却几乎完好无损。我们在小艇周围游来游去，捡起漂浮的船桨，横绑在船舷上，连滚带爬地回到自己的位置。我们就坐在没膝深的海水里，水淹没了每一根船肋和船板，以至于向下看去，悬浮的小艇仿佛就是从海底向我们长出来的一只珊瑚船。

风越来越大，开始呼啸起来；海浪一排排猛冲过来；暴风在我们周围怒号，噼啪作响，像大草原上白色的烈焰，我们在烈火中燃烧，却没有烧毁；我们在这死亡的虎口中幸存下来！我们徒劳地向其他小艇呼喊，在大风暴中，这就像是对着烟囱朝熊熊火炉中的通红煤块喊叫一样。与此同时，飞溅的浪沫、流云和雾气，随着夜色而变得更加昏暗；看不见大船的踪影。涨潮的海水使得小艇脱出困境的所有尝试落空。那些船桨已经失去推进器的作用，只能权当救生工具了。

于是，斯塔巴克经过多次努力，总算割断了防水火柴桶的绑绳，设法点着了灯笼，绑在信号旗的旗杆顶端，递给奎奎格，让他把这个绝望中的希望高高举起。于是，奎奎格坐在那里，在万分无望中举着那盏微弱的烛火。他就这样坐在那里，作为一个没有信念的人的标志和象征，在绝望中，无望地举起了希望。

我们全身湿透，浸在水中，冷得发抖，对大船和小艇都已不抱希望了，直到天光破晓才举目四顾。雾气依然铺展在海面上，破碎的空灯笼躺在小艇底上。突然，奎奎格惊跳起来，手拢在耳朵上。我们全都听到了一阵微弱的绳索和帆桁的吱嘎声，先前它们一直被暴风压制着。这声音越来越近，浓密的雾气分开，现出一个巨大模糊的形影。惊骇之下，我们全都跳进了海中，等到大船终于隐约可见，直向我们压过来，距离我们已不足船身的长度。

我们漂浮在波浪上，看见那艘被放弃的小艇，在大船船首下面颠簸了一下，裂开了，像是瀑布下面的一块木片；随后，巨大的船体从它上面压过，直到它从船尾翻滚着出现，才又看到它。我们再次向小艇游去，被海浪冲到了艇边。最后我们终于给拉了上去，安全地上了船。在风暴逼近之前，其他小艇也放弃了对鲸鱼的追击，及时回到了大船上。大船本已对我们不抱希望，但还在巡航，指望会碰巧发现我们遇难的迹象——一支桨或是一根枪杆。

第四十九章　残酷之人

在我们称作人生的这个千奇百怪五花八门的活动之中，总是存在一些古怪的时刻和场合，那时，一个人会把整个宇宙当作一个实实在在的大玩笑，尽管他对其巧妙之处只有模糊的认识，但是毫不怀疑的是，这个玩笑不是针对任何人，而正是针对他的。

然而，没有什么值得气馁的，也没有什么值得争论的。他吞咽下所有的事件，所有的教义、信念和劝诫，还有所有可见与不可见的困难，从来也不介意它们有多么棘手；就像一只有强大消化能力的鸵鸟，吞下子弹和燧石一般。至于小小的困难和烦恼，突如其来的灾难的预感，性命和身体所受到的危险，所有这些，连同死亡本身，对他来说，似乎只是那看不见又莫名其妙的老丑角，寻开心地偷偷打了他几下，在他腰眼里嘻嘻哈哈地捣了几拳。

我所说的那种怪异任性的情绪，只在某些极其困苦的时刻才会出现；它恰恰来自他的认真，以至于此前他认为无比重要的事情，现在看起来不过是那个大玩笑的一部分。要培养出这种自由、简单而亲切的亡命徒哲学，最好的莫过于捕鲸这个行业了，如今我正是用这种哲学来看待“裴阔德号”这次航行，以及作为其目标的大白鲸。

当他们把我最后拖上甲板，我还在抖落我上衣上的水时，我就忙不迭地说：“奎奎格，奎奎格，我的好朋友，这种事情经常发生吗？”尽管和我一样浑身尽湿，他却不动声色，这让我明白了，这种事的确常有。

“斯塔布先生，”我转身对这位可敬的人说，他已经扣起了油布上衣的扣子，此刻正在雨中沉静地抽着烟斗，“斯塔布先生，我记得你说过，在所有你遇见的捕鲸者中，我们的大副，斯塔巴克先生，是最最小心谨慎的人。那么我想，在雾蒙蒙的大风中扯满了帆去追击一头跑得飞快的鲸鱼，这是捕鲸者最极致的谨慎吗？”

“当然。我就曾在合恩角外面，在大风天里，从一艘漏水的大船上放艇追过鲸鱼。”

“弗拉斯克先生，”我转向小中柱说，他正站在旁边，“你经历过这些事情，我可没有。你能告诉我吗，弗拉斯克先生，让一个桨手断了脊梁骨地死命划桨，结果却是倒着往死亡的虎口里送，这是不是一条不可更改的行规呢？”

“你就不能少绕点弯子吗？”弗拉斯克说道，“是的，那就是规则。我倒想看看一船水手怎样倒着划到鲸鱼面前。哈，哈！

鲸鱼就会和他们面面相觑了，那可得当心了！”

于是，对整个情况，我就从三个不偏不倚的证人那里得到了一份审慎的证词。

所以，考虑到大风、翻船和随后的海上露宿都是这种生活中司空见惯之事；考虑到在和鲸鱼遭遇的千钧一发的时刻，我必须把自己的性命托付给一个在小艇上掌舵的人——而这个家伙常常在那个当口只会冲动发疯地跺脚，达到要把船跺个窟窿出来的程度；考虑到我们小艇的这次灾难主要得归咎于斯塔巴克，是他要在大风的利齿中追赶那头鲸鱼的，而这个斯塔巴克在捕鲸业中却是出了名的谨慎小心；考虑到我正好属于这个谨慎得非同一般的斯塔巴克指挥的小艇；还有，最后考虑到我卷入的是怎样一场见鬼的追猎，居然是与白鲸有关；把这所有的一切加在一起，我不由得对自己说，我看我最好还是去舱下边，起草一份遗嘱吧。

我说：“奎奎格，随我来，请你做我的律师、遗嘱执行人和遗产继承人。”

说来也许有些奇怪，在所有人中，水手居然会对他们的遗嘱和声明笨拙地修修改改，其实世界上没有人比他们更喜欢这种消遣的了。在我自己的航海生活中，这是我第四次做同样的事情了。在目前的场合，这个仪式完成之后，我感到放松了很多，心中的一块石头挪走了。此外，我现在所过的每一天都和拉撒路复活后的日子同样美好；看情况，我还会额外净赚很多个月，很多个星期。我设法活了下来；我把死亡和葬礼都锁在了我的心坎里。我平静而满足地环顾四周，像一个安静的幽灵，问心无愧地坐在温馨的家族墓地的栅栏里边。

那么好吧，我想，不自觉地卷起了罩袍的袖子，就这样冷静而专注地投向死亡和毁灭吧，那落在最后面的就让魔鬼抓去吧。

第五十章　亚哈的小艇和艇员；费达拉

“谁会想到呢，弗拉斯克！”斯塔布叫道，“如果我只有一条腿，你是不会看到我上艇的，除非要用我的木头脚趾去堵旋孔。啊！他真是个了不起的老人！”

“就因为那样，我不觉得有什么好奇怪的，”弗拉斯克说，“他的腿要是齐根断掉的话，那就是另一回事了。那他就会残废，但是他还有一条腿保住了膝盖，另一条腿多半也是好好的，你知道的。”

“我不知道，我的小兄弟；我还没有见到他跪过。”

鉴于捕鲸船长的生命对于航行成功具有无比的重要性，让他冒着生命危险亲自去参加追击，这样做是否正确，捕鲸业中的人常常会有争论。帖木儿的士兵们就常常含着眼泪争论，他该不该不顾自己的千金之躯，投入最激烈的战斗。

但是，就亚哈而言，问题却有所不同。因为两腿完好的人，陷身危险的时刻，不过是蹒跚不前而已；而追击鲸鱼则始终是一件极其艰难的事情，随时会遭遇危险，在这种情况之下，一个身有残疾的人下艇参加猎捕，这是明智之举吗？按照惯例，“裴阔德号”的股东们一定很明白这并不明智。

亚哈心知肚明，他老家的那些朋友即便听说，在一些相对危险不大的追击中，为了亲临现场指挥，他上了小艇，他们也不会多想什么，然而，让亚哈真的有一条自己的小艇，亲自做领班出击——尤其是还配备了额外五个人作为水手，这种慷慨的念头，“裴阔德号”的船东们是连想都想不到的。因而，他没有向他们请求再增派一艇的水手，对这个愿望也未曾有过任何的暗示。相反，整个事情他都私下做好了安排。

在卡巴科公开他发现的秘密之前，水手们根本没有预见到这点，尽管在出港不久，所有人手就都完成了例行工作，将捕鲸艇准备就绪了；在这之后，还能不时地看见亚哈不辞劳苦，亲手为那艘被认为是备用的小艇准备桨架栓，甚至热心地削制小木头扦子——那是在捕鲸索抛出之后，用来把索卡在船头槽沟里的。在他身上观察到的这一切，尤其是他急于要在艇底再铺一层包板，好像要它更能禁得住他那鲸骨腿尖端的重压；还有他在一丝不苟地修整大腿板时焦急的神色，这东西有时也叫作系缆枕，是船头横置的一块板子，投掷标枪或直接刺戳时用来顶住膝盖；当人们观察到他经常站在那艘小艇上，将他那只完好的膝盖顶在系缆枕半圆形的凹处，用木匠的凿子这里抠深一点，那里削直一点；所有这一切，我敢说，当时就已经引起了人们浓厚的兴趣和好奇心。

不过，几乎每个人都认为，亚哈这些细心周密的准备只是为了最终逮到莫比·迪克；因为他早已透露了意图，要亲自猎捕那头不共戴天的怪物。可是这样的猜测绝对没有让人疑惑是哪艘艇上的水手会被指派到那艘艇上。

如今，对于亚哈那几个幽灵属下的惊奇已经逐渐消散；因为对于捕鲸者来说，任何疑惑很快都会过去的。此外，不时地会有这种莫名其妙、来路不明、杂七杂八的人物，从地球不为人知的角落和垃圾坑里爬出来，在这些四海漂流、无法无天的捕鲸船上当水手。而这些捕鲸船本身也经常会收容那些依靠船板、船的残骸、船桨、捕鲸艇、独木舟、被风吹跑的日本舢板，在无边大海上漂泊无依、稀奇古怪的落难之人；即便鬼王别西卜本人爬上船舷，下到舱里和船长闲聊，也不会在船头楼里引起任何压抑不住的兴奋。

尽管如此，可以肯定的是，这些幽灵水手很快就在水手中安顿下来，可是他们总是显得有些与众不同，而那个戴头巾的费达拉一直到最后还是一个揭不开的谜。

他是从什么地方跑到这个彬彬有礼的世界来的，凭什么样莫名其妙的纽带，他很快就显示出自己与亚哈特殊命运的关联；不，甚至他对亚哈具有某种隐隐约约的影响；天晓得，这种影响甚至有可能支配亚哈的命运呢，这一切都无人知晓。但是，你无法对费达拉保持一种漠然置之的态度。像他这种人，生活在温带地区驯顺的文明人只有在梦里才能见到，而且看得也只是模模糊糊；但是，这种人不时地悄然出现在那些一成不变的亚洲社会，尤其是大陆东边的那些东方岛屿——那些与世隔绝、古老久远、一以贯之的国度，它们甚至在当代也依然保留着混沌初开时那幽灵般的原始痕迹，对人类始祖的记忆还犹在目前，他所有的后裔，都不知道他从何而来，他们自己则都将彼此视作真正的幽灵，并仰问苍天，为什么要造出他们来，目的何在；不过，根据《创世记》所载，天使们确曾与人类的女儿结伴，魔鬼也会跟异端的犹太法师们一道，沉溺于世俗的情欲。

第五十一章　精灵的喷水

一天接一天，一周接一周过去了，一路顺风，象牙色的“裴阔德号”已经缓慢地扫遍了四个巡游渔场；亚速尔群岛海域，佛得角海域，因在普拉塔河口外面而有普拉塔之称的水域，以及圣赫勒拿岛南面尚无明确归属的卡罗尔水域。

在驶过后来这些水域时，一个晴朗皎洁的月夜，当波浪像银光闪闪的卷轴一样滚过，轻柔、弥漫的起伏形成一派银色的寂静，但并无孤寂之感；在这样一个寂静的夜晚，从船首激起的白色泡沫看过去，远远出现了一股银色的喷水。

在月光的照耀下，缥缈若仙，仿佛是一个有羽毛装饰的闪光的神从海中升起。费达拉最先发现了这股喷水。在这些月光朗照的夜晚，他习惯于攀上主桅顶端，站在那里守望，就和白天值班时一样认真。不过，尽管夜里已经发现了成群成群的鲸鱼，可是，愿意冒险放艇追击的捕鲸者，一百个里也没有一个。你会想到，水手们看到这个东方老人在这样不同寻常的时刻，栖身于高处，心里会有怎样的感想；他的头巾和月亮，在同一片天空中如影随形。但是，连续几个晚上他都一声不吭，在那里度过同样长的时间，在这段沉寂之后，突然响起了他那怪异的声音，宣称月光下有一股银色的喷水，每一个斜躺着的水手都惊跳起来，仿佛有个带翅膀的精灵落在索具上，召唤这些必有一死的水手。

“它在喷水了！”最后审判的号角吹响，他们可能也不会抖得这样厉害；他们发抖不是因为恐惧，而是因为喜悦。虽然这是最不习惯的时刻，可这声叫喊如此感人，让人激动得发狂，船上几乎每个人都本能地想要放艇追击。

亚哈歪斜着身子快步走在甲板上，命令升起上桅帆和顶桅帆，展开所有的翼帆。由船上最好的水手掌舵。每一根桅顶都布置了人手瞭望，这艘帆桅高耸的船便开始顺风疾驶起来。吹在船尾的风将许多船帆都鼓得满满的，奇异地把船向上鼓起和提升，使得有浮力的悬荡的甲板仿佛腾云驾雾一般；而船还在向前猛冲，如同有两种敌对力量在争夺着它——一个要直接升往天空，一个要让它偏航，驶往地平线上的目标。而且，如果那晚你观察过亚哈的脸色，你就会想到，在他身上也有两种截然不同的东西在交战。他那条好腿在甲板上发出生动的回声，而那条假腿每走一步都像是往棺材上钉钉子。这老人就这样走着生死之路。

尽管船的速度很快，每个人的眼睛都像箭一样，射出急切的目光，可是当晚，那银色的喷水却再也没有出现。每个水手都发誓看见过一次，但没有人第二次看见。

这次午夜喷水几乎已经被人遗忘了，几天之后，突然，就在同样寂静的时刻，又有人报告发现了喷水，这一次又是所有的人都看见了，可就在升帆去追赶之时，它却再一次消失无踪了，仿佛从未存在过一般。就这样，那喷水夜复一夜地戏弄我们，后来便没人再去注意它，只是在心中感到纳闷。这神秘的喷水出现时，或是晴朗的月夜，或是星光满天，情况不一；它有时消失上一整天，或是两天、三天；每次重新出现又分明是离我们越来越远，这孤零零的水柱似乎永远在诱惑着我们前进。

根据水手这个族群中的古老迷信，并且与“裴阔德号”在许多事情上沾染的超自然色彩相应，水手中不乏有人发誓说，无论何时何地出现，无论时间相隔多久，也无论地点隔得多远，他们所看见的那股接近不了的喷水，都是出自同一头鲸鱼，那鲸鱼就是莫比·迪克。有一段时间，对这神出鬼没的幽灵的一种特殊的恐惧笼罩了全船，仿佛那怪物是在心怀叵测地召唤我们不断向前，以便转身扑向我们，最终在最为遥远蛮荒的海上把我们撕个粉碎。

这些暂时的恐惧，模糊而可怕，和晴朗宁静的天气形成反差，更产生出一股奇妙的力量，在那一片蓝色的温柔下面，有人认为潜藏着一种邪恶的魔力。我们日复一日地航行，穿过温和得令人疲惫的孤寂大海，似乎到处都在厌恶我们这复仇的使命，在我们骨灰瓮一般的船头前，一切生命都销声匿迹了。

但是，我们最后掉头向东，好望角的风开始在周围呼啸，我们就在波涛汹涌的漫长海面上起伏颠簸；镶着鲸骨尖牙的“裴阔德号”在疾风前深深地低下头，疯狂地刺入黑色的波浪，直到浪沫像银色的阵雨飞过舷墙，随后，这生命荒凉的空虚感消散了，代之而起的是更为凄凉的景象。

靠近我们的船头，海中有些奇怪的形影在东奔西逃；而在船尾则密密麻麻飞翔着不可思议的海乌鸦。每天早晨，都能看见这些鸟儿栖息在我们的支索上；它们不顾我们的轰赶，顽固地紧抓住麻绳久久不放，仿佛认定了我们的船是随波逐流的无主之物，是命定要荒废的东西，因此很适合它们这些无家可归的族类作为栖息之所。而黑色的海洋一起一伏，一起一伏，还在永无休止地一起一伏，仿佛它广阔的潮汐是一颗良心，伟大的宇宙之魂一直在为它所滋生的长期的罪恶与苦难而懊恼悔恨。

好望角，人们是这样称呼你的吧？其实，还不如像昔日那样，把你叫作暴风雨角；因为先前那种居心叵测的寂静长时间陪伴我们，引诱我们，最终我们发现自己闯进了这片折磨人的海域，那里，有罪的生灵变成飞禽和鱼类，似乎已被判刑，要永远不停地游动，没有任何可以栖息的港湾，或是终生要拍打着漆黑的空气，望不到天边的一片陆地。但是，那孤零零的喷水还是时时出现，沉静，雪白，一成不变，仍在将它羽毛般的喷泉直射向天空，仍像以前那样召唤着我们继续前进。

在这天昏地暗、风雨如晦的时节，亚哈几乎不间断地在浸透了水的危险的甲板上指挥一切，但是他却表现得极其阴

郁和缄默，比以往更少和他的副手们讲话。在这样风暴肆虐的时刻，把甲板和桅杆上的一切都绑得牢牢的，然后除了被动地等待大风的降临，就没有什么可做的了。

到了这个时候，船长和水手实际上都成了宿命论者。于是，亚哈把他的鲸骨腿插在惯常的旋孔里，一只手紧紧抓住一条横桅索，一个小时又一个小时地站在那里，呆呆凝视着上风头，偶尔刮来的大风裹挟着雨夹雪，将他的睫毛凝在一起。

与此同时，险恶的波涛越过船头冲击而来，将水手们从船的前部驱赶到船腰，他们沿着舷墙站成一排；为了更好地抵御跳跃的浪头，每个人都把单套结套在腰上，另一端绑定在栏杆上，像在松弛的腰带里面一样摇来晃去。

绝少有人说话；这沉默的船，仿佛操控在一群涂彩的蜡人手中，一天又一天地穿过疯狂飞溅又恶魔般快活的波浪。到了夜里，面对海洋压倒一切的尖声呼啸，依然是同样的静默无声，人们依然在单套结里沉默地摇来晃去，亚哈依然是一言不发地迎风伫立。甚至在疲倦的大自然需要休息的时候，他也不会回到自己的吊铺上去休息一下。

斯塔巴克永远也忘不了那老人的形象，一天晚上他下到舱中，去查看晴雨表时，看见亚哈闭着眼睛，笔直地坐在他用螺丝固定的椅子里，从他没有脱掉的帽子和外套上，不久以前风暴带来的雨水和开始融化的雪霰，还在缓缓滴落下来。旁边桌子上展开着一张以前提到过的标有潮汐和洋流的海图。他一手紧抓住的风灯还在摇摆。尽管他身躯笔直，头却向后仰着，紧闭的双眼就正对着挂在舱顶横梁上晃悠着的罗经的指针[1]。

可怕的老人！斯塔巴克不由战栗地想到，哪怕是在这狂风中小睡，仍然紧盯着自己的目标。

1 船长室的罗盘被称为罗经，不用去看船舵处的罗盘，船长在舱下就能知道船的航向。

第五十二章　“信天翁号”

从好望角往东南方向，在遥远的克洛泽兹群岛附近，是巡航猎捕露脊鲸的一个好去处。前面隐约出现一面风帆，那是名为“信天翁号”的捕鲸船。当它慢慢驶近，我正高高栖息在前桅顶上，我把这番景象好好观赏了一番，对于一个初入远洋渔业的新手，一个长期离家在外的海上捕鲸者，那景象可非同一般。

海浪就像漂洗工一样，把这艘船漂洗得像一具搁浅海象的骨架。在它的下部四周，幽灵般的船体上到处都是长长的红锈色沟痕，而它所有的桅桁与索具都像是结着白霜的粗树枝。它只张着较低的帆。看到它三根桅顶上的瞭望员满面长须，真是一副凄凉的景象。他们穿的衣服似乎是兽皮，破烂不堪，打了补丁，挺过了接近四年的巡航时间。他们站在用钉子固定在桅杆上的铁圈中，在深不可测的大海上摇来晃去；当这艘船缓慢地从我们的后艄滑过，我们六个悬在空中的人彼此靠得很近，几乎能从一艘船的桅顶跃到对面船上的桅顶，但是，那些满面凄凉的渔人在经过时温和地看着我们，没有对我们的瞭望者说上一个字，我们却听到从下面的后甲板上传来一声招呼。

“喂，那船！你们看见白鲸了吗？”

但是，当那个陌生的船长，俯身在苍白的舷墙之外，正要把喇叭放在自己嘴上的时候，喇叭却从他手中掉进了海里；风这时突然猛烈起来，他徒劳地叫喊了一阵，没有喇叭，他的声音没人能听见。与此同时，他的船与我们的距离还在继续加大。刚一听到向另一艘船提到白鲸的名字，“裴阔德号”上的水手们就以各种无声的方式，向对方表示他们注意到了这个不祥的意外，而亚哈则停顿了片刻，要不是有那危险的大风妨碍着，他几乎就要放下小艇去登上那艘陌生的船，问个究竟了。不过，他利用上风头位置的优势，再次抓起喇叭，从这艘陌生船的外貌上看出，它属于楠塔基特，不久就要返航了，于是他大声喊话——“喂！这是‘裴阔德号’，正在环游世界！告诉他们，将来所有的信件都寄往太平洋！这次航行是三年，如果我到时没有回家，就告诉他们把信捎到——”

就在两艘船的航迹恰好交叉的瞬间，突然，按照它们独特的方式，几天之前还在我们船舷两侧安静游动的从来不惹麻烦的成群小鱼，却颤抖着鳍，蹿到了对方船边，前前后后地结队而游。尽管在持续不断的航行中，亚哈以前一定经常看到类似的现象，但是，对于一个偏执狂来说，最为细枝末节的琐事也都是变幻莫测，意味深长的。

“你们要从我身边游走，是不是？”亚哈喃喃自语道，凝视着水中。他的话只有几个字，但是语调却传达出这个疯老头以前从来没有过的深沉的无助与悲哀。不过，他转身向着一直让船顶风行驶以降低航速的舵手，用一头老狮子的声音吼道：“向下风转舵！环游世界！”

环游世界！那声音多么能激起人的自豪感；可是为什么要做全球航行？只是为了经历无数的磨难，回到我们出发的地方，在那里，我们安全地抛在身后的危险，又会重现在我们前面。

如果这个世界是一片无尽的平原，我们向东航行就可以不断抵达新的远方，发现比基克拉迪群岛或是所罗门王群岛更为甜蜜和奇异的景象，那么我们的航行就有希望。但是，我们是在追求自己所梦想的遥远的神秘事物，或是在饱受折磨中追逐那魔鬼般的幻影，它不时地在所有人的心中浮现，在前方泅游，在这样的追逐中，我们或是被引进荒芜的迷宫，或是在中途沉沦于汪洋。

第五十三章　联欢会

亚哈为什么没有登上我们说的那艘捕鲸船，表面原因是，当时的风浪预示着要有风暴降临。但是，即便情况不是这样，从他后来在类似场合下的表现来判断，他大概也不会上那艘船的。

如果的确如此，那是因为在打过招呼以后，他已经对自己提出的问题得出了否定的答案。正如最后证实的那样，他不想与任何陌生的船长结交，哪怕只是五分钟，除非对方能贡献出他一心搜求的某种情报。但是，如果不把捕鲸船在陌生海域，尤其是在同一个巡游渔场彼此遭遇时的特定习俗交代一下，这种种的估计恐怕都会是不恰当的。

如果两个陌生人穿过纽约州的松林沙地，或是同样荒凉的英格兰的索尔斯堡平原；如果这两个人为了活命，偶然在这样荒凉的野地相遇，他们不可能不相互致意，停下来交换一些消息，或许还会一起坐上一会儿，共同休息上片刻。那么，在海上那漫无边际的松林沙地和索尔斯堡平原，两艘捕鲸船在世界的边沿彼此见了面——在孤零零的范宁岛，或遥远的“国王的磨坊”，我要说，在这样的情况下，两艘船不光是互相喊上几句话，而是会更进一步地接触，更为友好的社交来往，这是比陆上行人相遇要自然得多的事情。如果两艘船都属于同一海港，它们的船长、头目们，还有为数不少的水手，彼此也都认识，这种交往就尤其理所当然，他们会有各种各样亲切的家乡事可以谈。

对于长期离家的船来说，这艘外航船上也许有捎给他们的信件。无论如何，比起自己船上报夹中字迹模糊、翻得稀烂的老报纸，这船上肯定会有一些新个一两年的报纸吧。而且，作为这种恩惠的回报，外航船会得到有关巡游渔场最新的捕鲸情报，那里也许正是它的目的地，这可是至关重要的东西。

而且，在一定程度上，即便两艘捕鲸船在同一巡游渔场相遇，即便它们同样离家多年，这种情况也多少是真实的。因为其中一艘上可能收存有从已远离的第三艘船上转过来的信件，而这些信件中可能就有一些是要捎给现在遇见的这艘船的。此外，他们可以交换捕鲸的新闻，愉快地聊上一会儿。因为他们不仅会用水手间的情谊彼此相待，也会因为从事同样的职业，经历过同样的困苦与风险，从而产生独特的意气相投的感情。

国籍不同也不会造成任何本质的区别；亦即，只要双方说同一种语言，如美国人与英国人。但是，可以肯定，因为英国捕鲸船数量很少，难得遇上，即便真的遇上了，双方之间也很容易出现一种羞羞答答的局面，因为英国人相当保守，而美国佬，除了自己，绝不会想到别人会害羞。此外，英国捕鲸者有时在美国人面前会装出一种大都会的优越感，因为自己莫可名状的地方偏狭观念，而把又高又瘦的楠塔基特人看成是海上庄稼汉。

但是，英国捕鲸者的这种优越感究竟来自何处，这还很难说，因为美国佬一天打到的鲸鱼，比英国捕鲸者总共十年的斩获还要多。不过，英国捕鲸者身上的这个无害的小缺陷，楠塔基特人并不太放在心上；也许因为他们知道自己也有一些弱点吧。

由此可见，在海上所有单独出航的船只当中，捕鲸船是最有理由注重社交的——它们也的确如此。反之，有些商船在大西洋中部海域相遇时，往往会连一声招呼都不打，在公海上彼此擦身而过，就像百老汇的两个花花公子，也许还会对彼此的装备吹毛求疵，百般议论。至于两艘军舰偶然在海上相遇，它们首先会做出一连串愚蠢的点头哈腰、擦地后退的动作，还要降旗致意之类，根本看不出有什么直率真诚的亲善友爱。说到奴隶船的相遇，咳，它们行色匆匆，巴不得彼此快点逃开。至于海盗船，它们的骷髅旗偶然相遇时，第一声招呼便是“有多少人头？”——和捕鲸船招呼“有多少桶油？”一模一样，这个问题一旦得到答复，两船便会径直转舵而去，因为两边都是些地狱的恶棍，不愿意多看彼此可恶的尊容。

可是再看看那虔敬、诚实、朴素、好客、合群、无拘无束的捕鲸船！只要天气适合，两艘捕鲸船相遇时，它们会怎么做呢？它们会举行个“联欢会”，其他种类的船只对这种事可谓一无所知，甚至从未听说过这个名堂；如果有所耳闻，也只会咧嘴笑笑，又搬出一些什么“喷水的”和“煮油的”笑料，以及类似无伤大雅的外号。为什么所有商船，所有海盗船和军舰，还有奴隶船的水手，会对捕鲸船怀有如此轻蔑的态度，这个问题还真是很难回答。因为，比如就海盗船的情况而言，我很想知道，他们那种行当是否有什么特殊的荣耀。有时候他们的结局确实高得非同一般，但只是高在了绞刑架上。而且，如果一个人以那种古怪的方式被拔高了，他那优越的高度就没有什么恰当的基础了。因而，我得出结论，海盗吹嘘自己比捕鲸者高出一筹，这种断言没有坚实的基础，是站不住脚的。

可“联欢会”究竟是什么东西呢？你可能会磨坏你的食指，在成排的词典之中上下求索，也找不到这个词。约翰逊博士的博学也无济于事；诺亚·韦伯斯特的方舟也没有载上这个词。然而，多年以来，大约一万五千名土生土长的美国佬一直在使用这个富有表现力的词语。当然，它需要一个定义，也应该被收入辞书。基于此种考虑，让我来下个学术性的定义吧。

联欢会，名词。两艘（或两艘以上）捕鲸船的社交聚会，通常在巡游渔场上举行。彼此打过招呼之后，两船会派小艇水手互访；在这段时间中，两位船长在一艘船上会面，两个大副则待在另一艘船上。

关于联欢会，还有一个小小的事项，这里不可忘掉。所有行业都有自己独特的细枝末节，捕鲸业也是如此。在海盗船、军舰或是奴隶船上，每当船长乘坐自己的小艇划到什么地方，他总会坐在艇尾一个很舒适的座位上，有时还有软垫，并且往往是他亲自掌舵，舵柄小巧玲珑，装饰着花里胡哨的彩绳和丝带。但是捕鲸小艇的艇尾没有任何座位，也没有沙发之类的东西，甚至根本没有舵柄。如果捕鲸船船长们坐着有专利的轮椅，像痛风的老参议员那样被年轻人在海上推来推去，那一定是其乐无比的时刻。至于舵柄，捕鲸艇上不允许有这种女里女气的玩意儿；因为整个小艇的水手都必须离开大船去参加联欢会，小艇的舵手和标枪手也在其列，这种场合就由下属来掌舵，而船长自己又无处可坐，只好自始至终像棵松树那样立着，被送到对方船上访客寻友。

这时往往你会注意到，这位站立的船长意识到两边大船上的人都在盯着自己，深知为了保持尊严，必须站稳双脚。这件事可没有那么容易，因为他背后就是很长的舵桨，不时杵到他的后腰，而身子前面则是后桨，往复摆动，敲打他的膝盖。他就这样处于前后夹攻当中，只能向旁边尽量叉开两腿。但是，小艇如果猛地一颠，往往就会把他摔个仰面朝天，因为立脚点只有长度而没有相应的宽度，那是不成为立脚点的。只是把两根杆子搭成斜角，你是无法把它们支起来的。还有，在众目睽睽之下，我要说，让这位叉腿站着的船长用手抓住点什么东西来稳住自己，哪怕是一丁点东西，那都是办不到的；事实上，为了表明他自己完全可以控制住浮力，他通常会把双手插在裤兜里，而船长的手一般可能都很大很沉，揣在兜里可以当压舱物来保持平衡。尽管如此，也曾经有过这样的情况，而且还是千真万确，在一两次罕见的关键时刻，突然起了一阵狂风，只见船长一把抓住身边桨手的头发，死也不放。

第五十四章　“汤 - 霍号”的故事

（一如在黄金客栈讲的故事。）

好望角及其周边水域就像一条大道通衢的十字路口，你在那里遇见的行人比任何地方都多。

就在与前面说到的“信天翁号”相遇之后不久，我们又与另一艘归航的捕鲸船“汤 – 霍号[1]”相遇了。它配备的水手几乎全都是波利尼西亚人。在随后短暂的联欢会上，它给我们带来了有关莫比・迪克的很有说服力的消息。本来对白鲸兴趣一般的人，听了“汤 – 霍号”的故事，如今也热情高涨起来，其中涉及的鲸鱼似乎令人费解地成了所谓上帝审判的神奇化身，据说会不时地降临到某些人身上。这后一种情况，连同相伴随的

1 早年捕鲸者在桅顶首次发现鲸鱼时的呐喊，现在在猎捕著名的加利帕戈斯水龟时还在使用这种呼号声。

特殊细节，构成了我将要讲述的悲剧的秘密部分，它从来也没有传到亚哈船长或他的几位副手耳朵里。因为这故事的秘密部分就连“汤－霍号”船长本人也从未知晓。这是那艘船上三个结盟了的白人水手的私人财产，其中一个，似乎违背了天主教保密的禁令，把它讲给了塔什特戈，但是随后那个晚上，塔什特戈说梦话，泄露了不少的内情，以至于早上醒来时，他忍不住把故事剩余的部分也都说了出来。然而,这件事对“裴阔德号”上逐渐了解到事情全部的水手产生了有力影响，他们被某种姑且可以称为奇怪的世故所支配，将秘密局限在他们之间，绝没有把它传到“裴阔德号”主桅之后的区域去。将这个比较隐晦的线索和船上公开流传的故事恰当地交织在一起，我现在就要着手对这整件怪事予以记录，使其垂之久远。

出于我惯常的幽默性情，我将保持我曾经在利马讲述这个故事的风格，那次是在圣徒节前夜，我和我的一帮闲散的西班牙朋友，在黄金客栈那铺着金色瓦片的走廊上抽烟闲聊。在那些优秀的骑士中间，有两位年轻的先生，佩德罗和塞巴斯蒂安，他们与我过从甚密；因此，他们偶尔会插进一些问题，这些问题都当即得到了适当的回答。

“绅士们，我将向你们复述的故事，大约两年前我才初次获悉，那时，楠塔基特的捕鲸船‘汤－霍号’，正在你们太平洋这一带巡航，它离开这个美好的黄金客栈，向东航行还没有几天的路程。它的位置在赤道以北的某处。一天早上，船上开动了水泵抽水，这是每天的例行公事，这时发现船舱中抽出来的水比平时要多。先生们，大家推测是一条剑鱼把船刺破了。但是船长有着某种非同一般的理由，相信在这些纬度上有罕见的好运在等着他；因此他非常不情愿就此退出，而且，当时大家并不认为船漏水有什么危险，尽管如此，在风急浪高的天气，还是尽可能仔细地对底舱做了检查，结果什么都没有发现，于是，船继续巡航，水手们隔上很久才悠闲地用水泵抽一下水；可是没有好运出现，日子一天天过去，漏洞不仅没有发现，渗水量反而明显增加。如此一来，大家才有些重视起来，船长命令升起所有的帆，急速驶往群岛中最近的港口，以便在那里把船身翻过来予以修补。

“虽说前面还有不短的航程，但只要不出大的意外，船长就不担心自己的船会在路上沉没，因为他的水泵是第一流的，只要定期更换人手，他的三十六名水手就可以应付自如；即便渗漏再大上一倍，也无须担忧。事实上，这次航行几乎一路上都是顺风和畅，要不是马撒葡萄园岛人拉德尼大副的专横傲慢，引起了来自布法罗的大湖人、亡命徒斯蒂尔基尔特的激烈报复，‘汤－霍号’一定能安然无恙地抵达港口，不会出一点纰漏。”

“大湖人——布法罗！请问，什么是大湖人，布法罗是哪里？”塞巴斯蒂安问道，从摇摇摆摆的草垫子上站起身来。

“在我们伊利湖的东岸，先生；但是——请不要着急——也许，不久你就会有进一步的了解了。现在，先生们，那种横帆双桅船和三桅船，几乎就和从你们古老的卡亚俄出发，驶向遥远的马尼拉的船一样大，一样结实。这个大湖人生活在我们美国内地，周围都是陆地，从小就受到那种小农观念的影响，普遍认为可以向大海随便劫掠财富。我们了不起的淡水湖——伊利湖、安大略湖、休伦湖、苏必利尔湖和密歇根湖，要是汇流在一起，便和海洋一样浩瀚辽阔，拥有许多最著名的海洋特征，周边有很多各种各样的民族和风土人情。

“湖中有很多浪漫小岛组成的群岛，简直和波利尼西亚海域一样。和大西洋沿岸一样，沿湖大部分地区，有两个对照鲜明的大民族。它们从东方提供了漫长的水上通道，一直通到我们众多的殖民地，这些殖民地环绕这些湖岸分布着。这里和那里不时地有阴沉沉的炮台，还有高高的麦基诺要塞的那些山羊般毛糙的大炮，它们曾听到过军舰上胜利的排炮齐鸣。每隔上一段时间，它们就把湖滩让给未开化的野蛮人，他们涂得红红的脸膛从生皮棚屋中闪现出来。湖边是大片大片无人涉足的古老丛林，枯瘦的松树矗立其中，像哥特人族谱中排列得密密层层的国王。那些森林同样隐匿着非洲的猛兽，和皮毛柔软光滑的动物，它们出口的皮毛可以制成鞑靼皇帝的皮袍。湖面上映照着布法罗和克利夫兰这样铺砌着石头路面的城市，也映照着温尼贝戈族印第安人的村庄。它们上面航行着索具齐全的商船，国家的全副武装的巡洋舰，汽船和山毛榉独木舟。湖上吹起的狂风和鞭打咸涩海洋的风一样可怕，一样令你樯倾楫摧。它们虽处内陆，但也望不见陆地，船只遇难的事情时有发生，多少个午夜它们目睹满船的人一同尖叫着沉没。

“所以啊，先生们，尽管是个内陆人，斯蒂尔基尔特却生于狂暴的海洋，也是海洋哺育大的，他和任何水手一样勇敢无畏。至于拉德尼，尽管他小时候就爱躺在楠塔基特的海滩上，受到他的海洋母亲的哺育，尽管他在我们严峻的大西洋和你们充满冥思的太平洋上度过了后来的漫长岁月，可是他依然像是刚刚从使用鹿角柄猎刀的穷乡僻壤出来的新手，有很重的报复心，动不动就和人争吵。不过，这个楠塔基特人的心地还算善良，而那个大湖人水手，尽管的确有如恶魔一般，顽固而刚硬，但只要以通常的体面方式予以对待，给予最卑贱的奴隶都有权获得的人格上的尊重，他的性格也会有所调和；因此，这个斯蒂尔基尔特长期以来一直保持着温和无害的态度。在任何事情上，他的表现迄今都是如此。但是拉德尼的命运是注定的，他注定要发疯，而斯蒂尔基尔特呢——不过，先生们，且听我道来。

"自从'汤－霍号'掉转船头，向岛上的避难所驶去，顶多过了一两天的时间，船上的渗漏似乎又严重起来，但也只需要每天用水泵抽上个把小时就行了。你们要知道，在我们大西洋这样平稳而文明的大洋，比方说，有些小商船的船长会抽着水横渡大洋，也没有多少顾忌；尽管如此，如果在一个睡意沉沉的夜晚，甲板上值班的头目碰巧忘记了抽水这个职责，而他和他的水手们可能就再也想不起这回事来了，因为船上所有的人都慢慢沉到海底去了。先生们，在西边很远的孤寂荒蛮的海洋上，也有一些船只，让水泵把手喀啷喀啷响成一曲合唱，甚至就这样走完一段相当长的航程，这也不算什么不同凡响的事情。也就是说，只要它们沿着差不多能靠拢的海岸行驶，或是有其他合乎情理的退路可供选择就可以了。只有当漏船正好处于真的没有陆地可依的极偏僻海域，船长才会稍感焦虑。

“‘汤－霍号’的情况就是大致如此；所以，当发现船漏得更厉害了，有些水手的确表现出了些许的忧虑，尤其是大副拉德尼。他下令把上帆都好好扯起来，把帆篷重新绑好，尽量让它们迎风鼓起。这个拉德尼，我料想，一点都不是胆小之人，涉及自身安危时绝对不会张惶失措恐惧不安，无论在陆地还是在海上，他都是无所畏惧、做事不假思索的那种人，这一点，先生们，你们很容易就能想象出来。因此，当他对船的安全流露出这种担心时，有些水手宣称那不过是因为他是船的股东之一。于是，那天傍晚他们抽水的时候，站在潺潺不断地涌进来的清水之中，先生们，他们还就这个话题顽皮地开了不少玩笑。那股水清澈得就像是泉水一般——从水泵中冒着泡涌出来，流过甲板，在背风面的排水口不断地倾泻出去。

“现在，你们已经很清楚了，在我们这个囿于常规的世界中，无论是在水上或是别的地方，这种情况并不少见。当一个人处于发号施令的地位，他发现手下有个人在男子气概方面引以为傲，明显比自己要优越不少，他马上就会对这个人产生抑制不住的憎恶和怨恨之感，一旦抓住机会，他就会不顾一切地摧毁那个属下的堡垒，使之碎为齑粉，变成一小堆垃圾。先生们，无论我的这种奇思异想是否成立，斯蒂尔基尔特总归是个高大体面的家伙，有着一个罗马人一般的脑袋，一把飘洒的金色胡须，就像是你们上一任总督那喷着鼻息的战马鞍衣上的流苏，他有头脑，有心，有灵魂，先生们，如果斯蒂尔基尔特是查理曼大帝的父亲的亲儿子，他就会成为斯蒂尔基尔特·查理曼。可是拉德尼呢，这位大副丑得像头骡子，而且还鲁莽顽固，心怀恶意。他不喜欢斯蒂尔基尔特，斯蒂尔基尔特自己也知道这点。

"这个大湖人和其他人一起忙着操纵水泵，每当他看见大副凑近过来，就会装作没有注意到他，还是满不在乎地继续嘻嘻哈哈地开玩笑。

"'喂，喂，开心的伙计们，这水漏得可真是热闹；你们谁去拿个杯子来，我们来尝它一尝。看在上帝分上，它可真是值得装瓶卖！我告诉过你们什么，伙计们，老拉德尼的投资一定会泡汤！他最好是把他那份内的船身砍下来，拖回家去。事实上，兄弟们，剑鱼的活儿才刚刚开始，它会再次回来，带来一大帮毁船的木匠，锯子鱼，锉刀鱼，还有其他什么鱼。这群乌合之众现在正在起劲地干呢，在船底又切又砍，我敢说，已经大有进展。如果老拉德尼此刻在这儿，我会告诉他跳下船去，把它们驱散。它们正在毁坏他的产业，我可以这样告诉他。可这老家伙头脑简单——拉德尼，他还是个美男子。伙计们，听说他剩下的钱都花到买镜子上了。我怀疑他能不能把鼻子借给我这个穷鬼做做模型。'

"'你们都瞎了眼啦！水泵为什么停了？'拉德尼吼叫道，装作没有听到水手们的话，'赶快干起来！'

"'是，是，先生，'斯蒂尔基尔特说道，快活得像一只蟋蜂，‘动起来，伙计们，动起来，马上！’于是，那台水泵就像五十台救火机一样喀唧喀唧响起来，大家都把帽子甩掉大干起来，不久，就听得一个个呼哧呼哧的喘息声，证明大伙儿都已经竭尽全力拼了老命了。

“最后，这个大湖人和大家一起放下了水泵，喘息着走到船头，坐在绞盘上，他的脸涨得通红，两眼布满血丝，擦着额头上密布的汗水。这时，不知道是什么鬼迷心窍，先生们，拉德尼着魔一般非要去招惹这个筋疲力尽的人，可事情就是这样发生了。这大副让人不耐地在甲板上高视阔步地走来走去，吩咐他去拿把扫帚，清扫一下甲板，再拿把铁锹，把一头猪到处乱跑留下来的讨厌的垃圾清走。

“先生们，在海上清扫甲板是一项日常工作，除非狂风大作，每天傍晚都是要做的。人人都知道，哪怕是船就要沉了，这活儿也还是要干。先生们，这是丝毫不得马虎的海上的规矩，也是海员们爱清洁的天性；他们中的有些人不先洗洗脸是不甘心淹死的。但是，在所有的船上，这种扫帚活儿明确规定是小厮们的分内之事，如果船上有小厮的话。此外，‘汤－霍号’上比较强壮的水手都分班轮流抽水，斯蒂尔基尔特体格最壮，通常都是担任一组水手的组长，这样一来，他自然就不该承担任何与真正的船务无关的琐事，他组里的伙伴们也是这样。我提到这些细节，是为了让你们能够深入了解这两人纷争的起因。

“可事情还不止如此。铲脏东西的命令显然是对斯蒂尔基尔特的刺激和羞辱，等于拉德尼往他脸上吐了唾沫。在捕鲸船上做过水手的人都会明白；这一切，在大副下达命令时，大湖人就全都看明白了，而且心里肯定比别人有数。但是，他静坐了片刻，紧盯着大副那满怀恶意的眼睛看了一会儿，觉察到他心里堆积着很多火药桶，导火索正在缓慢无声地烧过去；当他本能地看明白了这一切时，他反常地起了克制之心，不愿意去进一步激怒一个已经心怀怨愤的人，让他大发雷霆——这种矛盾心情，一个真正勇敢的人甚至在受到冒犯时，就会感受最深——这种难以形容、不可捉摸的情感，就这样悄悄袭上斯蒂尔基尔特的心头。

“于是，他用正常的口气，只是由于一时的精疲力竭而稍微有点儿嘶哑，回答大副说，扫甲板不是他的事，他不愿意干。然后，他根本不提铲子的茬儿，而是指了指三个例行干扫地活儿的小伙子，他们没有被派去抽水，一整天没怎么做事，甚至什么都没干。对此，拉德尼回应以一声咒骂，用极其专横和暴怒的态度，不由分说地重申了他的命令；与此同时，又从身边的桶上抓起一把箍桶匠用的锤子，高高举起，向还在静静坐着的大湖人逼过来。

“大汗淋漓的斯蒂尔基尔特本就被这抽风一般的抽水工作弄得心情烦躁，开始时还有一种无法形容的克制之心，这时几乎已经无法忍受大副的态度了，但他还是设法按捺住了心头的怒火，一言不发，固执地坐在那里，生了根一般，直到最后，被惹恼的拉德尼把锤子在离他的脸只有几英寸的地方摇晃着，火冒三丈地喝令他遵命行事，他才坐不住了。

“斯蒂尔基尔特站起身来，慢慢地绕着绞盘后退，面对威胁地举着锤子步步紧逼的大副，他故意从容地重复说自己无意照办。然而，看到自己的克制忍让丝毫没有效果，他用一只扭曲的手做了个可怕的无法形容的暗示，警告这个愚蠢而痴迷的家伙就此罢手；可是毫无用处。就这样，两个人慢慢地又绕着绞盘转了一圈。到最后，他决定不再退让，按照自己的性格，他已经忍到极点了，这大湖人便在舱口停下来，对他的上司这样说道：

“‘拉德尼先生，我不会服从你的。把那锤子拿开，否则你要当心了。’但是命该如此的大副还在继续逼近站着不动的大湖人，在离他的牙齿不到一寸的地方，摇晃着那把沉重的锤子，嘴里还在说着难听的坏话。斯蒂尔基尔特寸步不让，利剑般的目光毫不退缩地直刺对方的双眼，攥紧放在背后的右手，悄悄地缩起来，告诉这个迫害者，只要锤子擦到他的脸，斯蒂尔基尔特就会杀了他。可是，先生们，这傻瓜已被众神打上了标记，注定要死于非命。大副的锤子刚一碰到大湖人的脸颊，自己的下巴就给打烂了，他栽倒在舱口，嘴里像鲸鱼一样喷出血来。

“叫声还没有传到船尾，斯蒂尔基尔特就摇动了通往高处桅顶的后支索，桅顶上值班的是他的两个伙伴。他们都是运河水手。”

“运河水手！”佩德罗先生叫道，“我们在港口见过很多捕鲸船，可从未听说过什么运河水手。请问，他们是些什么人？”

“运河水手，先生，就是我们伊利大运河上的水手。你一定听说过。”

“没有，先生，在这片历来沉闷、温暖、懒散至极的土地上，我们对你那精力充沛的北方所知甚少。”

“是吗？那么好吧，先生，把我的杯子斟满。你们的奇恰酒非常不错。在继续进行之前，我要告诉你们，我们的运河水手是些什么样的人，因为这样的信息会有助于理解我的故事。”

“先生们，横贯整个纽约州三百六十里宽的土地，流动着一条日夜不息的河流，河上的生活如同威尼斯一般腐败，而且往往是无法无天的。这条河穿过大量人口稠密的城市和最为繁荣的乡村；穿过漫长、凄凉、杳无人烟的沼泽，肥沃无比的耕田；流经台球房和酒吧间；穿过至为神圣的大森林；流过印第安河流上的罗马拱门式水道桥；穿过阳光和阴影；穿过幸福的心和破碎的心；穿过所有高贵的莫霍克各县那开阔的、对比鲜明的风景；尤其是流经成排雪白的小教堂，它们的尖顶像里程碑一样耸立在空中。那就是你们真正的阿散蒂地区，先生们；那儿有你们的异教徒在奔走呼号；你到处都能发现他们，就在你的隔壁；在教堂长长的阴影下，在舒适的背风地里。出于一种奇怪的宿命，你们往往会注意到，大城市中的海盗总是在法院周围扎营，所以说，先生们，最神圣的场所附近罪人就最多。”

“有个修道士刚刚经过吗？”佩德罗先生说道，俯视着人群拥挤的广场，眼中带着幽默的关切神色。

“我们的北方朋友这下可好了，伊莎贝拉女皇的宗教裁判所在利马已经衰落了，”塞巴斯蒂安笑着说，“继续吧，先生。”

“等一等！请原谅！”这伙同伴中的另一个叫道，“以我们所有利马人的名义，我要向你，水手先生，表示，我们绝没有忽视你的用心周道，在你的腐败比较中，没有用现在的利马取代遥远的威尼斯。啊！不要鞠躬了，也不要显得那么惊讶；你知道沿整个这条海岸流传的那句谚语——‘腐败如利马。’它也恰好证实了你的说法。教堂比台球桌还多，而且永远是开放的——‘腐败如利马。’威尼斯也是如此，我去过那里。那个有福的福音传播者的圣城，圣马克！——圣多米尼克，去他的！你的杯子！谢谢，我来满上；现在，你再往出倒吧。”

“先生们，运河水手，如果就其职业本身直率而言，大可以把他们描绘成美妙的戏剧人物，他坏得丰富，坏得别致。他日复一日地沿着绿草如茵、鲜花盛开的尼罗河懒散地顺流而下，就像马可·安东尼一样，毫不避讳地和他那红脸颊的克里奥佩特拉调情，在阳光明媚的甲板上把大腿晒成成熟的杏黄色。但是一到岸上，这柔弱之气就一扫而光。运河水手得意扬扬地装出绿林好汉的模样，耷拉着装饰有鲜艳缎带的帽子，显示出他的豪华气派。他乘船经过村庄时，会让满脸微笑的天真村民惊骇不已。在城里，他黝黑的脸膛，走路时大摇大摆的神气，也会让人们避之唯恐不及。我曾经就是运河上的一个流浪汉，这些运河水手中的一个曾经对我有过恩惠，我衷心地感谢他，我不想忘恩负义。但是，这些粗暴的家伙往往有一种极为可贵、足以作为弥补的品质，他那强壮的手臂有时既会打劫富人，也会对身处困境的可怜的陌生人施以援手。总而言之，先生们，这种运河生活的野蛮程度，主要表现在下面这一点上，那就是我们野蛮的捕鲸业中有不少这样绝顶完美的毕业生，任何人种之中，除了悉尼人，最不受我们捕鲸船长信任的就是运河水手了。但是，这并不能减弱人们对这件事的好奇心，对于出生在运河沿岸的成千上万的我们农村青少年来说，在大运河上的见习生活提供了唯一的过渡机会，让他们能从安静地种一个基督徒的庄稼地，转而不顾一切地去耕种那最为凶蛮的大海。”

“我明白了！我明白了！”佩德罗性急地叫道，把奇恰酒洒到了自己衣服的银色褶边上。“不需要去旅行了！世界就是一个利马。我还以为在你们温和的北方，一代代人都是山一样又冷静又圣洁呢。——不过，还是讲故事吧。”

“先生们，我刚才讲到了大湖人在摇动后支索。他刚摇了几下，就被三个副手和四个标枪手围住了，他们一起把他逼到甲板上。但是，那两个运河水手像倒霉的扫帚星一样，顺着帆索滑了下来，一头闯进这乱糟糟的人群，想要把自己人拽出去，拉到船头楼去。其他水手也加入进来，帮他们一起拉，于是你拉我扯，乱成一团。而这时，那个勇敢的船长站在圈子外安全的地方，手里拿着一支捕鲸枪，跳来跳去，号召他下属的头目狠狠收拾那个蛮横的恶棍，把他赶到后甲板去。他不时地跑到转来转去的混乱的人群边上，用鱼枪向人群中心戳去，想把他憎恨的目标扎住，挑出来。但是，他们不是斯蒂尔基尔特和他那些亡命徒朋友的对手，让对方成功到了船头楼的甲板上。在那里，斯蒂尔基尔特这一伙匆忙滚过来三四只大桶，和绞盘排成一行，这些海上巴黎人便据守在街垒后面，对峙起来。

“‘出来，你们这些海盗！’船长嚷道，这时小厮刚刚给他拿来两支手枪，他便一手一支地威胁对方，‘出来，你们这些杀人犯！’

“斯蒂尔基尔特纵身跃上街垒，大摇大摆地走来走去，蔑视着手枪的威胁，他明确地告诉船长，斯蒂尔基尔特的死将是全体水手杀人叛乱的信号。心里害怕，唯恐这事会变成事实，船长稍微有点迟疑，但仍然命令叛乱分子马上回到自己的岗位。

“‘如果我们照办了，你能保证不动我们吗？’他们的头领追问道。

“‘回去！回去！——我不会做出任何许诺；——回到你们的岗位上去！你们在这种时候罢工，是不是想把船弄沉？回去！’他又一次举起一支手枪来。

“‘弄沉这条船？’斯蒂尔基尔特叫道，‘是啊，就让它沉好了。我们没有一个人会回去的，除非你发誓不用绳子来对付我们。你们怎么说，伙计们？’他转身对着自己的同伴说，大家报以热烈的欢呼。

“这大湖人在街垒上一边巡逻，一边用眼睛盯着船长，抑扬顿挫地说出下面这番话来：‘这不是我们的错；我们不想这样；我叫他把锤子拿开；那是小厮干的活；他早该知道我是怎么回事；我叫他不要撩拨水牛；他那该死的下巴还让我断了一根手指呢；那些剁肉的刀子不是就在船头楼里吗，兄弟们？那些绞盘棒也能用上，我的兄弟。船长，凭上帝发誓，你还是当心点你自己，说出你的许诺吧，别犯傻了，把这一切全都忘记，我们这就回去干活。对待我们公平点儿，我们还是你的人，我们可不想挨鞭子。'

"'回去！我什么都不会答应的，回去，我说！'

"'好啊，你看着，'大湖人叫道，向船长挥动一条胳膊，'我们这里这几个人（我也是其中之一）上船来是为了巡航的，你明白；你也很清楚，先生，船一靠港，我们马上就可以要求解雇。所以我们不想闹事，那对我们没好处，我们只想太太平平。我们随时准备回去干活，可我们不想挨鞭子。'

"'回去！'船长咆哮道。

"斯蒂尔基尔特环顾了一下四周，然后说道：'船长，我现在就和你明说，我们不会杀你的，为这样一个卑鄙的无赖上绞架，我们对你连手都不会抬一下的，除非你先动手攻击我们；但是在你答应不拿鞭子抽我们之前，我们是一点儿活都不会干的。'

"'那就到船头楼下面去，你们都下去，我会让你们待到你们厌倦为止。你们下去吧。'

"'我们下不下？'这个首领对他的伙伴们叫道。大部分人表示反对，但最后，他们还是服从了斯蒂尔基尔特，就在他前头，像熊进洞一样下到他们黑暗的小窝里，气冲冲失望地抱怨着。

“当大湖人的光脑袋刚刚下到与船板齐平，船长和他的一帮子人就跃过街垒，迅速地把舱口的盖子拉上，大家七手八脚地按住盖子，一边大声叫小厮把锁舱梯的大铜锁拿来。然后船长把盖子稍微打开一点，对着缝隙小声说了些什么，又盖上，把那些人——一共十个——都锁在下面，甲板上还剩下大约二十多人，迄今为止保持中立。

“整个晚上，所有头目都在船前船后严密把守，尤其是船头楼的小舱口和前舱口，担心叛乱者会打破舱下的隔板，从前舱口冒出来。但是一夜平安无事。水手们仍然留在自己的岗位上，辛苦地忙着用水泵抽水，喀唧喀唧的声音不时穿过沉闷的夜晚，在船上凄凉地回响着。

“日出时分，船长走到船的前部，在甲板上敲了敲，叫那些囚犯出来干活；但是他们叫了一阵，不肯出来。于是，给他们吊下去一些淡水，扔了两把面饼，船长又把他们锁了起来，钥匙揣在口袋里，回后甲板去了。连续三天，每天这样重复两次；可是，到了第四天早上，发出惯常的命令之后，舱下起了一阵混乱的争吵声，接着就听见一阵脚步声，有四个人突然从船头楼里冒了出来，说他们准备回去干活。封闭的舱下空气恶臭，缺吃少喝，也许还有对最后要遭受惩罚的恐惧，迫使他们无条件地投降了。这个情况使船长勇气倍增，他向剩下的叛乱者重申了自己的命令，但是斯蒂尔基尔特在下面喊话，发出一个恶狠狠的暗示，叫他不要啰嗦，老老实实回他自己的地方待着。到了第五天早上，又有三个叛乱者挣脱了下面人的拼命阻拦，冲了出来。下面只剩下三个人了。

“‘还是回来干活为好吧？’船长无情地嘲弄道。

“‘把我们再锁起来，好不好！’斯蒂尔基尔特叫道。

“‘啊，那是当然。’船长这样说着，咔嗒一声把锁头锁上了。

“先生们，他原来的七个同伙的背叛让他非常愤怒，船长上一次喊话中那嘲讽的口气刺激着他，长时间被关在绝望的黑窟里也让他发疯，这个时候，斯蒂尔基尔特向他的两个运河水手提出了自己的计划，到目前为止他们显然还和他一条心，到监守者下一次来喊话的时候，就从舱底下冲出去，用他们锋利的剐肉刀（新月形沉重的长刀，两端都有把手），一路从船头砍到船尾，万一有可能，就孤注一掷，把船夺下来。他说，无论他们是否加入，他自己都会这么干。那将是他在这黑窝中过的最后一晚。这个计划没有遭到另两个人的反对，他们都发誓说他们已经准备好了，无论是什么疯事，总之除了投降，他们什么都愿意干。除此之外，他们每个人还都坚持，在冲锋的时刻到来，自己头一个冲上甲板。但是，他们的首领对此激烈反对，他坚持要自己先上，尤其是因为他这两个同伴，在这件事上都互不相让，而他们又不能一起都上，因为扶梯每次只能上一个人。先生们，到了这里，这两个各怀鬼胎的恶棍的伎俩就昭然若揭了。

“这两人在听到他们首领这番疯狂的计划之后，每个人各自心里都陡然亮了一下，他们似乎同样打起了变节的主意，也就是说，在往外冲的时候走在头里，成为三个人中的头一个，尽管是十个人中最后投降的，但却有可能因为这个表现而获得宽恕，哪怕机会再小。但是，当斯蒂尔基尔特告诉他们，他决心走在头里，领导他们反抗到底，他们就把恶人本性中的狡猾，和先前私下里打定的变节的主意结合了起来。半夜里，乘首领打瞌睡的时候，他们三言两语就彼此交了底，一齐动手把睡觉的用绳绑了，又用绳子塞住嘴，然后尖声叫起船长来。

“船长以为杀人了，他嗅到了黑暗中的血腥气，便和全副武装的几个副手和标枪手们冲到船头楼来。不消几分钟，小舱口被打开，叛乱者的首领被绑着手脚，兀自还在挣扎，被他背信弃义的同伙推了上来，那两个人当即邀功请赏，声称是他们抓住了这个一心想要杀人的家伙。可是这三个人都被揪住脖领子，像拖死牛一样被拖过甲板，并排绑在后桅索具上，像三块肉梓子一样一直吊到早上。‘该死的东西，’船长叫着，在他们面前踱来踱去，‘连兀鹰都不愿意碰你们，你们这些恶棍！’

“太阳升起的时候，他把所有水手召集起来，将叛乱者和没有参与叛乱的人分开，对叛乱者说，他真想把他们全都鞭打一顿——总之，他认为他可以这么做——他也应该这么做——这天公地道；不过，眼下，考虑到他们及时投降，训斥一顿也就算了，便把他们臭骂了一顿。

“‘至于你们，你们这些个臭流氓，’他转向吊在索具上的三个人说，‘至于你们，我要把你们剁碎了，丢到炼油锅里。’说完，他抓起一条绳索，用全力向两个叛徒的背上抽去，直到他们叫不出声来，脑袋毫无生气地耷拉在一边，活像图画上那两个钉在十字架上的强盗。

“‘我的手腕都给你们扭伤了！’船长终于叫道，‘不过，留给你们的绳子还有的是，好小子，不会放过你们的。把他嘴里塞的东西拿出来，让我们听听他还能说些什么。’

“那筋疲力尽的反叛者被塞得麻木了的嘴巴立即抽搐了一下，然后痛苦地扭动着脑袋，嘶哑地说：‘我要说的就是这个——你可听好了——你要是抽我，我就杀了你！’

“‘你是这么说的吗？那就看看你会把我吓成什么样。’船长把绳子往后一甩，准备抽过去。

“‘最好别抽。’大湖人嘶哑地说。

“‘可我非抽不可。’绳子又往后一甩，准备抽过去。

“斯蒂尔基尔特此时嘶哑地说了些什么，除了船长谁都没有听见；让大家吃惊的是，船长竟吓得往后一退，在甲板上迅速地踱了两三圈，然后猛地丢下了绳子，说：‘不抽了——随他吧——给他松绑，你们听见没有？’

“但是，就在二副和三副忙着执行这个命令时，一个面色苍白、头缠绷带的人拦住了他们——原来是大副拉德尼。他自从挨了一拳之后，一直躺在吊铺上，但那天早上，听见甲板上的喧闹，就悄悄走了出来，把这一切都看在眼里。因为嘴巴受伤，他几乎还无法说话，只是叽里咕噜地说了些什么，大意是船长不敢一试的，他倒愿意试试，也能够做到，他抓过绳子，向被缚的仇敌大步走去。

“‘你是个胆小鬼！’大湖人嘶哑地说道。

“‘我就是胆小鬼，可是你尝尝这个。’大副的绳子正要抽下去，又一阵嘶哑声让他停住举起的手臂。他停顿了片刻，然后不再犹豫，说到做到，不顾斯蒂尔基尔特的威胁，不管会发生些什么。那之后，三个人都被松了绑，所有水手回到自己的岗位，在那些郁郁寡欢的水手手里，铁制的水泵又像以前那样喀唧喀唧响了起来。

“那天天一黑，一个下班的瞭望者从桅顶下来，就听到船头楼里传出一阵喧闹；随后那两个叛徒浑身发抖地跑了上来，围在船长室的门口，说他们不敢和水手们待在一起了。无论怎么哄劝，连踢带打，也不能把他们赶回去；于是，只好依照他们的请求，把他们安排在船尾以策安全。其他人中也再没有出现过暴乱的迹象。正好相反，似乎主要是在斯蒂尔基尔特的教唆下，大家都决心保持和平，服从所有的命令，坚持到最后，等到船到港，就集体离船。但为了确保尽快结束航行，他们一致同意——就是发现了鲸鱼，大家也不出声报告。因为，尽管船在漏水了，尽管还有种种其他的危险，‘汤－霍号’的桅顶依然有人瞭望，船长还跟第一天闯进巡游渔场那样，很想放艇捕鲸。大副拉德尼也准备停当，随时准备把他的吊铺换成小艇，用他裹着绷带的嘴巴去死命堵住鲸鱼那致命的大嘴。

“可是，尽管大湖人已经诱使水手们采取这种消极怠工的方式，他对自己向那刺痛了他的心的人，如何实施复仇的隐秘计划却是秘而不宣（至少要等到一切结束）。他值的是大副拉德尼带的班，这个昏了头的人好像忙着找死一样，在索具鞭打那一幕之后，他不顾船长明确的劝告，坚持继续带头值夜班。根据这一情况，还有其他一两种情况，斯蒂尔基尔特有条不紊地制定了他的复仇计划。

“一到晚上，拉德尼就有一种不像是海员应有的习惯，他喜欢坐在后甲板的舷墙上，一只手臂斜撑在那艘吊在那里、比大船稍高一点的小艇船舷上。大家都知道，他有时就用这种姿势打起盹来。在小艇与大船之间有相当大的空隙，下面就是大海。斯蒂尔基尔特计算了一下时间，发现他下轮掌舵的时间是在他被出卖后的第三天的凌晨两点钟。于是，他在值班之余的闲暇中，就跑到下面，十分仔细地编起东西来。

“‘你在那里干什么？’一个水手问道。

“‘你以为在干什么？它看起来像什么？’

“‘像行李袋的带子，可我又觉得它有点奇怪。’

“‘是的，相当奇怪，’这大湖人说，伸直了胳膊，把那东西举在面前，‘不过我想它会管用的。伙计，我的绳子不够了——你有吗？’

“‘船头楼里可是一点都没有了。’

“‘那我就得朝拉德尼老头要点了。’他起身朝船尾走去。

“‘你不是去向他乞讨吧！’一个水手说道。

“‘为什么不？你以为他不会给我个人情吗，到最后那会对他有帮助的，伙计？’他走到大副那里，平静地注视着他，问他要一些绳子补吊铺。麻绳拿到了——随后，麻绳和带子就又都消失不见了；但第二天晚上，当这个大湖人把上衣叠好，塞到吊铺上当枕头的时候，却从衣服口袋里露出半拉铁球，用编织的网兜严严实实地裹着。二十四小时之后，他就要静悄悄地值班掌舵了——这个位置距离那个在自己挖好的坟墓边上打盹的大副很近——要命的时刻就要降临了；在斯蒂尔基尔特早已有数的心里，大副已经像个死尸一样直挺挺地躺着了，脑门被砸得稀烂。

“不过，先生们，一个傻瓜却让这个一心想要杀人的家伙没能实施自己的血腥计划。他没有亲自动手，却彻底地实现了复仇的目的。因为，出于一种神秘的宿命，老天似乎参与了此事，替他完成了本该由他来做的那件该受诅咒的事。

“就在第二天早晨，破晓和日出之间的那段时间，大家正在冲洗甲板，在锚链那里取水的一个特内里费蠢货，突然叫嚷起来：‘它在那儿打滚！它在那儿打滚！’天哪，怎样一头鲸鱼啊！那是莫比·迪克。”

“莫比·迪克！”塞巴斯蒂安先生叫道，“天哪！水手先生，鲸鱼也要取名字吗？你说的莫比·迪克是谁啊？”

“一头很白、很有名、极其危险的永生不死的鲸鱼，先生；——不过，说来话长了。”

“怎么回事？怎么回事？”所有年轻的西班牙人都叫着围了过来。

“不，先生们，先生们——不，不！我现在还不能讲那个。让我喘喘气，先生们。”

“奇恰酒，上奇恰酒！”佩德罗叫道，“我们精力充沛的朋友看上去要晕倒了——把他的空杯子再满上！”

“不必了，先生们；就一小会儿，我就继续讲。——现在，先生们，猛然发现那头雪白的鲸鱼离船不到五十码——先前水手间的协议便忘得一干二净了——那个特内里费人一时的兴奋，本能地情不自禁地高声嚷了起来，而那三个闷闷不乐的桅顶瞭望者在此前不久已经清楚地看见了鲸鱼。现在一切都乱成一团了。‘白鲸——白鲸！’船长、几位副手和标枪手们连声呼叫，恐怖的传言没有吓住他们，他们都急切地想要捉住这头如此有名如此贵重的大鲸。而那些固执的水手则一边斜睨着那乳白色的庞然大物，一边诅咒着，它真是美得令人震惊，被地平线上闪亮的阳光一照，就像一块有生命的蛋白石，在清晨蔚蓝的海面上移动和闪耀。

“先生们，这些事件的整个过程当中浸透着一种奇异的宿命，仿佛世界本身尚未规划好之前就已有了预定的安排。反叛者刚巧是大副艇上的头桨手，在拴住鲸鱼的时候，他的职责就是坐在大副旁边，当大副手拿鱼枪在艇首站起来，他便根据指令，收放捕鲸索。此外，四艘小艇都下水的时候，大副的这艘艇总是带头前进；当斯蒂尔基尔特奋力划桨时，他总是叫得最欢也叫得最响。一阵猛划之后，他们的标枪手扎中了鲸鱼，这时，拉德尼手持鱼枪，跳到艇头上。他似乎一上小艇就成了个极其暴躁的人。此刻，他扎了绷带的嘴里喊着，要求把他送到大鲸的背峰上去。他的头桨手巴不得如此，穿过白浪和白鲸混在一起的令人目眩的飞沫，把他送得高而又高。突然，小艇好像撞上了暗礁，翻了过去，把站着的大副抛了出去。就在他落在鲸鱼溜滑的背上的一瞬间，小艇又翻了回来，被浪头冲到一边，拉德尼则被抛进了鲸鱼另一侧的海里。他从浪花里挣扎出来，有一会儿透过浪沫，还能模糊看见他在拼命挣扎，想要逃出莫比·迪克的视线。但是，那大鲸突然搅起一个大漩涡，回头冲过来，把他一口攫住，衔着他高高地立起来，又一头扎进海里，潜下水面。

"这时，在艇底第一次遭到撞击时，这大湖人就松开了捕鲸索，以便让小艇从漩涡中退出来；他沉着地观察着，打着自己的算盘。可是突然间，小艇猛地被向下一拽，他赶紧拿刀去割捕鲸索，索子断了，鲸鱼放走了。但是，在游出一段距离之外，莫比·迪克再次浮出来，它那吞噬了拉德尼的大嘴上，还残留着大副红色羊毛衬衣的碎片。四艘小艇再次追上前去，可是大鲸甩掉了追击，最后彻底消失了。

"'汤－霍号'及时赶到了港口，那个地方野蛮荒凉，没有一个文明人。在那里，在大湖人的带领下，除了五六个前桅的水手外，其余人都跟着他弃船而去，从从容容地进了棕榈林。最后得知，他们从野蛮人手里夺了一只作战用的双排独木舟，驶去了另外一个港口。

"这时，船上剩下的人手寥寥可数了，船长只好请求岛上的居民帮忙，千辛万苦才把船翻过来，修补漏洞。但是，这一小撮白人必须日夜不停地警戒，提防这些危险的帮工，而且修船的工作也极其辛苦，等到船又可以出海的时候，他们已经虚弱无力，船长就不敢和他们一起驾着这艘沉重的船出航了。船长和几个副手商量了一下，把船停在离岸尽可能远的地方，在船首架起了两门大炮，装填了弹药，船尾甲板也架上了滑膛枪，并警告岛民不要冒险靠近船边，然后带了一个人，选了一艘最好的小艇，乘风径直驶往五百里外的塔希提，设法到那里去招募人员。

"小艇启航的第四天，发现了一只大独木舟，似乎是停靠在一个低低的珊瑚岛上。船长转舵想避开它，可是那野蛮人的独木舟却向他追了过来，不久，就听到斯蒂尔基尔特的声音向他喊话，让他停船，不然就会让他船沉大海。船长掏出手枪。那大湖人双脚跨站在绑在一起的双排独木舟的船首上，轻蔑地嘲笑着他，向他保证，只要他的手枪扳机咔嗒一响，就要他葬身于泡沫浪花之中。

"'你到底想要我干什么？'船长叫道。

"'你要去哪儿？你要去干什么？'斯蒂尔基尔特追问道，'不许撒谎。'

"'我要去塔希提再招些人手。'

"'很好。让我到你船上去一下——我是和平而来。'他这样说着，从独木舟上跳下水，游向小艇，攀上船舷，和船长面对面站着。

"'双臂交叉起来，先生，头向后仰。现在随着我说——我发誓，斯蒂尔基尔特一离开，我就把这艘小艇停到那边岛上，在那里停留六天。如果我不这么做，就天打雷劈！'

"'好一位学究,'大湖人笑道,'再见,先生!'说完,又跳到海里,游回到自己同伴那里。

"斯蒂尔基尔特观察着小艇,直到它真的停泊下来,拖到一些椰子树底下,这才再次起帆,及时抵达了塔希提,这才是他的目的地。在那里,好运相助,有两艘船正要驶往法国,简直是天运注定,船上所缺人手数目正好和他所带的人数一样。他们上了船,就这样,即便他们先前的船长想要诉诸法律,给他们以惩罚,他们也永远领先一步了。

"法国船启航大约十天之后,捕鲸艇才赶到,船长被迫招募了一些较为开化、多少习惯海上生活的塔希提人。他租了一条当地的小纵帆船,带着这些人回到自己的大船上,发现一切正常,便再次启程去巡航了。

"如今斯蒂尔基尔特在哪儿,先生们,无人知道;但是,在楠塔基特岛上,拉德尼的遗孀仍在望着那不肯把死者交还的大海,仍在梦见那毁灭了自己丈夫的可怕白鲸。"

"你讲完了吗?"塞巴斯蒂安先生轻轻地说。

"讲完了,先生。"

"那我恳求你,凭你的良心告诉我,你这个故事的确是真的吗?它也太神奇了!你从哪儿听来的,它的出处毫无问题吗?请多包涵,我这么问有点强迫你的意思。"

"水手先生,也请你包涵我们大家,因为我们都有和塞巴斯蒂安先生一样的要求。"大家纷纷叫道,表现出格外的兴趣。

"黄金客栈里可有《圣经》,先生们?"

“没有，”塞巴斯蒂安先生答道，“但是我认识附近一位可敬的神父，他很快就能给我弄到一本的。我去取吧，可你想好了没有？这一来可就弄得严重了。”

“你要是把神父一起带来那就太好了，先生。”

“虽然利马现在已经没有宗教裁判所了，”这伙人中有人对另一个人说道，“我担心我们的水手朋友会冒犯了大主教。我们撤到月光照不到的地方吧。我看不需要这样。”

“请原谅我这样缠着你，塞巴斯蒂安先生，而且我还要请你费心，尽可能找一本最大的《圣经》来。”

“这位就是神父，他给你带《圣经》来了。”塞巴斯蒂安带了一位高大严肃的人回来，表情庄重地介绍说。

“让我脱帽致敬。尊敬的神父，请往有光的地方来一来，把《圣经》捧到我面前，我好把手按在上面。”

“愿上天保佑，我以我的名誉起誓，我讲给你们的故事，先生们，在本质上以及主要细节上，都是真实的。我知道它是真实的，它的确发生过；我在那艘船上做过水手，我认识那些水手；拉德尼死后，我见过斯蒂尔基尔特，还和他说过话。”

第五十五章　荒谬的鲸鱼画像

不久之后，我要不用画布为你尽可能逼真地描绘鲸鱼，画出捕鲸者眼中真实的鲸鱼形象。当他们把鲸鱼真真切切拴在捕鲸船边，简直可以踩在上面，我要画的就是它这时候的样子。所以，很值得先来谈谈它那些臆想的稀奇古怪的肖像，它们迄今还在自以为是地挑战着陆地人的信念。已经到了证明这些画像错得离谱，把世人的错误认识纠正过来的时候了。

这些错讹连篇的形象，可能主要源于最古老的印度、埃及和希腊的雕塑。因为从那些富于创造但又肆无忌惮的时代起，在寺庙的大理石镶板、雕像的底座、盾牌和徽章、杯子和硬币上，就会依照萨拉丁锁子甲的比例画上海豚，还有一个圣乔治一样戴头盔的脑袋。从那时起，同样的任意而为便大行其事，不仅出现在最流行的鲸鱼图画中，甚至出现在许多关于鲸的科学著作中。

总之，现存最古老的据说是鲸的图像，无疑是在印度象岛上著名的穴塔中发现的。婆罗门僧坚持认为，在那古塔几乎没有尽头的雕刻之中，各行各业，人类所能想到的行当，早在实际存在之前，就已经提前不知多少年预想出来了。毫不奇怪，我们高贵的捕鲸业在那里也有所表现。这里所说的印度鲸，是刻在单独一面墙上的，表现的是毗湿奴化身为大海兽的形象，被称为马特斯亚。但是，这件雕刻是半人半鲸，只有尾巴是鲸，而且连那一小部分也是错的。它看起来更像是一条蟒蛇的尖尾巴，而不是真正鲸鱼那种宏伟扁平的尾叶。

可是你现在到古老的美术馆，去看看一位基督教大画家画的鲸，他的成就也并没有超过远古的印度人。那就是圭多那幅珀耳修斯从海兽或是鲸鱼口中救出安德罗墨达的画。这样一种奇怪的生物，圭多是从哪里弄来的模特呢？贺加斯在他的《珀耳修斯君临》中描绘了同样的景象，也没有太多改善。他笔下的怪物身躯庞大臃肿，在水面上起伏，吃水还不到一英寸深。它背上有个象轿样的背峰，张开的满是利齿的大嘴里，波浪翻滚，完全可以当作泰晤士河通向伦敦塔的“背叛者之门”。此外，还有古英格兰锡巴尔德的先驱鲸和吞了约拿的鲸鱼，如同旧版《圣经》插图和从前的小祷告书中的木刻那样。对这些又能说些什么呢？至于书籍装订工那藤蔓般盘绕在下沉锚链上的鲸——镀了金，印在古今许多书籍的书脊和扉页上——它们倒是栩栩如生，但却纯粹是传说之物，我认为，是照着旧花瓶上类似的图形模仿下来的。虽然一般称之为海豚，我却认为书籍装订工想表现的是鲸鱼；因为最初采用这种图案时，它的确是以鲸为目标的。那大概是十五世纪，文艺复兴时期，由一位意大利老出版商首次采用；在当时，甚至到相对晚近的时期，海豚都被普遍认为是大鲸的一种。

在有些古书章头篇尾的各种花饰点缀之中，你有时能遇见非常奇怪的鲸鱼画法，在那里，各种各样的喷水、喷泉，有温泉也有冷泉，有萨拉托加的和巴登－巴登的，都从作者用之不竭的头脑中汩汩涌流出来。在初版《学术的进展》的扉页上，你也能发现一些奇怪的鲸鱼。

但是，抛开所有这些外行的尝试，我们来看看那些出自内行之手，据说画得很慎重很科学的图画。在老哈里斯的《航海集》中，有几张插图，引自一本出版于公元一六七一年的荷兰航海书，书名为《船长弗里斯兰人彼得·彼得逊乘“约拿在鲸腹号”赴斯匹茨卑尔根捕鲸记》。其中一张插图上，鲸鱼画得就像大木筏一样，漂浮在冰岛中间，白熊在它们的脊背上奔跑。另一幅图中大错特错，把鲸尾画成垂直的了。

还有一部四开本的皇皇巨著，是名叫科尔内特的英国海军的小舰长写的，书名叫《为拓展抹香鲸业，绕合恩角入南海航行记》。书里有一幅概要图，据说是一幅“抹香鲸图，是根据一七九三年八月，在墨西哥沿海捕杀的一头抹香鲸，吊在甲板上，按比例绘成的”。我相信，这位舰长画这么一张真实的图画，是为了自己舰上的人着想。但是，有一件事需要提一提，我要说，如果这是一头成年鲸鱼的话，按照所附的比例尺计算，它的眼睛就成了一扇长达五英尺左右的弓形窗了。啊，我勇敢的船长，为什么你不给我们画个从那只眼睛里往外张望的约拿呢！

就连以极为认真的态度为青少年编撰的《博物志》，也未能避免同样难以饶恕的错误。看看那部大受欢迎的《哥尔德斯密的生物界》吧。在一八〇七年伦敦版的删节本中，有几幅号称“鲸鱼”和“独角鲸”的插图。我实在不想说出不雅的话，但是，这难看的鲸鱼太像一头截去四条腿的母猪了；至于那所谓的独角鲸，瞄上一眼就会让你大吃一惊，在十九世纪的今天，这种鹰头马身的怪物，居然能在聪明的学童面前以假当真地展示出来。

还有一位大博物学家伯纳德·杰曼，即拉塞佩德伯爵，一八二五年出版了一本科学系统的鲸类学著作，其中有几幅不同种类的鲸鱼图片。这些图画不但不准确，而且那幅神鲸或格陵兰鲸（即露脊鲸）的图画，就连对这种鲸鱼富有经验的斯科斯比都宣称，自然界中不存在与之相似的东西。

但是，在这个错误连篇的行当中，冠绝其首的位置还是要留给科学家弗列德利克·居维叶，也就是那位著名男爵的弟弟。一八三六年，他出版了一部《鲸类博物史》，其中有一幅他称之为抹香鲸的图像。在把那幅画拿给任何一个楠塔基特人看之前，最好还是准备好离开楠塔基特的退路。一句话，弗列德利克·居维叶的抹香鲸不是抹香鲸，而是个大南瓜。当然，他从来不曾得益于捕鲸航行（这种人很少实际参与航海），可这幅画到底是从哪儿来的，谁又能说得清呢？也许他也像这个领域中的科学前辈德马雷一样，是从一幅中国画中借用来这么一个

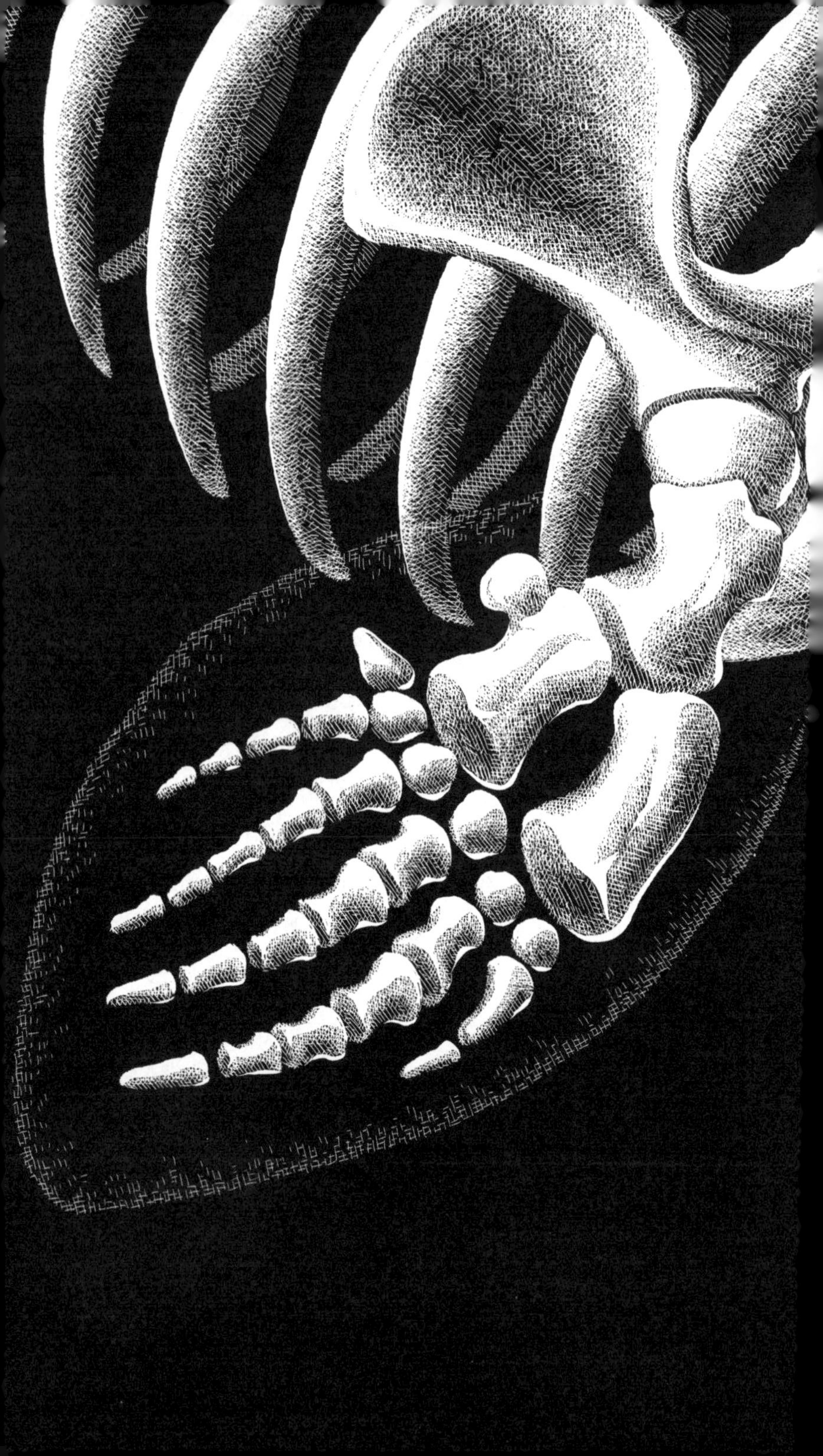

名副其实的怪物。那些拿着画笔的中国小伙子，从那么多古怪的杯杯碟碟就可以看出，他们是多么富有活力啊。

至于招牌画匠画的挂在街头鲸油铺子上面的那些鲸，又能说些什么呢？它们基本上都是理查三世那样残暴的鲸鱼，有个单峰骆驼那样的背峰，非常凶残，一顿早餐要吃三四个水手馅饼，也就是满载海员的捕鲸艇，它们扭曲的身体在血和蓝油漆的海水中挣扎。

但是，描绘鲸鱼时的这些五花八门的错误，毕竟还不怎么太令人吃惊。想想吧！大多数科学家的绘画都是根据搁浅的鲸鱼画出来的；这就像照着一艘龙骨破碎的遇难船只，怎么能够正确再现出这船未受撞击时那种完整无损、帆桅高耸的雄姿来呢。虽然大象可以站得好好的，让人给它们画个全身像，那活的大海兽却从来不曾整个浮现，让人们为之画像。

这活生生的大鲸只能在深不可测的海洋中，才能目睹它那全部的威严与壮丽；一旦浮出水面，它那巨大的身躯已在视野之外，就像全速开动的战列舰一样。把它吊在空中，又想同时保存住它在水中时的那种强有力的身姿和起伏的曲线，这是人类永远无法做到的事情。而且，姑且不说一头幼鲸和一头完全成熟的理想鲸鱼之间在轮廓上可能存在的巨大差异，甚至就拿幼鲸来说，把它吊在船的甲板上，你见到的就只是那种怪异的、鳗鱼般柔软而变化不定的形状，它确切的样子恐怕恶魔本人也把握不住。

不过，人们可能会以为，从搁浅鲸鱼光秃秃的骨架，可以得出一些有关它的实际形状的准确线索。根本不是这样。因为这种大海兽的一个非常奇特的地方，就在于从它的骨架你了解不到多少它的整体形状。尽管杰里米·边沁的骨骼被当作枝形吊灯悬挂在他的一个遗嘱执行人的图书馆里，正确地传达出一个眉骨粗大的功利主义老绅士的形象，以及杰里米所有其他主要的身体特征，但是，从任何鲸鱼拼凑起的骨骼中都推导不出这样的东西来。事实上，就像伟大的亨特所言，鲸鱼光秃秃的骨架与有血有肉的活鲸本身的关系，就和昆虫与团团包裹的蛹的关系一样。这个特点明显体现在头部，本书的某些部分将顺带予以提及。它也非常奇怪地表现在边鳍上，鳍骨几乎与人手的骨头完全一致，只是少了拇指而已。它的鳍有四根齐整的指骨，食指、中指、无名指和小指。但是这些指骨都永远包藏在肉中，就像人的手戴上了连指手套一般。“无论大鲸有时会多么粗鲁地对待我们，”斯塔布有一天风趣地说，“它可永远不会不戴连指手套就来对付我们。”

出于所有这些原因，不管你如何看待，你一定都会得出这样的结论，这种大海兽是世界上无法描绘的一种生物。的确，也许这幅比那幅更接近真相，但是，没有一幅能够以相当逼真的程度予以再现。所以，没有确切的方法去弄明白鲸鱼究竟是什么样子。要想对它活生生的形体有个差强人意的了解，唯一的办法就是亲自投身捕鲸业；不过，这么做的风险可是非同小可，有可能会被它弄得船毁人亡。因此，在我看来，在对这种大海兽的好奇心上，你最好还是不要过于挑剔了。

第五十六章　错误较少的鲸鱼图像以及捕鲸场面的真实图画

在与荒唐的鲸鱼图像有关的事情上，我这里实在忍不住要说说那些更为荒唐的故事，它们可以在古今某些书籍中找到，尤其在普林尼、珀切斯、哈克鲁特、哈里斯、居维叶等人的书中。但我还是略而不提吧。

关于大抹香鲸，我只知道有四本出版过的概要，它们分别出自科尔内特、哈金斯、弗列德利克·居维叶和比尔。在上一章中提到过科尔内特和居维叶。哈金斯要比他们好得多；但是，在大多数情况下，比尔是最棒的。比尔的所有抹香鲸的画都是不错的，除了他冠于第二章之首的画中，三头姿态各异的鲸鱼中的中间那头。他的卷首插图，画的是小艇在围攻抹香鲸，尽管无疑会激起一些大人先生们事关文明的质疑，但在总体效果上正确无误，活灵活现，令人赞赏。J. 罗斯·布朗的有些抹香鲸绘画，在轮廓上也相当准确，但是它们的刻工极其糟糕，不过那不是他的错。

关于露脊鲸，画得最好的略图出自斯科斯比之手，可惜画的太小了，无法传达令人满意的印象。他只有一幅描绘捕鲸场面的画，这是一个可悲的缺陷，因为在画得好的情况下，只有依靠这样的画，你才能对活生生的捕鲸者眼中看到的活生生的鲸鱼，有一个可信的概念。

但是，总体看来，在任何地方能够看到的对鲸和捕鲸场面的表现，最为精细的要数法国的两幅大型版画，尽管在某些细节上还不是最准确；这两幅版画刻工精致，以一个名叫加纳利的画家的作品为蓝本。它们分别描绘了猎捕抹香鲸和露脊鲸的场面。第一幅版画再现了一头高贵的抹香鲸的十足威势和力量，它刚刚从小艇下的深渊中升起，用背把船板破碎的小艇残骸顶上空中。艇首部分尚未破损，被画成刚好平衡地搁在那怪物的背脊上，在那倏忽的一瞬间，你看见一个桨手正站在艇首，半身淹没在鲸鱼喷出的沸腾的海水中，犹如正要作势从悬崖上跃下。整个画面的动感表现得十分精彩而真实。半空的索桶漂浮在发白的海水中；一些散乱的标枪木柄歪斜地插在桶里随之摇摆；游动的水手脑袋散布在大鲸周围，恐怖的表情各不相同。而在风暴肆虐的黑漆漆的远处，大船正在向现场快速逼近。这头鲸的解剖学细节尚存在严重的错误，暂且不去管它了，因为，我敢以性命打赌，我是画不了这么好的。

在第二幅版画中，小艇正在靠近一头泅游着的大露脊鲸结有藤壶的侧腹，它那生了水草的黑色体躯在海中翻腾，就像巴塔哥尼亚悬崖滚下来的一块满是苔藓的巨石。它喷出的水柱又高又粗，黑如煤烟，从冒出如此浓烟的烟囱，你可以想见，那下边的大炉子上一定烹煮着一份丰盛的晚餐。海鸟在啄食小蟹、贝壳和其他海上的甜食和通心粉，露脊鲸危险的脊背上有时就驮着这些东西。这厚嘴唇的大海兽一直在深海中急速前进，身后留下了成吨翻腾不息的白色凝乳，使得那细长的小艇在浪涌中摇晃不止，仿佛陷入了远洋汽船的明轮附近。就这样，画的前景中是狂暴的鏖战，而背景则形成了值得赞赏的艺术对比，一片玻璃般风平浪静的大海，无能为力的大船低垂着软塌塌的帆篷，还有一头死鲸，像一座被攻克的要塞，一动不动，一根标枪插在鲸鱼的喷水孔中，懒洋洋地垂挂着占领者的旗帜。

这位画家加纳利是何许人，是否已经作古，我一无所知。但是，我敢以性命保证，他或者是与他所画对象有过实际的接触，或者是受到过经验丰富的捕鲸者的高明指点。法国人擅长描绘动作场面。不妨去看看欧洲的所有绘画，将鏖战场面表现得如此生动逼真的画廊，除了凡尔赛的凯旋宫，你上哪里能找得到呢？在那里，乱糟糟的观赏者你推我挤，争看法兰西连续不断的大战场面；每一把刀都如一道闪烁的北极光，全副武装的君王们接连不断地驰过，好似一批头戴王冠的半人马怪在冲锋？加纳利的那些海战画，在那个画廊里占有一席之地，也未尝没有资格。

法国人在捕捉事物的生动形象方面很有天资，尤其体现在他们描绘捕鲸场面的油画和版画之中。他们在捕鲸方面的经验还不到英国人的十分之一，更不及美国人的千分之一，但是他们却为这两个国家提供了唯一完善的素描，完全能够传达出捕鲸的真正精神实质。在极大程度上，英美的鲸鱼画师似乎完全满足于表现事物的呆板外观，诸如鲸鱼空茫的侧面，就其效果的生动性而言，大致等同于描绘一座金字塔的侧面。即便是斯科斯比，名副其实的露脊鲸猎手，在为我们提供了一幅僵硬的格陵兰鲸的全身像，以及三四幅精美的独角鲸和海豚的小画像之后，又让我们欣赏了一系列刻画小艇钩子、砍刀和四爪锚的经典版画；并且以列文虎克研制显微镜般的勤勉，复制了九十六张放大的北极雪花晶体图，用来探索这个令人颤抖的世界。我无意毁谤这位杰出的航海家（我把他尊为前辈老手），但是在这么重要的一件事情上，没有为每个晶体取得一份格陵兰治安法官的宣誓书，这实在可以说是一种疏忽。

除了加纳利的两幅精美版画之外，还有两幅法国人的版画值得一提，它们出自一个自称为 H. 迪朗的人。其中一幅，尽管并不完全适合我们目前的意图，但由于其他的原因也值得一提。它上面画的是太平洋上一群小岛宁静的正午风光，一艘法国捕鲸船停泊在宁静的港湾，正在懒洋洋地往甲板上装淡水。松弛的船帆，背景中长长的棕榈叶子，都低垂在平静无风的空气中。考虑到它以难得一见的东方式的恬静来表现吃苦耐劳的捕鲸者，画面效果颇为不错。另一幅版画则大不一样：船正顶风停泊在海上，正处于捕鲸生活的忙碌之际，旁边是一头露脊鲸；船（正在割鲸脂）向那怪物迎面而去，就像是在驶向码头，一艘小艇，正匆忙地离开这活跃的现场，去追逐远处的鲸群。标枪和鱼枪都平放着备用。三个桨手在把桅杆支在桅孔里。这时，突然一阵浪头打来，小艇从海水中半竖起来，像一匹后腿直立的马。大船上，升腾起熬炼鲸油的浓烟，就像满是铁匠铺的村庄上空的烟一样。在上风头，涌起一片乌云，挟带着狂风暴雨，似乎要催促那些兴奋的水手加快速度。

第五十七章　颜料、牙齿、木头、铁板、石头、山和星星上的鲸鱼

你向伦敦码头走下去时，也许在塔山上见过一个残疾乞丐（或是如水手们所说的“小锚人”），他面前举着一块画板，画着他失去一条腿的悲惨场景。画里有三头鲸鱼和三艘小艇；其中一艘小艇（想必这个原本四肢完好的人当时就在这艇上）正被最前头的鲸鱼咬在嘴里大嚼。人们告诉我，这十年来，这个人总是天天举着那幅画，向心存怀疑的世人展示他的断肢。但是，为他辩护的时刻现在已经到来。无论如何，他的三头鲸鱼都和瓦平区招摇过市的鲸鱼同样凶恶；他的树桩也和你在西部开荒的林间空地上发现的树桩一样确凿无疑。但是，尽管他始终立在那个树桩上，这可怜的捕鲸者却从来也不会发表任何的树桩演说，而是低垂着双眼，悲伤地站在那里，沉思着自己肢体伤残的命运。

在整个太平洋，还有楠塔基特、新贝德福德和萨格港，你

会看见有关鲸鱼和捕鲸场面的生动的写生，是水手们亲自刻在抹香鲸牙齿上的，或是露脊鲸骨头做成的女士胸衣的撑衣片上，还有其他类似的精巧小玩意儿，那是捕鲸者在航行途中的闲暇时光，用各种粗糙材料苦心雕刻出的大量富有独创发明的小物件。其中有些水手还有近似牙医用的小工具箱，专门用来雕刻这些东西。但是，总体而言，他们只用一把水手刀来刻，那几乎是水手的万能工具，运用水手特有的想象力，他们能刻出任何你喜欢的东西。

长期从基督教世界和文明社会流放，不可避免地会使人恢复到上帝最初安排的状态，亦即原始状态。真正的捕鲸者和易洛魁人一样野蛮。我自己就是个野蛮人，可我还没有效忠生番王，而是准备随时反抗他。

野蛮人不野蛮的时候，有一个特点，就是他具有出奇的吃苦耐劳的精神。一根古老的夏威夷土人的战棒或是扁平的矛尖，就其复杂多样的精巧雕刻而言，和一部拉丁文辞典一样，都是人类坚持不懈精神的伟大战利品。因为，只需要一小块碎贝壳或是一颗鲨鱼齿，就能达到镂空木雕那般的神奇和复杂，这需要很多年专注的埋头苦干才行。

夏威夷野蛮人是如此，白种的野蛮水手也是如此。凭借同样神奇的耐心，同样一颗鲨鱼齿，用他那把可怜的水手刀，就能为你刻出一件骨雕，虽然没有那么专业，但其图案之错综复杂，已颇为接近那个希腊野蛮人阿喀琉斯的盾牌；它充满着原始精神和启示，可以和那个出色的德国野蛮人艾伯特·丢勒老头的画相媲美。

木刻鲸，或者是在小块深色名贵的南海战木板上刻出来的鲸鱼侧影，在美国捕鲸船的船头楼上经常可以看见。有些还刻画得很准确。

在一些带有老式人字屋顶的乡村建筑上，你会看见临街的门上有尾巴朝上吊着的铜鲸门环。在守门人睡着的时候，那砧头鲸就最管用了。但是，这些用来敲门的鲸在忠实程度上鲜有令人称道之处。在有些老式教堂的尖顶上，你会看见安着铁板做的鲸鱼，作为风向标；不过，它们高高在上，断绝了一切意图与念想，贴着“请勿动手”的标签，你无法仔细观察，以判断它们的价值。

在一些贫瘠嶙峋的地带，在破碎的高崖脚下，平地上散布着一堆堆奇形怪状的岩石，你往往能从中发现鲸鱼石像，半掩在草丛中，遇到大风天，绿色的草浪散开，它们便显露出来。

还有，在峰峦起伏的山区，旅行者不断地被圆形剧场一般的高地所围绕，从某个幸运的角度，你会在匆匆一瞥中捕捉到起伏山脊所形成的鲸鱼侧影。但是，你必须得是一个彻头彻尾的捕鲸者，才能看见这样的景象。而且，如果你希望再看到这一景象，就必须回到原先立脚的那个精确的经纬度交叉点上，否则，像这样得之偶然的山景，想再找到以前所站的确切位置，那是相当费劲的。就像是所罗门群岛，尽管戴着高皱领的孟达纳曾经到过，菲格拉老头也记载过它，可它依然是不为人知的所在。

要是鲸鱼这个题目促使你仰观天宇，游目骋怀，在星光熠熠的天空，你不难发现大鲸和追逐它们的小艇，就像饱经战乱的东方各国，在风云变幻中看见的是鏖战的大军。就这样，我在北极地方，不停地绕着北极星，追逐那明亮星斗最初为我勾勒出形状的大鲸。而在南极灿烂的天空下，我登上南船座这艘船，加入到对熠熠生辉的鲸鱼座的追逐，远远越过了水蛇座和飞鱼座的边界。

用快速帆船的锚做我的系索桩，用标枪的倒钩做马刺，我就能登上那头鲸鱼，跃上九重天，去看看那传说中的诸天及其不计其数的篷帐，是否真的扎营在我这肉眼所不及的地方。

第五十八章　鲸鱼食料

从克罗泽群岛转舵东北方向，我们驶入了一片由小浮游生物组成的辽阔草原，这些黄色的小东西非常小，是露脊鲸的主要食料。这片草原在我们周围连绵无尽地起伏着，我们似乎是在一望无际成熟的金黄色麦田中穿行。

第二天，发现了大量露脊鲸，因为“裴阔德号”这样的捕抹香鲸的船不会攻击它们，它们便安然地张着大嘴，懒洋洋地在这些浮游生物当中游动，那些浮游生物一粘在鲸嘴边那奇妙的软百叶窗般的纤维上，便自然同唇边溢出的海水分开了。

就像晨间的割草者一样，这些鲸并排前进，缓慢而密集，挥动着它们的镰刀，穿过深深的湿草沼泽地；它们游动时甚至发出一种割草般的怪声，在黄色海面上留下一条条无尽的蓝色刈痕[1]。

---

1 这部分海域在捕鲸者中有“巴西水下沙洲”之称，该名的起源（转下页）

不过，只是它们进食时发出的声响才让人想起割草者。从桅顶上看去，尤其它们暂时停下来不动的时候，它们那巨大的黑色形体看起来更像是大块大块无生命的岩石。如同在印度广袤的狩猎区，外地人远远看见横卧在平原上的大象，有时会不知道它们就是大象，以为是秃秃的黑土堆。第一次目睹这种大海兽的人，经常也会如此。即便终于认出来了，它们巨大的体躯也还是叫人难以置信，这些巍巍大块的各个部分，怎么可能和狗或马那样生来就寓有同样的生命呢。

的确，在其他方面，你很难用对待陆地生物一样的感情来对待这些深海中的生灵。有些老博物学家认为，所有陆上生物在海中都有相应的同类；尽管宽泛笼统地去看，很可能如此；然而，就具体特点而论则大不相同了，比如，海洋中有哪种鱼具有狗那样的聪明善良？一般而言，只有该死的鲨鱼可以说与狗有相当类似之处。

但是，尽管陆上人通常会对海中生灵怀有说不出厌恶，很不友好；尽管我们知道大海永远是个未知的领域，所以哥伦布才航遍无数陌生的世界，去发现他那浅薄的西方世界；尽管自古以来，人类最可怕的灾难，都是不分青红皂白地落在千千万万在海上谋生的人头上；尽管只消稍微考虑一下就能明

（接上页）并不像纽芬兰水下沙洲那样，因为那里的水很浅，可以探测到海底，而是因为它具有令人瞩目的草原一般的外貌，这是由于大量鲸鱼食料持续不断地漂流到这片海域所致，捕鲸船经常在那里追猎露脊鲸。——原注

白，无论幼稚的人类如何吹嘘自己的科学技术，无论在一个自以为是的未来，科学技术会有怎样的发展，海洋永永远远，直到末日来临，都将侮辱和杀戮人类，把他们所造的最宏伟最坚固的船只彻底粉碎。

然而，由于这些印象持续不断的重复，人类已经失去了原初对于海洋的那种敬畏之感。

我们在书上得知的第一艘船，就是漂浮在那以葡萄牙人的复仇之心淹没了整个世界、连一个寡妇都不留的海洋之上。那同样的海洋如今还在翻腾，那同样的海洋摧毁了上一年遇难的船只。是的，愚蠢的凡人，诺亚的洪水还没消退，这个美丽世界的三分之二还覆盖着汪洋。

海洋与陆地的不同到底在哪里，发生在海上的奇迹到了陆地上就不成其为奇迹了？当可拉和他同伙脚下的大地开了口，把他们永远吞噬，不可思议的恐惧便降临在希伯来人的头上；然而，就像太阳每天都会沉落一样，这活生生的海洋依然会连船带人全部吞没，和过去毫无二致。

海洋不仅是作为异类的人的仇敌，它也是自己子孙的死敌，比谋杀了自己客人的波斯主人还要坏，连它自己养育的生灵都不放过。像一头凶性发作的母老虎，在丛林中腾跃不已，把自己的幼仔都压死，海洋也是这样，它甚至把最强大的鲸鱼摔死在岩石上，和四分五裂的破船并排抛在那里。绝无仁慈，除了它自己，没有什么力量能够控制它。它喘息着，喷着响鼻，像一匹失去骑手的发疯的战马，这没有主人的海洋蹂躏着全球。

想想海洋的奸诈吧，它最可怕的生灵如何在水下滑行，大部分深藏不露，阴险地隐藏在可爱至极的蓝色海水下面。想想海中许多最为冷酷的族类那恶魔般的绚烂与美丽吧，就像种类繁多的鲨鱼都装扮得分外讲究。再想想，海洋中普遍存在的同类相残，所有的生灵都在弱肉强食，自开天辟地以来就在无休止地战斗。

想想这一切吧，然后再回到这翠绿、温柔又无比和顺的大地；把海洋和陆地都想一想，你难道没有发现在你身上也存在这样奇异的相似吗？这令人惊骇的海洋环绕着青翠的陆地，在人的灵魂中也有一个与世隔绝的塔希提岛，充满了和平与欢乐，但却被一知半解的生活中的恐怖重重包围。上帝保佑你们！千万别离开那个小岛，否则你就永远回不去了！

第五十九章　鱿鱼

缓缓地跋涉过那片浮游生物的草原之后，“裴阔德号”依然保持东北航向，驶向爪哇岛。和风推送着船身，在周遭的静谧之中，三根又高又尖的桅杆随着懒洋洋的微风摇摆，就像平原上三棵柔顺的棕榈树。在银色的夜晚，间隔上很长一段时间，依然能看见那孤独诱人的喷水。

但是，在一个透明湛蓝的早晨，海面上弥漫着近乎异常的静谧，可并不显得死气沉沉。一长条锃亮的阳光，仿佛一根金手指横在水面上，在吩咐大海保守秘密。柔和轻盈的海浪在悄悄低语，缓缓向前滚动。在目力可及的范围内，万籁俱寂，似有深意，就在这时，主桅顶上的达戈发现了一个奇怪的魅影。

远处，一大堆白色的东西懒洋洋地升起，越升越高，从那一片蔚蓝中挣脱出来，最后在我们的船首前闪耀，如同刚从山上滑落的一场雪崩。这样亮了片刻之后，它又慢慢下沉，最后完全不见了。随后又冒出来，静静地闪耀着光芒。达戈心想，这似乎不是鲸鱼，可会不会是莫比·迪克呢？当这幽灵再次下潜，又再次出现，这黑人叫了出来，声音短剑一般尖锐，将所有打瞌睡的人都惊醒了——“那里！又出来了！它跳出水面了！就在正前方！白鲸，白鲸！”

听到叫喊，海员们都冲到帆桁两端，如同放蜂时间蜜蜂们扑向花枝一样。在闷热的阳光下，亚哈光着头，站在船首斜桅上，一只手向后远远伸出，随时准备向舵手挥手发令，急切地望着桅顶上达戈一动不动伸着手臂指示的方向。

究竟是这倏忽闪现的孤零零的喷水，逐渐对亚哈起了作用，促使他现在要将这温和安宁的感觉与自己所追逐的那头鲸的第一印象联系起来，还是他急切的心情出卖了他，无论是哪一种情况，他刚刚看清那一大团白色，就非常紧张地立刻下达了放艇的命令。

四艘小艇很快就下了水。亚哈一马当先，全都迅速地向猎物扑去。不久它沉下水去，这时，大家停下桨，等待它再次出现，瞧！就从它下沉的地方，它又缓慢地浮了出来。顿时，我们几乎把莫比·迪克忘得精光，全都凝视着这个最为奇妙的景观，到现在大海才将它的秘密向人类透露出来。一大团烂烂糊糊的东西，长宽都足足有几百米，闪烁着奶油色，平躺着浮在水面上，从它的中央辐射出无数长长的手臂，不停地盘绕，卷曲，像一窝蟒蛇，好似要盲目地攫住任何够得到的倒霉的东西。它没有可以辨识的脸或是正面，也没有任何可以想象的感觉或本能的迹象，只是一个怪异的、无定形的、偶然出现的活幽灵，在巨浪中波动起伏。

它发出一阵低沉的吮吸声，再次缓慢地消失了，斯塔巴克还在凝视着它下沉之处翻腾的海水，狂叫道：“我宁可看见莫比·迪克，和它战斗，也不想看见你，你这白幽灵！”

“那是什么东西，先生？”弗拉斯克说。

“活的大鱿鱼，据说，凡是看见它的捕鲸船，很少还能回到港口去讲它的。”

但是，亚哈什么都没说，他的小艇掉头返回大船，其他小艇默默地跟在后面。

不管捕抹香鲸者通常把什么样的迷信与看见这种东西联系在一起，有一点可以肯定，这东西难得一见，竟至于它的出现便成了不祥之兆。正因为它非常罕见，所以，虽然所有人都宣称它是海洋中最大的生物，却很少有人对它真正的本性和形状具有哪怕最为模糊的概念；不过，人们都相信它是抹香鲸唯一的食料。其他种类的鲸在水面上觅食，进食时可以看见，但是抹香鲸完全是在水下不为人知的地方获取食物；你只能推测说那食物究竟是些什么。有时，被追得太急，它会吐出些估计是鱿鱼断臂之类的东西来；其中一些长达二三十英尺。人们设想，生有这些长臂的怪物通常会用它们来紧紧地攀住海床；而抹香鲸与其他鲸类不同，它们的牙齿足以用来攻击鱿鱼，并将其撕裂。

这样看来，似乎有一定的理由设想，庞托辟丹主教所说的挪威大海兽，最终可以归结为鱿鱼一类。这位主教描述了

它如何载浮载沉的习惯，及其他一些特征，都和大鱿鱼完全一致。但是他把它说成是难以置信的庞然大物，这一点却需要大打折扣。

关于这里谈到的此种神秘生物，有些博物学家模模糊糊听说过传闻，便把它归入乌贼一类，的确，就某些外部特征而论，它似乎可以归为此类，但也只能算作为这个族类中的亚衲[1]巨人。

1 见《圣经·旧约·民数记》第十三章三十三节，指的是巨人。

第六十章　捕鲸索

因为不久就会描写到捕鲸场面，也为了更好地理解其他地方写到的所有类似场面，我这里必须说一说那神奇的有时又很可怕的捕鲸索。

捕鲸业中最初用的捕鲸索是用最好的大麻制成的，薄薄喷上一层柏油，不像普通绳索那样要浸在柏油里。因为像通常那样使用柏油，能使大麻变软一些，便于制索人编制，也更便于普通船上的水手使用。但是，通常的柏油量不仅会使捕鲸索变得太硬，无法根据需要卷得很紧，而且，大多数水手也开始认识到，一般而言，虽然柏油会使索子变得紧实和有光泽，却根本不能增加它的坚固性和强度。

近年以来，美国捕鲸业中，马尼拉索几乎已全部取代了大麻制作的捕鲸索。虽然没有大麻索那么耐久，它却更结实、柔软和富有弹性。我还要补充一句（既然所有事物当中都存在着审美问题），它也比大麻索更为美观一些，与小艇更为匹配。

大麻索是一个阴沉灰暗的家伙，有点像印第安人，而马尼拉索看上去则是金发的高加索人。

捕鲸索的直径只有三分之二英寸。乍看上去，你不会觉得它真有那么结实。实验证明，编成它的五十一股细绳，每一股都能吊起一百二十磅的重量，这样一来，整条索子的负荷力差不多达到三吨重。在长度上，普通的捕鲸索大概有一千二百多英尺长。它螺旋形盘绕起来，装在艇尾的桶里，与蒸馏器里的蛇形管不同。它盘成圆圆的奶酪堆似的，一层层紧紧叠成“滑轮”，或是一层层从中间往外盘，不留空隙，只有一个“芯子”，或是像在奶酪堆的轴心留下一个细长的管子那样。索子撒出去的时候，但凡当初盘得稍有扭结，就准会把人的胳膊、腿或是整个身体给勒走，因此，把索子装回桶里时，大家都极其小心。有的标枪手几乎整个上午都花在这个活儿上，他们把索子高高拎起，再向下穿过一个滑轮，朝桶里绕，这种盘法能够避免纠缠和打结。

在英国捕鲸艇上，要使用两只桶，而不是一只；一根捕鲸索会连续不断地绕在两只桶里。这样做有它的优势，因为分成两只桶装索子，桶就会小得多，更适合装在小艇上，不会让小艇太吃重；而美国索桶则相反，直径几乎有三英尺，深度也差不多，这对于船板只有一英寸半厚的小艇来说就是个相当沉重的负担。

因为捕鲸艇的艇底有如薄冰，重量如果匀开，它倒是能禁住相当大的重压，可如果重量过于集中，它就承受不了多少了。

美国索桶要是蒙上喷漆的帆布，小艇就好像是载着一个硕大无朋的结婚蛋糕去送给大鲸。

索子两端都露在桶外面；下端结成索眼或索环，从桶底贴桶壁而上，悬挂在桶口外边，与任何东西都不沾边。下端的这种安排是必要的，原因有二。第一，方便与旁边小艇上的另一条捕鲸索连接起来，万一被刺中的鲸鱼下潜到深水，就会把原来连接在标枪上的整条捕鲸索都拖走。在这种情况下，鲸鱼自然就像一大杯麦芽酒一样，在两艘小艇之间传来传去，虽然领头的小艇始终会在附近徘徊，随时来帮助它的同伴。第二，这种安排对于共同的安全也是必不可少，因为，如果索子的下端拴在小艇上的任何部位，而鲸鱼有时几乎会在一袋烟的工夫就把索子拉到了头，它不会就此停住，难逃厄运的小艇就必定会被拖到大海深处。这种情况一旦发生，任凭你怎么叫喊，也别想再找到它了。

在放艇追击之前，捕鲸索的上端要从索桶里抽出来，在艇尾的索柱上绕一圈，再从艇尾向前拉过全艇，交义地绕在每个桨手的桨把上。这样，划桨时索子就会轻轻蹭着桨手的手腕，捕鲸索也从交叉坐在舷墙两侧的水手之间穿过去，一直拉到小艇最前方的尖端处，那里有个包铅皮的导缆钳或是索槽，用一根普通鹅毛笔大小的木扦子把它扣住，以防滑脱。捕鲸索从导缆钳上略作花彩样垂过艇首，然后再兜回到小艇里；大约有六十至一百二十英尺盘在艇首索箱上，然后继续顺着船舷向艇尾延伸上一点儿，再接在那根直接连接标枪的短索上。不过，在连接之前，那根短索上还有一些五花八门的名堂，过于冗长，无法细说。

就这样，盘绕得如此复杂的捕鲸索就把整个小艇捆住了，东盘西绕，曲曲弯弯，几乎四面八方都给绕到了。所有桨手都陷身在这危险的迷阵之中，在胆怯的陆地人看来，他们就像是印度的杂耍演员，四肢上嬉戏盘绕着致命的毒蛇。任何凡夫俗子，初次置身于这大麻绳的网罗之中，用尽全力划桨时，不知什么时候标枪就会投出去。这些可怕的迷阵就会像闪电一般发动起来，一想到这种情况便会胆战心惊，连骨髓都会颤抖起来，像是一团摇晃的果冻。不过，习惯——这个奇怪的东西！有什么是习惯所应付不了的呢？——这些人便这样吊在刽子手的绞索上，可那种快乐的俏皮话，欢快的笑声，巧妙的笑话，机敏的应答，除了在那半英寸厚的白杉木捕鲸艇上，你在自己的红木桌上可是从来听不到的。你简直可以说，艇上的这六个人正在划向死亡的血盆大口，就像爱德华国王面前的那六个加莱市民一样，每个人脖子上都套着绞索。

现在，你也许稍微想一下就能明白，为什么在捕鲸中会一再发生这样的灾难——有少数一些情况被偶然记录下来——不是这个人，就是那个人，被捕鲸索带出了小艇，失踪了。因为，捕鲸索抛出去时，坐在小艇里，就像是坐在全速运转的蒸汽机的啸声当中，每一根传动杆、机轴、轮子都擦着你飞转。实际情况比这还要更糟糕，因为置身在这重重危险之中，你无法一动不动地坐着，小艇像摇篮似的摇晃，根本不容你有一点准备，一会儿颠到这边，一会儿又颠到那边。你只有凭借某种自行调节的浮力，决断和行动达到同步，才能免于马泽帕的命运，不至于奔到连无所不见的太阳都照不透的地方。

再者，正如深沉的寂静虽只是暴风雨明显的前奏和预兆，却也许比暴风雨本身还要可怕；因为，事实上，寂静不过是暴风雨的包装和封套，将它包藏其中，就像表面上无害的来复枪藏着致命的火药、弹丸和爆炸一样。同样，在捕鲸索实际发挥作用之前，当它安静地蛇一样盘绕在桨手们周围的时候，显得恬静闲雅——就是这个东西，它带来的真实的恐怖远远超过这个危险行当的任何其他方面。那么，为什么还要多说呢？所有的人都生活在捕鲸索的包围之中。所有的人生来脖子上就套着绞索，但只是在突如其来地被死亡攫住的关头，凡夫俗子们才会认识到生活中那安静、微妙、无时不在的危险。如果你是个哲学家，即便是坐在捕鲸艇上，你心底里的恐惧也不会多上一丝一毫，不亚于傍晚坐在自己家的壁炉旁，身边放着的不是标枪，而是一支火钳。

第六十一章　斯塔布杀了一头鲸

如果说，对于斯塔巴克来说，那鬼魅般的鱿鱼是种不祥之物，那么，在奎奎格看来，它却是非常不同的东西。

“当你看见求（鱿）鱼，”这蛮子一边说，一边在吊着的小艇艇头磨着标枪，“你就快看见马（抹）香鲸了。”

第二天，格外宁静晴朗，天气闷热，没有什么特别的事情要做，“裴阔德号”的水手几乎抵抗不住这空茫的海洋引发的沉沉睡意。因为我们正在行经的这片印度洋海域不是捕鲸者所说的活场，亦即，与拉普拉塔河口或是秘鲁沿海相比，在这一带很少能看见小鲸、海豚、飞鱼和更为活跃的水域中常见的其他活泼的生灵。

现在轮到我在前桅顶值班，我的肩膀斜靠在最上桅松弛的侧支索上，在似乎着了魔的气氛中懒散地前后摇摆。没有任何意志能够抵挡这种气氛，梦幻般的心境让我完全失去了意识，我的灵魂终于出窍了。尽管我的身体还在继续摇摆，就像钟摆一样，在最初催动它的力量撤走之后，还能继续久久地摇摆。

在完全失去意识之前，我注意到主桅和后桅顶的水手都已昏昏欲睡。就这样，最后我们三个都毫无生气地在桅杆上摇晃起来，我们每摇晃一下，下面沉睡的舵手就点一下头。海浪也懒洋洋地点着头，辽阔的海洋一片恍惚昏沉，东方向西方点着头，太阳则在上面向一切点着头。

突然，好似有阵阵气泡从我闭着的眼帘下面涌了上来，我双手像老虎钳一样紧抓住侧支索，有某种无形而亲切的力量在保护着我，我浑身一震，醒了过来。瞧！就在我们的下风头，不到二百四十英尺的地方，一头巨大的抹香鲸正在水中翻滚，像一艘底朝天的快速战舰，它宽阔光滑的黑色脊背，在阳光下像一面镜子熠熠闪耀。但见它在波谷中懒洋洋地起伏着，不时悄无声息地喷出水雾，样子就像一个发福的乡绅在温暖的下午抽着烟斗。但是，可怜的鲸啊，那是你最后一次抽烟斗了。仿佛给魔术师的魔杖一击，睡意昏沉的船和船上每一个沉睡的人都立即惊醒过来；当那大鲸缓慢而有规律地把闪光的海水喷向空中，有二十多个人的声音从全船各处响起，同时从桅顶高处也传来三声叫喊，不约而同地喊出了那惯常的呼号。

“放下小艇！抢风行驶！”亚哈叫道。接着，他也遵照自己的命令，抢在舵手之前，猛地将舵柄推向下风。

水手们突然的呼叫一定惊动了鲸鱼。在小艇下水之前，它威严地掉转身，向下风头游去，极其沉稳镇静，微波不兴，简直让人以为它根本没有受到惊动。亚哈于是下令停止划桨，除了耳语，不许说话。我们像安大略的印第安人坐在船舷上，迅速而无声地用桨板划水前进，四周寂静得连悄悄张起风帆都不允许。就在我们这样悄悄滑行追赶时，那怪物的尾巴垂直翘到空中，足有四十英尺高，然后又像一座被水吞没的塔，沉下去，消失不见了。

"尾巴不见了！"有人喊起来。随着这一声宣告，斯塔布立即掏出火柴，点燃了烟斗，因为现在可以喘口气了。鲸鱼下潜了一段时间，再次冒出来，就出现在这抽烟斗的人的小艇前方，距离他比其他小艇都近，斯塔布已经在指望捕到鲸鱼，斩获荣誉了。显然，现在鲸鱼终于意识到有人在追击自己。所有的安静谨慎都不再管用了。大家不再用桨板划水，而是操起长桨，大声划了起来。斯塔布还在喷云吐雾，激励他的水手发动进攻。

不错，鲸鱼开始大变样了。充分意识到自己的危险境地，它准备"露头"，把脑袋从它嘴里乱纷纷冒出的泡沫中斜探出来。[1]

"赶着它，赶着它，伙计们！不要着急；悠着点儿——不过要赶着它，像霹雳一般赶着它，这样就行了。"斯塔布叫嚷着，

---

1 将来在别处可以见到，抹香鲸那硕大的脑袋里边都是非常轻的物质。虽然表面上它的头部是整个身体中最重的，但却是最有浮力的部分。因此它可以轻松地把头伸进空中，而且在全速泅游时也可以一成不变地做到这点。此外，它的脑袋正面的上半部分很宽，下半部分则越来越尖，有利于分水前进。它把头斜着伸到空中，可以说就是把自己从一条船头陡峭、行动迟缓的平底船变成了一条尖头的纽约引水艇。

一边说话，一边从嘴里喷出烟来。“赶着它，嘿；桨要扳得长，用力扳，塔什特戈。赶着它，塔什，好孩子——赶着它，大家伙儿，可是要冷静，冷静——要冷得像跟黄瓜——别急，别急——只要赶着它，像冷酷的死神和咧嘴笑的恶魔一样，把死尸从坟墓里竖起来，兄弟们——那就行了。赶着它！”

“哦——嗬！哇——嘿！”那个该黑德人尖叫着回应，朝天发出一阵古代打仗的呐喊声。随着这个热切的印第安人带头猛力一划，这紧张的小艇里的每个桨手都不由自主地往前一扑。

不过，别的小艇也以同样猛烈的叫声回应他的狂叫。“吭——嘿！吭——嘿！”达戈号叫着，身子在座位里前俯后仰地使着劲，活像一头笼子里踱步的老虎。

“卡——啦！咕——噜！”奎奎格吼叫着，仿佛咂着嘴在津津有味地咀嚼一大块鳕鱼排。就这样，几艘小艇在桨声和叫喊声中破浪前进。与此同时，斯塔布仍然留在艇首的位置，还在鼓励手下发起攻击，一边从嘴里不断地喷出烟雾。他们像亡命徒一样死命划桨，直到终于听到那一句让人欢喜的叫喊——“站起来，塔什特戈！——给它一下子！”标枪应声投了出去。

“全体倒划！”桨手们都倒划起来，就在这时，有什么热烘烘的东西掠过每个人的手腕，嘶嘶叫着飞了出去，是那神奇的捕鲸索。

片刻之前，斯塔布已经迅速地将捕鲸索在索柱上又多绕了两圈，由于捕鲸索转得越来越快，麻绳直冒蓝烟，和他烟斗里不住冒出来的烟雾混合在一起。捕鲸索从索柱上一圈圈放了出去，在放光之前，它要火辣辣地从斯塔布的手中不断擦过，这种时候，手心里垫有棉花的帆布块有时会被磨破，出人意料地掉下来。这样一来，双手就如同握住了敌人锋利的双刃剑，而那个敌人又一直在拼命想把剑夺回去。

“把索子弄湿！把索子弄湿！”斯塔布向管索桶的桨手叫道（他就坐在桶边），那桨手一把抓下帽子，舀满了海水[1]。索子又放出去好几圈，开始慢慢停下不动了。这时，小艇飞速地穿过沸腾的海水，就像一条挺起浑身鱼鳍的鲨鱼。斯塔布和塔什特戈这时也调换了位置——艇首和艇尾对调——在剧烈摇晃的一片混乱中做到这点可真不容易。

从延伸过小艇整个前半部的捕鲸索的震动，以及它目前绷得比竖琴琴弦还要紧来看，你准会以为船有两条龙骨——一条破浪前进，一条破空而行——仿佛小艇同时搅动着穿过两种相反的元素。艇首是不断喷溅的小瀑布，艇尾是不停旋转的涡流；而船中哪怕有一丁点儿的动作，即便是小手指动弹一下，那震动不停、吱嘎作响的小艇就会把它那痉挛般的船舷倾翻到海里。

他们就这样向前猛冲。每个人都尽力贴在自己的座位上，以防被抛到水沫里去。正在掌舵的塔什特戈那高大的身形几乎

1 为了部分证明这种行为的必不可少，这里不妨说明一下，在古荷兰的捕鲸业中，会用拖把来给放出去的捕鲸索浇水；在其他船只上，则会专门为此留出一个木头汲水桶或水斗。不过，你的帽子是最方便的。

弓成两半，以尽可能降低重心。他们直射出去，似乎整个大西洋和太平洋都一掠而过，直到逃逸的鲸鱼终于松懈下来。

“靠拢——靠拢！”斯塔布对桨手们叫道。大家都转过脸望着鲸鱼，开始把小艇向大鲸划过去，而同时小艇还在被它拖曳着往前走。不久，小艇就靠拢到鲸鱼的侧面，斯塔布用膝盖牢牢顶住那笨重的系缆墩，把标枪一支接一支向飞逃的鲸鱼掷去；随着指令，小艇忽而后退，躲开鲸鱼可怕的扑腾，忽而又逼上去，投掷又一轮标枪。

这时，血浪从这怪物的周身涌流出来，像溪水泻下山岗。它饱受折磨的躯体不是在海水中，而是在血水中翻滚，几百米的浪迹中都是沸腾冒泡的血水。斜阳在这片深红色的池塘上嬉戏，将反光映在大家脸上，每一张脸都红彤彤的，和红种人一样。

在此期间，鲸鱼的喷水孔里痛苦地不断喷射出一股股白烟，而那个激动的领头人的嘴里也喷出一股股热气；因为斯塔布每投出一支标枪，再拉回来时（枪杆上拴有绳子），他又得把它放在船舷上迅速敲直，然后再一支支送入鲸鱼的身体。

“赶上去——赶上去！”他对头桨手叫道，因为这时鲸鱼已经渐渐虚弱，发挥不出威力了。“赶上去——靠上去！”小艇沿着鲸鱼侧腹靠了上去。斯塔布从艇首远远地探出身去，慢慢地用他那锋利的鱼枪刺进大鲸体内，不再拔出来，而是细心地反复搅动起来，好像是在小心地探测鲸鱼吞下的一块金表似的，唯恐在钩出来之前把它弄碎了。

但是，他寻找的金表就是鲸鱼最深处的生命。现在它已经受了重创；因为，大鲸从它的昏迷状态突然进入了无以言表的“垂死挣扎”阶段，它在自己的血水中可怕地翻腾，浑身裹在密不透风、纷乱沸腾的浪花之中。这样一来，那艘陷于危险中的小艇，只好立即后退，手忙脚乱地瞎忙一番，才从狂乱的昏天黑地里挣扎出来，回到朗朗晴空之下。

此刻，鲸鱼的挣扎微弱下来，它又一次滚出水面，身体翻来覆去，喷水孔痉挛般地一张一缩，伴随着急剧的、吱嘎作响的、痛苦的呼吸声。最终，一股股红色的血块，仿佛红葡萄酒的紫色沉淀物，骇人地喷射到空中，又落下来，沿着它一动不动的身体流到海里。它的心脏爆裂了！

“它死了，斯塔布先生。”达戈说道。

“是的，两支烟斗都灭了！”斯塔布把烟斗从嘴里取出来，把烟灰撒到水上，若有所思地站了一会儿，注视着他一手造就的那个巨大的尸体。

第六十二章　标枪

这里要说说上一章里的一件小事。

根据捕鲸业不可更改的惯例，小艇离开大船下水之后，艇长或是杀鲸人就是临时的舵手了，而标枪手或是缚鲸者要负责划前桨，一般叫作标枪桨手。现在需要一条强壮又勇敢的手臂来给予鲸鱼第一次打击，因为在这所谓“长投”中，那个铁家伙可是非常沉重的，往往得投出二三十英尺远。

而且，不管追击多久，有多疲惫，标枪手必须同时尽全力划桨；事实上，人们期望他为其他人树立一个具有超人活力的榜样，不仅是桨要划得令人难以置信，而且要反复发出大声的叫喊；在浑身肌肉都要绷紧，几乎一触即发的情况下，他还要扯着嗓子以最大音量叫喊——那是何等滋味，除了亲身尝试，无从知晓。

举例来说，我就不能一边痛快地大叫，一边又不顾一切地干活儿。在这种一边苦干一边叫喊的情况下，这声嘶力竭的标枪手，背对鲸鱼而坐，猛然听到一声激动的叫喊——“站起来，给它一下！”他就得把桨放好，上半身转过来，从架子上抓起他的标枪，用残余的一点力气，设法掷到鲸鱼身上。

难怪就整个捕鲸船队而言，五十次投枪的好机会，成功的不到五次；难怪这么多倒霉的标枪手被人疯狂地咒骂，还要被降级使用；难怪有些标枪手还真的当场血管爆裂；难怪有些捕抹香鲸的船离家四年，却只捞到四桶油；难怪对于很多船东来说，捕鲸只是个赔本的买卖；因为决定出航成败的是标枪手，如果你把他的体力消耗殆尽，到了最需要的时刻，你又怎么能指望他拿得出力气来呢！

还有，如果标枪投中了，那么，下一个关键时刻，也就是鲸鱼开始逃逸的时候，小艇指挥员和标枪手也要马上跟着艇前艇尾地奔忙，将自己和大家同样置于急迫的风险之中。他们就在那一刻交换位置；领头人，就是小艇的指挥员，就得在艇首合适的地方就位。

现在，我不在乎谁会持反对意见，反正我认为这种做法都是既愚蠢又毫无必要。指挥员应该始终留在艇首；他应该既投鱼枪，又投标枪，无论如何都不应该划桨，除非在每个人都一目了然的危急情况下。我知道这样做有时会稍微降低追击的速度；但是，不止一个国家捕鲸者的长期经验使我相信，捕鲸业中绝大部分的失败，绝不是由于鲸鱼逃逸的速度，而是如上所述标枪手的筋疲力尽所致。

为了确保投枪的最大效果，这世界上的标枪手必须一身轻松地跳起来，而不是困顿不堪。

第六十三章　支架

从树干上长出树枝，从树枝上长出嫩枝。就这样，从丰富的主题上，生发出这部书的一章又一章。

上一章略微提到的支架值得单独述及。那是一种形状独特的叉形棍子，大约两英尺来长，垂直地插在靠近艇首的右舷墙上，用来放置标枪木柄的尾端，带倒钩的光秃秃的枪头一端则倾斜地从艇首伸出去。因此，这武器触手可及，标枪手把它从支架上抓起来，就像边远的林区居民从墙上取下来复枪一样。支架上惯常会搁两支标枪，分别称作头枪和二枪。

但是，这两支标枪都有各自的尾绳与一条捕鲸索连在一起；目的在于，有可能的话，就把两支都投出去，一支紧接着一支，投到鲸鱼身上；这样，在往回收索时，要是一支拉掉了，另一支还会留在鲸鱼身上。这样就有了两次机会。但是，往往会有这样的情况，鲸鱼在被头枪刺中时，会马上痉挛般地猛奔，标枪手的动作哪怕快如闪电，也来不及投出二枪。然而，因为二枪已经和捕鲸索连在一起，捕鲸索又在飞快地放出去，因而，无论如何，这支二枪都得抢先投出去，无论怎么投和投向哪里；否则，所有人都会卷入最可怕的危险之中。在这种情况下，总归是要把它投到水里去；上一章提到的索桶里多出来的索圈，在大多数情况下，能保证这个高难动作稳妥可行。但是，这个性命攸关的动作并非总是万无一失，有时也会带来最为悲惨的祸端。

而且，你必须知道，二枪被掷出小艇之后，就成了一种威胁。它荡来荡去，极其锋利，在小艇和鲸鱼之间腾跃不已，不是把捕鲸索搅在一起，就是把索子割断，将周围一切弄得乱七八糟，人心惶惶。一般而言，这支标枪不可能当场收回，得等到大鲸已经就擒，成了一具尸体之后。

那么想想看，如果四艘小艇一起围攻一头格外强壮、活跃、聪明的鲸鱼时，那该是怎样一种情况；由于面对的鲸鱼有这样的特性，这种危险行当中又随时会发生无数的意外事故，鲸鱼周围也许还有八支十支二枪在同时荡来荡去。因为每艘小艇自然都配备有好几支标枪，拴在捕鲸索上，以防头枪落空，又收不回来。所有这些细节，我在这里都如实地作了交代，因为，在以后要描写的场景中，它们将有助于说明若干极为重要又非常复杂的细节。

第六十四章　斯塔布的晚餐

斯塔布的那头鲸鱼是在离大船有一段距离的地方杀死的。那是个风平浪静的日子，我们把三艘小艇串联在一起，开始慢慢把这个战利品拖回“裴阔德号”。我们十八个人，三十六条臂膀，一百八十根手指，一小时又一小时缓慢而辛劳地拖曳着海中那个了无生气、呆滞笨重的尸体。要费好长时间才能把它挪动一下，这足以证明我们要拖动的东西有多么巨大。在中国那条叫杭河或是随便什么河的大运河上，四五个纤夫在小道上拖一艘重载的平底帆船，每小时还能走上一英里；可是我们拖曳的这艘大商船，仿佛装满了铅锭，好不容易才会向前挪动一下。

黑暗降临了，不过，“裴阔德号”的主桅索上已高低错落地亮起了三盏灯，模糊地指引着我们的航线；小艇快要靠近船边时，我们看见亚哈又从另外几盏灯中拿出一盏，吊在舷墙边。他茫然地注视了一下那头正待吊起的鲸鱼，像惯常那样下令把它绑好过夜，然后把手里的灯交给一个水手，径自回自己的房舱去了，一夜都没有露面，直到第二天早晨才出来。

虽然，在监督追猎这头鲸鱼上，亚哈船长可以说表现出了惯常的活力，但是，现在那只生物一死，一丝模糊的不满，或是不耐烦，或是绝望，便在他心里泛起，仿佛一看到那具尸体，就让他想起莫比·迪克还有待捕杀，即便有其他一千头鲸鱼拖到他的船边，那也没有向他那宏伟的、偏执狂的目标迈进一步。"裴阔德号"甲板上的声响很快就会让你以为，所有的人都在准备把锚抛下深海，因为沉重的铁链拖过甲板，正哐啷哐啷抛出舷窗。但是，这些叮当作响的铁链要拴住的不是船，而是那巨大的尸体。鲸鱼的头部绑在船尾，尾巴绑在船首，它黑色的躯体紧靠船身，在漆黑的夜色中看去，高处的桅桁和索具模糊一片，只见船和鲸鱼二者，似乎是套在一起的两头大公牛，一头躺下了，一头还站着[1]。

如果说喜怒无常的亚哈现在沉默无声了，至少就甲板上的情况而言，他的二副斯塔布，却因胜利而心情愉快，流露出非

---

1 有一件小事最好在这里交代一下。捕鲸船固定船边鲸鱼的最有力最可靠的方法，是拴住鲸鱼的尾巴。由于鲸鱼尾部的密度大，它相对于其他部位就更重一些（除了侧鳍），即便鲸鱼死了，尾部的灵活性也会使得这一部分沉到水面以下，因此你无法从艇上用手够到它，用铁链把它兜住。但是这个困难被巧妙地克服了，那就是在一根坚实的细索的一端装上木头浮标，中间吊上重物，另一端拴在船上。凭借灵巧的操纵，将木制浮标从鲸鱼的另一侧浮上来，这样就可以把鲸鱼拦腰兜住，方便随后将铁链同样兜过去，让链子沿着鲸鱼身体滑动，最后在尾巴最细的地方，也就是与阔大的尾叶结合处，牢牢拴紧。

同寻常但却温厚和蔼的激动神色。他这番不寻常的活跃使得他那沉稳的上司斯塔巴克，悄悄地退居一旁，暂时让他独揽大权，操控一切事宜。斯塔布如此活跃有一个小小的附带原因，不久就奇怪地显现出来。斯塔布是个生活奢侈的人，他有点儿过分喜欢鲸鱼，把它当成了盘中美餐。

“在我睡觉之前，来块鲸排，来块鲸排！你，达戈，你下水去，给我从腰背上切一块下来！”

这里需要了解一下，一般而言，这些野蛮的捕鲸者并不依据伟大的军事准则，让敌人支付当前战争的开支（至少在弄清出海的收益之前），但是你会不时地发现，这些楠塔基特人中，有些人对于斯塔布所指定的抹香鲸的那个特殊部分着实喜爱，包括身体上尖细的末梢。

大约午夜时分，鲸排切割下来煎好了。在两盏鲸油灯下，斯塔布挺着肚子站在绞盘旁边，吃起了他的抹香鲸晚餐，好像绞盘就是餐具柜一般。不过，斯塔布不是那晚赴这鲸鱼宴的唯一食客。和他的咀嚼声混在一起的，还有成百上千头鲨鱼吧唧吧唧的声音，它们蜂拥在这死海兽周围，啧啧有声地饱餐着它的肥肉。几个睡在舱里铺位上的人常常被它们的尾巴扫在船体上的尖利噼啪声所惊醒，他们的心脏离这些鲨鱼只隔着几英寸的距离。从船边往下一瞧，你就能看见（跟以前听到一样）它们在阴沉的黑水中翻滚，肚子朝天一翻，就从鲸身上剜下一块人头大小圆圆的肉块来。鲨鱼的这种独特技巧简直不可思议。在显然无懈可击的鲸鱼身上，它们怎么能如此匀称地一口口剜下肉来，始终是万物中普遍存在的难题之一。它们在鲸鱼身上留下的印记，真像是木匠为了装螺丝钉而预先钻出的埋头孔。

尽管在烟雾腾腾、充满恐怖与邪恶的海战中，总会看到鲨鱼渴望地仰望着船甲板，像饿狗围着人们切红肉的桌子，随时准备吞下抛给它们的每一个死人；尽管勇敢的屠夫们正把甲板当桌子，用镀金带流苏的切肉刀，同类相残地切着彼此的活肉时，那些鲨鱼也在用它们那牙如珠宝的嘴巴，在桌子底下你争我夺地撕咬着死肉；尽管你把整件事情颠倒过来看，也还是没有什么差别，也就是说，所有当事人干的都是令人震惊的鲨鱼式的勾当；尽管鲨鱼也是横渡大西洋的贩奴船的不变的护卫，有条不紊地跟随在一旁，万一有包裹要运到什么地方，或是一个奴隶死了，需要举行体面的葬礼，它们可以随时效劳；尽管还可以举出一两个其他类似的情况，在怎样特定的时间、地点和场合，鲨鱼的社交聚会最为频繁，宴席最为欢闹；然而，你想不出其他任何时间或场合，像夜间捕鲸船边绑着一头死鲸那样，聚集起那么多数不清的鲨鱼，喜气洋洋，兴高采烈。如果你从未见到这种景象，那么，对于魔鬼崇拜的正当性以及安抚魔鬼的权宜之计，还是先搁置你的判断吧。

但是，斯塔布眼下还顾不上留意他身边大张宴席的咀嚼声，同样，那些鲨鱼也没有注意到他这个美食家的嘴唇发出的啧啧声。

“厨子，厨子！——那个弗里斯老头在哪儿？”他终于叫了起来，把两条腿叉得更开些，好像是要站得更稳一些，好大快朵颐；同时，他用叉子往盘子里一戳，就像是扎鱼枪一般，“厨子，你这厨子！——到这边来，厨子！”

那黑人老头从厨房里蹒跚地走出来，因为在这么不合时宜的时辰被人吵醒，离开温暖的被窝，而有些悻悻然。像许多老黑人一样，他的膝盖锅有点毛病，没有像其他炊锅那样好好保养。这个大家称作弗里斯老头的黑人，撑着火钳，拖着脚步一瘸一拐地走过来。那火钳样子笨重，是用两根敲直了的铁箍做成的。这黑木头似的老头，挣扎着走过来，遵照命令，在斯塔布的餐具柜对面猛然立定，双臂交叠在胸前，拄着那副双脚拐杖，更低地伛偻着本就弯了的背，侧过头，好让他那只好使的耳朵发挥作用。

“厨子，”斯塔布说道，叉起一块红通通的鲸肉往嘴里一送，“你不认为这块鲸排做得太烂了吗？你把它敲得太狠了，厨子；吃起来太软。我不是总说，鲸排要生一点才好吃吗？瞧瞧船边那些鲨鱼，你没看见它们更喜欢半生不熟的吗？它们的宴会有多热闹啊！厨子，去和它们说说，就说欢迎它们，但要文明用餐，要有所节制，而且一定要保持安静。真见鬼，我连自己的声音都听不见了。去吧，厨子，传我的话。给，把这盏灯拿着，”他随手从自己的餐具柜上抓起一盏灯，“好了，去给它们布道吧！”

闷闷不乐地接过灯来，弗里斯老头一瘸一拐地穿过甲板，来到舷墙边，然后，一只手把灯低低地垂向海面，以便好好打量一下他的信众，另一只手庄严地挥舞着火钳，远远地从船边探出身去，开始嘟嘟囔囔地向鲨鱼演说起来，斯塔布则悄悄跟在后面，偷听他都说些什么。

“各位同胞，我奉命来这里和你们说，你们必须停止那该死的吵闹。你们听见没有？别把你们的嘴巴弄得吧唧吧唧响！斯塔布先生说，你们那该死的肚皮可以一直撑到嗓子眼，但是看在上帝分上，你们必须停止那该死的吵闹！”

“厨子，”斯塔布插嘴说，同时猛拍了一下厨师的肩膀，“厨子！你真是瞎了眼，你在布道，怎么可以诅咒人呢，那样怎么能让罪人改邪归正呢，厨子！”

“谁说的？那你自己来给它们布道吧。”厨师愠怒地转身要走。

“别，厨子，继续说，继续说。”

“好吧，那么。各位亲爱的同胞……”

“这就对了！”斯塔布赞许地叫道，“好好劝劝它们，你先试试。”于是，弗里斯继续说了下去。

“你们的确都是鲨鱼，生来就十分贪吃，不过，我还是要和你们说，同胞们，贪吃归贪吃——你们那该死的尾巴不要拍打个不停！你们如果老是这么该死的拍打，这么大声嚼个不停，你们想想，那有多难听？”

“厨子，”斯塔布一把揪住他的脖领，叫道，“我不许你那么咒人。和它们说话要绅士一点。”

于是，布道又继续进行了。

“你们的贪吃，同胞们，我不想太过指责，那是天性，没办法的事情；但是，要控制住那个恶习，这才是关键。你们都是鲨鱼，这是肯定的；但是，要是你们控制住鲨鱼的本性，你们就会成为天使，因为天使不过是管得住自己的鲨鱼。现在，听我说，弟兄们，不妨试一试，你们吃起那头鲸来，能不能文明一点。不要从你邻居的嘴里抢鲸脂，我说。哪只鲨鱼有权独占那头鲸呢？还有，上帝作证，你们对那头鲸谁都没有什么权利，那头鲸是别人的。我知道你们里头有的嘴巴很大，比别人大，不过，大嘴巴有时却肚子小，所以，嘴巴大的就不该大口吞，而是要咬下点鲸脂来给小鲨鱼吃，它们挤不进来，吃不到东西。”

“说得好，弗里斯老头！”斯塔布叫道，“这才是基督教的道理，继续说吧。”

“继续讲也没用，斯塔布先生，这些该死的家伙还会不停地你拥我挤，互相撕打。它们一句话都不听，对这些你管它们叫作该死的馋痨的东西，布道是没有用的，除非它们的肚皮填满了，而它们的肚皮又没个底儿。就算填满了肚皮，它们也不会听你的。因为到那时它们就会沉到海里，躺在珊瑚礁上呼呼大睡，什么都听不见了，永远永远都不来听了。”

“千真万确，我大概也是这么想的。那就结束吧，给它们祈福吧，弗里斯，我也要吃我的晚餐去了。”

听到这话，弗里斯向鲨鱼群双手一拱，提高了尖利的嗓音，叫道：

“该死的同胞们啊！你们就吵吧，吵得越凶越好，填满你们的肚皮，直到肚皮爆掉——死了拉倒。”

“好了，厨子，”斯塔布一边在绞盘旁继续享用他的晚餐，一边说道，“站到你刚才站的地方去，就那里，正对着我，注意听我说。”

“洗耳恭听。”弗里斯应道，回到指定的位置，伛偻着背，拄着他的大火钳。

“好吧，”斯塔布一边自在地吃着，一边说道，“我现在要回到鲸排这个话题上。我先问你，你多大年纪了，厨子？”

“这和鲸排有什么关系？”这老黑人有点恼火起来。

“住嘴！你多大年纪了，厨子？”

“大概九十岁吧，人家说。”他阴沉地嘟囔道。

“你在这个世界上活了快一百岁，竟然还不知道怎么煎鲸排？”说完最后这句话，他又飞快地吞下了一大口，似乎这块肉就是对问题的延续，“你是在哪儿生的，厨子？”

“去罗厄诺克岛的渡船上，舱口后面。”

“生在渡船上！那也真怪。但是我想知道你生在哪个地方，厨子！”

“我不是说了在罗厄诺克岛那个地方吗？”他叫了起来。

“不，你没说，厨子；可我会告诉你我要说什么，厨子。你得回老家去，重新投胎，你连怎么煎鲸排都不懂。”

“我的天哪，看我还给不给你煎了。”他气愤地咆哮一声，转身准备离开。

“回来，厨子；——喏，把火钳给我；——尝尝那块鲸排，告诉我，你以为鲸排就应该那样煎吗？接着吧，我说，”他把火钳朝他一伸，“接着，尝尝吧。”

这老黑人用他干瘪的嘴无力地咂吧了一会儿，咕哝着说，

“这是我尝过的最好的鲸排了，鲜嫩多汁，真的鲜嫩多汁。”

“厨子，”斯塔布又摆好了架势，“你入教了吗？”

“在开普敦上过一次教堂。”老黑人不高兴地说。

“你这辈子倒是上过一次开普敦的教堂，那么，你肯定偷听到一位神父把听众称作他的亲爱的同胞，是吧，厨子！可是你来到这里，却像你刚才那样，和我撒了一个弥天大谎，呃？”斯塔布说，“你指望到哪儿去呢，厨子？”

“尽快上床去。”他嘟哝着，一边说，一边半转过身去。

“站住！停下来！我指的是你死了以后去哪儿，厨子。这是个严重问题。你怎么回答我呢？”

“当这个黑老头死了以后，”这老黑人慢吞吞地说，整个神气举止都变了，“他自己哪儿都不去，会有好心的天使来接他。”

“来接他？怎么接？用四匹马拉的车子吗，像接以利亚那样？又把他接到哪里去呢？”

“接到上边。”弗里斯说，把火钳直举到头顶，庄严地保持着那个姿势。

“这么说，你死的时候指望去咱们的主桅楼啦，是不是，厨子？可你不知道吗，你爬得越高，就越冷？主桅楼，是吧？”

“我没有说要那么高。”弗里斯说道，再次阴下脸来。

“你说要上去的，不是吗？你看看你自己，看看你的火钳指着什么地方。不过，也许你指望着从桅楼升降口爬进天堂呢，厨子；不过，不行，不行，厨子，你到不了那里的，除非你按照常规，用索具一圈圈爬上去。这可是个难对付的差事，但是必须这样，没别的办法上去。不过我们中间还没有人到过天堂呢。把你的火钳放下，厨子，听我的命令，听见没有？我在下令的时候,厨子,你要一只手拿着帽子,一只手按着心口。什么！你的心在那儿吗？——那是你的胃！往上！往上！——这就对了——现在你找对了地方。就放在那儿，注意听我说。”

“洗耳恭听。”老黑人应道，双手放在指定的地方，徒劳地扭动着花白的脑袋，好像要把两只耳朵都转到前面似的。

“好了，厨子，你看你这鲸排煎得有多糟，我只得尽快让它消失；你看到了，对吧？至于以后，你再为我煎鲸排时，放在我这私人餐桌，这绞盘上，我要告诉你该怎么做，才不会糟蹋了它，把它煎得过火了。你一手举着鲸排，另一只手拿起一块通红的炭，稍微烤上一烤，那就成了，就可以装盘了。你听见了吗？厨子，明天我们割鲸脂时，你一定要站在旁边，把鱼鳍的尖尖儿取下来，放在泡菜汁里。至于尾巴尖，就腌起来，厨子。好了，你现在可以走了。”

可是，弗里斯刚刚走出三步，又被叫住了。

“厨子，明天晚上我上中班的时候，给我弄个肉饼当晚餐，听见了吗？好,你走吧——喂！站住！鞠个躬再走。再停一下！明天早餐我要吃鱼丸——别忘了。”

“上帝啊，但愿鲸鱼把他给吃了，不是他吃了鲸鱼。他要不是比鲨鱼先生还像鲨鱼，我就走运了。”这老头嘟囔着，一瘸一拐地离开，带着这句箴言回到了自己的吊铺上。

第六十五章　用鲸鱼做菜

你可能会说，人类竟然会食用为他提供灯油的动物，而且，竟然像斯塔布那样，借着鲸油灯的光来吃鲸鱼肉；这件事似乎过于稀奇古怪，有必要稍微研究一下相关的历史和哲学。

根据记载，三个世纪以前，露脊鲸舌头在法国被奉为美味佳肴，价格昂贵。而且，在亨利八世时代，有一位御厨因发明了一种备受赞赏的酱汁而受到可观的嘉奖，用它来蘸着吃烤海豚。你应该还记得，海豚也属于鲸类。的确，至今海豚还是被当作美味。海豚肉被做成台球大小的肉丸，好好地用作料入味，会被当成是甲鱼肉丸或是小牛肉丸。丹姆弗林的老修士们非常喜欢这种吃食。国王还赏给过他们一条大海豚。

事实上，如果鲸鱼没有这么大，至少在捕鲸者来说，它会被当成一道高档美食；但是，当你坐在一块几乎一百英尺长的肉饼面前，你就会胃口全无了。只有斯塔布这样毫无偏见的人，如今才会吃烹饪好的鲸肉。不过，因纽特人没有这么挑剔。我们都知道他们是怎样以鲸鱼为生的，还有罕见的陈年葡萄酒般上好的陈年鲸油。

他们有一位鼎鼎大名的医生，叫作佐格兰达，他推荐要给婴儿吃一条条的鲸膘，因为它格外多汁，富有营养。这让我想起一些英国人，他们很久以前被一艘捕鲸船意外地留在了格陵兰——这些人实际上先尝试了吃鲸膘，之后又靠吃抛在岸上发了霉的鲸肉块活了几个月。在荷兰捕鲸者当中，这些鲸肉块被称作“鲸油渣”，它们的确非常像肉渣，呈棕色，脆脆的，闻起来有点像过去阿姆斯特丹家庭主妇们新炸出来的面包圈或是油炸饼。它们看起来可口诱人，就连最能自我克制的外地人也忍不住要动手尝一尝。

但是，使鲸肉进一步受到轻视，不把它作为文明人的菜肴，原因在于它过于肥腻。

它本是海中价格最高的大公牛，太肥了，不大可能细腻可口。看看它那背峰，如果不是像金字塔一样结实的脂肪，准会和野牛背一样好吃了，就会被尊为一道珍馐。但是鲸油本身，尽管寡淡油腻，像是长到三个月的椰子肉一样透明、洁白、呈半胶状，却太过肥腻，无法充当黄油的替代品。然而，许多捕鲸者有办法让它被其他物质吸收，然后再吃。在夜晚漫长难熬的值班时间里，水手们常会把船上的硬面包浸在大油锅里，炸上一会儿。我就这样做过很多次美味的晚餐。

至于说到小抹香鲸，它的脑子被认为是一道美味。用斧子把脑壳破开，取出两片丰满的白色脑叶（像极了两片大布丁），和上面粉，煮成极其可口的一团，味道有点像小牛脑，那可是有些饕餮客时常享用的一道菜。每个人都知道，美食家中的有些花花公子就因为不断地食用小牛脑，他们自己也逐渐有了点脑子，可以辨别出小牛脑和自己的脑子了，这的确需要非同一般的鉴别力。那就是为什么一个花花公子面对一颗样子很聪明的小牛脑袋，这场景总让人感到特别悲哀的原因。这小牛脑袋带着一副责备的表情盯着他，仿佛在说，“还有你，勃鲁脱！”

也许，并不完全是因为鲸肉如此油腻，才让陆地人认为吃鲸肉让人讨厌。在某些方面看来，这也是出于上面提到的考虑，即，一个人竟然会吃新杀死的海洋动物，而且还是用它的油照明来吃它的肉。不过，第一个杀牛的人无疑会被认为是谋杀犯，也许他会被绞死，要是由一群公牛来审判，他肯定会获此下场，当然，他也和任何谋杀犯一样罪有应得。

星期六晚上去肉市上走走吧，看看一群群活的两足动物，仰头凝望着一长排一长排死的四足动物，那景象难道不就是从食人生番嘴里拔牙吗？食人生番？谁又不是食人生番呢？我来告诉你吧，斐济人为了应付即将到来的饥荒，把一个瘦弱的传教士腌在地窖里，这倒是情有可原。我敢说，那个有先见之明的斐济人，在末日审判之时，要比你这位文明开化的美食家，把活鹅钉在地上，把它们的肥肝做成鹅肝酱饼而大快朵颐，更会获得宽恕呢。

但是，斯塔布，他借着鲸油灯吃鲸肉，是不是？这是伤害之上再加羞辱，对不对？再看看你的餐刀柄，我的吃着烤牛排的文明开化的美食家，那刀柄是用什么做的？——还不就是你正在吃的这头牛的兄弟的骨头吗？在狼吞虎咽嚼完肥鹅之后，你用什么东西剔牙呢？用的正是这种家禽的羽毛。“禁止虐待公鹅协会”的秘书长又是用什么翎毛笔正儿八经地起草他那些传单的呢？不过一两个月以前，该协会还通过了一项倡导只使用钢笔的决议呢。

第六十六章　鲨鱼大屠杀

在南海捕鲸业中，经过漫长艰苦的劳作，到深夜才将一头捕获的抹香鲸拖到船边，至少一般而言，不会马上就着手割鲸取脂。因为那是件极其费力的活儿，不是很快就能完成的，它需要大家一齐动手。因此，通常的做法总是把帆都收起来，在背风处拴牢船舵，然后让大家下舱，在自己的吊铺上睡到天亮。

不过，天亮之前的这段时间，要一直留几个人值锚更，就是说，一个钟头四个人，两人一组全体船员，轮流上甲板，以保证一切正常。

可是，有些时候，尤其在太平洋赤道线上，这个计划就完全不管用了。因为聚集在死鲸周围的鲨鱼多得不可胜数。如果把它就那样搁上六小时，到了第二天早上，剩下的恐怕就只是鲸骨架了。然而，在太平洋其他大部分海域，鲨鱼并没有这么多，有时可以用锋利的捕鲸铲在鲨鱼群中狠狠搅动，它们那种令人吃惊的贪婪便会大大收敛。可是，这个程序在某些情况下，似乎只会把它们逗弄得更加活跃。好在“裴阔德号”的情况却不是这样；虽然，任何不习惯这种景象的人，如果那天晚上从船边俯瞰下去，几乎都会自然而然地以为，整个大海就是一块硕大无朋的圆奶酪，那些鲨鱼就是里边蠕动的蛆。

然而，在斯塔布用完晚餐，来安排值锚更的时候，奎奎格和一个船头楼水手也刚好来到甲板。这可在鲨鱼中间引起了不小的兴奋；因为他们立刻在船边挂起了几个切鲸脂的小梯子，垂下三盏灯笼，在浑浊的海面上投下长长的灯光，这两个水手操起长柄捕鲸铲[1]，开始不停地杀起鲨鱼来，将锋利的钢铲深深地插入鲨鱼的脑壳，那似乎是它们唯一的命门。

但是，在这一片浪沫四溅的混乱中，大群鲨鱼争斗不休，混杂在一起，这两个射手并不总是能命中目标；这样一来，这群仇敌难以置信的另一种凶残便暴露出来。它们不仅凶恶地把彼此咬得肚破肠流，而且像柔弓一样，弯过来，咬自己的肚肠，直弄得那些内脏就像是被自己的嘴巴一再吞噬，又倒过来从大张的伤口中排泄出来。不仅如此，逗弄这些鲨鱼的尸体和幽灵也是很不安全的。在可以称之为个体生命的东西消亡之后，一种普遍的或者是泛神论的活力似乎还潜藏在它们的关节和骨骼

---

1 用于切割鲸鱼的捕鲸铲是用上等好钢制成，有一个人摊开的手掌大小，一般状如园艺用的铲，故而得名；只是它的两面完全是扁平的，上端比下端要窄得多。这种武器始终要尽可能保持锋利；使用时偶尔还会磨一磨，和使用剃刀一样。一根长二十到三十英尺的硬木杆，插在它的套接口里，作为铲柄。

中。在把杀死的鲨鱼吊到甲板上准备剥皮时，可怜的奎奎格想要合上其中一头凶恶的嘴巴，却差点被咬掉了一只手。

“奎奎格才不管是哪路神造了鲨鱼，”这蛮子一边说，一边痛得把手甩上甩下，“管他是斐济的神，还是楠塔基特的神，反正造鲨鱼的那个神一定是个该死的印第安人。”

第六十七章　切鲸取脂

这是星期六的晚上，紧接着的竟是这样一个安息日！所有捕鲸者都是应职应分的不守安息日的教授。镶牙骨的“裴阔德号”变成了一个类似屠宰场的所在，每一个水手都成了屠夫。你会以为我们是在向众位海神祭献一万头血淋淋的公牛。

首先，来看看那两部巨大的复滑车吧，除了别的笨重组件，它还包括一长串滑轮，通常漆成绿色，任何人都无法单独举起来——要把这一大串葡萄吊在主桅楼上，牢牢捆在下桅顶上，那是甲板之上最牢靠的地方。粗如大缆的索子末端蜿蜒穿过那些错综复杂的东西，连接到绞车上去，复滑车下端的那只大滑轮就朝鲸鱼垂下来，滑轮上挂着重达一百磅的吊鲸脂的大钩。现在，大副斯塔巴克和二副斯塔布，悬空站在船舷外的悬梯上，手执长铲，开始在鲸身上紧靠两只侧鳍的上方切出一个洞来，好把钩子插进去。完成了这一步，又围绕着切洞划出一条宽宽的半圆形的口子，钩子便插了进去。

接着，大部分水手就狂野地合唱起来，密集地拥挤在绞车边，开始绞起来。顿时，整个船身向一侧倾斜，船上的螺栓都松动起来,就像严霜天气里老屋的钉头一样。船身颤抖,震动着,受惊的桅顶不住地朝天空点着头。船身越来越剧烈地向鲸鱼倾斜过去，绞车每一次痉挛般地绞动一下，海浪就推波助澜似的涌起一阵。

直到最后，随着一阵迅疾可怕的噼啪声，哗啦一声巨响，大船向上一颠，又跌了回来，和大鲸分开了，那得胜的滑车拖着第一块割下来的半圆形鲸脂升了起来。因为鲸脂包着鲸身，正如橘皮包着橘子一样，从鲸身上剥下鲸脂有时就和给橘子转圈剥皮一样。绞车不断地用力绞动，鲸鱼便不停地在水中滚来滚去，与此同时，大副斯塔巴克和二副斯塔布的两把铲子沿着被称作“切口”的槽路，将鲸脂一块块整整齐齐地剥下来。

正是由于这种方法,鲸脂剥得很快,鲸鱼也同样迅速升高,直到它的顶端擦到了主桅楼;这时,绞车旁的人便会停止绞动。有一阵子，这滴血的巨大肉块前后摇摆，好像要从天上掉下来一般，在它晃荡的时候，在场的人都得小心躲避，否则就会挨上重重的一记耳光，被倒栽葱扇到海里去。

这时，从旁照应的标枪手之一，拿着一支叫作攻船刀的锋利长兵刃走上前来，瞅准机会，在晃来晃去的大肉块下端熟练地剜出一个大洞，另一部备用大滑车的一端便钩进这个洞里，把那块鲸脂抓住，以便接下来进行处理。然后，这个技巧娴熟

的剑客，一边警告所有的人站开，一边再次向这大肉块巧妙地一戳，斜刺里狠命地砍上几下，把它削成两半；那较短的下一半还固定着，而那被称作“毯子”的较长的上一半，便孤零零地悬空摇摆着，随时可以卸下来了。这时，操纵绞车的人又走上前来，重新唱起歌来。当剥皮的滑车又吊起第二片鲸脂时，另一台滑车便缓慢地松垂下来，将第一片鲸脂送进下面正对着的大舱口，垂到一间叫作鲸脂室的空荡荡的会客厅。

在这个昏暗的房间里，肤色各异的手敏捷地把那长长的毛毯片不停卷起来，仿佛它是一大团纠缠在一起的活蟒蛇。工作就这样进行下去；两部复滑车一起一落，鲸鱼和绞车都在转动，操纵绞车的人歌声不断，鲸脂室里的先生们卷个不停，几位副手一直在割出切口，大船始终绷紧着全身，大家偶尔咒骂几声，借此舒缓一下紧张情绪。

第六十八章　毛毯

对于鲸皮这个令人为难的问题，我已经付出了不小的精力。为了它，我曾与海上那些经验丰富的捕鲸者，和陆地上学识渊博的博物学家有过争论。我最初的意见虽然一直没变，但那也仅仅是一种意见而已。

问题在于，鲸皮是什么，它又长在什么地方？我们已经知道了何谓鲸脂。鲸脂就是坚固紧实、牛肉般纹路细密的东西，但比牛肉更坚韧、更有弹性、更密实，厚度在八或十英寸到十二或十五英寸之间。

谈到动物的皮竟然扯到密度和厚度上来，这乍看上去显得荒谬可笑，但是，事实上，这样的推定却无可争议。因为从鲸鱼身上，除了鲸脂，你是揭不下任何其他密实的表皮来的，任何动物最外层的表皮，如果具有合理密度的话，除了叫皮，还能叫作什么呢？的确，从未受损伤的死鲸身上，你可以用手刮下一层薄到极点的透明的东西，有点类似于最薄的云母片，只不过它像缎子一般柔韧松软，那是在它晒干之前的样子，一旦晒干了，它不仅会收缩变厚，而且会变得相当坚硬易碎。我有几片这样的干鲸皮，用作我那些鲸类学书籍的书签。如上所述，它是透明的，放在书页上，我有时还自得其乐地幻想它具有放大的作用。无论如何，可以这样说，透过鲸皮镜来阅读鲸类学的书，总归是一件赏心乐事。但是，我这里要说的是，我承认，尽管这种极薄的云母般的物质，包裹着鲸鱼全身，但是，与其把它当作是这种生物的皮肤，还不如说它是皮上之皮；因为如果把巨鲸真正的皮说得比新生儿的皮还要薄、还要娇嫩，那简直是荒谬可笑。不过，还是别说这个了。

假设鲸脂就是鲸皮，那么，一头非常大的抹香鲸的这张皮，就能榨出一百桶鲸油，就量而言，或者不如说从重量上来考虑，就其已有的表现来说，只占这张皮的四分之三，还不是全部。仅仅是它皮肤的这个部分就能产出那样一湖的油来，由此可见那个生机勃勃的东西该是怎样一个庞然大物了。按照十桶为一吨计算，光是四分之三的鲸皮就能让你获得净重十吨的鲸油。

一头活的抹香鲸，在它显示出的众多奇观中，它的外表绝非不值一提。它身上总是会布满无数密密麻麻斜着反复交叉的直线，有点像是精美的意大利线雕。但是，这些线条似乎不是印在上述那种云母般的薄片上面，而是从下面透过云母片显现出来，仿佛它们是直接刻在鲸鱼身体上一样。不仅如此，在某些情况下，在敏锐的富有观察力的眼睛看来，那些线条就像是在真正的版画中那样，只是为其他更多的形象打底子。这些都是象形文字；如果你把金字塔内壁上那些神秘记号叫作象形文字的话，那么，这个字眼用在这里再合适不过了。尤其是有一头抹香鲸身上的象形文字令我记忆犹新，它让我联想起密西西比河上游河畔那个著名的有象形文字的断崖，上面那块刻有古印第安图形的石板。鲸鱼身上神秘的线条，就和那些神秘的岩石一样，至今没人能够破译。提到印第安断崖，我不由得想起了另一件事。抹香鲸除了外表展现出的各种现象外，它也常常露出自己的脊背，尤其是侧腹部。由于有许多严重的擦痕，它外表上那些整齐的线条大部分被磨掉了，完全成了一副凌乱任性的模样。新英格兰沿海的那些岩石，据阿加西认为，它们上面的擦痕是浮游冰山的猛烈撞击所致——我应该说，那些岩石在这一点上，大概与抹香鲸非常相似。在我看来，鲸身上的这种擦痕也有可能是其他怀有恶意的鲸鱼造成的，因为我注意到，在巨大的成年雄鲸身上，这种疤痕最为常见。

关于鲸皮或者鲸脂，还得再说上一两句。前面已经说过，一长条一长条从鲸身上剥下来的东西，叫作毛毯片。和大多数航海用语一样，这个名称十分恰当，而且意味深长。因为鲸鱼的确是包裹在鲸脂里面的，就像包裹着真正的毯子或是被子；或者更恰当地说，像是印第安套头披风，从头上套下去，把全身都裹得严严实实。正是因为身体上裹着这么一张舒适的毯子，鲸鱼才能在各种气候、各种海域、各种时间和各种潮汐中过得舒舒服服。如果没有了这种舒适的外套，在北极那些令人发抖、冰封雪裹的海域中，格陵兰鲸会变成什么样子呢？

的确，其他鱼类在那些极北海域中依然格外活泼兴旺，可是要注意，那些鱼类都是冷血无肺，它们的肚子便是冰箱；它们是在冰山下避风取暖的生物，就像严冬的旅行者，在客店的火畔烤火一样；反之，鲸鱼却和人一样，有肺，血是热的。血一旦冻住，它就会死掉。这种大怪物需要保持体温，就和人类一样必不可少，这一点如果事先不加以解释，会是多么让人惊奇啊；它一生都浸没在北极的海水中，过得安然自在，只露出嘴巴，这又是多么让人惊奇！在那种地方，水手一旦掉到海里，有时在好几个月后被人发现，直挺挺冻僵在大冰块里，就像苍蝇粘在琥珀里一般。但更让人吃惊的是，实验证明，北极鲸的血比夏天里婆罗洲黑人的血还要热。

在我看来，从这里，我们看到了一种坚强独特的生命力的罕见品质，高墙厚壁的罕见品质，胸怀宽广的罕见品质。啊，人类！赞美鲸吧，以它们为榜样！你也要在冰天雪地里保持温暖。你也要生于世，而不属于世。置身赤道不要热血沸腾；身处北极也别让血冻住。啊，人类！要像圣彼得大教堂的圆顶一样，要像大鲸一样，一年四季都能保持自己的温度！

可是，讲授这些美好的东西，是多么容易，又多么无望！在建筑物中，有圣彼得大教堂那样圆顶的何其稀少！在万千生灵中，像鲸鱼那样宏伟硕大的又有几何！

第六十九章　葬礼

“把锚链拖进来！让尸体往船后漂！”

那两部大复滑车现在已完成自己的职责。这被砍头的鲸鱼，剥了皮的白色躯体像一座大理石坟墓闪着光；尽管色彩发生了变化，却感觉不到它的体积有所缩小。它依然是个庞然大物。它缓缓地越漂越远，那些不知足的鲨鱼将它周围的海水撕裂，浪花泼溅，而它上空则充斥着贪婪的鸥鸟，尖叫着飞旋不已，嘴喙就像许多匕首，无礼地刺戳着鲸鱼。

这无头的白色巨怪漂流着，离船越来越远，每漂出一尺，四周的鲨鱼就前进一米，它上空的飞鸟就前进一丈，成几何级数递进，杀气腾腾的嚣叫声也随之增大。连续几个小时，从几乎静止不动的大船上，都能看见这可怕的景象。在晴朗无云的蓝天下，在平静怡人的海面上，在愉快微风的吹拂下，那个庞大的死物不停地漂浮着，漂浮着，最后消失在看不到尽头的远方。

真是一个悲哀透顶又充满讽刺意味的葬礼！空中的兀鹰全都在虔诚地举哀祭吊，海中的鲨鱼全都一丝不苟地穿黑戴孝。我料想，鲸鱼活着时，万一需要帮助的话，能到场的恐怕寥寥无几；可在它的葬礼盛宴上，它们却虔诚至极地一拥而至。啊，可怕的贪婪世界！就连最为强大的鲸鱼也不能幸免。

这还不是结局。尽管尸体遭到亵渎，一个复仇的幽灵却留了下来，在尸体上盘旋，令人害怕。如果偶然被一艘胆怯的军舰或是莽撞的探险船从远处发现，虽然距离会使蜂拥的群鸟显得模糊一片，但是那漂浮在阳光下的雪白一团却还能看见。白色浪花高高地在它身上飞溅四散，于是，这毫无危害的鲸尸，便会被人用颤抖的手指记录在航海日志中——附近有浅滩、岩石和碎浪：当心！而且，自此之后很多年，船只也许都会规避这个地方；就像愚蠢的绵羊跃过虚空，只因为它们的头羊起初就是这样在那里跳过一根架起的棍子的。这就是你们祖先立下的规矩；这就是你们传统的实用价值；这就是你们从来就没有根据、现在甚至飞上了天的古老信念的顽固残余！这就是正统！

于是，在大鲸生前，它的身躯在敌人看来，可能是一种真正的恐怖，在它死后，它的幽灵又成了让世界无能为力的恐慌。

你相信鬼魂吗，我的朋友？除了鸡巷鬼，还有其他各种各样的鬼，比约翰逊博士更为深刻的人也都相信鬼魂呢。

第七十章　狮身人面怪

有一点不应忽略，在给那大海兽剥光皮之前，要先砍头。既然给抹香鲸砍头是一项需要通晓解剖学的技艺，有经验的鲸鱼外科大夫深以为傲，这也并非没有理由。

请想想看，鲸鱼根本没有可以合适地称之为脖子的东西，相反，它的头和身体似乎是直接连接在一起的，就在它身上最粗的部位。还要记住，外科医生必须在半空中操作，和他的解剖对象有八或十英尺的距离，而这对象又几乎隐藏在浑浊、翻腾，且经常是狂暴迸溅的海水中。

同时，你心里也要清楚，在这些很难对付的情况下，他还得在它身上将刀切进几英尺深；而且由于是在水下操作，切口一直在收缩，要看上一眼也是相当困难，他必须巧妙地避开所有邻近不该砍的部分，准确地在头颅与脊柱的交接点切下去。所以，当斯塔布吹嘘说他只需十分钟就能砍下一头抹香鲸的脑袋，你还不觉得惊奇吗？

鲸头一砍下来，就被抛在船尾，用缆绳拴住，等到鲸身剥光皮后再去理会。如果是一头小鲸，剥完皮后，就把它的头吊到甲板上，从容地处理。但是，如果是一头完全成年的大海兽，就不能这么办了；因为抹香鲸的头几乎占了整个身体的三分之一，要把如此沉重的东西完全吊上来，即便使用捕鲸船的大复滑车，那也像是用珠宝商的厘秤去称荷兰谷仓一样徒劳。

“裴阔德号”的这头鲸鱼已经砍掉了头，剥光了皮，鲸头被吊在船边——大约有一半露出水面，这样，它的大部分就可以自己浮起来了。因为下桅顶承受着向下的巨大拉力，吃力的船身便剧烈地向鲸头那边倾斜过去，那一侧的每根桁臂都像起重机的长臂一样伸向水面。就这样，滴血的鲸头悬挂在“裴阔德号”的腰间，像是巨人荷罗孚尼的头悬挂在犹滴的腰带上。

当最后这项工作完成已经是中午了，水手们下到舱中就餐。不久前还喧嚣一片的甲板，现在已被遗弃，笼罩着一派寂静。一种密实的金灿灿的宁静，像一棵无处不在的黄色睡莲，在海面上把它那无声无息又不可计数的叶子逐渐展开。

过了一小会儿，亚哈独自从船长舱里出来，来到悄无声息的甲板上。他在后甲板转了几圈，停下来凝视着船舷外边，然后慢慢踱到主锚链中间，拿起斯塔布的那把长柄铲——砍掉鲸头之后一直留在那里——把它刺进那半悬在空中的大家伙的下半部，把另一头像拐杖一样夹在胳肢窝下，就这样斜倚在长铲上站着，专注地盯着鲸头。

这只黑色的头，戴了头巾一般，悬挂在一片深沉的寂静之中，似乎是沙漠中狮身人面怪的巨头。

“说吧，你这巨大庄严的头，”亚哈嘟囔着，“尽管你没有长胡子，但到处长满苔藓，一片灰白；说吧，巨大的头，告诉我们藏在里面的秘密。在所有潜水者当中，你潜得最深。这只天上的太阳照耀着的头，一向是在这个世界的底层活动的。那里有多少未经记录的人和船只在生锈，有多少未经说出的希望和寄托在腐烂；这个快速战舰般的尘世的凶险底舱中，千千万万溺水者的尸骨充当了压舱物；那里，就在那可怕的水下王国，却有着你最为熟悉的亲切的家园。

“你到过潜水钟和潜水员都不曾到过的地方；你曾睡在许多水手的身边，那里是无眠的母亲宁可不惜生命也愿意代替儿子去躺下的地方。你看见过紧抱在一起的情侣从燃烧的船上跳下大海；他们心贴着心沉没在狂喜的波涛之下；当天堂似乎也把他们欺骗的时候，他们彼此忠诚以待。你看见过被谋杀的大副，被海盗们抛下午夜的甲板；几个小时后，他才落进那比午夜更黑暗的贪婪鱼腹，而谋杀者依旧安然无恙地在扬帆航行——迅疾的闪电使邻近的船只吓得发抖，它本可以把一个正直的丈夫送入那渴望的人儿张开的怀抱。头啊，你见多识广，足以将天上的行星也剖析分明，足以让亚伯拉罕成为异教徒，可你却不发一言！”

“有船！”主桅顶上传来一声欣喜若狂的叫喊。

“是吗？好啊，这真是高兴的事，”亚哈叫道，突然站直了身子，额头上的乌云一扫而光，“在这片死气沉沉的寂静中，那一声生机勃勃的叫喊，简直可以叫人精神倍增——在哪儿呢？”

“右舷船头三个罗经点，先生，它还给我们带来了和风！”

“真是越来越好了，伙计。但愿圣保罗也能沿着那条道儿过来，给我这波澜不惊的心带来一阵和风！啊，大自然，啊，人类的灵魂！多么不可言喻，你们紧密相连，何其相似！一点儿也不依靠物质生存与活动，而是在精神上有其巧妙的副本。”

第七十一章 “耶罗波安号”的故事

船与和风携手并进，但是风来得比船要快，随即，“裴阔德号”就开始摇晃起来。

不久以后，从望远镜里看见那艘陌生船上的小艇和配备有瞭望者的桅顶，证明那是艘捕鲸船。它远在上风头，驶得飞快，显然是在赶往另外某处渔场，“裴阔德号”没有赶上它的希望。于是便发出信号，看看对方有什么反应。

这里要说明一下，和海军战舰一样，美国捕鲸船队的每一艘船都有各自的信号，这些信号及其相关船只的名字都收录成册，每个船长人手一本。因此，捕鲸船船长在海上，哪怕相隔很远的距离，也很容易彼此辨认出来。

“裴阔德号”发出的信号终于得到了回应，那艘陌生船只也发出了自己的信号;结果证明,那是楠塔基特的“耶罗波安号”捕鲸船。它把帆桁与龙骨扯成直角，开了过来，在“裴阔德号”的下风头横了过来，放下一艘小艇。小艇很快就靠近了，但是，当侧舷绳梯在斯塔巴克的指示下放了下来，迎接来访船长登船时，那个陌生人却在艇尾挥手，示意完全没有必要。原来，“耶罗波安号”上面发生了一场恶性流行病，船长梅休担心会传染给“裴阔德号”上的人。尽管他自己和小艇上的水手没有感染，他的船又远在步枪的半个射程之外，中间是洁净的海水和徐徐清风，他还是认真遵守陆地上慎重的隔离措施，断然拒绝与“裴阔德号”的直接接触。

但是，这么做绝没有妨碍双方的交流。“耶罗波安号”的小艇和“裴阔德号”相隔几码的距离，不时地划动船桨，努力与“裴阔德号”保持平行。因为此时风刮得很急，“裴阔德号”向前慢慢移动，主桅的中帆被吹得向后鼓起；有时突然冲来一阵汹涌的浪头，把小艇向前推送出一段距离，但很快又熟练地划回到与大船平行的适当位置。就在这种情况之下，以及其他不时出现的类似干扰下，双方展开了对话，而且有时也免不了出现其他性质非常不同的干扰。

在“耶罗波安号”小艇上划桨的人中，有一个相貌奇特之人，甚至在无奇不有、充斥着各种奇人异士的野蛮捕鲸业中，这般相貌也难得一见。他又瘦又小，十分年轻，脸上满是雀斑，一头浓密的黄发。从头到脚裹着一件褪了色的下摆很长的胡桃色外套，剪裁样式具有犹太教哲学的那种神秘，过长的袖子一只卷到肘边。他的眼中带有一种深沉、不可自拔的精神错乱的神色。

刚一发现这个人物，斯塔布就叫了起来——“就是他！就是他！——‘汤－霍号’水手告诉我们的那个穿着上岸衣服的胆小鬼！”斯塔布这里指的是一段时间以前，“裴阔德号”与“汤－霍号”遇见时，人们曾说起有关“耶罗波安号”上一个水手的奇怪故事。根据他们的叙述以及随后获悉的情况，那个胆小鬼对于“耶罗波安号”的全体水手几乎具有某种奇特的权威。他的故事是这样的：

他原来是在疯狂的纳斯克尤那震教派团体中长大的，曾是那里的一个大预言家；在他们那些精神失常的秘密集会上，他有好几次通过一个活板门从天而降，宣称要立刻打开七碗，那碗就藏在他的马甲口袋里；但是，据说，那碗里装的不是火药，而是鸦片酊。他突发奇想，以使徒自居，离开纳斯克尤那，来到楠塔基特，凭借疯子所特有的狡猾，装扮成一个稳重理智的普通人模样，自愿到“耶罗波安号”上做一名生手后备船员。

他被雇用了，但是船刚刚驶到海上，看不见陆地，他的疯狂便爆发出来。他宣称自己是大天使迦百列，命令船长跳海。他发表宣言，自称是海上诸岛的拯救者，是大洋洲的代理监督。他宣布这些事情时的那种无所畏惧的认真劲头——他大胆施展的那些黑暗的、不眠不休的、兴奋的想象，以及来自真正的精神错乱的那些不可思议的恐怖行为，这一切加起来形成了一种神圣的氛围，使得大部分无知的水手认为他就是迦百列。他们都很怕他。

然而，这样一个人，在船上是没有多大实际用处的，尤其是他不肯干活，除非他自己愿意，那个从不轻信的船长早就想把他打发掉；不过，还是通知他说，他的个人意图是在头一个方便的港口就让他上岸。这个天使长立刻说要打开封印和神碗——如果这个意图得逞，他就会无条件地把船和所有人彻底毁灭。他在水手当中对他的信徒具有强烈的影响，他们最后集体跑到船长那里，对船长说，如果迦百列被辞掉，他们谁都不会留下。船长被迫放弃了计划。他们也不允许对迦百列有任何虐待行为，他的言行可以随心所欲；如此一来，迦百列在船上就为所欲为了。结果，这位天使长对船长和几位副手就很少顾忌，甚至根本就不在乎；自从流行病爆发以来，他更是变本加厉，宣称这场瘟疫（这是他的说法）完全受他控制，他高兴让它终止它才会终止。水手们大部分都是可怜虫，在他面前畏畏缩缩，有些还曲尽奉承；他们唯命是从，有时还敬若天神一般，向他顶礼膜拜。

这些事情似乎难以置信，但是，不管多么怪诞，却都是实有其事。至于这狂人无限的自欺欺人的能力，一部狂人史的惊人程度都不及它的一半。不过，我们的话题还是回到"裴闼德号"上来吧。

"我不怕你们的传染病，伙计，"亚哈从舷墙上说对梅休船长说，后者站在小艇艇尾，"到船上来吧。"

但这时迦百列跳了起来。

"想想，想想那热病吧，面色发黄脾气坏！当心那可怕的瘟疫！"

"迦百列！迦百列！"梅休船长叫道，"你要不是——"可这时猛然一个浪头把小艇冲出很远，沸腾的浪花把他的话完全淹没了。

“你可曾看见过白鲸？”等艇漂回来时，亚哈追问道。

“想想，想想你的捕鲸艇，船破人亡！当心那可怕的尾巴！”

“我再次告诉你，迦百列，那个——”但是小艇又被冲到前面去了，仿佛被魔鬼拖曳着一般。好一阵子没法说话，狂放的波浪连续不断地滚过，由于海洋偶尔的反复无常，这些波浪不是在起伏，而是在不停地翻滚。与此同时，吊着的抹香鲸头也在猛烈地摇晃，可以看见迦百列在盯着那鲸头看，带着与他那天使长身份不符的恐惧神色。

当这个插曲过去，船长梅休开始讲起有关莫比·迪克的一个悲惨故事；然而，每当提到迦百列的名字，他便会出来打岔，那疯狂的大海似乎也成了他的同盟。

事情似乎是这样，“耶罗波安号”离家不久，在和一艘捕鲸船交谈时，对方就可信地通告了莫比·迪克的存在，以及它所造成的破坏。迦百列贪婪地吸收了这些信息，严肃地警告船长，一旦看见白鲸，切不可对它进行攻击；他疯疯癫癫，语无伦次，宣称白鲸是震教神的化身，震教派信徒是从《圣经》中获悉这一信息的。

但是，过了一两年，桅顶上的瞭望者清清楚楚地看见了莫比·迪克，大副梅赛却热火中烧地想要追捕它，船长自己也不情愿让大副失却这个机会。于是，不顾天使长先前的谴责和警告，梅赛成功说服了五个水手和他一同登艇。他们把小艇划离大船，经过非常疲惫的划行，以及多次危险而徒劳的进攻，他终于成功地将一支标枪牢牢刺进了大鲸。这时，迦百列攀到主桅顶上，挥舞着手臂，做出疯狂的姿势，高声预言，那些亵渎和攻击他的神明的人马上就会大祸临头。这时候，大副梅赛正站在小艇艇首，以他那个部族特有的鲁莽劲头，向着鲸鱼狂呼乱吼，举着标枪伺机而动。忽然，海中冒出一个巨大的白影，尾巴迅疾地来回甩打，登时把所有桨手都吓得灵魂出窍。接下来，那倒霉的大副，刚才还生机勃勃的，被一下子抽到了空中，划着一个长长的弧线，落入大约五十码外的海中。小艇毫无损伤，桨手们也毫发无损，但是大副却永远地沉没了。

这里不妨插上几句，在捕抹香鲸业的重大事故中，这种情况几乎司空见惯。有时，除了那个就此灭顶的人以外，其他人俱无伤损；更常见的是艇首给撞掉了，或者是领班站的那块厚板子，连人带板被一同撕掉。但是，最奇怪的是，不止一次，当尸体被找到的时候，人已经死得硬邦邦的了，却看不到一点受伤的痕迹。

整个灾难，连同梅赛坠海的方式，从大船上都被看得一清二楚。一声刺耳的尖叫——“那碗！那碗！”迦百列这一声弄得那些吓坏了的水手不敢继续追击鲸鱼了。这个可怕事件进一步增强了这位天使长的影响力，因为他那些轻信的信众认为，他事先已经特地宣告过，而不是仅仅做出了一般性的预言，一般性的预言谁都会做，它的宽泛使得任何人都有机会碰巧说中。

于是，他就此成了船上一种无可名状的恐怖。

梅休讲完了他的故事，亚哈就开始向他发问，弄得那个陌生船长不禁反问亚哈，如果有机会，他是否有意猎捕白鲸。亚哈回答道——“是啊。”这时，迦百列又马上跳起身来，瞪视着这个老头，用手向下指着，厉声大叫——“想想，想想那个亵渎神明的人——死了，就在下面！——当心亵渎神明的下场！”

亚哈冷淡地转向一边，对梅休说：“船长，我刚好想起了我的信袋，如果我没记错的话，有一封信是给你手下一个头目的。斯塔巴克，去翻一翻信袋。”

每一艘捕鲸船都带有大量捎给其他船只的信件，能否送交到收信人手中，要靠在四海中能否有遇见他们的机会。因此，大多数信件永远到不了目的地，有许多信要过两三年或者更长时间才能收到。

斯塔巴克很快就回来了，手里拿着一封信。因为是保存在舱下一个阴暗的柜子里，这信已经又皱又潮，还覆盖着一层斑斑点点的绿霉。这样的一封信，邮差最好就是死神本人。

“看不了吗？”亚哈叫道，“把它给我，伙计。是的，是的，字迹是有些潦草模糊。——这是什么？”在他仔细辨认的时候，斯塔巴克拿起一根长长的割鲸脂的铲子柄，用刀子轻轻剖开柄端，以便把信夹在那里，递给小艇，这样小艇就不用靠近大船了。

与此同时，亚哈拿着那封信，嘟囔着：“哈先生——对了，哈里先生——（是女人的纤细笔体，——准是这人的老婆，我敢打赌）——是的——哈里·梅赛先生，耶罗波安号。——怎么是梅赛的信，他已经死啦！”

“可怜的家伙！可怜的家伙！是他老婆的信，”梅休叹息道，“把它给我保存吧。”

“不，你自己留着，”迦百列对亚哈叫道，“你很快就会走上那条道儿的。”

“让鬼掐住你的喉咙！”亚哈嚷道，“梅休船长，现在站好，接住它吧。”说着，他从斯塔巴克手里接过那封不祥的信，夹在铲子柄端的缝里，把它向小艇伸过去。但是，在他这么做时，桨手们都期待地停止了划桨；小艇朝大船后面稍微漂动了一段儿，如此一来，仿佛有魔法一般，那封信突然向迦百列迫不及待的手伸了过去。他一把抓住，拿起小刀，把信扎在刀尖上，把它连刀一起掷回了大船。信落在亚哈的脚边。随后，迦百列向他的同伴们尖声嘶叫，要他们赶紧扳桨，那艘抗命的小艇就这样飞快地射了出去，离开了“裴阔德号”。

这段插曲过后，水手们重新开始处理大鲸的外套去了，可是，这个荒唐的事件却为许多怪事埋下了线索。

第七十二章　猴索

在热火朝天忙着切割鲸脂和照看鲸鱼的过程中，水手们很多时候要前后奔忙。不时地这里需要人手，那里又需要人手。到处都在活跃个不停；因为在同一时刻，每个岗位都有工作要完成。这个在竭力描绘这些场景的人也是如此。我们现在必须回过头来说一说。

前面提到，在鲸背上开始动工之前，要把鲸脂钩插进大副二副最初用铲子切出的圆洞里。但是，这么笨重的钩子是怎么钩到那个洞里去的呢？它是由我的密友奎奎格插进去的，他作为标枪手的职责，就是爬到那怪物背上来完成这一特殊任务。但是在很多情况下，环境要求标枪手得一直留在鲸背上，直到整头鲸的鲸脂割取完毕，或者是剥皮手术完成。请注意，除了要在上面直接实施操作的部分，鲸鱼几乎是整个浸没在水下的。所以，可怜的奎奎格要下到比甲板低大概十英尺的地方，在那里不停地挣扎辗转，身体一半在鲸背上，一半浸在水里，而那巨物在他下面又像踏车一样转个不停。在这种场合，奎奎格一身苏格兰高地人的打扮——一件衬衫，一双短袜——至少在我眼中，更能显示出他身材上的优势，要观察他，现在可是最好的机会。

作为这个蛮子的头桨手，也就是说，在他的小艇里划头桨（从前面数第二个位置上），这份让我开心的职责便是，在他艰难摸索着攀上死鲸背上时，照顾好他。你们一定见过意大利风琴手，用一根长索子牵着一只舞舞扎扎的猴子。我也是这样，用一条捕鲸业中行话所谓的猴索，拴在奎奎格腰间一条结实的帆布带子上，从陡峭的船舷边把他送到海里去。

这件事对于我们俩都是既滑稽又危险。因为，在我们继续往下讲之前，必须说明一点，猴索两端都是拴牢的，一端拴在奎奎格的宽帆布腰带上，另一端拴在我的窄腰带上。这样一来，无论是幸与不幸，我们俩在那时就休戚与共了；如果可怜的奎奎格沉到海里，再也浮不出来，那么，惯例和荣誉都要求我不能割断绳索，而是要随着他一起被拖下水去。于是，一根细长的暹罗绳索就把我们系到了一起。奎奎格就是我须臾不可分的双胞胎兄弟；我无论如何都不能摆脱这条麻绳所带来的危险责任了。

我那时把自己的处境未免想得过于玄妙，我在认真观察他的动作时，似乎清楚地觉察到我自己的身家性命也已融合在我们两人的合资公司里了；我的自由意志已经遭受致命的创伤；另一个人的错误或是不幸会将无辜的我抛入我不该有份的灾难和死亡之中。所以，我看见天意在此处出现了空白，因为它那不偏不倚的公平正义不允许有这么大的不公存在。不过我进而想到——当我不时地猛拉他一下，以免他被卡在大鲸和船身之间——我要说，我看见自己的处境完全和每一个有生的凡人一模一样；只是在大多数情况下，他那根索子是以某种方式和更多的人拴在一起的。如果你的银行家破产了，你也就完了；如果你的药剂师错把毒药放进你的药丸，你就会死掉。的确，你可能会说，只要多加小心，你就有可能逃过这些，以及生活中其他各式各样的不幸。但是，虽然我小心翼翼地操控着奎奎格的猴索，可有时他猛地一拉，我还是差点就滑出船舷，掉到海里。我怎么都不可能忘记，我尽可随意施为，却也只能控制住绳子的一头。[1]

我已经暗示过，我会经常猛地拉一下可怜的奎奎格，以免他被卡在鲸鱼和船身之间——由于两者在不断地滚动和摇晃，他偶尔会落到那个空隙里去。但是，他所面临的危险绝不仅仅是被夹在那里。夜里的大屠杀并没有将那些鲨鱼吓住，它们现在精神饱满，以前储存在鲸尸中的血开始流淌出来，这对它们产生了更大的诱惑——这些狂暴的生物蜂拥在周围，就像蜂巢中的蜜蜂。

1 所有捕鲸船上都能见到猴索，但是只有在“裴阔德号”上，猴和牵猴的人才拴在一起。对于原初惯例做出这种改善的人正是斯塔布，以便凭借牵索人的忠诚与机警，为处于危险境地的标枪手提供尽可能大的安全保证。

而奎奎格就置身于这些鲨鱼当中，他常常用脚狠踹，把它们蹬到一旁。如果鲨鱼不是被死鲸这样的猎物所吸引，这件事简直是难以置信，杂食性的鲨鱼但凡有其他食物，便很少碰人。

然而，人们宁可相信，既然它们如此贪婪地共同染指死鲸，那还是对待它们机灵一点为妙。相应地，除了猴索，我用它不时地猛拉一下这可怜的家伙，防止他离那些贪得无厌的鲨鱼大嘴过近——船上还为他提供了另一重保护。塔什特戈和达戈悬挂在船舷旁的绳梯上，持续不断地在奎奎格头上挥舞着两把锋利的鲸铲，但凡他们能够得着，就大肆屠杀。他们的这种做法当然毫无私心，也是仁慈为怀的。我承认，他们存心是为了奎奎格着想，但是，在他们急于援手的草率的热情中，加之有时他和鲨鱼都半隐藏在浑浊的血水中，这便使得他们那并不慎重的铲子更容易砍掉一条人腿而不是一条鲨鱼尾巴。但可怜的奎奎格，我推测，在竭尽全力气喘吁吁地摆弄那支大铁钩之时——我想可怜的奎奎格只有向他的悠悠祈祷了，把自己的生命交托给他的神明了。

当我随着每一阵浪涌把绳索时而收紧，时而放松，我思忖着，好吧，好吧，我亲爱的伙伴和双胞胎兄弟，说到底，这又有什么要紧呢？你不就是这个捕鲸界里我们大家的可贵象征吗？你在其中累得气喘吁吁的深不可测的海洋，就是生活；那些鲨鱼，就是你的仇敌；那些铲子，就是你的朋友；你夹在鲨鱼和铲子中间，这是多么悲哀的两难处境啊，可怜的伙伴。

但是，鼓足勇气吧！还有很多欢乐在等待着你，奎奎格。现在，这个嘴唇发紫、两眼血红、筋疲力尽的蛮子，终于爬上了锚链，翻过船舷，不由自主地颤抖着，全身滴着水。那个小厮走上前来，眼神中满含友善和安慰，递给他——什么呀？热白兰地吗？不！天哪！递给他的，递给他的是一杯温热的姜汤！

“姜吗？我闻到的是姜味吗？”斯塔布怀疑地问道，靠拢过来，“是的，这一定是姜，”他凝视着那还没人尝过的杯子，然后仿佛难以置信地站了一会儿，冷静地走向那个惊讶的小厮，缓慢地说道：“姜？姜？能够劳驾告诉我，汤团先生，姜的功效何在？姜！姜就是你所用的燃料，汤团小子，想在这个发抖的食人生番肚子里生火吗？姜！——姜是什么鬼东西？海上的煤？柴火？——火柴？——火绒？——火药？——姜是什么鬼东西，我说，你就给我们可怜的奎奎格一杯这玩意儿？”

“这事有点像是禁酒协会在偷偷摸摸搞运动，”他突然补充道，走到刚好从船头过来的斯塔巴克跟前，“你愿意瞧瞧那杯东西吗，先生，闻闻它吧。”然后端详着大副的表情，补充道：“斯塔巴克先生，奎奎格刚从鲸身上下来，这个小厮居然有脸把这种甘汞和泻药拿给他。这小厮是药剂师吗，先生？我可不可以问问，他是不是想用这种苦药来让一个淹得半死的人恢复元气呢？”

“我才不信呢，”斯塔巴克说，“这东西够差劲的了。”

“是啊，是啊，小厮，”斯塔布叫道，“我们得教教你怎么给标枪手药吃？这里完全用不着你这药剂师的药，你想毒死我们，是不是？你给我们都上了人寿保险，想把我们都害死，好独吞保险金，是不是？”

“不是我，”汤团小子叫道，“是慈善姑妈把姜拿到船上的，她还吩咐我千万别给标枪手喝酒，只能给这种姜汤——她就是这么叫这东西的。”

“姜汤！姜你个无赖！拿走！赶紧去，到橱柜里拿点好东西来。我希望我没有做错,斯塔巴克先生。这是船长的命令——给登到鲸鱼身上的标枪手拿烈酒。”

“好啦，”斯塔巴克回答说，“只是别再打击他了，不过——”

“啊，我打击归打击，可从未伤到过他，除非是打击一头鲸鱼或是诸如此类的东西；这家伙是只黄鼠狼。你说什么来着，先生？”

“我只是说，你和他一块儿去，你愿意拿什么就自己随便拿。”

斯塔布再次出现的时候，一只手拿着个黑瓶子，另一只手里是某种类似茶罐的东西。瓶子里装的是烈性酒，他递给了奎奎格；罐子是慈善姑妈的礼物，他随手抛给了大海。

第七十三章　斯塔布和弗拉斯克杀了一头露脊鲸；随后有关它的对话

必须记住，这段时间以来，我们"裴阔德号"的一侧一直挂着个巨大的抹香鲸头。但是我们得让它在那里继续挂着，以后有机会的时候再去料理。因为目前有其他紧迫的事情，对于这只鲸头，我们顶多能祈祷上苍，让那部复滑车能够挺住。

现在，经过一个晚上和一个上午，"裴阔德号"已经逐渐漂进了一片海域，偶尔可见成片的黄色浮游生物，这是附近存在露脊鲸的非同寻常的征兆。但是，在这个特殊的时间，会有这种大海兽潜藏在附近，这倒是始料不及的。

尽管所有水手通常都厌恶猎捕这些下等鲸鱼，尽管它们根本不是"裴阔德号"的巡航目的，尽管在克洛泽茨附近碰见过好多头，却没有放下过一艘小艇去追猎；然而，现在有了一头砍了脑袋的抹香鲸拖在船边，可让所有人吃惊的是，船长竟然下令，如果机会允许，当天就要捕到一头露脊鲸。

这用不了多久。下风头出现了高高的喷水，斯塔布和弗拉斯克各带一艘小艇出发追击。划了很远很远，最后连桅顶上的人也几乎看不见他们了。可是突然间，在远处，他们看见一大片翻腾的白水，不久以后，桅顶上传下消息，一艘或两艘小艇把鲸拴住了。过了片刻，小艇清晰可见了，它们被那拴住的鲸鱼拖曳着直向大船而来。那怪物眼看就要接近船体了，起初似乎是想要对大船动武；但是在离大船约五十英尺的地方，它猛地搅起一个漩涡，潜下水去，消失不见了，仿佛潜到了船底下面。

“割断，割断！”大船上的人向小艇喊，刹那之间，似乎小艇就要被拖曳着狠狠撞上大船侧面。但是，索桶里还有很长的捕鲸索，鲸鱼的下潜也没有那么迅速，他们放出足够长的绳索，与此同时，全力扳桨，要划到大船前面去。

这紧张关键的战斗持续了几分钟，因为他们一边要在一个方向上不断放松绷紧的绳索，一边还要向另一个方向扳桨，这两股相持的力量随时都有把他们拖下水去的危险。不过，他们要争取的仅仅是领先英尺而已。他们坚持不懈，终于划到了前面。就在这时，一阵迅疾的震颤，感觉就像是闪电沿着龙骨划过，那根绷紧的捕鲸索，擦过船底，突然从船首下面蹿了起来，噼啪作响，震颤不已。索上的水珠四溅开来，像一片片碎玻璃落在水面上，而鲸鱼也在远处浮了出来，再一次，两艘小艇可以自由飞驰了。但是，那累垮的鲸鱼已经减慢了逃逸速度，盲目地转变了航线，拖着两艘小艇，绕到了大船船尾，让它们跟着兜了一个大圈。

这时，他们逐渐把捕鲸索收紧，等到小艇从两侧靠近了鲸鱼，斯塔布和弗拉斯克便你一枪我一枪地捅了起来。这场战斗就围绕着“裴阔德号”进行，先前在抹香鲸尸体周围游动的大量鲨鱼，现在都奔着新涌出的血蜂拥而去，焦渴地在每一道新鲜的创口上畅饮起来，就像急不可耐的以色列人痛饮从敲碎的岩石中涌流而出的清泉一般。

鲸鱼的喷水终于变稠了，伴随着一阵可怕的翻滚和呕吐之后，它肚皮朝天，成了死尸。

两名领班正忙着将绳索拴在鲸鱼尾叶上，设法让这个庞然大物随时可以拖走，这时，他们之间便有了这样的一番对话。

“我奇怪老头子要这么一块烂油干什么。”斯塔布说道，一想到要和这么一头劣等海兽打交道，不由得感到有点恶心。

“要它干什么？”弗拉斯克说，一边卷着艇首上多余的索子，“你从来没有听说过吗，船上右舷挂了抹香鲸的头，左舷就要同时挂一个露脊鲸的头，这样，船以后就再也不会翻了，斯塔布，你从来没有听说过吗？”

“为什么不会翻？”

“我不知道，但是我听那黄鬼费达拉这样说过，他似乎知道所有关于行船的法术。可我有时认为，他的法术最终对船就没有好处。我一点儿也不喜欢那个家伙，斯塔布。你可曾注意到，他的獠牙就像是能咬穿蛇头一样，斯塔布？”

“去他的！我从来就没有看过他；可如果在大黑天我碰巧

看到他紧靠舷墙站着，旁边又没有人，你瞧瞧下面，弗拉斯克，”——他用双手做了个特别的动作，指向海面——“是的，我会的！弗拉斯克，我认为那个费达拉就是个伪装的魔鬼。你相信关于他偷偷上船的无稽之谈吗？他是魔鬼，我说。你之所以看不见他的尾巴，是因为他把它卷了起来，你看不见；我猜，他是把尾巴盘起来，揣在口袋里。该死的东西！现在我想起来了，他总是找麻絮，塞进他的靴子尖里。”

“他穿着靴子睡觉，不是吗？他从来没有吊铺。不过我看见他夜里躺在一盘索具上。”

“毫无疑问，那就是因为他那该诅咒的尾巴；你看见了吧，他把它卷起来，放在索具中间的眼里。”

“老头子为什么和他有这么多牵扯呢？”

“有什么交易或者是买卖吧，我想。”

“买卖？——什么买卖？”

“怎么，你看见了吧，老头子对那白鲸可是穷追不舍，这魔鬼就想利用这点摆布他，让他把自己的银表，或者他的灵魂，或者是诸如此类的东西给他，然后他就交出莫比·迪克。”

“呸！斯塔布，你在开玩笑吧，费达拉怎么办得到呢？”

“我不知道，弗拉斯克，但是，这魔鬼是个奇怪的家伙，而且很邪性，我告诉你。嘿，他们说，他曾经溜上一艘老旗舰，大模大样地摇着尾巴，做出彬彬有礼的样子，问老司令官可否在家。嗯，他刚好在家，他问这魔鬼有何贵干。魔鬼就拱拱蹄子，立起来说：‘我找约翰。’‘找他干什么？’老司令官说。‘与你有何相干，’魔鬼发起怒来，‘我找他派点用场。’‘把他带走。’司令官说。老天作证，弗拉斯克，要是这魔鬼不是在把约翰用完之前就让他得了亚洲霍乱，我就一口把这鲸鱼吞了。但是，放机灵点——你那里还没有准备好吗？好吧，往前划，把鲸鱼拖走吧。”

“我想我记起你刚才说的故事了，”弗拉斯克说，两艘小艇终于慢慢地拖着鲸鱼向大船靠近了，“但是我记不起是在什么地方了。”

“在《三个西班牙人》里？那三个残忍士兵的冒险？你是在那里面读到的吧，弗拉斯克？我猜你一定看过？”

“没有。我从来没看过这样一本书，不过我听说过。可是现在，告诉我，斯塔布，你认为你刚才说的那个魔鬼，就是我们‘裴阔德号’上的这个吗？”

“我是不是刚才帮你杀大鲸的同一个人呢？魔鬼难道不是永生的吗？谁曾听说过魔鬼会死的？你可曾见过神父给魔鬼做法事的？如果魔鬼有舱门钥匙，可以进到司令官的舱室，你以为他就不能从舷窗爬进去了吗？你说呢，弗拉斯克先生？”

“你认为费达拉有多大岁数，斯塔布？”

“你看见那主桅杆了吧？”他指着大船，“好，那就是数字‘1’；现在把‘裴阔德号’上所有的铁箍拿出来当‘0’，在那桅杆后面排成一排，你看见了吧，好吧，就是那样也赶不上费达拉的年纪。把天下所有箍桶匠的铁箍都摆出来当‘0’也还是不够。”

“可你看看，斯塔布，我认为你刚才有点吹牛了，你说你要是有合适的机会，一准会把费达拉推到海里去。那么，如果他老得连你所有的铁箍加起来都赶不上，如果他是永生不死的，那把他从船上推下去又有什么用呢——你倒是说说看？”

“不管怎么着，让他在水里好好浸浸。”

“可是他还会爬上来的。”

“那就再让他浸浸，一直浸下去。”

“不过，假如他也想要浸浸你呢——是呀，把你淹死——那又当如何呢？”

“我倒想看看他敢不敢。我会揍他个乌眼青，让他好长时间不敢在船长室里露面，更别说他到他现在住的底层甲板去，或是偷偷溜到上层甲板来。这该死的魔鬼，弗拉斯克；你以为我就这么怕这个魔鬼？谁会怕他啊，除了那老司令官，他不但不敢抓住他，给他戴上他该得的两副手铐，反而任其到处绑架人。是啊，还和他签了协议，说是魔鬼绑架的人，他全都会替他烤熟。竟有这样的司令官！”

“你认为费达拉要绑架亚哈船长吗？”

“我认为？你很快就会知道的，弗拉斯克。但是，我现在要死死盯住他；要是看见有任何可疑的事情发生，我就会一把揪住他的后脖子，对他说——听着，魔鬼，这可万万不行；如果他敢耍花招，老天作证，我就会揪住他口袋里的尾巴，把他拉到绞盘那里，狠狠地绞上一番，把他的尾巴齐根绞掉——你看着，到那时，我想啊，等他发现自己尾巴短成了那副怪模样，他就会偷偷溜走，连夹着尾巴的可怜的满足感都没有了。”

“你要拿那尾巴干什么去呢，斯塔布？”

“干什么去？我们回家就把它当牛鞭子卖了——还能干什么？”

“那么，你说的，你这一路上所说的，都是当真吗，斯塔布？”

“当真还是不当真，我们总归是到了大船边上。”

大船上有人招呼小艇，把鲸鱼拖到左舷去，在那里，用来绑牢鲸尾的铁链和其他一应必备之物已经准备停当。

“我不是这样告诉过你吗？”弗拉斯克说，“是的，你很快就能看见这头露脊鲸的脑袋吊在抹香鲸脑袋对面了。”

弗拉斯克的话及时得到了证实。和以前一样，“裴阔德号”向抹香鲸脑袋那侧陡峭地倾斜着，现在，有了两颗脑袋的平衡，龙骨又恢复了水平位置；当然，你尽可相信，这是很吃力的负担。

当你一边挂起洛克的头，你就会向那边歪；你在另一边挂起康德的头，你就恢复正常了，只不过你的处境十分尴尬。有些人总是想这样调整船身的平衡。啊，你们这些傻瓜，把那些吓人的脑袋抛到海里，不就能轻松笔直地航行了嘛。

露脊鲸的尸体被拖到船边来进行处理的时候，最初的程序通常和处理抹香鲸的情况一样。只是抹香鲸的头是整个砍下来，而露脊鲸则是把它的嘴唇和舌头分别割下来，连同那附着在所

谓冠盖上的著名的黑骨头一起吊上甲板。但是这一次，却根本没有这么做。两头鲸的尸体都甩到船后，挂着两只鲸头的船活像一头驴子，驮着一对不堪重负的驮筐。

与此同时，费达拉始终在沉静地注视着露脊鲸的头，不时地望望那头上深深的皱纹，再回过来看看自己掌上的纹路。亚哈也刚巧站在那里，他的身影正好罩在这个拜火教徒身上；这时候，如果这拜火教徒还有身影的话，似乎也完全和亚哈的混在了一起，把亚哈的身影延长了。水手们一边忙着干活，一边就所有这些发生的事情，交换着漫无边际的推测。

第七十四章　抹香鲸头——对比观

现在，这里有两头大鲸，把脑袋凑在一起。我们也来加入吧，把我们的头也凑在一起。

在对开型大海兽的大小顺序上，抹香鲸和露脊鲸的地位最为显赫。它们是人类常规的猎捕对象。对于楠塔基特人来说，它们代表了所有已知鲸类的两个极端。因为两者之间的外在区别主要见于它们的头部；因为就在此时，两种鲸头分别悬挂在“裴阔德号”的两侧；因为我们可以自由地在两只头之间走来走去，只需要穿过甲板：——因此，我很想知道，你到哪里去找更好的实地研究鲸类学的机会呢？

首先，打动你的是两只头之间的总体对比。两者都是地地道道的巨头；但是，在抹香鲸头上有着某种精确的对称，那是露脊鲸明显没有的。抹香鲸的头更有个性。当你瞧着它的时候，它那无所不在的威严，会让你不由自主地对它心悦诚服。就眼前的情况而论，它头顶上的胡椒和食盐色泽加强了这种威严之感，那是年事已高、阅历丰富的象征。简而言之，它就是捕鲸者行话中所谓的“白头鲸”。

我们现在就来看看这两只头最为相似的地方吧——亦即那两个最重要的器官，眼睛和耳朵。在头部侧面最靠后且再往下，接近嘴角的地方，如果你仔细寻找，最后会看见一只没有睫毛的眼睛，你会误以为那是一匹小马驹的眼睛，与头部的巨大尺寸相比，它是多么不成比例啊。

现在，从鲸眼位于头部侧面这个独特位置来看，显然它看不见正前方的目标，正后方的东西也同样看不清楚。一句话，鲸眼的位置与人耳的位置相当，你可以想象，要是你用你的耳朵从侧面去观察事物，你会怎么样。你会发现，你用侧面的眼睛只能拥有前方约三十度的视界，向后的视界也同样是三十度左右。如果你的仇敌径直向你而来，在光天化日下举着匕首，你也会看不见他，他从后面偷摸靠近你时也同样如此。一句话，这么说吧，你会有两个后背；但是，与此同时，你也有了两个正面（侧正面）：因为构成一个人正面的东西——除了他的眼睛，还能是什么呢？

而且，就我现在能想得起来的其他动物来说，它们眼睛的位置总是能不知不觉地将两眼的视力混合在一起，这样，它们大脑产生的图像就是一个，而不是两个；由于其独特的位置，鲸鱼的两只眼睛，实际上中间隔着若干立方英尺的坚实的头部，头的这个部分像大山耸立其间，把山谷中的两座湖泊隔开；这样一来，每只独立的眼睛传输给大脑的图像必然是完全分开的。

所以，鲸鱼一定在左侧看见了一幅清晰的图像，在右侧又看见了另一幅清晰的图像；而在两侧之间，一定是漆黑一团，什么都看不见。实际上，人类可以说是从窗户上的两个窗框连在一起的岗亭朝外看的，但是在鲸鱼那里，这两个窗框是分开安置的，构成了两个不同的窗口，却大大损伤了视力。鲸眼的这种特殊性是捕鲸者要时时记在心上的，也是读者在随后一些场景中能够想起的。

在大海兽的视力方面，可能会引发一个奇怪而又令人困惑的问题。不过，我提一下就该满足了。只要人类的眼睛在光明中睁开，观看的行为就是不由自主的；那就是说，他会忍不住自动看到任何在他前面的东西。然而，任何一个人的经验都会告诉他，尽管他扫上一眼就能把事物不加区别地看入眼底，他却完全不可能在同一时刻专注而完整地审视两件东西——无论东西大小，无论它们是并排放着，还是彼此连在一起。但是，如果你现在把这两个目标分开，将每一个用十足的黑圈圈上，那么，为了看见其中一个，在这种情况下就必须集中全部精神，另一个目标就会被暂时彻底排除在你的意识之外。

那么，鲸鱼的情况会怎么样呢？的确，它的两只眼睛本身，一定是同时起作用的，但是，它大脑的理解力、组合能力和敏感性上，难道要远远超过人类吗，以至于它能同时专注地审视两个截然不同的图像，一个在它头部的一侧，另一个在完全相反的方向？如果它能够做到，那么，这就是一个奇迹了，就像是一个人能够同时演算两个截然不同的欧几里得几何学难题一样了。严格地考察下来，这种比较也并非那么不合情理。

这也许只是一种无聊的奇想。可我总是觉得，有些鲸鱼在遭到三四艘小艇的攻击时，它们所表现出的非同一般的游移不定，它们作为共性的那种奇怪的胆怯和容易受惊，这一切都是间接地源于它们在决断上的无助的混乱，这一定和它们那分开在两边的截然相对的视觉器官有关。

但是鲸鱼的耳朵和眼睛一样奇怪。如果你对鲸类一无所知，你可能会在这两只鲸头上搜寻上几个小时，却还是发现不了那对器官。鲸鱼的耳朵根本就没有任何所谓外耳的东西，耳孔本身也是小得令人称奇，你甚至连一根鹅毛管都插不进去。它位于眼睛后面一点的地方。就它们的耳朵而言，这是在抹香鲸和露脊鲸之间可以观察到的一个重要区别。抹香鲸的耳朵有一个外部开口，而露脊鲸的耳朵则完全是平的，覆盖着一层薄膜，因此从外表上很难看得出来。

像鲸鱼这样的庞然大物居然用这么小的眼睛看世界，用比野兔耳朵还小的耳朵倾听雷霆，这不是很奇怪的事情吗？但是，如果它的眼睛大得像赫歇尔的巨型望远镜的镜片，如果它的耳朵宽得像大教堂的门廊，那样就能使它看得更远，听得更真切吗？根本不会。——那么，你为什么要试图“扩大”你的头脑呢？让它精细一点吧。

现在让我们利用手边随便什么杠杆和蒸汽机，来把抹香鲸的脑袋翻过来，让它仰天躺着；然后，用梯子爬到最顶上去，向下窥视一下那张嘴巴；如果不是身体已经完全与脑袋分了家，我们还可以打着灯笼，下到它那如同肯塔基猛犸洞一般巨大的肚子里去。但是，让我们在这颗牙齿旁边停住，环顾一下我们的四周。真是一张漂亮整洁的嘴巴啊！从地板到天花板，都镶衬上了，或者毋宁说是糊上了一层闪光的白色薄膜，像新娘的缎子礼服一样光滑。

不过，现在还是出来吧，看看这个令人惊讶的下巴，它似乎像是一个巨型鼻烟盒狭长的盖子，铰链安在一端，而不是安在旁边。如果你把它撬开，使它在你的头顶张开，露出成排的牙齿，就像是一个可怕的吊闸。天啊，原来如此！结果证明，就是这些具备巨大刺穿力的长钉，落在了捕鲸业中很多可怜虫的身上。但是，更让你心惊胆战的是，看到在数英寻深的水下，一头阴险的鲸鱼悬空漂浮着，它那巨大的下巴约有十五英尺长，和它的身体成直角笔直地耷拉着，简直就像是一艘船的斜桅。这头鲸鱼不是死的，它只是精神沮丧，也许是心情不佳，患了忧郁症，才显得这么懒散，连下巴上的铰链都松了，落得一副悲惨的狼狈相，成了整个族类的耻辱，毫无疑问，它们一定会诅咒它患上牙关紧闭症。

在大多数情况下，这下巴——有经验的老手可以很轻松地把它卸下来——在卸下来之后，要吊上甲板，拔下乳白色的牙齿，并把又硬又白的鲸须提供给捕鲸者，让他们做出各种稀奇古怪的玩意儿，包括手杖、伞骨和马鞭柄等等。

费了很长时间的力气，终于将下巴吊起来，像锚一样拖上甲板。等到合适的时间——其他工作完成几天之后——奎奎格、达戈和塔什特戈，这些熟练的牙科大夫，便开始拔牙了。奎奎格用一把锋利的鲸脂铲切开牙龈，然后把下巴捆在带环螺栓上，在上面扯起一部滑车，他们就把这些牙齿一颗颗拔出来，就像密歇根公牛拔出野地上老橡树的树桩一样。通常有四十二颗鲸牙；老鲸的牙齿磨损得很厉害，不过没有蚀空，也没有像我们那样人工填充起来。下巴随后被砍成一块块厚板子，像建房子的托梁一样堆在一边。

第七十五章　露脊鲸头——对比观

穿过甲板，我们现在来好好看看那露脊鲸的头。

就整体形状而言，高贵的抹香鲸头可以比作一辆罗马战车（尤其是前面，又宽又圆）；所以，大致看来，露脊鲸头相当不雅，类似于一只巨大的尖头鞋。两百年前一位老荷兰航海家把它的形状比作一只鞋匠的鞋楦。就在这样的鞋楦或是鞋子里，童话里那个子孙众多的老妇，连同她所有的后裔，都可以很舒适地住下来。

但是，当你靠近这只大头，根据观察角度的不同，它也开始显出不同的样貌。如果你站在它的最顶上，俯瞰这两个 F 形的喷水孔，你会把整个头当成一把低音大提琴，那两个喷水孔就是共鸣板上的开孔。然后，如果你再定睛观看这头顶上鸡冠状隆起的奇怪硬壳——这个结满藤壶的绿东西，格陵兰人称之为“皇冠”，南海捕鲸者则称之为露脊鲸的“帽子”；你的眼睛单单盯住这个，你会把这只头当成某棵大橡树的树干，树干分叉处有一个鸟巢。无论如何，当你看着那些活螃蟹就偎依在这帽子上，你几乎情不自禁地就会产生这样的想法。

除非你的想象力已经被它的另一个专门术语“皇冠”给固定了，在那种情况下，你会怀着极大的兴趣想到，这个大怪物怎么真的就成了戴冠冕的海上之王呢，它那绿色的皇冠又是怎样奇妙地拼凑而成的啊。

但是，如果这头鲸真是国王的话，那准是一个头戴王冠、相貌阴沉的家伙。看看那耷拉着的下嘴唇！怎样一个阴沉而愠怒的东西！这个阴沉而愠怒的东西，根据木匠的尺寸，大约有二十英尺长，五英尺深。可就是这个阴沉而愠怒的东西能给你产出大概五百多加仑的鲸油。

真是太可惜了，这头倒霉的鲸鱼竟然是个兔唇。唇上的裂口大约有一英尺深。也许是它的母亲在关键时刻从秘鲁沿海海底游过时，刚巧有地震把海滩震出了裂口造成的。越过这条嘴唇，就像越过一个溜滑的门槛，我们现在滑进了它的嘴里。我敢保证，如果我是在麦基诺岛，我准会以为自己走进了一座印第安人的棚屋。

天哪，这就是那位约拿所行的路吗？屋顶大约有十二英尺高，形成一个陡峭的锐角，仿佛那里有一根正规的屋梁似的；肋骨状拱起的两边毛茸茸的，展现在我们面前的是一条条奇妙的、半垂直的、弯钩镰状的鲸须，每边有三百根之多，从头的上部或者是冠骨上垂下来，形成我们在别处略微提到过的威尼斯百叶窗。这些骨头的边缘生满流苏般毛茸茸的纤维，露脊鲸进食时，张着嘴穿过满是浮游生物的海域，便通过这些百叶窗来过滤水，把小鱼留在这些错综复杂的机关里面。

在这种骨质百叶窗的中央部分，依据自然顺序，有一些奇怪的标志，弧形、凹坑、山脊，有些捕鲸者据此计算鲸鱼的年龄，就像通过年轮推断橡树的年龄一样。尽管这种标准的可靠性远未得到证实，但它依然存在类比的可能性。无论如何，如果我们认可这种算法，我们就必须承认露脊鲸的年纪远比我们最初看上去要大，这似乎是合乎情理的。

在古代，有关这些百叶窗，似乎一直流行着一些最为奇特的幻想。在珀切斯的书中，有一个航海家称之为鲸嘴里奇妙的“胡须”[1]；另一位航海家称之为“猪鬃”；在哈克鲁特的著作中，一位老绅士则使用了下面这种优雅的语言来描述它们：“在其上颚两边，大概各自长有两百五十根鳍，从两边成拱形笼罩在其舌上方。”

众所周知，这些“猪鬃”“鳍”“胡须”“百叶窗”，或是你随便叫它什么，正是用来给女士们做紧身胸衣和其他硬衬之类的材料。但是，在这个特殊方面，需求量早就日渐减少。鲸须的光荣时代是在安妮女王时代，用鲸骨圆环做裙撑是那个年代的时尚。当那些古代美女快活地走来走去时，你尽可以说她们是在鲸鱼嘴巴里走动；即便如此，遇上阵雨，我们现在也还是

1 这提醒我们露脊鲸的确有一种胡须，或者说是髭须，由少许稀疏的白毛组成，生在下巴外端的上部。有时这些绒毛会给它原本庄重的外貌带来一股匪气。

不假思索地飞奔到鲸口下面避雨；雨伞本来就是用鲸须撑开的帐篷。

不过，现在还是暂时忘记所有的百叶窗和胡须吧，且站在露脊鲸的嘴巴里，重新环顾四周。看着这些鲸须如同柱廊一般有条不紊地排列，难道你不会以为自己是置身于哈勒姆大风琴的内部，在凝视着它那上千根音管吗？作为风琴下面的地毯，我们有最柔软的土耳其地毯，那就是鲸舌，它仿佛是粘在嘴巴的地板上一样。这根独特的舌头现在就在我们面前；仅仅是匆匆瞥上一眼，我就敢说，它是个六桶，也就是说，它能为你产出大约六桶的油。

至此，你一定已经清楚地看到，我开始时的话所言不虚——抹香鲸和露脊鲸的头几乎完全不同。那么，总的来说，露脊鲸的头里没有很大的油源；它也根本没有乳白色的牙齿；没有抹香鲸那样细长的下巴。抹香鲸则没有任何百叶窗似的鲸须；没有巨大的下唇；也几乎没有舌头这样的东西。而且，露脊鲸有两个外在的喷水孔，抹香鲸则只有一个。

现在，最后看看这两只庄严的带有冠饰的头吧，趁着它们还躺在一起；因为一个不久就会沉入海里，湮没无闻；另一个很快也要随之而去。

你能捕捉到抹香鲸的表情吗？它就是带着这副表情死去的，只是前额上一些较长的皱纹现在似乎已经消失了。我觉得它宽阔的额头完全就像是大草原一般宁静，因为通过沉思冥想，它已经获得对待死亡的淡然态度。

但是请注意另一只头上的表情。看看那令人吃惊的下唇，碰巧被船舷压扁了，紧紧包住了下巴。这整个脑袋不就是在诉说一种面临死亡的巨大决心吗？我认为这头露脊鲸是个禁欲主义者；而抹香鲸则是个柏拉图主义者，晚年可能成了斯宾诺莎的信徒。

第七十六章　破城槌

在暂时离开抹香鲸头之前，我想请你做一回明智的生理学家，专门注意一下它那紧实镇静的正面的模样。我要请你用自己的观点对它探讨一番，以便对那颗头里究竟蕴藏着多大的破城槌似的力量，予以毫不夸张的理智的估计。这一点至关重要；因为你或者令人满意地亲自解决这件事，或者就对这件最为可怕、但绝无虚假、也许在所有历史记载中都能发现的事情永远保持怀疑态度。

在抹香鲸平常游动的姿态中，你可以看到它的头部正面几乎与水面完全垂直；这头的正面下端向后剧烈地倾斜，因而使得长长的套接口更加向后延伸，与吊杆似的下巴衔接起来；你可以看到，它的嘴巴完全位于脑袋下面，就好像你的嘴巴整个长在了下巴底下一样。而且，你还可以看到，鲸鱼没有露在外面的鼻子，相当于鼻子的东西就是它的喷水孔——它长在头顶上；它的眼睛和耳朵分别位于头部两侧，距离正面几乎达到整个身长的三分之一。

因而，你现在一定领悟到，抹香鲸头部正面是一道无门无窗的空墙，没有任何器官或是柔软凸出的东西。还有，你现在需要考虑到，那后倾的头部正面下端的尽头，才稍微有一点骨头的痕迹，而且你走到距离前额二十英尺的地方，才能看清整个头盖的轮廓。所以这整个巨大无骨的东西就是一大团软物。不过，最后你会很快发现，它里面包含着一部分最为珍贵的鲸油，你现在也将了解到，将这看似柔软的一团包裹得牢不可破的东西具有怎样的本质。

在前面某个章节里我曾向你们描述过，鲸脂如何包裹住整个鲸身，就像橘子皮包裹住橘子一样。鲸头也是如此，只不过有所区别：包裹鲸头的这层鲸脂，尽管不是很厚，也没有骨头，却坚韧无比，没有和鲸打过交道的人是无法估量的。最为尖锐的标枪，最为锋利的鱼枪，由最为强壮的手臂投掷而出，也会从它上面无力地弹开。仿佛抹香鲸的前额是用马蹄铺成的。我认为它根本就没有任何感觉。

请你再想想另一件事。当两只满载的来往于印度的大型商船，偶然在码头上挤在一起，彼此冲撞起来，水手们会怎么做？在两船相碰的部位，他们不会悬挂任何坚硬的东西，铁器或木头之类。不，他们用的是一大包麻绳和软木，裹在最厚最坚韧的牛皮里，把这包软物塞在两船之间，就勇敢无畏且丝毫无损地化解了碰撞，这种碰撞会把所有的橡木手杆和铁撬棍都轧断。这个例子本身就足以证明我要指出的一个明显事实。

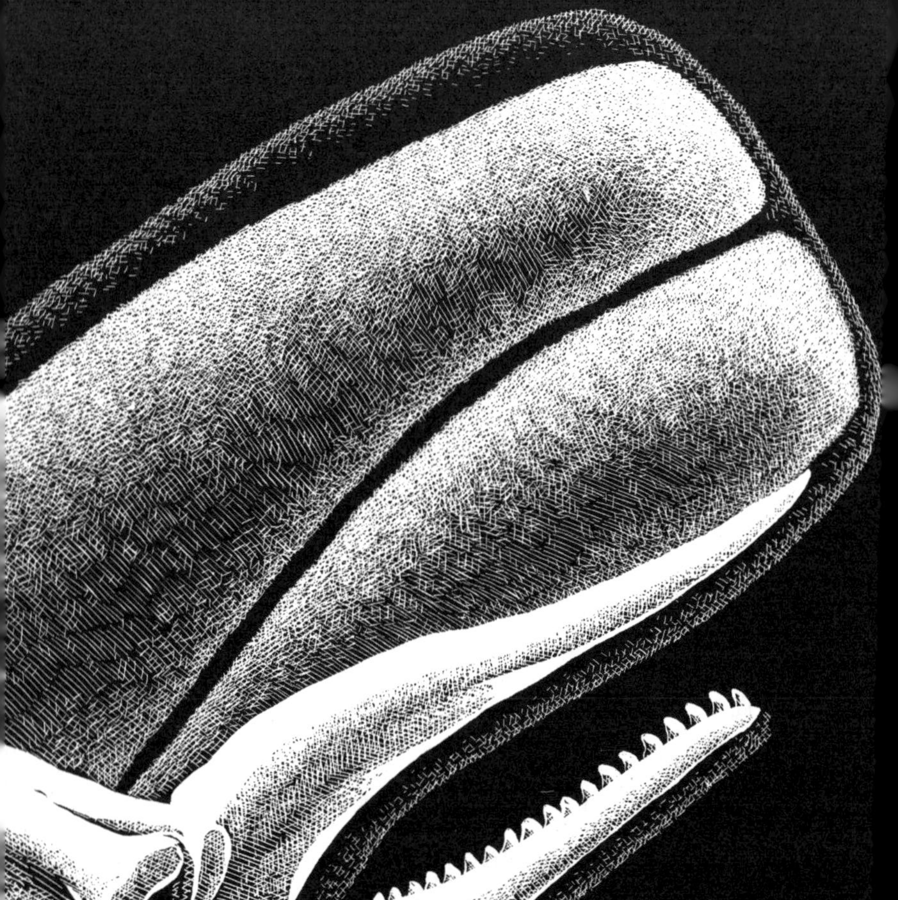

不过，这里要补充一点，我曾经假定过，既然普通鱼类体内拥有那种叫作鱼鳔的东西，可以随心所欲地膨胀和收缩；而据我所知，抹香鲸没有这种设备，再考虑一下它不可思议的游泳方式，它时而将头完全浸在水下，时而又将头高高地昂出水面；考虑到包裹它头部的那层物质具有伸缩自如的弹性，考虑到它头部内部的特殊结构，我曾经假设过，那些神秘的肺细胞般的蜂窝可能与外界空气有着迄今无人知晓、意想不到的关联，因而能够交换空气来自如胀缩。假若确实如此，请设想一下，一切元素中那最难了解、最具破坏性的元素所能带来的不可抗拒的威力吧。

现在，请注意。要形容万无一失地驱动这空无一物、固若金汤、无法损毁的死墙，以及里面最有浮力的东西，还有游在后面的一大团硕大无朋的生命，唯一合适的比拟恐怕就是绳索拖着的一堆木头，而且就像最小的昆虫一样，一切都服从于唯一的意志。所以，当我以后详述这巨兽全身到处潜藏的种种特点以及浓缩的威力时，当我向你们展示它更加无法估量的大脑技能时，我相信你就会放弃所有无知的怀疑，随时都会坚持这种认识；即便抹香鲸撞开了穿过达连地峡的通道，使大西洋和太平洋汇通，你的眉毛也不会动一下。除非你承认了大鲸的价值，否则，在真理面前，你不过是一个思想狭隘、多愁善感的人。但是，纯粹的真理是只有不惜赴汤蹈火的巨人才有望遇到；思想狭隘的人能有多少机会？那个在赛斯神庙揭开可怕女神面纱的柔弱少年，又是怎样的下场？

第七十七章　海德堡大桶

现在要谈到取鲸脑油了。但是，要想准确理解，必须知道一点要动手术的这个东西奇特的内部结构。

你可以把抹香鲸的头看成一个坚固的椭圆体，在一个斜面上，把它横着分成两个楔形块[1]，底面是骨质结构，构成了头盖和上下颚，顶面是完全没有骨头的一团油质；它宽阔的前端构成了鲸鱼垂直展开的明显的前额。将上边这个楔形块从前额正中水平分开，你就有了两个几乎同等的部分，它们以前是天然地被一道厚腱质的内墙隔开的。

细分得到的那两个部分，下面的叫作脑块，是一个藏油的大蜂巢，有上万个渗油的小蜂窝，由坚韧有弹性的白色纤维反

1 楔形块不是几何学术语，它纯粹属于航海数学。我不知道以前是否有过定义，楔形块是个立方体，有别于楔子，它的尖端是由一侧的斜面倾斜而成的，而不是由两侧斜面共同趋向尖端而构成。

复贯穿交织而成。上面的叫作脑箱，可以看作是抹香鲸的海德堡大桶。正如那种著名的中号大桶前面总带有神秘的雕刻，鲸鱼这巨大起皱的前额也形成了无数奇怪的图案，作为它的奇妙大桶的象征性装饰。而且，正如海德堡大桶总是装满了最为优质的莱茵河谷的葡萄酒一样，鲸鱼的大桶也盛满了它所有鲸油中最为珍贵的油，也就是价格昂贵的鲸脑油，它纯净至极、色泽透明、芳香四溢。这种名贵纯粹的物质在鲸身的其他部分是找不到的。尽管在活着的时候，它完全是液态的，但是，鲸鱼死后，一经暴露在空气中，它便很快开始凝结起来，长出美丽的芽状晶体，就如同水面上刚刚形成的美妙薄冰。一头大鲸的脑箱通常能出产大约五百加仑的鲸脑油，不过，由于一些不可避免的情况，相当多的一部分溢出、渗漏、滴掉了，要不就是在这件棘手的活计中，为了尽可能多弄些油来，而无可挽回地损失掉了。

我不知道海德堡大桶里边覆盖着什么精美昂贵的材料，但是，无论这层衬里有多么华贵，都无法与那层丝绸般的珍珠色薄膜相比，它就像精美大衣的衬里，构成了抹香鲸脑箱的内表面。

你将会看到，抹香鲸的海德堡大桶包裹着它的整个头顶；而既然——正如在别处已经提到过的——鲸鱼头部占据了其体长的三分之一，那么，假定一头中等大小的鲸体长八十英尺，当把这大桶垂直吊起，挂在船边的时候，它的深度就超过了二十六英尺。

在砍鲸头的时候，操作者下刀的地方距鲸脑油宝库的入口非常近，因此，他需要极其谨慎，以免粗心大意，一刀砍不准，就会侵犯到那至圣场所，让里面的无价之宝白白流掉。这只以斩首告终的头，最后也要用切鲸脂的大复滑车吊出水面，固定在那里，那些配套的麻绳便乱七八糟地堆在甲板上。

说了这么多，现在请注意一下，发掘抹香鲸的海德堡大桶的操作有多么神奇——尤其在这一次——还几乎发生了致命的危险。

第七十八章　水箱和水桶

塔什特戈敏捷如猫地攀到了高处；他没有改变自己直立的姿势，便沿着伸出船舷的主桅桁臂，径直奔到下面吊着大桶的地方。他随身携带着一部叫作定单绞辘的轻便滑车，只有两个部件组成，靠一个滑轮来回转动。他把滑轮固定好，让它从桁臂上垂下来，摇晃绳索的一端，等到甲板上有人用手抓住，便予以固定。

然后，这个印第安人双手交替，顺着绳子的另一半，从空中灵巧地降落在鲸头的顶端。他停留在那里——高距于船上其他众人之上，向下面快活地大叫大嚷——就像是土耳其伊斯兰教报告祷告时刻的人，从塔顶上召唤着善男信女前去祷告。人们从下面递给他一把锋利的短柄铲，他费尽心思地搜寻合适的地方，好把大桶打开。这项工作他做得相当谨慎，像一个寻宝人在老房子里，敲打着一面面墙壁，想发现金子被砌在哪里。

经过一番谨慎的搜索，人们把一只箍着铁环的结实的小桶，拴在小滑车的一端，样子和吊水桶一模一样；另一端则扯到甲板对面，由两三个机敏的人拉着。这几个人现在把小桶吊到这印第安人可以够到的地方，另有一人递给他一根长杆。塔什特戈把这根杆子插进小桶里，向下把小桶滑进大桶里面，直到整个看不见为止；接着，他发令给拉住小滑车的水手，把小桶再拉上来，桶里盛满了冒泡的油，就像是挤奶女工新挤出的一桶鲜奶。这满满一桶被小心地从高处放下来，由一个指定的人员接住，迅速地倒进一只大桶。然后小桶重新吊起来，再次重复同样的动作，直到深深的水箱再也汲不出油来。大桶快要见底的时候，塔什特戈得把他的长杆子越来越狠、越来越深地捣进去，直到杆子伸下去大约二十英尺深。

这时候，“裴阔德号”上的人已经这样汲了好一阵子了；几只桶已经装满了芬芳的鲸脑油；就在这时，突然发生了一个奇怪的意外。究竟是塔什特戈，那个印第安野人，过于粗心大意，竟然一瞬间放开了他抓着悬在头顶的复滑车粗缆的手，还是他所站的地方不牢靠，又湿又滑，又或者是魔鬼本人无事生非，故意捣乱，到底是怎么回事，现在谁也说不清楚；总之，突然之间，就在汲上来十八九桶的时候——我的上帝！可怜的塔什特戈——就像一口真井中交替升降的两只桶的一只，大头朝下栽进这只海德堡大桶，伴随着一阵可怕的汩汩声，消失得无影无踪了！

“人掉下去了！”达戈叫道，在惊慌失措的人群中他头一

个清醒过来。“把吊桶荡到这边来！”他把一只脚放进吊桶里，以便更好地抓牢滑溜溜的小滑车，拉绳的人随即把他升到鲸头顶上，这时塔什特戈差不多还没有掉到底。与此同时，船上起了一阵可怕的骚动。从船舷边望下去，人们看见先前毫无生机的鲸头在水面下悸动起来，一起一伏，好像是这会儿想起了什么大事似的；原来只是那可怜的印第安人，在那危险的深渊中下坠时不自觉的挣扎罢了。

这时，鲸头顶上的达戈正在解开小滑车——它不知怎么和那切鲸脂的大复滑车搅在了一起——它发出尖利的断裂声；让所有人吓得说不出话来的是，悬挂鲸头的两只大铁钩有一只脱钩了，伴随着一阵剧烈的震颤，这巨头向一旁荡去，使得醉鬼一般的大船踉踉跄跄，摇晃不止，像是遭到了冰山的撞击。剩下的一只铁钩，现在承受着鲸头全部的重量，似乎随时都有支持不住的危险；而鲸头的猛烈晃动更增加了这种可能性。

“下来，下来！”水手们朝达戈叫嚷，但是，他用一只手拉住沉重的复滑车，这样一来，即便是鲸头掉下去，他也会悬在空中；这黑人已经解开了纠缠的绳子，把吊桶塞进那已经塌陷下去的井里，想让陷在下面的标枪手抓住，把他吊出来。

“天哪，伙计，”斯塔布叫道，“你是在装弹药吗？——停下！把那带铁箍的桶压在他头顶上，怎么能救得了他呢？停下，好不好！”

“躲开复滑车！”一个火箭迸发似的声音叫道。

几乎就在同一瞬间，一声雷鸣般的轰隆，巨大的鲸头掉进了海里，像尼亚加拉瀑布上的平顶岩落进了漩涡；大船突然解脱了负担，船身一阵摇晃，离开了鲸头，甚至露出了它闪闪发光的黄铜色船底。所有人都屏住呼吸，透过浓密的水雾，可以模糊地看见达戈还攀在悬垂的复滑车上，在半空悠荡——时而荡过水手们的头顶，时而荡过水面，而那可怜的被活埋的塔什特戈，则完全向海底渐渐沉去！但是，那令人目眩的水雾刚刚散去，就见一个赤裸的人影，手持攻船刀，迅疾一闪，跃下了舷墙。紧接着，一声响亮的泼溅声宣告，我那勇敢的奎奎格已经潜水救援了。大家蜂拥到船边，一双双眼睛盯着每一道涟漪，时间一分一秒地过去，可是落水者和潜水者的身影都杳然无踪。有些人跳进船边的一艘小艇，划开了一段距离。

“哈！哈！”达戈突然从空中摇荡着的栖身处叫道，叫声打破了寂静，我们从船边向远处望去，只见一只胳膊从碧波中笔直伸出，这真是一个奇怪的景象，就仿佛从青草覆盖的坟墓中伸出了一只胳膊。

“两个！两个！——是两个！”达戈又狂喜地大叫起来。不多一会儿，就看见奎奎格勇敢地用一只手击水，另一只手抓着那印第安人的长发。他们被拖上一旁等待的小艇，随后立即被弄上了大船。但是，塔什特戈很长时间才苏醒过来，奎奎格也显得有气无力。

那么，这个了不起的营救行动是如何完成的呢？原来，奎奎格手持利刀，随着缓慢下沉的鲸头潜下水去，在靠近鲸头底端的地方从侧面狠刺了几刀，豁开一个大洞，然后丢下刀，把他的长胳膊尽量伸到里面，上下摸索，抓住可怜的塔什特戈的头，把他拽了出来。他断言，最初伸手进去时，他摸到的是一条腿，他知道不应该让腿先出来，那样会惹来大麻烦；——便把腿又塞了回去，很灵巧地连举带抛，让那印第安人翻了个筋斗，就这样，他第二次动手拽时，那印第安人就按照管用的老方法——头先脚后地出来了。至于那只大鲸头，反正已经汲得差不多，就由它去了。

就这样，凭借奎奎格的勇气和技巧高超的助产术，塔什特戈的获救，或者毋宁说是塔什特戈的出生，才得以在最为棘手、显然无望的困境中克尽全功；这是绝不应该忘记的一课。助产术应该与击剑、拳击、骑马和划船这样的课程一同讲授。

我知道，这个该黑德佬的古怪冒险，在有些陆地人看来，肯定是难以置信的，尽管他们自己可能就见过或是听到过有人落进岸上的水箱；这样的意外并非难得发生，而且，考虑到抹香鲸头上那口深井的井沿格外滑溜，这个印第安人的遭遇就更不是没有理由了。

但是，万一有人聪明地追问道，既然抹香鲸头内部薄如细纱、互相渗透的组织，是它身上最轻也是最像软木塞的部分，而你却让它在比重大得多的元素中下沉，这是怎么回事？你这就错了。根本不是那样，让我来告诉你吧；可怜的塔什特戈掉进去的时候，鲸鱼脑箱里那些很轻的物质基本上已经汲空了，所剩无几，只留下了密实的腱质井壁——一种双层焊合又锤打而成的物质，正如我以前说过的，比海水要重得多，一坨这样的东西沉在水里，几乎就像铅块一般。实际上，鲸头没有割掉的其他部分牵制了这种物质快速下沉的趋势，以至于它沉得很慢，可以说，这反而给奎奎格提供了良机，得以在运动中从容实施他敏捷的助产术。不错，这真是一次运动中的接生，就是这样。

那么，如果塔什特戈在那鲸头中丧生，那可就是一次非常尊贵的死亡了；在无比洁白、无比芬芳的鲸脑油中窒息而死，装棺入殓，埋葬在大鲸秘密的内室和至为神圣的处所。能令人欣然想起的只有一个更为甜蜜的结局——俄亥俄州一个采蜜人的甜美死亡，他在一棵空心大树上发现了大量蜂蜜，身子探进去太多，竟被蜂蜜吸了进去，满身香气地死掉了。你想想，有多少人同样落进了柏拉图的蜂蜜脑袋，甜蜜地葬身在那里呢？

第七十九章　大草原

去审视一下这大海兽脸上的线条，或是摸一摸它头上的隆起物；这是一件观相家或是骨相学家都没有做过的事。这样的事业似乎很有前途，和拉瓦特仔细察看直布罗陀岩石的纹路，或者加尔登上梯子，抚摸先贤祠的圆顶一样。而且，拉瓦特在其名著中，不仅论述了各种人类的面孔，也专心研究了马、鸟、蛇和鱼类的面孔；详细阐述了其中可以辨识的表情变化。加尔和他的弟子斯柏兹姆对于人类以外其他生物的骨相特征也曾提出过一些见解。因此，尽管在把这两门准科学应用于鲸鱼方面，我还没有资格充当先驱，但我愿意竭力一试。任何事情我都尝试，成就如何全凭我的能力了。

从观相术的角度来看，抹香鲸是一种反常的生物。它没有像样的鼻子。因为鼻子是面貌特征中最为核心最为明显的部位，它也许在整个表情的变化和最终控制上作用最大，因此，它作为外部附属物的完全缺席，势必极大影响到鲸鱼的面容。就像在园林景致的安排上，亭台楼阁、花草木石之类，对于景致的完善都几乎必不可少；没有了隆起的透雕钟楼般的鼻子，任何脸孔在相貌上都不可能协调。把菲狄亚斯的朱庇特大理石雕像上的鼻子敲掉，那剩下来的残雕该有多么悲惨！然而，大海兽的体积如此巨大，它所有的部位都如此宏伟，同样的缺陷放在朱庇特雕像身上会显得很丑，但放在鲸身上就连瑕疵都算不上了。不，这反倒使之更加壮丽。鲸鱼如果有鼻子倒是不得体的。当你乘坐小艇，围绕它那巨头给它相面时，想到它没有一个可供你揪的鼻子，这丝毫无损于你对它的高贵印象。这个揪鼻子的奇思异想，就连看到一个小官僚堂而皇之地坐在皇座上，也往往会不可遏止地闯进脑海。

在某些细节上，从相貌上看，抹香鲸给人印象最深的地方，也许是它头部的整个正面。这种外貌非常庄严。

在思考的时候，一副漂亮的人类额头就像是朝暾初放的东方。在牧场上休憩的时候，公牛纹路卷曲的前额就有几分雄伟气概。在把重炮推上狭窄的山路时，大象的前额真是威严有加。无论是人类还是动物，神秘的前额都像是德皇盖在他们法令上的大金印一般。它象征的是——“上帝，这是我今日亲手所为。”

但是，就大多数生物而言，甚至人类本身，前额往往只是雪线上的一片山地。很少有人拥有莎士比亚或是梅兰克吞那样的前额，高高耸起，低低下凹，使得眼睛本身仿佛成了山间永远清澈平静的湖泊，而在额头密布的皱纹中，你似乎可以追踪到鹿角般的思想，走下湖边来饮水，就像高地的猎人追踪雪上麋鹿的蹄迹一般。

但是，就大抹香鲸而言，这种前额与生俱来的高耸威严的神一般的高贵，却被无限地放大了，凝视着它，在它整个的正面上，你能更加有力地感觉到神性和可怕力量的存在，超过了所有其他生物。因为你任何一点都看不真切；它没有显示出任何独特的特征；没有鼻子，眼睛，耳朵，或是嘴巴；没有面孔；恰当地说，它什么都没有；只有那个苍天般宽广的前额，谜一般地满是皱纹；它不声不响地低下来，就会给小艇、船只和人员带来厄运。从侧面看去，这个前额的妙处也一点没有减少；尽管从那个方向看去，它的庄严神色好像就没有那么盛气凌人了。从侧面你可以清楚发现前额中央那道水平的半月形凹痕，放在人类身上，这就是拉瓦特所谓的天才标志了。

可又能如何？抹香鲸中也有天才？抹香鲸可曾写过一本书，做过一次演讲？不，它的伟大天赋就表现在它并不特意来证明这种天赋。它更多地表现在它那金字塔般的沉默上。这让我想起，如果大抹香鲸为年轻的东方世界所知，那些人童稚未凿的头脑，可能会把它奉为神明。他们将尼罗河的鳄鱼奉为神明，因为鳄鱼没有舌头；而抹香鲸就没有舌头，即便有，也至少是小得没谱，伸都伸不出来。如果以后有文化昌明、富有诗意的民族，能够把他们古代快乐的五朔节诸神引回来，恢复他们天生的权利，重新让他们生气勃勃，在已经变得自私自利的天空，在如今杳无人迹的山上，登基为王，那么，可以肯定，高居于朱庇特的宝座，君临一切的将是大抹香鲸。

商博良破译了布满皱纹的花岗岩上的象形文字。但是没有商博良来破译每个人和每个生物面孔上的埃及文字。相面术，和其他人类科学一样，不过是短暂即逝的虚构。那么，如果精通三十门语言的威廉·琼斯爵士，也无法读懂单纯至极的农夫脸上那更为深刻微妙的含义，目不识丁的以实玛利又怎么有望读懂抹香鲸额头上可怕的迦勒底文字呢？我还是把那额头放在诸位面前。如果有能力，你就读吧。

第八十章　脑壳

如果抹香鲸在面相上看是个斯芬克斯，那么对于骨相学家来说，它的脑袋就像是几何学上不可能变方的圆形。

完全发育成熟的鲸脑壳至少有二十英尺长。卸掉它的下巴，从侧面看去，这个脑壳就像是平放着的中等坡度的斜面体。但是在活鲸身上——如同我们在别的地方看到过的——这个斜面体是有棱角的，且是填满东西的，它被大块重重叠叠的脑块和脑油压得几乎成了方形，在脑壳顶端有一个大坑，盛着那部分鲸脑团块；这大坑长长的基底下面——有另一个长和深很少超过十英寸的洞穴——安置着这个怪物仅只盈盈一握的脑髓。

活鲸的脑髓距离它那明显的前额至少有二十英尺，它藏在那巨大的外围工事之后，就像魁北克那些加固的防御工事里面最深处的城堡一样。它酷似秘密藏在它身上的一个精巧珠宝盒，据我所知，有些捕鲸者武断地否认抹香鲸有什么脑髓，有的不过是几立方码鲸脑油所构成的很像脑髓的东西。它隐藏在那些奇怪的皱褶、断层和回旋结构之中，在这些人看来，把这个神秘部分看作是它的智力中枢之所在，似乎更符合对它的巨大威力的认识。

那么，很显然，从骨相学的角度来看，这种大海兽的脑袋，在它活着且完整无损的情况下，完全是一个假像。至于它真正的脑髓，你既看不到任何迹象，也丝毫感觉不到。鲸鱼就和所有庞然大物一样，在全世界面前都带着假面具。

如果卸掉它脑壳里成堆的鲸脑油，然后从后面去看它的后脑勺，也就是隆起的地方，你会大吃一惊，从同样的位置、同样的视角去看，它和人类脑壳极其相似。的确，把这倒置的脑壳（缩小成人类脑壳一样大小）放在一盘子人脑壳中间，你会不由自主地把它们混淆在一起；再注意一下脑壳顶上的凹坑，你便会按照相面术的术语说——此人既没有自尊，也没有虔敬之心。把这些否定的说法，与其巨大体躯和力量的肯定的事实放在一起考虑，对于何谓最高的潜能，你就能形成虽非最令人鼓舞、但却最为真实的概念。

然而，如果因为真正的鲸脑髓相对容量较小，你认为不可能对它做出恰当的描绘，那么我给你出另一个主意。如果你专心留意一下几乎任何四足动物的脊椎，你会大吃一惊，因为它的椎骨就像是一串缩小的脑壳串成的项链，它们全都与正常的脑壳基本相似。德国人有一种奇思异想，认为椎骨绝对就是尚未发育完全的脑壳。但是，这奇异的外部相似，我认为最早发现的并不是德国人。一个外国朋友曾经用他杀死的仇敌骷髅向我指出过这一点，他把那椎骨以一种半浮雕的样式，镶嵌在自己独木舟的钩状船首上。这里，我认为骨相学家忽略了一件重要的事情，没有将他们的研究从小脑推进到椎管。

因为我相信，人的性格大致可以从他的脊椎骨中表现出来。无论你是谁，我宁可摸摸你的脊椎，而不是摸摸你的脑壳。一根细托梁般的脊椎永远撑不起一个完整而高贵的灵魂。我为我的脊椎而大感欣慰，它就像是坚实无畏的旗杆，把我这面旗帜向着世界飘扬起来。

我们来把这个骨相学脊椎学派的观点应用到抹香鲸身上。它的颅腔和第一节颈椎骨是连在一起的，那节椎骨下端的椎管有十英寸宽，八英寸高，是一个底朝下的三角形。当它通过其余的椎骨时，这椎管逐渐变细，不过有相当长的一段，容量还是很大的。那么，这根椎管当然充满了脊髓——和脑髓非常相似的奇怪的纤维状物质，并且与脑髓直接相连。除此之外，这脊髓从颅腔中延伸出来之后，在好几英尺的距离中，它都没有变细，几乎和脑髓一般粗细。

根据这些情况，从骨相学的角度对鲸鱼脊柱做一番探索和描绘，难道不是合乎情理的吗？因为，从这样的观点出发，鲸鱼相对大得出奇的脊髓便绰绰有余地弥补了它相对小得出奇的真正的脑髓了。

不过，这个线索还是留给骨相学家去摆弄吧，我只想暂时借用一下这种脊椎理论，来说一说抹香鲸的背峰。这个令人敬畏的背峰，如果我没有弄错的话，是从一节较大的椎骨上升起来的，因而，有点像是这节椎骨凸出在外面的部分。从它的相关情况来看，我将这高耸的背峰称作抹香鲸身上坚定不移或者是坚强不屈的器官。至于这大海兽的坚强不屈，你自会有理由去领教。

第八十一章　“裴阔德号”遇上“处女号”

命中注定的日子到了，我们及时遇到了“处女号”，船长是不莱梅人德里克·德·第尔。

有一段时间，荷兰人和德国人曾是世界上最伟大的捕鲸民族，可如今已经屈居人后了；但是，每隔上一段很长的时间，你偶尔还能在太平洋上遇见他们的旗帜。

出于某种原因，“处女号”似乎急于表达它的敬意。在离“裴阔德号”还有一段距离的时候，它就掉头顶风停下，放下一艘小艇，载着它的船长径直而来，他正焦急地站在艇首，而不是艇尾。

“他手里拿着什么？”斯塔巴克叫道，指着那德国人手里挥舞着的东西。“不可能！——一把灯油壶！”

“不是那东西，”斯塔布说，“不，不是，那是咖啡壶，斯塔巴克先生；他是来给我们煮咖啡的，那德国佬；你没有看见他旁边的那个大铁罐吗？——那里就是开水。啊！没错，这德国佬。”

“去你的吧，”弗拉斯克叫道，“那是灯油壶和油罐。他没有油了，是来讨油的。”

一只鲸油船竟会在捕鲸场向人家借油，这事无论显得多么奇怪，也无论那个“送煤送到煤城纽卡斯尔”的老谚语有多么自相矛盾，这样的事还真的时有发生；在眼下的情况，正像弗拉斯克所断言的那样，船长德里克·德·第尔确确实实是拿着一把灯油壶来的。

当他登上甲板，亚哈就和他忙不迭地搭起话来，全然没有注意到他手里拿着什么；可是很快，这个德国人就用他断断续续的言语，表明他根本不知道白鲸这回事；他马上把话题转向了灯油壶和油罐上面，说起他晚上不得不在一片漆黑中爬上吊铺睡觉——他从不莱梅带出来的油已经一滴不剩了，也没有捕到一只飞鱼来补充油料的不足；最后他暗示说，他的船的确是捕鲸业行话中所说的“光”船（亦即空船），真是名副其实的“处女号”。

得到了需要的东西之后，德里克便离开了；但是，他还没有靠近自己的船边，两艘船的桅顶就几乎同时响起了发现鲸鱼的呼喊；德里克急于追赶鲸鱼，甚至都没有停下来，把油罐和灯油壶送回大船，就掉转小艇，追赶那大海兽的灯油壶去了。

现在，猎物已经在下风头出现，德里克和其他三艘很快跟上来的德国小艇，已经远远抢在了“裴阔德号”小艇的前头。鲸鱼一共有八头，不大不小的一群。觉察到危险之后，它们便并排顺风疾游，紧靠在一起，就像是八匹套在一起的骏马，留下一道又大又宽的浪迹，仿佛一大卷宽宽的羊皮纸不停地在海上展开。

在这迅疾的尾流中，落后几十英尺的地方，游动着一头巨大的有背峰的老雄鲸，从它的速度相对较慢，以及全身不同寻常的黄色外皮来看，它似乎在遭受着黄疸病或是某种其他什么疾病的折磨。这头鲸是否属于前面的这个鲸群，似乎还是个问题；因为这样寿高望重的老鲸照例是不怎么合群的。然而，它紧随着它们的尾波，尽管它们搅起的海水一定会妨碍它的速度，因为它的大嘴边白沫四溅，就像两股敌对的激流撞在一起所激起的浪花。它的喷水又短又慢，很不流畅，好像哽住了一般，一喷出来便四散纷飞了，紧接着体内便起了一阵奇怪的骚动，似乎它埋在水下的身子另一端也有个出口，使得它身后的海水咕咕冒泡。

“谁有止痛剂？”斯塔布说，“我担心它是肚子疼。上帝，想想看，半亩大的肚子疼起来！逆风正在它肚子里进行圣诞狂欢呢，伙计们。我头回知道逆风从船尾吹过来，可是瞧瞧，以前有鲸鱼游得这么歪歪斜斜的吗？一定是它弄丢了舵柄。”

像一艘超载的东印度公司的商船，驶向印度斯坦海岸，甲板上满是受惊的马匹，一路上倾斜着，浸着水，摇晃着，翻滚着；这头老鲸就这样拖着它那苍老的身体，不时地半翻出累赘的两侧，暴露出它游得东倒西歪的原因，原来它的右鳍反常地只剩下了一截残桩。它是在战斗中失去了鳍，还是生来如此，这还很难说。

“稍等一下，老家伙，我要给你的伤臂找条绷带吊起来。”心肠残忍的弗拉斯克叫道，指着他身边的捕鲸索。

“当心别让它把你吊起来，”斯塔巴克叫道，“赶快划吧，不然德国佬就逮到它了。”

所有争先恐后的小艇都一心一意地盯上了这头鲸，因为它不但最大，最有价值，而且离大伙儿也最近，其他鲸鱼都游得很快，一时几乎是无法追上的。在这个节骨眼上，“裴阔德号”的小艇已经抢过了三艘后下水的德国小艇，但是由于已经占得先机，德里克的小艇仍然追在最前头，尽管他的异国对手正逐渐赶上来。他们唯一担心的是，德里克已经如此靠近目标，他会在他们还没有超过他之前，就把标枪投出去。至于德里克，他似乎信心十足，一切尽在掌握，他还偶尔以嘲弄的姿势把手中的灯油壶向其他小艇摇晃摇晃。

“这没教养的忘恩负义的狗！”斯塔巴克叫道，“他还在用五分钟之前我才给他装满的破罐子来嘲弄我！”然后，他像惯常那样，用重重的耳语说：“快划，猎狗们！咬住它！”

“我来告诉你们是怎么回事吧，伙计们，”斯塔布向水手们嚷道，“发火有悖于我的信仰，可我真想吃了那个坏透了的德国佬——划吧——好不好？你们想被那个流氓打败吗？你们喜欢白兰地吗？谁最卖力，我会赏谁一大桶白兰地。来吧，你们怎么没人气炸了血管呢？是谁把锚抛下水去了——我们寸步未动——我们原地不动了。喂，船底都长草了——老天作证，桅杆都发芽了。这可不行，伙伴们。看看那个德国佬！说来说去，伙计们，你们是拼还是不拼？”

“啊！看它吹出的肥皂泡！”弗拉斯克叫道，上蹿下跳起来，“怎样的背峰啊——啊，一定要冲上那块牛肉啊——像一段大圆木！啊！我的伙计们，一定要冲啊——晚饭吃薄煎饼和圆蛤，你们知道，我的伙计们——烤蛤蜊加松饼——啊，一定，一定，冲啊——它值一百桶——不要错过它——不要，啊，不要！——看看那个德国佬——啊，你们不愿意为了布丁赶紧划吗，我的伙计们——傻瓜！真是大傻瓜！你们不爱鲸脑油吗？这准值三千块，伙计们！——一个银行！——整个一个银行！英格兰银行！——啊，划啊，划啊，划啊！——那德国佬这会儿在干什么？”

这时，德里克正准备把灯油壶和油罐向赶上来的小艇掷去。这样做也许有两重用意，既能减缓对手的前进，同时又可以经济地凭借向后掷东西的瞬间冲力加快自己的速度。

“这撒野的德国划子！”斯塔布叫道，“划吧，伙计们，像装满了五万红毛鬼的战舰一样。你说呢，塔什特戈，你会为了该黑德的名誉累折你的腰吗？你说呢？”

“我说，要划得像霹雳一样。”这印第安人嚷道。

在德国人的嘲弄下，“裴阔德号”的三艘小艇都受到了强烈的刺激，它们现在几乎是在齐头并进地往前疾驰了，就这样，每时每刻都向他逼近过去。就在那个靠近猎物的头领，摆出一副优美、放松、骑士般的态度时，三位副手傲然站立起来，不时地用兴高采烈的叫喊给后面的桨手打气："嘿，那小艇划过去了！和风万岁！打倒德国佬！抢到他前头去！"

可是，德里克一开始就抢占了先机，无论对方多么勇敢，如果不是他小艇中部那个桨手扳得太深卡住了桨叶，从而使得公正的审判落到了他头上，他准会证明自己是这场竞赛的胜利者。就在这个笨拙的桨手竭力要把桨抽出来，几乎把德里克的小艇弄翻，惹得他对手下的人大发雷霆之时，斯塔巴克、斯塔布和弗拉斯克却得到一个好机会。他们发一声喊，竭力向前冲刺，斜冲到德国人小艇的后艄。片刻之后，四艘小艇便斜着在鲸鱼尾波中并驾齐驱了，在它们两侧，飞溅着鲸鱼搅起的浪沫，延伸开去。

这是个可怕又可怜的疯狂场面。鲸鱼现在头部露出了水面，在持续不断的折磨中向前喷水，它身侧那只可怜的鳍在惊恐中死命地划着。它时而偏向这边，时而偏向那边，摇摇晃晃地奔逃着，每劈开一头巨浪，都会痉挛地沉入水里，或者是身子朝天侧翻上来，露出那只划水的鳍。我曾见过一只鸟就是这样，它断了一只翅膀，惊恐地在空中划着不成样子的圆圈，徒劳地想逃脱几只海盗般的鹰隼。但是，那鸟还能叫出声来，它哀伤的鸣叫还能表达出它的恐惧，而这头巨大的海中的哑巴畜生，它的恐惧却被封闭在体内，仿佛被施了魔法；它没有声音，除了喷水孔发出的哽咽的呼吸声，这使得它的模样说不出的让人可怜；尽管如此，它惊人的躯体，吊闸般的大嘴，无所不能的尾巴，都足以让心怀怜悯的最强壮的人感到惊骇。

现在德里克看到，只要再拖延片刻，“裴阔德号”的小艇就会取得优势，与其就此罢手，白白放走猎物，还不如抓住这最后的机会，赌一赌运气，来一次最不寻常的远距离投掷。

可是，他的标枪手刚刚站起来准备投枪，三只猛虎——奎奎格、塔什特戈、达戈——就本能地跳起身来，站成一斜排，同时瞄准了他们带倒钩的标枪，这三支楠塔基特标枪飞过那个德国标枪手的头顶，扎在了鲸鱼身上。一阵眼花缭乱的水雾和白焰！三艘小艇，在鲸鱼第一阵愤怒的迎头猛冲中，狠狠地把德国人的小艇撞到了一边，德里克和那个受挫的标枪手都被抛出艇外，三艘小艇从旁一掠而过。

“别害怕，我的黄油罐子，”斯塔布叫道，当他从旁边掠过时匆匆瞥了他们一眼，“马上就会有人把你们捞上来的——没事的——我看见船后边有一些鲨鱼——圣伯纳的救援犬，你们知道的——专门营救遇难的游客。万岁！这才是我们行船的样子。每艘艇都是一束阳光！万岁！——就像是一头发疯的美洲狮尾巴上拖着的三只铁壶！这让我想起在平原上把一头大象拴在双轮马车上——这么一拴，轮子就会飞起来，伙计们。撞上山岗，就会有被摔出去的危险。万岁！这就是一个人去见海魔王的感觉——沿着一个无尽的斜坡一头扎进去！万岁！这头鲸带来的可是永生的信息！”

但是，这只怪兽的奔逃只持续了一小会儿。发出一阵突然的喘息，它慌乱地下潜了。随着一阵刺耳的摩擦声，三根捕鲸索绕着索柱飞快转动，力道之大，仿佛在索柱上勒出了深沟；

标枪手们非常害怕这样的快速下潜很快就会使捕鲸索撒光，于是他们熟练地用尽力气，拉住一圈圈摩擦得冒烟的索子；直到最后——由于小艇导缆器的垂直牵引力，三根索子径直垂进了水里——三艘小艇艇首船舷几乎与水面相平了，而艇尾却高高地翘在了空中。鲸鱼不久就停止了下潜，三艘小艇以那种姿态保持了一段时间，不敢继续放索，尽管这种姿势有点难受。这种做法虽然使得不少小艇被拖到海底，就此失踪，可正是这种所谓的“相持不下”，使得锋利的倒钩钩住鲸背上的活肉，这种折磨往往使得大海兽很快就再次浮出来，迎接它仇敌那锋利的鱼枪。

不过，且不说这件事中的风险，这种方法是不是总是最好，也值得怀疑；完全有理由设想，遭受打击的鲸鱼在水下停留的时间越长，它就会越疲惫。因为，它的表面积相当大——成年抹香鲸至少有两千平方英尺——水的压力自然也就相当巨大了。我们全都知道，我们自身所承受的大气压力有多么惊人，即便在这里，在地面以上，在空中，也是如此；那么，一头大鲸潜在两百英寻深的水下，它的背上该承受多么巨大的负担！那至少等于五十个大气压的重量。一个捕鲸者估计过，这相当于二十艘载着大炮、货物和人员的战舰的重量。

当三艘小艇停在那轻轻涌动的海面，向下凝视着它那正午永恒的蔚蓝；从它的深渊中，没有一丝呻吟或叫喊传上来，不，甚至连一道涟漪或是水泡都没有；在那一派沉默与安宁之下，海洋中最大的怪物在剧痛中打滚扭动，陆地人会想到些什么呢！

艇首可见的垂直的捕鲸索还不到八英寸。这似乎是可信的，用这么细的绳索吊起大海兽，就像一次走八天的钟吊着一个大钟锤。吊起来？吊在什么上面呢？三片小木头上。这就是那曾经被如此夸赞过的生物吗——“你能用倒钩枪扎满它的皮，能用鱼枪叉满它的头吗？人若是用刀，用枪，用标枪，用尖枪扎它，都是无用；它以铁为干草，箭不能恐吓它使它逃避，弹石在它看为碎秸，它嘲笑短枪飕的响声！”[1] 就是这个生物吗？就是它吗？啊！这种预言是不可能应验的。因为那大海兽为了躲避“裴阔德号”的鱼枪，已经带着有千钧之力的尾巴，一头扎进了浪山波谷的海里。

在午后倾斜的阳光中，三艘小艇的阴影倒映在海面上，一定又长又宽，足以遮住薛西斯王的一半军队。谁又能说清，对于那受伤的鲸鱼来说，这般巨大的幽灵游弋在它的头顶，该是多么让它惊骇！

“做好准备，伙计们，它在动了。”斯塔巴克叫道，三根捕鲸索在水中突然抖动起来，仿佛有磁力的电线，把鲸鱼生死关头的抽搐，清清楚楚地传导上来，每一个桨手在自己的座位上都能感觉得到。接着，艇首向下的牵引力陡然卸掉了一大半，小艇便猛地弹了起来，就像一块大浮冰，当它上面承载的一群密集的白熊被吓得跳进海里时那样。

---

1 语出《圣经·约伯记》第四十一章。

“往回拉！往回拉！”斯塔巴克叫道，“它在上浮。”

片刻之前还收不回一把长的捕鲸索，现在迅速地一大圈一大圈地甩回来，滴滴答答落回艇上，不久，鲸鱼就在离猎手们不到两只船远的地方破水而出。

它的动作清楚表明它已经精疲力竭了。大多数陆地动物，血管里都有瓣膜或是血闸，一旦受伤，在某种程度上至少能马上关闭一些方向上的血液流动。鲸鱼却不是这样，它的特点之一就是血管里根本没有瓣膜这样的结构，这样一来，哪怕是被标枪尖这样小的东西刺中，其整个动脉系统便会致命地流血不止，而当这种失血现象由于深水超长的压力而恶化，鲸鱼的生命就可以说简直是激流一般倾泻而出了。

不过，它体内的血量是如此巨大，内在的源头又深又多，它会在相当长的时间内一直这样流个不停，甚至就像是干旱季节的河流也会有水流淌一样，它的源头是许多遥远而无法分辨的山泉。甚至是现在，三艘小艇都已划到它跟前，冒险地驶过它摇摆的尾巴，鱼枪刺进它的身体，从新伤中便会有血逐渐冒出来，流个不停，而它头上那个天生的喷水孔尽管喷得很急，却只是间歇性地向空中恐惧地喷出水雾。从这个最后的出口还没有喷出血来，因为还远远没有打中它的要害。就像人们意味深长地说，它的生命还未被触动。

现在，三艘小艇把它围得更紧了，它的整个上半身，通常大部分是浸在水下的，此时已经清楚地显露出来。它的眼睛，或者毋宁说曾经是眼睛的地方，现在也能看见了。就像倒伏的高贵的橡树，节孔上便会聚集起反常奇怪的团块，同样，曾经是鲸鱼两眼的地方，现在凸出着两个瞎眼球，看起来非常悲惨可怜。但这里没有什么好怜悯的。因为尽管它年纪老迈，只有一条胳膊，而且还瞎了眼，它却一定得死，被人宰杀，以便去照亮快乐的婚礼和人类其他寻欢作乐的场面，还要去照亮庄严的教堂，那里在宣扬人人都要无条件互不侵犯的教义。它还在自己的鲜血里翻滚着，最后露出了肚子底下的一个大疙瘩或者是瘤子，奇怪的变了色，有一蒲式耳大小。

“一个好地方，”弗拉斯克叫道，“让我再戳戳它这儿。”

“住手！”斯塔巴克叫道，“没必要那样！”

可是，仁慈的斯塔巴克还是晚了。一枪下去，从这残忍的伤口中便喷出一股溃疡的脓水，难以忍受的剧痛激得鲸鱼喷出了浓血，它愤怒地向小艇猛冲过来，将三艘小艇及其沾沾自喜的水手溅得满身是血，撞翻了弗拉斯克的小艇，撞坏了艇首。这是它的垂死挣扎。因为，到了这时，它由于失血过多而精疲力竭了，无助地从它撞破的艇边翻滚开来，喘息着侧身躺着，无力地拍打着它的残鳍，然后慢慢地翻过来翻过去，像一个逐渐衰弱的星球；终于亮出了它肚皮上白色的隐秘部位，像一根圆木般躺着，死去。最让人可怜的是它最后的喷水，就像有无形的手将一座巨大泉眼的水逐渐排干，随着半窒息的、悲哀的汩汩声，涌出地面的水柱越来越低，越来越低——这鲸鱼临死前最后一次长长的喷水也是如此。

不久，就在水手们等待大船到达的时候，鲸尸显示出要带着它尚未被搜刮的财宝一起下沉的迹象。马上，在斯塔巴克的指示下，几根捕鲸索在不同部位将鲸鱼拴牢，这样，每艘小艇很快就成了浮筒，索子将下沉的鲸鱼吊在它们下面几英寸的地方。当大船靠近，经过非常谨慎的操作，鲸鱼被运到大船船边，用最结实的锚爪链牢牢捆住，因为很显然，除非用人为的办法把它举起来，死鲸马上就会沉入海底。

真是很巧，铲子几乎刚一铲进去，就发现了一个嵌在它肉里的已经锈蚀的标枪头，就在前面提到的那个瘤子的下面。但是，因为在捕获的鲸鱼体内发现标枪头本是常有的事，标枪头周围的肉完全愈合了，没有任何隆起物表明它们的位置。因此，就鲸鱼眼下的情况而言，肯定需要另一个未知的理由，才能充分解释它身上溃疡的由来。更奇怪的是，在离那支埋在体内的铁枪头不远的地方，发现了一个石枪头，周围的肉也完全长结实了。那石枪是谁投出来的呢？什么时候投的？它可能是早在美洲还没有发现之前，西北部某个印第安人投的吧。

在这怪物的陈列室里还能搜出什么奇珍异宝，就没人知道了。进一步的搜索被突然打断了，由于死鲸下沉的趋势越来越大，船身前所未有地被拖得向海面倾斜。然而，负责指挥这一切的斯塔巴克，坚持要挺到最后，他的态度如此坚决，事实上，如果还是坚持死抱住死鲸不放，到最后船肯定会倾覆的；后来，他只好下令把死鲸放掉，这时候，拴在系缆桩顶上的锚爪链和缆绳绷得太紧，动都无法动，也根本无法解开。

“裴阔德号”上的一切都倾斜了。要穿过甲板就像是走上一座房屋陡峭的人字形屋顶。大船呻吟着，喘息着。许多镶嵌在舷墙和舱壁上的牙骨装饰，由于反常的倾斜，都开始松动起来。用绞盘棒和撬棍猛撬纹丝不动的锚爪链，想把它们从系缆桩上撬下来，也是徒劳无功；而且现在鲸鱼下沉得很厉害，头尾两端都浸没在水下，根本够不到了，每时每刻，似乎都有成吨成吨的重量加在下沉的鲸身上，大船似乎马上就要翻了。

“等一下，等一下，好不好？”斯塔布对死鲸叫嚷着，“别这么见鬼似的急着下沉！真的，伙计们，我们必须做点什么，要努力争取啊。在那里撬没有用;停下，我说，你们用绞盘棒的，你们哪个人赶紧拿本祈祷书和一把铅笔刀来，把这粗链子割断。”

“小刀？好的,好的。”奎奎格应道,他抓起木匠的一把重斧，从一个舷窗口探出身去，钢斧对铁链，开始向最大的锚爪链猛砍起来。火花四溅，但是他只砍了几下，那绷得过紧的拉力就起了作用，只听到一声可怕的噼啪，每一处扣紧的地方都松脱下来，大船正了过来，死鲸沉了下去。

这种偶尔免不了要把新杀死的抹香鲸沉下水去的事是非常稀奇的；直到现在也没有任何捕鲸者能予以恰当的说明。通常死抹香鲸的浮力很大，它的侧面或是肚子的很大一部分是漂在水面以上的。如果这样下沉的鲸都是又老又瘦、伤心透顶、油脂不多、骨头很重且患有风湿的鲸，那么你还能有理由断言，这种下沉是由于某种特殊的比重失常引起的，是它体内缺乏有浮力的物质。可事实并非如此。因为有些年轻的鲸鱼,健康极佳，意气风发，风华正茂，胖得气喘吁吁，如遇盛年夭折，甚至这些强壮的富有浮力的英雄，有时也会沉下去。

不过，可以说，和其他种类的鲸鱼相比，抹香鲸是最不容易发生这种意外的。有一头抹香鲸沉下去，就会有二十头露脊鲸沉下去。它们之间的这种区别，在很大程度上，无疑可以归因于露脊鲸的骨头数量要多得多；单是它的威尼斯式百叶窗有时就重逾一吨；而抹香鲸则完全没有这种累赘。

但是，有这样的情况，过了很多个钟头或是数天之后，沉没的鲸鱼又浮了上来，比活着时更有浮力。其中的原因十分明显。它体内产生了气体，它膨胀得异常庞大，成了一个动物气球。那时，就连军舰都很难把它压下去。在新西兰海湾近岸水域捕鲸时，每当有露脊鲸出现下沉迹象，人们就用足够长的绳索给它拴上一些浮筒，这样，尸体下沉以后，他们就知道它重新浮上来时要到哪里去找它了。

死鲸下沉之后不久，“裴阔德号”的桅顶就传来一声呼喊，通告说“处女号”又在放下小艇了；尽管唯一能看见的喷水来自一头脊鳍鲸，属于那种不能捕捉的鲸类，因为它游水的能力大得让人难以置信。不过，脊鳍鲸的喷水与抹香鲸很像，不老练的捕鲸者往往会弄错。于是，德里克和他的全体水手这会儿都去追这头无法接近的野兽去了。“处女号”扯起了满帆，紧跟着它的四艘小艇，就这样，它们全都远远地消失在了下风头，仍然在勇敢地、满怀希望地追击着。

啊！这世上何其多的脊鳍鲸，何其多的德里克啊，我的朋友。

第八十二章　捕鲸业的荣誉和光荣

有些冒险事业，其真正的规则便是既小心翼翼又混乱无章。

我对捕鲸这件事沉潜得越深，把我的研究推进到它的根源上，我便越发被它伟大的荣誉和悠久的历史所打动；尤其是当我发现，这么多伟大的半神和英雄、各种各样的先知，都以某种方式在这个行业里立下了丰功伟绩，想到我尽管身份低微，但也跻身于这么一个辉煌的团体，我就有些意乱情迷。

朱庇特之子，英勇的珀耳修斯便是捕鲸者的鼻祖；而且，使我们这个行业永远感到荣耀的是，应该说，我们的同行攻击并杀死第一头鲸鱼，并不是出于任何卑鄙的意图。那是我们这个行业充满骑士精神的时代，我们拿起武器仅仅是拯救受难者，而不是为了填满人们的灯油壶。人人都知道珀耳修斯和安德罗墨达的美丽故事；可爱的安德罗墨达公主，被绑在海边的一块岩石上，在人海兽就要把她攫走的刹那，珀耳修斯，这捕鲸者的王子，勇猛地冲了上去，用标枪将怪物刺死，解救了那个姑娘，并和她成了亲。一标枪掷去，便杀死了大海兽，这是一件令人钦佩的技艺高超之举，现在最好的标枪手都只能望尘莫及。谁都不该怀疑这个亚基人的故事，因为在古代约帕，也就是现在叙利亚沿岸的雅法，在一座异教寺庙中，很多年来就一直保存着一头巨鲸的骨架。根据该城的传说和所有居民的断言，那正是珀耳修斯所杀怪物的骨架。后来罗马人占领了约帕，在凯旋时将这副骨架运到了意大利。这个故事中最为奇特和富有暗示性的地方在于，约拿是从约帕上船出海的。

与珀耳修斯和安德罗墨达的冒险很类似的——事实上，有人推测它就是间接起源于此——是圣乔治与龙的著名故事；我坚持认为故事中的龙就是鲸鱼；因为在许多古老的编年史中，鲸鱼和龙是奇怪地混淆在一起的，往往彼此代替。“你如同江河的狮子，也如同海里的龙。”以西结说。这里明显指的是鲸。事实上，《圣经》的有些译本用的就是鲸这个词。此外，如果圣乔治遇到的是一条陆地爬虫，而不是与深渊中的大怪物战斗，那会极大地减损他功绩的辉煌。任何人都能杀死一条蛇，但是，只有珀耳修斯、圣乔治、考芬这样的人，才有胆量勇敢地向鲸鱼冲去。

不要让表现这种场景的现代油画误导了我们；因为，尽管这位古代勇敢的捕鲸者所遭遇的生物被模糊地画成狮鹫兽的模样，尽管画面中的战斗是在陆地，这位圣徒是骑在马背上的，但是，考虑到那是极度无知的时代，艺术家根本不知道鲸鱼的真正形状；考虑到就像珀耳修斯的情况一样，圣乔治的鲸鱼可能是从海里爬到岸上的；考虑到圣乔治的坐骑可能仅仅是一头大海豹或者是海马；把这一切记在心里，把这所谓的龙认为正是那海兽本身，就不见得与神圣的传奇和最为古老的绘画完全矛盾了。事实上，把这整个故事置于严格而透彻的真理面前，它就成了非利士人将鱼、人、鸟合成的偶像，只不过打着龙的名义；把这龙竖在以色列方舟前面，它那颗马头和两只手就会掉下来，只剩下一个残躯或者是鱼身了。那么，我们的高贵印记之一，即便是一名捕鲸者，就是英格兰的守护神了；而我们楠塔基特标枪手便有充足理由列入最为高贵的圣乔治骑士团了。所以，休要让那个荣誉团体的骑士们（我敢说，他们中没有人曾经像他们伟大守护神那样和鲸鱼打过交道），永远不要让他们瞧不起我们楠塔基特人，哪怕我们穿的是羊毛衫和黑裤子，也比他们更配得上圣乔治勋章。

究竟是否要接纳大力士赫拉克勒斯加入我们的行列，长久以来我一直心存疑虑；因为，尽管根据希腊神话，那个古代的克罗克特和基特·卡森——那个立下过让人欢欣的伟绩的壮汉，曾被一头鲸鱼吞下又吐出来；然而，严格说来，他能否因此算作一个捕鲸者，是有待商榷的。没有任何地方表明他真正用标枪刺过大鲸，除非他是在鲸鱼肚子里刺过它。不过，可以把他当作一个非自愿的捕鲸者；无论如何，即便他没有抓住鲸鱼，鲸鱼也抓住了他。我主张把他算作我们团体中的一员。

但是，某些意见相左的最具权威人士认为，赫拉克勒斯与鲸鱼的希腊故事，是从更古老的约拿与鲸鱼的希伯来传说中衍生出来的，反过来也是一样，它们当然是非常相似的。如果我承认了这位半神，为什么就不承认那位先知呢？

我们团体的全部人员，并不仅仅由英雄、圣徒、半神和先知组成。还得把我们的至圣先师的名字加上去；就像古代帝王一样，我们发现，我们这个兄弟会的源头绝对缺不了那些伟大的神明本身。

那个神奇的东方故事，至今仍在经书上传颂着，它说的是可畏的毗湿奴，印度教的三大神之一，经书上说，这个神圣的毗湿奴就是我们的上帝；毗湿奴，以其十个尘世化身的第一个化身，始终被单独看成是鲸鱼之神。经书上说，当梵天或者是众神之神，在世界经历过周期性的一劫之后，决定重新创造世界，他生出了毗湿奴，让他来承担这项工作；但是，在毗湿奴开始创造之前，他的一件似乎必不可少的任务就是熟读那部神秘的《吠陀经》，它一定包含着切合实际的提示，可供年轻建筑师们参考。而这部《吠陀经》深藏在海底，于是，毗湿奴化身为鲸，借此潜入深不可测的海底，把这部神圣的经卷打捞上来。

那么，这个毗湿奴难道还不算是个捕鲸者吗？这岂不正如我们管骑马的人叫作骑手一样吗？

珀耳修斯，圣乔治，赫拉克勒斯，约拿和毗湿奴！这就是为你们准备的一个会员名册！除了捕鲸者，什么团体能开出这般显赫的名录呢？

第八十三章　从历史上看约拿

上一章已经提到过关于约拿与鲸鱼的历史故事了。现在有些楠塔基特人对约拿和大鲸的这个历史故事颇为怀疑。但是，也有一些持怀疑论的希腊人和罗马人，从他们那个时代正统的异教信仰出发，对赫拉克勒斯与鲸鱼、阿里翁与海豚的故事也同样表示怀疑；然而，尽管如此，他们对那些传说的怀疑根本无损于它们的真实性。

萨格港的一个老捕鲸者质疑这个希伯来传说的主要原因是这样的：他有一本古雅的老式《圣经》，装饰着一些奇特而缺乏科学依据的插图，其中一幅表现的是吞了约拿的鲸鱼，头上有两个喷水孔——这一特点只有一种大海兽才有（露脊鲸及其各种变种），关于这种鲸，捕鲸者历来有这样的说法，“一便士的小面包卷就能把它噎住”，说明它的嗓子眼很小很小。但是，关于这一点，杰布主教早就有了预先的答案。这位主教指出，我们没必要认为约拿是葬身在鲸鱼腹中，他只不过是暂时栖身于鲸鱼嘴里的什么地方。好心主教的这个说法似乎很有道理。因为露脊鲸的嘴里真的容得下两张牌桌，所有玩牌的人都可以坐得舒舒服服的。还有一种可能，约拿也许是藏身在大鲸一颗蚀空的牙里边，不过，你再想想，露脊鲸是没有牙齿的。

促使萨格港佬（他就叫这个名字）对先知的这件事有所怀疑的另一个原因，涉及约拿的身体被囚禁在鲸鱼体内以及鲸鱼的胃液问题，这事让人有点困惑。但是，这样的反对意见也同样站不住脚，因为一个德国解经学者推测，约拿一定是在漂浮着的死鲸肚子里避难的——甚至就像俄法战争中的法国士兵把他们的死马变成了帐篷，钻进马肚子里一样。此外，其他一些欧洲大陆的评论家也推测过，当约拿从约帕的船上被抛下海中的时候，他立即逃上了附近的另外一艘船，这艘船的船头上装饰有一个鲸鱼雕像;而且,我还要补充一点,也许那艘船就叫“大鲸”，就像现在的有些船取名为“鲨鱼”“海鸥”“老鹰”一样。从来也不乏学识渊博的解经家，他们以为《约拿书》中提到的鲸鱼指的仅是一个救生用具——一个充气的皮袋——身临险境的先知向它游去，并因此免于灭顶之灾。

所以，可怜的萨格港佬，似乎落入了最为不利的处境。但是，他的怀疑还有另外一个理由。这就是，如果我记得不错的话，约拿是在地中海被鲸鱼吞下的，过了三天他被吐在了旱地上，那个地方离尼尼微，底格里斯河边的一座城市，有不到三天的路程，而从地中海沿岸最近的地方横穿到尼尼微，也远不止三天。那又是怎么回事呢?

但是，大鲸就没有别的途径让先知在离尼尼微不远的地方着陆吗？有的。它可以带着他绕过好望角。但是，且不说这个路线要穿过整个地中海，还要上溯波斯湾与红海，这样的假设势必要涉及在三昼夜之内环游整个非洲，也不用说靠近尼尼微一带的底格里斯河的河水太浅，鲸鱼根本无法游动。此外，约拿在那样早的时代就渡过了好望角，这样的想法不免会夺走发现这个大海岬的巴塞洛缪·迪亚兹的那份荣誉，并由此使得现代史成了一个谎言。

但是，萨格港老头的这些愚蠢论点仅仅说明了他对理性的那种愚蠢的骄傲——他身上更应该受到指责的地方在于，除了有一些户外和海上的生活历练，他实际上所知不多。我认为这仅仅显示出他的愚蠢不敬的骄傲，以及他对可敬神父们的那种极度可恶的反抗。因为，约拿取道好望角去尼尼微，据一个葡萄牙天主教神甫所言，这个想法本身不过是一个一般性的奇迹被放大了而已。事实就是如此。此外，直到今天，高度开明的土耳其人依然虔诚地相信有关约拿的史实。大约三百年前，一位英国旅行者在《哈里斯老头游记》中说起过一座为纪念约拿而建立的土耳其寺院，寺中有一盏不用油就能发光的神灯。

第八十四章　投杆

为了让车跑得又快又轻松，就得给车轴上点油；出于同样的目的，有些捕鲸者对他们的小艇采取了类似的措施；他们给艇底上油。考虑到油和水互不相容，油是很滑的东西，其目的是要使小艇划得更顺畅，故而，这个措施无疑是毫无危害可言的，也许还具有不可轻视的好处。奎奎格就特别相信给小艇上油的好处，一天早上，就在那艘德国人的"处女号"消失后不久，他就比平常更起劲地干起这件事来；他爬到悬挂在大船船舷上的小艇底下，把艇底擦得溜光水滑，像是要极力使光秃秃的龙骨长出一撮头发似的。他这么干似乎是在遵从某种特殊的预感，这种预感并非没有事实根据。

快到中午的时候，鲸鱼再次出现了，可是船刚刚向它们驶过去，鲸鱼就转过头去，匆匆忙忙地飞逃而去；鲸群混乱无序，就像是从亚克兴溃退的克丽奥佩特拉的船队。

不过，小艇追了上去，斯塔布一马当先。费了很大的力气，塔什特戈终于成功地扎中了一枪；可是被击中的鲸鱼，根本没有下潜，而是继续在水面上奔逃，并且加快了速度。刺在鲸鱼身上的标枪在这种不间断的拉力下迟早会脱落下来。于是，有必要继续用标枪攻击飞奔的鲸鱼，否则就得任之逃脱了。但是，鲸鱼游得太快太猛，不可能把小艇划到与其并排的位置。那么，还有什么可做的呢？

在捕鲸老手经常被迫使用的所有奇妙设备和技巧、各种熟练手法和数不尽的妙计之中，莫过于巧妙运用叫作投杆的那种鱼枪了。无论小剑还是阔剑，其实际效果都不能与之相比。对付一头飞逃的鲸鱼，它是唯一不可缺少的东西；它最大的用途和特色就是能在高速前进、剧烈摇晃颠簸的小艇上，把长枪准确地投出相当远的距离。整个长枪连钢枪头带木杆约有十或十二英尺长；枪杆要比标枪细很多，材料也要更轻一些——是松木的。它配备有一根叫作牵索的细绳，有相当的长度，用它可以把投出去的投杆再收回来。

不过，在继续讲卜去之前，有件重要的事情得先提一下，尽管标枪也可以作为投杆，像鱼枪一样使用，但是却很少这么用；即便这么用了，成功率也不高。因为和鱼枪相比，标枪要重得多，也更短一些，这些实际上成了严重的缺陷。因此，通常来说，你必须先拴住一头鲸鱼，然后再让投杆发挥作用。

现在看看斯塔布。像他这样在最为紧急的情况下，依然能诙谐幽默、从容不迫、沉着镇定的人，比任何人都适合运用投杆。看看他；他笔直地站在飞驰的小艇颠簸的艇首，周身包裹在羊毛般的浪沫之中，拖着小艇飞奔的鲸鱼在前面四十英尺处。他轻轻地抚弄着长长的鱼枪，瞥了两三眼枪身，看它是否笔直，嗖嗖地把一卷牵索收在一只手里，以便把牵索的一端抓在手里，不让它妨碍牵索的其他部分。然后，他把鱼枪提起，正对着腰带中间，瞄准了鲸鱼；瞄准之后，他稳稳地压低手中的枪尾，让枪尖翘起有十五英尺高，使这件武器简直是平衡地托在他手中。他让你想起一个变戏法的人，用下巴平衡着一根长杆子。接下来，快得无法形容地一推，那明晃晃的钢枪高高地划了一个漂亮的拱形，射到泡沫四溅的远处，命中了鲸鱼的要害，在那里颤抖不已。这时，鲸鱼喷出的便不再是闪亮的水，而是鲜红的血了。

“它的塞子拔了！”斯塔布叫道，“这是不朽的七月四号；所有喷泉今天都要流出酒来！现在，如果那是奥尔良的陈年威士忌，或者俄亥俄州的陈酒，或者摩嫩加希拉无法形容的老酒！那么，塔什特戈，伙计，我会告诉你提着个小罐过去，到喷水孔那里，我们要围着它痛饮了！是的，正是如此，真心实意，我们要在它的喷水孔那里酿起上等的潘趣酒，从那活的潘趣酒碗里畅饮新酒。”

就这样，一边不断地笑闹打趣，一边熟练地反复掷出投杆，鱼枪像是用皮带巧妙牵着的猎狗，一再回到主人身边。痛苦不堪的鲸鱼张皇失措；牵索松弛下来，投杆人退到艇尾，交叠起双臂，一声不响地看着这怪物死去。

第八十五章　喷泉

六千年以来——没人知道在这之前还有几百万年——大鲸应该已经喷遍了地球上的海洋，像众多的浇水壶和喷雾罐，为海洋上的花园洒水喷雾；而过去的几个世纪，成千上万的捕鲸者也该接近过鲸鱼的喷泉，观察过这些喷洒——一切应该就是这样，但是，直到眼下这个有福的时刻（公元一八五一年十二月十六日下午一点十五分十五秒），这些喷泉里喷出的究竟是真正的水还是水汽，依然还是个问题——这的确是件值得注意的事情。

那么，让我们来看看这件事，连同一些附带的有趣名目。人人都知道，凭借特别巧妙的鱼鳃，有鳍类动物在游泳时，通常所呼吸的空气始终是与水结合在一起的；因此，鲱鱼或鳕鱼可以生活上一百年，而不用将头露出水面。但是，由于其独特的内部结构，鲸鱼像人类一样，拥有正常的肺，它只能靠吸进大气中与水脱离的空气而生活。因此，它需要定期露头拜访一下水上的世界。但是，它无论如何都是不能用嘴呼吸的，因为，就其平常的姿势而言，抹香鲸的嘴巴是埋在水面之下至少八英尺深的；而且，它的气管和嘴巴是不相通的。不，它仅仅通过喷水孔来呼吸，而喷水孔又在它的头顶上。

如果我说，任何生物的呼吸仅仅是维持生命的不可或缺的功能，因为它从空气中吸取一种元素，随后与血液接触，从而给血液带来富有生气的要素，我想我是没有说错的，尽管我也许可以用上一些多余的科学用语。如果是这样，那么紧随其后的便是，如果一个人吸一口气就能使全身所有的血液充气的话，他就可以堵住自己的鼻孔，很长一段时间不需要吸另一口气了。那就是说，他从此可以不用呼吸地生活了。这也许显得反常，可鲸鱼的情况正是如此，鲸鱼在海底的时候，能够一个多小时不用吸一口气，或者不以任何方式吸进一星半点的空气，也能有条不紊地活着；因为，要记住，它是没有腮的。

这是怎么回事呢？在它的肋骨之间以及脊柱两侧，配备有克里特迷宫一样相当复杂的、意大利细面条一般的血管，这些血管在它潜下水面的时候，会完全胀满饱含氧气的血液。如此一来，在一个多小时的时间中，在上千英寻的海下，它便携带了一份备用的生命，就像穿过无水沙漠的骆驼，在它的四个附属胃囊中携带了一份备用的水以供未来之需。

迷宫这个解剖学的事实是无可争议的；而建立在其基础之上的推测也是真实的，有理可循，当我考虑到捕鲸者所说的，这种大海兽在“把水都喷出来”时的那种费解的固执时，这一点就越发令我信服了。我要说的就是这个。如果不受干扰地浮出水面，抹香鲸会在水面之上停留一段固定的时间，只要不受干扰，每次都是一样。比如说它停留了十一分钟，喷水七十次，那就是说，它呼吸了七十次；那以后，每当它再露头，肯定会又呼吸七十次，一点都不差。如果它刚刚呼吸了几下，就被你惊动了，它便潜下水去，但一定会再次偷偷摸摸地露出头来，补足它通常所需的空气。不做完这七十次呼吸，它是不会真正潜下水去，待到换气期满的。请注意，虽然不同的鲸有各自不同的呼吸次数，但是它们的呼吸方式总是一致的。

那么，为什么鲸鱼一定要把水喷出来呢，除非它是要在一劳永逸地下潜之前，补足它体内的空气储存？多么明显，鲸鱼浮出水面的这种需要让它暴露在遭受追击的致命危险之中。因为，当这个庞然大物在上千英寻深处的海底游动时，是任何鱼钩渔网都无法捕捉到的。这样说来，猎手啊，让你们获取胜利的，与其说是你们的技巧，不如说是鲸鱼本身这种巨大的需要！

就人的情况来说，呼吸是不间断进行的——一次呼吸只能维持两三下脉动；以至于无论他在做别的什么事情，是行走还是在睡觉，他都必须呼吸，否则就会死掉。但是抹香鲸的呼吸只占它全部时间的七分之一，或者说它只在星期天呼吸。

据说鲸鱼只用它的喷水孔呼吸；如果可以如实补充一点，它的喷水孔中混满了水，那么我认为，我们就可以合理地解释，为何它似乎全然没有嗅觉；因为它周身唯一一个相当于鼻子的东西就是它那独一无二的喷水孔；它被水和空气这两种元素这么堵着，便难以期望它有嗅觉能力了。不过，由于这喷水的神秘性——它究竟是水还是水汽——在这一点上迄今还没有绝对确实的结论。然而，可以确定的是，抹香鲸没有正常的嗅觉器官。没有了又怎样？海洋里又没有玫瑰，没有紫罗兰，没有科隆香水。

而且，因为它的气管只和喷水管道相通，也因为那长长的管道——像伊利大运河一般——配备有一种水闸（可关可开），留住下行的空气，排出上行的水，所以鲸鱼发不出声音来；除非你在它发出奇怪的隆隆声时，羞辱它，说它是在用鼻子说话。但是，话又说回来，鲸鱼有什么要说的吗？我很少听说深刻之人对这个世界有什么话要说，除非为了生存，才被迫结结巴巴说出点什么。啊！幸而这世界是如此善于倾听！

说到抹香鲸的喷水管道，它实际上主要是为了输送空气的，它水平延伸有数英尺长，就在它头部顶层的下方，略微偏向一侧；这个奇妙的管道非常类似于城市中铺设在街道一边的煤气管道。但是问题又回来了，这煤气管道是不是也是自来水管道呢？换句话说，抹香鲸的喷水仅仅是呼出的气呢，还是呼出的气和从嘴里吸进的水混在一起，再从喷水孔中排出去。可以肯定，它的嘴巴间接地与喷水管道相通；但是，无法证明这种结构的目的是为了通过喷水孔排水。因为最需要这样排水的原因，似乎是它在进食时偶然吸进了水。而抹香鲸的食物都在深水中，在那里它即便想喷水也是喷不出来的。此外，如果你仔细观察它，用你的表给它计时，你会发现，在不受干扰的时候，在它的喷水周期和正常的呼吸周期之间，有一种毫无偏差的节奏。

但是，在这个话题上，为什么要拿这种种的推理来烦人呢？畅所欲言吧！你见过它喷水；那就宣布它喷的是什么吧；难道你连水和空气都分不清吗？我亲爱的先生，在这个世界上，这些简单的事情可并不是那么容易解决的。我曾经发现你们那些简单的事情却是最为棘手的。而至于这鲸鱼的喷水，你就是置身其中，也判断不了它到底是什么。

鲸鱼喷水的核心部分隐藏在周围雪白闪耀的雾气之中；当你靠得足够近，去仔细观察它的喷水时，它又总是处于异常骚动的状态，周围不断地有水流瀑布般倾泻下来，你又怎么能确切无疑地断定那水是它喷出后又落下来的。而且，如果在这样的时刻，你以为你真的感觉到了喷水中有水珠，你怎么能知道它们一定不是由它的水汽凝结而成的呢；或者是，你怎么知道它们不是喷水孔缝隙里蓄积的一层薄薄的水，反落在鲸鱼头顶的坑凹处？因为，即便在平静地游过中午风平浪静的海面，它耸起的背峰就像沙漠中的骆驼一样被晒干时，它头上也总是带着一小盆的水，就像在炎炎烈日下，你有时会看见岩石凹处盛满了雨水一样。

猎人过于好奇地去探究鲸鱼喷水的确切本质，这是完全缺乏谨慎的举动。他是不会向里面窥视的，也不会把自己的脸伸到里面去。你不可能带着你的大水罐来到这泉眼旁边，把水罐装满，再拎回来。因为，甚至与喷水外围的雾气稍微接触一下（这种事经常发生），你的皮肤就会因为它的腐蚀性而火辣辣地痛。我知道一个人，他与这喷出物靠得太近了，他是为了科学考察，还是有别的意图，我说不清楚，总之他脸颊和胳膊上的皮肤都脱落了。因此，捕鲸者都认为这喷水是有毒的；他们避之唯恐不及。还有一件事，我曾听人说起过，我自己也不甚怀疑，据说，如果这喷水正好喷到了你的眼睛里，你眼睛就会瞎掉。那么，在我看来，喜欢探究的人最好还是把这致命的喷水搁置一旁为妙。

然而，虽然我们不能证实什么，但我们总可以做出一番假设。我的假设是这样的：那喷出物无非是雾气而已。促使我做出这个结论的，除了其他的原因，还考虑到抹香鲸天生极其高贵与尊严的气质；我认为它绝非普通、浅薄的生灵，因为存在一个无可争辩的事实，在浅水或是近岸处从来发现不了它的踪影；而所有其他种类的鲸鱼有时都会在这种海域出现。它既呆板又深刻。

我相信，所有呆板又深刻的人，诸如柏拉图、皮浪、魔王、朱庇特、但丁等等，他们在沉思的时候，头上总会升起一股半隐半现的蒸汽。我在写作一篇有关永恒的小论文时，好奇地在面前放了一面镜子，不久我就从镜中看到一缕奇怪的雾气在我头顶上缭绕起伏。在八月正午，在我那有着薄薄的木瓦屋顶的阁楼里，喝过六杯热茶之后，当我陷入了苦思冥想，我的头发总是湿漉漉的，这似乎为上述推断增添了又一个论据。

目睹这威猛而雾蒙蒙的怪兽庄严地游过一片风平浪静的热带海洋，这情景会激起我们多么壮丽的幻想啊；它巨大温和的脑袋上悬垂着一个由无法言传的沉思所产生的雾气的华盖，而那雾气——你有时会看见——映照着一道灿烂的彩虹，仿佛天堂为它的思想加盖了印章。因为，你可看见，彩虹从不光顾晴朗的天空，它们只照耀雾气。因此，穿过我头脑中浓厚阴暗的疑云，不时地闪射出神圣的直觉，用一道天堂之光照亮我的迷雾。为此我要感谢上帝；因为人人都有疑惑，虽然很多人否认；但是疑惑也好，否认也好，有直觉的人却不多。怀疑一切尘世的事物，对某些神圣的事物怀有直觉，这种结合造就的既不是盲目的信徒，也不是一无所信之人，而是一个对待两者一视同仁的人。

第八十六章　尾巴

别的诗人用柔和颤音讴歌羚羊温柔的眼睛，和鸟儿从不会落到地上的可爱的翅膀，我没有那么超凡脱俗，我赞美的是一条尾巴。

计算体型最大的抹香鲸的尾巴，是从它的躯体逐渐缩小到相当于人腰的地方开始，单是此处上表面的面积就至少有五十平方英尺。它那紧实浑圆的尾巴根伸展开来，形成两片宽阔而结实的扁平的掌状物或是尾叶，逐渐变薄，最后不到一英寸厚。在分叉或者是接合处，这两片尾叶略有重叠，然后像一对翅膀那样彼此斜着分开，中间留下一个很宽的空隙。任何活物身上的曲线之美都不如这两片尾叶新月形的边缘那么雅致。成年鲸鱼的尾巴如果完全展开，横里的宽度将远远超过二十英尺。

整个尾巴似乎是一个厚实、有蹼、结合得很紧的肌肉层；但是，切开来你就会发现，它有三个明显不同的层次——上层，中层，下层。上层和下层的纤维又长又直；中层的纤维则很短，在上下两层之间交叉分布。这种三位一体的结构，和其他东西一样，赋予尾巴以力量。对于研究古罗马城墙的学者来说，中间这一层奇妙地相当于那些精彩的古代遗址中经常与石头交错砌在一起的那层薄薄的花砖，它无疑给石造建筑物增加了很大的坚实度。

但是，好像这根腱质尾巴本身的巨大力量还嫌不够似的，这大海兽的整个躯体还横横竖竖地交织着长长短短的肌肉纤维，贯穿腰部两侧，一直延伸到两片尾叶里边，不知不觉地与之融合起来，极大地增添了它们的威力；因此，整个鲸鱼汇聚起来的不可估量的力量似乎便集中到了一点上。如果有什么毁灭性的事情发生，那一定就是这东西干的。

这种惊人的力量，一点也不会削弱它运动时那种优雅的曲线美，婴儿般的轻松通过巨人般的力量波动起伏地表现出来。相反，它尾部的运动从这力量中汲取了最为让人惊异的美。真正的力量从来不会损害美或者和谐，反而常常会赋予美或和谐；凡是具有惊人之美的事物，与其魔力关系重大的都是力量。

把赫拉克勒斯大理石雕像中似乎要迸裂出来的紧绷的肌腱去掉，它的魅力也就消失了。当忠诚的艾克曼揭开歌德赤裸遗体上的亚麻床单，死者雄伟的胸膛让他不知所措，那似乎就是一座罗马凯旋门。安吉罗甚至把圣父画成人的模样时，也着力画得十分健硕。那些有关基督的意大利绘画，尽管揭示出了圣子身上的圣爱，却显得柔软、卷曲、雌雄莫辨，极

其成功地体现了他的思想；这些画缺乏坚实的肌肉，没有任何力量的迹象，但是，各方都一致认为，单凭它纯然消极的、女性的顺服与忍耐，便构成了基督教导特有的实际品德。

这就是我所涉及的这个器官的微妙的灵活性，无论是在嬉戏，还是一本正经，还是在发脾气，无论处于怎样的情绪，它在弯曲活动的时候总是带有超凡的优雅。任何仙人的臂膀都难以超越。

它有五种主要的动作。第一，前进时当作鳍用；第二，战斗中用作狼牙棒；第三，扫尾；第四，用尾叶拍打水面；第五，竖起尾叶。

第一，鲸鱼的尾巴是水平的，它的动作不同于任何其他海洋生物的尾巴。它从不扭动。无论是人类还是鱼类，扭动都是自卑的标志。对于鲸鱼来说，尾巴是它唯一的推动工具。它像卷轴一样在身体下面向前一卷，再迅速向后一弹，正是这个动作使得鲸鱼猛烈游动时有了种独特的一冲一跃的姿势。它两侧的鳍只是用来掌舵的。

第二，颇有意味的是，抹香鲸在与另一头抹香鲸战斗时只用头和嘴巴，然而，在与人发生冲突时，它主要是轻蔑地使用自己的尾巴。在攻击小艇时，它迅速地把尾叶往回一弯，然后再反弹回来，就是这样狠狠一击。如果这一击畅通无阻，尤其是向下命中目标，那打击简直是无可抵挡。人和船的肋骨都无法承受。你唯一的获救之途就是避开它；但是，如果尾巴受到水的阻挡，从侧面扫过来，那么，一定程度上，由于捕鲸艇的浮力大，加之材料又有弹性，通常最严重的后果也就是打裂一条肋骨，船板受到一两下冲击，船身侧面撕开一条裂缝。捕鲸业中经常会遭遇到这种水下的侧击，人们只把它当成儿戏。有人脱下一件罩衣，就能把漏洞堵住了。

第三，我无法证明，但是在我看来，鲸鱼的触觉似乎集中在尾部；在这方面，与鲸鱼的敏感相称的只有象鼻的挑剔了。这种敏感主要表现在摆尾的动作上，当鲸鱼少女般文雅地在海面上游动时，它巨大的尾叶会柔和缓慢地两边摆来摆去；如果它碰到了一根水手的胡须，那水手可就惨了，连胡子带人一起了账。开始那一碰有多么温柔！要是这尾巴抓得住东西，我会立刻想起达蒙诺德斯的大象，它经常光顾花卉市场，向少女们低声致意，献上花束，然后用鼻子抚弄她们的腰带。鲸鱼尾巴不具备抓东西这个优点，这从很多方面来说都是遗憾了；因为我还听说过另一头大象，在战斗中受伤时，它会弯过鼻子，把标枪拔出来。

第四，当大鲸毫无戒备，独自待在自以为安全的海洋中，偷偷地接近它，你会发现它竟会放下自己雄伟的尊严，像小猫一样在海洋中嬉戏，仿佛在壁炉旁边一样。不过，在它的嬉戏中你依然可以看出它的力量。它那阔大的尾叶高高地挥向空中，然后重重地拍击着水面，雷鸣般的冲击声能回响着传出数英里之外。你几乎会以为是一门巨炮在发射；如果你还注意到在它另一端的喷水孔中冒出来的一圈圈淡淡的雾气，你会以为那是大炮火门里冒出来的烟。

第五，在鲸鱼通常的漂浮姿态中，它的尾叶总是比它的背部低得多，完全没在水下，一点都看不见；但是当它准备猛然潜入深水时，整个尾叶连同至少三十英尺的部分身体都会甩在空中，竖立起来，摇摆上片刻，然后才向下射去，从视野中消失。除了壮丽的鲸跃——留待以后再说——鲸鱼竖起尾叶也许是动物界中所能见到的最为壮丽的景象了。从无底深渊中，这巨大的尾巴痉挛般一跃而起，抓向高天。同样，在梦中，我曾看见威严的撒旦从地狱火海中伸出他饱受折磨的巨爪。不过，在凝视这样的场面时，头等重要的是你的心境；如果你有但丁式的心境，你就会想到魔鬼；如果你有以赛亚的心境，就会想到大天使。日出时分，站在桅顶上，天空和大海一片绯红，我曾经看见东方有一大群鲸鱼，全都面朝太阳，竖起尾叶，一齐摇摆了一阵子。当时在我看来，如此壮观的崇拜众神的场面，哪怕是在波斯，这拜火教的发源地，也是前所未见的。就像托勒密·非罗派德为非洲大象作证一样，我也为鲸鱼作证，宣称它是世界上最虔诚的生灵。因为根据朱巴王的说法，古代战象经常在意味深长的沉默中高举起鼻子来迎接黎明。

这一章中偶然把鲸鱼和大象做了比较，涉及了鲸尾和象鼻的某些方面，但是，不应该将这两种位置相反的器官置于同等地位，更不用说它们各自所属的动物了。因为最大的象在鲸鱼看来也只是一条小狗，同样，和鲸尾比起来，象鼻就只是一根百合花茎了。象鼻最为可怕的一击，与抹香鲸巨大尾叶那不可估量的冲击力比起来，也像是扇子开玩笑的一拍，抹香鲸的尾叶曾经把一艘又一艘小艇连人带艇抛到空中，活像是一个玩杂耍的印度人接二连三地抛掷着他的小球。[1]

我越是思考这强大的尾巴，我越是痛恨自己在表达上的苍白无力。那尾巴不时地做出手势，尽管能给人类之手带来荣耀，却完全是令人费解的。偶尔，有一大群鲸鱼聚集在一起，非常引人注目地做出这些神秘的姿势，我曾听见捕鲸者们说，它们类似于共济会的标志和象征；鲸鱼的确是用这些聪明的方法来与世界对话的。鲸鱼全身也不缺乏其他的动作，对于最有经验的捕鲸者来说，这些动作也是完全陌生和不可理解的。任凭我怎样进行仔细的分析，我所得的也只是皮毛；我不了解它，而且永远也不会了解它。可如果我连这鲸鱼尾巴都不了解，我又怎么能弄清楚它的脑袋呢？而且，它根本就没有面孔，我又怎么去理解它的面孔呢？它似乎在说，你能看见我的背部，我的尾巴，但是我的面孔是不会让你看见的。但是，我连它的背部还无法完全弄清；那么，它的面孔就随它怎么说吧，我要再说一遍，它没有面孔。

1 尽管在鲸鱼和大象之间就身量方面所做的一切比较都是荒谬的，因为就此来说，大象之于鲸鱼就如同小狗之于大象；但是，两者之间并不缺乏某些奇特的相似之处，喷水就是其中之一。众所周知，大象经常会用鼻子汲取水或是尘土，然后把鼻子高高举起，连续不断地喷出来。——原注

第八十七章　大舰队

狭长的马六甲半岛，从缅甸边疆向东南延伸，形成了亚洲的最南端。从半岛延伸出苏门答腊、爪哇、巴里和帝汶岛，这些长长的岛屿形成一条连续不断的线条；它们和许多其他岛屿一起，组成了一个巨大的防波堤或者是壁垒，纵向连接起亚洲与澳洲，将长长的没有阻断的印度洋与东方星罗棋布的群岛分隔开来。这道壁垒被几处隘口洞穿，便于船只和鲸鱼进出；其中最显眼的是巽他海峡和马六甲海峡。从西方去往中国的船只主要是经由巽他海峡，进入中国海。

狭窄的巽他海峡将苏门答腊与爪哇分开；立于那道巨大的岛屿壁垒的中部，由那个水手们称之为爪哇角的险峻的绿色海岬支撑住；很像是通向有围墙的辽阔帝国的中央大门，而就那些取之不尽的财富，香料、丝绸、珠宝、黄金和象牙而论，正是它们使得成千上万的东方海洋上的岛屿富庶起来。这似乎是大自然一个意味深长的安排，这样的财富，由于这样的地理结构，至少应该做出预防西方世界巧取豪夺的样子，哪怕毫无作用。巽他海峡沿岸并没有居高临下的堡垒，来防守通往地中海、波罗的海和马尔马拉海的入口。这些东方人和丹麦人不同，他们并不要求那些顺风而来、没有尽头的船队，对他们放下中桅帆，谄媚地致敬。过去几个世纪以来，这些船只就不分昼夜地，从苏门答腊和爪哇之间的岛屿中通过，运载着东方最为贵重的货物。但是，他们虽然慷慨放弃了这样的礼仪，却绝没有放弃求取更为可靠的贡礼。

自古以来，马来海盗的快速帆船，就潜伏在苏门答腊矮树林荫蔽的浅湾小岛间袭击经过海峡的船只，用他们的矛尖穷凶极恶地索要贡礼。尽管他们受到欧洲巡洋舰反复残酷的惩罚，这些海盗船的厚颜无耻近期已有所收敛，但是，甚至直到今天，我们偶尔还是会听说，有英美船只在那些水域遭到海盗的强行登船和无情洗劫。

乘着清新的和风，“裴阔德号”此时正在靠近这些海峡。亚哈有意从这里经过，进入爪哇海，然后向北巡航，驶遍据说经常有抹香鲸出没的水域，扫荡菲律宾群岛近岸，远抵日本海沿岸，以便及时赶上那里盛大的捕鲸季节。凭借这些做法，环航的“裴阔德号”在突袭太平洋赤道线之前，就几乎能扫荡完世界上所有已知的抹香鲸巡游渔场；虽然亚哈追击莫比·迪克的企图在其他各处均告失败，但是，他牢牢地指望在这片它最常去的海域，向它挑战；而且，到了那时，就是它最有可能在那里出没的季节了。

可是现在的情况如何？在这种分区搜寻中，亚哈不靠岸吗？他的水手们喝空气吗？当然，他会停下来补充淡水。不。有很长时间，那跑马戏一般的太阳在它炽热的圈子里奔驰，除了自身，不需要任何给养。亚哈也是如此。请注意这一点，捕鲸船也是这样。

当其他船只装满了外国货物，准备运到外国的码头上时，这艘漫游世界的捕鲸船，除了自己和它的水手，以及水手们的武器和必需品，没有搭载任何货物。它宽大的船舱中有整个一座湖泊，装在瓶子里。它的压舱物是工具，不完全是不能用的铅锭和铁块。它装载了足够数年之用的淡水。清澈、上好的楠塔基特淡水；楠塔基特人在太平洋上飘荡三年的时间里，宁可先喝掉这种水，然后才是昨天刚刚用木筏从秘鲁或印第安溪流中拿桶运来的有盐味的水。因此，当其他船只从纽约前往中国，已经返航归来，停靠了一二十个港口，捕鲸船在此期间，也许还没有望见过一星半点的土壤；它的水手们什么人都没有见到，除了和他们一样四海漂流的水手。所以，如果你给他们捎信说，第二次洪水已经来了，他们也只会回答你：“好吧，伙伴们，这就是方舟！”

因为在爪哇西海岸、巽他海峡附近，曾经捕获到很多抹香鲸；还因为大部分拐弯抹角的地方通常都会被捕鲸者认为是最好的巡航场所；因此，当“裴阔德号”越来越驶近爪哇角时，就一再招呼那些瞭望的水手，让他们格外警醒。但是，尽管这片土地上棕榈覆盖的绿色悬崖不久就隐隐出现在右舷船首，空气中新鲜的肉桂香也扑鼻而来，可还是没有发现任何的喷水。大家几乎都放弃了在这附近遇到猎物的念头。船已经快要进入海峡了，就在这时，桅顶上传来惯常的欢呼声，不久，一个异常宏伟的奇观就在迎接我们了。

但是，这里得先提示一下，由于近期在四大洋不断受到追捕而始终在不倦奔波，抹香鲸不像过去那样几乎一成不变地以小队形式行进，而是经常结成庞大的鲸群，有时数量巨大，几乎像是许多国家结成了神圣盟约，以便互相护卫。抹香鲸集结成如此庞大的队伍，也许说明了这种情况，甚至在最好的巡游渔场，你有时航行上几周甚至几个月，都碰不上一个喷水，而随后却会突然之间似乎有成千上万的喷水映入眼帘。

在船头两侧两三英里的地方，出现了一个巨大的半圆，环抱着半个水平面。原来是一连串连续不断的喷水，在正午的空中飞舞闪耀。不像露脊鲸那垂直的双喷水，在最高处分成两股落下，就像垂柳分叉的枝条，抹香鲸那单独一股的喷水向前倾斜着，现出一片稠密纠结的灌木丛一般的白雾，连续不断地升起，又落向下风处。

从"裴阔德号"的甲板上望去，这船似乎要登上海中的一座高山。这群雾蒙蒙的喷水，一个个缭绕着升入天空，透过融成一片的浅蓝色薄雾，就如同一个骑马的人站在高岗上，在一个芬芳的秋晨，看见了一座人烟稠密的大都市中成千上万根令人愉快的烟囱。

就像一支军队靠近了一座地形不利的山中隘路，立刻加快了行军速度，急于通过那条危险的路程，并再度舒畅地走在较为安全的平原上；这一大群鲸鱼现在也是如此，它们似乎急于向前穿过海峡；它们半圆形的两翼逐渐收拢，形成一个新月形紧密的核心，继续向前游去。

“裴阔德号”扯起满帆，在后面紧追不舍；标枪手们操起武器，从他们尚悬挂在空中的小艇艇首大声欢呼。他们毫不怀疑，如果风势不减，追过巽他海峡，这一大群鲸鱼就会在东方的海洋中散开，有不少就会被捕获。而且，谁又能断定，莫比·迪克会不会也暂时游在这个密集的队伍中，就像暹罗人的加冕游行队列中那备受尊崇的白象！于是，我们把一张又一张翼帆也扯起来，径直向前疾驶，紧追着我们前面的这些大海兽；突然，传来了塔什特戈的声音，他在大声提醒我们注意后边的什么东西。

与我们前边的新月遥相呼应，我们后边也出现了一弯新月。它似乎是由一股股分散的白汽组成，有点像鲸鱼喷水那样不停地升起又落下；只是它们并不是出现又消失，而是一直在那里盘旋，最后也没有消失。亚哈用望远镜一瞄，鲸骨腿马上就在旋孔里一转，叫道：“爬上去，装上滑车，用水桶把帆篷泼湿——朋友，马来人追我们来了！”

仿佛在海岬后潜伏了太长时间，直到“裴阔德号”完全进入了海峡，这些无赖的亚洲人才开始猛追，想要弥补因过度谨慎而耽搁的时间。但是这时候，“裴阔德号”自己也在乘着清新的顺风，飞快地进行追逐；这些黄褐色皮肤的慈善家有多么好心，他们反而是在帮助“裴阔德号”加快速度，追击它选中的目标——他们的作用恰恰是马鞭加马刺而已。

亚哈胳膊下夹着望远镜，在甲板上踱来踱去；向前看，他能看见自己在追逐的怪物，向后看，就是正在追逐他的嗜血海盗；他当时似乎就是这样的想法。而当船在浪谷中行驶，望着两侧的绿墙，他又想到，穿过那道门他就踏上了复仇之路，同时，他也看到，同样也是穿过那道门，他将在追逐和被追逐中走向致命的终点；不仅如此，那群冷酷野蛮的海盗和毫无人性不敬神明的魔鬼，还在可憎地用他们的诅咒叫骂给他鼓劲——当所有这些思绪掠过他的脑海，亚哈的额头就变得一片荒凉，皱纹累累，就像是怒潮侵蚀过的黑沙滩，只有最为坚固的东西还留在原地。

但是，鲁莽的水手中却没有几个为这样的想法而烦恼的；“裴阔德号”逐渐把海盗甩在后面，终于从苏门答腊这侧翠绿色的科卡都小岬一掠而过，进入海峡外面辽阔的海面；这时，标枪手们似乎为飞奔的鲸群超过了自己感到悲哀，更胜过了为自己的船成功摆脱马来人而欣喜。但是，他们继续沿着鲸鱼的尾迹紧追不舍，终于，鲸鱼的速度似乎慢了下来，船逐渐与它们靠近了，现在风渐渐停了下来，跳上小艇的命令也已经下达。不过，这一大群鲸鱼，可能是出自抹香鲸奇妙的直觉，刚一觉察到后面有三艘小艇在追，尽管还有一英里远，它们便重新集结起来，形成紧密的阵列，它们的喷水看上去就像是一排排闪亮的刺刀，以加倍的速度前进。

脱光衣服，只穿着衬衣衬裤，我们跳上白蜡木的小艇，划了几个小时。就在几乎要放弃追逐的时候，鲸群里发生了一阵普遍的骚乱，暂时停止不动了，生动地显示出，它们终于陷入了困顿不安、迟疑不决的奇怪境地。捕鲸者每当觉察到这种状况，就会说大鲸吓蒙了。

它们原来游得又快又稳的紧密的战斗队列，此时已七零八落，乱成一团；就像在印度与亚历山大作战的波拉斯王的象群，它们似乎被吓疯了。它们以巨大的不规则的圆圈，向四面八方溃散，漫无目标地游来游去，短促浓密的喷水明显暴露出它们的惊慌失措。更为奇怪的是，很多鲸完全像是瘫痪了，如同进水的、无法操控的船，在海上无助地漂浮着。即便一群愚蠢的绵羊，在大草原上遭到三头恶狼的追逐，可能也不会表现出这般超乎寻常的惊慌沮丧。但是，这种偶尔的胆怯几乎是所有群集动物的特征。尽管成千上万聚集在一起，那有着狮子鬃毛的西部水牛也会在一个骑手面前四散奔逃。再看看人，当他们聚集在羊圈一样的剧场里，只消一声火警，他们就会混乱地冲向出口，拥挤，践踏，堵塞，无情地彼此冲撞，毫不相让。所以，面对这些奇怪的吓蒙了的鲸鱼，我们最好还是不要大惊小怪了，因为世界上任何动物的愚蠢，都远不及人类的疯狂。

如前所述，尽管有很多鲸鱼在激烈的运动，却可以观察到，作为整体，鲸群既没有前进也没有后退，而是共同地留在一个地方。就像通常遇见这种情况那样，三艘小艇马上分散开来，每一艘都去追击鲸群外围落单的 头。大约三分钟之后，奎奎格便掷出了标枪；被刺中的鲸鱼把令人眼花缭乱的水花泼溅在我们脸上，然后像一道光一样飞速逃离，径直奔向鲸群的中央。尽管被击中的鲸鱼在这种情况下会有这样的动作，绝不是史无前例，甚至几乎总是多少可以预料到的，但它还是捕鲸业中一个比较危险的变数。因为当飞奔的巨兽将你越来越深地拖进狂乱的鲸群之中，你就得告别谨慎的生活，只能在胆战心惊中度日了。

当那又瞎又聋的鲸鱼向前猛冲，好似要单凭速度的力量来摆脱叮在它身上的铁蚂蟥；当我们在海面上撕开一条白色的口子，随着它飞奔，四面受敌，周围都是来回冲撞的发疯的巨兽；我们被包围的小艇，就像是暴风雨中被大块浮冰撞来撞去的船只，竭力要驶出复杂的通道和海峡，不知道什么时候就会被卡住，碾得粉碎。

但是，没有丝毫的胆怯，奎奎格果敢地为我们把着舵；时而绕过直接挡在我们前面的这头鲸，时而又从巨大的尾叶高悬在我们头顶的那头鲸鱼身边擦过去。与此同时，斯塔巴克站在艇首，手持鱼枪，用短距离投掷刺向任何够得到的鲸鱼，因为已经来不及长距离投掷了，就这样为我们杀出一条路来。桨手们也没怎么闲着，虽然他们惯常的任务此刻都已免除。他们现在主要的责任就是大喊大叫。“闪开些，艇长！”一个桨手朝一个突然整个身子冒出水面的单峰骆驼叫喊，它威胁着要把我们的小艇一下子弄翻。“喂，放下你的尾巴！”又一个桨手对另一头鲸鱼大喊，它靠近我们的船舷，似乎正在平静地用它那扇子一样的尾巴在给自己扇风。

所有捕鲸艇上都带有某种奇特的物件，起初是楠塔基特的印第安人发明的，称作德拉格。两块同样大小的四方厚木头结实地钉在一起，让它们的纹理彼此十字交叉，然后在这木块中央系上一根相当长的索子，索子另一端结个活圈，可以立即拴在标枪上。这德拉格主要用于吓蒙了的鲸鱼群。因为在那时，紧紧围绕在你周围的鲸鱼太多，你不可能同时追击它们。但是，抹香鲸不是每天都能碰到的；所以，一旦碰到，你得竭尽全力把它们都杀光。而如果你一次无法全数捕杀，你就必须弄伤它们，等以后有空的时候再来慢慢捕杀。因此，这样的时候，德拉格就派上了用场。我们的小艇配备有三只这样的东西。头两只成功地投射出去，我们看见两头鲸鱼后面拖着德拉格，被巨大的横向阻力束缚住，摇摇晃晃地奔走了。它们就像是被带铁球的脚镣铐住的罪犯。但在把第三只投掷出船舷的时候，笨重的木块刮住了小艇上的一个座位，一下子把座位扯了下来，带进了海里，座位从身子下面滑走，把桨手摔在了艇底上。海水从两侧损坏的船板处涌了进来，但是我们塞了两三条衬衫衬裤，暂时堵住了漏洞。

如果不是推进到了鲸群中间，与鲸鱼的距离大大缩短，这些德拉格标枪几乎是无法投掷出去的；而且，随着我们离骚乱的鲸群外围越来越远，那可怕的混乱似乎也逐渐减弱了。于是，当最后那支摇摇颤颤的标枪投掷出去，拖着绳子的鲸鱼打斜里消失。随着它离开时逐渐衰弱的势头，我们划进了两头鲸鱼中间，进入了鲸群最核心的地方，仿佛从一道山洪划进山谷中一座平静的湖泊。在这里，鲸群外围有如风暴在峡谷中喧嚣一般的声音，虽然还可以听到，却感觉不到了。在这个广阔的中心区域，海面显得像缎子一般光滑，堪称油光水滑，这是由鲸鱼在情绪较为平和时喷出的稀薄水分造成的。

是的，我们现在就置身于人们所说的在任何动荡中心都潜伏着的那种令人着魔的宁静。而在纷纷扰扰的远处，我们看见那些同心圆外围依然在喧闹不已，看见连续不断的一群群鲸鱼，每群八到十头不等，在快速地转来转去，像是好多匹马套着一个轭在兜圈子；它们肩并肩紧靠在一起，巨人族的马戏团骑士可以轻易躬身站在中间的鲸鱼身上，就那样到处游走。由于休息的鲸群密密麻麻，越来越紧地围绕着鲸群港湾状的中心，目前我们绝无可能逃脱的机会。我们必须等这堵把我们团团围住的活墙出现一个缺口，这堵墙让我们进去就是为了把我们关起来。我们在这座湖泊中心停留时，偶尔会有驯顺的小母牛和小牛犊来看看我们，那是这支溃散大军中的妇孺儿童。

现在，如果把旋转不停的外圈之间偶尔出现的宽大空隙，把那些圈子里各个不同鲸群之间的空隙，全都囊括在内，在这个节骨眼上，所有鲸群所占据的水面至少有两三百平方英里。无论如何——尽管在这样的时刻做这样的测试确实可能是不大可靠的——从我们低矮的小艇里可以发现，那些喷水简直像是从地平线边缘出现的。我提到这种情况是因为，母牛和小牛犊似乎是有意关在这个围栏最里面的；仿佛迄今为止，鲸群广阔的外围一直在防止它们获悉鲸群停止的确切原因；或许是由于它们太过年轻，不懂世故，各方面都很单纯，没有经验；总之，无论如何，这些较小的鲸鱼——不时地从湖泊边缘过来探访一下我们平静的小艇——表现出一种奇妙的勇敢和信心，要不然就是被恐惧迷住了，让人不得不为之惊奇。像家犬一样，它们围着我们嗅来嗅去，一直来到我们的舷墙边，挨挨擦擦，几乎像是什么咒语突然把它们驯服了一般。奎奎格轻拍它们的前额；斯塔巴克用鱼枪抓搔它们的后背；只因怕有什么后果，才暂时不去戳它们。

但是，当我们俯身在船舷边向下凝望时，远在水面上这个奇妙世界的下面，另一个更为奇异的世界映入我们的眼帘。因为，倒悬在这个水底苍穹之中，漂浮着一些正在哺乳的母鲸，以及一些腰围巨大看来不久就要当母亲的鲸鱼。如我所述，这个湖泊在相当深的地方也是极其清澈透明的；如同正在吸吮的人类婴儿会沉静而专注地凝视着别处，而不是母亲的胸脯，仿佛同时过着两种不同的生活，一方面在吸取身体上的营养，一方面又在精神上享受着某些神秘非凡的回忆——这些小鲸便是如此，它们在吸吮时似乎也在仰望着我们，但又不是望着我们，在它们那新生的目光来看，仿佛我们只不过是一些马尾藻。

母鲸们侧身漂浮着，也似乎在安静地看着我们。其中一个小婴儿，从某些古怪迹象上看，似乎刚刚出生一天，体长大概已有十四英尺长，腰围六英尺左右。它是个小淘气；尽管它的身体似乎还没有完全摆脱不久前在母腹中的那种讨厌的姿势，

在那里，它像鞑靼人的弓一样尾对头蜷缩着，随时待发。它那纤弱的边鳍和尾叶，仍然新鲜地保留着刚从另一个国度来的婴儿的那种皱巴巴的样子。

“绳子！绳子！”奎奎格叫道，俯视着船舷，“它拴住了！它拴住了！——是谁拴的！谁打的？——两头鲸，一大一小！”

“你怎么了，伙计？”斯塔巴克叫道。

“看这里。”奎奎格说，指着水下面。

当被击中的鲸鱼从索桶里扯走数百英寻的绳索，当它潜入深水之后，再次浮上水面，会让松弛的绳索也卷曲着浮上来，螺旋形升上空中；就是这样，这时，斯塔巴克看到的便是一头母鲸长长盘绕着的脐带，它似乎还把鲸崽和母亲连在一起。在瞬息万变的追猎中，这种情况并不罕见，这根天然的绳索，在母亲那一端脱落下来，和捕鲸索纠缠在一起，结果就把鲸崽缠住了。在这个被施了魔法的池塘里，海洋最为微妙的秘密似乎向我们显露出来。我们看见小鲸在大海深处享受着母爱[1]。

---

1 抹香鲸和其他所有种类的鲸鱼一样，但是与大多数其他鱼类不同，它的繁殖不分季节；在大约九个月的妊娠期之后，它每次产下一仔；虽然也有同时产下以扫和雅各的个别情况。为了对意外事件有所准备，它有两个乳头哺乳，它们位置很奇怪，分别位于肛门两侧；但是乳房本身是从那里向前延伸的。哺乳期鲸鱼的这些要害部位一旦被猎手的鱼枪刺中，母鲸流出的奶和血会使好几平方杆的海水变色。鲸奶很甜很腻，有人尝过，配草莓吃起来很不错。鲸在彼此爱慕情难自抑时，也会像人一样互相接吻。

就这样，尽管被惊慌恐惧团团包围，这些置身于中央的不可思议的动物，却自由而无畏地过着和平的生活；宁静地沉湎于嬉戏和欢乐之中。不过，我也是这样，即便是我的生活如同龙卷风肆虐的大西洋，在自我的中心地带，却始终一派沉静安然；当不曾稍减的灾难如沉闷的行星围绕着我旋转，我的内心深处依然沐浴在永恒欢乐的柔情之中。

这时，就在我们这般出神地逗留之际，远处偶尔突然的狂乱景象表明，其他小艇在行动，它们还在对鲸群外围的鲸鱼施用德拉格；或许战斗是在最外圈进行的，那里空间充裕，方便撤退。那些被德拉格铐住的鲸鱼不时盲目地在圈子里冲来撞去，可是这种景象和最后我们看到的东西相比便不值一提了。有时候，在拴住一条力气非常大、特别机灵的大鲸时，通常要设法像切断脚筋那样，切断鲸鱼巨尾上的筋腱，把它弄残废。这就需要投掷一把短柄的砍鲸铲，它拴有绳索，可以再拉回来。有一头鲸鱼在这个部位受了伤（我们后来才知道），但似乎没有奏效，它摆脱了小艇，拖走了半根标枪绳；由于格外剧烈的伤痛，它便在转个不停的鲸圈中冲来撞去，像萨拉托加战役中单人匹马奋不顾身的阿诺德将军一样，所到之处令人闻风丧胆。

但是，虽然这头鲸鱼伤痛难忍，那番景象也足够骇人。它让整个鲸群感到特别恐惧的原因，起初由于距离太远，我们没有看清。不过，我们通过捕鲸业中一件难以想象的意外事件，最终领会了其中究竟，这头鲸缠在了它所拖曳的标枪绳里；它逃走时身上还带着砍鲸铲，这件武器上拴着的绳索末端，和绕在它尾巴上的标枪绳死死搅在了一起，导致砍鲸铲在它身上松动了。鲸鱼被折磨得发疯，在水中翻腾，猛烈拍打着柔软的尾巴，在周围乱甩着那把锋利的铲子，伤起自己的同伴来。

这个可怕的家伙似乎把整个鲸群都从吓得发呆的状态中唤醒过来。首先，构成我们湖泊边缘的那些鲸鱼开始集中了一点，彼此碰撞着，仿佛是被远处涌来、力气已经耗尽一半的巨浪抬起来一般；然后，湖泊本身也开始微微起伏波动；水下的新房和育儿室消失了；更内层的鲸鱼开始游着越来越紧缩的圆圈，变得密集起来。是的，长久的宁静逐渐消失了。很快响起了一种不断加大的低沉的嗡鸣声；就像哈得逊大河春天开河时大量喧腾的大冰块一样，整个鲸群开始翻翻滚滚地向内圈中心涌来，仿佛要把自己堆成一座大山。斯塔巴克和奎奎格立即调换了位置，斯塔巴克站到了艇尾。

"划呀！划呀！"他抓住舵柄，紧张地低声说，"抓牢桨，打起精神来，喂！我的上帝，伙计们，准备好！奎奎格，你把它推开——就是那头鲸——戳它！——打它！站起来——站起来，就那样别动！弹出去，伙计们——划呀，伙计们，别管它们的背了——擦过它们！——擦过去！"

此刻，小艇差不多卡在了两个黑色的庞然大物之间，它们长长的身躯之间只留下一条狭窄的达达尼尔海峡。不过，我们不顾一切地一阵猛划，终于冲进了一片暂时空着的地方；然后迅速划走，同时在急切地寻找另一个出口。经过多次类似的九死一生的奔逃，我们最终飞快滑进了刚刚还是外层圈子的地方，那里现在却有一些鲸鱼胡乱地交叉游动，全都急于到中心去。这次侥幸生还的代价真是便宜，只损失了奎奎格的一顶帽子，当时他正站在艇首，戳着那些亡命奔逃的鲸鱼，紧靠他旁边有一对阔大的尾叶猛地一甩，带起一股旋风，把他的帽子给刮走了。

尽管是一片大乱，到处都乱哄哄，处于无序状态，可是不一会儿，它似乎就变成了一场有条不紊的运动；鲸鱼终于集结成密集的一群，重新开始加快速度，向前奔逃。继续追击已经毫无用处了；但是三艘小艇依然跟在后面，捡起那些被德拉格铐住、有可能落在后面的鲸，同时还要把弗拉斯克杀死的那头鲸拴好，插上旗标。这旗标是一根带有三角旗的棍子，每艘小艇上配备有两三根；每逢手边有不止一头猎物时，就把它笔直地插在漂浮的死鲸身上，以此来标记出它在海上的位置，另外也当作优先占有的标记，以防其他小艇靠近时弄错了。

这次放艇追击的结果，似乎说明了捕鲸业中那句智慧的格言——鲸鱼越多，捕得越少。所有用德拉格铐住的鲸鱼中只捕获了一头。其他的都暂时逃脱了，但是以后会看到，它们只是被“裴阔德号”以外的船只捕获了。

第八十八章　学校与校长

上一章讲到了大量成帮成群的抹香鲸，也给出了引起这种大群鲸鱼集结的可能原因。

虽然有时能够与这种大型鲸群遭遇，但是，正如我们看到过的那样，甚至在今天，偶尔也能看见单独的小股鲸群，每群包括二十到五十头鲸鱼。这样的小股鲸群被称为队。它们通常有两种；一种几乎完全由雌鲸组成，另一种则全都是年轻力壮的雄鲸，或者像人们那样，亲密地把它们叫作公牛。

照顾雌鲸队的骑士，总是一头完全成年、但年纪又不老的大鲸；一有警报，它就表现出勇敢的风度，负责殿后，掩护太太小姐们逃命。事实上，这位绅士是一个奢侈放纵的土耳其贵族，在水下世界里游来游去，周围陪伴的尽是娇妻美妾，享尽温柔。这个贵族和它的妻妾之间的对比很是惊人；因为，它总是体型最大的鲸鱼，而那些女士们，即便完全成熟了，身材也不会超过普通雄鲸的三分之一。它们的确是相当娇小；我敢说，腰围不会超过六码。不过，无可否认，总体上它们天生就具有丰满的体态。

看到这些妻妾和自己的王爷在懒散地漫步，可真让人好奇。它们像上流社会的人士一样，始终在四处迁移，悠闲地寻找多样化的生活。你在赤道食物最为丰盛的季节看到它们及时赶到，那也许是它们刚刚在北方海洋上度夏归来，在那里打发了夏季所有令人不快的疲惫和炎热。等它们在赤道的散步场闲逛上一阵之后，又会启程前往东方的水域，期待着那里的清凉秋季，并借以避开一年中另一个严寒的季节。

在这种旅行中安静前行的时候，如果发现有任何陌生可疑的现象，这位王爷鲸就会机警地注视着它所关注的家人。如果有未经允许的鲁莽的年轻鲸鱼出现，擅自偷偷地靠近任何一位女士，这位大人物就会大发雷霆，发起攻击，把它赶走！如果任由这样不讲道德的浪荡子侵犯这个幸福家庭的尊严，那的确是个热闹；尽管这位王爷可以为所欲为，它却不能把最为声名狼藉的登徒子赶出自己的床榻；因为，天哪，所有鱼类的床铺都是公用的。就像在岸上一样，女士们往往是互相竞争的爱慕者之间发生可怕决斗的原因；鲸鱼也是如此，它们有时会发动致命的战斗，这全都是为了爱。它们都用长下巴作为防护，有时双方的下巴锁在一起，都想努力争取霸权，就像争斗的麋鹿，鹿角交织在一起。不少被捕获的鲸鱼身上就带着这种遭遇留下的深深的伤疤——头上有犁沟，牙齿也破碎，鳍成了扇形；在有些情况下，甚至嘴巴都歪扭错位了。

但是，假如这个幸福家庭的入侵者在这群妻妾主人的初次攻击下就溜之大吉，你再看看这位王爷的模样，那才叫有趣。它那巨大的身躯又在它们中间温柔地绕来绕去，纵情陶醉一番，同时逗弄着留在附近的年轻登徒子，就像虔敬的所罗门王在他无数嫔妃中虔诚地做礼拜一样。如果能看见其他的鲸鱼，捕鲸者很少会去追击这些土耳其王爷；因为这些王爷消耗的精力太多，油水很少。至于它们所生的子女，嘿，那些子女都得自己照顾自己；至多也是只能得到母亲的帮助。因为这种王爷鲸和我们可以列举的其他用情不专的薄情郎一样，尽管耽于闺房之乐，对育儿之事却毫无兴趣；于是，作为一个大旅行家，它在世界各地留下自己无名的婴儿；每个婴儿都是个外来种。

然而，到了一定的时候，青春激情渐告消退，随着年岁增长，忧郁增加，反思促使它郑重地停止寻欢作乐；简而言之，随着这个饱享欢娱的土耳其人日生厌倦，对安逸和美德的爱便取代了对女人的爱；我们的这位土耳其贵族随后便进入了体力衰竭、痛悔前非、力行劝诫的生活阶段，发誓抛弃过往，遣散嫔妃，成了个堪为表率、阴郁苍老的老鲸，孤零零地满世界周游，到处诵经祈祷，告诫年轻的鲸鱼切不可重蹈它自己情天恨海的覆辙。

既然鲸鱼的后宫被捕鲸者称为学校，顺理成章，这学校的一家之主就有校长之称了。因此，它自己在学校毕业之后，到国外四处讲学，谆谆教诲的竟然不是它在那里学到的东西，而是关于这学校的愚蠢荒唐，严格说来，这尽管极富讽刺意味，却并不符合它的角色。它的校长头衔，似乎很自然地源于为它的后宫所赋予的名字。但是有人推测过，最初为这种土耳其贵族鲸命名的人，一定读过维多克的回忆录，熟悉这个法国名人在年轻时代是何种乡村学校的校长，也知道他对自己学生们灌输的是什么性质的神秘课程。

校长鲸晚年的这种退隐独处的生活，的确是所有上了年纪的抹香鲸的共同选择。几乎人人都知道，一头孤鲸——这是人们对一头孤独大海兽的称呼——总是一头年迈的老鲸。像那个德高望重、满面胡须的丹尼尔·布恩一样，它身边什么人都没有，只有大自然；它在荒凉的海洋中以大自然为妻，而大自然是最贤惠的妻子，尽管她有着许多喜怒无常的秘密。

前面提到，只由年轻力壮的雄鲸组成的鲸队，和作为后宫的雌鲸队构成了强烈的对比。因为这些雌鲸具有典型的温顺胆怯的性格，而年轻的雄鲸，或是如人们所称呼的，四十桶油的公牛，则是所有大海兽中最为好斗的，而且也是人尽皆知，碰上它们是最危险的；除此之外，那些脑壳灰得出奇、满头斑白的老鲸，有时候遇上，也会和你战斗，就像是被痛风折磨得怒火中烧的恶魔一般。

四十桶油的公牛队比雌鲸队要大。像一群年轻大学生组成的乌合之众，它们全都斗志高昂、开心嬉闹、淘气堕落，鲁莽而喧闹，满世界翻翻滚滚地飞奔，没有哪个谨慎的担保人会为它们担保，宁可去找耶鲁或哈佛那些放荡的小伙子去揽生意。不过，它们很快就会放弃这种骚乱的生活，而且，等它们长到成年鲸鱼的四分之三大小时，它们就会散伙，各寻去处，也就是各自的后宫。

在雄鲸队和雌鲸队之间还有一点不同，更加能体现出性别特征。比如说，你打中了一头四十桶油的公牛——这个可怜的家伙！它所有同伴都会弃之不顾。但是，如果你打中的是雌鲸队的一个成员，它的伴侣们就会万分关切地绕着它游动，有时因为靠得太近，逗留时间太长，自己也会沦为牺牲品。

第八十九章　有主鲸和无主鲸

上上章曾经提到过旗标和标杆，有必要就捕鲸业中的规则和惯例做一番说明，其中旗标可以视为一种重要的象征和标记。

经常会有这样的情况，几只船结伴巡航捕猎，其中一只船打中了一头鲸鱼，然后又逃脱了，最后被另一只船杀死和捕获；这里便间接包含了很多小的意外事件，全都涉及这个重要的标记。例如——经过一场疲惫而危险的追击，终于捕到一头鲸之后，有可能由于一场猛烈的暴风雨，鲸尸又从船边脱落了；向下风头漂出很远，被另一只捕鲸船捡到了，这只船在风平浪静的海面上舒舒服服地就把它拖走了，既不用冒生命危险，又没有损失捕鲸索。于是，如果没有某种成文或不成文的、通用的、无可争辩的、适用于所有情况的规则，两只捕鲸船之间往往就会爆发伤脑筋的激烈争执。

也许唯一立法生效的正式捕鲸法典便是荷兰的那一部。它是荷兰国会于公元一六九五年颁发的。但是，尽管其他国家都不曾颁发成文的捕鲸法，美国捕鲸者在这方面却一直有自己的立法者和律师。他们规定了一套制度，其简洁详尽超过了查士丁尼法典和中国社会例行的莫管他人闲事的章程。没错，这些法则如此简短，真可以镌刻在安妮女王的铜币，或是标枪的倒钩上，并挂在脖子上。

1. 有主鲸属于将鲸拴住的一方。

2. 无主鲸是谁先逮到就归谁的合法猎物。

可是，这个巧妙法规的毛病正出在它令人赞赏的简洁上面，需要一大套卷帙浩繁的注释来予以说明。

首先，什么叫有主鲸？一头鲸，无论死活，只要占有者凭借自己完全控制下的任何媒介物——一根桅杆，一叶桨，一条九英寸长的绳索，一根电线，一张网，将它与自己的船或小艇联系在一起，这头鲸在技术上就是有主的鲸。同样，一头鲸只要插有旗标，或任何其他可以辨识的占有标志，只要插旗标的一方能够清楚证明他们有能力随时将它拖走，也打算拖走，这头鲸在技术上就是有主的鲸。

这些是科学化的说明；但是，捕鲸者自己的说明有时却是诉诸粗话和武力——以拳头说了算。的确，在较为诚实正直的捕鲸者中，特殊情况总是会特殊考虑的，一方宣布占有另一方先前追击或捕杀的鲸鱼，那就是一种可恶的不讲道义的行为。但是，其他捕鲸者是绝不会这么谨慎的。

大约五十年前，在英国，曾有一起为追索被侵占的鲸鱼而打官司的离奇案件。在那起案件中，原告陈述说，在北海经过一番艰苦追击后，他们（原告）的确成功地用标枪投中了鲸鱼；最终由于有生命危险，他们不得已放弃了捕鲸索，也放弃了自己的小艇。可是，被告（另一艘船的水手）后来赶上了这头鲸鱼，发起攻击，杀死并将其捕获，最终就当着原告的面将其占为己有。而当原告对被告提出抗议时，被告方的船长竟用手指戳到原告的嘴巴上，还向原告断然宣称，他将扣留在捕获鲸鱼时还系在鲸鱼身上的捕鲸索、标枪和小艇，以作为对自己业绩的纪念。于是，原告现在要求赔偿他们在鲸鱼、捕鲸索、标枪和小艇上的损失。

厄斯金先生是被告的辩护律师；法官是艾伦巴勒勋爵。在辩论过程中，机智的厄斯金引用最近的一件通奸案来说明他的立场。在那件通奸案中，一位绅士，在徒劳地试图制止自己妻子的放荡行为而未果时，最终放弃了她，任其在生活的海洋上随波逐流；但是过了一些年，后悔自己走了那一步，他又采取了一个行动，想重新把她据为己有。厄斯金当时是女方的辩护人，他支持女方说，尽管这位绅士原先用标枪投中过这位女士，并一度把她拴住，但是，仅仅出于她行为不端，让他万分为难，便最终弃之不顾；然而，既已抛弃，她就成了无主之鲸；所以，当随后有人重新用标枪投中了她，这位女士便成了那位后来者的财产，连同在她身上可能发现的随便什么标枪，都一并归属于他了。

所以，在现在这个案子里，厄斯金主张，这头鲸鱼和那位女士的例子正好可以互相说明。

在充分听取了这些答辩和反答辩之后，学识渊博的法官做出了明确的判决，就是说——关于那艘小艇，他判还给原告，因为他们放弃小艇仅仅是为了救自己的命；但是关于那头有争议的鲸、标枪和捕鲸索，他们属于被告；因为鲸鱼在最后被捕获时是一头无主鲸；标枪和捕鲸索因为是鲸鱼带走的，它们就成了鲸鱼的财产，此后任何逮到鲸鱼的人都有权占有它们。既然被告后来捕获了那头鲸，所以，上述物品便属于被告了。

一个普通人看到这位颇有学识的法官做出如此判决，未免会有所反对。但是，如果对这件事情深入探究一番的话，就会发现，艾伦巴勒勋爵在上述案件中应用的法则是在前面提到的两大捕鲸法中早已有所规定的。这两条涉及有主鲸和无主鲸的法则，我敢说，经过反思，你会发现，它们是所有人类法律体系的基础；因为，法律的圣殿，尽管雕刻着非常复杂的花饰窗格，就像非利士人的圣殿一样，但却只有两条支柱。

每个人嘴里不都会说这样的俗话吗，占有就是一半的法律：那就是说，不管那东西是怎么搞到手的。但是，往往占有就是全部的法律。俄罗斯的农奴与合众国奴隶的肉体与灵魂不就是有主的鲸吗，谁占有谁就合法？寡妇最后的小钱，在贪婪的地主眼里，不就是有主的鲸吗？那边那个尚未暴露出本来面目的恶棍的大理石大厦，以门牌作为旗标，那不是有主的鲸，又能是什么？掮客末底改对那个可怜的破产者放债，使其家人免于饿死，他从而得到的高得离谱的利息不就是有主的鲸吗？那个拯救灵魂的大主教，每年从千百万累折了腰的劳工（他们没有那位拯救灵魂者的帮助也肯定能上天堂）那匮乏的面包和奶酪中榨取十万英镑的收益，那点滴搜刮来的十万英镑不就是有主的鲸吗？那位丹达公爵世袭的大小村镇不就是有主的鲸吗？对于那个可怕的标枪手约翰牛来说，可怜的爱尔兰不就是有主的鲸吗？对于那个使徒一般的鱼枪手乔纳森老兄来说，德克萨斯不就是有主的鲸吗？所有这一切不是正好说明，占有就是全部的法律吗？

但是，如果有主鲸的这条法则相当通用的话，那性质相似的无主鲸的法则应用的范围就更广了。那是全世界都通用的。

一四九二年的美洲不就是一头无主鲸，哥伦布不是为了他高贵的主子和主妇在那里插上了西班牙旗作为旗标吗？在沙皇眼里，波兰是什么呢？在土耳其眼里，希腊是什么？在英国眼里，印度是什么？在美国看来，墨西哥最终是什么？全都是无主之鲸。

世界上的人权和自由不就是无主鲸吗？所有人的思想和见解不就是无主鲸吗？人们宗教信仰的原则不就是无主鲸吗？对于招摇卖弄善于剽窃美丽辞章的人，思想家的思想不就是无主鲸吗？伟大的地球本身不就是无主鲸吗？还有你，读者，不也同样既是无主鲸又是有主鲸吗？

第九十章　头和尾

"De balena vero sufficit, si rex habeat caput, et regina caudam."

布雷克顿，第三卷第三章

这句出自英国法律典籍的拉丁文，结合上下文来理解，指的是，任何人在英国沿海捕到的鲸鱼，鲸头必须归伟大的荣誉标枪手国王所有，鲸尾必须敬献给王后。鲸鱼的分割，非常类似于对半等分一个苹果，中间没有任何剩余的部分。因为这个法律经过修改，至今在英国依然有效；还因为它在各个方面都与有主鲸和无主鲸的总体法则相违背，这里单列一章进行讨论，出于同样的礼貌原则，英国铁路当局不惜建造单独的车厢，专门留作皇室之用。首先，为了严谨地证明上述法律依然在施行，我先给你讲一下两年前发生的一个情况。

似乎是多佛港，或者三维治港，或是五港同盟中的哪一个港，有几个诚实的水手，经过一番艰苦的追击，成功地杀死并拖上岸来一头肥鲸，起初他们是在离岸很远的海上发现它的。现在五港同盟部分处于一个叫作港监的警察或是小官吏的管辖之下。我相信，他是由国王直接任命的，五港同盟地区的王室收益都由他分管。有些作者把这个职务称作闲职，其实不然。因为港监经常在忙着征收他的额外津贴，他的收入主要来自这些征收。

当这些晒得黧黑的可怜水手，赤着脚，裤腿高高地挽在鳗鱼般的大腿上，疲惫不堪地把他们的肥鲸拖上岸，指望着从珍贵的鲸油和鲸骨中能足足赚到一百五十英镑；幻想着依靠他们各自的分成与自己的妻子品品好茶，与老朋友喝起上好的麦芽酒；这时走过来一位颇有学问、极其虔诚和慈善的绅士，胳膊下夹着一本布雷克顿的法律书，他把书放在鲸鱼头上，说："请勿动手！师傅们，这是头有主鲸。我以港监的名义没收它了。"可怜的水手们一听到这话，全都吓得诚惶诚恐——英国人的确是这样——不知道说什么才好了，全都拼命挠起脑袋来，可怜巴巴地一会儿看看鲸鱼，一会儿看看这个陌生人。但是，那于事无补，也根本感动不了这位腋下夹着本法律书的有学问绅士的铁石心肠。其中有一个水手，挠着脑袋想了很长时间的主意，最后鼓起勇气说道：

"请问，先生，谁是港监？"

"公爵。"

"但是公爵和这头鲸没有一点关系呀！"

"鲸是他的。"

“我们费了很大周折，冒着风险，还付出了一定的代价，所有好处就都成了公爵的了，我们千辛万苦白忙一场，只得到两手血泡吗？”

“鲸是他的。”

“公爵穷到这个份上，非得这么不择手段地谋生不可吗？”

“鲸是他的。”

“我还想用这头鲸的分成，给我卧床不起的老娘治病呢。”

“鲸是他的。”

“难道拿个四分之一或是一半，公爵大人还不满意吗？”

“鲸是他的。”

一句话，鲸鱼被没收了，卖了，威灵顿公爵大人也拿到了钱。从某些特殊角度来考虑，这件事再怎么说也是相当过分，在这种情况下，当地一位正直的神父恭恭敬敬地给这位大人写了封信，恳请他充分斟酌一下这些不幸水手的情况。对此，公爵大人的回复（两封信都公开发表了）大致上说，他已经这么做了，也收到了钱，如果神父先生将来能够不管别人的闲事，他将不胜感谢。这就是那个脚跨三个王国、勒索穷人的救济金、好斗不减当年的老人吗？

不难看出，在这件事中，公爵对鲸鱼拥有的所谓权力是来自国王的委托。那么，我们必须追问，国王最初是根据什么原则来授予那种权力的。法律本身已经说得很明白了。但是，普洛顿给我们举出了理由。普洛顿说，捕到的鲸鱼属于国王和王后，“是因为它乃超凡出众的动物”。在这类问题上，许多最高明的诠释家都认为这个理由最有说服力。

但是，为什么国王应该要鲸头，王后要鲸尾呢？你们这些律师先生们，给个理由吧！

在关于“王后的钱”或者“王后的零用钱”的论文中，一个叫威廉·普林的高等法院老作家这样说道：“你们的尾巴是你们王后的，这样王后的衣橱里才会有你们的鲸须。”他写这篇文章的时候正是格陵兰鲸或露脊鲸的黑色软骨大量用于女士紧身上衣的时代。但是这种软骨不是长在尾巴上，而是长在脑袋里，对于普林这样睿智的律师，这可是一个悲哀的错误。难道王后是美人鱼，这才要人们把鲸鱼尾巴献给她？这里可能潜藏着某种寓意。

被英国法律著作家们称作皇家鱼的有这么两种——鲸鱼和鲟鱼；两种鱼在一定范围内，都是皇家财产，名义上是皇室的第十项日常税收。我不知道是否有其他作者提及这件事情；但是根据推断，在我看来，鲟鱼一定是像鲸鱼那样分割的，国王得到的是鲟鱼特有的极其紧密而又富有弹性的头部，其象征意义可能是幽默地基于某种假设的相似性。从而，世间万事似乎都有道理，哪怕是法律也不例外。

第九十一章　“裴阔德号”遇上“玫瑰蓓蕾号”

“要想在这大海兽的肚子里找到龙涎香是徒劳的，难以忍受的恶臭却还是阻止不了人们的寻根问底。”

——托马斯·布朗爵士阁下

在详细叙述过的上一次捕鲸场面之后一两个星期，一天中午，当我们缓慢行驶在一片睡意蒙胧、雾气缭绕的海面上，“裴阔德号”甲板上众多只鼻子表现得比桅顶上的三双眼睛还要机警，闻到了海里有一股不大好闻的特殊气味。

“我敢打赌，”斯塔布说，“附近一定有我们以前用德拉格铸住的鲸。我想它们不久就会肚子翻白浮上来。”

此刻，前方的雾气不知不觉地飘向了一边；一艘船停在远处，收拢的帆表明船边一定拖着一头鲸鱼。当我们悄悄靠近，这艘船的斜桁尖顶上露出一面法国旗；一群秃鹫似的海鸟流云一般围绕着它盘旋、徘徊、俯冲，很清楚，船边拖着的鲸鱼一定是捕鲸者所说的瘟鲸，也就是那种未受任何伤害、自己死在海里的鲸，因此成了一个无主的尸体随波漂浮。可想而知，这样一个庞然大物该散发出怎样讨厌的气味；甚至比闹鼠疫的亚述城还要糟糕，因为，当时城里的活人无力掩埋死者。这气味让人难以忍受，有些人的确认为，再怎么贪心都不会有人愿意和它停泊在一起。不过，还是有人愿意这么做；尽管实际上从这样的鲸鱼身上榨出的油质量很差，也绝对没有那种玫瑰油的芬芳。

随着越来越弱的微风，船越靠越近，我们看见那艘法国船还拖着另一头鲸鱼；这头鲸的气味似乎比原先那头要芬芳得多。事实上，结果证明它只是一头有毛病的鲸，有些鲸似乎是由于严重的消化不良或是积食症，逐渐枯干而死；这样一来，它们留下的尸体中几乎一点油都没有了。然而，在恰当的场合我们将会看到，任何经验老到的捕鲸者，无论对于一般的瘟鲸怎样避之唯恐不及，但对这种鲸鱼却一点都不敢轻视。

“裴阔德号”现在已经和这艘陌生的船靠得很近了，斯塔布发誓说他认出了他的切鲸铲，铲柄就缠在其中一头鲸鱼尾巴上打结的绳索中间。

“嘿，那是个漂亮的家伙，”他站在船头，嘲弄地大笑起来，“那里还给你们准备了一头吃腐肉的胡狼呢！我很清楚，这些癞蛤蟆法国佬不过是捕鲸业里的穷鬼；他们有时会放艇追击碎浪，把它们当成是抹香鲸的喷水；不错，有时他们出港就满载着成箱成箱的牛油烛，还有一盒盒的烛花剪子，事先就知道他们将来弄到的油都不够船长室的灯用；是啊，我们全都知道这些事；但是你们看看，这里有个癞蛤蟆拿到我们撇下不要的东西就满足了，我指的是用德拉格铐住的鲸；是啊，他们还在心满意足地搜刮另一头宝贝鲸干巴巴的骨头呢。可怜的家伙！我说，谁传过来一顶帽子，发发慈悲，让我们给他们一点油作为礼物吧。因为他从那德拉格铐住的鲸身上弄到的油，连在监狱里点都不配；不，连在死囚牢里点都不配。至于另外那头鲸，嘿，我看把我们的三根桅杆劈碎了，熬一熬，都会比他从那堆骨头里得到的油多；不过，我现在倒是想起来了，它里边也许藏着比油要值钱得多的东西；没错，是龙涎香。我不知道我们的老头子是否想到了这点。值得一试。是的，我要去试一试。”这样说着，他起身往后甲板走去。

这时，微弱无力的风彻底静止下来；所以，不管怎样，“裴阔德号”现在完全陷在那气味的包围之中，除了再起风，根本没有希望摆脱。斯塔布这时从船舱中出来，招呼他的小艇水手，向那艘陌生的船划过去。划到对方船头，他发现按照法国人奇特的口味，船头上半部雕刻有貌似一根巨大低垂的花茎样的东西，漆成绿色，到处突出着一些铜尖作为花刺，花茎末端是一个对称卷曲的鲜红色的蓓蕾。船头顶板上有几个镀金的法文大字：“Bouton de Rose”——“玫瑰苞”或“玫瑰蓓蕾”；这艘芳香扑鼻的船便取了个这么富有浪漫气息的芳名。

斯塔布虽然不认得铭文中的“蓓蕾”这个法文词，但是“玫瑰”这个词还是认得的，再加上那个蓓蕾形的头，整个铭文的意思就足够明显了。

“一朵木头的玫瑰蓓蕾，嗯？”他用手捂着鼻子叫道，“那可太好了；可它发出的那是什么味儿啊！”

此刻，为了与船上的人进行直接沟通，他不得不把小艇划过船头，到右舷那边去，这样才能靠近瘟鲸，并且隔着那头鲸说话。

小艇划到位之后，他一只手还是捂着鼻子，大声叫喊：“玫瑰蓓蕾，啊嘿！你们这些个玫瑰蓓蕾，有谁说英语吗？”

“有。”一个格恩西人从舷墙上回答，原来他是大副。

“好，那么，我的玫瑰蓓蕾，你可曾见到过白鲸？”

“什么鲸？”

“白鲸——一条抹香鲸——莫比·迪克，你见过它吗？”

“从没听说过这么一条鲸。白鲸！白鲸——没有。”

“非常好，嗯；再见，我过一会儿再来拜访。”

随后，小艇迅速向“裴阔德号”划回去，看见亚哈斜靠在后甲板栏杆上，在等着他报告，他就把两手拢成喇叭状，叫喊道——“没有，先生，没有！”亚哈听到这话，便转身回了船长室，斯塔布又划到法国船那边。

他现在看见那个格恩西人正钻在锚链里，使一把砍鲸铲在砍，鼻子上还吊着一个袋子样的东西。

“你的鼻子怎么了，喂？”斯塔布说，“鼻子断了？”

“我倒希望它断了，或是我根本就没有鼻子！”那格恩西人回答，他似乎并不喜欢自己卖力干着的这份差事，“可你又捂着你的鼻子干什么呢？”

“哦，没什么！那是只蜡鼻子；我得把它捂住。真是个好天儿，不是吗？空气像在花园里一样，我敢说；给我们扔一束花下来，好吗，玫瑰花蕾？”

“你到底想来干什么？”那格恩西人吼道，突然发起火来。

“哦，冷静——冷静？是的，就是这话！你在摆弄这两头鲸时，为什么不把它们裹在冰里呢？不过，玩笑归玩笑；你知道吗，玫瑰蓓蕾，想从这样的鲸身上榨出油来岂非荒唐？至于那头干巴鲸，喂，它整个尸体上连一滴油都没有。”

“这个我很清楚；但是，你看见没有，我们的船长不相信啊；这是他第一次出海；他以前是制造科隆香水的。不过，你上船来，即便他不相信我，也但愿他会相信你；这样我就能摆脱这件挖挖刮刮的脏活儿。”

“不胜感谢，我可爱愉快的朋友。”斯塔布回答，然后很快登上了甲板，呈现在他眼前的是一个古怪场面。水手们戴着有流苏的红绒线帽子，正在准备沉重的复滑车，想把两头鲸鱼吊起来。但是，他们干活慢，说话却快，似乎兴致索然。他们的鼻子全都朝上伸着，像是很多的第二斜桅。不时地有三三两两的人丢下工作，飞快地爬到桅顶上去吸吸新鲜空气。有的人以为自己会染上瘟疫，把麻絮蘸在煤焦油里，隔一段时间就举到鼻孔上闻一闻。还有人把烟斗柄折断，几乎只剩下一个烟锅，死命地喷烟，这样，鼻孔里就总是充满了烟。

从后甲板的船长室里传来一阵尖叫和咒骂声，让斯塔布吃了一惊；他朝那个方向望去，只见一张气得通红的脸，从朝里半开着的门后探了出来。这是那烦恼不堪的船医，他对当时的做法进行了一番徒劳的抗议之后，自己跑到了后甲板的船长室里（他称之为内阁）躲避瘟疫；但还是忍不住不时发出号叫，表达他的恳求和愤怒。

看清了眼前的一切，斯塔布盘算好了计策，他转身和那格恩西人聊了一会儿。这位陌生的大副表达了他对自己船长的憎恨之意，称之为一个自大狂妄的无知之徒，把大家全都带进了一个臭气熏天而又无利可图的困境里。斯塔布对他小心试探了一番,随即发现,这格恩西人根本没有想到龙涎香的事情。于是，他对这事闭口不谈，却在别的方面非常坦率诚恳，所以这两位迅速炮制出一个小小的阴谋，给船长下个圈套，捉弄他一番，同时又让他做梦也想不到他们是在搞鬼。根据他们的这个小阴谋，格恩西人以担任翻译为掩护，可以对船长畅所欲言，就当是在转述斯塔布的话；而斯塔布在整个谈话过程中，则是随便胡扯，想起什么就说什么。

这时候，注定要上他们当的人从船长室出来了。他身材矮小，肤色很黑，但是，对于一个在海上讨生活的船长来说，他的相貌相当秀气，尽管留着一部浓密的络腮胡和短髭；他穿了一件红色绒马甲，腰间露出一副表坠。格恩西人客客气气地把斯塔布介绍给这位绅士，然后马上卖弄地做出一副在两人之间充当翻译的派头。

“我先和他说些什么呢？”他说。

“嘿，”斯塔布说，眼睛看着绒马甲和表坠，“你可以先告诉他，在我看来，他就像是个小娃娃，虽然我不想装成法官。”

“他说，先生，”格恩西人用法语对船长说，“就在昨天，他的船得到消息，有一艘船的船长和大副，连同六个水手，都死于热病，就因为船边拖了一头瘟鲸。”

听到这个，船长吃了一惊，急切地想要了解究竟。

“现在说些什么呢？”格恩西人对斯塔布说。

“嘿，既然他这么轻易就相信了，那就告诉他，我仔细观察过他，我十分肯定，他比一只圣·雅歌的猴子还不适合指挥一艘捕鲸船。老实告诉他，我看他就是一只狒狒。”

“他发誓说，先生，另外那头，就是那头干干巴巴的鲸，比那瘟鲸还要危险得多；总之，先生，他恳请我们，如果我们珍惜自己的性命，就赶快把这两头鲸放走。”

船长立即奔到前边，大声命令他的水手，停止升高复滑车，马上解开把鲸鱼捆在船边的缆索和锚链。

“现在说什么呢？”当船长回到他们这里，格恩西人问道。

“嘿，让我看看；是的，你不妨告诉他，那个——那个——老老实实告诉他，我骗了他，并且（旁白），上当的可能还有一个呢。”

“他说，先生，他很高兴能为我们效劳。”

听到这话，船长发誓说，他们（指的是他自己和大副）才是应该表示感谢的一方，最后还邀请斯塔布到船长室去，喝一瓶波尔多葡萄酒。

“他想让你和他一起喝一杯。”翻译说道。

“衷心感谢，不过，告诉他，和被我骗过的人喝酒有悖我的原则。就对他说，我得走了。”

“他说，先生，他的原则不允许他喝酒；但是，如果先生想要再活一天，好喝酒的话，那最好是把四艘小艇都放下去，把大船拖离这两头鲸，因为海上风平浪静，它们是不会自己漂走的。”

到了这时，斯塔布已经越过了船舷，下到了自己的小艇里，高声向那个格恩西人交代了大致的意思——他的小艇里有一根很长的捕鲸索，他愿意竭尽全力帮助他们，把两头鲸中较轻的那头从大船边拖开。于是，在法国人的小艇忙着把大船拖走的同时，斯塔布则慈悲为怀地把他的鲸拖向另一边，卖弄地撒出一根长得异乎寻常的捕鲸索。

不久，一阵微风吹起。斯塔布假装把鲸放走了。法国船吊起了小艇，很快就拉开了距离，而“裴阔德号”则悄悄驶进了那艘法国船和斯塔布的鲸鱼之间。于是，斯塔布迅速划向漂浮的鲸尸，大声向“裴阔德号”呼叫，向船上通知他的意图，并马上着手收获他靠阴谋赢得的不义之财。抓起锋利的舟形铲，他开始在鲸尸侧鳍后边一点的位置挖了起来。你几乎以为他是在海里挖一口地窖；终于，他的铲子碰上了枯瘦的鲸肋，就像是在英国肥沃的土地里翻掘古罗马砖瓦和陶器一样。他小艇上的水手全都兴奋异常，急切地帮着他们的艇长，就像一群焦急的淘金者一样。

在此过程中，始终有数不清的海鸟围着他们盘旋俯冲，潜入水中，尖叫呼号，彼此争斗。斯塔布开始显出失望的神色，尤其是因为那股可怕的气味越来越浓。突然，从这一团臭气的深处涌出一股微弱的芳香，穿过汹涌的恶臭流泻而出，没有被臭气吞没，如一条河的水流进另一条河，然后并排流动，暂时还没有完全混合起来。

“我弄到了，我弄到了，”斯塔布欢然叫道，他的铲子戳到了底下隐藏的什么东西，“一个钱袋！一个钱袋！”

丢下铲子，他把两只手插了进去，掏出一把如同红润的温莎香皂，或是油腻斑驳的陈年奶酪一样的东西；油腻柔软，气味芳香。拇指轻轻一按就能按出凹坑；色泽介于黄灰之间。这个东西啊，我的好朋友们，便是龙涎香，卖给任何一个药剂师，一盎司都能值上一个金几尼。他掏出来大约六大把；但不可避免地落到海里的还有很多，要不是亚哈急不可耐，高声命令斯塔布住手，赶紧上船，否则大船就会撇下他们开走的话，也许还能弄到很多。

第九十二章　龙涎香

这龙涎香是一种非常珍奇的物质，作为一种商品也很重要。一七九一年，楠塔基特出生的船长考芬为此还在英国下院法庭受到过审问。因为在那个时候，实际上一直到近期也都是如此，龙涎香的确切起源，像琥珀一样，对于学者们来说，依然是个悬而未决的问题。尽管龙涎香这个词不过是灰色琥珀的法文复合词，但是这两种物质确实大有区别。就琥珀而言，可以在海岸上时有发现，在遥远内陆的土壤里也能挖到，而龙涎香则是只能在海上找到，别的地方都没有。此外，琥珀是一种坚硬、透明、易碎、无味的物质，可用于制作烟嘴、珠子和装饰物；而龙涎香则是柔软、蜡黄色、极其芳香馥郁，主要用于制造香水、香锭、贵重的蜡烛、发粉和润发油。土耳其人把它用于烹饪，也把它带到了麦加，就和乳香被带到罗马的圣彼得大教堂一样，是出于同样的目的。有些酒商会在葡萄酒里滴上几滴，以增加香味。

谁会想到，如此时髦的女士和先生们，会享用在不体面的病鲸内脏中发现的物质！然而，事实就是如此。有些人认为，龙涎香是鲸鱼消化不良的原因，有些人则认为是消化不良的结果。如何治愈这样的消化不良症，这是很难说清的，除非给它服上三四小艇的布兰德雷思的泻药丸，然后赶紧离开危险之地，就像工人炸石头那样。

我忘记说了，在这龙涎香中曾经发现过一种坚硬、浑圆的骨头片，斯塔布起初以为那可能是水手裤子上的纽扣，但后来发现，它们只不过是在龙涎香里防腐保存下来的一片片小乌贼骨。

既然这不会朽坏、芳香至极的龙涎香是在那腐朽之物的最深处找到的，难道这是无足轻重的东西吗？请你想想圣保罗在《哥林多书》中说的有关腐朽和不朽的话；所种的是羞辱的，复活的是荣耀的。同样，也请回想一下，帕拉塞尔苏斯关于是什么造就了最好的麝香的说法。也不要忘记这样一个奇异的事实，科隆香水，在开始制造的阶段，是所有东西中气味最难闻的。

我本该用上述的呼吁来结束本章，但我不能这么做，因为我急于驳斥经常加在捕鲸者身上的一种指责。这种指责，在某些怀有偏见的人看来，已经为上面说过的法国人的那两头鲸的事情间接地证实了。在本书的其他地方，已经驳斥过把捕鲸这个职业说成是纯粹不检点的、肮脏邋遢的诽谤中伤。但是，还有一件事需要反驳。人们说，所有的鲸鱼总是气味难闻的。这个恶名又是怎么来的呢？

我认为，它可以明显追溯到两百多年前首次到达伦敦的格陵兰捕鲸船。因为那些捕鲸船那时和现在都不像南海捕鲸船那样，在海上把油熬出来，而是把新鲜鲸脂切成小块，塞到大桶里，就那样带回家；在那些冰冷的海洋中，捕猎季节很短，他们还时常受到突如其来的暴风雪的打击，不允许他们采取别的措施。结果，到了格陵兰码头，一打开船舱，把装鲸脂的桶卸下来一个，便有一股气味扑鼻而来，类似于为了建产科医院而挖掉城里的一座古墓地所发出的气味。

在一定程度上，据我推测，对于捕鲸者的这种恶意指责，还可以同样归之于过去格陵兰海岸上存在的一座荷兰村庄。它叫作施梅伦堡或是斯米伦堡，后一个名字曾经被学识渊博的福戈·冯·斯拉克用在了他有关气味的一本杰作之中，那是关于该主题的一本教科书。就这个名称的含义而言（“斯米”意为脂肪，“堡”意为贮藏），这个村子的建立就是为了给荷兰捕鲸船队提供贮藏鲸脂的场所，让他们把鲸油熬出来，不用再把鲸脂带回荷兰去提炼。

村子里有很多的炉子、油锅和油库；当工作全面铺开的时候，当然就发出让人很不愉快的气味。但是，这一切和南海捕鲸船的做法大相径庭；南海捕鲸船在四年的航行中，也许用不了五十天，就把油熬了出来，把船舱彻底地装满了油；而且装在桶里的油几乎是没有任何气味的。事实上，无论活鲸还是死鲸，只要处理得当，鲸鱼绝对不是一种气味难闻的动物；捕鲸者也绝不是让人用鼻子一闻就能认出来的，就像中世纪的人假装用鼻子一嗅，就能从人群中把犹太人侦查出来那样。

鲸鱼的气味也确实不可能难闻，因为，一般而言，鲸鱼都极其健康；它有充分的运动，总是待在户外；尽管实际上，它很少在海面露天里活动。抹香鲸的尾叶在水面上摆动时发出的香气，一定就像一个浑身麝香味的女士，在温暖的客厅里沙沙抖动她的衣服一般。那么，考虑到抹香鲸身躯庞大，我该拿什么来比喻它的气味芬芳呢？难道不该把它比成那头长牙上镶着珠宝、散发没药芳香、被牵出一个印度城镇、去向亚历山大大帝致敬的著名大象吗？

第九十三章　被弃者

就在与那艘法国船遭遇的几天之后，一件举足轻重的事件落在了“裴阔德号”一个最无足轻重的水手头上；这是个极其可悲的事件，它到头来为这艘有时欢喜若狂但命运早已注定的船，带来了一个伴随始终的生动预言，它随后也会遭遇粉身碎骨的结局。

如今，在捕鲸船上，并不是每个人都要下小艇。留在大船上的少数人员被称作看船人，他们的任务是在小艇追击鲸鱼时开动大船。一般而言，这些看船人和下小艇的人同样勇敢强壮。但如果碰巧船上有一个过于瘦弱、笨拙或是胆怯的家伙，那个家伙一定会被留作看船人。“裴阔德号”上的那个绰号皮平、简称皮普的小黑人就是这样的人。可怜的皮普！你们以前听说过他，你们一定还记得在那个戏剧性的午夜，他强作欢颜，把小手鼓敲得多欢啊。

从外貌上看，皮普和汤团小子刚好是一对儿，就像是一黑一白的两匹矮种马，同样的大小，肤色却不同，奇怪地套在一起拉车。不过，倒霉的汤团小子天生迟钝，而皮普虽然心肠太软，内心却十分聪明，具有他的种族特有的愉快、亲切、快乐的性格；这个种族喜欢过节，每逢假日和节庆日，就会比任何种族都更快活、更享受。对于黑人来说，他们的年历上什么都没有，有的只是三百六十五个独立纪念日和新年。如果我把这个小黑人写成个光彩焕发的人，你也别笑，因为即便是黑色也有它自己的光彩；请看看镶嵌在国王密室里闪亮的黑檀木吧。

但是，皮普热爱生活，和生活中所有和平可靠的东西；因此，他不知怎么莫名其妙地陷入其中的这个让人恐慌的营生，极其可悲地模糊了他焕发的光彩；不过，我们不久就会看到，在他内心暂时被压制住的东西，到最后注定要被奇异的野火照得通亮，凭空十倍地显示出他原有的光彩。在康涅狄格州托兰郡老家的绿草地上，这光彩曾经让众多提琴手的狂欢生气倍增，也曾在音韵悠扬的黄昏，用他快乐的哈哈大笑使周遭的大地变成一只星光闪烁的铃鼓。

因此，虽然在晴朗的白昼，悬在青筋累累脖子上的水灵灵钻石耳坠会发出正常的光辉。但是，当狡猾的珠宝商想要向你展示钻石那最为动人的光彩，将它放置在阴暗之处，不是用太阳光来照亮，而是用非天然的煤气灯把它照亮。那时，它闪射出的炽烈光辉，便如同恶魔般地华丽非凡；那时，这闪烁着邪恶之光的钻石，曾经是水晶般的天穹最为神圣的象征，看上去却像是从冥王那里偷来的王冠上的宝石。

不过，还是让我们言归正传吧。

事情是这样发生的，在龙涎香事件中，斯塔布的一个后桨手扭伤了手，一时间几乎无法动弹，于是，皮普就暂时顶替了他的位置。

头一次斯塔布带他一起下艇的时候，皮普表现得十分紧张；但是那次很幸运，没有和大鲸近距离接触，因此也没有把脸丢光；斯塔布看到他的情况，就小心地鼓励他，要他拿出最大的勇气来，因为他始终需要的就是勇气。

在第二次下艇的时候，小艇划到了鲸鱼旁边；当鲸鱼被鱼枪投中，它习惯性地一跳一甩，碰巧拍到了皮普的座位下面。一瞬间，不由自主的惊慌失措让他手里握着桨，跳出了小艇；于是，松弛下来的捕鲸索就兜住了他的胸部，缠着他一起翻落船外，扑通一声落进海里了。就在那一瞬间，被击中的鲸鱼开始猛烈奔逃，捕鲸索迅速绷直；转眼之间，可怜的皮普浑身泛着泡沫翻滚着，被索子无情地拖到了小艇的导缆桩那里，那根捕鲸索已经在他胸上和脖子上缠了好几圈。

塔什特戈站在艇首，浑身充满了狩猎的激情。他厌恶皮普是个胆小鬼。他从鞘里拔出水手刀，把锋利的刀刃搁在捕鲸索上，转头冲着斯塔布，大声问道："割吗？"这时，皮普那张憋得铁青的脸明显在说，割吧，看在上帝的分上！一切都在一闪之间。整件事从始至终还不到半分钟。

"该死的东西，割！"斯塔布叫嚷道。于是，鲸鱼丢了，皮普获救了。

神志刚刚恢复，这可怜的小黑人就遭到了水手们的一顿呵斥和责骂。斯塔布默许这些不合常规的咒骂发泄出来，然后才以一种简单明了、讲究实效而又半带幽默的正式，训斥了皮普一番；这之后，又非正式地给了他许多忠告。大意是，永远不要从小艇上跳出去，皮普，除非——不过，这除非是什么可就太不确定了，因为最合理的劝告永远都是如此。总体而言，钉在小艇上，就是你捕鲸时真正的座右铭；不过，有时会发生一些情况，那时，从小艇上跳下去，才是更好的选择。

仿佛是终于意识到，如果他毫无保留地给予皮普衷心的劝告，就会给他留下太多将来跳出小艇的余地；于是，斯塔布突然抛下了所有忠告，以一个断然的命令结束道："钉在小艇上，皮普，否则，我发誓，如果你跳出去，我是不会把你捞上来的；记住，为了你这样的人把鲸丢掉，我们可丢不起；在亚拉巴马，一头鲸的卖价可比你高出三十倍，皮普。记住这一点，再也不要跳了。"就这样，斯塔布也许间接地暗示出，尽管人会爱自己的伙伴，可是人也是一种唯利是图的动物，他的习性往往会妨碍他的善行。

但是，我们都在众神的掌握之中；皮普又跳出了小艇。这次的情况和第一次非常相似；只是这次他的胸没有被索子兜住；因而，当鲸鱼开始逃窜之时，皮普留在后边的海面上，像一个匆忙的旅客落下的行李箱。天哪！斯塔布过于言出必行了。

这是个美丽、慷慨、蔚蓝的日子，闪烁的大海上风平浪静，凉爽宜人，海面平坦地向四面八方铺展开去，一直漫延向天边，

像金箔匠捶打得薄到极点的金箔一样。皮普在海中上下浮沉，黑檀木一般的脑袋就像丁香的树冠。他从艇尾飞快落水的时候，没有人举起刀来割断捕鲸索。斯塔布无动于衷地用背对着他；鲸鱼已经被戳伤了。还不到三分钟，无边的海洋就把皮普和斯塔布隔开了足足有一英里远。在一片汪洋中，可怜的皮普把他一头卷发的黑脑瓜转向太阳，那是另一个孤零零的被遗弃者，尽管它至高无上，又无比辉煌。

话说在风平浪静的天气里，在开阔的海面上游泳，对于有经验的泳者，就和在岸上驾驶弹簧马车一样轻松自如。但是，那可怕的孤独却是难以忍受的。孤身一人置身于这无情汪洋的包围之中，我的上帝，谁能说出是怎样的滋味？你看，水手们在一片死寂的大海里是怎样洗澡的——你看，他们是怎样不离船的左右，只在船的附近活动。

但是，斯塔布真的抛下这个可怜的小黑人，任其自生自灭了吗？没有；他至少不是有意如此。因为在他后面还有两艘小艇，他以为，毫无疑问，他们肯定会很快赶上皮普，把他捞起来；然而，事实上，对于因为自身的胆怯而遭受危险的桨手，在所有类似情况下，猎手们并不总是会表现出关照之情；而这样的情况也并非罕见；在捕鲸业中，一个所谓的懦夫总是和陆海军中特有的那样，会受到同样无情的嫌恶。

但是，那两艘小艇偏巧就没有看见皮普，却突然间发现，鲸群就在他们一侧不远的地方，于是便掉头追击；而斯塔布的小艇此刻已经离得太远了，他和他的水手都全神贯注在鲸鱼身上，因此，困住皮普的那片水面便开始悲惨地扩大了。最后纯粹是凭运气，他被大船救了起来；可从那一刻起，这个小黑人便成了一个白痴，在甲板上转来转去；至少大家是这么说他的。

大海嘲弄地让他那有限的肉身浮了上来，却溺死了他无限的灵魂。不过，也没有完全淹死。而是把它活生生地带到了奇妙的深渊之中，在那里，未受歪曲的原始世界中的各种奇形怪状之物，在他不由自主的眼前闪来闪去；那吝啬鬼的人鱼——智慧之神，则显露出他贮藏的成堆财宝；在那快乐无情、永远年轻的不朽之物中，皮普看见了无数上帝一般无所不在的珊瑚虫，从水的天穹中升起的巨大星体。他说，他看见了上帝的双脚踏在织机踏板上；因此，他的船友们都叫他疯子。所以，人的疯狂就是天意；一旦迷失了所有凡人的理智，人最终就会得到天国的思想，推究起来，这是既荒谬又疯狂的事情；而是福是祸，就全凭那不折不扣、冷漠无情的上帝了。

至于其他方面，也不要过分严厉地指责斯塔布了。在捕鲸业中，这种事司空见惯；在本书的结尾，我们将会看到，我自己将遭受怎样被抛弃的下场。

第九十四章　用手揉捏

斯塔布花了很大代价搞到手的那头鲸鱼，被及时地弄到了“裴阔德号”的船边，所有那些以前详细描述过的切割、吊装，甚至在海德堡大桶或是脑箱里汲取鲸脑油的工作，都已有条不紊地完成。

有些人还在忙着汲取鲸脑，另一些人则等那些大桶灌满鲸脑油后，便一一拖走；到了恰当的时候，这种鲸脑油经过仔细处理，便送到炼油间，炼油的过程暂且不讲。

当我和其他几个人在一个装满鲸脑的康斯坦丁大浴缸前坐下，鲸脑已经冷却结晶到了一定程度，我发现它奇异地凝结成块，在还是液态的那部分鲸脑中到处滚动。我们的差事就是把这些凝块再揉捏成液体。一个甜蜜而油腻的任务！毫不奇怪，古时候的人会把这种鲸脑当成喜爱的化妆品。这样的澄清剂！这样的甜味剂！这样的软化剂！这样美味的镇静剂！我的手在里面只泡了几分钟，感觉手指就像鳗鱼一样，而且好像开始能像蛇一般地蜿蜒盘绕了。

当我在绞车旁经过一番辛劳之后，安逸地坐在那里，双腿交叉着搁在甲板上，头上是宁静的蓝天，身下是懒洋洋行驶的船，它如此沉着安详地滑行着。当我的双手浸润在那些几乎是在一个小时里形成的、渗透肌肤的、柔和的小球里，当它们在我的手指下纷纷碎裂，释放出它们全部丰富的油脂，像是熟透了的葡萄榨出的甜酒。当我嗅着那一尘不染的芳香——名副其实，真真确确，如同春天紫罗兰的气息。我向你们宣布，在那时，我就像是生活在充满麝香味的草地，我忘记了我们所有可怕的誓言。在那难以形容的鲸脑油中，我沐浴着我的双手和心灵，我几乎开始相信昔日帕拉塞尔苏斯的迷信了，鲸脑具有罕见的功效，有助于祛除怒火。领受着那种沐浴，我有了一种庄严感，一切憎恶、怒火、怨恨，通通都离我而去了。

捏呀！捏呀！捏呀！整个上午，我都在揉捏鲸脑，直到我自己几乎融化在里边。我揉捏着鲸脑，直到一种奇异的疯狂将我攫住，我发现自己不知不觉地揉捏着鲸脑里的我同伴的手，把他们的手错当成了柔软的鲸脑球。这差事竟然引发出这样一种富于深情、充满友爱的情感来，我索性继续揉捏他们的手，并抬头注视着他们的眼睛，满怀情感，那就等于在说——啊！我亲爱的伙伴们，为什么我们还要待人刻薄，总有那么点儿坏脾气或是嫉妒心！来吧，让我们大家都揉揉手；不，让我们彼此揉在一起吧；让我们把自己通通揉进这油乳交融的友爱之中吧。

但愿我能一直那样揉捏鲸脑！通过长期反复的经验，我现在已经领会到，无论如何，人最终必须放下，或是至少要加以改变的，是他那种以为可以得到幸福的幻想，不要把它寄托在智力或是幻想上面，而是要寄托在妻子、内心、床铺、桌子、马鞍、火畔、家乡上面。既然我已经领会到这一切，我就准备永远这样揉捏鲸脑。在夜晚充满幻觉的思绪中，我看见天堂里一长列一长列的天使，每一个都把双手浸在一罐鲸脑油中。

在谈论鲸脑油的时候，也应该说一说与之相关的其他事情，说一说把抹香鲸送到炼油间的准备工作。

首先涉及的是所谓的白马，也就是从鲸身逐渐变细的部分，以及从它尾叶上较厚的部分取下来的东西。它因为有凝结的筋腱——一大团肌肉——而显得坚韧，但依然含有一些油。从鲸身上割下来之后，白马首先被切成便于搬运的长方块，然后送到剁肉手那里。它们看上去很像一块块伯克郡的大理石。

葡萄干布丁是用来称呼鲸鱼身上某些零碎部分的，它们零零散散地粘在鲸脂的毯子上，往往在相当程度上增加了它的润滑性。它非常漂亮，让人精神振奋，心情愉悦。顾名思义，它的色彩丰富而斑驳，底子是雪白和金黄色的条纹，点缀着深红色和紫色的圆点。它是红宝石中的葡萄干，很像香橼皮蜜饯。不知什么原因，你总是忍不住想要去尝一尝。我承认，我曾经在前桅后面偷偷地尝过。它的味道，就我所能设想的，有点像是用胖子路易的大腿肉做出的皇家炸肉片，假如在狩猎季的第一天就把他宰了，而那特殊的狩猎季又正好是香槟省葡萄大丰收的季节。

在揉捏过程中还发现了另一种物质，它非常独特，但是，我觉得要加以恰当的描述却非常困难。它被称为泥膜；这种叫法源自于捕鲸者，而它的本质也确实是如此。它是一种难以形容的黏糊糊软软的东西，经过长时间的揉捏，把鲸脑油桶倒空之后，总能发现这种东西。我认为它是用来黏合鲸脑窝的那层奇妙的薄膜。

所谓“肉屑”是一个专门用于露脊鲸的术语，但有时偶尔也被捕抹香鲸的人使用。它指的是那种黑色的胶状物质，是从格陵兰鲸或露脊鲸的背上刮下来的，捕猎这种卑贱大海兽的劣等人物的甲板上尽是这种东西。

滚子。严格地说，这个词不是捕鲸业所固有的词汇。但是由于捕鲸者的使用，它也就成了这样。捕鲸者的滚子是从鲸鱼尾巴变细的部分切下来的一条短而结实的腱质物；平均有一英寸厚，大小和锄头的锄板相仿。把它斜着在多油的甲板上拖动，它就像是个橡胶滚子，说不出的滑溜，仿佛具有魔法一般，能把所有不干净的东西都给吸走。

但是，要了解所有这些深奥的事体，最好的办法是立即钻进鲸脂间里，和那里的人做一番长谈。以前提到过，这个地方是用来存放从鲸身上剥下并吊走的毯状物的。到了把这些毯子切成小块的时候，在新手眼中，这个房间就满是一派恐怖景象了，尤其是在夜里。房间的一边点着一盏昏暗的灯笼，给干活的人空出一块地方。他们一般是两个人一起工作——一个拿钩子和矛头，一个拿铲子。矛头类似于三帆快速战舰上用来登上敌船的同名武器。钩子则有点像小艇上用的钩子。拿矛头和钩子的人钩住一条鲸脂，竭力钩住，不使之滑脱，因为船总是在左右倾斜颠簸摇晃。与此同时，拿铲子的站在那条鲸脂上，垂直地把它剁成便于搬运的小块。这把铲子磨得锋利无比；铲子工光着脚，他踩着的那块东西有时像雪橇一样，会无法控制地滑脱。如果他剁掉了自己的一根脚趾，或是他助手的脚趾，你会感到很吃惊吗？鲸脂间老手们的脚趾头，完整的一般都不太多。

第九十五章　法衣

如果你在解剖鲸鱼的时候登上“裴阔德号”的甲板，闲逛到前面的绞车旁边，我十分肯定，你会大为惊奇地打量起一个非常陌生、不可思议的物件，你看到它摊开躺在背风处的排水孔那里。无论是鲸鱼巨头上奇妙的水箱，或者它卸下来的奇形怪状的下巴，还是它神奇对称的尾巴，这些东西使你吃惊的程度，都不及你对那莫名其妙的圆锥形物件瞥上一眼——它比肯塔基人的身高要长一点，底部直径接近一英尺，和奎奎格的黑檀木偶像悠悠一样黝黑发亮。它也的确是个偶像；或者说，在古时候，它是类似于偶像的东西。这样的偶像就像在犹大玛迦太后的隐秘树林中发现的东西一样；因为崇拜那个东西，她的儿子亚撒王将她废黜，出于憎恶，把那个偶像在汲沦溪边烧毁了，就像《列王纪上》第十五章中约略谈到过的那样。

再看看那个叫作剁肉工的水手，他这时走了过来，由两个同伴扶着，背上沉重地背着水手们称作大法衣的东西，拱起双肩，蹒跚而行，仿佛自己是个从战场上背回一个阵亡战友的掷弹兵。他把这个东西摊开放在船头楼甲板上，然后着手成圆筒形把它的黑皮剥下来，就像非洲猎手剥蟒蛇的皮一样。剥完皮之后，他把这皮的里子翻到外面来，像个裤腿一样；把它好好抻抻，让它的直径几乎大了一倍；最后平整地挂在索具上晾干。过了一会儿，再把它取下来；从它尖的一头剪下大约三英尺，把另一头剪出两个作袖孔的口子，他全身都钻进去。这个剁肉工现在就站在你面前，全身罩着他行使职能时的法衣。在他的行业中，这种法衣历史悠久，已无法追溯，在他执行自己特殊的差事时，单凭这身装束就能有效地保护他了。

他的任务是将已经切成白马块的鲸脂剁碎，用来下锅熬炼；这项操作是在一个奇怪的木马上进行的，木马一端抵着舷墙，下面有一个大桶，剁碎的鲸脂就落入桶中，快得就像从一个全神贯注的演说家的讲台上纷纷坠落的讲稿。他穿着得体的黑衣，占据着显眼的讲台，全神贯注于圣经纸[1]上；这个剁肉工多像是大主教的候补人，多像是教皇的随从啊！

---

1 圣经纸！圣经纸！大副们对剁肉手总是这么喊叫，要他小心，尽可能把鲸脂切得薄薄的，这样就能大大加快熬油的速度，可观地增加产量，也许还能提高质量。

第九十六章　炼油间

除了吊起的小艇，美国捕鲸船外观上的独特之处还在于它的炼油间。那是一种怪模怪样极其坚固的用橡木和麻绳混合砌成的建筑，构成了整个船的一部分。仿佛空地上的一座砖窑被搬到了船上。

炼油间安置在前桅与主桅之间，甲板上最为宽敞的地方。下边用的是特别能吃劲的木头，几乎足以支撑起一座实心的砖头灰浆建筑的重量，它大约有十英尺长，八英尺宽，五英尺高。它的地基并没有透过甲板，而是用笨重的角铁把四边箍住，并用螺丝扭在木头上，这样牢牢固定在甲板上。它的两侧都包着木板，顶上是一个倾斜的、钉有扣板的大舱盖，把舱口整个封住。把这个舱盖挪开，一对大炼锅就呈现在我们眼前，每一口锅都有几大桶的容量。在不用的时候，它们都保持得相当整洁。有时会用滑石和沙子来打磨，擦得里面光灿灿的，像银制的潘趣酒碗。夜里值班的时候，有些爱胡闹的老水手会爬到里边，蜷缩起来打个盹。在分派打磨大锅的时候——一口锅里一个人，并排干活——两个人就会隔着锅沿，没完没了地窃窃私语。那也是适合做深奥的数学思考的地方。就是在“裴阔德号”左手边的那口炼锅里，在滑石孜孜不倦地在我周围转圈摩擦时，我首次被一个明显的事实隐约打动了。在几何学上，所有沿圆形轨迹运动的物体，都将在同一时刻从任何一点上落下来，我的滑石就是一个例子。

把炼油间正面的遮炉板拿开，那砖石灰泥建筑的另一面就露了出来，它装有两个铁炉口，炼锅就直接安放在上面。这两个炉口都装有沉重的铁门。整个密封的炼油间下面，还有一个浅浅的蓄水池，以防炉火的高温传导到甲板上去。蓄水池后面有一根管道，随着水的蒸发，可以迅速地补充冷水。外面没有烟囱，而是在后墙上直接开洞。这里，我们暂且回头说明一下。

在这次航行中，大约是在夜里九点钟，“裴阔德号”首次启动了炼油间。这项工作由斯塔布负责监督。

“都准备好了吗？那就打开舱盖，启动吧。你，厨子，把炉子点着。”这件事很容易，因为木匠已经通过通道把刨花塞满了炉膛。据说，在捕鲸航行中，炼油间的首次点火必须用木头烧一阵子。那以后，除了作为一种快速点燃主要燃料的手段，就不会再烧木头了。一句话，经过熬炼之后，那松脆、皱缩的鲸脂，便被称作下脚料或是油渣，仍然含有相当多的油质。这些油渣便用来烧火。就像一个热血沸腾的遭受火刑的殉道者，或是一个悲观厌世的自焚者，一旦点燃，鲸鱼就会以自己的身体为燃料而熊熊燃烧了。但愿它能把自己的烟都烧光！因为那烟非常难闻，你又不得不闻，不仅如此，你还得在这烟中生活上一段时间。那烟有一种说不出的、强烈的印度人的气味，就像潜藏在火葬柴堆附近的那股子气味。它闻起来像是末日审判时左手边罪人的气味；它是地狱存在的一个证据。

到了午夜，这项工作就全面实施起来。我们清理了尸体，扯起了船帆,风变得强劲冷冽,狂暴的海洋上一片黑沉沉。但是，那黑暗被猛烈的火焰舔舐殆尽，火焰每隔一段时间便从乌黑的烟道成叉状喷出来，照亮索具上每一根高高的绳索，像是著名的希腊火药一样。这艘火光冲天的大船继续前进，仿佛怀着冷酷的使命要前去复仇一般。勇敢的海德里沃特和卡纳里斯便是这样驾驶着满载沥青和硫黄的双桅帆船，午夜从他们的港口冲出来，乘着大片大片的火焰飞奔，直扑向土耳其护卫舰，将它们卷入烈火当中。

炼油间顶上的舱盖挪开之后，就露出了阔大的炉床。站在炉床旁边的是一些异教徒标枪手那地狱阴魂般的身影，他们总是充当捕鲸船上的司炉工。他们用粗大的木柄叉子，把嘶嘶直叫的大团大团的鲸脂投到滚烫的炼锅之中，或是搅动锅底下的火，直到蛇一般的火苗卷曲着，蹿出炉门，直燎到他们的双脚。成团的浓烟阴沉地翻滚而出。船身每颠簸一下，沸腾的油就跟着颠簸一下，仿佛急于溅到他们的脸上去。正对炼油间门口，阔大的木头灶台的另一边，就是那台绞车。它是充作海上沙发用的。值班的在这里休息一下，没有其他营生的时候，便注视着红红的炉火，直到自己的眼睛感到火烧火燎。他们黄褐色的皮肤现在全都被烟和汗水弄得脏兮兮的，他们纠结在一起的胡须，还有对比之下白得可怕的牙齿，在这炼油间变化不定的光影中显得十分古怪。当他们彼此讲述自己那些亵渎神圣的冒险时，一个个可怕的故事被讲得兴高采烈；他们粗野的大笑声从嘴里冒出来，就如同炉膛里冒出来的火焰；在他们前面，标枪手们来回走动，狂暴地用他们粗大的叉子和长柄勺指指点点；风在号叫，海在跳荡，船在呻吟起伏，却依然坚定地把地狱的赤焰越来越远地投进大海与夜晚的黑暗之中。船头轻蔑地大声咀嚼着波浪的白骨，恶意地向四面八方胡乱地吐出碎渣；这疾速行驶的"裴阔德号"，载着一伙野蛮人，驮着一堆烈火，和一具燃烧着的硕大尸体，闯进了茫茫的黑暗深处，似乎就是它那偏执狂船长的有形的灵魂副本。

当我站在舵轮旁，长时间沉默地引导着这艘火船在海上的航向，在我看来，似乎就是如此。在那段时间中，我把自己包裹在黑暗中，但是，我更清楚地看见了那红色、疯狂，以及别人的可怕面目。我不断地看见魔鬼在我面前现形，在浓烟和火焰中跳跃，这一切最终在我的灵魂中引发了类似的幻觉，很快我就开始屈服于那莫名的睡意，这种睡意在我午夜掌舵时总会将我笼罩。

但是，那天晚上很特别，一件怪事（至今无法解释）发生在我身上。

我站着睡了片刻，突然被惊醒过来，我恐惧地意识到出了什么致命的错误。我靠着的颌骨舵柄重重地打在我的腰间；在我耳中是帆篷低低的嗡鸣声，它们刚刚开始在风中振动起来；我以为我的眼睛是睁着的，我半清醒半糊涂地把手指放在眼帘上，硬是把它们撑大一些。但是，尽管如此，我还是看不到我面前那个用来掌舵的罗盘；虽然就在一分钟前，我好像还凭借那稳定的罗盘箱的灯光，观察过罗盘面。

在我面前似乎什么都没有，只有一片漆黑朦胧，不时地有红光闪烁，投出些鬼影。最真切的印象是，我是站在什么快速移动的东西上面，与其说我是在奔向前面的港口，不如说我是在逃离后面的港口。一种荒凉而困惑的感觉，像死亡的感觉一样，向我袭来。我的双手痉挛地紧抓着舵柄，但是在狂乱的幻想中，那舵柄不知怎么，好像被施了魔法，居然倒转过来。我的上帝！我是怎么了？我心想。瞧！就在我站着打瞌睡的那一小会儿，我的身子转了过来，面对着船尾，背对着船头和罗盘。

我马上回过头来，刚好把稳了舵，没有让船在风中飞起来，否则很可能让船倾翻。摆脱了这夜晚的反常幻觉，没有让船被逆风刮走而发生致命的意外事故，我既感到开心，又满怀感恩之情。

不要面对火焰太久，啊人类！手握舵把的时候永远不要做梦！不要背对着罗盘；舵柄钩住你，你马上就要留意了；别相信人工的火焰，它的红光会让一切都变得可怕。明天，在自然的太阳下面，天空将灿烂辉煌；那些如火舌中的魔鬼一般瞪视着你的人，在早晨将显出远为不同的模样，至少更温和，更让

人安心;那绚烂、金黄、喜洋洋的太阳,才是唯一真正的明灯——其他一切皆为虚妄!

然而,太阳并不隐瞒,月亮下还有弗吉尼亚州凄凉的沼泽,罗马遭诅咒的坎帕尼亚海滨,辽阔的撒哈拉沙漠,无尽的荒漠和悲哀。太阳并不隐瞒大海,那是这个地球的黑暗面,它占据地球的三分之二。所以,欢乐多于忧愁的凡人,是不可信任的人——不可信任,或者是尚未发育完全。书籍也是如此。所有人中最值得信任的人是耶稣,所有书籍中最值得信任的是所罗门的书,《传道书》就是一本千锤百炼的悲哀之书。“凡事都是虚空。”凡事。这个任性的世界迄今还没有掌握非基督徒的所罗门的智慧。但是,凡是躲开医院和监狱,快步穿过墓地,宁可谈论歌剧也不提地狱的人;凡是把柯珀、杨格、帕斯卡、卢梭都称为有病的可怜虫的人;以及一生无忧无虑、信奉拉伯雷那转瞬即逝的聪明,因而满心快活的人——这样的人都不配坐在墓石上,用无比奇妙的所罗门的智慧去破开碧绿潮湿的坟土。

但是,甚至所罗门也这样说,“迷离通达道路的人必住在(也就是说,即使他还活着)阴魂的会中。”那么,千万不要沉迷于火焰,以免它让你神魂颠倒,让你麻木不仁;就像我当时那样。有一种智慧是忧伤,也有一种忧伤是疯狂。在某些人的灵魂中,有一种卡茨基尔的山鹰,它既能俯冲下最黑暗的深谷,也能从山谷中一飞冲天,消失在阳光灿烂的天际。而且,即便它永远在深谷中飞行,那深谷也是处在群山之中;因此,山鹰在俯冲到最低处的时候,也比翱翔在平原上的其他鸟类飞得要高。

第九十七章　灯

如果你从“裴阔德号”的炼油间下来，到船头楼那里去，有下了班的水手在那里睡觉，有一瞬间，你几乎会以为自己正站在一座光辉的圣殿里，里面供奉着被封为圣徒的王侯将相。他们躺在自己三角形的橡木窠里，每个水手都沉默得如同雕像；二十来盏灯在他们蒙着的眼睛上方闪耀。

在商船上，对于水手来说，油比王后的奶还要稀缺。摸黑穿衣，摸黑吃饭，在黑暗中跌跌撞撞地回到自己简陋的床铺，这都是他惯常的命运。但是捕鲸者，因为他寻找的是点亮灯光的东西，他便生活在灯光之中。他把自己的床铺弄得像一盏阿拉丁神灯，他便在这灯中躺下；于是，在漆黑无比的夜里，黑黝黝的捕鲸船也依然灯光明亮。

你看，捕鲸者如何无拘无束地拿着一大把的灯盏——尽管它们往往不过是大大小小的旧瓶子——到炼油间铜制的冷却器那里，把灯装满了油，就像在大酒桶里灌满 杯杯麦芽酒。

他点的也是最纯净的油，还没有加工，因此还处于一尘不染的状态；一种为岸上的太阳、月亮和星星所不知道的发明物。它有如四月早发的草浆一般芬芳。他出海来猎取鲸油，以便保证油的新鲜与纯正，甚至就像大草原上的旅人，猎取野物做晚餐一样。

第九十八章　装舱和清扫

前面已经叙述过，如何从桅顶上发现远处的大海兽，如何在茫茫大海上追击它，在深深的波谷中杀死它，然后如何把它拖在船边，砍掉脑袋，如何使它厚实的大外套成为它死刑执行人的财产（按照古代被砍头者的衣服归刽子手所有的原则）。如何在合适的时间，把它打入炼锅，就像沙得拉、米煞和亚伯尼歌一样，它的鲸脑、鲸油和鲸须毫发无损地通过火焰的焚烧——但是现在对这方面的描述还剩下最后一部分——如果能够——我将吟唱着来讲述把它的油注入大桶、贮存在船舱中的浪漫过程。大鲸一旦回到那里，就是回到了它故乡的深海，和以前一样在水下活动了，只不过，天哪，它再也不能浮上来喷水了。

油还暖着的时候，就像热潘趣酒一样，灌到六桶装的大桶里；也许，这期间，船正在午夜的大海中上下颠簸左右摇晃，大桶便会猛地旋转起来，颠倒过来，有时还会危险地在溜滑的甲板上飞快滑动，就像滑坡一样，最后必须得用人把它们控制住，排好队列；全都加上铁箍，敲啊，敲啊，有多少锤子就用上多少锤子。这时候，依据职务来说，每个水手都成了箍桶匠。

终于，当最后一品脱油装进了大桶，所有的油都冷却下来，就把大舱口全部打开，大船敞开了肚皮，大桶便到了它们在海中最后的安息之地。这项工作做完，舱口就全部合上，密封起来，像一间砌起来的密室。

在捕抹香鲸业中，这也许是所有环节中最重要的一环了。这一天，船板上血和油汇流成河；在神圣的后甲板上，颇为不敬地堆积起大块大块的鲸头；铁锈色的大桶散置四周，仿佛啤酒厂的院子一般；炼油间里冒出来的浓烟熏黑了所有的舷墙；水手们浑身油腻，来回忙碌；整艘船似乎成了一头大海兽；到处都是一片震耳欲聋的喧闹。

但是，一两天后，在这同一艘船上，你再环顾四周，侧耳倾听，如果没有那些泄露秘密的小艇和炼油间，你几乎会发誓说这是艘安静的商船，它有一位格外谨慎整洁的船长。未经加工的鲸脑油具有一种独特的清洁作用。这就是为什么在干完他们所谓的油事之后，甲板会格外雪白的原因。

此外，用鲸油渣烧剩下的灰烬，很容易做成强有效的碱液；但凡有鲸鱼背上的黏糊糊的东西粘在船舷上，就可以用它来迅速消灭。用手在舷墙上勤勉地擦拭，加上水桶和抹布，舷墙就会焕然一新。低处索具上的煤灰也擦掉了。许多使用过的工具被一丝不苟地清理干净，存放起来。大舱盖经过擦洗，盖在炼油间顶上，把两口炼锅完全遮住；每只大桶都不见了；所有的索具都盘绕起来，放在看不见的角落里；在几乎全体水手的共同努力下，这项尽职尽责的工作终于结束，然后，水手们便各自沐浴，从头到脚换上干净衣服；最后，他们都涌到一尘不染的甲板上，一个个精神焕发，满面红光，像是刚从最爱整洁的荷兰跑出来的新郎。

现在，他们迈着兴高采烈的步伐，在甲板上三三两两地漫步，幽默地谈论着客厅、沙发、毯子和精致的麻纱；建议给甲板铺上席子；想要在高处挂起幔帐；也不反对月光下在船头楼的外廊上喝喝茶。这时候，向这些散发麝香味的水手们提起鲸油、鲸鱼和鲸脂，那简直就是有失体统的冒失了。他们根本不在乎你拐弯抹角的暗示。去，给我们取餐巾来！

但是请注意：在高处，在三根桅顶上，站着三个人，专心致志地瞭望着，想发现更多的鲸，一旦捕到，保准又会弄脏那古老的橡木家什，并至少在什么地方洒下一滴油脂。没错，有很多时候，他们要不分昼夜，连续苦干四天四夜；他们沿赤道线整天划桨，划得手腕肿痛，刚刚从小艇登上大船甲板，便要搬运巨大的锚链，转动沉重的绞车，又切又砍，是的，他们汗流浃背，还要忍受赤道线太阳的暴晒和炼油间的烟熏火燎；紧接着这一切之后，他们最后还要打起精神，清洗船只，把它变成一个无可挑剔的牛奶房；有很多时候，这些可怜的家伙，刚刚系上干净的工装领扣，便被“有喷水”的叫喊惊起，便又飞奔着去赶赴另一场战斗，再次经历整个令人疲惫不堪的过程。

啊！我的朋友们，这可是真是要命！然而，这就是生活。因为我们这些凡人费尽千辛万苦，从这个世界的庞大身躯中榨取一小点珍贵的鲸脑油，然后，疲惫又耐心地，清除掉自己身上的污秽，学会生活在灵魂圣洁的会幕之中；这一切刚刚做完，便又传来“有喷水！”的喊叫——那幽灵又出现在水面之上，我们便疾驶而去，与另一个世界再次展开战斗，我们年轻的生命便再次经历那一套古老的程序。

啊！灵魂的转世轮回！啊！毕达哥拉斯，在两千年之前，你死在辉煌的希腊，你是如此善良，如此聪明，如此温厚；上一次我曾和你一起沿着秘鲁的海岸航行——而且，愚蠢如我，却曾经教过你这个愣头青，如何捻接绳索！

第九十九章　古金币

先前说过，亚哈习惯在他的后甲板上，在罗盘箱和主桅之间有规律地来回踱步；但是，在其他许多需要说到的事情当中，还要补充一点，有时在散步当中，他会心事重重地轮流在两端停上一会儿，站在那里，奇怪地盯着面前的某样东西。当他驻足于罗盘箱前，死死盯着罗盘上的指针，目光锐利得就像对准目标射出的标枪；而当他又开始踱步，在主桅前面停留的时候，同样专注的目光凝视钉在桅杆上的那枚金币上，仍然带着那副钉得牢牢的表情，只是射出的目光中带上了某种不说是满怀希望，也是充满狂热渴望的神情。

但是，有天早晨，他转身经过那枚古金币时，上面奇怪的图案和铭文似乎重新吸引了他，仿佛这是第一次以其偏执狂的眼光来解读其中可能潜藏的含意。万物当中都潜藏着某种含意，否则便没有什么价值，那浑圆的世界本身便只是一个空洞的零，只能一车车拉去卖掉，就像人们对付波士顿周围的山丘一样，用它们来填平银河的沼泽。

铸成这枚金币的最纯的黄金，开采自壮丽的群山深处，在那里，从东西两面，源头众多的帕克托洛斯河从金沙滩上流过。它现在虽然钉在锈迹斑斑的铁螺栓和蒙满铜绿的长钉中间，却依然不容触碰，一尘不染，保持着它来自基多的光辉。尽管置身于一群残忍无情的水手当中，每时每刻都有这种残酷之人从旁经过，而且漫漫长夜的漆黑夜幕足以遮掩任何顺手牵羊的行为。然而，每天早晨太阳升起，都会发现这枚金币还是像昨晚日落时那样留在原处。因为它是特意留在那里的，能起到让人肃然起敬的作用。

因此，无论水手们的行为多么荒唐，大家都会对它敬畏有加，把它当作制服白鲸的护符。有时，他们夜里值班累了，就会谈论起它，奇怪它最后会归谁所有，是否那个人能活到有命花它的那一天。

如今，那些高贵的南美金币都成了太阳的纪念章和热带的象征物。上面满满地刻着棕榈、羊驼和火山，太阳的圆盘和星星，黄道和丰饶角，以及五彩缤纷飘扬的旗帜，应有尽有；因此，这枚珍贵的金币，经过西班牙式充满诗意和幻想的铸造，似乎显得格外珍贵，平添了熠熠光彩。

“裴阔德号”上的这枚金币碰巧成了这些事物的一个丰富无比的样本。它浑圆的边缘上镌有这样的字句，“厄瓜多尔共和国：基多”。原来这枚闪亮的金币来自位于世界中部的国家，它在赤道大圆周的下面，并以赤道为名。它是在安第斯山脉中部，在那个不知有秋天的永不凋零的气候中铸成的。在这些字句的环绕中，你能看见三个类似的安第斯山峰，一个上面喷着火焰，另一个上面有一座高塔，第三个上面是一只打鸣的公鸡；三个山峰之上是一段拱形分区的黄道带，十二宫的符号全都带着它们通常的神秘色彩，作为拱顶石的太阳正在天秤座进入昼夜平分点。

此刻，亚哈正停在这枚赤道金币前面，他的行为并非无人注意。

“在山顶、高塔，以及所有其他宏伟崇高的事物当中，总是存在着某种傲慢自负的气息；你瞧这里——这三个和路西法一样骄傲的山峰。这坚固的高塔，是亚哈；这火山，是亚哈；这勇敢无畏凯旋的家禽，也是亚哈；一切都是亚哈；这枚圆圆的金币不过是更圆的地球的象征，它像魔术师的镜子，每一个人都轮流照出神秘的自我。那些要求世界给他们做出解答的人，代价沉重，收获甚微，世界连它自己都解答不清。我现在倒觉得这个铸在金币上的太阳有一张红润的脸膛；可是你看！没错，它正在进入风暴的象征，那个昼夜平分点！仅仅在六个月之前，它才在白羊座从上一个昼夜平分点滚出来！从风暴到风暴！随它去吧。在剧痛中出生的人，合适在苦闷中生活，在痛苦中死去！随它去吧！这结实的体格任苦痛来打磨。随它去吧。”

“仙女的指头都没有按过这枚金币，但是，从昨天起，一定是魔鬼的爪子留下了印痕，”斯塔巴克斜靠舷墙自言自语，“老头子似乎能读懂伯沙撒那可怕的文字了。我从来没有仔细瞧过这枚金币。他到舱下去了，让我来读一读。在三个天堂般永恒的高峰之间，是一条阴暗的峡谷，这有点像是三位一体在尘世的象征。原来上帝把我们困在这死亡之谷里；在笼罩着我们的阴霾之上，正义的太阳依然照出一个灯塔和一种希望。如果我们向下俯视，黑暗的峡谷便满是发霉的泥土；可如果我们抬起眼睛，灿烂的太阳便在中途迎接我们的目光，鼓舞我们。然而，啊，伟大的太阳从来也不会固定不动；如果在午夜，我们想要从它那里取得一点甜蜜的安慰，任我们如何凝神注目，也是徒劳！这枚金币上的话聪明、温和、真诚，可在我看来，依然显得悲哀。我得赶紧离开它，以免我把真理当成错误。”

“这个老当家的，”斯塔布站在炼油间旁边自言自语道，“他现在已经明白了；斯塔巴克也从金币那里走开了，我敢说，两个人的脸都拉得有一尺长。这都是因为看一块金币的缘故，如果我在黑人山或是柯尔拉尔湾找到这么一块，我看不了几眼就会把它花掉。哼！以我无关紧要的愚见来看，我认为这东西很是古怪。我以前在航海中见过一些古金币；西班牙古金币，秘鲁古金币，智利古金币，玻利维亚古金币，波帕扬古金币；还有许多葡萄牙古金币和西班牙旧金币，还有四便士的、二便士的和四分之一便士的银币。那么这个赤道古金币里边又有什么要命的玄妙呢？凭宝山发誓！让我也去看看。

“啊哈！还真的有这些符号和奇迹！那么，这就是那个鲍迪奇老头在他的《概论》里管它叫黄道的东西吧，我放在舱里的历书上也是这么叫的。我要去把我的历书拿来，因为我听说能用达博尔的数学推算出魔鬼，我要用马萨诸塞的历书来试试手，推算推算这些弯弯曲曲的古怪记号的意思。书在这儿啦。我现在来瞧瞧。符号和奇迹；还有太阳，总是在它们中间。哼，哼，哼，它们在这里——它们从这儿开始——全都精神抖擞：——白羊座，或者是白羊宫；金牛座，或者是金牛宫！这是双子座，或是双子宫。好吧，太阳在它们中间旋转。没错，在金币上它正在跨过这转圈排列的十二宫中的两宫之间的门槛。

“历书！你撒谎了；事实上，你们这些书啊，一定要知道自己的位置。你们只要给我们提供赤裸的词语和事实，我们来开动脑筋。就马萨诸塞历书、鲍迪奇的航海志和达博尔的数学来说，这是我的一点小经验。符号和奇迹，呃？如果符号里面没有玄妙，奇迹里面没有意义，那可真是遗憾！线索一定在什么地方；等一下；嘘——听！天啊，我找到了！看看你，古金币，你这里的黄道带就是人完整的一生啊；现在我就要直接从历书里把它查出来。

“来吧，历书！开始吧：先是白羊座或是白羊宫——淫荡的母狗，它生下了我们；然后是金牛座或是金牛宫——它首先撞到我们；然后是双子座或是双子宫——那就是善与恶；我们试图到善那里去，可是你看！巨蟹座那大螃蟹来了，把我们拖了回去；而这里，离开善，有狮子座，一头咆哮的狮子，伏在路上——它狠狠地咬了几口，粗暴地拍了几爪子；我们逃跑了，召唤处女座，这个童贞女！那是我们最初的爱情；我们结了婚，以为能永远幸福，这时突然冒出来个天秤座，或是天秤宫——

把幸福称一称，发现它越来越轻；而当我们为此甚感悲哀的时候，上帝！我们突然跳了起来，因为天蝎座，或是天蝎宫，在后面螫起我们来；我们正在疗伤，四面八方却有飞箭叮叮当当射过来；原来是射手座或是射手宫在自娱自乐。我们拔出箭头，站在一边！又来了个破城槌，摩羯座或是山羊座；它全速扑来，把我们顶了个嘴啃泥；又有宝瓶座或是宝瓶宫，倾泻出它的洪水，把我们淹没；然后由双鱼座或是双鱼宫来收场，我们就此长眠。于是，在高高的天堂里颁下一道训谕，太阳每年都穿过十二宫，出来时依然生机勃勃，精神饱满。它欢乐地挂在高天，旋转着历经劳苦愁烦；于是，斯塔布在下界也是一样快活。啊，但愿能够永远快活！再见吧，古金币！可是且慢，小中柱来了；他在炼油间那里躲躲闪闪，我们来听听他要说些什么。瞧，他也站在金币前面了；他马上就会说出些什么来。嗯，嗯，他开始说了。”

“我在这里什么都没看见，只有一个金子做的圆东西，谁打到一头鲸鱼，这个圆东西就归谁。嗯，大家都在盯着它看什么呢？它值十六块钱，那是真的；两分钱一支的雪茄，那就是九百六十支雪茄。我才不会像斯塔布那样抽那肮脏的烟斗，我喜欢雪茄，这里就有九百六十支；所以我弗拉斯克就从这里爬到上面去瞭望，把大鲸侦察出来。”

“那么，我该说那样做是聪明还是愚蠢呢；如果真是聪明，看上去又有点蠢；如果真是愚蠢，看上去又有点聪明。不过，等一下；我们那个马恩岛的老头来了——这个赶灵车的老头，他在出海以前，一定是干这个的。他顺风顺水地到了金币前面；啊哈，他又绕到桅杆后面去了；嗯，那一面钉着一个马掌钉；现在他又绕回来了；那是什么意思？听！他在嘟嘟囔囔——声音就像一台磨坏的旧咖啡磨。竖起耳朵，听着吧！”

“如果能找到白鲸，那一定是一个月零一天之后，那时，太阳刚好走进这十二宫之一。我研究过这些符号，懂得它们的标志；那是四十年前，哥本哈根的一个老巫师教给我的；那么，到了那时，太阳会在什么宫呢？在马蹄宫；因为它就在这枚金币的背面。马蹄宫的标志是什么呢？狮子就是马蹄宫的标志啊——咆哮着吞噬一切的狮子。船啊，老船！一想到你我的老脑袋就会发抖。”

“现在有另一种观点了；可还是一个底本。你知道，人有各式各样，却都在同一个式样的世界里。快躲起来！奎奎格来了——满身刺绣，看上去就和黄道十二宫一样。这食人生番能说些什么呢？真真确确，他在看着自己的大腿骨，在做比较呢；他以为太阳不是在大腿上，就是在小腿上，要不就是在肚子里，我想，这就像偏僻乡村的老太婆们谈论外科医生的星象学一样。天啊，他在大腿上还真发现了什么东西——我猜是人马座，或者是射手座。不对，他不知道金币是什么东西；他把它当成了从哪个国王裤子上掉下来的旧纽扣。还是躲到一边去！费达拉那个魔鬼来了，和往常那样尾巴盘着看不见，鞋尖里也和往常一样垫着麻絮。他那副表情会说些什么呢？啊，只是对着十二宫做了个手势，鞠了一躬；金币上有个太阳——他肯定是个拜火教徒。嚯！人越来越多了。这边来了皮普——可怜的小子！他不是死了吗，还是我死了，他可把我吓个半死。他也一直在观察这些解读天书的人——包括我自己——你看，他现在开始念了，那张怪异的蠢脸。还是再站到一边去，听听他说。听吧！”

“我看，你看，他看；我们看，你们看，他们看。”

“我敢发誓，他一直在学习默里的《语法》！他在改善自己的脑筋，可怜的伙计！可他现在又在说什么呢——嘘！”

“我看，你看，他看；我们看，你们看，他们看。”

“嗯，他在背呢——嘘！又来了。”

“我看，你看，他看；我们看，你们看，他们看。”

“嗯，这很滑稽。”

“我，你，他；我们，你们，他们，都是蝙蝠；我是只乌鸦，尤其是我站在这棵松树顶上的时候。呱！呱！呱！呱！呱！呱！难道我不是只乌鸦吗？吓唬乌鸦的稻草人在哪里？他站在那里；两根骨头插在两只旧裤腿里，还有两根插在旧夹克的两只袖子里。

“不知道他是不是在说我？——在夸我！——可怜的家伙！——还是随他去吧，无论如何，我眼下还是离皮普远点。其他人我都能受得了，因为他们头脑清醒；但是，对于我这个精神健全的人来说，他就太疯癫了。好吧，好吧，就让他嘟囔去吧。”

“这就是船的肚脐眼，这枚金币，大家都火烧火燎地想把它起下来。可是，把你的肚脐眼起下来，那会是什么后果？话又说回来，如果把它留在这里，那也太难看了，因为桅杆上无论钉什么东西，那都是大事不妙的标志。哈哈！老亚哈！白鲸，它会把你钉起来的！这是一棵松树。我的父亲，在托兰郡老家，曾经砍倒过一棵松树，发现里面长了一枚银戒指，是哪个老黑鬼的婚戒。它是怎么进去的呢？于是，他们会说，到了复活节，等他们把这根旧桅杆捞起来，会发现里面有枚古金币，粗糙的树皮上还嵌着牡蛎。啊，金币！珍贵的，珍贵的金币！没有经验的守财奴会马上把你藏起来！嘘！嘘！上帝正在人间的黑地里摸索。煮吧！嗬，煮吧！把我们煮了吧！詹妮！嘿，嘿，嘿，嘿，嘿，詹妮，詹妮！把我们的玉米饼准备好！”

第一〇〇章　腿和臂。楠塔基特的“裴闳德号”遇见伦敦的“塞缪尔·恩德比号”

“那船，啊嘿！见到过白鲸吗？”

亚哈又看到一艘挂英国国旗的船从后面驶过来，便这样喊道。喇叭凑在嘴上，这老头正站在吊在船尾的小艇里，他的鲸骨腿清清楚楚地暴露在那位陌生船长眼里，后者正漫不经心地斜靠在他自己小艇的艇头。他的脸晒得黑黑，身材结实，神情和蔼，相貌堂堂，大约六十岁左右，穿一件宽大的短上衣，垂挂着蓝粗呢穗子；他那外套的一只空袖子在身后飘动，像是轻骑兵外衣上一只绣花的袖筒。

“见到过白鲸吗？”

“看见这个没？”他把藏在上衣皱褶里的手臂伸出来，那是一根白森森的抹香鲸骨头，末端是一个棒槌样的木球。

“备好我的小艇！”亚哈急躁地叫道，一边翻动着身边的木桨，“准备下水！”

还不到一分钟，水手们就登上了小艇，他们连人带艇就被放到了海里，不一会儿就划到了陌生的大船旁边。不过，这时却出现了一个奇怪的困难。由于一时兴奋，亚哈忘记了，自从失去一条腿以后，在海上，他除了自己的船，从未登上过任何其他的船，而且总是使用“裴阔德号”特有的一种灵巧方便的机械装置，而这个装置却不是一时片刻就能运送和安装到别的船上的。在茫茫大海上，任何人想要从小艇爬到一艘大船上去，都绝非轻而易举——除了捕鲸者那样几乎时时刻刻在爬上爬下的人；因为巨浪时而把小艇高高地举向大船的舷墙，时而又突然在中途把它抛下，让它落回大船内龙骨的高度。既然亚哈失去了一条腿，陌生船又当然不会配备那种体贴的装置，他便发现自己可怜兮兮地成了一个笨拙的陆地人；他无望地看着那个无法攀上去的变化不定的高度。

以前也许提到过，每逢碰到间接地由他那不幸灾祸引起的稍不顺心的情况，亚哈几乎总是会被激怒，甚至大发雷霆。就眼前的情况而言，看到陌生大船上的两个头目，从钉在系缆墩上的直梯旁边探出身来，向他摇摇摆摆地垂下一副装饰雅致的舷梯索，亚哈更是气得火上浇油；因为他们起初似乎没有想到一个独腿人肯定是个残废，是无法使用他们的海上扶梯爬上来的。不过，这种尴尬仅仅持续了一分钟，因为那位陌生的船长一眼就看出了是怎么回事，连忙喊道：“我明白了，我明白了！——别从那里上！快，伙计们，把那部切鲸脂的大复滑车摆过来。”

真是运气不错，他们一两天前刚好在船边拖过一头鲸鱼，那部大复滑车还高高地挂着，弯曲的大鲸脂钩已经清理干净，还挂在上面晾着。大钩迅速朝亚哈放了下来，他马上就领会了，把他的一条独腿插进弯钩里（就像是坐在锚钩里或是苹果树杈上一般），抓牢之后，告诉他们转动滑车，同时自己也双手交替，拉着上升的滑车索，帮着往上吊。很快他就被小心地荡进了高高的舷墙，轻轻放在绞盘顶上。那位船长走上前来，伸出他的鲸骨臂，表示欢迎，而亚哈则伸出他的鲸骨腿，与鲸骨臂交叉起来（像是两只剑鱼的刀），像头海象似的叫道："哎呀，哎呀，好朋友！让我们两根骨头握一握吧——一条胳膊一条腿！——你可知道，这是一条从不会缩回去的胳膊，和一条从不会跑的腿。你是在哪里看到白鲸的？——多久了？"

"白鲸，"那英国人说道，用他的鲸骨臂指向东方，目光悲凉地顺着骨臂望去，仿佛那是一架望远镜一样，"上一季，我在那里看见了它，在赤道线上。"

"是它弄掉了你那条胳膊，是不是？"亚哈问道，一边搭着那英国人的肩膀，从绞盘上滑下来。

"没错，至少它就是祸因；你那条腿呢，也是？"

"讲给我听吧，"亚哈说道，"怎么回事？"

"那是我一生中第一次在赤道线上巡航，"英国人开始说道，"我当时对白鲸还一无所知。好，有一天，我们放艇追击一群鲸鱼，大约有四五头，我的小艇拴住了其中一头；那是一匹正规马戏场里的马，一圈一圈地兜来兜去，弄得我小艇的水手只

能屁股搭在外舷边上跟着它转。不久，一头大鲸从海底蹦了出来，奶白色的脑袋和背峰，满脸都是皱纹。”

“就是它，就是它！”亚哈叫道，猛地把屏住了的气都吐出来。

“还有几支标枪插在它的右鳍附近。”

“对，对——那是我的——我的标枪，”亚哈得意地嚷道，“尽管往下说！”

“那就给我个机会说说吧，”英国人和气地说，“好，这个白脑袋白背峰的老祖宗，泡沫四溅地奔进鲸群当中，开始猛咬我的捕鲸索！”

“是啊，我明白！——它是想要把它咬开，把拴住的鲸放走——老把戏了——我知道。”

“究竟是怎么回事，”独臂船长继续说道，“我不知道；但是在咬索子的时候，索子缠住了它的牙齿，不知怎么卡在那里了；但是，我们当时还不知道这点；后来我们往回一拉索子，就扑通扑通弹到了它的背峰上！而不是我们拴住的那头鲸背上，那头鲸倒是侥幸朝上风头逃跑了。看清了情况，以及它是头多么贵重的大鲸——先生，它是我平生见过的最贵重最大的鲸——我决心抓住它，不管它看上去有多么怒火冲天。想到那条碰巧拴住的索子可能会松脱，它缠住的牙齿可能会给拔下来（因为我让我的那帮凶神恶煞的水手都来拖住捕鲸索）；看到这一切，嘿，我便跳进了大副的小艇——就是这位蒙托普先生（顺便介绍一下，船长，这位是蒙托普；蒙托普，这位是船长）；

正如我刚才所言，我跳进了蒙托普的小艇，你可知道，它和我的小艇当时正挨着；我抓过第一眼看见的标枪，让这位老祖宗挨上一下。但是，天啊，你看看，老兄——千真万确，老兄——紧接着，一瞬间我就像个蝙蝠，什么也看不见了——两只眼睛都瞎了——全都让黑色的泡沫弄得一片昏蒙——大鲸的尾巴从泡沫中竖起，笔直地矗立在空中，像一座大理石尖塔。

“当时，向后退已无济于事；当我在这正午时分摸索的时候，太阳像王冠上的宝石一般令人目眩神迷；我是说，我正在摸索第二支标枪，想把它投出去的时候——那尾巴像利马的塔一样砸了下来，把我的小艇一分为二，成了两堆碎片；而且，尾叶朝前，白色的背峰从小艇的残骸中退了出来，仿佛那是一堆木屑一般。我们都给甩了出去。为了逃避它可怕的拍打，我紧抓住插在它身上的那支标枪杆，有片刻时间我就像一条吸鱼吸附在那里。但是一阵浪头把我冲下来，与此同时，鲸鱼向前猛地一冲，闪电般地向下潜去；那跟着拖下去的该死的第二支标枪上的倒钩钩住了我这里（他拍了拍紧靠肩膀下面的地方）；是的，就钩住了我这里，嘿，当时我想，它要把我拖到地狱之火里去了。

“可是，可是，猛然间，感谢好心的上帝，倒钩在我胳膊上撕开了一道口子——整个顺着我的胳膊撕下来——一直到手腕处才脱钩，我这才浮了上来；——那边那位先生会告诉你剩下的情况（顺便介绍一下，船长，这位是邦杰医生，船医；邦杰，我的伙计，这位是船长）。现在，邦杰老兄，你来讲你的那部分故事吧。”

这位亲密地被点名叫出来的专业人士，一直站在他们旁边，没有任何特殊的外在标志来表明他在船上的尊贵地位。他的脸非常圆，但是神情严肃；穿着一件褪色的蓝绒罩衣或是衬衣，打了补丁的裤子；一会儿看看一只手拿着的穿索针，一会儿又看看另一只手拿着的药盒，偶尔挑剔地瞟一眼两个残废船长的鲸骨假肢。但是，在他的上司把他介绍给亚哈之后，他礼貌地鞠了一躬，然后按照船长的吩咐，径直讲述起来。

“那伤口真是让人震惊，”这个捕鲸船上的医生开始说道，“这位布默船长接受了我的建议，把我们的老塞缪尔——”

“塞缪尔·恩德比是我们船的名字，”独臂船长插了一句，对亚哈说，“继续讲吧，老兄。”

“把我们的老塞缪尔朝北边开去，避开了赤道线上炎热的气候。可是毫无用处——尽管我尽了全力，整夜陪着他，非常严格地注意他的饮食——”

“啊，的确非常严格！”病人自己附和了一句，又突然声调一变，“每天晚上陪我喝热朗姆酒，直喝到看不见给我上绷带，我也喝得半醉，才把我送上床，已是将近凌晨三点钟了。啊，老天！他的确陪着我，而且非常严格地注意我的饮食。啊！一个了不起的守护者，严格限制饮食的人，这就是邦杰医生。（邦杰，你这狗东西，笑吧！为什么不笑呢？你知道你是个快乐的大无赖。）不过，还是继续说吧，老兄，我宁可被你弄死，也不愿意被别人救活。”

“尊贵的先生，你一定早就觉察到了，我的船长，”泰然自若、满面虔诚的邦杰，向亚哈微微弯身道，“有时喜欢开开玩笑；他总是给我们编出许多那样的妙事。可我还是要说——像法国话说的 enpassant（顺便）——我自己——也就是杰克·邦杰，最近卸任的神父——是个严格的彻底戒酒的人，我从不喝酒——”

“水！”船长叫道，“他从不喝水，一喝水就犯病；淡水会叫他得恐水病；不过，还是继续吧——继续说说胳膊的故事。”

“是的，我还是，”船医冷静地说道，“回到被船长的玩笑打断的话题上，先生，我当时差不多已经看出来了，尽管我尽了最大努力，伤势还是会越来越重；事实上，先生，那是作为外科医生所见过的最可怕的裂口，它有两英尺几英寸长。我用测深绳量过。总之，伤口发黑了；我知道那样下去会有危险，就把它锯掉了。但是，给他装鲸骨臂可没我的份儿，那东西不合规矩，”——他用穿索针指着那只骨臂——“那是船长干的，不是我干的；他吩咐木匠做的；他还让木匠在末端装了个槌头，我推测是用来敲烂人的脑袋瓜子的，因为他曾经拿我试了一下。他有时会像恶魔一样大发雷霆。你看见这个坑没有，先生，”——他摘下帽子，把头发拂到一边，露出头顶上一个碗状的凹坑，但是没有一丝一毫的疤痕，或是任何受过伤的迹象——“好吧，船长会告诉你那坑是怎么来的，他心里明白。”

“不，我不明白，”船长说，“但是他妈明白；他生下来就有的。啊，你这一本正经的流氓，你——好你个邦杰！在水上世界可曾有第二个这样的人吗？邦杰，你死的时候，应该死在泡菜汁里，你这狗东西；应该把你永远腌起来，你这流氓。”

“白鲸怎么样了？”亚哈叫道，他对这两个英国人这种旁枝末节的插科打诨已经听得不耐烦了。

“啊！”独臂船长叫道，“啊，是的！好吧，它下潜之后，我们有一段时间再也没有看见它；事实上，像我前面说过的那样，我那时还不知道是一头什么样的鲸鱼给我耍了一个这样的把戏，直到过了一段时间，回到赤道线上的时候，我们才听说了莫比·迪克的事情——有人这么称呼它——我这才知道是它。”

“没有再碰见它吗？”

“碰见过两次。”

“可是都没有拴住？”

“我可不想再去拴它了，丢了一条胳膊还不够吗？另一条再没了我该怎么办？而且我还想，莫比·迪克咬人厉害，吞人就更厉害了。”

“那好，”邦杰插嘴道，“把你的左臂当诱饵给它，把你的右臂找回来。你们知道吗，先生们，”——他非常严肃且一丝不苟地依次向两位船长各鞠一躬——“你们知道吗，先生们，老天爷把鲸鱼的消化器官造得非常不可思议，甚至连一只人臂都不能完全消化？而且大鲸自己也知道。所以，你们认为白鲸很恶毒，其实它不过是笨拙而已。因为它从来不想吞掉人的一臂一腿；它只是想装装样子，吓唬吓唬人。但是，有些时候它就像那个玩杂耍的老家伙，我以前在锡兰的一个患者，表演吞刀子，有一回真的吞下去一把，在他肚子里待了一年多；等到我给他下了催吐剂，他才一小块一小块地吐了出来，你们明白了吧。他是没办法消化那把水手刀的，他的整个身体组织是无法完全把它吸收掉的。没错，布默船长，如果你对此有足够理解的话，并且有意以一只胳膊为代价，让另一只享受体面葬礼的殊荣，不妨试一试，反正胳膊是你的；只不过是让鲸鱼再有一次机会，立刻对你来上一下。”

“不，谢谢你，邦杰，”英国船长说，“它随便拿那只胳膊怎么办吧，既然我无能为力，而且那时也不认识它；但是另一只可不行。对于我，白鲸已经不存在了；我已经放艇追过它一次了，那样已经使我满足了。杀死它是一份巨大的荣耀，我知道；它身上还有一整船珍贵的鲸脑油，可是，听着，最好别去惹它，难道你不这样认为吗，船长？”——打量着对方那条鲸骨腿。

“是的。不过，尽管如此，我还是要去追它。什么叫最好别去惹它，该死的东西往往并不是最没有吸引力。它完全是块大磁石！你最后一次看见它是在多久以前？它朝哪个方向去了？”

“愿上帝保佑我的灵魂，诅咒那邪恶的魔王，”邦杰叫道，弯腰绕着亚哈转，像狗一样奇怪地嗅来嗅去，“这个人的血——拿温度计来！——到了沸点了！——他的脉搏让船板都震动了！——先生！”他从口袋里掏出一把柳叶刀来，凑近亚哈的胳膊。

“住手！”亚哈咆哮道，把他一把推到舷墙边——“备好小艇！它朝哪个方向去了？”

“好心的上帝！”英国船长对那个提出问题的人嚷道，“怎么回事？它是朝东去的，我想——你的船长疯了吗？”他低声地对费达拉问道。

但是，费达拉把一根手指放在嘴唇上，滑过舷墙，抄起了小艇上的舵桨，亚哈则把复滑车向他摆过去，命令船上的水手把自己放下去。

片刻之间，他就站在了小艇艇尾，那些马尼拉水手使劲扳起桨来。英国船长徒劳地向他打着招呼。亚哈背对着陌生人的大船，容光焕发，像一块燧石，笔直地站在艇上，直到小艇靠拢了“裴阔德号”。

第一〇一章　玻璃酒瓶

在那艘英国船还没有从视野中消失之前，这里应该交代一下，它是从伦敦出发的，是以该城商人，著名的恩德比父子捕鲸公司的创始人，已故的塞缪尔·恩德比之名命名的；这家公司真正的历史价值，以我这个捕鲸者的愚见来看，比都铎和波旁联合王朝也差不太远。

在公元一七七五年之前，这家大捕鲸公司已经存在了多久，我查阅了大量捕鲸业的档案，也没有弄清楚；但是，在那一年（一七七五年），它便装备好了第一批正式猎捕抹香鲸的英国捕鲸船；尽管二十多年前（自一七二六年以来），我们楠塔基特和马撒葡萄园岛的勇敢的考芬和梅赛家族，便已拥有大型船队，追猎那种大海兽，但是，它们只限于在南北大西洋一带海域活动，没有到别处去。这里必须明确地记上一笔，楠塔基特人是人类中最早以文明社会的钢制标枪猎捕大抹香鲸的人；长达半个世纪的时间里，他们也是全球唯一使用标枪去猎捕抹香鲸的人。

一七七八年，一艘名为“阿米莉亚号”的好船，为了专门用途而装备起来，在活力充沛的恩德比家族的全权支配下，勇敢地绕过了合恩角，它是世界各国中第一个在辽阔南海放下捕鲸艇的船只。那是一次熟练而幸运的航行；它满载珍贵的鲸脑油返回了停泊地，很快就有其他英美船只追随“阿米莉亚号”的榜样了，由此，太平洋上就打开了巨大的抹香鲸渔场。

但是，不满足于这个良好的业绩，这家不知疲倦的公司再次跃跃欲试，塞缪尔和他所有的儿子——有多少个，只有他们的母亲知道——直接监督，并且我想也是由他们支付了部分费用，诱使英国政府派出了“响尾蛇”战舰，驶入南海，进行了一次探索性的捕鲸航行。在一位海军上校的指挥下，“响尾蛇号”完成了一次嘎嘎响的航行，做出了一些贡献；究竟贡献如何却不得而知。

但是，这并不是事情的全部。一八一九年，同一家公司装备了一艘自己的捕鲸探险船，在遥远的日本海域进行了一次尝试性的巡航。那艘船——有个漂亮的名字叫作“海妖号”——完成了一次出色的实验性巡航；自此以后，巨大的日本捕鲸渔场便首次广为人知。“海妖号”在这次著名航行中，是由一个楠塔基特人，船长考芬指挥的。

所有荣誉应归于恩德比家族，所以我想，他们的公司迄今依然存在；尽管它的创始人塞缪尔肯定在很久以前就解开缆绳，启航到另一个世界的辽阔南海捕鲸去了。

这艘以他的名字命名的船值得拥有这样的荣誉，它是一艘速度很快且各个方面都堪称优秀的船。在巴塔哥尼亚沿海某处，我曾在午夜登上过它的甲板，在船头楼里喝过优质的调和酒。那是我们有过的一次美好访问，他们全都是了不起的人——船上每个人都是。生的短暂，死的痛快。那次美好的访问——是老亚哈的鲸骨腿触到它的船板之后很久很久的事情了——总是让我想起那艘船的那种高贵、实在、撒克逊式的好客之道；如果我看不清这一点，那就让我的神父把我忘记，让魔鬼把我记住。

调和酒？我说过我们喝了调和酒吗？是的，我们喝过，而且是以每小时十加仑的速度喝的；等到暴风一来（因为在巴塔哥尼亚沿海经常会起暴风），所有的人——客人和所有其他人等——都被喊去收起上桅帆，我们头重脚轻，只好彼此系上帆脚索，摆来摆去；我们还无知地把上衣下摆卷到了帆篷里面，于是我们就被挂在那里，在咆哮的大风中被紧紧地卷了起来，真是所有烂醉如泥的水手足以为戒的榜样。然而，桅杆还没有被刮到海里去，我们便一点一点爬了下来，一个个都清醒异常，以至于我们只好再去灌一通调和酒，尽管咸涩的浪花汹涌扑下船头楼的小舱口，让酒尝起来味道未免太淡又太涩。

牛肉很不错——有嚼劲，滋味很浓。他们说那是公牛肉，也有人说是单峰骆驼肉，但是我不知道究竟是什么肉。他们还有汤团，个头很小，却很有料，圆滚滚且坚不可摧的汤团。我想，把它们吞掉之后，你还可以摸得到，还能让它们在你肚子里乱滚。如果你弯腰弯得太厉害，它们就会有台球一样滚出来的危险。还有面包——不过，那是没办法的事；再说，它还是一种抗坏血病的药；总之，面包是他们唯一的新鲜食物。不过，船头楼不是一个很亮的地方，你在吃东西的时候很容易会踏进一个黑暗角落。总而言之，把这艘船从桅冠到船舵，从厨师锅炉的尺寸，包括他自己那羊皮纸似的大肚皮，从船头到船尾地打量，我敢说，“塞缪尔·恩德比号”是艘宜人的好船，食物又好又多，调和酒可口又浓烈，满船都是最好的人手，从鞋跟到帽檐都是第一流的。

但是，你会纳闷，为什么“塞缪尔·恩德比号”，还有其他一些我知道的英国捕鲸船——尽管不是全部——都是如此出名、如此好客的船呢；牛肉、面包、罐头，传来传去，还有笑话接连不断；宾主不知疲倦地吃喝谈笑，为什么会这样呢？我会告诉你的。英国捕鲸船上的这种兴高采烈的气氛是历史研究的一个好课题。在有所需要的时候，我是不会吝于做一番捕鲸史的研究的。

在捕鲸业上，荷兰人、西兰人和丹麦人都领先于英国人；英国人从他们那里继承了许多捕鲸业中现在还在使用的术语；而且，还继承了他们大吃大喝的浓厚古风。因为，一般情况下，英国商船会对它的水手精打细算；但是英国捕鲸船不是这样。因此，在英国，捕鲸船上的这种兴高采烈的气氛既不正常又不自然，而是偶然和特殊情况；所以，一定有某种特殊的渊源，要在这里提出来，并在今后加以进一步的说明。

我在研究捕鲸史时，偶然发现了一本荷兰古书，从它那股发霉的鲸油味来看，我知道它一定是关于捕鲸船的书。书名是“Dan Coopman”，我由此推断，这一定是捕鲸业中某位阿姆斯特丹箍桶匠珍贵无比的回忆录，因为每艘捕鲸船上都必须配备一名箍桶匠。我看见它是一个名叫菲兹·斯瓦克哈默的人写的，这更加强化了我的观点。但是，我的朋友斯诺黑德博士，一个非常有学问的人，桑塔·克劳斯大学和圣波特大学的低地荷兰语及高地德语的教授，我让他来翻译一下这部作品，给了他一盒鲸油蜡烛作为酬劳——这位斯诺黑德博士一看到这本书，就向我说，“Dan Coopman”指的并不是“箍桶匠”，而是“商人”。简而言之，这本博学的低地荷兰语古书写的是荷兰的商业；而且，除了许多其他主题，它还饶有兴味地讲到了捕鲸业的事情。在题为《斯米尔》或《油脂》的这一章中，我发现了一个很长很详细的清单，记录了一百八十艘荷兰捕鲸船的食品室和酒窖的全部配给，从斯诺黑德博士翻译的清单中，我抄录了如下内容：

四十万磅牛肉

六十万磅弗里斯兰猪肉

十五万磅鱼干

五十五万磅饼干

七万两千磅软面包

两千八百小桶黄油

两万磅特克赛尔和莱顿奶酪

十四万四千磅奶酪（大概是劣质品）

五百五十安克[1]杜松子酒

一万零八百桶啤酒

大多数统计表读起来都非常枯燥，可是，眼前的这个却不然，因为读者满眼都是大桶小桶瓶瓶罐罐的美酒佳肴，让人兴高采烈，受用不尽。

当时，我花了整整三天，专心消化这些啤酒、牛肉和面包，期间也顺带生出了许多深奥的思想，堪称是一种先验的和柏拉图式的应用；而且，我还编写了自己的辅助用表，涉及在那古老的格陵兰和斯匹茨卑尔根群岛的捕鲸业中，每个低地荷兰标枪手所消耗的鱼干等等的可能数量。首先，黄油与特克赛尔和莱顿奶酪的消耗量，似乎就颇为惊人。不过，我把其中原因归结为他们天生喜欢吃油的本性，他们所从事的职业更加强了这种天性，尤其是他们要在酷寒的北极海域，在因纽特人故乡的沿海一带追捕猎物，那些快活的土著就是用满杯的鲸油来彼此干杯的。

啤酒的消耗量也很大，有一万零八百桶。因为北极捕鲸只能在那个地区的短暂夏季中进行，这样一来，一艘荷兰捕鲸船

1 安克（anker），荷兰容量名，约十加仑。

的整个巡航时间，包括往返斯匹茨卑尔根群岛的短途航行，都只有三个月零几天。比如说，假定有一百八十艘船，每船按三十人计，我们就总共有了五千四百名低地荷兰水手；所以，我说，我们正好每人有两桶啤酒，以供十二个星期之用，不包括那五百五十安克杜松子酒分摊到他名下的可观数量。

那么，你可以想见，无论是杜松子酒还是啤酒，这些喝得烂醉的标枪手，是否适合站在小艇艇首，瞄准飞奔的鲸鱼呢；这看来有点不大可能。不过,他们的确瞄得很准,也投中过鲸鱼。请记住，这是在遥远的北方，啤酒很适合他们的体质；在赤道上，在我们南方捕鲸业中，啤酒只会使标枪手在桅顶上昏昏欲睡，在小艇上酩酊大醉，会给楠塔基特和新贝德福德带来惨重的损失。

可是不要再说了，这已足够说明两三百年前荷兰捕鲸者的生活是极其奢侈的；而英国捕鲸者也没有忽略这么杰出的榜样。因为，他们说，在驾驶空船巡航时，如果你得不到什么更好的东西，至少也要搞一顿丰盛的晚餐。玻璃酒瓶就是这样倒空的。

第一〇二章　阿萨西斯的树荫处

迄今为止，在对抹香鲸的描述中，我主要谈的是它外观上的奇妙之处，或者是单独详尽地论及它的一些内部结构特征。但是，为了对它有一个广泛而透彻的了解，我现在应该更进一步地解开它的纽扣，脱掉它的紧身裤，卸下它的吊袜带，松开它身体最深处骨头的挂钩和榫眼，在你面前给它下一个最后通牒，也就是说，要它无条件地露出它的骨架来。

可是，这又怎么能做到呢，以实玛利？怎么可能，你，捕鲸业中一个区区桨手，竟要装作懂得鲸鱼所有的秘密部位？是那个博学的斯塔布，高踞于绞盘顶上，向你发布过有关鲸类解剖学的演讲吗；还是在绞盘的帮助下，吊起过作为样本的肋骨供你观看？你自己解释一下吧，以实玛利。你能把一头完全成年的鲸鱼吊上甲板，做一番检查吗，就像一个厨子用盘子端上来一只烤乳猪？你肯定不能。迄今为止，以实玛利，你一直是一个名副其实的见证者；但是，你得留神，你已经大大侵犯了约拿的特权，那谈论托梁与横梁、椽子与屋脊梁、小搁栅以及支柱等构成大海兽框架的东西，恐怕还有它肚子里的脂油桶、牛奶棚、食品室和奶酪间等等的特权。

我承认，自约拿之后，很少有捕鲸者钻到过成年鲸鱼皮肤下很深很深的地方；然而，我曾经有幸获得一次解剖小鲸的机会。在我受雇的一艘船上，有一头抹香鲸幼崽曾被吊上甲板来，为了取它的鳔来做标枪倒钩和鱼枪头的鞘。你想我会放过那个机会，不用我的船斧和水手刀，把它切开，将那幼崽内里的东西看个究竟吗？

至于我对那体格庞大、发育完全的大鲸骨骼的准确知识，对那珍贵的知识我要感谢我已故的王室朋友托朗郭，他曾是阿萨西斯王朝的托朗奎王。多年前，我在阿尔及尔的商船"德伊号"上工作的时候，曾到过托朗奎，应邀与托朗奎王一起，在他位于蒲贝拉的幽静棕榈别墅，度了几天阿萨西斯的假日。这是一处海滨幽谷，离他的首都，我们水手称作"竹城"的地方并不很远。

除了很多其他美好的品质之外，我的这位王室朋友托朗郭，天生还酷爱各种具有蛮风的艺术品，他属下心灵手巧之人能够发明的任何稀罕之物，都让他集中到了蒲贝拉；主要是奇妙的木雕、凿刻的贝壳、镶嵌的枪矛、贵重的木桨、芳香的独木舟；这些东西都散置在天然的珍奇之物当中，也就是那些由海浪奇妙地送上岸来进贡给他的东西。

在这些天然的奇珍异物当中，主要的是一头大抹香鲸，在一场持续得异常之久的狂风后，发现它搁浅了，死在了岸边，它的头顶着一棵椰子树，椰子树羽毛状下垂的叶簇仿佛就是它碧绿的喷水柱一般。当那硕大身躯上至少六英尺厚的皮肉被剥光之后，骨骼便落上了灰尘，在阳光中晒干，然后被小心地运到蒲贝拉幽谷，那里现在还有一些气派的棕榈树像宏伟的庙宇遮蔽着它。

它的肋骨上挂着战利品；一节节椎骨上用陌生的象形文字雕刻着阿萨西斯的年表；颅腔里面，祭司们燃起了一盏终年不息、芬芳四溢的明灯，这样一来，神秘的骷髅头中便再次射出雾蒙蒙的喷水；而那只可怕的下巴则悬挂在一根大树枝上，在所有信徒头顶上颤动，就像是头发丝悬着的剑，让达摩克利斯惊恐万分。

这是个奇妙的景象。树林绿得像冰谷里的苔藓；树木傲然地高高耸立，使人感觉到它们的勃勃生机；树下勤勉的大地像一架织工的织布机，上面织着一面华丽的毯子，匍匐在地上的葡萄藤卷须构成了经线和纬线，郁郁勃勃的鲜花便是地毯上的图案。所有的树，连同它们所有果实累累的枝条；所有的灌木、蕨类和青草；传递信息的风；这一切都在不断地活跃着。穿过树叶的花边，伟大的太阳就像一支飞梭，在编织着不知疲倦的翠绿。啊，忙碌的编织者！无形的编织者！——停一停！——听我说句话！——这织物跑到哪里去了？它要装饰什么样的宫殿？为什么要这般没有止息地操劳？说吧，编织者！——停下你的手！——就和你说一句话！不——梭子依然在飞——图案依然从织机上浮现出来；毯子如奔腾的洪水依然在不停地溜掉。纺织之神，他在不停地编织；他织得耳朵都聋了，再也听不到任何凡人的声音；那织机的嗡嗡声，也让我们这些注视着织机的人聋了耳朵；只有当我们逃开，我们才能听见它所发出的千万种声音。所有材料工厂里也都是如此。在纱锭的飞旋中，是听不见说话声的；而在墙外面，这些话却能听得一清二楚，它们从敞开的窗扉冲了出来。恶事就是这样被发现的。啊，凡人！那么，小心些吧；因为，在这大千世界织机的喧闹声中，你们最为微妙的思想也可能被人从远处偷听到。

现在，在阿萨西斯树林中，在那架绿色的、运转不停的织机中，那具巨大的、备受尊崇的白色骨架懒洋洋地躺着——一个体格庞大的懒汉！然而，由于有编织不停的碧绿经线和纬线在它周围交织不停地嗡鸣，这个大懒汉似乎就成了那个巧妙的编织者；它的全身都织满了葡萄藤；一月又一月，它变得更绿，更清新；可它本身依然只是个骷髅。生命包裹住死亡；死亡支撑起生命；严酷的神与年轻的生命结合，从而诞生了满头卷发的荣耀。

且说，我与王室的托朗郭一起去探访这头奇妙的大鲸时，见那脑壳成了一个祭坛，在从前真正喷出水柱的地方升起了人工烟雾，我惊叹这位国王竟把一座小礼拜堂当成了艺术品。他大笑起来。但是，我更惊奇的是，祭司们竟然发誓，那喷烟是真的。我在这具骨架前踱来踱去——把葡萄藤拨开——挤进肋骨里面去——拿着一团阿萨西斯麻绳，在它众多曲折、荫蔽的柱廊和凉亭之中转来转去，漫游了好一阵子。但是，我的麻绳很快就放完了，我循着它退回来，从我进去时的那个开口出来。我没在里面看见任何活物，那里一无所有，只有骨头。

砍了一根碧绿的量竿，我再次扎进了骷髅架。那些祭司从脑壳的箭头状裂缝中看到我在量最后一根肋骨的高度。“怎么啦！”他们叫喊道，“你竟敢量我们的神！那是我们的事。”“是的，祭司们——那么，你们量它有多长？”但是，他们随即就尺寸问题激烈地争论起来；他们用码尺彼此敲着对方的脑袋——弄得那只大脑壳也发出了回声——抓住那个幸运的时机，我迅速完成了我的测量任务。

我现在打算把这些量来的尺寸摆在你面前。可首先应该记下一笔，在这件事上，我没有随心所欲把这些尺寸乱说一通的自由。因为你可以请教那些骷髅权威，来验证我是否精确。他们告诉我，在英国的捕鲸港口赫尔，有一家鲸鱼博物馆，那里有几头非常棒的脊鳍鲸和其他鲸类的标本。同样，我听说在新罕布什尔州的曼彻斯特博物馆，有号称“美国唯一完整的格陵兰鲸或河鲸的标本”。此外，在英国约克郡一个叫作伯顿·康思泰博的地方，一位克利福德·康思泰博爵士拥有一头抹香鲸的骨架，但只是中等大小，绝没有我的朋友托朗郭国王那头成年大鲸那般巨大。

就这二者的情况而言，这两头搁浅鲸鱼所剩下的骨架，最初都是以类似的理由成为它们所有者的财产的。托朗郭国王占有它是因为他想要它；而克利福德爵士是因为他是当地的领主。

克利福德爵士的鲸骨架全身都是人工铰接起来的，如此一来，就成了一个巨大的五斗橱，它的所有骨洞你都可随意开关——把它的肋骨张开，像一把巨大的扇子——也可以整天坐在它的下巴上荡秋千。它的有些活板门和百叶窗还上了锁；一个侍从腰间挂着一串钥匙，领着参观者到处转转。克利福德爵士还想到了收取费用，看一眼脊柱的回音廊，收费两便士；听听小脑洞里的回声，收费三便士；从它的额头无与伦比地一窥全貌，收费六便士。

我现在准备记下来的骨架尺寸，是从我的右胳膊上逐字抄写下来的，我把它们都文在右臂上了；在我狂热地四海飘零的那段时间，没有其他安全的方式来保存这些珍贵的统计数字。但是，由于空间紧缺，而且我还希望把我身体的其他部位留给一首当时构思的诗——至少得留下一块没有文身的地方——我便没有为那几英寸几英寸的零头自寻烦恼；实际上，这种几英寸的零头根本无须计入一头大鲸的尺寸。

第一〇三章　鲸骨架的尺寸

首先，我希望就这头大鲸活的躯体做一个特别而清晰的说明，它的骨架我们只做简单的展示。这样的说明在这里可能是有用的。

根据我的仔细计算，也以斯科斯比船长的估计为基础，一头最大的六十英尺长的格陵兰鲸体重为七十吨；一头最大的抹香鲸，体长在八十六到九十英尺之间，腰围最大不到四十英尺，这样一头鲸的体重至少有九十吨；因此，以十三人合一吨计算，它的重量将大大超过一个一千一百人村庄全部人口的总重量。

那么，难道你不认为，在陆地人的想象中，这个大海兽应该有一个像上了轭的耕牛一样大的脑袋，才能让它稍微移动起来吗？

我曾以各种方式向你描述过它的脑壳、喷水孔、嘴巴、牙齿、尾巴、前额、双鳍以及其他各个部分，现在我要简单地指出，在它一览无余的骨架所构成的总体中，什么是最有趣的东西。

但是，因为这巨大的脑壳在整个骨架中占有很大的比例，因为它本身是极其复杂的部分，还因为在这一章中不想再有所重复，所以，在我们继续往下进行的时候，你必须把它记在心中，或是挟在腋下，否则，对于我们将要观察的总体结构，你就无法得到一个完整的认识。

托朗郭的那头抹香鲸骨架长度为七十二英尺；所以，当它有血有肉活着的时候，完全展开，一定有九十英尺长；因为就鲸鱼而言，骷髅与有生之时的体躯相比，长度将缩短五分之一。这头七十二英尺长的骨架，它的脑壳与嘴巴占去了大约二十英尺，余下五十英尺全都是脊骨。依附在这根脊骨之上，长度接近脊骨的三分之一，便是那曾经包裹住内脏的肋骨大圆筐。

在我看来，这个象牙般肋骨围成的巨大胸腔，连同那条长长的单调的脊骨，从中远远地笔直伸出，很像造船架上一条新落成的大船船壳，只需再给它插上二十来根光秃秃的弓形肋骨，否则那龙骨暂时就只是一条长长的、断开的木头。

肋骨每边十根。从颈边开始，第一根接近六英尺长；第二、第三、第四根，一个比一个长，直到最长的第五根，或者是中间那根，它的长度为八英尺零几英寸。从此处开始，剩下的肋骨逐渐缩短，直到第十根，也就是最后一根，长度只有五英尺零几英寸。总体上肋骨的粗细，明显都与它们的长度相对应。中间几根肋骨弯度最大。在阿萨西斯的一些地方，人们用它们作横梁，架设过小河的小桥。

一想到这些肋骨，我就不由得想起本书中一再提到的一个情况，即鲸的骨架绝不是它血肉丰满时的原型。托朗郭那头鲸鱼最大的肋骨，也就是中间那根，它在活鲸身上所处的部位是鲸身上最厚的地方。而这头鲸在血肉丰满时，它身上最厚的部分至少有十六英尺；然而，它相应的肋骨长度却只有八英尺多一点。因此，这根肋骨只传达出活鲸那个部位的一半真相。此外，无论如何，我现在看见的不过是一根光秃秃的脊骨，它曾经是由肌肉、血液和内脏组成的成吨成吨重的身躯包裹着的。而且，原来那对丰满的鳍，我这里看见的却是几根凌乱的关节；而原来那虽然无骨，却沉重而壮丽的尾叶所在的地方，如今却是一片空白！

于是，我心想，让那些胆怯的没有出过门的人，只凭端详躺在这片平静树林中的这具死气沉沉、缩水变细的骨架，就想正确领会这头奇妙惊人的大鲸，那是多么徒劳和愚蠢啊。不，只有在千钧一发的危急关头，只有置身于它愤怒的尾叶搅起的涡流之中，只有在无渚无涯深不可测的海上，才能获得对这血肉丰满的大鲸真实生动的认识。

但是，这脊骨，对于它，我们最好的思考方式，是用一架吊车把它的骨头高高地叠起来。这可不是轻而易举的事情。可一旦叠起来，它看起来就像是庞培的大柱了。

脊椎骨总共有四十多节，它们在骨架中并不是连接在一起的。它们大多像哥特尖塔上两端有圆疙瘩的大木头一样躺着，构成了一排排结实而笨重的石造建筑。中间最大那节，宽度还不及三英尺，厚度却超过了四英尺。最小的一节，也就是脊椎骨变细、与尾巴相连的那节，宽度只有两英寸，看上去就像一个白色台球。有人告诉我，还有几节更小的，但被几个吃人肉的小顽童，那些祭司的孩子们，偷去当作弹球玩，给弄丢了。于是，我们看到了，即便是最庞大生物的脊椎骨，最后也会缩小成为天真儿童的玩具。

第一〇四章　化石鲸

鲸鱼巨大的身躯提供了一个最适宜扩大发挥、详尽阐释的主题。你想压缩也压缩不了。它有充分的理由得到特大号对开页的待遇。不用再说它从喷水孔到尾巴的长度是多少，它的腰围有多大尺码，只要想一想盘绕在它肚子里的大肠子就可以了，它们像粗大的缆绳和锚链藏在军舰最底层的甲板里。

既然我已经着手处理这种大海兽，我就理应证明自己在这件事上无所不知，做到了详尽彻底；既没有忽视它血液中最小的病原菌，还要把它最后一盘肠子纺线一般卷绕出来。迄今为止，我对它的描写主要限于其习性和解剖学上的特点，现在需要从考古学的、化石的和远古的角度来予以发挥，详加阐释。像这样庄重堂皇的词汇只能用在大鲸身上，用于其他生物——蚂蚁或是跳蚤——都只会被当成不足为训的夸大其词。但是，当以大鲸为主题之时，情况就完全不同了。我很高兴顶着词典中最沉重的词汇，蹒蹒跚跚地从事这样的冒险。

这里先要说明一下，每当我在论述过程中需要查阅词典的时候，我总是使用约翰逊博士的大四开本的版本，是我专门为此购置的，因为那位著名的词典编纂者硕大非凡的身躯，更适合编写一本我这样写鲸的作者使用的词典。

常听说作家们会对他们笔下的主题予以拔高和夸大，哪怕那或许只是一个很普通的主题。那么，我又该怎样来写这大鲸呢？我总是不自觉地把字扩成了招牌上的大写体。

给我一根秃鹰的羽管笔吧！给我一个维苏威火山口做墨水瓶吧！朋友们，撑住我的胳膊！因为单单是写下我对这大鲸的思考，就让我疲惫不堪了，我被那些超出我理解范围的思想搞得昏昏沉沉，仿佛包括了科学的所有分支，涉及过去、现在和未来所有代际的鲸鱼、人类、乳齿象，连同地球上不停兴衰更替的帝国全貌，而且还贯穿了整个宇宙，连它的郊区也不例外。这个博大而自由的主题的特点就是这么包罗万象！我们要把它写得和它的身体一样巨大。要完成这样一本皇皇巨著，你必须选择一个包罗万象的大主题。以跳蚤为主题永远不能写出伟大又永垂不朽的著作，尽管有很多人曾经尝试过。

在进入有关化石鲸的主题之前，我得先呈上我作为地质学家的凭证，说明我在各种杂七杂八的时期，曾经做过石匠，也做过壕沟、运河、水井、酒窖、地窖及各类水池的了不起的挖掘者。同样，作为开场白，我要提醒读者，在较早的地质层中曾经发现过其化石的怪物们，现在几乎都已经全部灭绝；后来在所谓第三纪地质层中发现的遗物，似乎是介于史前生物和那些据说后代进入了方舟的遥远生物之间的联结物，或者至少是截取物；迄今为止，发现的所有化石鲸都属于第三纪，是表层形成之前的最后一批遗留物。尽管它们之中没有一个与现存已知鲸种精确相符，可在大致方面依然与现代鲸类非常相似，足以证明它们有资格跻身鲸类化石之属。

亚当以前零零散散的化石，它们的骨头和骨架的碎片，在过去的三十年间，曾经陆续在阿尔卑斯山脚、伦巴第、法兰西、英国、苏格兰以及路易斯安那州、密西西比州和亚拉巴马州等国家和地区发现。这些遗留物中更为稀奇的是一块头骨，是一七七九年在巴黎的多芬纳街发掘出来的，那条短短的小街几乎直通向杜伊勒里宫；还有一些骨头是在拿破仑时代，在挖掘安特卫普大码头时发现的。居维叶断言这些碎片属于某种完全不为人知的鲸类。

但是，迄今为止，在所有鲸类遗骸中最为奇妙的莫过于一八四二年在亚拉巴马州克雷法官种植园上发现的一具已经灭绝怪物的几乎完整的巨大骨架。附近那些因敬畏而轻信的奴隶把它当成了一个堕落天使的骨架。亚拉巴马州的医生们宣称它是一条巨型爬行动物，将它命名为巴西洛梭鲁斯（龙王鲸）。但是，它的一些骨头样本被送过大洋，到了英国解剖学家欧文手中，结果证明这个所谓的爬行动物原来是头鲸鱼，尽管属于已经灭绝的鲸种。

本书中一再提及一个意义重大的事实，鲸鱼骨架与它血肉丰满时的形体相差甚远。所以，欧文重新把这个怪物命名为宙格洛东（械齿鲸）；他在伦敦地质学会宣读的论文中声称，实质上，这是因为地球突变而灭绝的一种非凡无比的动物。

当我站在这些巨大的鲸鱼骨架、脑壳、獠牙、嘴巴、肋骨和椎骨当中，它们的所有特征都与现存的海中怪兽有部分相似之处；但是与此同时，在另一方面又与已经灭绝的史前大海兽，它们无法估量的先辈，具有相似的亲缘关系；我仿佛被一阵洪水冲回了那个神奇的时代，那个可以说时间本身尚未开始的时期；因为时间是与人类一同开始的。

在这里，土星那灰色的混沌在我头上翻滚，而我把暗淡、颤抖的目光投向那永恒的北极；那时，楔形的冰山堡垒紧压在现在的热带地区；在整个世界两万五千英里的圆周中，见不到一块可以居住的巴掌大的陆地。那时，整个世界都是属于大鲸的；而且，这所有造物中的王者，在现在的安第斯山脉和喜马拉雅山脉都留下了游动的尾迹。谁可以拿出大鲸这样的家谱？亚哈标枪上流的血比法老王标枪上的血还要年代久远。玛士撒拉[1]似乎还是个学童。我环顾四周，想与闪[2]握握手。我被这摩西以前的、不知从何起源的大鲸那难以言喻的恐怖所吓倒，它在时间之前就已一直存在，它在所有人类不复存在之后也必定会继续存在下去。

---

1 玛士撒拉（Methuselah），《圣经》人物，活了969岁，见《旧约·创世纪》第五章二十七节。

2 闪（Shem），诺亚的长子，见《圣经·旧约·创世纪》第五章三十二节。

但是，这大鲸不仅在大自然的铅版上留下了它先于亚当的踪迹，在石灰石和泥土中留下了它古老的半身像；而且在埃及人的碑匾中（其古老程度几乎使它们具有了化石的特征），我们也发现了鲸鳍留下的明显印记。在丹德拉大庙的一个房间里，大约五十年前，曾在花岗岩的天花板上发现了一个着色的雕刻星座图，里面满是半人马怪、狮鹫兽和海豚，类似于现代天球仪上面奇形怪状的图形。这个星座图的生物当中，就有往昔古老大鲸的身影，所罗门还没有出世之前，它在那里就已经游动有几百年了。

关于大鲸的古老，还有一个奇特的证据不容忽略，那就是它自己在诺亚洪水之后留下的骨头，值得尊敬的约翰·利奥，那位北非巴巴利的老旅行家，曾经记录过这个事实：

在离海边不远的地方，有一座大庙，椽子与横梁都是用鲸骨做成的；因为常有体积巨大的鲸鱼尸体被抛上岸来。平民百姓猜想，由于上帝赐予大庙的一种神秘力量，任何鲸鱼想由此经过都会立即死掉。

但是事实的真相是，在大庙两侧，都有突出的岩石，延伸到海中达两英里，鲸鱼偶然撞上便会受伤。一头体长惊人的鲸鱼肋骨作为奇迹被当地人保存下来，它立在地上，中间凸起的部位形如拱门，人就是站在骆驼背上也够不到那拱门顶端。这根肋骨（约翰·利奥说）在我看到它以前，据说已经在那里放了一百年了。当地的历史学家断言，一个预言过穆罕默德降世的先知就出自这座大庙，有些人还毫不犹豫地声称，先知约拿就是被这头鲸吐在庙的地基上的。

亲爱的读者，我把大鲸给你留在这座非洲古庙里，如果你是楠塔基特人，而且是个捕鲸者，你将会在那里静静地膜拜一番的。

第一〇五章　鲸鱼的体积会缩小吗？它会灭绝吗？

既然这种大鲸从永恒的源头一路向我们翻腾而来，也许可以适当地探究一下，在时代更替的漫长过程中，它那来自先辈的硕大身躯是否已有所退化。

但是，在调查中发现，不仅目前的鲸鱼在体积上要大于第三系中发现有遗骸的那些鲸（第三系是领先于人类的一个独特的地质时期），而且，在第三系发现的鲸鱼中，那些属于较晚形成层的鲸也要大于较早的鲸。

在所有发掘出来的亚当之前的鲸鱼中，体型最大的是上一章中提到的那头亚拉巴马鲸，可它骨架的长度还不到七十英尺。然而，我们已经看到，现代的一头大型鲸鱼，用卷尺一量，便有七十二英尺长。而且我还听说，根据捕鲸者中的权威人士所言，有些被捕到的抹香鲸，在刚被捕获时，身长接近一百英尺。

虽然现代鲸在大小上超过了所有以前地质时代的鲸，可自从亚当时代以来，是否有所退化呢？

如果我们相信普林尼这样的先生以及古代博物学家通常的说法，我们就必定要做出肯定的结论了。因为普林尼告诉我们，鲸鱼活着时身躯有好几英亩大，而阿德罗凡提则说，有些鲸长达八百英尺——简直是鲸鱼中的制索厂和泰晤士隧道！甚至在班克斯、索兰德、库克这些博物学家的时代，我们发现科学院的一位丹麦院士记载过某头冰岛鲸鱼（雷丹－西斯库或皱腹鲸）体长一百二十码，亦即三百六十英尺。还有法国博物学家拉塞佩德，在他详尽的鲸类史中，最开头（第三页）上就写道，露脊鲸身长一百米，也就是三百二十八英尺。而这部著作是近至公元一八二五年才出版的。

但是，哪个捕鲸者会相信这些故事呢？没有。今天的鲸和它在普林尼时代的祖先一样大。而且，如果我去到普林尼所在的地方，我，一个捕鲸者（这一点我超过了他），一定会大胆地和他这样说。因为我无法理解为什么会这样，甚至在普林尼出生之前就已经埋葬了上千年的埃及木乃伊，在棺材里量上去，大小还比不过一个穿着袜子的现代肯塔基人；而雕刻在最为古老的埃及和尼尼微碑匾上的牛和其他动物，从其所刻画的相对比例来看，恰恰清楚不过地证明，出身高贵的、圈养的、得奖的史密斯菲尔德纯种牛，不仅在身材大小上和法老最肥壮的母牛相当，而且远远超过；面对这一切，我不会承认，所有动物之中，唯独鲸鱼竟会退化了。

但是，还有另一个问题需要追问，较为深沉的楠塔基特人常为之激动。是否要归因于几乎无所不知的捕鲸船桅顶上的瞭望者，使得现在的捕鲸船甚至突破了白令海峡，深入到世界上最为遥远和隐秘的角角落落；还有成千上万的标枪和鱼枪沿着所有的海岸四处投掷，无所不及；尚有争议的一点在于，大鲸是否能够长期忍受如此范围广阔的追击，如此残酷无情的蹂躏；它是否注定要从海洋上灭绝，最后一头鲸鱼，就像最后一个人那样，吸完最后一袋烟，然后它自己也随着最后一缕青烟而消散？

比较一下长有背峰的鲸和长有背峰的野牛，不到四十年前，成千上万的野牛铺满了伊利诺伊州和密苏里州的大草原，在如今人烟稠密的河畔都市，摇动着它们钢铁般的鬃毛，皱着它们郁结雷霆的前额，可是在那里，如今彬彬有礼的掮客在寸土寸金地向你出售土地；在这样的比较中，似乎会得出一个不可抗拒的论据，表明这些被追猎的大鲸现在已无法逃脱迅速灭绝的命运。

但是，你必须从各个角度来看待这件事。虽然在很短一个时期以前——还不及一个人正常的寿命长——普查显示，伊利诺伊州的野牛数量超过了现今伦敦的人口数量，虽然目前在那个地区连一个野牛角或野牛蹄都没有留下；虽然这种奇妙灭绝的原因是人类的长矛造成的；但是，猎捕大鲸却具有极其不同的性质，它断然不会让大鲸落到这样不体面的下场。四十个人一艘船去猎捕抹香鲸，干了四十八个月，如果最后能带回家四十头鲸鱼的油，他们就会认为自己干得极其出色，而且要感谢上帝了。反之，在过去，加拿大和印第安猎人及西部设陷阱者，在遥远的西部（那里该沉落的太阳还挂在天上）还是一片荒原和处女地的时候，他们同样多的人穿着鹿皮靴，用上同样多的时间，不是驾船，而是骑马，屠杀的可不是四十头，而是四万头野牛，或许更多；这个事实，如果需要，可以用统计数字来加以说明。

仔细思考下来，似乎也没有任何证据能够支持抹香鲸逐渐灭绝的说法。例如，在以前（比如说上世纪的后半叶），这些大鲸三五成群地出现，人们碰到它们的机会远比现在要频繁，结果，航行就不需要这么长，收益也比现在要丰厚得多。就像在其他场合注意到的那样，那些大鲸，从某种安全角度着眼，现在聚集成大群在海洋中游动，这样在很大程度上，早先那些单个的、成对的、三五成群的，以及成群结队的鲸鱼，现在便聚集成远远分散开来的、巨大的队伍，自然便不常碰见了。就是这么回事。还有一种同样错误的观点，因为所谓的须鲸不再光顾它们从前群集的许多渔场，因而便认为那种鲸鱼也在逐渐消亡。其实它们仅仅是被人从这个海岬驱赶向了那个海角；如果一处海岸不再有它们的喷水，因而失去了生气，那么，必定有另一处遥远的海滨，最近已被它们那陌生的奇观所惊动。

而且，关于这些最近提到的大鲸，它们有两个坚固的堡垒，就是尽人类之所能，也将永远牢不可破。就像是冷淡的瑞士人，他们的峡谷一旦受到侵犯，就会撤退到山中去；须鲸在热带草原和林中空地一般的海洋中央受到追猎，最终就会这样托庇于它们的北极城堡，潜入最后的玻璃般的壁垒和围墙后面，在茫茫冰原和浮冰中冒出来；在一个永远是严冬的魔圈中，蔑视来自人类的追击。

但是，也许因为要捕到五十头这样的须鲸才能抵得上一头抹香鲸，船头楼上的有些哲学家便得出结论说，这种真实的杀戮已经使须鲸队伍严重减员。尽管一段时间之前，每年在西北海滨，光是美国人就屠杀了大量须鲸，至少不下一万三千头；不过，在这个问题上，还是有一些理由把这种情况视为意义不大或者是不值一提的反面论据。

关于地球上体形硕大生物的稠密情况，人们自然会有所怀疑，但是，我们对于果阿的历史学家哈托的话又能怎么说呢，他告诉我们，暹罗王在一次狩猎中就捕杀了四千头大象；在那些地区，大象就像温带地区的牲畜一样多。似乎没有理由怀疑，如果这些大象，它们几千年来一直遭到塞米勒米斯、波鲁斯、汉尼拔以及所有连续不断的东方君主们的猎捕——如果它们今天依然大量存活的话，大鲸就更能经受住所有的追猎，既然它们有可以漫游的大草原，而这个大草原是有整个亚洲、南北美洲、欧洲和非洲、新荷兰以及所有的海岛加起来的两倍大。

还有，我们也要考虑到，据推测，大鲸的寿命非常之长，它们也许能活上一百多年，因此，在任何一段时期，显然必定有几代成年鲸鱼是同时代的。这究竟意味着什么，我们很快就会有所了解，我们只需想象一下，所有的墓地、坟场和家族墓室中，那些七十五年前死去的男女老幼全部复活，再加上目前地球上的全部人口，这该是怎样数不尽的队列就可以了。

因此，基于这些情况，我们认为，无论鲸鱼个体是多么容易毁灭，但是作为物种，鲸鱼是永存不朽的。它在大陆冒出水面之前就在海洋中游动；它曾经在如今是杜伊勒里宫、温莎城堡和克里姆林宫的地方游过。在诺亚洪水中，它曾对诺亚方舟不屑一顾；即使世界像荷兰那样，为了消灭鼠类，再次淹没于滔滔大水，永存的大鲸依然会存活下来，而且会矗立在赤道洪水最高的浪峰上，喷出泡沫，蔑视着苍天。

第一〇六章　亚哈的腿

亚哈猛然跳下伦敦的“塞缪尔·恩德比号”，免不了要给他自己带来点小伤。他那么用劲地落到他小艇的坐板上，震得鲸骨腿好像要碎裂一般。回到大船甲板上，他把假腿插在那个旋孔里，又猛地一旋，给舵手下了一道紧急命令（这个舵手把舵总是不够稳）；于是那已经遭受震动的假腿，再加上这么一扭一转，尽管还保持着完整，表面显得还很结实，但是亚哈已经觉得它不大可靠了。

事实上，这似乎不值得大惊小怪，虽然亚哈始终是疯癫鲁莽，他有时却对那条他赖以支撑起半边身子的死骨头非常谨慎在意。因为就在“裴阔德号”从楠塔基特启程前不久，有一天夜里，有人发现他俯卧在地，不省人事；由于某种未知的、似乎无法解释和不可想象的意外，他的假腿发生了激烈的错位，像桩子一样一戳，几乎刺穿了他的腹股沟；克服了极度的困难，那个恼人的伤口才完全愈合。

当时，他那偏执狂的心里也曾经想到过，他现在遭受的所有痛苦都不过是以前那场灾祸的直接后果；他似乎清晰地看到，沼泽中最凶猛的毒蛇就像林中最甜蜜的鸣禽一样，不可避免地要使自己的族类永远延续下去，因此，每一种不幸都和幸福一样，自然会引发同样类似的后果。而且，不幸又总会多过幸福，亚哈想道，因为悲伤的前因后果总是比欢乐更加深远持久。

更不要提这一点：从合乎教规的教导得出的一个推论认为，尘世间某些自然的享受在另一个世界不会延续下去，而是恰恰相反，紧随其后的将只是全无欢乐地狱般的绝望；而人间某些罪恶的灾难却依然会子孙繁盛，哺育出连绵不断永恒的悲哀，超越了死亡；根本不用提到这一点，对事物深入分析一下，似乎就能发现一种不平等的存在。因为，亚哈想道，甚至人间最高的幸福之中也潜藏着某种无足轻重的琐碎卑微，而一切内心的痛苦，本质上都隐藏着一种神秘的意义，而在有些人身上，更是蕴藏着一种天使长般的伟大；因此，他们辛勤的追求便没有使那明显的推论落空。

追溯这些深重的人类苦难的源头，最终会将我们带入众神那无来由的王位纠纷当中；于是，哪怕天天面对喜气洋洋、割晒干草季节的太阳，和铙钹一般浑圆柔和的收获季节的满月，我们都必须承认这一点：众神自己也不是永远快乐的。人类额头上抹不掉的悲哀胎记，不过是这些签名者自身忧愁的印痕。

这里无意中泄露了一个秘密，如果按照惯例早一点揭开，也许会更合适一些。在与亚哈有关的众多其他细节当中，有一点在有些人看来始终是个谜，那就是为什么，在“裴阔德号”出发前后的一段时间，他都会像大喇嘛一样把自己藏起来，与世隔绝；而且，在那段时间里，他仿佛在死者的大理石元老院里，找到了一个可以一言不发的避难所。船长法勒为这件事编造的理由看来绝对不够充分；事实上，但凡涉及亚哈内心深处的想法，任何显露出来的部分都是意味深长且晦暗难解，而不是一目了然。但是，到最后，都会真相大白；至少这件事情上是如此。

那件悲惨的灾祸便是他暂时封闭自己的根源。

而且不仅如此，对于岸上那个日益缩小、疏远的亲友圈，也是如此。无论如何，他们总还是拥有较易接近他的特权。对于这个胆怯的亲友圈，上面提到的意外事故——喜怒无常的亚哈也没有做出解释——充满了恐怖色彩，因为它完全来自那个充满鬼神与悲号的世界。

所以，出自对他的一片热忱，他们全都不谋而合，竭力把这件事的真相隐瞒住，不让别人知道；于是，过了好长一段时间，这件事才在“裴阔德号”上泄露出来。

但是，事情果真如此的话，那就让天上那看不见摸不透的众神大会，或者是怀恨在心的大小火神，去决定是否和这个不敬神的亚哈打交道吧，在眼前他这条腿的事情上，他却采取了明确实际的步骤——他喊来了木匠。

当木匠出现在他面前时，他吩咐他马上着手做一条新的假腿，不能有半点耽搁，并指示三个副手，把一路上积攒的大大小小的抹香鲸腭骨提供给木匠，让他保证能仔细挑选出最结实、纹理最清晰的材料。这项工作做完，他命令木匠当晚就要做出假腿来，并且提供所有需要的配件，那条已经靠不住的假腿上的配件一律抛开。而且，他命令把船上暂时闲置的熔炉从舱里吊上来；为了加快进度，还吩咐铁匠立即开始锻造任何可能用得到的铁件。

第一〇七章　木匠

如果你像苏丹那样坐在土星拱列的卫星群中，单挑一个出类拔萃的人来看，他似乎就是一个奇迹，一种伟大，同时也是一种悲哀。但是，从同样的观点出发来看待人类整体，他们绝大部分就是一群多余的复制品，无论古今都是如此。不过，尽管身份卑微，也远不能充当崇高的人类精华的样本，"裴阔德号"上的木匠却绝非一个复制品；于是，他现在亲自登场了。

像所有海船，尤其是捕鲸船上的木匠一样，他具有某种能立刻上手的、讲求实际的本事，在很多与他的本行相关的行当和技能上面，都同样有一些经验；木匠活是许多手工艺古老而枝繁叶茂的主干，这些手工艺或多或少要与作为辅助材料的木头打交道。但是，除了上面这些一般性的作用之外，"裴阔德号"上的这位木匠还格外擅长处理那些层出不穷、难以形容的惯常突发事件，一艘大船在三四年的航行中，在荒蛮而遥远的海洋上，这种情况在所难免。更不用说他还要随时应付日常事务：

修理撞坏的小艇和破烂的桅杆，改进桨叶笨拙的式样，在甲板上嵌装牛眼窗，或者在舷板上安装新木栓，以及其他杂七杂八与他的专业关系更为直接的事情；他还善于不费踌躇地处理各种互相冲突的事务，无论是有用的正经事还是忽发奇想。

他扮演如此多样化角色的唯一大舞台，便是他的老虎钳工作台；一条粗糙笨重的长桌，装备着几套不同尺寸的老虎钳，有铁打的，也有木头的。除了船边拖有大鲸的时候，这个工作台总是牢牢地横捆在炼油间后壁外面。

如果发现一根系索栓太大，不容易插进栓孔，这木匠便会把它夹在一个常备的老虎钳里，径直把它锉小一些。一只羽毛奇特的陆地飞鸟迷了路，飞到了船上，被逮住了，这木匠就会用刮得干干净净的露脊鲸骨头做立杆，用抹香鲸牙齿做横梁，给它做出一个宝塔形的笼子。一个桨手扭伤了手腕，这木匠就给配出一种外敷的止痛液。斯塔布想给他的每一支桨叶都画上朱红色的星星，这木匠就把桨一支支地拧紧在那套木制的大老虎钳里，均匀地漆上星星。一个水手喜欢戴鲨鱼骨的耳环，这木匠就给他的耳朵钻耳孔。另一个水手牙痛，这木匠就拿出钳子，一只手拍拍他的工作台，让他坐下；可是手术还没有做完，那可怜的家伙便吓得畏畏缩缩，无法控制了；因为木匠一边旋转着木制老虎钳的把手，一边示意他把下巴放进去，如果他想拔牙的话。

于是，这个木匠就得在各方面做好准备，而且要对一切都同样满不在乎、毫无敬意。他把牙齿当作小骨头片；把脑袋看作顶块；把人本身掉以轻心地当作绞盘。但是，既然他在这么广泛的领域具有多方面成就和鲜活的技艺，这一切便似乎足以证明他是个聪明过人、精力充沛之人。可事实并非如此。因为这个人身上最为明显的特征，似乎莫过于一种不带个人色彩的迟钝；我所说的不带个人色彩，是因为它荫蔽在周遭无穷无尽的事物之中，似乎已经和整个有形世界中可以觉察出来的普遍迟钝合二为一了；这种迟钝以无数方式不停地活跃着，但又永远保持着它的平静，对你不理不睬，哪怕你是在挖掘大教堂的地基。他身上这种有些可怕的迟钝，从表面看来，似乎还包含着一种十足的冷漠无情——然而奇怪的是，它有时也会被一种古老的、拐弯抹角的、不合时宜的、气喘吁吁的幽默所打破，还时不时地掺杂着一种老年人的机智；这样的幽默倒是适合在诺亚方舟那古老的船头楼里值夜班时用来打发时间。

难道是这个老木匠终生过着漂泊的生活，不停地滚来滚去，不仅没有积上一点苔藓，反而连原本可能附在身上的小零碎都给磨掉了？他是一个赤裸的抽象概念；一个没有零头的整数；新生儿一样固执；今生和来世一概不顾地生活着。你几乎会说，他身上这种奇异的固执就包含着某种愚蠢；因为在他所做的众多行当中，他似乎不是凭借理智或本能来工作的，亦非纯然是受训的结果，或是由所有这些因素分量不等地混合而成；而是完全凭借一种不闻不问、自发而刻板的过程。

他是个纯粹的操作者；他的大脑，如果他曾经有大脑的话，一定早就渗透到他十指的肌肉里面去了。他就像谢菲尔德设计出的一个“以少总多”的机巧工具，不合情理却极其管用，外表——尽管有点鼓鼓囊囊——像是一把普通的折刀，但里面不仅有各种大小的刀片，还有螺丝刀、螺丝锥、镊子、锥子、钢笔、尺子、指甲锉、埋头钻。因此，如果他的上司想把他当螺丝刀用，只需要把他身上相应的部分打开，就可以旋紧螺丝了；如果想把他当镊子用，只需抓起他的两条腿，就成了一把镊子了。

然而，如前所述，这个万能工具一般可开可合的木匠，终归不光是一部自动机器。如果他身体里没有一个平常的灵魂，那他总有一个微妙的东西，在反常地行使着灵魂的责任。那是什么东西，是水银精，还是几滴鹿角精，还没人能说得出来。但是，它就在那里；而且，至今已经存在了六十个年头。这种东西便是他身上不可理解的巧妙的生命原则；就是这种东西，使得他大部分时间都在自言自语；不过只是像一个不合常理的轮子，总是在独自不停地嗡鸣；或者，更确切地说，他的身体是一个岗亭，这个自言自语者便是里边的哨兵，为了让自己保持清醒，他始终在自言自语。

第一〇八章　亚哈与木匠

甲板——第一个夜班。

（木匠站在他的老虎钳工作台前，借着两盏灯笼忙碌地锉着假腿上用的牙骨托梁，这块牙骨已经牢牢固定在老虎钳里。工作台周围散落着一片片牙骨、皮带、衬垫、螺丝和各式各样的工具。前面，熔炉里可见通红的火焰，铁匠正在炉边干活。）

该死的锉，该死的骨头！应该软的它偏硬，应该硬的它偏软。我们还是算了吧，谁要锉那老髋骨和胫骨。我们试试另一块。没错，嗯，这个就好多了（打喷嚏）。喂，这骨头灰还真是（打喷嚏）——哎呀，真是（打喷嚏）——不错，真是（打喷嚏）——老天保佑，它就不让我说话！这就是一个老家伙用这种死木头干活的下场。要是锯一棵活树，就不会有这种灰了；切断一根新鲜骨头，就不会有这种灰了（打喷嚏）。来吧，来吧，你这煤黑子老头，喂，搭把手，准备好铁套管和带扣螺丝，我现在就准备用了。还算幸运（打喷嚏），不需要做膝关节；那会有点为难；只需要做一根胫骨——哎呀，那就和做跳杆一样容易；只是我想把它好好地做完。时间，时间；但凡有时间，我就能给他做出一条灵巧的腿来（打喷嚏），和过去那样能在客厅里后退着向女士行礼。我在商店橱窗里见过的那些鹿皮腿和小牛皮腿根本没法比。它们吸水，确实吸水；自然就会得风湿病，还得去看医生（打喷嚏），用药水又洗又擦，就像伺候真腿一样。嗯，在把它锯掉之前，我得去找一下老船长，看看长短是否合适，我猜，如果有不合适的地方，那就是太短了。哈！那就正好做脚后跟，我们真走运；他来了，要不就是别人，肯定是有人来了。

亚哈（走上前来。）

（在下一场中，木匠继续时不时地打喷嚏。）

弄好了，造人的师傅！

时候刚刚好，先生。如果船长愿意，我现在要标上长度。让我量一下，先生。

量腿！好。好吧，这又不是第一回。量吧！嗯，把你的手指按在上面。你这里有一把劲很大的老虎钳，让我来试试它卡得牢不牢。嗯，嗯，它确实能夹住。

啊，先生，它会把骨头夹断的——当心，当心！

不要怕；我就喜欢夹劲大的。在这个滑溜溜的世界上，我就喜欢碰碰能够把握住的东西，老兄。普罗米修斯在那里干什么？——我说的是那个铁匠——他在干什么？

他一定是在打带扣螺丝，先生。

对。这是一种合作，他提供肌肉部分。他那边炉火烧得很旺啊！

没错，先生，这种细活儿一定得有高温才行。

嗯——嗯。他是得有高温才行。我现在相信这真是桩最有意义的事，那个古希腊人普罗米修斯，据说是他创造了人类，他应该做过铁匠，他用火使人类生机勃勃；因为在火中创造的东西，当然就属于火；所以地狱可能就是这样。那煤烟飞得多高啊！这一定是那个希腊人造完非洲人之后剩下来的东西。木匠，等他打完了带扣螺丝，告诉他锻造一副铁肩胛骨，船上有个小贩被担子压垮了。

先生？

等一下。趁普罗米修斯正在忙着，我要按照可心的模式定做一个完整的人。首先，要有五十英尺高；其次，胸膛要仿效泰晤士河隧道的样式；再其次，两腿要生根，好固定在一个地方；再就是胳膊，一直到手腕要有三英尺长；根本不要心，黄铜的前额，漂亮的大脑得有四分之一英亩；让我瞧瞧——我要定制一双朝外看的眼睛吗？不，只需要在头顶开个天窗，让光照进去。好了，确认订单，去吧。

嘿，他在说什么呀，他在和谁说话呀？我真想知道。我要一直站在这里吗？（旁白）

只有蹩脚的建筑才弄个啥也看不见的穹顶；这里就有一个。不，不，不；我得有盏灯。

嚯，嚯！就是这个吗，嘿？这里有两盏，先生；我一盏就够了。

你干吗把那逮小偷的东西杵到我脸上，老兄？用灯光对着人比用手枪指着人家还要坏。

我想，先生，你是在和木匠说话。

木匠？嗯，那是——可是，不；——你在这里干的是一件非常利索的，可以说，是一件非常文雅的活，木匠；——或者你宁愿去和泥巴打交道？

先生？——泥巴？泥巴，先生？那是烂泥；我们还是把泥巴留给挖沟的吧，先生。

这家伙不敬神！你干吗一直打喷嚏？

骨头的灰挺大，先生。

那你就记住，你死的时候，不要把自己埋在活人的鼻子底下。

先生？——啊！啊！——我也是这么想的；——是的——哎呀！

你听听，木匠，我敢说你自称是个挺不错的技术熟练的手艺人，呃？那么好吧，如果等我装上你做的这条腿，我要是觉得在原来的地方又有了一条腿，那就说明你的手艺确实地道。木匠，我指的是我过去丢掉的那条腿，那条有血有肉的腿。难道你就不能把那个老亚当赶走吗？

真的，先生，我现在开始有点明白了。是的，在那一点上，我听说过一件很奇怪的事情，先生；一个断了桅杆的人永远不会完全失去对旧桅杆的感情，它还会不时地刺痛他。我斗胆问一下，这是真的吗，先生？

是真的，老兄。看，把你的真腿安在我原来那条腿的地方；这样，在眼睛看来，这里分明只有一条腿，可是心里看见的却是两条腿。在那个地方，你感觉到生命的刺痛；那里，就是那里，丝毫不差，我的确有这种感觉。这是个谜吗？

我该斗胆称之为一个难解之谜，先生。

嘘。你怎么知道就不会有一个完整的会思考的活物，看不见也摸不透，恰好站在你现在站的地方，而且还不管你愿不愿意？在你最孤独的时刻，难道你就不害怕有人偷听吗？住嘴，别说话！如果我依然感到那条压碎的腿还在刺痛，尽管它早就应该不痛了；那么，木匠，你连身体都没有的时候，为什么就不会永远感觉到地狱火烧火燎的痛呢？哈！

天哪！真的，先生，假如那样的话，我得重新算计算计了；我想我没有把一个小数算进去，先生。

你听听，真是永远不要跟傻瓜打比方。——还有多长时间才能把这腿做好？

也许一个小时吧，先生。

那就马马虎虎算了，弄好就给我拿来（*转身走开*）。啊，生命！我在这里，和希腊的神一样骄傲，却要为了一根支撑自己的骨头，欠下这个傻瓜的 份债务！这该死的无法一笔勾销的欠来欠去的人情债。我真想像空气一样自由；可是全世界的书里都给我记上了一笔。我是如此富有，我可以在罗马帝国（也就是世界的帝国）的拍卖场上和最富有的执政官竞标报价，但是我夸夸其谈的舌头欠了点肉。天哪！我要弄个坩埚来，跳进去，把自己熔化成一节小小的简洁的脊椎骨。就是这样。

木匠（*重新开始工作。*）

好了，好了，好了！斯塔布最了解他了，可斯塔布总是说他古怪；什么都不说，只说古怪那个小小的词就够了；他古怪，斯塔布说；他古怪——古怪，古怪；一直絮絮叨叨地和斯塔巴克先生说这个词——古怪——先生——古怪，古怪，非常古怪。而他的腿在这儿！是的，现在我想起来了，这就是他的床伴！把一根鲸鱼下巴骨当老婆！而这就是他的腿；他要靠它支撑。

现在是怎么回事，一条腿要站在三个地方，而这三个地方又全都在一个地狱里——那怎么可能呢？啊！难怪那么轻蔑地看着我呢！他们说，我有时有点儿想入非非；可那仅仅是偶然现象。再说，像我这么个又矮又小的老东西，就永远不该随着高得像苍鹭的船长去深水里跋涉；水会很快没过你的下巴，把你呛住，那就得大喊救命了。

这就是一条苍鹭的腿！又长又细，果不其然！大多数的人一双腿就能支持一辈子，那一定是因为他们用得很小心，就像一个好心的老太太对待她那矮胖的驾车老马一样。可是亚哈，啊，他可是个狠心的马车夫。看吧，一条腿给他赶上了死路，另一条落得个终生残废，现在又用带子磨损这些骨腿了。啊哈，喂，你这煤黑子！帮帮忙，把那些螺丝打出来，赶在那位使人复活的家伙吹响号角之前把这事了结，他真腿假腿都要，就像酿酒人到处收罗旧啤酒桶，好把它们重新装满。多好的一条腿啊！看着就像一条活人的真腿，锉得只剩下芯子了；他明天就会用它撑着了；他站在上面可就居高临下了。啊哈！我差点忘了这块椭圆形的小板，磨得光光的牙骨，他要在上面计算纬度呢。就这样，就这样，凿子，锉刀和砂纸，来吧！

第一〇九章　亚哈与斯塔巴克在船长室里

根据惯例，第二天早上，他们正在给船舱抽水；你看！随着水抽上来不少油；下面的油桶一定是漏得很厉害。大家都显出十分忧虑的神色；斯塔巴克下到船长室，去汇报这个不利的情况[1]。

这时，“裴阔德号”正从西南方向靠近台湾和巴士群岛，这两者之间便是从中国海域通往太平洋的热带出口。因此，斯塔巴克进到船长室的时候，发现亚哈面前正摊着一张东方群岛的总图；还有一张图上画着一长串东海岸的日本岛屿——日本、松前和四国。他雪白的新骨腿抵着用螺丝固定在地板上的桌子腿，手里拿着一把修枝镰般的水手刀，这个怪老头，背对舱门，

1 在捕抹香鲸船上如果载有相当数量的油，常规上要每周两次把一条水管导入舱中，用海水把油桶淋湿；然后，在不同的时段，再把舱中的水抽出去。这样就能使油桶因湿润而保持紧绷密封；同时，从抽出来的水的变化上，水手们很容易探测到贵重货物是否有严重的渗漏。

正皱着眉头，又在追踪他从前的老航线了。

“谁在那儿？”他听到了门口的脚步声,但是没有转过头来，“到甲板上去！走开！”

“亚哈船长弄错了，是我。舱里的油漏了，先生。我们得吊起复滑车，把主舱打开。”

“吊起复滑车，把主舱打开？我们已经靠近日本了；要在这里停上一星期，修补一堆旧桶箍吗？”

“先生，要是不这样的话，一天多浪费掉的油就比我们一年弄到的还要多。我们赶了两万英里弄来的东西就该珍惜啊，先生。”

“是呀，是呀；只是我们要把它搞到手才行。”

“我是在说舱里的油，先生。”

“而我说的想的根本不是这个。走开！让它漏去吧！我自己浑身都漏了。没错！漏上加漏！不仅满是漏桶，而且是漏桶装在漏船里；那情况比‘裴阔德号’还要糟糕，老兄。可我并没有停下来把漏洞堵上；因为在装得满满的船身深处，谁能找得到漏洞呢；即便找到了，在这终生怒号的狂风中，又怎么堵得上呢？斯塔巴克！我不许把复滑车吊起来。”

“船东们会怎么说，先生？”

“让船东们站在楠塔基特岸边，喊叫得比台风还要响亮吧。关亚哈什么事？船东，船东？你老是拿那些吝啬如命的船东和我唠叨，好像船东就是我的良心似的。可是你看着，这艘船真正的船东就是它的船长；你听着，我的良心就是这艘船的龙骨。——到甲板上去！”

“亚哈船长，”脸涨得通红的大副说道，一边向船舱里面走来，这种大胆行为可谓不可思议，既恭恭敬敬，又小心翼翼，不但力图避免有丝毫外露，而且似乎对自己也半信半疑，“换了是一个比你年轻也比你快活的人，一个脾气比我好的人会马上感到厌憎，可他对你却一点都不会计较，亚哈船长。”

“鬼东西！你竟敢挖苦起我来了？——到甲板上去！”

“不，先生，等一下，我恳求你了。我斗胆，先生——恳求你包涵！难道我们到现在不能彼此多些了解吗，亚哈船长？”

亚哈从架子上（南海捕鲸船船长室里必备的家具之一）抓起一支上膛的滑膛枪，用枪指着斯塔巴克，大喝道：“主宰世界的只有一个上帝，主宰‘裴阔德号’的只有一个船长。——到甲板上去！”

一时间，从大副闪烁的眼睛和燃烧的脸颊上，你几乎会以为他真的挨了那端平的枪管的一枪。但是，他控制住自己的情绪，相当镇静地起身离开，在退出船长室的时候，他又停了片刻，说道：“你不光侮辱了我，先生，你还践踏了我；不过，我请你不要提防斯塔巴克；你只需一笑置之；但是，亚哈要提防亚哈了，提防你自己，老头子。”

“他变得勇敢起来了，但还是服从了，这才是最谨慎的勇敢！”斯塔巴克的身影消失以后，亚哈喃喃自语道，“他说什么来着——亚哈要提防亚哈——这话可有点来头啊！”然后他无意识地把滑膛枪当成拐杖，面色铁青，在小小的船长室里来

回踱步；但是，过了片刻，他前额上浓密的皱纹松弛下来，他把枪放回架子，向甲板走去。

“你可真是个好得过分的家伙，斯塔巴克。”他缓慢地对大副说道。然后提高嗓音向水手们说：“把前前后后的上桅帆都卷起来，中桅帆都收紧；装上主帆的帆架；吊起复滑车，把主舱打开。”

亚哈为什么会这样做，斯塔巴克也许是难以猜到究竟的。也许是他忽发善念，或者仅仅是慎重的策略而已，在这种情况下，绝对不要让船上举足轻重的高级水手公开显露一丝一毫不满的迹象，再怎么短暂也不行。无论如何，他的命令是执行了；复滑车被吊了起来。

第一一〇章　奎奎格在棺材里

经过检查，发现最后进舱的一批油桶完好无损，一定是船舱更深处的油桶有漏的。于是，正值风平浪静的天气，他们便逐步深入，甚至连底层的那些大桶都被搅醒了，从午夜般漆黑的舱中把那些巨大的鼹鼠折腾到光天化日的甲板上。他们往里摸得很深很深，从最底层大桶那古老的、已被侵蚀的、杂草丛生的模样，你几乎以为接着就会出现一只发了霉的做墙角石的桶，里边装着诺亚船长的钱币，和一份份传单，徒劳地警告着昏头昏脑的旧世界洪水就要来啦。还有一桶又一桶的淡水、面包、牛肉、成套的桶板和成捆的铁箍，也都吊了出来，最后都堆在甲板上，连走动都困难了；空空的船舱在脚下发出回声，仿佛你正踩在空空的地下陵寝上，在海上颠来晃去，像一只装满空气的细颈大瓶子。这头重脚轻的大船就像是一个腹中空空却满脑子装着亚里士多德的学生。幸亏当时还没有台风来光顾他们。

这时，我那可怜的异教徒伙伴，我最知心的朋友奎奎格，却发起烧来，几乎就要临近他那无尽生命的终结了。

应该说明一下，在捕鲸这个行业中，是没有什么闲职可言的；尊贵与危险密切相关；你的职位越高，你的工作越辛苦，直到你当上了船长为止。可怜的奎奎格就是如此，作为标枪手，他不但要面对活鲸的全部狂暴，而且——正如我们在别处见到的那样——他还要在翻腾不息的大海中登上死鲸的脊背；最后还要下到一片幽暗的船舱里，汗流浃背地整天待在那地下牢房里苦熬，不屈不挠地搬动那些笨重至极的油桶，把它们存放妥当。简而言之，在捕鲸者当中，标枪手就是所谓的管舱人。

可怜的奎奎格！在船舱大约掏空一半的时候，你真应该俯身在舱口，向下看看他那副模样；这个文身的蛮子脱光了衣服，只穿着一件羊毛衬裤，在那湿漉漉黏答答的地方爬来爬去，像井底的一只绿斑点的蜥蜴。不知怎么，那船舱对于这可怜的异教徒，竟然真的成了一口井或是一个冰库；说来奇怪，尽管他在那里干得满头大汗，热气腾腾，却受了一股可怕的寒气，陷入了高烧之中；最终，经过数日的折磨，他躺在他的吊铺上，已经接近了死亡的门槛。

在那几天的缠绵拖延中，他是如何日渐消瘦啊，最后似乎只剩下了带有文身的骨头架子了。但是，虽然他全身消瘦，颧骨高高凸起，可是他的眼睛，似乎却越来越圆，神采充沛；它们变得异常柔和而光彩；并且，尽管重病缠身，这双眼睛却温柔而深情地注视着你，奇妙地证明了在他身上的那种永恒的生命活力不会消亡，也不会衰弱。就像水面上的圆圈，当它们变得模糊时，就是在向外扩大；他的眼睛也是如此，似乎在一圈一圈地扩大，就像是永恒的圆环。当你坐在这个日渐衰弱的蛮子身边，一种难以名状的敬畏之感会悄悄袭上心来，你在他脸上看到的奇异现象，就和琐罗亚斯德临终前侍立一旁的人看见的那样。因为人身上任何真正奇妙和可怕的东西，还从来没有人说出来过，或是写入书中。而死亡的临近，一视同仁地拉平了一切，一视同仁地给所有人带来最后的启示，只有从死者中找一个作家才能予以恰当的描述。

所以——让我们再说一次——当可怜的奎奎格躺在他不停摇晃的吊铺上，奔腾不息的大海似乎在温柔地摇荡着他进入最后的安息，暗暗上涨的看不见的潮汐把他越来越高地抬向他命定的天堂，这时，你看见那些神秘的阴影悄悄掠过他的面容，比任何垂死的迦勒底人或是希腊人的思想，都更为崇高，更为神圣。

水手中没有一个人放弃他；而至于奎奎格自己，他对病情的想法鲜明体现在他所提出的一个奇怪要求上面。在灰蒙蒙的早班时间，天光刚刚破晓，他把一个人叫到自己身边，握住那人的手说，在楠塔基特的时候，他曾偶然看见一些黑木头做的小独木舟，很像是他家乡岛屿上用来做武器的昂贵的木头；经过询问，他得知，所有死在楠塔基特的捕鲸者，都被放置在这样的黑色独木舟中，一想到以后会被这样安葬，他就感到很是开心；因为这与他自己民族的风俗非常相似，人们会把死去的战士裹上香料，平放在自己的独木舟中，让他随水漂流到星光熠熠的群岛那边；因为，他们不仅相信群星便是岛屿，而且远在周遭可见的地平线之外，那温柔的无边无际的大海，是与蓝色天堂交汇在一起的，并由此形成了银河的白色碎浪。他还补充说，一想到要葬身在他自己的吊铺里，他就发抖，因为按照海上的惯例，他会像一堆令人不快的东西被抛给贪得无厌的鲨鱼。不，他想要一只楠塔基特那样的独木舟，作为一个捕鲸者，更合乎他心意的是，这种棺材样的独木舟也像捕鲸艇一样没有龙骨；这样一来，自然就不好掌舵了，就更容易偏航，漂流到幽冥岁月之中。

当这个奇怪的情况被传到船尾的时候，木匠马上受命按照奎奎格的吩咐行事，无论涉及什么，都一律照办。船上有一些异教徒的、棺材色的旧木头，是在以前漫长的航行中，从拉加德群岛的原始森林中砍来的，于是就用这些黑木板来打造一副棺材。木匠一接到命令就立刻拿起尺子，以他特有的满不在乎的敏捷，飞快地跑到船头楼里，一丝不苟地给奎奎格量起尺寸来，一边移动尺子，一边一本正经地用粉笔记下奎奎格的身材尺寸。

“啊！可怜的家伙！他这下可得死了。”那个长岛水手脱口而出地说道。

这时，木匠回到自己的老虎钳工作台边，为了方便和总体规划，把要做的棺材的精确长度转录在上面，然后在工作台两端砍了两道印子，把转录的长度固定下来。做完这个之后，他

便整理木板和工具，开始工作了。

敲进最后一根钉子，把盖子适当刨平装好，他便轻松地扛起棺材，向船首走去，一边还询问着是否他们已经准备用了。

甲板上的人愤愤不平又半带幽默地叫喊起来，要木匠把棺材赶紧扛走，偷听到叫声，奎奎格令人惊愕地吩咐，把那东西立刻搬到他跟前，没有任何人拒绝他，由此可见，人类中濒死之人是最专制的。当然，既然他们不久就不再能给我们添麻烦了，就应该纵容一下这些可怜的家伙。

斜倚在吊铺上，奎奎格把这棺材专注地打量了好半天。然后叫人取来他的标枪，卸下木柄，把铁枪头和他小艇上的一支桨叶并排放在棺材里。一切都出自他本人的要求，棺材里边还转圈摆放了一些硬面包，一壶淡水放在头顶，一小袋从船舱刮出来的带木屑的泥土放在脚底，一片船帆布卷起来当枕头，然后奎奎格恳求大家，把他抬进他这最后的休憩之所，这样他可以试试它是否舒适，如果谈得到舒适的话。他一动不动地躺了有几分钟时间，又叫一个人去他的袋子里把他的小神悠悠取出来。随后，他交叉手臂，把悠悠抱在胸前，吩咐把棺材盖（他称之为舱盖）给他盖上。棺材盖头上有块地方装有皮铰链，可以翻开，于是，奎奎格就躺在他的棺材里，只能看见他瘦削而安详的面容。“拉米（这就行了，很舒服）。”他最后喃喃说道，示意把他抬到吊铺上去。

但是，他还没有被抬到吊铺上去，一直在周围顽皮地转来转去的皮普，就来到躺在棺材里的奎奎格身边，轻声啜泣着，一只手抓住奎奎格的手，另一只手里握着他的小手鼓。

“可怜的漂泊者！你永远也不会结束这令人疲惫的漂泊吗？你现在要去往何方？如果潮流把你带到美妙的安的列斯群岛，那里只有睡莲拍打着海岸，你能为我办一件小小的差事吗？找到那个皮普，他已经失踪很久了，我认为他就在遥远的安的列斯群岛。如果你找到了他，就安慰安慰他，因为他一定非常悲哀；你看，他把自己的手鼓都丢下了；——我发现的。的——啦——嗒，嗒，嗒！奎奎格，现在死吧，我会为你敲起死亡进行曲。”

“我听到了，”斯塔巴克嘟囔道，从小天窗向下凝视着，“在猛烈的热病中，人会不知不觉地说出一些古话；秘密一旦查明，原来那些古话都是在完全忘记的童年从一些渊博学者那里听来的。所以，我深信不疑，可怜的皮普，在他精神失常时所说的那番奇异又甜蜜的话中，给我们所有人带来了天国的神圣证明。除了那里，他能从哪里学到呢？——听！他又说开了，不过这会儿更癫狂了。”

“两两排好！我们把他当成个将军吧！嚯，他的标枪在哪里？把它横在这儿。——的——啦——嗒，嗒，嗒！万岁！啊，现在要有只斗鸡站在他头上，高声啼鸣！奎奎格死得壮烈！——记住了，奎奎格死得壮烈！——你们得好好注意了，奎奎格死得壮烈！我说，壮烈，壮烈，壮烈！但是卑鄙的小皮普，他死成了一个懦夫，他死时浑身发抖；——滚蛋吧皮普！你听着，如果你发现了皮普，告诉所有的安的列斯人，他是个逃兵；

一个懦夫，懦夫，懦夫！告诉他们，他是从捕鲸艇上跳下海的！如果他在这里再死一次，我也永远不会为卑鄙的皮普敲手鼓，绝不会尊他为将军。不，不！所有的懦夫都可耻——真可耻！让他们都像从捕鲸艇上跳下去的皮普那样淹死。可耻！可耻！”

在此期间，奎奎格一直闭目躺着，仿佛置身于梦中。皮普被拉走了，病人被抬到了自己的吊铺上。

但是，因为他显然为死亡做好了一切准备，因为他的棺材做得十分舒适，奎奎格的病就突然好了起来；不久，似乎就用不着木匠的棺材了。于是，当有人向他欣喜地表示惊异时，他说，事实上，他突然康复的原因是这样的——就在关键时刻，他恰好想了他在岸上还有一件小小的责任未了，所以他就改变了要死的念头；他断言道，他还不能死。他们便问他，死活是不是完全他自己说了算，随他高兴。他回答，当然。一句话，这是奎奎格的玄想，如果一个人打定主意要活，区区疾病是无法要他的命的，只有鲸鱼、狂风，或者某些不可控制而又愚昧无知的暴力才能把他毁灭。

这就是野蛮人与文明人之间的一个显著差别；一个文明人如果患病，可能需要六个月才能逐渐康复，而一般说来，一个野蛮人生了病，几乎一天之内病情就会好上一半。所以，我的奎奎格很快就恢复了体力；最后，他在绞盘上无所事事地闲坐了几天之后（但是胃口极佳），突然一跃而起，甩甩胳膊伸伸腿儿，好好伸了个懒腰，打了一阵呵欠，便跳上悬挂在大船边的小艇，站在艇首，端起一支标枪，宣称自己已经能够战斗了。

出于某种疯狂的怪念头，他现在把他的棺材当成从海底捞起的箱子使用了；他把帆布袋里的衣服一股脑倒在里面，整整齐齐地放好。很多空闲时间，他就在盖子上雕刻各种奇形怪状的图案和图画；似乎要竭力以他拙劣的手法，把他身上弯弯曲曲的文身复制下来一部分。而这种文身是他故乡岛屿上一位已经过世的先知的作品，先知凭借这些象形符号，在他身上写下了一套完整的关于天地的学说，一篇关于如何认识真理的神秘论文；这样一来，奎奎格自己的身上就有了一个有待解开的谜团；一部单卷本的天书；但是，这天书的秘密连他自己也无法读懂，尽管他那颗活生生的心就在撞击着它们；因而，这些秘密注定要随着铭刻它们的这张活的羊皮纸而腐朽消亡，到最后也无人解开。亚哈心中一定产生过这样的想法，有天早上，查看过可怜的奎奎格之后，他转身离开时感叹地说："啊，这众神恶魔般的挑逗！"

第一一一章　太平洋

驶过了巴士群岛，我们终于进入了茫茫的南海；如果不是为了其他的事情，我准会用无尽的感谢来向我亲爱的太平洋问候致意了，因为此刻，我青春时代的夙愿已经实现；那平静的海洋在我眼前展开一片蔚蓝，向东滚滚而去，绵延三千英里。

这大洋有一种说不出的亲切而神秘的色彩，它温柔而可怕的波动似乎在预示它下面隐藏着一个灵魂；就像埋葬着福音传道者圣约翰的以弗所草地，在传说中总是起伏不定一样。与之相应的是，在这些海上牧场、辽阔起伏的水上大草原和四大洲的公共墓地上，波浪起起伏伏，潮汐涨涨落落，永无止息；因为这里，有无数形形色色的魅影幽魂、沉溺的梦想家、梦游者、幻想家；所有我们称之为生命和灵魂的，都躺在这里在做梦，做梦，一直做下去；像睡眠者在自己的床上辗转反侧，那永远翻腾不息的波浪不过是源自他们的躁动不安。

任何一个耽于沉思的袄教行脚僧，一看到这个宁静的大洋，一定会从此把它当成自己最后的归宿。它是位于世界正中的海洋，印度洋和大西洋只是它的两只臂膀。它的波浪冲刷着昨天才有最新近的民族移居、新建的加利福尼亚城镇的防波堤，也冲刷着比亚伯拉罕还要古老、虽已褪色但依然绚烂的亚洲大陆的边缘；而漂浮在中间的便是银河般的珊瑚群岛，以及地势低洼、漫无止境、不为人知的群岛，还有令人费解的日本诸岛。这奥秘神圣的太平洋就这样环绕着整个世界的身躯；使所有海岸都成了它的海湾；它似乎就是地球那浪潮起伏的心脏。被那些永远汹涌激荡的浪头托举着，你不得不承认这个富有魅力的牧神，向潘神低下你的头。

但是，亚哈的脑中很少想到潘神，他像一尊钢铁雕像，站在后桅索具旁习惯的地方，一只鼻孔不假思索地嗅着来自巴士群岛的带甜味的麝香气息（温柔的情侣一定在那些美妙的树林中款款漫步），另一只鼻孔则有意识地吸着这新发现的海洋的咸涩气息；那可恨的白鲸甚至很可能正在这海里游着。

终于驶入了差不多可以说是此行最后的水域，船向日本的巡游渔场缓缓前进，这老人的意志越发坚定起来。他坚定的嘴唇像老虎钳一样紧紧地闭着；他三角洲似的前额上，脉管像满溢的溪流一般鼓起；甚至睡梦中，他响亮的叫声也会在有拱顶的船壳中回响：“往后划！白鲸在喷浓血了！”

第一一二章　铁匠

珀斯，这个浑身脏污、两手血泡的老铁匠，利用目前这一带地区温和凉爽的夏日天气，为了给不久即可预期的异常繁忙的捕猎做好准备，在协助打造完亚哈的假腿之后，并没有将他可移动的熔炉搬回到船舱之中，而是继续留在甲板上，牢牢地捆在前桅带环螺栓上。

现在，几乎不间断地有小艇领班、标枪手和头桨手来找他，要他为他们做些零零碎碎的活计，或是改造，或是修理，或是新打制各种各样的武器和艇上用具。他身边经常围绕着一圈焦急的人，全都在等着他帮忙；他们拿着小艇上用的铲子、鱼枪头、标枪和鱼枪，满怀嫉妒地看着他苦干时搅起阵阵煤灰的每一个动作。然而，这个老人只是用一只无比耐心的手敲打着一把无比耐心的锤子。他从不嘟嘟囔囔，从不急躁，从不发火。安静，缓慢，庄严；他更深地俯下自己早已伛偻的脊背，不停地忙碌着，仿佛劳苦就是生活本身，锤子沉重的敲击就是他心脏沉重的跳动。就是这样——悲惨至极！

这老头走路的样子很是奇特，步态稍微有点偏斜，又显出十分痛苦的样子，在航行一开始曾引起水手们的好奇。在大家一再追根究底的追问下，他终于做出了让步；于是，现在每个人都知道了他那悲惨命运中还有一段不光彩的故事。

一个严冬的午夜，夜色沉沉，这个并非无辜的铁匠还在两个城镇之间赶着夜路。他有点神思恍惚，感觉一阵致命的麻木袭遍全身，便去一座歪歪斜斜的废弃谷仓中歇歇脚。结果把两脚的十根脚趾全都冻掉了。从这次意外遭遇之后，终于逐渐展开了他人生戏剧充满欢乐的前四幕，和漫长而悲伤的、至今尚未落幕的第五幕。

他本是个年近六十的老头，却在这个年纪逢上了姗姗来迟、在灾难的专门术语中叫作家破人亡的惨事。

他曾是个技艺精湛远近闻名的手艺人，活多得干不完；有一座带花园的房子；一个年轻的女儿一般的爱妻，还有三个无忧无虑、面色红润的孩子；每个星期天他都去一座丛林环绕、喜气洋洋的教堂做礼拜。但是，一天晚上，在夜色的掩盖下，凭借最为狡猾的伪装，一个穷凶极恶的窃贼溜进了他幸福美满的家，把他的一切偷得精光。

说起来更为难解的是，是这个铁匠自己无知地引狼入室。那贼简直就是瓶子里的魔鬼！一旦打开致命的瓶塞，魔鬼就会飞出来，让他的家毁于一旦。出于谨慎、精明和节省，铁匠把铺子设在他家的地下室里，但是有一个单独的门可以进出；所以，他那年轻可爱又健康的妻子就总是紧张而不无快活地，饶有兴致地倾听着自己年老的丈夫用年轻的臂膀猛力敲击锤子的回声；这回声模糊地穿过地板和墙壁，不无甜蜜地传到育儿室，传到她的耳边。就这样，在这结实的劳动之神的钢铁催眠曲中，铁匠的几个婴儿被摇晃着进入梦乡。

啊，痛上加痛！啊，死神，为什么有时你不能准时赶来？你要是在他家破人亡之前把这个老铁匠带走，那么，那年轻的寡妇还可以痛痛快快地悲伤一场，她的孤儿们还能有一个真正可敬的、传奇般的父亲，供他们在以后的岁月中想象一番；让他们成为有能力战胜逆境的人。但是，死神偏偏拖走了一个终日辛劳、肩上担着另一个家庭责任的善良的哥哥，而撇下了这个一无用处的老头，直等到生命可怕的腐朽让他更容易收拾之时才来为他收场。

何必要把这个故事讲完呢？地下室里锤子的敲打声一天天变得密集，也一下比一下微弱；妻子僵坐在窗前，无泪的双眼闪闪发亮，凝视着她孩子们流泪的面庞；风箱停了；熔炉塞满了灰烬；房子卖了；母亲一头扎进了教堂墓地深深的青草丛中；她的两个孩子也相继跟着她去了那里；这无家无室的老人戴着黑纱，蹒跚地上路，成了一个流浪者；他的悲痛没人在乎，他的白发成了儿童嘲弄的对象！

对于这样的生涯，死亡似乎是唯一令人满意的结局；但是，死亡只是投入一个从未去过的陌生领域；它只是对那无边无际的“遥远”“荒蛮”“汪洋”“浩无际涯”的可能性的第一声招呼。所以，在那些渴望死亡而又心存内疚、不肯自戕的人的眼中，贡献一切又涵容一切的海洋便诱人地展开了一片难以想象的天地，恐怖，奇妙，充满新生活的冒险。

而从无尽的太平洋中央，还有成千上万的美人鱼在向他们歌唱：“到这边来吧，伤心欲绝的人，这里有另一种生活，死亡只是一个中介，不再是负担；这里有超自然的奇迹，没有人为此而丧生。到这边来吧！与其在你憎恶也同样憎恶着你的陆地世界中毁灭，还不如投身于一种比死亡更容易遗忘一切的生活。到这边来吧！把你那教堂墓地里的墓碑放到一边，到这边来吧，让我们与你结合！”

倾听着这些声音，从东到西，从日出到日落，这铁匠的灵魂发出了回应，好吧，我来了！于是，珀斯就这样出海捕鲸去了。

第一一三章　熔炉

中午时分，胡子蓬乱的珀斯，系着一条硬撅撅的鲨鱼皮围裙，站在熔炉和铁砧之间。铁砧放在一块硬木上面，他一只手握着一个矛尖放在炭火里烧，另一只手拉着熔炉的风箱。这时，船长亚哈走了过来，手里拿着一个锈迹斑斑的小皮袋子。离熔炉还有一小段距离的时候，郁郁寡欢的亚哈停下脚步，一直等到珀斯从火里抽出铁矛尖，开始放在铁砧上捶打——通红的矛尖迸射出浓密的火星，在空中飞舞，有的溅到了亚哈跟前。

“这就是你的小海燕吗，珀斯？它们总是飞在你的后面；带来好兆头的鸟儿，可也并不是对谁都这样——看看这里，都给它们烧坏了；但是你——你活在它们中间，却没有烧焦。”

“因为我全身都烧焦了，亚哈船长，”珀斯回答道，暂时停下了手中的锤子，“我早已经过了烧焦的考验，你要烧出一个疤来，还真不容易呢。”

“好了，好了，别扯了。你畏畏缩缩的声音听起来太冷静了，对自己的不幸也太理智了点儿。我又不是在极乐世界，别人不至于发疯的不幸，我全都没有耐心。你应该发疯才是，铁匠；说说，为什么你没有发疯？你怎么能忍受得了，而没有发疯呢？是老天爷还在恨你，你才没有发疯的吗？——你在那里做什么呢？”

“焊一个旧矛尖，先生，上面尽是裂缝和凹痕。”

“经过这么一通狠狠的使用，铁匠，你还能把它修平吗？”

“我想会的，先生。”

“我想你能把任何裂缝和凹痕都弄平，不管那铁有多硬，是吧，铁匠？”

“没错，先生，我觉得我能，所有的裂缝和凹痕，除了一个例外。”

“那你看看这儿，”亚哈叫道，激动地走向前来，双手搭在珀斯的肩膀上，“你看看这儿——这儿——你能把这样一条裂缝弄平吗，铁匠，”他用一只手朝自己皱纹累累的前额一抹，“如果你能做到，铁匠，我会开心地把脑袋搁在你的铁砧上，让我的两眼之间好好尝尝你锤子的猛打。回答我！你能把这条裂缝弄平吗？”

“啊！就是这个例外，先生！我不是说过，除了一个例外，我能对付所有的裂缝和凹痕吗？”

“没错，铁匠，就是这个；没错，老兄，它是没法弄平的；因为你只看到它长在我的皮肉上，实际上它已经深入我的头盖骨里边了——所有的皱纹都是这样！可是，说正经的，今天别再修理鱼枪长矛了。你看看这儿！”亚哈把皮袋子摇得叮当响，仿佛里面装满了金币。“我也要做一根标枪，一千个魔鬼也弄不断的标枪，珀斯。它要像鲸鱼自己的鳍骨一般扎在鲸鱼身上。这是材料，”他把袋子抛在铁砧上，“你看，铁匠，这些是收集来的赛马铁掌上的钉头。”

“马掌上的钉头，先生？嘿，亚哈船长，你有了我们铁匠不曾使过的最好最结实的材料。”

“我知道，老头，这些钉头会像谋杀犯的骨头熔成的胶一样焊在一起。快点！给我锻造标枪吧。先给我打十二根铁条，然后弄弯，绞扭在一起，把这十二根铁条捶成一个标枪头，就像有十二股绳的捕鲸索那样。快点！我来拉风箱。”

十二根铁条终于打出来之后，亚哈一根一根地试过，亲手把它们绕在一个又长又重的铁螺栓上。“这根有裂缝！”最后一根被挑了出来，“把这根重新打一下，珀斯。”

重新打好之后，珀斯正准备把十二根铁条锻打成一根时，亚哈止住了他的手，说他要亲自锻打自己的标枪。于是，亚哈便有规律地一哼一喘地在铁砧上锤打起来。珀斯则把灼热的铁条一根根地递给他，被风箱劲吹的熔炉直射出猛烈的火焰。这时，那个拜火教徒悄悄走过来，俯首朝向炉火，看来不是对这项苦工发出诅咒便是在祝福。可是，当亚哈抬头看时，他便溜到了一边。

“那边那蓬闪闪烁烁的火星是怎么回事？”斯塔布咕哝着，

从船头楼那里望过来，“那拜火教徒闻见火就成了引信，他自己的气味就像一个灼热的滑膛枪火药池。”

最后，把已经打成一整根的枪头，再送去回一次火。当珀斯把它嗤的一声投进旁边的水桶里去淬火时，滚烫的蒸汽喷到了正俯身察看的亚哈脸上。

“你是想给我打上烙印啊，珀斯？”他痛得脸上一阵抽搐，“我这是自己在给自己打烙铁啊？”

“上帝保佑，不是那样的，不过我还是有点害怕，亚哈船长。这根标枪是不是为了对付白鲸的？”

“是为了对付那白魔鬼的！可是现在要对付的是倒钩，你得自己打了，老兄。这是我的几把剃刀——最好的钢；嘿，要把倒钩打得像冰海里的冰凌一样锋利。”

老铁匠瞧了一会儿这些剃刀，好像是不乐意用似的。

“拿去吧，老兄，我不需要它们了，我现在既不刮胡子，也不吃晚饭，也不祷告，等到——可是，嘿——干活吧！”

珀斯终于把那些刀片打成了箭头形状，又焊在了枪头上，不一会儿，那标枪一头就变得十分锋利了。铁匠正要最后给这些倒钩淬一次火，他叫亚哈把水桶拿到旁边来。

“不，不——用水不行，我要它经受真正的死亡淬火。喂，听着！塔什特戈、奎奎格、达戈！你们说呢，异教徒们！你们愿意给我点儿血，把这倒钩淬淬吗？”他高高地举起标枪头来。一串黑影点头表示同意。三个异教徒的身上便分别被戳了三个小眼，这对付白鲸的倒钩就此淬火完毕。

“我不是奉天父之名，而是奉魔鬼之名为你洗礼！”当那恶毒灼热的倒钩吸干洗礼的血时，亚哈神志失常地嚎叫道。

现在，亚哈从舱下收集起来的备用枪杆中，选出一根还带着树皮的山核桃木杆，把它安进标枪头的套接口里。然后解开一卷新的捕鲸索，放出十几英尺来，拉到绞盘上，绷得紧紧的。他把脚踩在索子上，直到索子像竖琴的琴弦一样发出嗡鸣声，才急切地俯身察看，看到绳股没有散开，便高叫道：“好了！现在可以缠起来了。”

于是，把索子一头拆散，把分开来的绳股像编辫子一样缠绕在标枪头的套接口处，然后把枪杆结结实实地插紧，再从枪杆下端把索子一直向上交叉缠绕到枪杆中部，牢牢捆住。这样一来，枪杆、枪头和索子——就像命运三女神一样——不可分割了，亚哈闷闷不乐地拄着这把武器大步走开。他的假腿发出的声音，和山核桃木枪杆发出的声音，空洞地沿着每一块船板回响着。可是，在走进他的船长室之前，传来了一阵轻轻的、不自然的、半开玩笑的、却又极其哀怨的声音。啊，皮普！你这可怜的笑声，你这无所事事却不得安宁的眼睛，你所有奇怪的哑剧动作，可不是毫无意义地与这艘阴沉大船的黑色悲剧混在一起，并且嘲弄着它！

第一一四章　镀金工

“裴阔德号”越来越深地驶进日本海的巡游渔场，船上不久就忙乱起来。在温和宜人的天气里，水手们经常在小艇里一忙就是十二、十五、十八，甚至二十个小时。他们有条不紊地紧划，或扬帆行驶，或是跟在鲸鱼后面慢慢地划，或者中间歇上六七十分钟，安静地等待它们浮上水面，尽管他们费尽辛苦，成功的次数却不多。

在这样的时刻，在暖和的阳光下，整天漂浮在轻轻泛着微波的海面上，坐在轻盈如桦树独木舟一样的小艇里，与微波荡漾的节奏亲切地融合在一起，他们就像壁炉边的猫，靠在舷墙上，发出满足的呼噜呼噜声。这是梦幻般宁静的时辰，海面上一派宁静灿烂的美景，叫人一看就会忘记那下面跳动着的是一颗猛虎的心，也不愿意想起，那无情的利爪就隐藏在这天鹅绒般柔软的肉掌之中。

在这样的时刻，捕鲸艇里的漂泊者会温柔地对大海产生一种对待陆地般的孝顺与信任的感情，他把大海当成鲜花盛开的陆地。远方那只露出桅顶的船只，奋力向前，仿佛不是在穿过高高翻卷的海浪，而是穿过深草起伏的大草原。宛如西部移民的马匹，只露出竖着的耳朵，而它们隐藏的身躯正跋涉在辽阔奇异的碧绿之中。

那些人迹未至的漫长溪谷，那些柔和苍翠的山坡，只有嗡鸣声悄悄打破笼罩一切的寂静；你几乎会认定，那是一群玩累了的孩子，在快乐的五月天，采完了林中的野花，躺在这肃穆的仙境，呼呼大睡。这一切和你最为神秘的心境交融在一起，以至于真实和幻想中途相遇，互相渗透，形成一个天衣无缝的整体。

这些令人慰藉的景色，无论多么短暂，至少也曾对亚哈发生短暂的影响。但是，如果这些秘密的金钥匙确实在他心里打开了一个秘密金库，他的呼吸还是使它们最终失去了光泽。

啊，绿草如茵的林中空地！啊，灵魂中永远四季如春的风景——尽管尘世生活的苦旱早已让你们焦干，人类却依然可以在你们身上打滚，就像小马驹在清晨的三叶草中打滚一般；在某些稀有的倏忽而逝的瞬间，还能感受到他们身上那永恒生命的清凉露滴。但愿上帝能让这些幸福的宁静永远持续下去。但是，生命之线纵横交织，混杂在一起：宁静被风暴打破，风暴又总是会带来宁静。在这样的生活中，没有不可回溯的不变的旅程；我们并不是循着固定的阶梯前进，走到最后就一劳永逸地停下——幼年时无意识的沉迷，少年时轻率的信念，成年时的疑惑（普遍的命数），然后是怀疑一切，然后是一无所信，最后安于人类沉思默想的“假定”之中。可一旦经历过这一切，我们又会按原路重来；又是幼年、少年、成人和永恒的“假定”。我们不再需要解缆起锚的最后的港湾在哪里？这世界要在怎样令人着迷的气氛中航行，才能使厌倦至极的人永不厌倦？这弃儿的父亲躲藏在哪里？我们的灵魂就像孤儿，他们未婚的母亲在生下他们的时候就死掉了：我们父亲的秘密埋葬在她们的坟墓中，我们必须到了那里才能知道真相。

就在那一天，斯塔布从他小艇的舷边，向下远远地凝视着同样金黄色的大海，低声喃喃道：

“可爱又深不可测，就像年轻新娘眼中的恋人一样！——别和我说你那些牙齿层叠的鲨鱼，和你绑架诱拐的凶残方式。让信念取代事实，让幻想取代记忆；看见那深处，我就信了。”

于是，斯塔布像鱼一样，带着闪光的鳞片，在那同样的金色光芒中一跃而起：

“我是斯塔布，斯塔布有自己的来历；但在这里，斯塔布发誓，他一直都很快活！”

第一一五章 “裴闿德号”遇见“单身汉号”

亚哈的标枪打造好之后的几个星期，顺风而来的景色和声音可真是足够欢快的。

那是一艘叫作“单身汉号”的楠塔基特船，它刚刚把最后一桶油塞进船舱，把它就要爆开的舱口盖上闩好；现在，正穿着华丽的假日盛装，兴高采烈，又极度虚荣地，赶在船头对准家乡的方向之前，在渔场之中远远分散的船只中间兜上一圈。

它桅顶上的三个人，帽子上都垂着细长的红飘带；船尾，底朝上悬挂着一艘捕鲸艇；船首斜桅上牢牢吊着他们最近宰杀的一头大鲸长长的下巴骨。四面八方的索具上飘扬着各种颜色的信号旗、表示国别的船旗和船首旗。三个篮状桅楼，两侧都分别横捆着两桶鲸脑油；鲸脑油桶上方，中桅桅顶的横杆上，你能看见也捆着装有同样珍贵液体的细长小桶；在船的主桅桅顶则钉着一盏黄铜灯。

到后来才知道，“单身汉号”遇见了极其意外的收获；更

为奇怪的是，很多其他的船在同样的海域巡航了数月却一无所获。可是，“单身汉号”不仅把装牛肉和面包的桶都腾给贵重得多的鲸脑油，还从遇见的船只那里换来许多木桶作为补充。这些木桶都被存放在甲板上，船长室和几位大副的舱室里也堆满了桶。甚至船长室的桌子也被劈成了引火柴，一只大油桶被牢牢捆在船长室的地中央，大家就乱糟糟地把宽大的桶顶当作餐桌就餐。

在船头楼里，水手们竟然把自己箱子的缝隙用麻絮和沥青填死，装满了油；滑稽的是，厨师给他最大的锅盖上了盖子，用来装油了；小厮把他备用的咖啡壶堵上，也装了油；标枪手们把枪头去掉，在套接口里装了油；实际上，不管是什么东西，都被装上了鲸脑油，除了船长马裤的口袋，他是专门留下来插手用的，以显示他心满意足洋洋自得的气派。

当这艘喜气洋洋交了好运的船驶近郁郁寡欢的“裴阔德号”时，从它的船头楼上传来几面大鼓粗犷豪迈的鼓声；随着船越靠越近，只见一群水手正围在巨大的炼锅周围，炼锅上覆盖着羊皮纸一样的黑鲸鱼鳔或者是肚皮，攥着拳头一敲，就发出阵阵响亮的轰鸣声。

后甲板上，大副们和标枪手们正在和从波利尼西亚群岛随他们私奔出来的橄榄色皮肤的姑娘们跳舞；在前桅和主桅之间的高处，牢牢地悬挂着一艘装饰一新的小艇，上面有三个长岛黑人，拿着用鲸骨做成的闪光的提琴弓，正在主持这场欢闹的舞会。与此同时，船上其他人在乱哄哄的砖石炼油间旁忙碌着，巨大的炼锅已经搬走。他们把此刻没用的砖头和灰泥抛到海里，发出狂野的欢呼声，你几乎会以为他们是在摧毁那该死的巴士底狱。

船长笔直地站在高出一块的后甲板上，主宰和支配着整个现场，这样一来，整个欢庆的戏剧场面便尽显眼底，似乎仅仅是为他个人消遣而设计的。

而亚哈，他也站在自己的后甲板上，须发蓬乱，满身脏污，带着一副固执而阴郁的表情。当两船彼此擦尾而过时——一个在为过去而欢呼庆祝，一个在为未来而心神不安——它们的两位船长便各自体现了两种截然不同的景象。

“上船来，上船来！”放荡不羁的“单身汉号”船长叫道，高举着一只酒杯和一瓶酒。

“见过白鲸吗？”亚哈用牙缝里挤出来的声音回答。

“没有，只听说过它，可我根本就不信，”另一个船长愉快地说，“上船来！”

“你们也他妈太快活了。继续开吧。可曾损失了人手？”

“不值一提——总共就两个岛人；——还是上船来吧，老朋友，来吧。我马上就能驱散你眉头上的阴云。来吧，好不好（高高兴兴地玩玩儿）；我们可是满载而归啊。”

“这傻瓜可真是异乎寻常地亲热啊！”亚哈咕哝着，然后提高声音说道，“你说你们是满载而归，好吧，那就管我叫一条空船吧，正往外奔呢。所以，还是你走你的，我走我的。往前开！张开所有的帆，抢风行驶！”

于是，当一艘船欢天喜地乘风而去，另一艘则固执地顶风前进。两艘船就这样各奔前程。“裴阔德号”的水手们表情暗淡，恋恋不舍地望着渐行渐远的“单身汉号”，可“单身汉号”上的人则沉浸在生气勃勃的狂欢中，根本没有注意到他们眼中的神色。亚哈这时斜靠在船尾栏杆上，目送着那艘归航的船，从口袋里掏出一小瓶沙子，然后望望那艘船，又将目光移到手中的小瓶子上面，似乎这样就把两件毫不相关的东西给牵到了一起，因为那瓶子里装着的正是楠塔基特海底的沙子。

第一一六章　垂死的鲸

在我们这种生活中，往往会有这样的情况，尽管刚刚还垂头丧气一筹莫展，却有命运眷顾的船儿从身旁擦过，带来一股疾风，也让我们借上点力，我们便开心地觉得自己松弛的船帆鼓了起来。“裴阔德号”的情况似乎就是如此。因为在与欢天喜地的“单身汉号”相遇的第二天，我们就发现了鲸鱼，而且捕杀了四头，有一头还是亚哈亲手打到的。

时辰已近黄昏，血光四溅的战斗已经结束。船儿漂浮在满天余晖的美丽大海上，太阳和鲸鱼都已经一起悄悄地死去。这时，一种甜蜜而哀怨的气氛，一种如同围满花圈一般的祈祷，缭绕着升上玫瑰色的空中，几乎好像是从遥远的马尼拉群岛上修道院一般翠绿幽深的峡谷中，吹来一阵西班牙的陆风，嬉闹地推送着一个水手，满载着这些晚祷的赞美诗，出海去了。

亚哈心中再次得到了安慰，但这安慰只是让他心中的阴郁更加深沉了，他把小艇倒划着离开了那头鲸，坐在已经安静下来的小艇上，专注地观察着鲸鱼最后的挣扎。因为在所有垂死的抹香鲸身上都能观察到那种奇异现象——它们把头转向太阳的方向，然后慢慢地咽气——在如此宁静的黄昏，目睹那种奇异的现象，不知怎的，给亚哈带来了一种前所未有的惊异之感。

“它转啊转的，把自己转向太阳——多么缓慢，又是多么坚定，它那种表示崇敬和祈求的神情，还有它最后垂死时的动作。它也崇拜火，它是太阳最忠诚、最坦率、最有气派的臣民！——

“啊，那福缘深厚的眼睛理应看到福缘深厚的景象。看！这里，四面环水的遥远所在，摆脱了人类所有祸福的嗡营之声，在这最为公正不偏不倚的海洋中，没有岩石作为碑匾来书写传奇，在和中国朝代一样久远的时间中，这里的巨浪依然默默无言地翻腾不息，就像群星照耀在尼日尔河不为人知的源头。在这里，生命朝向太阳的方向死去，满怀信念；可是你看！刚刚死去，死神就在尸体周围盘旋，将它的头转到其他方向。

“啊，你这丧失了一半本性的暗黑印度神，你用淹死者的骸骨，在这光秃秃的大海中央建造了你单独的宝座；你是一个异教徒，你这女王，你用大肆屠杀的台风和事后风平浪静沉寂无声的葬礼，实实在在地告诉了我。你的这头大鲸将它垂死的头朝向太阳，然后又转过头去，这对我未尝不是一个教训。

“啊，箍了三道又焊得牢牢的有力的髋部！啊，高耸如虹的喷水！——那一个在竭力挣扎，这一个在徒劳地喷水！徒劳，啊大鲸，你是在向那生机勃勃的太阳求助，它只能唤起生命，却无法再次赋予生命。然而你，你那更加晦暗难解的一半，用一种更加难解也更加自豪的信念震撼了我。你那难以形容的混杂的一切漂浮在我的脚下；我仰赖那曾经活着的东西的呼吸而浮在水上，它们过去呼的是空气，现在呼的是水了。

“那么致敬吧，永远地向大海致敬吧，在你永恒的颠簸中，这只野鸟找到了他唯一的栖身之所。生于大地，却被大海所哺育；虽然山冈和峡谷生了我，你的巨浪却是我的同胞弟兄！”

第一一七章　看守鲸鱼

那天傍晚捕杀的四头鲸鱼死的地方相距很远；一个是在很远的上风头；一个在下风头，稍近些；一个在船前方；一个在船后方。后面三头鲸在天黑之前就拖到了船边，但是上风的那头要到早上才能去取；那艘捕杀它的小艇整晚就停在它旁边，就是亚哈的小艇。

信号旗杆垂直插在死鲸的喷水孔里，顶端悬挂着一盏灯笼，将一缕闪烁不安的灯光投在黑色光滑的鲸背上，也远远地投射在午夜的波浪上，海浪轻轻地摩擦着鲸鱼宽大的身侧，像是轻柔的涌浪冲刷着海滩。

亚哈和他小艇的水手们似乎都已睡熟，只有那个拜火教徒蜷缩在艇首，在守望着鲨鱼幽灵般地在死鲸周围嬉戏，用尾巴轻轻拍打着小艇薄薄的雪松船板。一个声音颤抖着穿过空气，仿佛是蛾摩拉那些罪无可恕的鬼魂的呻吟掠过死海。

亚哈从沉睡中惊起，与那拜火教徒面面相觑，在阴沉夜色

的严密笼罩下，他们就像是大洪水过后世界上最后剩下的人。“我又梦到它了。”他说。

“梦见灵车吗？我不是说过吗，老头子，无论是灵车还是棺材，都和你没关系吗？”

“死在海上的人哪里会有灵车呢？”

“可是我说过，老头子，在这次航行中，你死之前一定能在海上真真正正地看见两部灵车，第一部不是出自凡人之手，另一部一定是用看得见的美国木料造的。”

“是啊，是啊！那可是一个奇观，师傅，一部扎羽毛的灵车随波逐流，碧浪做抬棺人。哈！这样的景象我们可不是很快就能看到的。”

“无论你信不信，你不看到它是不会死的，老头子。”

“那你自己又怎么样呢？”

“虽然最后都是一个样，可我还是会走在你前头，做你的引航员。”

“既然你要先走——果真如此的话——那么在我跟你走之前，你一定还会出现，还会给我引航？——不是这样吗？那好，就算我相信你的话，我的引航员啊！我这里也还要发两个誓，我早晚要宰了莫比·迪克，要它比我先死。”

“再发一个誓，老头子，”拜火教徒说，他的双眼像萤火虫一样在黑暗中闪亮起来——“只有麻绳才能杀死你。”

“你指的是绞刑架吧——那么我就是不死的了，在陆地，在海上，都是不死的了，”亚哈叫道，发出一阵嘲弄的笑声，“在陆地，在海上，都是不死的了！”

两个人又都沉默下去，像是变成了一个人。灰色的黎明降临，沉睡的水手从艇底起身了，不到中午，就把大鲸拖到了大船边。

第一一八章 象限仪

赤道季节终于临近了；亚哈每天从他的船长室出来，都把目光投向高处，警觉的舵手便炫耀一般地操作他的舵柄，焦急的水手们便迅速奔到转帆索跟前，站在那里全神贯注地盯着那枚钉上的古金币，不耐烦地等待把船首对准赤道的命令。命令终于及时下达。时已近午；亚哈坐在他高高吊起的小艇艇首，正打算对太阳做每天的例行观察，以确定自己的纬度。

现在，在日本海上，夏季的白昼就像洪水一样灿烂炫目。那一眨不眨的生机勃勃的太阳似乎就是这玻璃般大洋的巨大凸透镜燃烧的焦点。天空像是涂了漆一般；一丝云彩都没有；地平线在漂浮；这赤裸裸躲无可躲的光辉就像是上帝宝座那难以忍受的光华。好在亚哈的象限仪上装有彩色镜片，透过它可以观看太阳的烈火。

于是，亚哈随着船身的颠簸而摇摇晃晃地坐在那里，把他那观察星象的仪器放在眼睛上，以那种姿势保持了好一阵子，以便捕捉住太阳达到子午线的那个精确瞬间。他全神贯注地投入其中，与此同时，那位拜火教徒正跪在他下面的大船甲板上，像亚哈那样仰面朝天，注视着同一个太阳；只不过他半闭着眼睑，遮住他的眼球，狂热的脸上收敛起平素那种世俗的激情。

亚哈终于做完了想要的观察，用铅笔在自己的鲸骨假腿上很快就计算出了，在那个确切的瞬间他正处于什么纬度。然后他沉思了片刻，再次抬头注视着太阳，喃喃自语道："你这海上的标志！你这高高在上强大的引航员！你真实地告诉了我我置身何处——可是你能不能给我哪怕一丁点暗示，告诉我我将去往何处？或者你能不能告诉我，除了我，此刻在那里还有什么别的东西活着？莫比·迪克在哪里？这个时刻你一定在注视着它。我此刻望着的眼睛甚至现在就在注视着它；没错，太阳，你这只眼睛此刻甚至也同样在注视着你那一边的陌生的东西！"

然后，他凝视着自己的象限仪，一个又一个地摆弄着它那许多神秘的零件，再度陷入了沉思，并喃喃道："愚蠢的玩具！傲慢自大的海军大将、舰队司令和船长们手中的小娃娃玩具；全世界都在吹嘘你的巧妙和威力；但是你究竟有何本领，不过是能说出你自己和拿着你的人碰巧在这个辽阔星球上某个可怜的地点而已。不，此外再也没有一点用处！你连一滴水或一粒沙明天中午会在哪里都说不出；然而，你却以你的无能来侮辱太阳！科学！我诅咒你，你这没用的玩具；让所有使人仰望天空的东西都见鬼去吧，天上那生机勃勃的光芒只会把他灼伤，太阳，就像我这双老眼现在就被你的光芒灼伤一样！人类的视线天生就是与这片大地的地平线齐平的，而不是从脑袋顶上射出去，仿佛上帝故意要让人凝视他的苍穹一般。诅咒你，你这象限仪！”他把象限仪猛掷在甲板上，“我不再凭借你来指引我尘世的路途了；船上的水平罗盘，以测程仪和航线为根据的水平船位推测法，这些将会引导我，向我显示我在海上的位置。”他从小艇下到大船甲板，“所以我要践踏你，你这无力指向高处的毫无价值的东西；我要把你踩碎，毁了你！”

当这发狂的老人边说边用他那好坏两只脚轮流踩踏的时候，从那一声不响、一动不动的拜火教徒脸上掠过的神色，似乎既有对亚哈胜利的嘲笑，又有对自己致命的绝望。趁着没人注意，他起身溜走了；这时，对船长的神态敬畏不已的水手们，都挤在船头楼里，直到亚哈烦躁地在甲板上踱来踱去，大叫着发令——“都到转帆索那里去！转舵迎风！——直航！”

立刻，帆桁都转了过来，船身倾斜着转了半圈，它的三根牢固而优雅的桅杆笔直竖立在以肋材加固的长长船身上，就像贺拉斯三兄弟骑在一匹堪当此任的骏马上急转一般。

斯塔巴克站在船首斜桅的支撑杆之间，看着“裴阔德号”那狂暴的样子，也看着同样狂暴的亚哈在甲板上东倒西歪地走着。

“我曾经坐在塞满煤炭的炉火前，观察它烧得通红，它备受折磨的燃烧的生命；我也曾看着它最后微弱下去，越来越小，直到最后变成喑哑的灰烬。海上老人！你这整个炽热的生命，到最后会剩下什么，不过是一小撮灰烬罢了！”

“是的，”斯塔布叫道，“不过是海煤灰——要注意，斯塔巴克先生——是海煤，不是你那普通的木炭。好了，好了，我听到亚哈在嘟囔，‘有人把这些牌塞到我这双老手里来了，还发誓得让我打这些牌，别人都不行。’我发誓，亚哈，你做得对；为赌博而生，就为赌博而死吧！”

第一一九章　蜡烛

最温暖的气候却孕育了最残忍的利爪：孟加拉的老虎蹲伏在四季常青的香料树丛。最灿烂的天空却蕴藏着最致命的雷霆：光辉的古巴面对着驯服的北国从未刮过的龙卷风。这些日本海域也是如此，水手在这里要遭遇到所有风暴中最为可怕的台风。它有时从无云的天空中迸发而来，就像一颗炸弹落在迷惑不解睡意沉沉的城镇上。

那天接近傍晚的时候，“裴阔德号”被一股迎头而来的台风袭击，所有船帆被撕个精光，只剩下光秃秃的桅杆还在与狂风搏斗。黑暗降临，天空和大海咆哮着，被雷霆劈裂，电光闪闪，只见那些失去作用的桅杆上到处扑闪着碎布，那是大风暴最初发作时留作以后玩耍的东西。

斯塔巴克抓着一根横桅索，站在后甲板上，每当闪电划过，便向上面望去，要看看还会有什么灾难降临到那些纠结的索具上；与此同时，斯塔布和弗拉斯克则指挥着水手，把所有小艇都吊得更高，绑得更牢固一些。但是，他们所有的辛苦似乎都白费了。尽管几艘小艇都用吊车吊到了最高处，亚哈的那艘顶风的小艇却没能幸免。一阵大浪高高地卷起，扑上了摇摇摆摆的大船那高高翘起的船侧，撞破了大船尾部的小艇艇底，又把破艇留在那里，像筛子一样到处漏水。

“糟糕，糟糕！斯塔巴克先生，”斯塔布说道，望着小艇的残骸，“不过，大海有它自己的方式。斯塔布反正是对付不了的。你瞧，斯塔巴克先生，一头浪在跃起之前有那么漫长的助跑，它跑过了全世界，然后才一跃而起！可是至于我，我不得不面对它，我全部的助跑仅仅是穿过这里的甲板。可是不要在意，这都是开玩笑，那首老歌就是这样唱的——”（他唱道）

啊！大风真快活，
鲸鱼是个丑角儿，
它把尾巴这么一挥，——
大海就是这么个滑稽、放荡、好胜、俏皮、诙谐、爱闹的家伙。

浪花四面飞溅，
那只是它在拌香料，
它的香啤酒在冒沫，——
大海就是这么个滑稽、放荡、好胜、俏皮、诙谐、爱闹的家伙。

雷霆劈裂了船只，

它只是咂咂嘴巴，
尝尝这香啤酒，——
大海就是这么个滑稽、放荡、好胜、俏皮、诙谐、爱闹的家伙。

“住嘴，斯塔布，”斯塔巴克叫道，“让台风自己唱吧，让它用我们的索具弹竖琴；你要是个勇敢的汉子，你就会保持安静。”

“可我不是个勇敢的汉子，我从来没有说过我是个勇敢的人，我是个懦夫，我唱歌是为了给自己鼓劲。我告诉你，斯塔巴克先生，没有办法让我在这个世界上不唱，除非是割断我的喉咙。而且，即便那样，十有八九我也会为你唱首赞美诗作为收场。”

“疯子！如果你自己没有眼睛，那就用我的眼睛看吧。”

“什么！夜这么黑，你怎么就能比别人看得清楚呢，别管这问题有多蠢？”

“看！”斯塔巴克叫道，抓住斯塔布的肩膀，把手指向迎风的船首，“你没有注意到大风是从东边来的，那不正是亚哈追踪莫比·迪克的航线吗？那不正是他今天中午转过去的航线吗？现在你注意一下他的小艇；那破洞在什么地方？在艇尾座那里，伙计；他习惯站的地方——他的立脚处给破坏了，伙计！所以，如果你要唱，你就跳到海里去，随便唱吧！”

“我对你的话一点都不懂，要出什么事吗？”

“是的，是的，绕过好望角是回楠塔基特的捷径，”斯塔巴克没有理会斯塔布的问话，突然自言自语起来，“现在捶打我们的大风是想把我们毁灭啊，我们可以把它变成顺风，送我们回家。那边，上风头，一片漆黑阴惨的厄运；可是下风头，回家的方向——我看见那里亮了，但不是闪电照亮的。”

就在这时，在一阵闪电之后的漆黑一团中，他的身边响起一个声音；几乎与此同时，一串响雷从头上隆隆滚过。

“谁在那儿？”

“老雷公！”亚哈说，沿着舷墙摸索着，要走到他插假腿的旋孔那里，可是，突然亮起的肘弯状的火光，正好让他把路看得一清二楚。

原来，就和陆地建筑的尖顶都安装避雷针，把危险的电流引到地里去一样；在海上，有些船只在每个桅杆上也装有类似的避雷针，好把电流引到海里去。但是，这种避雷针必须伸到水下相当深的地方，以防它的末端接触到船壳，而且，如果一直这样拖曳着行进的话，除了很可能会和索具缠在一起，或多或少妨碍船只前进，还有可能引发很多的灾祸。由于这些原因，船上避雷针的底端并不是始终插在水里的，而是通常做成长长的细链条，这样更方便搭在锚链上收起来，或是根据情况需要抛在海里。

“避雷针！避雷针！”斯塔巴克看到刚才像飞掷而出的大烛台一般的闪电，把亚哈去岗位的路照得通亮，便突然向水手们发出喊叫，告诫他们要当心。“它们都插在水里了吗？把它们都丢下去，船前船后都丢下去，赶快！”

“等一下！”亚哈叫道，“我们来个公平游戏，尽管我们是弱势的一方。我还要做点贡献，把这些避雷针都安到喜马拉雅和安第斯山上，那样全世界就都安全了；我们可不要这种特权！随它去，伙计。”

“看上面！”斯塔巴克叫道，“桅顶电光！桅顶电光！”

所有的桁端都闪烁着一朵苍白的火焰，每一根避雷针顶端的三叉尖上都附着三支纤细的白焰，三根高高的桅杆都在那散发硫黄气味的空气中静静地燃烧着，就像祭坛前三支巨烛的烛心。

“该死的小艇！把它放开！”斯塔布叫了起来，这时，一阵浪头在他自己的小艇下面涌起，他正在绑绳子，小艇船舷猛地将他的手狠狠挤住。“该死！”——他在甲板上往后一滑，抬头正好看见了桅顶上的火焰，立时换了一副声调叫道——“电光可怜可怜我们大家吧！”

对于水手来说，咒骂是家常便饭；他们在风平浪静昏昏欲睡时要咒骂，在暴风雨的利齿间要咒骂；他们在沸腾的大海上踩跷跷板一样摇晃得最厉害的时候，会在上桅帆桁臂上咒骂；但是，在我经历过的所有航行中，当上帝燃烧的手指已经按在船上的时候，我很少听到他们会像通常那样咒骂；在那时，上帝所写的“弥尼，弥尼，提客勒，乌法珥新”[1]已经交织在护帆

1 见《圣经·旧约·但以理书》第五章二十五节，大意为，神已经数算你国的年日到此完毕，你被称在天平里，显出你的亏欠，你的国将分裂。

索和索具中间。

当这种苍白的火焰在桅顶高处燃烧之时，着魔一般的水手很少有人说话，他们密集地拥挤在一起，站在船头楼上，他们的眼睛在那灰色的磷光中全都熠熠闪烁，就像一群遥远的星星。乌黑巨大的黑人达戈，在幽灵般光焰的映衬下，仿佛比自己原来大了三倍，雷霆好像就是从他这团乌云中发出的。张着嘴的塔什特戈露出鲨鱼一样的白牙，牙齿在奇怪地闪光，好像它们也燃烧着电光。在这股不可思议的电光照耀下，奎奎格的文身就像魔鬼的蓝火一般在他身上燃烧。

这个画面终于随着桅顶上苍白的火焰一同消逝了；“裴阔德号”和它甲板上的每一个灵魂又再次被笼罩在夜幕之下。隔了一小会儿，斯塔巴克向船首走去，撞上了一个什么人。原来是斯塔布。“你在想什么呢，老兄，我听到你在哭，那声音可和你唱歌不同。”

“不，不，那不是哭声；我是说电光可怜可怜我们大家；我至今还在盼望它们能发发慈悲。但是，难道它们只会可怜拉着长脸的人吗？——对面带笑容的人就毫无同情心吗？你看，斯塔巴克先生——但是，天黑得看不见了。那就听我说吧；我把我们看见的那桅顶火焰当作好运的标志；因为那些桅杆直插在舱底，那船舱将来是要塞满鲸脑油的，你可知道。所以说，所有的鲸脑油都会浸到桅杆里，就像树干里的树液。没错，我们的三根桅杆到时就会像三支鲸脑油蜡烛——那就是我们看见的好兆头。”

在那一刻，斯塔巴克看见斯塔布的脸慢慢开始闪光，可以看得清了。他向上望了一眼，叫道：“看！看！”桅顶上尖细的火苗再次出现，那种苍白似乎更加重了它们的神秘感。

“电光可怜可怜我们大家吧。”斯塔布再次叫嚷道。

在主桅底座上，在那枚古金币和火焰的正下方，那个拜火教徒正跪在亚哈面前，勾着头，避开亚哈的脸。在他附近，在高挂着的弯成拱状的索具跟前，一些水手刚才在忙着捆牢一根帆桁，他们被闪光吸引住了，现在聚在一起，手搭在悬垂的索具上，像一群麻木的黄蜂粘在无力下垂着的果树枝上。他们呈现出各种着魔的姿态，就像是赫鸠娄尼恩古城发掘出来的骷髅，或站，或行，或奔，还有一些人则牢牢钉在甲板上，所有人的眼睛都往上望着。

“喂，喂，伙计们！”亚哈叫道，“向上看，好好留意一下，白火焰照亮的只不过是追捕白鲸的航线！把主桅上的那些链条递给我；我要摸摸它的脉搏，让我的脉搏对着它一起跳动；血对着火！就这样。”

他随后转过身，把链条的最后一节紧紧握在左手里，一只脚踏在那拜火教徒身上，眼睛定定地直视着上面，右臂高高挥起，笔直地站在那高高的三位一体的三股火焰之前。

“啊！你这清澈之火的真神，在这些海域，我曾像波斯人那样把你崇拜，在行圣餐礼上被你狠狠烧灼，至今伤疤犹在。我现在懂得了你，你这真神，我现在知道了，对你真正的崇拜便是反抗。无论是爱，还是尊敬，你都不会心存感激；甚至出于憎恨，你不惜大肆杀戮，屠光殆尽。如今连无畏的傻瓜也不敢面对你。我承认你无以言表、无处不在的力量。可是在我动荡的一生，只要一息尚存，我就会拒绝让你无条件地把我完全掌控。在无人格的人中间，这里还站着一个有个性的人。尽管这最多只是一个特点；我从哪里来，就还要回到哪里去；但只要我还活在人世间，那高贵的个性就会在我身上活着，并享有它至高无上的权利。

“但是，战争是痛苦的，憎恨是悲哀的。如果你以最低的爱的形式出现，我就会跪下来亲吻你，可是，如果你仅仅以至高无上的超然威力出现，并且出动全副武装的海军，这里的人还是会不为所动。啊，你这真神，你用自己的火焰创造了我，要我像一个名副其实的火的孩子，把火吹回给你。

（突然，电光连连闪起，那九股火焰笔直向上蹿起，比原先高了三倍，亚哈和其他人一样，闭上了眼睛，用右手紧紧地捂住。）

“我承认你无以言表、无处不在的力量；难道我没有这么说吗？这不是我硬逼出的话，我现在也不想放下这些链条。你可以让我瞎掉，但是，我可以在暗中摸索。你可以把我焚毁，那也不过使我成为一堆灰烬。接受这双可怜的眼睛和蒙住眼睛的这双手的敬意吧。我自己可不会接受。闪电穿过我的脑壳，我的眼球痛楚难当；我遭受打击的脑袋似乎整个儿被砍了下来，在震动得使人头晕目眩的地上滚来滚去。啊，啊！尽管蒙住了眼睛，我还是要和你说话。尽管你是光，你从黑暗中跃出；但是我却是黑暗，从光中跃出，从你里面跃出！标枪不再投射了，睁开眼，看见了没有？火焰在燃烧！啊，你真是宽宏大量！现在我可为我的家族增光了。但是，你只不过是我暴躁的父亲，我可爱的母亲是谁，我不知道。啊，残酷啊！你对她做了什么？这让我大惑不解，但是你的困惑比我更大。

“你不知道自己的来历，于是你便自称是自有的；你必定不知道自己的开端，于是你便自称是永有的。我知道自己的出身，你却不知道自己的来历，啊，你这全能的神。你也有自己无法理解的事物，你这真神，你的一切永恒不过是时间，你的一切创造都是无意识的。通过你燃烧的自我，我烧灼的眼睛模糊地看到了这一点。啊，你这弃婴般的火焰，你这古老的隐士，你也有自己难以言传的隐秘，你也有无人分担的悲哀。这里，再次以傲慢的痛苦，我读懂了我的祖先。跳吧！跳起来，直舔上苍穹！我和你一起跳，我和你一起燃烧，我愿意和你熔合在一起，我既蔑视你又把你崇拜！”

“小艇！小艇！”斯塔巴克叫道，“快看你的小艇，老头子！”

亚哈的标枪，珀斯的炉子里打造出的那支标枪，依然牢牢绑在显眼的枪架上，从捕鲸艇的艇首伸出来；可是将艇底打破的海浪，打落了松弛地套在枪尖上的皮鞘；从锋利的精钢倒钩上平平地发出一股苍白分叉的火焰。看到这沉默的标枪像蛇信一般燃烧，斯塔巴克抓住亚哈的胳膊——“上帝，上帝在跟你作对，老头子；要克制！这次航行真是不吉利！一开始就不吉利，还会继续不吉利的；趁着还来得及，让我来调整帆桁，老头子，让它乘顺风回家去，这比眼下的航行要好。”

偷听到斯塔巴克的话，那些惊慌失措的水手就马上奔到转帆索那里——尽管桅杆上连一面帆都没有剩下。一时间，惊慌的大副的所有想法似乎也成了他们的想法，他们发出近乎反叛的喧嚷。但是，亚哈把咔嗒咔嗒响的避雷针链条掷在甲板上，抓起那把燃烧的标枪，像火炬一样在水手们中间挥舞着，赌咒发誓说要是谁第一个解开绳头，就用标枪把谁钉穿在那里。被他的模样吓得目瞪口呆，加之他手中炽热的标枪也让人畏缩，人们沮丧地退了回去，于是，亚哈又开口说道：

“你们大家要捕到白鲸的誓言，都跟我的誓言一样有约束力；我老亚哈的心、灵魂、身体、五脏六腑和生命，全都和它捆在了一起。你们应该知道我这颗心在合着什么节拍跳动，你们看着，我就是这样消灭最后的恐惧的！”说着，他一口气吹灭了枪头上的火焰。

仿佛置身于横扫平原的飓风之中，人们赶紧从一棵孤独的大榆树附近逃离，正是因为树身的高大有力，它更容易招致雷击，成了更加不安全的地方；就是这样，许多水手听到亚哈最后这些话，便在沮丧的恐惧之中，从他身边逃开了。

第一二〇章　初夜班行将结束的甲板

（亚哈站在舵旁。斯塔巴克向他走过去。）

“我们必须卸下主桅中帆的下桁，先生。带子已经松了，下风的吊索也散了一半。我可以把它扯下来吗，先生？”

“什么都别去扯，把它捆上。如果我有第三层帆桅杆，我现在就会扯上去。”

“先生！——上帝在上！——先生？”

“嗯。”

“锚链都活动了，先生。我可不可以把它们都收上来？”

“什么都别收，什么都别动，只要把一切都捆好。起风了，但还没有吹到我这台地上来。快，去看一下。——以桅杆和龙骨的名义！他把我当成了沿海小渔船的驼背船长了。要卸下我的主桅中帆的下桁！嚯，一脑子糨糊！最高的桅冠自然能扛得住最猛的大风，而我的这个脑壳桅冠此刻正在乱云飞沫中航行呢。我要把那个也扯下来？啊，只有胆小鬼才会在风暴最猛烈的时候把自己的脑壳桅冠给卸下来。那上边呼噜呼噜的多猛啊！如果不知道腹绞痛是个吵吵嚷嚷的病，我甚至会把它当成一件庄严的事。啊，吃药吧，吃药吧！”

第一二一章　午夜——船头楼舷墙

（斯塔布和弗拉斯克爬上舷墙，给悬挂在那里的锚重新捆上几道绳索。）

“不，斯塔布；那个绳结你爱怎么鼓捣都随你，可你永远也别想把你刚才说的话鼓捣进我脑子里。才过了多久，你说的话就完全相反了？你不是说过，无论亚哈驾驶哪条船，那船就得在保险单上额外再付一笔保险费，就像是船头载的是一桶桶火药，船尾载的是一箱箱火柴？停下，马上，你没有这么说过吗？”

“好吧，就算我说过，又怎么样呢？从那时起我的身体已经有所改变，为什么我的思想就不能改变呢？此外，就算我们船头载的是一桶桶火药，船尾载的是一箱箱火柴，在这个浪花四溅把一切都打湿的地方，那该死的火柴怎么能着得起来呢？嘿，我的小兄弟，你有一头漂亮的红头发，可你怎么就不着火呢。

振作起来，弗拉斯克，你是宝瓶座，或者是送水人，你的脖领子就可以当水罐灌满水了。难道你不明白，就是为了这些额外的风险，水运保险公司才有了额外的保证吗？这里就有水龙头，弗拉斯克。可是你再听好了，我还会回答你另一个问题。你先把你的腿从锚顶上挪开，我好把绳子穿过去；现在听着。在风暴中握着一根桅杆的避雷针，和在风暴中站在一根根本没有避雷针的桅杆旁边，这两者之间的重大区别何在？你难道不明白，你这木头脑袋，没有任何伤害能落到手持避雷针的人身上，除非桅杆先被雷电击中。那么，你还在说些什么呢？装有避雷针的船还不到百分之一，而亚哈，是的，伙计，还有我们大家，以我的浅见来看，都和此刻航行在海上的成千上万艘船上的人一样，都没有什么危险。嘿，你这中柱，你呀，我猜你是想让世界上每一个人都在帽子角上插一根小避雷针走来走去，就像民兵军官帽子上插的羽毛，并且像绶带一样拖在后面。为什么你就不明白事理呢，弗拉斯克？明白事理并不难，为什么你就做不到呢？任何人用半只眼睛就能明白事理。”

“我不知道，斯塔布。你有时发现这挺难的。”

“是的，当一个人浑身湿透，要他明白事理很难，这倒是事实。而我就要被这浪花弄湿了。不要在意；捉住弯角，把绳子穿过去。在我看来，我们把这些锚绑得这么牢靠，好像是要永远不用了似的。绑好这两只锚，弗拉斯克，就像是把一个人双手反绑在身后。而且肯定是一双慷慨的大手。这是你的铁拳吗，嘿？它们握得多紧啊！我很奇怪，弗拉斯克，这个世界是不是在哪里抛锚了；如果是这样，那可是用一根不寻常的长缆吊着的。喂，把那个绳结捶下去，我们就完活了。即使比不上着陆，落在甲板上也是最让人心满意足的。我说，把我外套下摆拧一拧，好吗？谢谢了。他们嘲笑上岸穿的衣服，弗拉斯克；可是在我看来，在风暴里漂着，就应该始终穿燕尾服。两个后摆那样窄下去，正好可以把水排走，你明白吗。卷边帽也是这样，翘得像是山形墙的檐槽，弗拉斯克。我再也不穿紧身短上衣和雨衣了；我一定要穿上燕尾服，还要戴上顶高帽子，压得低低的。就这样。喂！哟！我的雨衣刮到海里去了。老天，老天，从天上来的风竟然这么没礼貌！这真是个凶险的夜晚，老兄。”

第一二二章　午夜上空——雷电交加

（主桅中帆下桁。——塔什特戈重新给它捆上几道绳索。）

“嗯，嗯，嗯。不要再打雷了！这里的雷也太多了。打雷有什么用呢？嗯，嗯，嗯。我们不想要打雷；我们要朗姆酒；给我们一杯朗姆酒吧。嗯，嗯，嗯！”

第一二三章　滑膛枪

在台风一阵阵猛烈至极的震动中，操纵“裴阔德号”腭骨舵柄的舵手，屡次被舵柄抽风般地扫倒到甲板上，弄得跌跌撞撞头晕目眩，尽管舵柄上拴了防护索，可那些索子都捆得松松的，因为总要给舵柄留下一些活动余地。

在这种厉害的狂风中，大船只不过是一只任由狂风抛来抛去的羽毛球，每隔一段时间，看到罗盘里的指针转个不停，就没有什么可惊奇的了。几乎随着每一下震动，舵手就肯定会注意一下指针在罗盘面上的转速，这种景象，任何人看了都不免产生不同寻常的兴奋之感。

午夜后几个钟头，台风缓和了很多。斯塔巴克和斯塔布经过一番紧张的忙碌——一个忙船头，一个忙船尾——终于把船首三角旗、前桅和主桅中帆的那些颤抖的碎片从帆桁上割了下来，让它们旋转着漂向下风头，就像风雨飘摇中飞翔的信天翁，有时羽毛会被风吹落一样。

三张相应的新帆现在还弯曲地收起着，船尾处向后扯起了一面风暴中用的斜桁帆，于是，大船很快就重新稳定下来，穿过水面。船的航线——目前是东南偏东——再次下达给了舵手，如果可行的话，他要把握这个航向。因为在大风肆虐中，他只能根据风势的涨落来掌舵。可是现在，当他把船尽可能地贴近航线行驶，同时观察着罗盘的时候，看，一个好兆头！风似乎绕到船尾去了，没错，逆风变成了顺风！

水手们高兴地唱起了那首活泼的歌："嗬，顺风了！哦耶嗬，鼓起劲来，兄弟们！"随着歌声，所有帆桁都马上调正过来，这么一件大有希望的事情，竟然很快就使得先前的凶兆变成了假象。

为了遵守船长的既定命令——甲板上的事态一旦发生决定性的变化，就得即时汇报——斯塔巴克刚刚将帆桁调到顺风面——尽管他很不情愿，而且心情沮丧——便机械地下到舱中，向亚哈船长报告情况。

在敲船长室的门之前，他不自觉地停了片刻。舱室里的那盏灯在大幅度地摆来摆去——还在断断续续地燃烧着，在那老人家闩住的门上投下一阵阵阴影——门很薄，上部装的不是嵌板，而是固定的百叶窗。这个孤寂地下室般的舱室，笼罩在一片嗡鸣的寂静之中，尽管它被四下里的风吼浪啸紧紧包围着。

枪架上几支装了火药的滑膛枪闪闪发亮，它们靠着前舱壁立着。斯塔巴克是个诚实正直的人，但是在看见那些枪的一瞬间，他心底里不由得奇怪地产生了一个恶念，但是这个念头混淆在伴随而生的不好不坏或者是好的念头之中，以至于一时间他几乎被搞糊涂了。

“他有一次本来想开枪打我的，”他喃喃地说道，“是的，他就是用那把枪指着我的；——那把镶嵌有饰钉的枪；让我来摸摸——把它举起来。奇怪，和这么多致命的鱼枪打过交道的我，现在竟会抖成这样，真是奇怪。装了火药？我得看看。是的，是的，药池里的确有火药；——那可不妙。最好是把它倒掉？——等等。我要打消这个念头。我要勇敢地端起枪来，想一想。——我是来向他汇报顺风的。可是顺风又怎么样？只是顺向死亡和厄运——那是顺了莫比·迪克的风。这顺风仅仅是顺了那头该死的鲸鱼的风。——他就是用这把枪指着我的！——就是这把；这把——我在这里握着的枪；他本来想用我现在摆弄的这玩意儿杀了我的。——是的，他还想把所有的水手都杀了。

“难道他没有说过，刮什么样的风，他都不会把帆桁扯下来？难道他没有把他的宝贝象限仪摔在地上？他难道不就是只凭错误百出的航海日志进行死板的推算，在这些危险的海洋上摸索而行吗？就在这场台风中，他不是还发誓说，他不需要避雷针吗？但是，要乖乖忍受这个发疯的老家伙，任由他拖着一整船的人走向灭亡吗？——是的，如果这艘船遭受致命的损害，他就会成为谋杀三十多条人命的蓄意谋杀犯；而我凭灵魂发誓，如果亚哈一意孤行，这艘船注定要遭受致命的损害。那么，如果这个时候——把他干掉，他就犯不成那样的罪行了。

“哈！他正在睡梦中喃喃自语吗？是的，就在那里，——在那里，他正在睡着。睡着了？没错，但还活着，不久就会醒过来。我受不了你了，老头子。说理也好，抗议也好，恳求也好，你都充耳不闻，你都断然蔑视。断然服从你那些断然的命令，这就是你想要的一切。没错，你还说大家都和你一样宣过誓，你说我们大家都是亚哈。伟大的上帝决不允许这样！——可是，就没有其他办法了吗？没有合法途径了吗？——把他囚禁起来，带回家？什么！想把这老人活生生的权力从他手里活活夺走吗？只有傻瓜才会这样试。就算把他捆上，用大大小小的绳子捆住他的全身，用铁链把他锁在舱室地板的圆环螺栓上，即便那样，他也还是比一头笼中老虎还要可怕。

“这景象我可受不了；我也躲不开他的嚎叫；在这漫长难耐的航行中，所有的舒适、睡眠和无价的理智都会离我而去。那么，剩下的还有什么？陆地在几百英里以外，离得最近的还是闭关锁国的日本。我孤身一人站在这辽阔的海洋上，在我和法律中间隔着两座大洋和一整座大陆。——是的，是的，就是这样。——如果闪电把一个未来的谋杀犯劈死在床上，把床单和皮肤一起烧毁，老天就成了谋杀犯吗？——那么，我会不会就成了一个谋杀犯，如果——”

他向两边望着，同时慢慢地、偷偷地把上了膛的枪口抵住舱门。

“端平到这个位置，亚哈的吊铺就在里面摇摆，他的头就冲着这个方向。只要扣一下扳机，我斯塔巴克就会生还回家，拥抱老婆孩子了。——啊玛丽！玛丽！——孩子！孩子！孩子！——可是如果我把他惊醒，而没有把他弄死，老头子，谁能告诉我，一个星期后，斯塔巴克和所有水手的尸体就会沉到怎样的无底深渊！伟大的上帝，你在哪里啊？我要动手吗？我要动手吗？——风势已经变小了，转向了，先生。前桅和主桅的中帆都装好扯上了，船正沿着航线前进。”

“向后倒划！莫比·迪克啊，我终于抓住了你的心脏！”

从那老人痛苦的睡眠中突然冒出这样的声音，仿佛斯塔巴克的声音促使这喑哑已久的睡梦开口说起话来。

那支平端着的滑膛枪抵着门扇，像醉汉的胳膊一样颤抖不已，斯塔巴克似乎正在和一个天使角力；但是，他还是转身离开了门边，把那致命的枪放回枪架，离开了那个地方。

“他睡得太沉了，斯塔布先生，你下去把他叫醒，把情况告诉他。我得去看看甲板。你知道要对他说些什么。”

第一二四章　罗盘针

第二天早晨，尚未平息的大海上掀起大片大片缓慢的长浪，奋力涌入“裴阔德号”汩汩作声的航迹，像是巨人张开的大手推送着大船前进。强劲的风毫不犹豫地漫天吹刮，天空和大气仿佛成了巨大的挺胸凸肚的风帆；整个世界在风前隆隆作响。太阳裹在明亮的晨曦中不见踪影，只能凭它四散的强光才能知道它在哪里，它那刺刀般成排的光线缓缓移动着。它纹章一般光辉灿烂，仿佛头戴王冠的巴比伦王和王后，君临万物。大海就像一只熔金的坩埚，伴随着泡沫光热四射。

亚哈一个人站在那里，久久沉默着，仿佛入迷了一般，每当这颠簸的大船的船首斜桅向下一沉，他就把目光转向前方明亮的阳光。当船尾深深落下，他就转回身，望着落在船后的太阳，望着金黄色的阳光怎样和笔直的航迹混在一起。

“哈，哈，我的船！你现在大可以被当成是太阳的海上战车。嚯，嚯！所有在我船头前方的国家，我给你们带来了太阳！给更远的巨浪套上轭，嗨！那就是一前一后两匹马拉的车了，我就是在驾驭海洋了！”

可是突然间，某个相反的念头让他勒住马缰，他匆忙朝船舵奔去，哑着嗓子追问船在朝什么方向开。

“东南偏东，先生。”那个吃惊的舵手答道。

“你在撒谎！”他握紧拳头重重地捣了他一下，“一大早地朝东开，太阳却落在船后？”

听到这话，大家都慌了，因为亚哈刚才观察到的这个现象，居然谁都没有注意到，不过，原因一定是这种显而易见反倒让人视而不见了。

把脑袋半伸到罗盘箱中，亚哈瞥了一眼罗盘，然后慢慢放下举起的胳膊，有片刻时间，他几乎有点站不稳了。站在他身后的斯塔巴克一看,哎呀！两个罗盘都指向东边,而“裴阔德号”却在绝对无误地向西行驶。

可是，最初的惊慌还没有在船上扩散开，这老人便生硬地笑着，高声宣称：“我明白了！这种事以前发生过。斯塔巴克先生，昨晚的雷电把我们的罗盘给倒过来了——就是这么回事。我想，你以前也听说过这样的事。”

“没错，但是我以前从来没遇到过，先生。”面色苍白的大副沮丧地说。

这里必须要交代一下，在猛烈的暴风雨里，类似这样的意外事故并非绝无仅有。大家都知道，船上罗盘指针的磁力，基本上和天空中的闪电是一回事。因此，这样的事情就不值得大惊小怪了。事实上，闪电击中船体的例子时有发生，摧毁了一些帆桁和索具，而它对罗盘指针的影响有时还要更为严重，把它天然磁石的效力全部消除，原来的磁针就和老太婆的缝衣针一样毫无用处了。但是，指针一旦受到损伤或是失去磁力，它原来的效力都再也不能自行复原了，如果罗盘箱里的罗盘受到影响，同样的命运会波及船上所有其他的罗盘，哪怕是嵌在内龙骨最深处的罗盘。

谨慎地站在罗盘箱前，眼睛盯着指针反转的罗盘，这老人伸出他那只敏捷的手，测定了太阳此刻的精确方位，满意地发现指针的确是转反了，便大声下令相应地改变船的航线。帆桁都转了过来，“裴阔德号”再次将它无畏的船头刺进逆风之中，因为刚才那股所谓的顺风只不过把它耍弄了一番。

与此同时，无论心底有些什么隐秘的想法，斯塔巴克什么都没有说，只是安静地发出一切必不可少的命令；而斯塔布和弗拉斯克——这时多少与他有同感——也同样是默不作声。至于其他水手，尽管有些人在低声抱怨，但是，他们害怕亚哈更甚于害怕命运。不过，和以往一样，那些异教徒标枪手几乎全然不为所动，或者是，即便被触动了，也只是被顽强的亚哈的磁力射中了他们意气相投的心而已。

这老人心潮起伏地在甲板上踱了一会儿。他的鲸骨腿的后跟偶然一滑，不期然看见了他昨天摔在甲板上的那只象限仪的铜制瞭望管。

“你这可怜又自负的观天器和太阳的领航员！昨天我毁了

你，今天罗盘就想把我毁了。哼，哼。可是亚哈还是这水平的天然磁石的主人。斯塔巴克先生——拿一把没有杆的鱼枪、一个大锤子和最小的缝帆针来。快！”

也许，他冲动地口授出他马上就想做的事情，还伴随着某种审慎的动机，其目的是在罗盘指针倒转这种怪事上露一手绝活儿，振作一下水手们的精神。此外，这老人很清楚，靠倒转的罗盘来掌舵，虽然笨拙，也可勉强对付，但是迷信的水手绝不会同意，他们不免会战战兢兢，感觉其中必是凶兆重重。

“伙计们，”当大副把他要的东西拿来给他，他沉稳地转向水手们说道，“我的伙计们，雷电把老亚哈变成了罗盘指针，但是，用这一点点钢，亚哈可以自己造一个指针出来，和任何指针一样准确。”

他说完这话之后，水手们尴尬地互相交换一下充满奴性的惊奇目光，然后着迷地等着看他随后会变出什么戏法来。但是斯塔巴克却将眼睛望向别处。

亚哈用大锤子一敲，就把那鱼枪的钢尖敲了下来，然后把剩下的长长的枪头交给大副，让他笔直地举着，别接触到甲板。然后，他用大锤反复敲打枪头的上端，再把钝了的缝帆针竖立在枪头上，又轻轻敲打了几下，大副仍然像以前那样握着枪头。随后，亚哈又对这根针做了几个奇怪的小动作——是为了使之磁化而必不可少呢，还是仅仅为了强化水手们的敬畏之感，这可就难说了——他叫人拿来亚麻绳，走到罗盘箱前，悄悄拿出那两根反转的指针，把麻绳系在那根缝帆针的中间，水平地吊在罗盘面上。起初，那根钢针转个不停，两端都在不停地震颤，可最后还是停在了它应有的位置。这时，一直在专注地观察这个结果出现的亚哈，坦然地从罗盘箱前退了回来，伸出胳膊指着它，大声说道："你们自己看看，亚哈是不是还是这水平的天然磁石的主人！太阳在东边，那罗盘针指的一点没错！"

水手们一个接一个走过来向里窥视，因为除了他们自己的眼睛，没有任何东西能够令他们无知的头脑为之信服，接着，他们又一个接一个地溜到一边。

这时，在亚哈那充满轻蔑和胜利的冒火的眼睛里，你能看见他那份致命的骄傲。

第一二五章　测程仪和测量绳

在这次航行中，命中注定的“裴阔德号”迄今已漂流了很长时间，测程仪和测量绳却很少使用。

由于过于信任其他确定船只方位的手段，有些商船，尤其是还有很多巡航中的捕鲸船，会完全忽略测程仪的使用。尽管与此同时，更多的是做做样子，他们会定期把船只的航线，以及推测的每小时平均前进速度，记录在通常的石板上。

“裴阔德号”也是这种情况。那只和木制绕线轮缠在一起的带棱角的测程仪，很久没人碰了，就悬挂在后舷墙的栏杆下面。雨水和浪花把它打得透湿；风吹日晒又让它弯曲走样；所有因素都促使这个闲置的物件逐渐腐烂。但是，心事重重的亚哈，根本没有注意到这一情况，在磁石事件过后的几个小时，他偶然瞥见了绕线轮，才想起他的象限仪已经毁掉了，才回忆起他就水平测程仪和测量绳所发的狂乱誓言。大船正在向前疾驶，船尾的波浪喧闹翻腾。

“前面的，喂，把测程仪投下去！”

两个水手走过来。金黄色头发的塔希提人和灰白色头发的马恩岛人。“你们中的一个，拿着绕线轮，我来投。”

他们走向船尾尽头，船的背风面，那里的甲板因为斜吹的风，现在几乎浸在奶油般打横里冲过来的海浪之中。

马恩岛人拿起绕线轮，抓住卷轴凸出的柄端，高高举起，卷轴上绕着线团，他就那样站着，让带棱角的测程仪笔直地向下垂，等着亚哈走过来。

亚哈站在他面前，轻轻地把线绳撒开了三四十圈，以便事先绕在手里，抛到船外去。这时，正在全神贯注瞧着他和测量绳的老马恩岛人，鼓足勇气开口说话了。

“先生，我不信任这东西，这测量绳看起来早就不行了，长时间的炎热和潮湿把它糟蹋了。”

“它撑得住，老先生。长时间的炎热和潮湿，它们把你糟蹋了吗？你看起来就撑得住。或者，也许这样说更准确，是生命撑住了你，而不是你撑住了生命。”

“我撑住的是这卷轴，先生。不过就像船长您说的。我这满头灰发，不值得与人争论，尤其是和上司争论，上司是不会认错的。”

“你说什么呢？现在竟来了一个大自然女王建在花岗岩上的大学的冒牌教授，不过我认为他太会奉承人了。你是哪儿人？”

“都是小石头的人岛人，先生。”

“好极了！你就用那儿的石头砸人的。”

“我不知道，先生，但是我出生在那儿。”

“人岛，是吗？嗯，从另一个方面来说，这也不赖。这里有一个来自‘人’的人，一个曾经独立的‘人’生出来的人，现在却失去了‘人’的人；人被吞掉了——被什么？把绕线轮举起来！这堵麻木不仁的墙最终会撞坏所有追根究底的脑袋。举起来！就这样。”

测程仪被抛下海去。松弛的绳圈迅速展开，伸直成一根长绳，拖在船尾，绕线轮也立刻随之旋转起来。测程仪随着翻涌的波浪痉挛般交替起伏，拖曳的阻力使得这个拿着绕线轮的老人奇怪地东摇西晃起来。

“拿牢！”

啪的一声！绷得过紧的绳子松弛下来，成了船尾上一个长长的装饰物，拖曳着测程仪不见了。

“我摔碎了象限仪，雷电改变了罗盘指针的转向，现在这疯狂的大海又弄断了测程仪的绳子。不过，亚哈能够修好一切的。拖上来，塔希提人；卷起来，马恩岛人。你们听着，让木匠再做一个测程仪，你把绳子修补好。当心点。”

“他这就走了，对他来说，什么事都没有；但是对我来说，这线轴似乎已经从世界中央脱落了。拖上来，拖上来，塔希提人！这些绳子是整根的，转着放出去，回来就是断的，拽起来还很慢。哈，皮普呢？来帮忙，嗯，皮普呢？”

“皮普？你叫谁皮普？皮普从捕鲸艇上跳下去了。皮普失踪了。让我看看，你有没有把他捞上来，老渔翁。绳子拽得很紧；

我猜是他在拽着。猛拉一下，塔希提人！猛拉一下，把他甩掉；我们这里不捞胆小鬼。嗬！他的胳膊刚刚露出水面了。斧子！斧子！把它砍断——我们这里不捞胆小鬼。亚哈船长！先生，先生！皮普在这里，他又想上船了。”

“安静，你这疯狂的笨蛋，”马恩岛人叫道，抓住他的胳膊，“离开后甲板！”

“大傻瓜总是骂小傻瓜，”亚哈咕哝着，走上前来，“别碰这个圣人！你说皮普在哪儿，孩子？”

“在船尾那里，先生，船尾！看！看！”

“那你是谁，孩子？我在你空洞的瞳仁里看不到我的影子。啊上帝！人竟然成了让不朽的灵魂漏过去的东西！你是谁，孩子？”

“我是钟童，先生；船上的传令员；叮，咚，叮！皮普！皮普！皮普！找到皮普的报酬是一百磅泥土；五尺高——样子很胆怯——一看就知道！叮，咚，叮！谁看见皮普这胆小鬼了？”

“在雪线以上不可能有好心人。啊，你这冻僵了的上苍！往下面看看吧。你是这不幸孩子的父亲，你抛弃了他，你这创造万物的浪荡子。过来，孩子，亚哈的船舱从此就是皮普的家了，只要亚哈还活着。你触动了我内心深处，孩子；我的心弦编织成的绳子把你和我捆在一起。来吧，我们下去吧。”

“这是什么？这是天鹅绒一般的鲨鱼皮，”他聚精会神地凝视着亚哈的手，抚摸着，“啊，现在，如果可怜的皮普早就能抚摸到这样亲切的东西，也许他就不会失踪了！对我来说，先生，这就像是一根舷梯索，是软弱的灵魂可以抓住的东西。啊，先生，让老珀斯这就过来，把这两只手铆在一起，这只黑的和这只白的，我可不愿意放开。”

“啊，孩子，我也不愿意松开你的手，除非我会因此把你拖进比这更可怕的地方。那么来吧，到我的船舱去。瞧！你们这些人相信众神都是善的、人类都是恶的，你们瞧吧！看看无所不能的众神忘在一边的受苦的人类，而人类，尽管愚蠢，不知道自己在做什么，却满怀甜蜜的爱和感激。来吧！我牵着你这只黑手，感觉比握着皇帝的手还要自豪！”

“这两个傻子走到一块了，”老马恩岛人嘟囔着，“一个傻子强悍，一个傻子软弱。但是，这根烂绳子终于到头了——还湿淋淋的。把它修好，嗯？我想我们最好弄根新绳子。我要去问问斯塔布先生。”

第一二六章　救生圈

在亚哈校准过的罗盘的指引下，航线也完全由亚哈的水平测程仪和测量绳确定，“裴阔德号”向东南而行，一路向着赤道线前进。穿过这些很少有人光顾的水域，做这样的长途航行，看不到任何船只，而且不久之后，便有斜刺里吹来的一成不变的信风驱使着它，越过温和得令人感到单调的海面，所有这一派奇怪的安宁都在预示着某种喧闹而令人绝望的场景。

终于，当船像过去那样，靠近赤道渔场的边缘，在黎明前深沉的黑暗中，驶过一连串岩石累累的小岛，值班的人——当时由弗拉斯克领班——被一种哀怨而怪异的狂叫惊起——就像是被希律王杀害的无辜者的幽灵发出的模糊哀号——所有人都从睡梦中惊醒，有片刻时间，大家或站，或坐，或是斜倚着，全都呆呆地倾听着，像是罗马奴隶的雕像，而那狂叫依然清晰可闻。基督徒或是较为开化的水手说那是美人鱼，一边说一边颤抖；但是，那些异教徒标枪手却一点也不害怕。不过，头发灰白的马恩岛人——船上年纪最大的水手——宣称大家听到的那狂野的厉叫声，是新近淹死在海里的人发出的。

睡在舱下吊铺中的亚哈没有听到这种声音，直到黎明灰蒙蒙地发亮，他来到甲板上，这件事才由弗拉斯克详细地讲给他听，其中难免添加一些拐弯抹角的不祥含义。他空洞地笑了笑，对这奇事做了如下解释。

大船经过的那些岩石累累的岛屿是大群海豹时常出没的地方。有些小海豹失去了母亲，或是有些母海豹失去了自己的孩子，它们会靠近船只，陪伴着船只游动，用类似人的哀号一样的声音哭叫和抽泣。但是，这种说法反倒让水手们更受影响，因为大部分水手都对海豹怀有一种非常迷信的感觉，这种感觉不仅来自它们身处危难时发出的那种独特的音调，而且来自它们圆圆的脑袋和颇有几分聪明的脸孔，当它们从船边的水中升起向船上窥视时，看起来都和人非常相像。在海上，在某些情况下，海豹不止一次地被错当成了人类。

但是，水手们感到的这个凶兆，那天早上，注定要从他们一个同伴的命运中，得到最为可信的证明。太阳升起的时候，这个人从吊铺上起来，爬到船前部的桅杆顶上，他是不是还处于半睡半醒的状态（因为水手们有时睡意蒙眬中就会爬到高处），还是他命该如此，现在没人能说得清楚；不管怎样，他在自己的岗位上没有停留多久，便听到一声尖叫——一声尖叫和扑通一声——大家抬头望去，只见空中落下来一个黑影，再向下一望，蓝色的海面上只有些许溅起的白色气泡。

救生圈——一只细长的木桶——从船尾抛了下去，它一直用一根灵巧的弹簧乖乖地挂在那里。但是，水中没有手伸上来抓住它，由于太阳长期的暴晒，这只木桶已经收缩了，于是它慢慢充满了水，那些干透的木板也浸透了水。镶嵌着铁箍的木桶随着那水手沉入了海底，仿佛是给他送去了一个枕头，只不过这枕头有点太硬了。

就这样，“裴阔德号”第一个爬上桅杆瞭望白鲸的人，在白鲸自己特殊的领地上，被大海吞没了。但是，当时也许很少有人想到这些。的确，在某种程度上，他们并不为这个事件感到悲哀，至少不把它作为凶兆；因为他们认为，它并没有预示未来的不幸，而是一个已经预感到的不幸成为现实。他们宣称自己现在知道了他们昨夜听到的那些厉叫的原因。但是，老马恩岛人再次否定了他们的说法。

现在得把失去的救生圈换上新的，斯塔巴克奉命负责此事。但是，因为找不到足够轻的木桶，并且在大家的焦切热望中，这次航信似乎也即将接近决定性的时刻，所有人都不耐烦干别的，除了和这次出海的最终结果直接有关的事情，无论最终会是怎样的结果。所以，他们打算就让船尾那样空着，不装救生圈了，就在这时，奎奎格用手势旁敲侧击地暗示他的棺材可以利用。

“用棺材做救生圈？”斯塔巴克嚷道，吃了一惊。

“我要说，那相当古怪。”斯塔布说。

“那会是个很不错的救生圈，”弗拉斯克说道，“木匠可以轻松地把它改好。”

“把它抬上来吧，也没有什么别的做救生圈了，”斯塔巴克忧郁地停顿了一下说道，“把它装备好，木匠，别这样看着我啊——我指的棺材。你听见我的话了吗？把它装备好。”

“我要把盖子钉上吗，先生？”木匠挥着手，像上下挥着一把锤子。

“是的。”

“我要把缝隙都堵死吗，先生？”他挥着手，像左右摆着一把堵缝凿。

“是的。”

“我还要刷一层沥青吗，先生？”他挥着手，像摇晃着一只沥青罐。

“走开！你这是中了什么邪？用棺材做一个救生圈，没别的。——斯塔布先生，弗拉斯克先生，跟我到前面去。”

“他气呼呼地走了。他大事能忍，小事就退缩。我可不喜欢这套。我为亚哈船长做了一条腿，他装上就像个绅士了；可是我给奎奎格做了只帽盒子，他却不愿意把脑袋往里伸。难道那具棺材我算是白费劲了？“现在又命令我用它做一个救生圈。这就像是把一件旧外套的里子翻到外面来。我不喜欢这种修修补补的差事——我一点都不喜欢；这有失体面；这不是我分内的事。让补锅匠的小崽子们去修修补补吧；我们可比他们强得多。我喜欢接手的活儿都得是干干净净，没人碰过，光明正大，正儿八经，都得规规矩矩，头是头，中间是中间，尾是尾。不能是补锅匠那种活儿，从中间结束，从末尾开始。让人干修修补补的活儿，那是老太婆的骗局。老天！所有老太婆都是多么喜欢补锅匠啊。我认识一个六十五岁的老太婆，就跟一个光头的年轻补锅匠跑了。就是这个原因，我在马撒葡萄园岛有自己门面的时候，从来不愿为岸上孤零零的老寡妇干活儿；她们那孤单的老脑袋瓜子里兴许会打我的主意，想和我私奔呢。但是，嗨！在海上可没人在乎你这些。

"让我想想。把盖子钉上；缝隙堵死；涂上沥青；钉得严严实实，用卡簧把它挂在船尾。以前可有人拿棺材这样干过吗？有些迷信的老木匠，宁可被捆在索具上，也不愿意干这种活儿。但是，我是用阿鲁斯托克河边带瘤子的铁杉树做成的；我才不会服气呢。船屁股上挂个棺材，拖着一口墓地里的箱子驶来驶去！可是不要在意。我们木匠既做婚床和牌桌，也做棺材和灵车。我们或是做月工，或是干零活，或是卖成品赚钱；我们不会问自己干活是为了什么，有什么理由，除非那是太让人讨厌的修修补补，那时我们可是能推就推。哼！这活儿我就凑合干吧。

"我要计算一下——让我看看——船上总共有多少人？我可是忘了。反正我要拿三十根打了土耳其头巾结的救生绳，每根三英尺长，挂在棺材四周。那样，如果船沉了，就会有三十个大活人争抢一口棺材了，这场面天底下可是不常见！来吧，锤子、堵缝凿、沥青罐，还有穿索针！我们动手吧。"

第一二七章 甲板

（棺材放在老虎钳和敞开的舱口之间的两只索桶上；木匠在堵棺材缝；弯弯曲曲的麻絮绳慢慢从他衣兜里的大麻絮团上拉出来。亚哈从舱室舷梯口慢慢走上来，他听到皮普跟在他后面。）

“回去，孩子，我马上就会再来陪你。他干起来了！这个木匠还不如那个男孩更合我脾气。——教堂里的中间通道！这是什么？”

“救生圈，先生。斯塔巴克先生下的令。啊，留神，先生！当心那舷梯口！”

“谢谢，老兄。你这口棺材就放得可是方便进墓穴了。”

“先生，你是说舷梯口吗？啊！是这样的，先生，是这样的。”

“你不是做腿的吗？瞧，这条腿不就是出自你的作坊吗？”

“的确是的，先生，这套圈管用吗，先生？”

“够好的了。可是，你不也兼做殡葬生意吗？”

“是的，先生，我把这东西东拼西凑起来给奎奎格做棺材，可他们现在又让我把它改成别的。”

“那么我来问你，这样你不就成了一个彻头彻尾、样样伸手、爱管闲事、垄断独占、未开化的老流氓，一个今天做腿、明天就做棺材把人关进去、然后又用棺材来做救生圈的老流氓了吗？你和天上的众神一样没有原则，而且是个啥活儿都干的万金油。”

“可是我绝无此意，先生。我只管干活。”

“又是和众神一个样。你听着，难道你做棺材的时候从不曾唱歌吗？据说泰坦给火山凿出喷火口的时候会哼上几段，挖坟的拿着铲子也会唱着取乐。难道你从来不唱？”

“唱歌，先生？我唱不唱歌？啊，我对那个实在是没兴趣，可是为什么挖坟的要唱歌，那一定是因为他的铲子没有声儿，先生。我这个捻缝的木槌里可都是音乐。你听听。”

“是的，那是因为棺材盖是一块共鸣板，在万物当中，形成共鸣板的原因在于——它下面空空如也。而且，一口装有尸体的棺材也差不多同样的，木匠。你可曾帮人抬过棺材，进墓地的时候，可曾听到棺材撞到大门的声音？”

“千真万确，先生，我曾经听过——”

“千真万确？那是什么样的声音？”

“嘿，千真万确，先生，那只是一种感叹声——就是这么回事，先生。”

“嗯，嗯，继续说。”

“我正要说，先生，那是——”

“你是条蚕吗？你是自己吐丝为自己织寿衣吗？看看你的胸兜！赶紧！把这些家伙都拿走。”

“他向船尾去了。哎，这可真是冷不防。不过，在热带地区，暴风也是冷不防就来。我听说加拉帕戈斯群岛之一的阿尔比马尔小岛，正好从正中间被赤道一分为二。要我看，最好有个赤道把那边那个老家伙也从正中间一分为二。他总是在赤道线下面活动——暴躁得冒火，我告诉你！他朝这边望呢——来吧，麻絮，快点。我们再来一次。这把木槌就是软木塞，我就是能让玻璃瓶奏乐的行家——嗒，嗒！”

（亚哈自言自语。）

“好景致！好声音！灰白头发的啄木鸟在轻轻敲打空空的树身！瞎子哑巴现在要叫人羡慕了。看！那东西搁在两只索桶上，装满了牵引绳。那家伙是个最恶毒的小丑。嘞—嗒！人的生命就是这样一秒一秒地滴滴答答！啊！一切实在之物又是多么无关紧要！除了无法估量的思想，还有什么真实的东西存在？眼前这是严酷死神可怕的象征，一有机会，垂危的生命便会做出获救与希望的生动表示。一口棺材做的救生圈！它能更进一步吗？从精神意义上说，棺材会不会只是一种使不朽得以保存的东西呢！我得想一想。可是，不成。我在人世的黑暗面中陷得太深了，它的另外一面，理论上说光明面，对我却似乎仅仅是模糊不定的晨光。

“木匠，你能不能别再弄出你那该死的声音？我得下去了，等我再上来，别让我看见那东西在这儿。喂，皮普，我们来谈谈这件事，我的确从你那里吸取了一些顶顶奇妙的哲理！一定是一些未知的渠道给你灌输了来自未知世界的东西！”

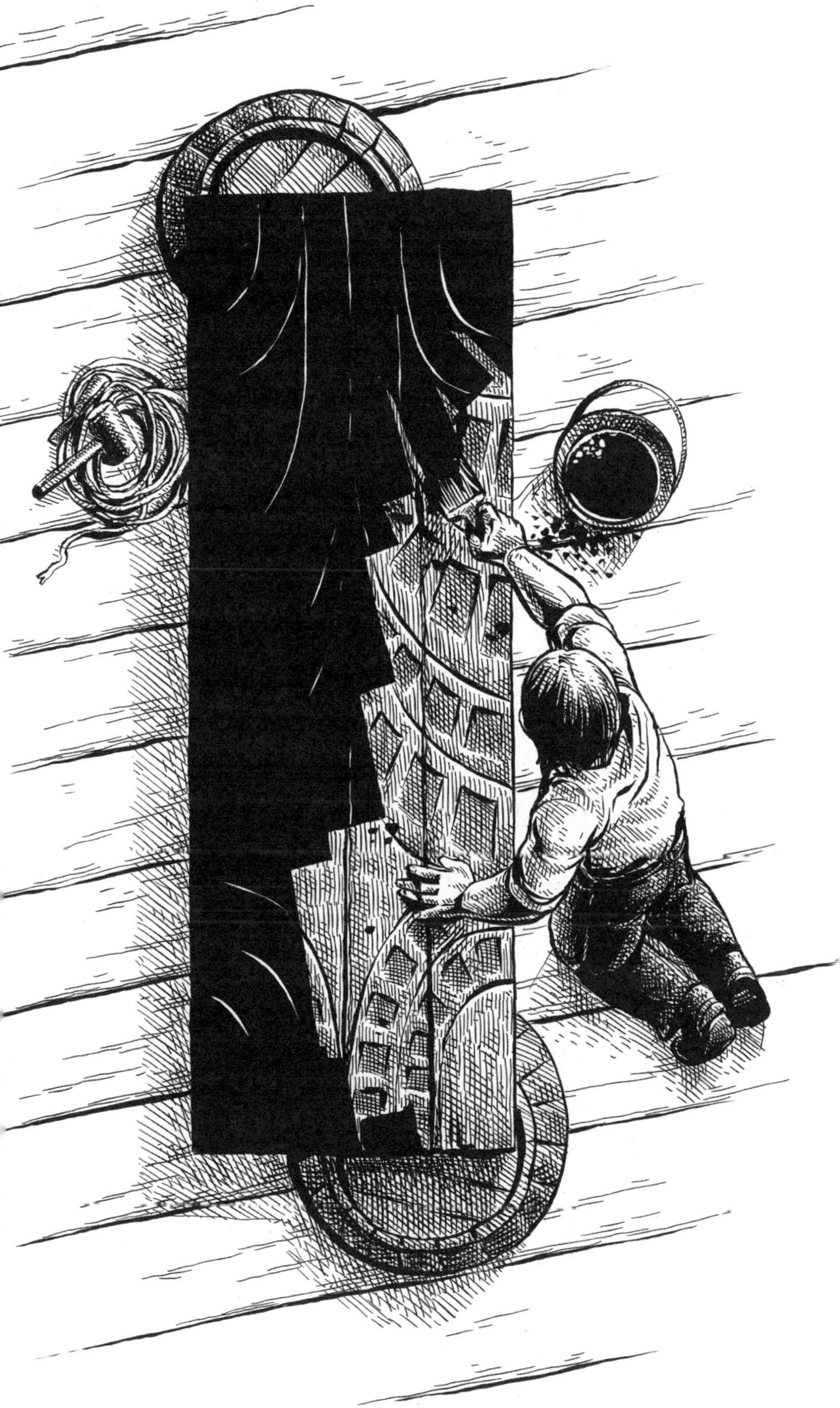

第一二八章　“裴阔德号”遇见“拉结号”

第二天，一艘叫作“拉结号”的大船出现在视野里，向“裴阔德号”直驶过来，它所有的帆桁上都密密麻麻攀附着人。这时，“裴阔德号”正在快速行驶，可是当这艘乘风鼓翼的陌生船只飞快地靠近时，它鼓胀着的船帆全都像爆裂的气球缩在了一起，所有的生机也都从这艘遭受打击的船上溜走了。

“坏消息，它带来了坏消息。”老马恩岛人嘟囔着。对方船长把喇叭放在嘴边，在他的小艇里站起来，可还没等他打招呼，就先听到了亚哈的声音。

“可曾见到过白鲸？”

“见过，昨天。你可曾见过一艘随波漂流的捕鲸小艇？”

抑制住自己快乐的心情，亚哈对这个不期然的问题作出了否定的回答，他本想亲自登上这艘陌生的船，可是那艘陌生船的船长，已经自己把船停下来，从他的船舷边下来了。猛划了几下，他小艇的钩子很快就勾住了“裴阔德号”

的大锚链，他随后跳上了甲板。亚哈马上就认出这是他认识的一个楠塔基特人。他们也没有像例行的那样寒暄问候。

“它在哪里？——没有被杀吧——没有被杀吧！”亚哈叫道，走向近前，“怎么个情况？”

情况大致是这样的，就在昨天下午接近傍晚时，这艘陌生船的三艘小艇正在追击一群鲸鱼直追到离大船四五英里远的地方，还在朝上风头猛追，这时，莫比·迪克的白色背峰和脑袋突然从水里冒了出来，就在下风头不远的地方。于是，第四艘装有索具的备用艇马上下水追击。这第四艘小艇——速度最快的小艇——趁着顺风一阵疾驶，似乎已经成功地拴住了鲸鱼——至少，在桅顶瞭望的人是这么说的。他看见远处的小艇像个小黑点一样消失了，随后，泡沫翻涌的白水迅疾一闪，便什么都没有了，由此推断，被打中的鲸鱼一定像经常发生的那样，拖着追击它的小艇不知跑到了哪里。

情况虽然有些让人担心，但还没有引起实实在在的惊慌。索具上挂起了召唤回船的信号旗。黑暗降临了。在去相反的方向寻找第四艘小艇之前，午夜之前大船被迫要先去接应远在上风头的三艘小艇。这样一来，大船不仅要让那艘小艇听天由命，而且，还让它和自己离得更远了。不过，在其他水手终于安全上船之后，大船便张开所有的帆——翼帆也都重重叠叠扯了起来——去寻找失踪的小艇了。船上的炼油锅里还升起火作为烽火，每两人中就有一个人爬到高处去瞭望。

但是，尽管这样行驶了很长一段距离，抵达了最后看见失踪小艇所在的大概位置，尽管随后把空余的小艇都放下海，到处搜寻，却是一无所获，于是它又向前疾驶，又停下来，又放下小艇，这样反反复复，一直折腾到天光放晓，却还是没有看见失踪小艇的一丝踪影。

事情的经过讲完之后，那艘陌生船的船长马上表明了他登上“裴阔德号”的意图。他希望“裴阔德号”能和他的船一起搜寻，两船平行，分开四五英里的距离行驶，这样就可以把搜寻范围扩大一倍。

“我敢赌点什么的，”斯塔布对弗拉斯克耳语道，“失踪的小艇上一定有人穿走了船长最好的外套，也许是戴走了他的手表——他急得要死要把它找回来。谁曾听说过两艘发善心的捕鲸船，会在捕鲸旺季里，为了一艘失踪的捕鲸艇而巡航的？看，弗拉斯克，只要看看他的脸色多么苍白——连眼珠子都白了——你看——那不是外套——那一定是——”

“我的儿子，我自己的儿子在里面。看在上帝的分上——我请求你，恳求你——”那艘陌生船的船长此时对亚哈叫喊起来，而亚哈一直对他的请求无动于衷。“把你的船租给我四十八小时——我很愿意付你租金，我出高价——如果不出其他的情况——我只要租四十八小时——你一定，啊，你一定得答应，这事你非做不可。”

“他的儿子！”斯塔布叫道，“啊，失踪的是他的儿子！我收回关于大衣和表的话——亚哈会说什么？我们必须救那孩子。”

“昨晚，他已经和艇上的其他人一起淹死了，”站在他们后面的老马恩岛人说道，“我听到了，你们全都听到了他们亡魂的哀号。”

事情的原委很快就弄清了，使得“拉结号”这次事故变得更加悲惨的是，失踪小艇上的人员当中不仅有船长的一个儿子，与此同时，在相反的方向，在昏天黑地、吉凶难料的追击中，还有一艘小艇与大船失散了，艇上还有船长的另一个儿子。一时间，这位倒霉的父亲一下子陷进了残酷至极、惊慌失措的深渊。幸好他的大副本能地采取了一艘捕鲸船在这种紧急状况下的通常措施，才使他从两难困境中摆脱出来。那就是，当大船处于遭受危险而又分散的小艇之间时，总是先可人多的救。

可是这位船长，出于某种未知的具体原因，根本没有提及这些，迫于亚哈冷冰冰的态度，他才提起他还有一个儿子也失踪了，一个小家伙，只有十二岁。这位父亲出于楠塔基特式的父爱，以急切而无所顾忌的鲁莽，这么早就将儿子送进了这个充满危险和奇迹的行当接受启蒙，那几乎是他家族自古以来命定的职业。

楠塔基特的船长们把年纪尚幼的儿子送到别人的船上，而不是自己的船上，去经历漫长的三四年的航海生活，这种情况并非少见。这样，他们在捕鲸生涯上最初获得的知识，就不会因为父亲偶尔流露的那自然又不合时宜的偏爱，或是过度的担心和关切，而受到削弱了。

这时，这个陌生船的船长还在苦苦哀求亚哈施以援手，而亚哈却还是铁砧一般站着，任凭怎样的敲击，都丝毫不为所动。

“我不会走的，”这陌生人说，“除非你答应我。帮帮我吧，就像在类似的情况下我会帮你一样。因为你也有个儿子，亚哈船长——尽管还是个孩子，现在安全地待在家里——你也是老来得子——是的，是的，你发慈悲了；我看得出来——快，快，伙计们，喂，准备调整帆桁。”

“等等，”亚哈叫道，“一根绳子都别碰，”然后字斟句酌地慢慢说道，“加德纳船长，我不会那么做的。就这样都已经耽误了我的时间。再见，再见。上帝保佑你，老兄，但愿我也能原谅我自己，但是我必须走了。斯塔巴克先生，看一下罗盘箱上的表，从现在起三分钟之内，请所有陌生人离船，转直帆桁向前，仍照以前一样行驶。”

他别过脸，匆忙地转身离开，下到自己的舱室中，把那位陌生的船长留在那里，看到自己如此恳切的请求遭到断然拒绝，不由得目瞪口呆。不过，加德纳很快从愣神中醒了过来，一声不吭地匆忙奔向船边，滚进而不是跨进他自己的小艇，返回了大船。

不久，两艘船就各奔东西了。很长时间，那艘陌生的船还在视野之内，可以看见它东拐一下，西拐一下，海上每一个黑点，无论多小，它都会赶过去。它的帆桁转来转去；时而右转舵，时而左转舵，总是在抢风航行；有时它迎头冲向大浪，有时又被大浪推向前面；在这个过程当中，它的桅杆和帆桁上始终密密麻麻攀满了人，就像是三棵高高的樱桃树，有一群孩子正在树枝间采樱桃。

但是，从它蹒跚犹豫、弯弯曲曲航行的悲伤模样，你能清楚地发现，这艘泼溅着浪花的船，依然没有得到一丝安慰。它就是拉结，在为自己的儿女哭泣，因为他们都不在了[1]。

1 见《圣经·旧约·耶利米书》第三十一章，“拉结哭她儿女，不肯受安慰，因为他们都不在了。”

第一二九章　船长室

（亚哈正要走上甲板；皮普抓着他的手要跟着他。）

“孩子，孩子，我告诉你现在可别跟着亚哈。这会儿，亚哈不会把你吓走，可也不要你留在跟前。可怜的孩子，就是在你身上，我感觉到有种东西能治我的病。这是以毒攻毒。至于这次狩猎，我的疾病成了我最渴望的健康。你好好待在下面，他们会服侍你，把你当成船长对待。喂，孩子，你就坐在我这用螺栓拧紧的椅子上，你得把自己当成另一根螺栓。”

“不，不，不！你的身体不完整了，先生；你只要把我这小可怜儿当成你失去的那条腿，尽管踩在我身上，先生；我没有更多要求，这样我始终就是你身体的一部分了。”

“啊！尽管这世上恶棍无数，这却让我固执地相信人类有永不凋谢的忠诚——而且还是个黑人！而且还疯疯癫癫——但是我想，以毒攻毒也适合他；他又变得神志清醒起来。”

“他们告诉我，先生，斯塔布曾经抛弃过可怜的小皮普，他淹死以后骨头都发白了，尽管他活着时皮肤是黑的。但是，我永远不会抛弃你，先生，就像斯塔布抛弃他那样。先生，我必须跟你一起去。”

“如果你再和我说这么多，亚哈的决心就要动摇了。我跟你说不行，不能这样。”

“啊，好心的主人，主人，主人！”

“这样哭哭啼啼，我就会杀了你！小心一点，因为亚哈也是个疯子。听着，你会一直听到我的假腿在甲板上走动，你就知道我还在那里。现在我要离开你了。你的手！——握一握！孩子，你真像圆周对圆心一样忠诚。所以，愿上帝永远保佑你；万一真的来了——那就让它来吧，上帝永远会救你。”

（亚哈走了；皮普向前一步。）

“他刚才就站在这里；我照他的样子站着——可是我孤身一人。现在哪怕是可怜的皮普在这里，我也能忍受得了，可是他失踪了。皮普！皮普！叮，咚，叮！谁看见皮普了？他一定在这里；让我来推推门。什么？没有锁，没有闩，也没有插销，却还是打不开。一定是有什么咒语，他告诉我要待在这里的，是的，他告诉我这把螺栓拧紧的椅子是我的。那我就坐在这里好了，靠着横梁，在船的正中央，它的整个龙骨和三根桅杆都在我前面。我们的老水手说，在那些装有七十四门黑黝黝大炮的兵舰上，有时将军们就坐在桌边，向成排的船长和军官发号施令。哈！这是什么？肩章！肩章！一大群戴肩章的全都挤来了！把酒瓶转圈传过去；很高兴看见你们；斟满，先生们！多么奇妙的感觉，现在，一个黑孩子在招待衣服上镶金边的白人！——先生们，你们可曾看见一个叫皮普的人？——一个黑小子，五英尺高，面相猥琐，而且是个胆小鬼！他曾经从捕鲸艇上跳了下去；——看见过他吗？没有！那好吧，再斟满，船长们，我们为所有胆小鬼的可耻干杯！我没有点名道姓。他们真可耻！把一只脚放在桌子上。所有的胆小鬼都真是可耻。——嘘！我听到上面有假腿的声音——啊，主人！主人！当你在我头上面走，我心里真是沮丧。不过我要待在这里，哪怕是船尾触了礁，礁石撞穿了船底，牡蛎进来跟我做伴。”

第一三〇章　帽子

如今，经过了这么漫长而辽阔的预备性巡航，已经扫遍了所有其他的捕鲸渔场，亚哈觉得，他似乎已经在合宜的时间和地点把自己的仇敌赶进了一个海上围栏，更有把握在那里把它杀掉。他发现自己已经靠近当初给他留下重创的地方，他与之打过招呼的船就在前一天还确曾与莫比·迪克遭遇——而且他随后遇见的各种船只，都从不同角度证明，白鲸在撕裂追击它的猎手时，无论是蓄意行凶还是刻意报复，都表现出恶魔般的残忍。因此，在这老人的眼中，现在便潜藏着一种软弱的人几乎无法忍受的东西。就像是永远不落的北极星，经过长达六个月的北极之夜，依然保持着它锐利、稳定、集中的光芒。

亚哈的意志也是如此，死死地照在永远如午夜般阴郁的水手们身上。这意志支配着他们，促使他们的预感、怀疑、担忧和恐惧，都不得不藏在心底，连一个嫩芽或一片叶子都发不出来。

在这充满预兆的时期，所有的幽默，无论勉强做出来的，还是自然流露的，都消失得无影无踪了。斯塔布不再强颜微笑，斯塔巴克不再勉强板起脸。同样，欢乐与悲哀，希望与恐惧，在这段时间，似乎都在亚哈那钢铁般灵魂的研钵中，被捣碎，碾成齑粉。像机器一样，他们沉默地在甲板上移动，始终能意识到这老人专断的目光笼罩着他们。

但是，如果在他悄然独处的时分，当他以为除了一个人，没有人注意他的时候，你会发现，亚哈的眼睛固然让水手们望而生畏，那不可思议的拜火教徒的目光甚至也让亚哈恐惧不已；或者不知怎么，至少以某种反常的方式，时时影响到他。这时，在这个瘦削的费达拉身上，便开始多了一份游移不定的怪异色彩，他的身子不停地颤抖，以至于人们开始怀疑地望着他，似乎有点拿不准，他究竟是个实实在在的凡人，还是某个无形的存在投在甲板上的颤抖的影子。而那影子又始终在那里徘徊。因为甚至在夜里，也无法确定费达拉可曾睡过觉，或是到舱下去过。他会一动不动地站上几个小时，从来不坐，或是斜靠着什么；他那苍白而神奇的眼睛在清楚地表明——我们这两个瞭望者从不休息。

现在，任何时候，不分昼夜，水手们一迈上甲板，准能看见亚哈站在前面，或是站在他那只旋孔里，或是在主桅和后桅之间笔直地走来走去，要不然就是站在舱室的舷梯口处——那只好脚踏在甲板上，好像就要迈上去一般，帽子低低地压在眼眉上。所以，无论他怎样站着一动不动，无论有多少个日夜他没有上过自己的吊铺，人们却无法准确地判断，他那双藏在低垂帽檐下的眼睛，究竟是不是有时会闭上，还是一直在专心地盯着他们。即便他这样在舱口一直站上整整一个小时，即便夜晚的湿气悄悄在他那石雕般的外套和帽子上凝结成露珠，他也毫不在意。夜晚打湿的衣服，第二天又穿在身上晒干，就这样，日复一日，夜复一夜，他都没有下到舱里去，他要什么东西就派人去舱里取来。

他也同样在露天吃饭，那就是说，他只吃两餐——早餐和晚餐，中餐他一口不动；他不刮胡子，任其黑乎乎地纠结在一起，像是被风吹倒露在地面上的树根，赤裸的根基上依然在徒劳地生长着枝丫，尽管上部的青翠已经消失。可是，尽管他现在全部的生活就是在甲板上日夜守望，尽管那个拜火教徒神秘的守望也和他自己一样毫无间断，这两个人却似乎从不说话——除非隔上很长时间，有必要交换一些琐事的时候。

虽然有一种强大的魔法似乎把他们秘密地结成了一对儿，而在表面上，在心怀敬畏的水手们面前，他们却像是隔得远远的南北两极。如果他们白天偶然说上一句，夜里，两个人就又都成了哑巴，连一点语言上的交流都没有。有时，他们一声招呼都不打，久久地伫立在星光下，隔得远远地；亚哈站在舱口，拜火教徒则站在主桅旁边；但是，他们还是死死地盯着对方；仿佛在拜火教徒身上，亚哈看见了自己投在前面的影子，而拜火教徒则在亚哈身上看见了他被抛弃的实体。

然而，不知怎么，亚哈始终保持着得体的举止，每天每时每刻都向属下展现出居高临下的威严——似乎是个独立的君主；拜火教徒不过是他的一个奴隶。但是，两个人又像是套在一个轭上，有一个看不见的暴君在驱策着他们；瘦削的影子傍着结实的肋材。因为无论这个拜火教徒是个什么东西，结实的亚哈才是肋材和龙骨。

天光刚刚放亮，他钢铁般的声音便从船尾传来："上桅顶！"于是，整整一天，一直到日落，再到下一个黎明，每当舵手的钟响起，就会听到他那同样的声音："你们看见了什么？——留神，留神！"

但是，在与寻找孩子的"拉结号"相遇之后，又过了三四天的时间，也没有发现任何的喷水，这偏执狂的老人似乎对水手们的忠诚失去了信任，至少，除了那些异教徒标枪手，他几乎谁都不信任了；他甚至怀疑，斯塔布和弗拉斯克可能刻意忽略了他要搜寻的目标。但是，即便他果真有这样的疑心，不管他在行为上对此有怎样的暗示，他还是精明地一字不提。

"我要最先发现那头鲸，"他说，"没错！亚哈必须得到那枚古金币！"于是，他匆忙地用帆脚索亲手做了一个篮筐状的窝，派一个人爬到上面，把一个单轮滑车绑在主桅顶上，他接住穿过滑车垂下来的绳索两头，把一个绳头拴在篮筐上，为另一个绳头准备了一根栓子，以便固定在栏杆上。忙完这些，他手里拿着绳索一头，站在栓子旁边，环顾四周的水手，目光一个一个地扫过去，在达戈、奎奎格、塔特戈身上停留了很久，却偏偏避而不看费达拉。

然后，他把自己坚定信赖的目光落在大副身上，说道：“接过绳子，先生——我把它交到你的手中，斯塔巴克。”随后他把身子坐进篮筐，下令把他吊到桅顶上去，斯塔巴克成了最后拴紧绳索的人，以后便一直站在绳索旁边。亚哈就这样用一只手抱住最上桅，瞭望着前后左右辽阔的海面，在这样的高度统率全船，视野的范围大大得以扩展。

每当水手要在这几乎与世隔绝的高处，用双手在索具中忙碌，偶尔又没有立足之处的时候，那水手就会被吊在那里，支撑他的只有一根绳索；在这种情况下，绳子拴在甲板上的一端总是交由专人严格看管。因为在这么一大片摇来晃去的索具中，它们上边错综复杂的关系，甲板上的人并不总是能万无一失地分辨出来；而这些绳索拴在甲板上的那端，随时都会松开来，这样一来，如果不配固定的人看守，自然会带来祸患，一旦下边的哪个水手粗心大意，那被吊在空中的水手就有可能荡出去，扑通一声掉进海里。

所以，亚哈在这件事上的措施并没有什么与众不同；唯一奇怪之处似乎在于，斯塔巴克，几乎是唯一一个曾经敢于冒险反对亚哈的人，尽管一点儿都不坚决——还有一点，在瞭望这件事情上，亚哈对他的忠诚也同样有所怀疑——这个人竟然会被他选为自己的守护者，随便把身家性命交到这样一个在其他方面并不为他所信任的人手中，这可真有点奇怪了。

此刻，亚哈第一次栖身在桅顶上，他在那里还不到十分钟，在这些纬度地区，那些经常围绕捕鲸船桅顶瞭望者转圈飞翔的、近得没有转圜余地的凶猛红嘴海鹰，就有一只尖叫着绕着他的脑袋疾飞，划着像迷宫一样让人眼花缭乱的圆圈。它时而疾飞冲天，直飞到千尺高空，时而盘旋而下，又围着他的脑袋打转。

但是，亚哈聚精会神地凝视着模糊遥远的天际，似乎全然没有注意到这只野鹰；的确，任何人都不会怎么注意它，因为这种情况并非罕见；只是眼下连最粗心的人都能从鸟儿的几乎每一个迹象中看出某种奸诈的意图来。

“你的帽子，你的帽子，先生！”那个西西里水手突然叫了起来，他正在后桅顶上值班，正好站在亚哈后面，只是位置比亚哈低了一些，还隔着一道天空的深渊。

但是，那道黑色的翅膀已经到了老人的眼前，长长的弯嘴对准了他的脑门，随着一声尖叫，黑鹰带着它的战利品一掠而去。

相传有一只鹰绕着塔昆的脑袋飞了三圈，叼走了他的帽子，又放了回来，因此，他的妻子塔娜奎尔宣称，塔昆将成为罗马之王。但是，只因为帽子又被叼了回来，那个预兆才被视为吉兆。亚哈的帽子却一去不返；那只野鹰叼着帽子不停地飞，飞向船头正前面的远方，最后消失无踪了。就在它消失之处，人们看见一个模糊的小黑点，从高空落进了大海。

第一三一章　“裴阔德号”遇见“欢喜号”

“裴阔德号”继续紧张地航行，翻滚的波涛和日夜一同流逝。棺材做的救生圈还轻盈地悬摆着；视野里出现了另一艘极其悲惨地被误称为“欢喜号”的船。随着它的靠近，所有的眼睛都盯着它叫作“剪刀”起重机的宽大横梁，在有些捕鲸船上，它就横跨后甲板而立，有八九英尺高，是用来吊起备用的、未装索具的或是已经破损的小艇。

在这艘陌生船的剪刀起重机上看见了一些破碎的白色肋材，还有少量碎船板，它们曾经属于一艘捕鲸艇；但是，这些残骸现在一目了然，分明就像一匹马剥了皮、有点散架的、发白的骷髅。

“可曾看见过白鲸？”

“看！”站在船尾栏杆处的脸颊深陷的船长，用他的喇叭指着小艇残骸回答道。

“把它宰了吗？”

“能杀了它的标枪还没有锻造出来呢。”对方回答说，悲哀地扫了一眼甲板上一个卷起来的吊床，几个默不作声的水手在忙着缝合卷起来的两边。

“还没有锻造出来！”亚哈从枪架上抓起珀斯打制的那支标枪，伸了出去，叫道：“你看看，楠塔基特人；我这只手里就攥着它的命！这些倒钩都是用血淬火、用闪电锻造的；我发誓要在白鲸最致命的地方，鳍后面那个滚热的地方，再给它淬上三遍火！”

“那就愿上帝保佑你，老人家——你看看那个，”指着那吊床，“五个身强力壮的人，只有一个由我来埋，他们昨天还活着，但还没到晚上就全死了。只有那一个由我来埋；其他的都给活埋了，你就航行在他们的坟墓上。”然后他转向自己的水手说，“你们准备好了没有？那就把板子放在船栏上，把尸体抬起来，就这样，来吧——啊，上帝！”他举起双手，向那吊床走去，“愿复活与生命——”

“帆桁向前！转舵迎风！”亚哈闪电般对水手们叫道。

但是，尽管“裴阔德号”突然启动，也未及避开尸体落水时发出的泼溅声。它的确还不够快，有些飞沫还有可能溅到船身上，给它施以幽灵的洗礼。就在亚哈悄悄离开灰心丧气的“欢喜号”时，那只挂在“裴阔德号”船尾的奇异的救生圈便扎眼地显露出来。

“哈！那边！看那边，伙计们！”只听得后面响起一个预言般的声音，“真是枉费心机，啊，你们这些陌生人，你们飞快地逃离了我们悲哀的葬礼，但你们一转身，却让我们看见了你们的棺材！”

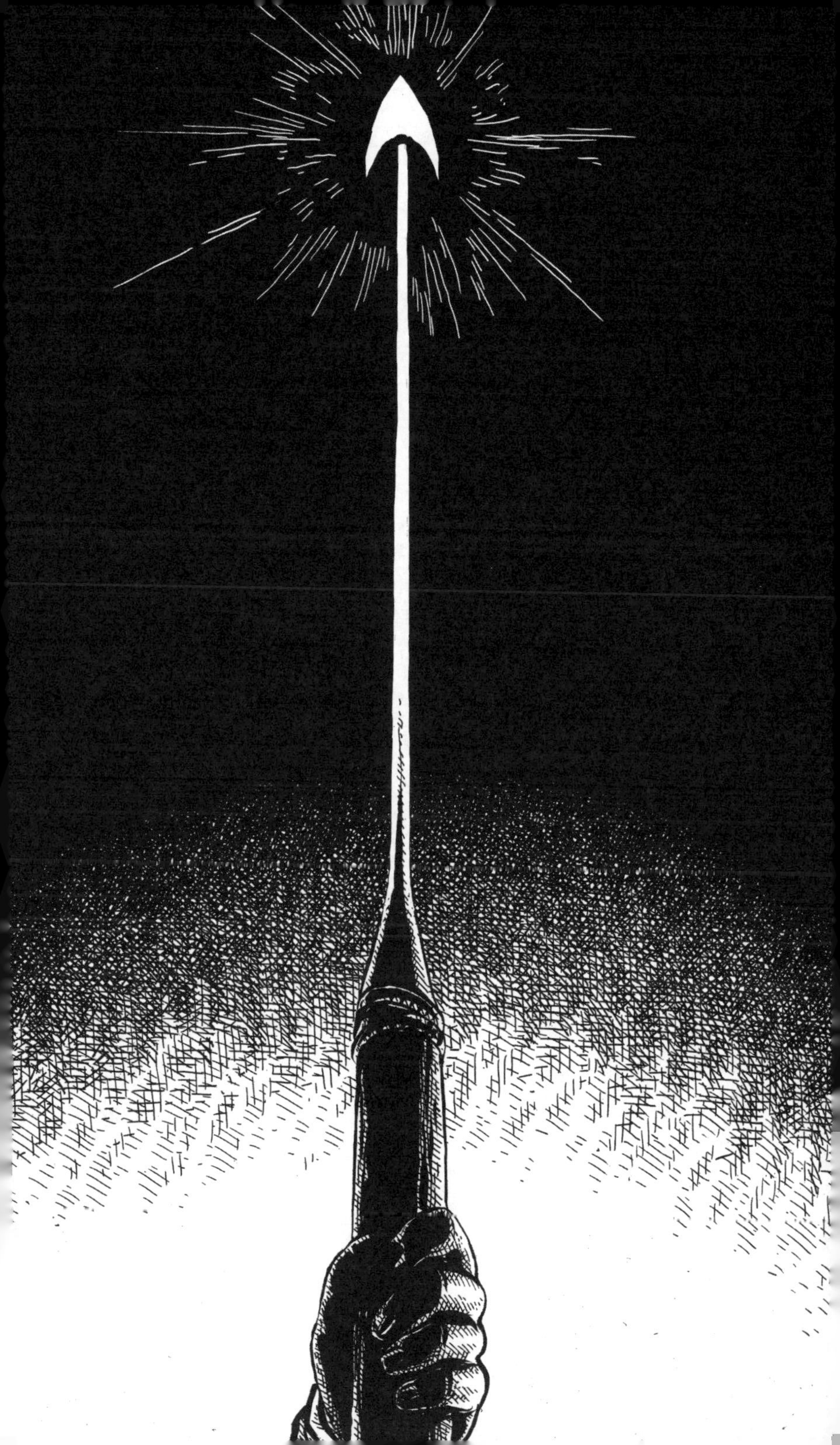

第一三二章　交响乐

这是晴朗的一天，天空呈钢蓝色。天空和大海几乎难以分辨，一片蔚蓝；只是那沉思的天空透明而纯净，柔和得有如女子的脸，而男人般粗犷的海洋则强劲地起伏着久久不息的涌浪，像是参孙睡梦中的胸脯。

在高空，这里，那里，到处滑翔着没有一丝斑点的小鸟雪白的翅膀，它们是那娇柔天空温和的思绪；但是在大海里，在那片无底的蓝色深处，强大的鲸鱼、剑鱼和鲨鱼在冲来撞去，它们就是男性的大海那强大、不安又残忍的念头。

尽管内里有别，但外在差别仅在于阴影的浓淡；海天似乎合二为一了，仿佛只能从性别上把它们区分开来。

高处的太阳，像一个高贵的帝王，似乎把这温和的天空赐给了鲁莽而骚动的大海，就像把新娘交给了新郎。而那腰带般的地平线上，有一种轻柔的颤抖——这是赤道最常见的景象——标志着那可怜的新娘在献出怀抱时那种满怀信任的温柔与悸动，以及又惊又爱的心情。

眉头紧锁，皱纹纠结，形容憔悴，坚定不屈，亚哈的眼睛像灰烬中还在燃烧的两块煤炭，他毫不动摇地站在早晨的晴空下，抬起破头盔般的额头，望着苍穹那美丽少女般的前额。

啊，不朽的天真无邪的蓝天！在我们周围嬉戏的看不见的带翅膀的生灵！亲切的童年时代的天空！你们对老亚哈愁肠百结的悲伤是多么健忘！但是，我也看见了小小的米里亚姆和玛莎，这两个眼中笑意盈盈的精灵，漫不经心地绕着他们的老父亲嬉戏，拨弄着生在他那熄灭了的火山口似的脑边的那圈烧焦的卷发。

亚哈从舱口上来，缓慢地穿过甲板，斜靠在船舷上，凝望着自己水中的影子越来越深地沉下去，沉得越深，他越是想把它的奥秘看穿。可是，那迷人的空气中的可爱芳香似乎终于将他灵魂中腐蚀性的东西暂时驱散了。那欢乐幸福的空气，那迷人的天空，终于来抚慰他了。

这个一向残酷而令人难以亲近的继母般的世界，现在张开了亲热的臂膀，搂住了他倔强的脖子，仿佛在他肩头喜极而泣，无论他曾经怎样任性胡为，过错累累，她都发自内心地想要拯救他，祝福他。于是，从低垂的帽檐下面，亚哈掉下了一滴眼泪，落进了大海，整个太平洋还不曾有过像这一小滴泪水这样的财富呢。

斯塔巴克看着这个老头，看着他怎样沉重地斜靠着船舷。他似乎以他那颗真诚的心，听到了从周遭的宁静深处悄悄传出来的抽泣声。他小心翼翼地不去碰到他，或是引起他的注意，但却还是靠近了他，站在那里。

亚哈转过身来。

“斯塔巴克！”

“先生。”

“啊，斯塔巴克！这风很柔和，很柔和，这天色也很柔和。就在这样的一天——也像今天这样甜蜜——我打到了我的第一头鲸——一个十八岁的小标枪手！四十——四十——四十年前了！——过去了！连续捕鲸捕了四十年！四十年的穷困，危险和风暴！四十年在无情的海上过！四十年，亚哈抛弃了和平的陆地，四十年和恐怖的深渊开战！是的没错，斯塔巴克，这四十年中，我在岸上度过的日子还不到三年。

“当我想起我这一生，这一生的孤独凄凉，这用石头墙围住的与世隔绝的船长生涯，只能从外面翠绿的田野中得到那么一点点的安慰——啊，厌倦！沉重！几内亚海岸孤独的奴隶主！——当我想起这一切，以前只是半信半疑，并没有透彻地理解——四十年来我吃的都是怎样干巴巴的腌货——正好象征了我的灵魂干巴巴缺乏营养！——最穷的陆地人每天都还有新鲜水果可吃，掰开的是世上新鲜的面包，而我吃的都是发霉的面包皮——走了，漂洋过海，离开我过了五十岁才迎娶的年轻妻子，婚后第二天就驶向了合恩角，只在新婚的枕头上留下一个凹坑——妻子？妻子？——还不如说是在守活寡！是的，我一结婚就让那可怜的姑娘成了寡妇，斯塔巴克。

“然后就是疯狂，暴怒，热血沸腾，额头冒烟，老亚哈就是这样上千次放下小艇，狂暴地、浪花四溅地追击他的猎物——与其说是个人，不如说更像个恶魔！——是的，是的！老亚哈这四十年是个怎样的傻瓜——傻瓜——老傻瓜！为什么要这样拼命地追击？为什么要这么疲惫地、手臂发麻地扳桨、投标枪、扎鱼枪？亚哈现在发了没有，过得多好了吗？

“看看吧。啊，斯塔巴克！背着这么让人厌倦的负担，一条可怜的腿又给咬掉了，这还不苦吗？唉，把这白头发撩开，它让我看不见东西，弄得我像是要哭了。除了从灰烬当中，哪里还能长出这么白的头发！但是，我显得很老吗，很老很老吗，斯塔巴克？我觉得非常虚弱，腰弯背驼，仿佛我就是亚当，从乐园时代起就这样蹒跚走过了不知多少个世纪。上帝！上帝！上帝！——伤透了我的心！——打冒了我的脑浆！——笑柄！笑柄！这白发真是痛苦辛辣的笑柄，我是不是过得太高兴了才生出了你，才显得、才感觉老得不可忍受？靠近些！站在我跟前，斯塔巴克；让我来仔细看看人类的眼睛；这比凝视大海或天空都好；比凝视上帝都好。凭绿色的陆地，凭明亮的火炉发誓，这就是一面魔镜；我在你的眼中看见了我的妻儿。不，不；留在船上，留在船上！——我下海时，打了烙印的亚哈追击莫比·迪克时，你可不要下海。你不该去冒那个险。不，不！我在你的眼睛里，看到的可是遥远的家啊！”

“啊，我的船长！我的船长！高贵的灵魂！终究有伟大而古老的胸怀！为什么要追击那头可恨的鲸鱼呢！和我走吧！

让我们逃离这些致命的水域！我们回家吧！斯塔巴克也有妻小——至亲至爱、少小玩伴的妻儿；就和你一样，先生，你这钟情思念的慈父般的老人也有自己的妻儿！走吧！我们走吧！——现在就让我转变航向！多么快活，多么高兴，啊我的船长，那样我们就会一路顺风，再次看见古老的楠塔基特！先生，我想，在楠塔基特，也有和这里一样温柔的蓝天。”

“有的，有的。我见到过——某些夏日的早晨。大致就在这个时间——是的，现在是孩子的午睡时间——那男孩生机勃勃地醒来了；坐在床上；他的母亲在向他说起我，说起我这个食人生番的老头；说我怎样离家出海，但是总会回来逗弄他玩儿的。”

“这是我的玛丽，我的玛丽本人！她答应我的儿子，每天早上，都会把他带到山上，让他第一眼就看到父亲的帆！是的，是的！再也没有了！一切都完了！我们朝楠塔基特开吧！来吧，我的船长，研究一下航线，我们走吧！看，看！我的儿子的脸出现在窗口了！我的儿子在山岗上招手了！”

但是，亚哈把目光避开了，他像一株枯萎的果树一样摇晃，把最后一只枯萎的苹果摇落在地上。

“这是什么，这是什么无以名状、不可思议、神秘可怕的东西；是什么欺诈的、隐秘的主人和残忍无情的暴君在支配着我；让我违背所有自然的爱慕与渴望，这样一直冲啊、挤啊、塞啊；鲁莽地随时准备做出我的本心不敢做出的事情？

“是亚哈，亚哈吗？是我，是上帝，还是什么人，举起了这只胳膊？但是，如果伟大的太阳不是靠自身在运转，而只是天上一个听差的小厮，如果不是依靠某种无形的力量，连一颗星星都不能旋转；那么，这颗小小的心脏又怎么能跳动，这个小小的脑袋又怎么能思考，除非是上帝让它跳动，让它思考，让它活着，而不是我。

“老天在上，老兄，我们在这个世界上转了又转，像那边的绞盘，而命运就是手杆。瞧！那始终微笑着的天空，那始终深不可测的大海！看！看那边的金枪鱼！谁让它对那飞鱼又追又刺？谋杀犯到哪里去了，老兄！法官自己都被拖上了法庭，谁来判决？不过，这风很柔和，很柔和，这天色也很柔和；现在空气闻起来像是从遥远的草地上吹来的；安第斯山坡下的什么地方有人在晾干草，斯塔巴克，割草人正在新割的草堆中睡觉。睡觉吗？唉，我们不管怎样操劳，最后都会睡到田野里去。睡觉？是的，而且还在一片青葱中腐烂，就像去年抛下的镰刀，留在割了一半的草丛中——斯塔巴克！”

但是，因绝望而面色惨白如同死尸一般的大副，此时已经偷偷走开了。

亚哈穿过甲板，从另一侧的船舷向下凝视，可是，水中倒映出的两只死死盯着他的眼睛，让他吃了一惊。原来是费达拉，一动不动地斜靠在同一条栏杆上。

第一三三章　追击——第一天

那天晚上，值午夜班的时候，那老人像往常习惯的那样，从他斜靠着的舱口走上甲板，走向他插假腿的旋孔时，他猛地把脸伸出来，嗅着海上的空气，像船上一条聪慧的狗，靠近某座荒蛮的小岛时表现的那样。他断定附近一定有一头鲸鱼。不久，所有值班的人就清楚闻到了活的抹香鲸发出的有时从很远的地方就能闻到的独特气息。在查看了罗盘，检查了风标，随后尽可能确定了这股气息的准确方向之后，便没有任何人觉得惊讶了。亚哈迅速下令将船的航向稍作调整，收缩风帆。

到了早上，采取这些精明措施的行为便被证明是完全正确的了，在正前方的海上出现了溜滑的一条长带，光滑如油，周围好像还有打褶的涟漪，很像一条很深的湍流在出口处冲激而成的金属般锃亮的浪潮。

"上桅顶！把人都叫起来！"

达戈抓起三根手杆，打雷一般敲击着船头楼的甲板，把睡着的人都唤了起来，他们似乎被这末日审判的隆隆声吸出了舱口，手里拿着衣服，立即涌了出来。

“你们看见了什么？”亚哈叫道，仰首望天。

“什么都没有，什么都没有，先生！”桅顶上的一个声音回答。

“上桅帆！——翼帆！上上下下，左左右右，都升起来！”

所有的帆都扯了起来，他松开了救生索，那是专门用来将他吊到主桅最上桅桅顶上去的。不一会儿，人们就把他吊到了那里，可是，在升空到三分之二高度的时候，他从中帆和上桅帆之间的水平空档向前一望，便发出海鸥般的尖叫：“它在那儿喷水！——它在那儿喷水！一座雪山一样的背峰！是莫比·迪克！”

三个瞭望者也似乎同时发出了叫声，甲板上的人顿时激动起来，全都奔向索具，都想看一看这头他们追逐了这么久的闻名遐迩的大鲸真容。亚哈现在已经到了最终的落脚处，比其他瞭望者高出几英尺。塔什特戈就站在他下面的上桅顶的桅冠上，这个印第安人的脑袋几乎和亚哈的脚后跟在一个水平线上。从这个高度，现在可以看见大鲸在前方一英里开外，随着每一阵翻涌的浪花，露出它高耸的闪光的背峰，和有规律地升向空中的无声的喷水。在容易轻信的水手看来，这同一个无声的喷水，似乎很久以前，他们在太平洋和印度洋的月光下就曾见到过。

“你们没人在我之前发现它吧？”亚哈向他周围栖息在桅顶上的人叫道。

“我几乎是和亚哈船长您同时发现的，我也喊了。”塔什特戈说道。

“不是同时；不是同时——不，那枚古金币是我的，是命运之神专门留给我的。只有我，你们没有人能第一个发现白鲸。它在那儿喷水！——它在那儿喷水！——它在那儿喷水！又喷了——又喷了！”他拖长了音调，缓慢地，有条不紊地喊着，正好与大鲸喷水间隔明显逐渐拖长合拍。“它要下潜了！撑起翼帆！落下上桅帆！准备好三艘小艇。斯塔巴克先生，记住，留在船上，你来守船。把好舵！将船首朝上风，朝上风一个罗经点！就这样，稳住，伙计，稳住！尾巴扬起来了！不，不，只是一团黑水！小艇都准备好了吗？准备，准备！把我放下来，斯塔巴克先生，放，放——快点，再快点！”说着，他从空中滑落到甲板上。

“它径直朝下风头去了，先生，”斯塔布叫道，“离开了我们，但可能还没有发现大船。”

“别说话，老兄！准备转帆索！把紧舵！——帆桁向上！使船帆迎风拍动！——使船帆迎风拍动！——就这样，好！小艇！小艇！”

不久，所有小艇都放下水去，除了斯塔巴克的那艘。小艇上的帆都扯了起来——大桨小桨都在猛划，射向下风头。亚哈一马当先。费达拉凹陷的眼中闪出苍白的死亡之光，可怕地动了下嘴巴。

他们轻盈的艇首像无声无息的鹦鹉螺壳，快速地破浪前进，但在靠近敌人时便放慢下来。随着他们一点点靠近，大海也变得越发平静，像在它的海浪上面盖了一层毯子，又像是一片中午的草地，宁静地铺展开来。终于，屏息静气的猎手靠近了似乎毫无察觉的猎物，它整个灿烂的背峰清晰可见，仿佛一个单独之物，滑过海面，持续不断地搅起一圈细致的、羊毛般发绿的泡沫。

猎手还看见了它那略微伸出的巨大头颅上复杂的皱纹。在它前面，远在柔软的土耳其地毯一样的水面上，前进着他那宽阔的乳白色前额投下的闪光的白影，有潺潺作响的音乐般的水声伴随着这阴影嬉戏；而在后面，蓝色的海水交替涌入它稳定的航迹留下的移动峡谷，两侧都有明亮的水泡升起，在它身旁飞舞。成百上千只活泼的海鸟遮蔽着海面，时飞时止，用轻盈的脚爪将这些水泡碰碎；新近扎在白鲸背上的一根鱼枪，长长的碎裂了的枪杆，像一艘刷着彩漆的大商船上高耸的旗杆；这些云团般脚爪柔软的海鸟，像华盖一样在鲸鱼身上掠来掠去，不时地有一只会悄悄栖息在这根旗杆上，摇摇晃晃，长尾上的羽毛像枪旗一样飘动。

一种文雅的欢乐气氛笼罩在滑行的大鲸周身，它在迅疾游动中依然保持着温和宁静。化身白公牛的朱庇特带着劫夺来的欧罗巴，让她攀附着他优美的双角，他那可爱的眼睛全神贯注地斜睨着这位少女，以平稳销魂的速度，一路微波荡漾，直向克里特岛的婚房而去，就是这时的朱庇特，这伟大的众神之王，也比不过庄严游动时的白鲸那样光芒四射。

大鲸分开波浪，波浪远远地涌流开去，这时它便露出两侧柔软的肚腹，闪闪发亮，令人目眩神迷。难怪有些猎人会被这种宁静弄得欣喜若狂，忍不住冒险去攻击它，到头来却悲惨地发现，那种宁静下隐藏的只不过是龙卷风。啊，悄悄滑行的大鲸，无论你从前以这种招数欺骗和毁灭了多少人，初次看见你的人，他们眼中看见的依然是宁静，诱人的宁静！

就这样，穿过热带海洋的晴朗宁静，在高兴得过了头、忘记了鼓掌的波浪中间，莫比·迪克向前移动着，但依然不让人看见它那没在水下的恐怖身躯，彻底隐藏着扭曲可怕的下巴。可是不久，它身体的前部就慢慢升出水面，一瞬间，它整个带有大理石花纹的身躯形成了一个高高的拱形，像是弗吉尼亚州的天生桥一般，警告性地在空中挥舞着它旗帜般的尾叶，这雄伟的大神显露真身，又潜下水去，从视野中消失了。白色的海鸟盘旋逗留，翅膀掠水，渴望地流连在大鲸留下的动荡的水窝上面。

大桨竖起，小桨垂下，船帆松弛，三艘小艇现在都静静地漂浮着，等待莫比·迪克再度出现。

“都一个小时了。”亚哈说，他扎根一般站在他小艇的艇尾，凝视着鲸鱼消失的远处，朝向下风头淡蓝色的空际和广袤诱人的汪洋。这只是一瞬间，因为当他扫视一圈水面之后，他的眼睛似乎也打起圈来。此刻微风吹起，大海开始汹涌起来。

“鸟群！——鸟群！”塔什特戈叫道。

一群白鸟就像苍鹭飞行时那样，以长长的一列纵队，朝亚哈的小艇飞来，在距离几码远的时候，它们开始在水面上扑飞，一圈圈旋转着，发出快乐期待的叫声。它们的视力比人类敏锐；亚哈还不能在海上看出什么迹象。可是突然之间，当他向海中一望再望，却真切地看见了一个活动的白点，还没有一只白色的鼬鼠大，以奇妙的速度在上升，越来越大，直到最后一转身，清晰地显露出两排长长的闪光的白色弯牙，从深不可测的海底浮上来。那是莫比·迪克张开的大嘴和弯曲的下巴；它巨大的隐蔽着的身躯依然半混在蓝色的海水之中。闪光的嘴巴在小艇下张开，就像一个墓门大开的大理石坟茔；亚哈用舵桨向旁边一扫，将小艇旋向一边，避开了这巨大的幽灵。随后，他招呼费达拉与自己交换位置，他到艇首去，抓起珀斯锻造的标枪，命令水手抓紧自己的桨，准备倒划。

现在，由于把小艇以艇尾为轴及时地一旋，艇首便像预期的那样，正好朝向了大鲸还隐在水下的脑袋。但是，仿佛识破了这个计谋，莫比·迪克以其天生的邪恶的灵性，侧身一转，瞬间便把它那打褶的脑袋径直扎进了艇底。

顿时，小艇整个发起抖来，每一块船板和每一根肋材，都战栗起来，大鲸倾斜地仰卧着，样子像一条张嘴咬啮的鲨鱼，玩味一般地慢慢将艇首全部吸进自己的嘴里，它那又长又窄扭曲的下巴，便在空中高高探起，一只牙齿还卡在桨架上。珍珠般淡蓝色的下巴内壁离亚哈的脑袋还不到六英寸，嘴巴前端在空中伸得更高。白鲸以这种姿势摇晃着轻盈的杉木小艇，就像一只温和而残忍的猫在玩弄抓到的老鼠。费达拉毫不吃惊地凝

视着这一切，交叉着双臂；但是，那些虎黄色的水手却连滚带爬地越过彼此的头顶，要到艇尾的最后边去。

此刻，当大鲸恶魔般地玩弄着这劫数难逃的小艇，两侧有弹性的舷墙一直在一凹一凸地动，因为鲸的身躯还浸没在小艇下面，而艇首几乎全部被含在它嘴里，从艇首便无法向它投掷标枪；这时，面对这不可抵挡的突如其来的危机，其他几艘小艇不由自主地停了下来。于是，偏执狂亚哈，眼看自己的死敌逗弄人一般地近在咫尺，自己又无能为力地活活落入他所憎恨的嘴巴里，不由得火冒三丈，被气得发疯，他赤手抓住那根长牙，鲁莽地想把它扭下来。正当他这般徒劳地奋斗之时，大鲸的下巴一滑，离开了他，那脆弱的舷墙便凹了进去，崩溃了，啪的一声断了，而大鲸的上下颚像一把巨剪，又向后一滑，将小艇咬成两段，然后闭得紧紧的，从两截漂浮的残骸中间没入水中。两截残艇漂向一边，破碎的零星物在下沉，艇尾残骸上的水手紧紧攀附着舷墙，极力想抓住木桨，好划到前面去。

眼看着小艇就要断成两截的一瞬间，亚哈第一个觉察到了鲸鱼的意图，便灵巧地把头往上一顶，暂时松开了手。在那一刻，他的手做了最后的努力，要把小艇推出鲸鱼的嘴巴。但是小艇反而更深地滑进了鲸嘴，而且这一滑，小艇又侧翻过来，把他握着鲸牙的手震开了，就在他俯身要去推时，把他从鲸鱼嘴里摔了出来，仰面朝天跌落在海面上。

莫比·迪克拖着涟漪离开了它的猎物，躺在不远的地方，它长方形的白色巨头在涌浪中垂直地上下升降，与此同时，缓慢地旋转着它纺锤形的身体，如此一来，当它宽大的布满皱纹的前额升起时——高出水面大概有二十多英尺——上升的浪潮，连同所有汇合在一起的波涛，便耀眼地撞碎在它的额头上，报复性地将颤抖的浪花抛掷到更高的空中[1]。正如在狂风中，部分受阻于海峡的浪涛从埃迪斯通岩脚下反弹回来，不过是想用它的飞沫一举越过岩顶。

但是，刚一恢复水平姿态，莫比·迪克就迅速绕着落水的水手一圈圈游动，从一旁搅起复仇的浪花，仿佛准备再一次发起更为致命的攻击。看到破碎的小艇似乎让它发起疯来，就像是《马加比父子书》中，在安提奥卡斯象群见了抛在它们前面的血红的葡萄和桑葚一样。与此同时，亚哈被大鲸傲慢的尾巴搅起的泡沫几乎窒息了，况且他还是个残疾，没法游泳——尽管如此，他还是设法浮在水面上，哪怕是在这样湍急的漩涡中央；只能看见亚哈无助的脑袋，像一个被抛来掷去的水泡，稍微撞一下就会爆裂。从小艇破碎的艇尾上，费达拉漠不关心、不慌不忙地注视着他，攀附在漂浮的艇首残骸上的水手，也无法救援他，他们自己尚且自顾不暇。

白鲸的圈子兜得令人害怕，快如流星，圈子逐渐收缩，似乎要直接扑到他们身上。而且，虽然其他小艇未受损伤，还徘

1 这是抹香鲸独有的动作。因为和以前描述过的捕鲸枪上下起伏的预备性动作相似，而被称作投杆。凭借这个动作，大鲸肯定能最一目了然地观察到周遭的任何目标。

徊在附近，却还是不敢划进漩涡，发起攻击，担心这样一来，会马上给亚哈及其他所有身处危难的人带来毁灭，而且，那样做也会让他们自己无路可逃。于是，大家便眼睁睁地停留在这个悲惨现场的边缘，而这会儿，那个老人的脑袋便成了这个地带的核心。

其间，从大船桅顶上，从一开始就看见了全部情况。大船马上调整了帆桁，直奔现场而来；这时已经近得能听到亚哈在水中呼喊："驶向——"但是话还没说完，莫比·迪克掀起的一个大浪泼溅过来，暂时将他淹没了。他又挣扎出来，碰巧从一个高耸的浪峰上冒了出来，大叫道："驶向鲸鱼！——把它赶走！"

"裴阔德号"将船首对准了鲸鱼，劈开了那个施了魔法的圈子，把白鲸和受害者彻底分开。当白鲸悻悻地游开，几艘小艇飞也似的赶去营救。

亚哈被拖上斯塔布的小艇，两眼充血，什么都看不见，皱纹里凝结着白花花的盐水；长时间的紧张让亚哈的体力衰竭了，他无助地屈服了，只能暂时任凭摆布，像一摊烂泥躺在斯塔布的小艇里，如同被象群践踏过一般。从他内心深处发出的无可名状的哀号，像是发自远方的荒谷哀音。

但是，这来势凶猛的身体上的虚脱，来得猛也去得快。伟大人物有时将常人分散在一生中的肤浅痛苦，凝聚为瞬间的一次剧痛。因此，这样的人物，尽管每一次痛苦都很短暂，但是，如果命中注定，他们的一生将汇聚起整个时代的悲痛，而且全部是由瞬间的剧痛所组成；因为哪怕他们的最微末的痛苦，就其高尚的性质来说，都抵得上常人毕生的痛苦。

“标枪，”亚哈吃力地慢慢抬起半个身子，用一只曲起的胳膊撑着，“没事吧？”

“没事，先生，因为它没有投出去，它在这里。”斯塔布说，把标枪拿给他看。

“放在我前面；——有人失踪吗？”

“一，二，三，四，五；——一共五支桨，先生，这里有五个人。”

“那好。——帮我一把，老兄；我想站起来。嗯，嗯，我看见它了！在那儿！那儿！还在向下风头去；那喷水多猛啊！——把手拿开！永恒的元气又在亚哈的骨头里升腾了！扯起船帆；伸出桨去；转舵迎风！”

往往有这样的情况，当一艘小艇被撞毁，艇上的水手被另一艘小艇捞起来，他们就在这艘艇上帮忙，于是就用所谓双排座桨继续追击。现在的情况就是这样。但是，小艇增加的力量和大鲸增加的力量并不对等，因为，大鲸似乎每根鳍都有三排座桨，它游动的速度清楚表明，在这种情况下，如果继续追击，即便不是毫无希望，追击的时间也会无限期地延长。这么长时间不停顿的紧张划桨，任何水手都是挺不住的，这种事偶一为之，还勉强受得了。

这时，正如有时发生的那样，大船本身就成了最有希望追上猎物的工具了。因此，现在小艇都向大船划去，不就便被吊上了起重机——在此之前，遇难小艇的两部分残骸已被大船打捞起来——然后，所有的东西都吊在船侧，船帆高高扯起，翼帆也斜刺里伸出，像是一只有两副翅膀的信天翁，“裴阔德号”便这样直朝下风头的莫比·迪克扑去。

桅顶上的人按照大鲸众所周知有条理的喷水间隔，定期报告它那闪光的喷水。每当报告说大鲸刚刚下潜，亚哈便记录下时间，然后手里拿着罗盘表，在甲板上踱来踱去，一旦过了预定时间的最后一秒，便会听到他的声音响起。——“现在古金币是谁的了？你们看到它了吗？”如果回答是没有看见，他就马上命令把自己升到桅顶上去。这一天就是这样耗过去了，亚哈时而在高处一动不动，时而在甲板上不安地踱来踱去。

他这样踱步的时候，一言不发，除非向桅顶的人喊话，或是吩咐他们升高一面船帆，或是把一面船帆张得更大些——他就这样前后踱步，帽子压得低低的，每一次转身，都要经过他那艘遭难的小艇，它现在被扔在后甲板上，翻转地躺在那里，破碎的艇首对着破烂的艇尾。最后，他在它前面停下脚步，就像业已阴云笼罩的天空，有时会有新的流云掠过那样，这个老人的脸上此时也悄悄添上了一层阴沉的神色。

斯塔布看见他停下了，也许是有意（但并非枉然）要表明他自己的精神并未动摇，从而在他船长的心目中保留一个勇敢的形象，他走上前来，注视着小艇残骸大声说道：“这是驴都不吃的蓟，它太扎嘴了，先生，哈！哈！”

“多么无情的东西，竟然嘲笑一个残骸？老兄，老兄！如果我不知道你勇敢得像无所畏惧的火神（也像火神一样呆傻），我就敢发誓说你是个胆小鬼。面对一个残骸，不应该唉声叹气，也不应该嘻嘻哈哈。”

“是的，先生，”斯塔巴克靠过来说道，“这是个严肃的场面；一个预兆，而且是个不祥之兆。”

“预兆？预兆？——这是辞典上的说法！如果众神想直截了当地对人说话，他们就会光明正大地说出来；而不是摇着脑袋，给出老太婆一般含糊其词的暗示。——走开！你们两个就是一件东西的两极；斯塔巴克是斯塔布的背面，斯塔布是斯塔巴克的背面；你们俩就是全人类；而亚哈则孤零零站在人烟稠密的世界上，既没有神，也没有人，与他为邻！冷，冷——我在发抖——现在怎么样了？喂，上边的！你们看见它了吗？每一次喷水都要大声报告，哪怕他一秒钟喷上十次！”

一天将尽，只有太阳金袍的绲边还在沙沙作响。很快，天就几乎全黑了，可是，几名瞭望者还留在桅顶上面。

“现在看不见喷水了，先生；——天太黑了。”空中一个声音喊道。

“最后一次看见是朝什么方向去的？”

“和以前一样，先生，——径直向下风头去了。”

“好！天黑了，它会游得慢些了。降下最上桅帆和上桅翼帆，斯塔巴克先生。天亮之前，我们可别追过了头。它正在转移，可能会停下来歇歇。转舵迎风！让船吃满风！上边的，下来！——斯塔布先生，另派一个人上前桅顶，天亮之前，就由你照看，轮换人手。”然后，他向主桅上钉着的那枚古金币走去——“伙计们，这枚金币是我的，因为我赢了；但是，我会让它继续留在这里，直到白鲸死掉；而且，到了那一天，无论你们当中谁第一个发现它，这枚金币就归谁；如果到时候，还是我第一个发现它，我会拿出十倍的钱分给大家！现在走吧！——甲板归你了，先生！”

这样说着，他又去站在舱口舷梯的中间，压低了帽子，一直站到天亮，只是间或振作一下，看看夜色到了什么时分。

第一三四章　追击——第二天

破晓时分，三根桅顶上准时更换了新的人手。

“你们看见它了吗？”亚哈等到天光稍微放亮之后叫道。

“什么都没看见，先生。”

“把所有人都叫起来，增加船帆！它游得比我想的要快；——上桅帆！——唉，应该让它们整晚上都张着。可是没关系——这只是休息一番，然后再冲刺。”

这里应该说一下，这种执拗地追击一头特定的鲸鱼，持续不断地从白天追到晚上，从晚上追到白天，在南海捕鲸业中绝不是前所未有的事。在楠塔基特船长们中间，有些了不起的天纵之才，他们身怀绝技，具有来自经验的先见之明，以及战无不胜的信心，使得他们在某些特定情况下，仅凭对最后发现的鲸鱼的简单观察，就能相当精确地预言，它在消失之后的一段时间内会继续游往什么方向，以及那段时间中它可能的前进速度。

在这些情况下，他们有点像一个几乎看不见海岸的领航员，他熟知大致的走向，而且他也想尽快返回到岸边，只不过是在稍远一点的地方而已。正如这个领航员站在罗盘旁边，记录下目前可见的海岬的准确方位，为了更有把握地靠上那个遥远的、看不见的，但终会抵达的海角；捕鲸者也是如此，他守着罗盘，追踪着大鲸，因为经过白天数小时的追逐，又勤勉地做了记录，当夜色掩盖了鲸鱼的踪迹，它在黑暗中的未来的航线，对于精明的猎手来说，也几乎像是海岸之于领航员那样有把握。所以，凭借这个身怀绝技的猎手的经验，这人尽皆知的写在水上的东西——航迹，对于他全然渴望达到的目的来说，就和稳固的陆地一样可靠。

就像现代铁路上那强有力的钢铁巨兽，人们如此熟知它的每一个步伐，只要手里有表，就能像医生测出婴儿脉搏那样推测出它的速度；并且轻松地说出，上行列车或下行列车将在某时某时抵达某地某地；几乎同样如此，在有些场合下，这些楠塔基特人也能根据对大海兽速度的观察，推测出若干小时之内，这大鲸能走出两百英里，它大致能游到什么经纬度。但是，要使这种敏锐的推算最终奏效，捕鲸者必须得到风和海潮的助力，因为，如果赶上无风或逆风而不能行驶，行船的人即便有绝技准确推算出他距离港口还有九十三又四分之一里格，那又何用之有？由此类推，在追击鲸鱼这件事上，还有许多连带的微妙因素。

大船继续向前疾驶，在海面上留下一道犁沟，就像一颗误发的大炮弹，变成了犁头，把平地翻开来一般。

“真是了不起！”斯塔布叫道，“甲板的运动快得人腿都抖了，直刺心脏。这船和我是两个勇敢的家伙！——哈，哈！有人把我托起来，让我脊梁顺着海面射出去——因为我敢发誓，我的脊梁就是龙骨。哈，哈！我们步态轻盈，没有扬起一点灰尘。”

“它在那儿喷水了——它在喷水！——它在喷水！——就在前面！”这时，桅顶上有人喊道。

“是的，是的！”斯塔布叫道，“我知道——你逃不掉的——大鲸啊，你继续喷吧，喷吧！疯狂的恶魔正在亲自追你！吹你的喇叭——鼓起你的肺吧！——亚哈会堵住你的血，就像一个磨坊主在激流上关住水闸！”

斯塔布的话差不多代表了全体水手的心声。这一番疯狂的追逐让他们热血沸腾，就像陈年老酒后劲发作一般。他们中间有些人，不管在以前曾有过怎样模糊的恐惧和预感，现在这些东西不仅随着对亚哈日益增长的敬畏而隐藏起来，而且全都被打破了，彻底瓦解了，就像大草原上胆怯的兔子，在跳跃的野牛面前四散奔逃。

命运之手攫住了他们所有人的灵魂，而且，经过昨天白天震撼人心的危险场面，昨天夜里悬而未决的折磨，加上他们那艘疯狂的小艇猛追飞逃的目标时那种执拗、无畏、盲目的劲头，所有这些，都使得他们的心一路滚滚向前。风把船帆吹得像大肚子一样鼓起来，用无形的不可抗拒的手臂推送着船只，这似乎就是那冥冥中驱使他们投入竞赛的神力的象征。

他们成了一个人，而不是三十个人。就像那艘载着他们的船，尽管是由各种截然不同的东西拼凑而成——橡木、枫木、松木、铁、沥青和麻绳——然而，这些东西却紧密结合成一艘具体的船，在长长的主龙骨的平衡与指引下，一路飞驰；同样，所有性格各异的水手，有的勇敢，有的胆怯，有的有罪，有的有恶，各色人等，统统融为一体，都在亚哈这个他们唯一的主子和龙骨的指挥下，奔向那命中注定的目标。

索具挺住了。桅顶像是高高的棕榈树顶，攀满了一簇簇大张着的手脚。有人用一只手攀住桅杆，另一只手伸出去，焦急地挥舞着；还有的用手遮住刺眼的阳光，坐在摇晃的帆桁外端；所有帆桁上都载满了人，为命运的安排做好了准备。啊！他们还在怎样拼命地穿过无垠的蔚蓝，去寻找那个将要毁灭他们的东西！

“如果你们看到了它，干吗不大声报告？”自从第一次叫喊，已经有一段时间没有听见喊声了，于是亚哈叫道，“老兄，把我吊上去，你们上当了，莫比·迪克绝不会那样只喷一次水就不见的。”

果真如此。原来，只顾着一个劲地猛追，桅顶上的人错把别的东西当成大鲸的喷水了，这个情况随后就得到了证实；因为亚哈刚刚升到他的栖息处，安全绳刚刚拴在甲板上的栓子上面，他便为这支管弦乐队奏响了主调，连空气都震动起来，像是一排火枪齐射那样。三十个穿鹿皮的人从肺腑里发出胜利的欢呼——原来，比想象中喷水所在的地方要近得多，就在前方不到一英里——莫比·迪克的身躯突然涌入视野！

这次发现白鲸就在附近，不是因为看见了它那平静懒散的喷水，也不是因为它头上那个神秘的喷泉在平静地涌流，而是因为它那神奇得多的鲸跳现象。这抹香鲸以最快的速度，从海底一跃而出，将它整个身躯显露在纯净的空气之中，随之涌起的是山一般耀眼的泡沫，如此一来，从七英里开外就能发现它的位置。这种时候，那些被它撕裂和抖落的愤怒的波浪，仿佛就是它的鬃毛；有些情况下，这种跳跃是一种挑衅行为。

“它在跳呢！它在跳呢！”随着白鲸大展神威地鲑鱼般跃向空中，船上响起一片叫声。它掀起的浪花，突然出现在蔚蓝平原似的海面上，衬着更加蔚蓝的天际，顿时像冰川一样，绚然夺目，难以忍受，然后，这最初耀眼的强光逐渐减弱，终于化为阵雨欲来时山谷中的那种暗淡迷蒙。

“唉，朝着太阳做你最后的一跃吧，莫比·迪克！”亚哈叫道，“你的大限和你的标枪都已近在眼前！——下来！你们都下来吧，只留一个人在前桅顶。小艇！——准备！”

水手们毫不理睬那些用侧支索做成的冗长的绳梯，而是像流星一般，纷纷从分开的后支索和升降索上滑落到甲板，亚哈没有那样猛冲下来，但也迅速地从他的瞭望处降了下来。

“放下去，”他刚刚走到小艇边——昨天下午才装上索具的一艘备用艇——便大声叫道，“斯塔巴克先生，大船归你了——和小艇分开，但不要离远。下水吧，大家伙儿！”

这时，莫比·迪克好像要打他们个措手不及，这一次它抢先发难。它已经转过了身，现在正朝向三艘小艇而来。亚哈的小艇居中，他鼓励着自己的手下，告诉他们，他要面对面地迎上去——也就是径直划向它的前额——这并不是什么非常之举；因为在一定的距离内，这样的举措可以利用大鲸两眼的斜视而避开攻击。

但是，在进入这个距离之前，三艘小艇就像大船上的三根桅杆一样，被它的眼睛看个清清楚楚。白鲸愤怒地一阵搅动，飞驰起来，几乎在一瞬间，就冲到了小艇中间，张开大嘴，挥起尾巴，在四面八方展开一场恶战。它毫不理睬小艇上投来的铁枪，似乎一心想要把小艇的每一块船板都彻底粉碎。但是，小艇利用巧妙的策略，不断地旋来旋去，像战场上训练有素的战马一样，暂时避开了大鲸的攻击，有时仅仅和它隔着一块船板的距离。在整个这段时间，亚哈那可怕的口号撕裂了其他人的叫声，只能听见他的声音。

但是，由于白鲸的游动翻来覆去，难以追踪，三根已经拴住了它的捕鲸索便乱麻一般缠绕在一起了，导致它们预先缩短了，把那几艘忠诚的小艇拖向了它身上插着的标枪。这时，大鲸暂时略微退后了一点，仿佛要鼓起力量做一次更猛烈的冲击。抓住这个时机，亚哈头一个放出了一些捕鲸索，然后迅速地又拉又抖——想把一些缠结的地方解开——就在这时，看哪！——一个比鲨鱼那严阵以待的牙齿还要可怕的景象出现了！

那些松开来的标枪和鱼枪，又绊又扭地缠进了迷宫般的绳索中，全都竖立着倒钩和枪尖，光闪闪水淋淋地拥到了亚哈小艇艇首的导缆器上。此时只有一件事可以做了。亚哈抓起一把艇刀，小心地割断导缆器里边那束钢枪的索子，再把外面的割断，把外边的绳索拖进艇里，交给头桨手，随后又把导缆器附近的绳索割了两刀——把割断的枪尖都抛到海里，一切又正常了。

这时，白鲸在剩下的还缠在一起的绳子中间猛地一冲，这一下，斯塔布和弗拉斯克那两艘绳索纠缠得更厉害的小艇，便不可抗拒地被拖向了鲸鱼的尾叶，像浪潮冲刷的海滩上两片滚动的空壳撞在一起，然后，白鲸便潜下海去，消失在沸腾的大漩涡中。那些破艇芳香的杉木碎片在漩涡里团团乱转了片刻，像是一碗急速搅动的潘趣酒里的肉豆蔻碎末。

当这两艘艇上的水手还在水中打旋，伸手去够旋转的索桶、木桨和其他漂浮物时，小个子弗拉斯克倾斜着身子，像个空瓶子一样忽起忽落，双腿向上曲起，以避开鲨鱼可怕的嘴巴；斯塔布则在拼命大叫，让人把他捞起来；这时，那个老人的绳索——现在已经断了——他可以把小艇划进奶油色的漩涡，能救谁就救谁；——就在这千般危险同时临头的一片混乱当中——亚哈那艘还没有遭到攻击的小艇，似乎被一根看不见的绳索拽向了天空——原来是白鲸箭一般从海中笔直射出，用它宽大的前额顶在小艇底部，把它翻翻滚滚地送上了天空；然后又船舷朝下落了下来——于是，亚哈和他的水手，从艇底下挣

扎出来，像海豹从海边的洞穴里钻出来。

大鲸最初向上的冲力——在撞破水面之时改变了方向——使它不由自主地偏离了它制造的灾难中心，落在有点距离的地方。它背对着现场，停顿了片刻，缓慢地用尾叶左右试探，每当有漂浮的桨、船板碎片，或者小艇最小的残片，碰到它的皮肤，它的尾巴都会迅速地缩回来，并横着向海水中拍击。但是很快，仿佛对自己的这番作为已经满意了，它便将打褶的前额往海面一推，身后拖曳着几道缠结的绳索，像个游客那样，以有条不紊的步伐，继续向下风头游去。

跟以前一样，在一旁密切关注的大船目睹了整个战斗过程，便直扑过来施加救援，它放下一艘小艇，打捞起漂浮着的水手、索桶、桨叶以及其他任何能够捞到的东西，安全地救上甲板。有的人扭伤了肩膀、手腕和脚踝；有的受了挫伤，皮肤发青；甲板上到处都是扭曲的标枪和鱼枪，解不开的乱糟糟的绳套，破烂的木桨和船板。不过，似乎没有人遭受致命伤，甚至也没有人受重伤。和昨天的费达拉一样，亚哈现在脸色严峻地攀附在他的半截破艇上，相对轻松地漂浮着，也不像昨天的意外那样使他筋疲力尽。

但是，当他在别人的帮助下上船时，所有人的眼睛都紧紧地盯着他，他不是凭自己站着，而是半靠在斯塔巴克的肩膀上，斯塔巴克从一开始就扶着他。他的鲸骨假腿已经断了，只剩下一截短短的尖茬儿。

“唉，唉，斯塔巴克，有时候靠一靠真舒服，不管靠的是谁；

如果老亚哈以前多靠一靠就好了。”

“那个铁箍不顶用了，先生，”这时木匠走过来说道，“那条腿我费了好大工夫呢。”

“不过，我希望骨头没断，先生。”斯塔布由衷关切地说。

“唉！全都碎成了片片，斯塔布！——你看到了吧。——但是，哪怕是骨头碎了，老亚哈也不为所动；对我身上的真骨头，和我失去的那条假腿相比，我的指望都不会多出一分。白鲸也好，人类也好，恶魔也好，都伤不到老亚哈那不可接近的真实本质。铅锤能够得到海底吗，桅杆能刮得到天空吗？——上边的人！什么方向？”

“一直往下风头去了，先生。”

“那就转舵迎风；再加帆，守船的！把空余小艇都放下来，装上索具——斯塔巴克先生，你去，把小艇水手都召集起来。”

“让我先扶你到舷墙那边去吧，先生。”

“啊，啊，啊！这会儿这残腿顶得我好疼啊！可憎的命运！灵魂上不可征服的船长竟有这么个怯懦的大副！”

“先生？”

“我是指我的身体，老兄，不是说你。给我个东西当拐杖——那儿，那根破鱼枪就行。把人召集起来。我的确还没有看见他。老天保佑，不会这个样子的！——失踪了？——快！把人全叫来。”

老人心中的预感成了事实。水手们集合起来之后，发现那个拜火教徒不见了。

“拜火教徒！”斯塔布叫道，“他一定是卷在了——”

“黄热病缠住你了！——你们赶紧到甲板上，甲板下，舱里，船头楼——把他找出来——不会没有的——不会没有的！”

但是，人们很快返了回来，报告说哪儿都找不到那拜火教徒。

“唉，先生，”斯塔布说，“是你的绳索把他卷住了——我好像看见他被拖到下面去了。”

“我的绳索！我的绳索？没了？——没了？这个小小的字眼儿是什么意思？——是什么丧钟在里边敲响，连老亚哈都颤抖了，仿佛他自己就是钟楼似的。还有标枪！——抛在那边的垃圾堆上了，——你们看见了吗？——那把专门为白鲸锻造的标枪，伙计们——不，不，不，——大脓包！这只手确实把它投了出去！——它扎在鲸鱼身上！——上边的人！盯住它——快——所有的人都去给小艇装索具——把桨收集起来——标枪手！标枪，标枪！——把最上帆升高些——所有的帆都扯起来！——喂，掌舵的！稳住，拼命稳住！我要把这无法测量的地球绕上十圈，还要直接穿过去，也要把它给宰了！”

“伟大的上帝！您只需现身片刻就好，”斯塔巴克叫道，“你永远永远也抓不到它，老头子——以耶稣的名义，不要再这样了，这比魔鬼发疯还要糟糕。追了都两天了，小艇两次都被撞个粉碎，你的这条腿又被它从下面搞掉了，你那不祥的影子总算消失了——所有善良的天使都在围着你发出警告。——你还想要怎样？——我们要一直追逐这个凶残成性的鲸鱼，直到它让最后一个人灭顶吗？我们要被它拖到海底才肯罢休吗？我们要被它拖到地狱里去吗？啊，啊——再去猎捕它，就是不虔不敬，就是亵渎神明！”

“斯塔巴克，最近我总是奇怪地被你感动，自从那次我们从彼此的眼睛中都看到了——你知道看见了什么。但是，在捕鲸这件事上，你的脸，在我看来，就和这只手掌一样——没有嘴唇，没有特征，一片空白。亚哈永远是亚哈，老兄。这场戏就是永恒不变的天意。亿万年前这片海洋还没有翻腾起来，你我就已经排练过了。傻瓜！我是命运之神的助手，我依照命令行事。注意，你是属下！你得服从我。——站到我身边来，伙计们。你们看见一个老人只剩下这么一点残肢，靠着一把破鱼枪，用一只脚支撑着。这就是亚哈——他的身体部分已经残缺，但是亚哈的灵魂是一只蜈蚣，用一百条腿走动。我感到吃力，近乎搁浅了，就像是绳子，在狂风中拖曳着断了桅杆的护卫舰，我可能就是这副样子。但是，在我崩断之前，你们会听到我吱嘎作响；只要还没有听到那响声，你们就知道亚哈这根粗绳子还在拖曳着他的目标。伙计们，你们相信叫作预兆的那些东西吗？那么，大声笑吧，喊着再来一次！因为任何东西在淹死前，都会浮上来两次，等到再浮上来，就会永远沉底了。莫比·迪克也是如此——这两天它都浮上来了——明天它会第三次浮上来。是的，伙计们，它会再次浮上来——但只是为了最后喷一次水！你们可都有勇气，勇气？”

“就像无所畏惧的火神。”斯塔布嚷嚷道。

“也像火神一样呆傻。”亚哈喃喃自语道。随后，当人们向前走去，他继续嘟囔道：“叫作预兆的那些东西！昨天，在涉及我的破艇时，我还和斯塔巴克这么说过呢。啊！我多么英勇，竟想从别人心中驱走那紧紧扎在我心中的东西！——那拜火教徒——拜火教徒！——没了，没了？他想走在前头——不过，在我毁灭以前，还会看见他的——那是怎么回事？——现在还是个谜，会把那一长串法官的幽灵做后盾的律师们都搞糊涂！——好像有一只鹰在啄我的脑袋。可是，我一定要把这个谜解开，把它解开！”

黄昏降临，仍然能看见鲸鱼在下风头。

于是，船帆再次收缩，一切都几乎和昨晚一模一样；只有锤子的声音和磨石的霍霍声，整夜响着，几乎直到黎明，那是水手们在借着灯光忙碌，给备用小艇仔细全面地安装索具，为了次日的战斗把他们的新武器磨得飞快。与此同时，木匠用亚哈那艘残艇破碎的龙骨，为他另外打造了一条腿；同样，也和上一夜一样，亚哈低低地压下帽檐，一动不动地站在舱口舷梯上；他那隐蔽的、回照仪一样的目光，期待地回到回照仪的盘面上，等待着东方的第一抹霞光。

第一三五章　追击——第三天

第三天早上，天清气朗，前桅顶上那个孤独的守夜人再次由一群白昼的瞭望者所接替，他们点缀在每一根桅杆上，和几乎所有的帆桁上。

“看见它了吗？”亚哈叫道，可大鲸还没有在视野里出现。

“不过，还是跟着它的尾迹，只要跟着那个尾迹，就可以了。喂，掌舵的，稳住，按照你现在的方向开。又是多么美好的一天！如果这是一个新创造的世界，是为天使们建造的一个夏宫，而今天早上是它第一次开放，世界上就不会再有今天早晨这么好的天气了。这是用于思考的好材料，如果亚哈有时间思考的话；但是亚哈从来不思考；他只是感受，感受，感受；对凡人来说，这就足够刺激的了！

“思考是一种厚颜无耻。上帝才有那个权力，那是他的特权。思考是，或应该是，一种冷静和镇静的事；我们可怜的心脏跳得太快，我们可怜的脑子动得太快，干不了这个。然而，我有时想，我的脑子非常镇静——镇静得都冻住了，这个老脑壳裂开了，像一个玻璃杯子，里边的液体成了冰，让它直打哆嗦。可是这头发现在还在长，此刻就在长，一定是炎热催发的；可是不对，它就像到处都长的普通的草，在格陵兰冰原的地缝里，或是维苏威火山的熔岩里。狂风在怎样地吹着它；风抽打着我的头发，就像撕裂的船帆碎布抽打着它们所依附的颠簸的船只。这股恶风在此之前，无疑吹过了监狱的走廊和囚室，医院的病房，给它们通风，现在又吹到这里来了，像羊毛一样清白无辜。滚开！——这风被污染了。如果我是风，我就不会在这邪恶、悲惨的世界上吹。我会爬进一处洞穴，藏在那里。

“然而，这风可是一种高贵而英勇的东西！可曾有人征服过它？在每一次战斗中，它都有最后最厉害的一击。你斜着向它冲过去，你也只能扑个空。哈！怯懦的风打击赤身裸体的人，却从不站住接受一下打击。甚至亚哈都比它勇敢——都比它要高贵。但愿风现在就有一个形体，不过，最让世人恼怒和愤慨的东西，全都是没有形体的，只是没有形体的物体，而不是没有形体的神明。这里存在着一个最为特别、最为狡猾，啊，也是最为恶毒的差别！

“然而，我还要说一次，我现在敢发誓，风中存在着一种光荣而亲切的东西。这些温暖的信风，至少，它们在晴朗的天空中径直往前吹，强劲而坚定，有力而温和；而且不管海里的暗流怎样弯来绕去，不管陆地上最强大的密西西比河怎样迅速转向，确定不了最终流向哪里，信风却从不偏离自己的目标。这样的信风把我这艘不错的船直吹向永恒的北极！这些信风，或是类似的东西——如此不可改变，如此强劲，吹送着我这龙骨似的灵魂！吹到它那里去！喂，上边的！你们看见什么了吗？”

“什么都没有，先生。”

“什么都没有！眼看要到中午了！那枚古金币还无人问津呢！看看太阳！唉，唉，肯定是这样。我追过了头。怎么领先了呢？唉，现在是它在追我了；不是我追它了——那可糟了；我应该事先料到的。傻瓜！它现在还拖着绳索和标枪。唉，唉，我昨天晚上从它身边开过去了。掉头！掉头！你们都下来，只留下常规的瞭望者！准备转帆索！”

按照原来的航向，风多少是在“裴阔德号”的船尾吹，现在一经转桁掉头，它便重新在它自己的白色尾波中搅起奶油色的浪花，艰难地顶风行驶了。

“它现在是顶风朝那张开的大嘴开去了，”斯塔巴克自言自语道，一边把刚拖上来的主桅转帆索绕在栏杆上，“上帝保佑我们，但是，我身体里边的骨头已经感觉到潮湿了，从里到外都潮湿了。我担心我服从了他就是违背了我的上帝！”

“准备把我吊上去！”亚哈叫道，一边向那只麻绳筐走去，“我们应该很快就能遇见它。”

“是，是，先生，”斯塔巴克径直按照亚哈的吩咐做了，于是，亚哈再一次被摇摇晃晃吊到了高处。

整整一个小时过去了，像捶打金箔一样延展下去。强烈的悬念使得时间老人自己也长久地屏住了呼吸。不过，到了最后，在距离上风舷三个罗经点的地方，亚哈再次发现了喷水，顿时，从三根桅顶仿佛火舌般传来三声尖叫。

“这是第三回，莫比·迪克，我与你前额对前额相遇！喂，甲板上的！——转帆索再扯紧点，让船顶到风眼里。它离得太远，还不能放艇，斯塔巴克先生。船帆在震动！去拿个大锻锤监视着那个舵手！嗯，嗯，它游得很快，我得下去了。但是，让我从这高处再四下好好看看大海；时间还来得及。

“还是过去的老景色，可不知怎么又挺新鲜；唉，自从我小时候，在楠塔基特的沙丘，第一次看见它，它一点都没变！还是老样子！——老样子！——诺亚看到的什么样，我看到的还是什么样。下风头飘起了一阵柔和的阵雨。多么可爱的下风头啊！风一定吹向什么地方——吹向一个非同一般的所在，比棕榈还要茂盛的所在。下风头！白鲸朝那个方向去了；那么，就看看上风头吧；船尾风刮得越紧越好。

“可是再见吧，再见吧，老桅顶！这是什么？——这绿色的东西？啊，这些弯曲的裂缝里竟长出了小苔藓。亚哈头上可没有这种天气留下的绿色痕迹！人老了和东西老了就是有这种差别！唉，老桅杆，我们两个一起老了；可我们的躯壳还很硬朗，不是吗，我的船？没错，少了一条腿，不过如此。老天爷在上，这根死木头在任何方面都强过我身上的活肉。我不能和它比；我知道有些船只是用死木头做成的，可比最有活力的父母用最有活力的材料造出的人，寿命还要持久。

“他都说了些什么啊？我的那位领航员，他更应该走在我前头；还能再看见他吗？可是，在哪里啊？如果我走下这些无尽的阶梯，来到海底，我的眼睛还能看见吗？无论他沉没在什么地方，整夜我都在航行，都离开他更远。唉，唉，就和你多次吐露自己可怕的真情一般，拜火教徒，可是，亚哈，你还没有命中目标。再见，桅顶上的人——我不在的时候，好好盯着鲸鱼。我们明天再聊，不，今晚吧，等到白鲸躺在那里，头尾被绑起来的时候。”

他做出了许诺，一边环顾着四周，一边劈开蓝天，稳稳地降到甲板上。

全部小艇准时下水了，但是，当亚哈站在自己的艇尾上，正悬荡着要往下降的时候，他向大副挥挥手——大副这时正在甲板上握着一根滑车索——吩咐他停下来。

“斯塔巴克！”

“先生？”

“这次航行中这是我的灵魂第三次出发，斯塔巴克。”

“是的，先生，是你执意要这样做的。”

“有些船出港之后，就再也不见踪影了，斯塔巴克！”

“这是事实，先生，极可悲的事实。”

“有些人死于退潮，有些人死于浅水，有些人死于洪水；——我现在觉得像一头涌到最高点的巨浪，斯塔巴克，我老了；——和我握握手吧，老兄。”

他们的手握在一起，他们的眼睛凝视着对方，斯塔巴克的泪水沾在脸上。

“啊，我的船长，我的船长！——高贵的心——别去——别去！——看，这是一个勇敢者的哭泣，可见这劝告多么让人痛苦！”

“放下去吧！”亚哈甩脱大副的手，叫道，“水手们准备！”

马上，这艘小艇便贴着船尾划走了。

“鲨鱼！鲨鱼！”从大船低处的舷窗口传来一阵叫声，“啊主人，我的主人，回来吧！”

但是亚哈什么都没有听见，因为那时他抬高了自己的声音，小艇跃向前方。

然而，那阵叫声没有喊错；因为他刚刚离开大船，一大群鲨鱼，仿佛从大船下面的黑水中涌起来一般，每当木桨点水，便恶毒地咬啮起桨叶来；就这样，它们伴随着小艇，边游边咬。在熙熙攘攘的海域，捕鲸小艇遇到这种情况并不稀奇。鲨鱼有时显然颇有先见之明，它们跟随着小艇，就和在东方的行军队列的旗帜上盘旋的秃鹰一样。但是，从发现白鲸以来，这是“裴阔德号”观察到的第一批鲨鱼；是不是因为亚哈的水手都是虎黄色的蛮子，在鲨鱼闻来，他们身上更有一股子麝香味——大家都知道，这种味道有时会吸引鲨鱼——无论究竟原因如何，这群鲨鱼似乎只跟着一艘小艇，却没有骚扰其他的小艇。

“铁打的心！”斯塔巴克喃喃说道，凝视着船边，目光追逐着那艘逐渐消失的小艇，“面对那种景象，你还能夸口勇敢吗？——在一群贪婪掠食的鲨鱼中间放下你的小艇，让它们在后面跟着，张大嘴追着，而且这还是生死攸关的第三天？——因为把这三天算作一次不停顿的紧张追逐，第一天是早晨，第二天是中午，而第三天就是黄昏，也是这件事情的结尾了——无论这结尾会是个怎样的情况。啊！我的上帝！这是什么东西，射穿了我的心，让我如此可怕地镇静，又有所期待——让我颤抖得无法移动！未来的事物在我前面游动，仿佛是空虚的轮廓与骨架；不知怎么，所有的过去变得模糊了。玛丽，我的妻子！在我死后，你将变得黯淡无光；儿子，我似乎看到你的眼睛奇妙地发蓝。

“人生最奇异的难题似乎都变得清晰了；但是，还有片片乌云从中掠过——是我的旅程行将结束了吗？我的双腿虚弱无力；好像站了一整天的人。摸摸你的心——它还在跳动吗？振作起来，斯塔巴克！——摆脱它——行动，行动！大声叫吧！——桅顶上的人！你们看见我儿子在山冈上挥手了吗？——疯了；——上面的人！——放亮眼睛盯住那些小艇！——好好注意那头大鲸！——嚯！又来了！——把那只鹰赶走！看！它在啄——在撕扯风信旗——”他指着主桅冠上飘舞的红旗，“哈！它叼着它远走高飞了！——那老头子现在何处？亚哈啊，你可曾看见这番景象！——真叫人发抖，叫人发抖！”

几艘小艇还没有走远，就见桅顶上传下来一个信号——一条胳膊向下一指，亚哈知道鲸鱼已经下潜了；但是，他想在它下一次升起时靠近它，便将小艇稍稍偏离大船的航线，继续前进；那些着了魔的水手意味深长地沉默着，只有迎头而来的大浪一下下捶打着艇首。

“钉吧，钉你们的钉子吧，你们这些大浪！一直把钉头敲平为止！你们只不过在敲打一件没有盖子的东西；棺材和灵车都和我无关——只有麻绳才能杀得了我！哈！哈！”

突然，周围的水面慢慢涌起许多大圆圈来，随后，快速地隆起，仿佛一座水下的冰山从一旁冒了出来，迅速升上水面。一阵低沉的轰鸣声响起，一种发自水下的嗡鸣，众人都屏住了呼吸。这时，一个巨大的形体，浑身拖曳着长长的绳索、标枪和鱼枪，纵向倾斜着射出海面。它笼罩在一层低垂的薄雾中，在闪烁虹彩的空中停顿了片刻，又扑通一声落回海里。被压碎的海水溅起三十英尺之高，像许多喷泉闪烁了片刻，又一阵雪花般散落下来，在水面上留下奶油色的圆圈，像新鲜的牛奶围绕在大鲸那大理石一般的身躯。

“猛劲划呀！”亚哈对桨手们叫道，所有小艇都冲上前去，展开攻击；但是，昨天新扎在它身上的鱼枪已经开始生锈，弄得莫比·迪克火冒三丈，似乎所有从天堂堕落的天使都附在它身上。它那宽大前额上密布的一层层筋腱仿佛是焊接起来的，在透明的皮肤下面交织在一起；它一边前进，一边用尾巴在小艇中间搅动，再一次把它们搅散，使得大副和二副小艇上的标枪和鱼枪都抛了出去，还撞坏了艇首上部的一侧，但是，亚哈的小艇却几乎没有留下一点伤痕。

达戈和奎奎格正忙着堵受损船板上的漏洞。鲸鱼离开了他们，转过身，从他们旁边飞快地游过，露出整个的侧面；就在这时，响起一声急促的叫喊。原来，昨天晚上，大鲸把它周围纠缠的绳索都绕了起来，一圈又一圈地缠在身上，把那拜火教徒被撕去一半的尸体紧紧捆在了背上，他的黑衣服已经磨成了碎片，鼓胀的双眼翻上来，瞪着老亚哈。

标枪从亚哈的手中掉落了。

"上当了,上当了！"——他长长地轻轻吸了口气——"唉，拜火教徒！我又看见你了。——唉，你先走了；而这个，这个就是你曾经指望过的灵车。但是，我完全相信你的话。第二部灵车在哪里？走吧，大副二副，回大船上去！那些小艇现在没用了；如果你们能及时修好，就回到我这里来；如果不能，亚哈自己死就够了——下去吧，伙计们！不过，谁要是从我这艘小艇里跳下去，那就先让他尝尝我的标枪。你们不是别人，而是我的手足；所以服从我吧。——鲸鱼在哪里？又下潜了吗？"

但是，它看起来离小艇很近，因为它好像一心要背着那尸体逃走，这次遭遇的地点似乎只不过是它朝向下风头的航程中的一站，莫比·迪克现在重新坚定地向前游去；它几乎从大船边擦过，大船迄今为止一直与它背道而驰，现在暂时停了下来。白鲸似乎以最快的速度游动，现在只想专心致志地径直赶路。

"啊！亚哈，"斯塔巴克叫道，"哪怕是现在，第三天，要就此罢手，也不太晚。看！莫比·迪克没有找你。是你，你，在发疯地找它！"

风势见长，孤零零的小艇迎风扬帆，帆桨并用，迅速向下风头逼去。最后，当亚哈从大船旁掠过时，近得能清晰分辨出斜倚在栏杆上的斯塔巴克的脸，亚哈向他招呼了一声，让他掉转大船船头，跟在他后面，不要太快，保持适当的距离。他向上望去，看见了塔什特戈、奎奎格和达戈，正急着要爬上那三根桅顶；与此同时，那些桨手待在摇摇晃晃的两艘破艇里，刚刚被吊起到大船船边，他们在忙着修理小艇。当亚哈快速驶过时，透过舷窗，一个接一个地，他还飞快地瞥见了斯塔布和弗拉斯克，两人正在甲板上成捆的新标枪和鱼枪中间忙碌着。

当他看到这一切，当他听到破艇上一阵阵捶打声，似乎有一把截然不同的锤子正在往他心上钉钉子。但是他回过神来。现在他注意到主桅顶上的风信旗不见了，于是他向刚刚爬到桅顶的塔什特戈大喊，让他再下来，另取一面风信旗，一把锤子和钉子，好把旗钉在桅杆上。

究竟是由于三天来不断的追击把它累坏了，身上缠结的累赘又增加了游动时的阻力，还是它心怀奸诈与恶意，无论事实如何，白鲸的势头现在开始放慢，从小艇这么快就再次接近它来看，情况似乎如此，事实上大鲸这次冲刺抢险的距离也不像以前那么长了。

当亚哈的小艇掠过波浪，那些毫不留情的鲨鱼依然如影随形，它们如此顽强地紧追不舍，不断地咬啮那些划动的木桨，把桨叶变成了锯齿状，嘎嘣作响，几乎每划一下，就在海里留下一些细小的碎片。

“别理它们！那些牙齿只不过给你们的桨提供了新的桨架。继续划！鲨鱼嘴可比柔顺的海水更好借力。”

“可是先生，每咬一下，薄薄的桨叶就变得越来越小了！”

“它们会支持够久的！只管划吧！——可是谁能说得清楚呢！”他喃喃自语道，“究竟这些鲨鱼是赶来享用大鲸的呢，还是享用亚哈的呢？——不过，继续划吧！喂，都振作起来，现在，我们靠近它了。掌舵的！掌好舵！让我过去。”这样说着，两个桨手扶着他来到还在飞驰的小艇艇首。

最后，当小艇冲向一边，与白鲸并排平行着前进时，白鲸似乎奇怪地没有在意小艇赶了上来——鲸鱼有时就是这样——而亚哈已经进入这山峰般的烟雾之中，那是从鲸鱼喷水口中泛出来的，缭绕在它那巨大的、摩纳德诺克山一般的背峰周围。

亚哈就这样逼近了它，他身体向后一弓，两臂笔直地高举起来，把他那凶狠的标枪，连同更为凶狠的诅咒，一起投向那可憎的鲸鱼。当标枪和诅咒同时投进大鲸的眼窝，仿佛陷进了沼泽，莫比·迪克侧身一扭，抽风一般将肋腹向着艇首一滚，没有撞出一个窟窿，就猛地把小艇撞翻了，如果不是抓住了舷墙翘起的部分，亚哈会再次被抛进海里。

事实上，有三个桨手——他们预见不到标枪投出去的确切时间，因此对其后果毫无准备——被抛出艇外，但是在下坠的时候，其中两个又立即抓住了舷缘，浪头一涌，把他们送到与船舷齐平的高度，将他们又抛回了艇里；另外一个人则无助地坠落在艇尾后面，但还在漂浮着，游动着。

几乎与此同时，白鲸以毅然决然的强大意志，迅疾射进了翻腾的大海。但是，当亚哈向舵手叫喊，让他把绳索再放出几圈，并且紧紧抓住，又命令水手们在座位上转过身来，把小艇拖向目标时，那根不牢靠的绳子在又拉又拽的双重压力下，啪的一声在半空里崩断了！

“我身上啥东西断了？断了一根筋！——又接上了；划呀！划呀！向它猛冲过去！”

听到小艇劈波斩浪不顾一切地猛冲过来，白鲸把身子一旋，准备以它白茫茫的前额来抵挡；可就在它转身的刹那，正好看见了逐渐靠近的大船的黑色船体；它似乎看出大船就是它所受祸患的根源；认为大船——也许是——一个更大更值得交手的仇敌；于是，它猝然扑向迎面而来的船首，在一阵阵激烈的泡沫中，张开大嘴发动了猛攻。

亚哈的身体摇摇晃晃，他用手捶打着前额。“我瞎了；手！把你们的手伸到我面前，那样我也许还能摸索着走路。是晚上了吗？”

“鲸鱼！大船！”畏畏缩缩的桨手们叫道。

“划呀！划呀！逃到海底去吧，啊大海，让亚哈最后一次、最后一次悄悄接近他的目标，否则就永远来不及了！我明白，大船！大船！冲吧，我的伙计们！难道你们不想拯救我的大船吗？”

但是，当桨手们极力迫使小艇穿过大铁锤一样猛击的海浪，先前遭到鲸鱼重击的艇首的两块船板爆裂开来，几乎在一瞬间，暂时无能为力的小艇几乎就平躺在浪峰上；水手们半个身子泡在哗哗作响的水里，拼命堵住漏洞，把涌进来的海水舀出去。

这时，瞬间一瞥之下，只见桅顶上的塔什特戈，手里的锤子停在了半空。那面红旗半裹在他身上，像一件格子呢披风，接着，从他身上飘了出去，就像他自己向前飘落的心一样。斯塔巴克和斯塔布正站在他下方的船首斜桅上，刚好和塔什特戈同时看见了扑下来的那个怪物。

“鲸鱼，鲸鱼！转舵迎风，转舵迎风！啊，你这可爱的全能的风，现在紧紧地拥抱我吧！别让斯塔巴克死掉，如果他必须死，就让他像个女人那样晕死过去。转舵迎风，我说——你们这些蠢货，看那张大嘴！大嘴！难道我所有恳切的祷告，我整整一生的虔诚，就是这个结局吗？啊，亚哈，亚哈，瞧，这就是你干的。稳住！舵手，稳住。不，不！再次转舵迎风！它转过来迎着我们了！啊，它怒不可遏的前额直向一个因为责任而不能逃避的人扑来了。我的上帝，站在我身边吧！”

“不是站在我身边，而是站在我下面，不管是谁，现在都去帮助斯塔布；因为斯塔布也坚守在这里。我对你咧着嘴笑，你这龇牙咧嘴的鲸鱼！除了斯塔布自己一眨不眨的眼睛，谁救过斯塔布，让斯塔布保持清醒？现在可怜的斯塔布要躺在一张再软不过的床铺上了，但愿它塞满了树枝！我对你咧着嘴笑，你这龇牙咧嘴的鲸鱼！你们看哪，太阳，月亮，星星！我把你们和那个始终喷射着鬼影的家伙都叫作杀人犯。尽管如此，我还是愿意和你们碰杯，只要你们把酒杯递过来！”

“啊，啊！啊，啊！你这龇牙咧嘴的鲸鱼，很快就有很多东西让你狼吞虎咽了！亚哈啊，为什么你还不快逃！换了是我，我会脱掉鞋子和衣服逃走；就让斯塔布死在他的橱柜里吧！尽管那是个又霉又咸的死法；——樱桃酒！樱桃酒！樱桃酒！啊，弗拉斯克，我们死前来一杯红樱桃酒多好！”

“樱桃酒？我只希望我们现在是在长樱桃的地方。啊，斯塔布，我希望我可怜的母亲此前已经领了我的那份报酬；如果没有的话，她就得不到几个铜板了，因为航程结束了。”

现在，几乎所有的水手都一动不动地待在船头上；锤子、船板的碎片、鱼枪和标枪，还无意识地留在他们手中，恰似他们突然中断了手中各种各样的活计。他们着魔的眼睛死死盯着大鲸，而大鲸那决定命运的脑袋奇怪地左右摆动，一边猛冲，一边呈半圆形喷出一道宽宽的覆盖一切的泡沫。它整个摆出惩罚、即刻复仇、永远心存歹毒的架势。

不管人类极尽所能，它那白色前额的坚固壁垒都照样重重地撞击船首右舷，直撞得人和木头都翻滚起来。有的人脸朝下跌趴在甲板上。桅顶上的标枪手们的脑袋，像错位的桅冠一样，在他们公牛般的脖子上摇来晃去。他们听到海水从裂口涌了进来，就像山洪泻下山谷。

“大船！灵车！——第二部灵车！”亚哈在小艇里叫喊，“它的木料只能是美国的！”

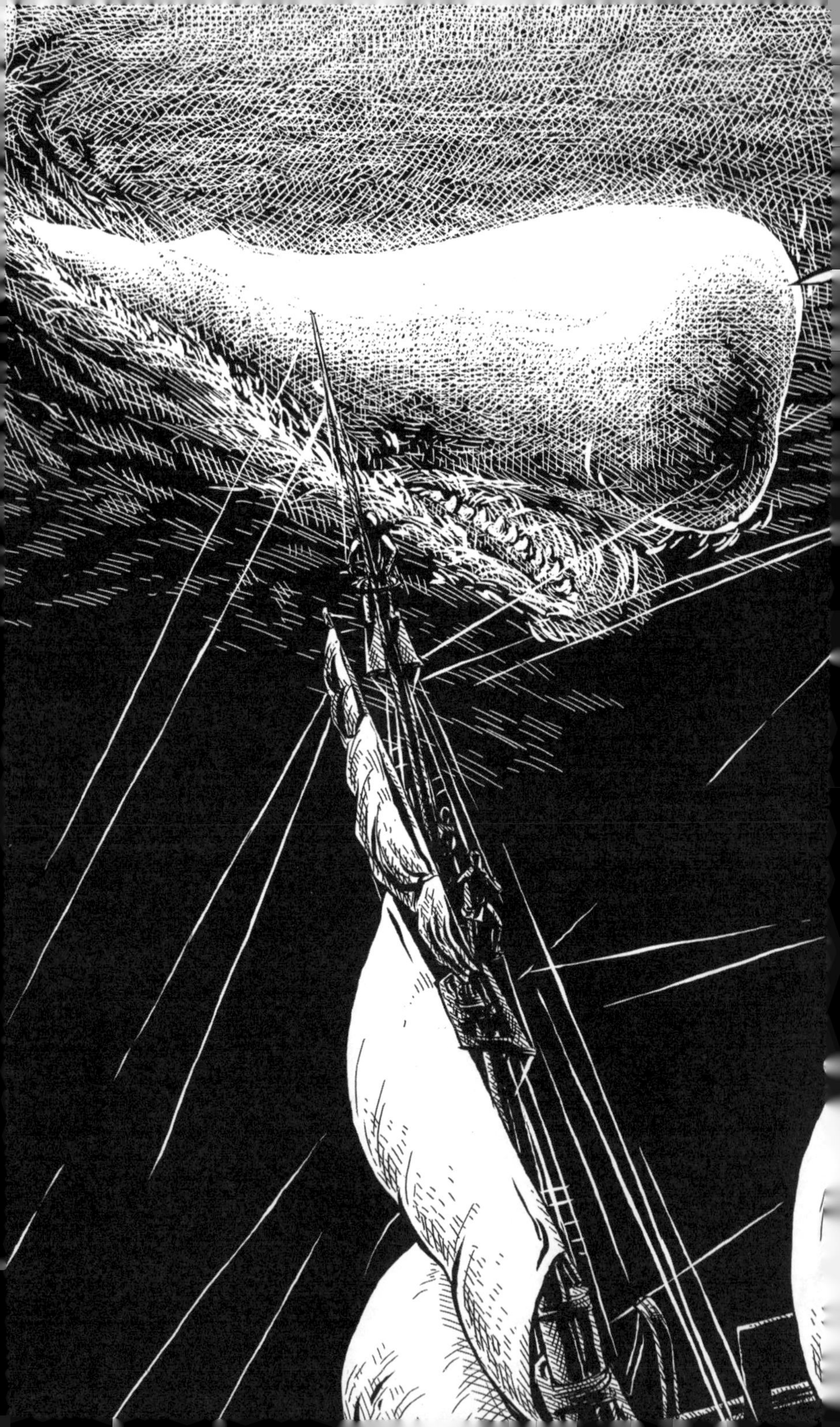

大鲸潜到正在下沉的大船下面，颤抖着沿着龙骨游动，可是又在水下转过身来，再次迅疾地射出水面，远远地出现在船首的另一侧，离亚哈的小艇只有几码远，它在那里安静地躺了一会儿。

“我转过身，避开太阳了。喂，塔什特戈！让我听见你锤子的敲打声。啊！你们是我的三个不屈不挠的尖塔；你这没有裂缝的龙骨；唯一让神害怕的船壳；你这坚实的甲板，高傲的舵和指向北极的船头——死得光荣的船！你非得撇下我就此毁灭吗？难道我连最卑微的失事船船长最后引以为荣的骄傲都被剥夺了吗？

“啊，孤独的生，孤独的死！啊，现在我觉得我绝顶的伟大就在于我绝顶的悲哀。嚯，嚯！你们这些我整整一生经历过的勇敢的巨浪，从最遥远的地方，向我涌来吧，盖过我这死亡的浪潮！我向你翻滚而去，你这毁灭一切却不能征服一切的大鲸；我要和你格斗到最后；到了地狱的中央，我也要用刀戳你；为了仇恨，我要向你啐出最后一口气。把所有的棺材和所有的灵车都沉到一口普通的水塘里去吧！既然两者都和我不沾边，就让我给拖得粉身碎骨吧，虽然和你拴在了一起，我仍在追击你，你这该死的大鲸！这样，我就连标枪都放弃了！”

标枪投了出去。被击中的鲸鱼向前飞蹿。捕鲸索以燃烧的速度穿过细槽——缠住了。亚哈弯身去把它解开，故障排除了，那飞转的绳圈却一下子套住了他的脖子，就像沉默的土耳其人绞死受害者一样，他无声无息地被射出了小艇，一时连水手们都不知道他消失了。紧接着，捕鲸索末端沉重的索眼从空荡荡的索桶里飞了出去，抽倒了一个桨手，重重地打在海面上，消失在大海深处。

一时间，小艇上吓呆了的水手一动不动地站在那里，随后才慢慢回过神来。

“大船呢？老天爷，大船在哪里啊？”

很快，透过让人困惑的迷蒙的雾气，他们看见大船倾斜的身影正在消失，仿佛虚幻的海市蜃楼，只有最高的桅杆还露出在水面上。而那三个异教徒标枪手，不知是恋恋不舍，还是出于忠诚，还是听天由命，依然一动不动地留在曾经高耸的桅顶，一边下沉一边还在瞭望着海面。

现在，同心圆攫住了孤零零的小艇和所有的水手，还有每一支漂浮的木桨，每一把枪杆，活的死的，都在一个漩涡中一圈圈旋转着，带着“裴阔德号”最小的碎片，消失无踪了。

但是，当最后几股浪潮交错淹没主桅上那个印第安人下沉的头时，水面上只能看见几英寸竖起的桅杆，连同数码长的飘扬的旗帜，在几乎触及它们的那毁灭的巨浪之上，镇静地起伏着，充满讽刺意味的巧合。

就在这时，一只红色的手臂和一把向后扬起的锤子，举起在空中，正要把那面旗子牢而又牢地钉在下沉的桅杆上。一只苍鹰从它群星中间的老家飞来，嘲弄般地顺着主桅冠往下飞，啄着那面旗子，骚扰着塔什特戈。

此刻，这只鹰扑闪的阔翅偶然从锤子和桅杆之间横截过去，已经没在水下的蛮子，顿时感觉到了那微妙的震颤，他拼着最后一口气，把锤子死死地钉在了那里。于是，这只天空之鸟，发出天使长一般的尖叫，把它威严的嘴喙向上直刺，整个身子被活活卷在亚哈的旗子里，随着他的大船一同沉了下去。那船像撒旦一样，不把天上的一件活物一起拖走，当作自己的头盔，是决不肯沉到地狱里去的。

这时，一群小鸟还在那张着大嘴的漩涡上尖叫着飞翔；一阵愠怒的白浪拍打在这漩涡陡峭的周边；然后，一切都崩溃了，海洋那巨大的裹尸布又像五千年前那样继续不息地翻腾。

尾声

“唯有我一人逃脱，来报信给你。”

——约伯

戏已收场。那为什么还有人走上台前？——因为有一个人幸免于难了。

事情如此偶然，在拜火教徒失踪之后，亚哈小艇上头桨手的岗位空了出来，我在命运之神的授意下接替了那个头桨手的位置。最后一天，有三个人从摇晃的小艇里被抛出去，落到艇尾的就是我。于是，我就漂浮在事故随后发生的现场边上，目睹了整个过程，后来，当沉船的那股消耗一半的吸力殃及我的时候，我开始慢慢被拖向正在合拢的漩涡。当我到达漩涡边缘时，它已经消退成了一个奶油色的池塘。于是，一圈又一圈地，我在这逐渐收缩的漩涡中旋转，像又一个伊克西翁，逐渐靠近那慢慢转动的轴心，那个纽扣一般的黑色水泡。等我到了那个生死攸关的中心，黑色水泡向上迸裂开来，这时，那只棺材做成的救生圈，仗着它那巧妙的弹簧和巨大的浮力，居然猛地一下，整个从海里射了出来，落在海面上，漂到了我旁边。凭借那口棺材，几乎整整一天一夜，我漂浮在柔和的安魂曲一般的大洋上。那些不来伤我的鲨鱼，像嘴巴上了锁似的从我身边一闪而过；凶猛的海鹰从头上飞过，也像嘴上套了鞘一样。

第二天，一艘船驶来，越来越近，终于把我捞了起来。它就是那艘绕来绕去到处巡航的“拉结号”，在折回来搜寻那两个失踪的孩子，却只是找到了另一个孤儿。

译后记：文学奇书的“命运启示录”

麦尔维尔从来就不是我们今天所谓的“成功的”作家。

在他的文学生涯的早期，虽曾短暂地得到过认可，但是，他的写作终其一生既没有给他带来体面的收入以供养家庭，也没有得到大量读者的好评与关注。他的书从未获得过任何当时的文学奖项，也从未在我们现在所谓的“畅销书榜单”上出现过。

1891 年他去世之时，他的作品就被贬低为青少年冒险故事，作为一个作家和一个人，他几乎都被世界遗忘了。

文学史上的沉浮本就是一件奇妙又“正常”的事情，伟大作家和诗人不为同时代所欣赏的例子还有很多，比如艾米丽·迪金森、惠特曼、梭罗、亨利·詹姆斯等。

到了二十世纪，麦尔维尔声誉日隆，普遍被认为是美国最伟大的三四位小说家之一。而其关于玄学和海洋的杰作《白鲸》在全世界都被认为是人类有史以来最伟大的文学成就之一。

麦尔维尔的散文体著作的风格，可以用丰富、浮夸、充满暗示和隐喻、极其富有想象力甚至诗意来形容。他的小说中充塞着大量的描述性细节、戏剧性张力、来自阅读的材料、几近压倒一切的象征。他的文学趣味在情感上可谓丰富，在智力上则可谓复杂。

从他先前的小说《泰皮》到《白鲸》，我们似乎可以窥见他的写作风格从十九世纪斯威夫特或笛福式的明晰、迅捷，一变而为以音乐和象征精心编织而成的更为多彩、富有韵律、有时近乎狂想曲的风格。

麦尔维尔和霍桑一样，善于从普通事物和事件中看出超乎纯粹客观事实之上的道德、精神和美学价值。自《奥穆》之后，麦尔维尔的所有著作都揭示出他与日俱增的对于事实之上的精神意义的兴趣，比如《白鲸》中第42章《大鲸之白》，清晰而详细地反思了白色的神秘影响。

他擅长借用各种通过阅读得来的材料，加以变形，为己所用，例如，《白鲸》中按照实际篇幅，几乎占全书四分之一的部分是由鲸类学材料和捕鲸业的信息组成的，它们基本上来自托马斯·比尔的《抹香鲸的自然史》及其他科学著作。

有时，在麦尔维尔不那么成功的作品中，这些来源与他的个人经验和哲学思考融合得不够均匀，甚至导致一些哲学论述有离题之嫌。但是，在他最好的作品中，个人经验与观察、引用材料、哲学论述总是通过支配性的象征结合成一个艺术整体，并且其作品中的某种幽默和喜剧气氛，也让人想起拉伯雷和莎士比亚。

一般论家将麦尔维尔置于浪漫主义和象征主义视野之中，但是他并不像华兹华斯和其他伟大的浪漫主义者那样，认为自然是一种温和、美丽而仁慈的力量，而是更接近于达尔文的观点，认为在自然的外在之美的下面隐藏着的是残忍和杀戮。在第58章《鲸鱼食料》中，作者就明确有言——

想想海洋的奸诈吧，它最可怕的生灵如何在水下滑行，大部分深藏不露，阴险地隐藏在可爱至极的蓝色海水下面。想想海中许多最为冷酷的族类那恶魔般的绚烂与美丽吧，就像种类繁多的鲨鱼都装扮得分外讲究。再想想，海洋中普遍存在的同类相残，所有的生灵都在弱肉强食，自开天辟地以来就在无休止地战斗。

因此，作为深受康德哲学与超验主义影响的作家，麦尔维尔同样认为，真正的实在隐藏在可感知的事实的外衣之下。在第36章《后甲板》中，当亚哈船长与大副斯塔巴克谈论他追击白鲸的个人原因时，这种认识有着明确的体现——

一切有形之物，伙计，都不过是纸板糊的面具。但是，在每件事之中——活生生的行动中，无可置疑的功绩中——都有某种未知但依然合乎情理的东西，从不合情理的面具后面显出它的本来面目。只要人类能够戳穿，戳穿那面具！除了冲出围墙，囚犯怎么能脱身而出？在我看来，白鲸就是那围墙，堵在我跟前。有时我以为外面什么都没有。可这就够了。它给了我一件苦差事，它压在我身上；我在它身上看见了凶残的力量，一种不可理解的恶意使它更加强大。我恨的主要是那不可理解的东西；白鲸是从犯也好，是主犯也罢，我都要把仇恨发泄在它身上。不要和我说什么亵渎神明，伙计；如果太阳侮辱了我，我也会戳穿它。太阳可以那样干，我就可以这样干；自从世上有了公平竞争，嫉妒就支配了所有的造物。可是伙计，甚至那公平竞争也做不了我的主。谁能主宰我？真理没有界限。

由此可见，麦尔维尔在这部作品中着力探讨的是一个哲学问题：寻求宇宙中人与上帝关系的真实解释。这本书绝不仅仅是一部海洋冒险故事，表现了奋斗不息的美国精神，而是一部命运的启示录。

《白鲸》是一部不适合已有文学分类标准的"邪典"。

首先，它是一部相当可靠的有关鲸类学和捕鲸业的论著，它包含的数量众多的鲸类学材料会让读者困惑，而从艺术角度考虑，这些材料有助于控制全书的叙事节奏，为故事增添了一定程度的现实感。

其次，书中有很明显的戏剧化形式，有些人物的大段对话具有舞台效果，这样的设置使得作者有机会以旁白或离题的形式插入自己有关宇宙和人类命运的评述，它们往往出自叙述者以实玛利之口，在不同情况下也由其他几个角色承担，并不仅仅是由作者本人现身说法。

第三，本书中充满了各种各样的象征，外在叙述下面往往隐藏着深沉的有关上帝与自然的哲学沉思。D. H. 劳伦斯在《论美国名著》中认为，白鲸象征着什么，恐怕连麦尔维尔本人都没有很确切的理解。然而，亚哈船长的动机却显然不只在于狩猎的乐趣和对一个哑巴畜生的刻意复仇。几乎每个读者都能依据自己的理解，为书中的象征给出自己的阐释。例如，以弗洛伊德心理学为基础，可以将白鲸视为麦尔维尔的清教徒良知，与他的自我处于生死攸关的斗争中。还可以将白鲸视作恶的象征，将亚哈看作与恶对抗的当代基督或者是普罗米修斯。还可以将白鲸等同于宗教，亚哈便是自由思想的象征，甚至将亚哈与白鲸的斗争看成是个人主义与社会习俗、科学与自然等等之间的斗争。

这些理解自然各有其道理，但是总括而言，亚哈所竭力追逐的绝不仅仅是头现实的大鲸，更是一头象征之鲸，亦即宇宙的终极奥秘。亚哈知道人的有限，无法通过智力去认识上帝，但是，他拒绝接受人的有限性，没有屈服于人类的这种天然弱势，而是希望用纯粹的蔑视与反抗来超越它。而人智无能穿透象征之墙，这种失败导致亚哈对命运和自身的软弱都报以愤慨，使他甚至在意识到自己厄运的时候也诉诸盲目的反抗。

麦尔维尔揭示了亚哈的反抗既是一种勇气，又是徒劳无功，他在书中一再提醒我们，亚哈是个疯子，作者似乎在告诉我们，追求绝对会带来挫折和疯狂，而这追寻中的傲慢自大必定带来自我毁灭。这种对上帝的反抗便是七宗罪中的第一宗罪“傲慢”。

就哲学沉思这一方面而言，麦尔维尔只是提出了一些问题，而没有给出确切的解答。但是，他擅长将意味深长的思想包装在趣味盎然而令人愉悦的形式之中，将寓言隐藏起来，我们甚至有时意识不到它的存在。

我们不应该把他当成是哲学家或是社会批评家，因为他的思想尽管可以持续不断地引发哲学沉思与社会批评，但它们不是以抽象的形式呈现在读者面前的，它们仅仅是作为文学而存在的。

他以充满激情的方式写出了人的行为、渴望、内在的思考、感情、矛盾与个性。他从来也没有学会像爱默生那样以冷静的智力触及人和宇宙关系的各种问题，并以美丽的抽象方式予以讨论。

他揭示这些问题用的不仅仅是自己的头脑，而是整个精神，他更多的不是通过智力而是通过感受，不是通过对细节的精确观察，而是通过激发读者内在固有的渴望和情感，来发挥对读者的影响力。

他时时告诉我们，完满实现独特个性的方法在于经由感觉。用他描绘亚哈的话说，“亚哈从来不思考；他只是感受，感受，感受；对凡人来说，这就足够刺激的了！思考是一种厚颜无耻。上帝才有那个权力，那是他的特权。思考是，或应该是，一种冷静和镇静的事；我们可怜的心脏跳得太快，我们可怜的脑子动得太快，干不了这个”。

因此，无论我们对本书中的象征意义做出怎样个人化的理解，至少我们不要忘记欣赏麦尔维尔粗糙有力、充满诗意的语言，这样的语言比比皆是，如“一头浪在跃起之前有那么漫长的助跑，它跑过了全世界，然后才一跃而起”！（见第119章《蜡烛》）

有论家曾言，《白鲸》部分是戏剧，部分是历险故事，部分是哲学探讨，部分是科学研究，部分是史诗。对于这样一部博大精深、充满瑰奇想象力的作品，也许沉默的阅读本身才是最大的敬意。

马永波

附录

《白鲸》究竟价值何在？

世上没有一部小说，可以被轻易叫作史诗，除了《白鲸》；

世上没有一位小说家，可以被轻易叫作莎士比亚，除了麦尔维尔；

究竟是怎样一部小说？以至于伟大的鲍勃·迪伦，要在诺贝尔文学奖的答谢词里，花去整整一千八百字去谈论它？

杜尚说没有艺术，只有艺术家。就是说，与其谈论小说，不如谈论小说家，与其谈论白鲸，不如谈论麦尔维尔。

传说，一个好作家必须有一个悲惨的童年，按这个标准，麦尔维尔一开始就满足了一个好作家的条件。

他 13 岁丧父，失学。15 岁独自谋生，先后做过银行职员、农场工人、乡村教师。17 岁逃到船上做水手，期间，还被关进塔希提岛上的监狱里。接着，越狱，重回大海，做了整整五年的捕鲸劳工。

然后，人生风雨交加，心头百感交集；

然后，毅然上岸，决定当作家；

然后，世上有了一部叫《白鲸》的巨著。

写出伟大小说的作家，会过上怎样纸醉金迷的生活？

他过上了超越你想象的生活。

《白鲸》出版了，整整一年，卖出了五本。

对以版税谋生的写作者而言，这当然是一记棍棒。

怎么办？一个闯荡过大海的家伙是不会轻易低头的。失败了，继续写，继续写，继续失败，他写了整整六百万字，最终，没能换得应有的名声。

而名声之外，愈加悲惨。他28岁结婚，妻子是州法院首席大法官之女。本来琴瑟相和，比目连枝，但命运莫测，一场大火烧毁了他的书房，而他最钟爱的儿子又自杀而死，他抑郁、酗酒，家暴。妻子公开宣布：丈夫已经精神失常，并差点将他送到疯人院。

从丧子之痛到家庭破裂，作家的生活已然一塌糊涂。

仿佛为了更加完美的失败，晚年，他甚至开始无可救药地写了整整三本诗集，并自费出版了它们。

终于，在贫病交加中，麦尔维尔撒手人寰。

时光一去如棍棒。如同松尾芭蕉的这句禅语，他72年的人生，遭遇的是一连串棍棒的打击。

而滑稽的是无常弄人，尤其喜欢作弄艺术家、作家与诗人。

在他离开人世半个世纪之后，人们仿佛从梦中惊醒，一夜之间，荆玉纷飞，价值连城。人们捧读《白鲸》，如见和氏之璧。

与梭罗一样，与梵高一样，与卡夫卡一样，与王小波一样，一个生前寂寞的家伙，乾坤斗转，死后封神。

因为孤高拔俗一骑绝尘，他把时代抛得太远。

那么，说到底，《白鲸》究竟价值何在?

人性邪恶的杰作？海洋的百科全书？深刻的人类寓言？《圣经》一样的启示录?

是从莎士比亚那里获得灵感？还是从埃斯库罗斯那里获得灵感？是从卡莱尔的诗歌中获得灵感？抑或是从《旧约》中获得灵感?

“裴阔德号”是不是“诺亚方舟”？莫比·迪克是不是上帝?

诸如此类，不是我关心的。

我所知道的是，它是一颗巨大的宝石，而每个人都能从中目睹他目力所及的光辉，才是宝石的真义。

我还确信，诗人马永波先生的译本会给这头白鲸披上奇异的色泽，因为，卡莱尔说，诗人是世界之光。我一直深信不疑。

何三坡

译者 | 马永波

诗人、作家、翻译家，长期致力于英美现当代文学的翻译与研究。现任职于南京理工大学诗学研究中心。

1986 年开始发表文学作品，个人代表作《树篱上的雪》《词语中的旅行》等。
2016 年翻译被誉为“美国文学史上至高经典”《白鲸》，备受各界读者好评。
2019 年荣获第五届中国当代诗歌奖翻译奖。

个人作品 | 1999 年 《以两种速度播放的夏天》
2010 年 《九叶诗派与西方现代主义》
2010 年 《文学的生态转向》
2012 年 《荒凉的白纸》
2013 年 《树篱上的雪》
2015 年 《词语中的旅行》
2017 年 《画布上的词语》

主要译著 | 1999 年 《未来的灾难》
1999 年 《1940 年后的美国诗歌》
2000 年 《1970 年后的美国诗歌》
2001 年 《漫天星斗》
2002 年 《吻与倾诉》
2003 年 《1950 年后的美国诗歌：革新者和局外人》
2003 年 《约翰·阿什贝利诗选》
2006 年 《肖邦在巴黎》
2007 年 《美第奇家族——文艺复兴的教父们》
2008 年 《典型的日子》
2009 年 《谦卑者的财富》
2011 年 《生存的习惯——弗兰纳里·奥康纳文论随笔集》
2012 年 《河畔小屋》
2013 年 《恨，友谊，追求，爱情，婚姻》
2013 年 《女孩和女人们的生活》
2013 年 《意大利时光》
2013 年 《凝眸斑驳的时光》
2015 年 《诗人眼中的画家》
2017 年 《白鲸》
2018 年 《我可以触摸的事物》
2019 年 《阿什贝利自选诗集》

策　划｜作家榜
出　品｜

出品人｜吴怀尧
总编辑｜周公度
产品经理｜田　靓
版式设计｜陈　芮
内文插图｜［美］Evan Dahm
封面设计｜马文静
产品监制｜陈　俊

图书在版编目（CIP）数据

白鲸 /（美）赫尔曼 · 麦尔维尔著；马永波译 . --
北京：中信出版社，2020.4（2023.3 重印）
（作家榜经典文库）
书名原文：Moby-Dick
ISBN 978-7-5217-1606-1

Ⅰ．①白… Ⅱ．①赫… ②马… Ⅲ．①长篇小说－美
国－近代 Ⅳ．① I712.44

中国版本图书馆 CIP 数据核字（2020）第 034542 号

白鲸
著者：［美］赫尔曼 · 麦尔维尔
译者：马永波
出版发行：中信出版集团股份有限公司
（北京市朝阳区东三环北路 27 号嘉铭中心　邮编　100020）
承印者：浙江新华数码印务有限公司

开本：889mm×1194mm　1/32　　印张：28.25　　字数：582 千字
版次：2020 年 4 月第 1 版　　印次：2023 年 3 月第 8 次印刷
书号：ISBN 978-7-5217-1606-1
定价：88.00 元

服务热线：400-600-8099
投稿邮箱：author@citicpub.com